Knaur.

Knaur.

Über die Autorin:

Cynthia Breeding hat schon als Kind mit dem Schreiben begonnen. Allerdings wird es noch ein wenig dauern, bis sie ihre Leidenschaft endlich zum Beruf macht. Nach neunzehn Jahren als Englischlehrerin ist es schließlich so weit: 2007 erschien »Im Sturm der Sinne« im amerikanischen Original und fand bei Lesern wie Kritikern großen Anklang. Cynthia Breeding lebt und arbeitet in Texas.

Mehr Infos über die Autorin und ihre Bücher finden Sie auf ihrer Website: www http:www.cynthiabreeding.com

Cynthia Breeding

Im Sturm der Sinne

Roman

Aus dem Amerikanischen
von Lisa Maronne

Knaur Taschenbuch Verlag

Die amerikanische Originalausgabe erschien 2007
unter dem Titel »My Noble Knight« bei
ZEBRA Books, Kensington Publishing Corp., New York

Besuchen Sie uns im Internet:
www.knaur.de

Sagen Sie uns Ihre Meinung zu diesem Buch:
Historische-Liebesromane@droemer-knaur.de

Deutsche Erstausgabe Oktober 2009

Redaktion: Vanessa Lamatsch
Umschlaggestaltung: ZERO Werbeagentur, München
Umschlagabbildung: Victor Gadino via Agentur Schlück GmbH
Satz: Uhl + Massopust, Aalen
Druck und Bindung: Clausen & Bosse, Leck
Printed in Germany
ISBN 978-3-426-50364-5

2 4 5 3 1

Vorwort

Dem Stein der Weisen haftet seit jeher eine faszinierende Aura an. Aber worum handelt es sich dabei genau? Woher kommt er? Was ist sein Zweck?

Laurence Gardner erklärt in seinem Buch *Bloodline of the Holy Grail* (Fair Winds Press, 2002; *Das Vermächtnis des Heiligen Grals*, Heyne 2002), dass Hermes Trismegistus (der griechische Name von Thoth, der ägyptischen Gottheit für Alchemie und Geometrie) die »Verlorene Weisheit des Lamech« kannte, welcher der siebten Generation der Nachkommen von Evas Sohn Kain angehörte. Die drei Söhne Lamechs, ein Mathematiker, ein Steinmetz und ein Schmied, sollen gemeinsam das uralte Wissen um die Gestalt aller Dinge in zwei Steinmonumenten, den so genannten Vorsintflutlichen Säulen, bewahrt haben. Hermes entdeckte eine der Säulen und übertrug ihre heiligen Formen auf eine Tafel, die Tabula Smaragdina. Diese erbte Pythagoras, der die zweite Säule entdeckte.

Hermes glaubte an das Gesetz »wie oben, so unten«, das besagt, dass die Erde die vergängliche Verkörperung der kosmologischen Struktur ist und dass allen Dingen und jeder Form der Energie ein sich wiederholendes geometrisches Gesetz zugrunde liegt.

Die Tabula Smaragdina gilt als der Stein der Weisen. Auf ihr steht der Schlüssel zum menschlichen Leben geschrieben, für alle, die Augen haben, ihn zu schauen.

Prolog

Gaul, im Jahre 532

Deidre von Languedoc lehnte sich an die sonnenwarmen Steine am Ufer der Garonne und schloss vorsichtig das uralte Buch mit den brüchigen Pergamentseiten. Ihre Finger glitten über die lateinischen Lettern, die auf das weiche, alte Leder eingeprägt waren. *Locus Vocare Camulodunum.* »Ein Ort namens Camelot.« Deidres kornblumenblaue Augen leuchteten auf. Im Gegensatz zu Gaul, mit den endlosen Streitereien unter den vier Söhnen des verstorbenen Königs Clovis, war Camelot auf der anderen Seite des Kanals offenbar ein Ort der Ruhe, wo vornehme Edelmänner die Frauen respektierten und verehrten wie zu den Tagen, als die Göttin noch ihre volle Macht hatte. Ach, könnte Deidre doch nur dort sein.

Beim Gedanken daran, wie sehr ihre Mutter, die Hohepriesterin der Isis, gezürnt hatte, als sie das Buch – oder vielmehr DAS BUCH wie es Deidre gerne nannte – anstelle des Steins der Weisen in der Grotte tief im Inneren einer versteckten Höhle, gefunden hatte, runzelte sie unwillkürlich die Stirn. Ihre Mutter hatte den alten Zauberer, der sich nahe dem Schrein eingerichtet hatte, beschuldigt, es gestohlen zu haben. Sie durchsuchte seine Habseligkeiten, jedoch ohne etwas zu finden. Am nächsten Morgen allerdings war er verschwunden. Auch Deidres aufkeimende Gabe als Seherin gab ihnen keinen Hinweis darauf, wo er sein könnte. In den letzten beiden Jahren war es dem Zauberer gelungen, sich selbst und den Stein erfolgreich verborgen zu halten.

Der Stein gehörte zu den verlorenen Schätzen Salomons: Die Symbole der Heiligen Geometrie, die alles Leben bestimmen und in denen die Summe aller Weisheit eingebettet war. Deidre hatte ihn noch nie gesehen, denn mit ihren zwölf Jahren war sie noch zu jung gewesen, um in die Rituale eingeführt zu werden. Aber es war Aufgabe und Ehre ihrer Mutter, den Stein zu schützen, denn er war bei ihrem Volk gewesen, seit Magdalena und ihre Tochter Sarah ihn bei ihrer Flucht aus Judäa mit sich gebracht hatten. Auch die Blutlinie der Heiligen Familie führte direkt über den Stein, denn im Kreise der Göttin galt Magdalena als Nachfahrin von Isis selbst.

Jetzt war der Stein verschwunden, und ihre Mutter war tot. Nach zwei Jahren, in denen der Stein unauffindbar geblieben war, wuchs ihre Verzweiflung darüber, dass der Stein womöglich für immer versteckt bliebe, so sehr, dass sie sich von einer Klippe hoch über den warmen Wassern des Mittelmeers gestürzt hatte, aus deren dunklen Tiefen sie nie wieder aufgetaucht war. Und Deidre wurde zu ihrem Cousin Childebert geschickt, an den Hof des christlichen Königs in Paris.

Sie rümpfte die Nase und warf trotzig ihr langes blondes Haar zurück. Allen Gerüchten am strengen christlichen Hof zufolge würde es zu Beltane weder eine rituelle Paarung geben – und jetzt, in ihrem vierzehnten Jahr, wäre das ihr erstes Fest gewesen – noch irgendeine andere Feier zu Ehren der Göttin. Typisch, dachte sie. Gerade, als sie alt genug geworden war, um herauszufinden, worüber all die jungen Priesterinnen ihrer Mutter am Morgen nach solchen Feierlichkeiten gekichert hatten.

Deidre hatte immer davon geträumt, dass es ihr, wenn sie mündig würde, erlaubt wäre, ihren Gemahl nach den Alten Riten zu wählen, wie es ihre Mutter mit dem Kelten Caw von Piktland getan hatte. Das Buch hatte ihren jugendlichen Geist mit noch prächtigeren Gedanken erfüllt. Der junge Mann, den sie wählen würde, wäre anmutig und stark und ganz seinem Gelübde ergeben, genau wie die Ritter der Tafelrunde.

Deidre hielt das Buch fest in den Armen, als sie aufstand. Sie würde es in ihrer Truhe verstecken, und die Geschichten des ehrwürdigen Artus, des edlen Gawain, des unerschütterlichen Bedwyr und des unwiderstehlichen Lancelot wieder und wieder lesen. Das Buch war Symbol für ihre Hoffnung, dass auch sie eines Tages ihren wahren und edlen Ritter finden würde.

Kapitel 1

Beltane
Schottland, zehn Jahre später

Der Geruch von Sex und Moschus erfüllte die kühle Nachtluft, hinterlegt von kehligem Grunzen, leisen Seufzern, schwerem Keuchen und schnellem Atmen. Vorsichtig schob Deidre den Farn zu Seite und spähte auf die geschützte Lichtung, über die sich ein schwarzer, samtiger mit diamantenen Sternen übersäter Himmel wölbte. Alles hatte ganz harmlos begonnen. Doch in der vorigen Nacht hatte sie ihre Eskorte und ihre Münzen verloren und hatte sich selbst gerade noch vor einer Entführung retten können. Sie würde kein Risiko eingehen. Zu ihrer Rechten stiegen von einem leicht erhöhten Feuer blaue Rauchschwaden auf, nur ab und an unterbrochen von gelb knisternden Flammen, wenn eine Brise das trockene Holz anfachte.

Deidre blinzelte über das Licht der glühenden Kohlen hinweg und sah, dass sich in der Nähe des Gebüschs etwas bewegte. Von links hörte sie ein Kichern und wandte den Blick dorthin. Ein nackter junger Mann, dessen große Erektion sich deutlich im trüben Licht abzeichnete, machte sich an der Bluse eines Mädchens zu schaffen, das sich unter ihm auf dem Boden wand. Nun ja, vielleicht war »sich an ihrer Kleidung zu schaffen machen« nicht der richtige Ausdruck. Herunterreißen wäre wohl die bessere Beschreibung. Deidre blinzelte. In ihrem unglücklichen Jungfrauenleben hatte sie noch nie einen nackten Mann gesehen. Sie hielt den Atem an, als er sich auf das Mädchen senkte. Als sie ihren unterdrückten Schrei hörte, wusste sie, dass er nicht gerade sanft gewesen war. Aber offenbar war die Frau daran gewöhnt, denn sie reckte sich ihm entgegen und verlangte nach mehr.

Deidre ließ ihren Blick über ihre Umgebung schweifen. Die Reste eines großen Feuers warfen lange Schatten der Bäume auf die nahe Lichtung. Ein Weg oder ein Pfad führten um eine Kurve. Als sich ihre Augen jetzt langsam an das Licht gewöhnten, entdeckte sie noch mehr sich windende Paare unter den niedrigen Büschen, die sich um die Bäume scharten. Ein wahrlich bacchanalischer Anblick.

Dem Stöhnen und Seufzen der körperlichen Lust zu lauschen war mehr, als eine unfreiwillige Jungfrau von vierundzwanzig Jahren ertragen konnte. Sie hätte ihre verfluchte Jungfräulichkeit schon längst verlieren sollen und wäre lange schon verheiratet, hätte sie nicht die Gabe einer Seherin, die sie buchstäblich am Hof von Childebert gefangen hielt. Ihr Cousin brauchte ihre Gabe, wie er verlauten ließ, obwohl seine christliche Mutter Clotilde über alles Heidnische die Nase rümpfte. Deidre dachte oft, dass die große Mitgift, die sie von ihrer Mutter geerbt hatte, der einzige Grund war, warum Clotilde sie tolerierte. Denn solange sie am Hofe Childeberts blieb, hatte er Zugriff darauf. Er und seine Mutter hatten es geschafft, jeden einzelnen Verehrer zu verscheuchen.

Plötzlich bemerkte Deidre auch noch andere Geräusche. Stiefel. Männerstimmen. Lachen. Betrunkenes Lachen, zumindest dem Klang nach. Schnell trat sie zurück, um in den Bäumen Schutz zu suchen. Zu spät. Man hatte sie entdeckt.

»Himmel noch mal! Was für ein hübsches Weib!«, rief jemand. »Lasst sie nicht entkommen!«

Deidre stolperte und raffte ihren langen Rock. Verflixtes Ding. Reisekleider waren immer zu schwer. Allein der Rock wog wahrscheinlich sechs Pfund. Deidre verschluckte hysterisch einen Schrei. Sie riss sich den Kopfschmuck aus den Haaren; das plumpe Ding versperrte ihr die Sicht, als sie jetzt in Richtung der Bäume rannte.

Ein großer, kräftiger Arm umfing grob ihre Hüften und presste ihr die Luft aus der Lunge. Sie rang nach Atem, als sie tretend und schreiend versuchte, sich zu lösen

»Oh, sie ist widerspenstig. Das mag ich.« Der Mann lachte, griff mit seiner riesigen schweren Pranke ihre Schulter und drehte sie herum.

Er trug Kilt und Schärpe, und sein Atem stank nach Wein, obwohl er nicht betrunken war. Er war so breit wie ein Schrank, groß und kantig, mit grauen Haaren und buschigem Bart. Seine stahlgrauen Augen funkelten im Mondlicht. Er griff mit einer fleischigen Faust nach ihrem Gesicht und beugte sich zu ihr, Geifer an seinem schlaffen Mund. So sehr sie ihre Jungfräulichkeit leid war, an diesen Wüstling würde sie sie nicht verlieren. Die dankbaren Stalljungen, denen sie das an Childeberts Hof verbotene Zuckerwerk zuschmuggelte, hatten ihr ein paar Dinge beigebracht. Deidre zog ihr Knie an und rammte es dem Rüpel in die Leisten.

Auf seinem Gesicht erschien ein überraschter Blick, als er nach vorne kippte. Sofort sprang sie zurück und begann zu laufen, aber der Mann schnappte nach ihr und sie landete hart auf dem Boden. Er rollte sich auf sie. Sein ganzes Gewicht lagerte auf ihr und presste ihr alle Luft aus der Lunge.

»Das wirst du büßen, mein Mädchen, aber hart gefällt mir«, sagte er, als er nach ihrem flachsblonden Haar griff und ihren Kopf schmerzhaft nach hinten riss. Er schob ihren Rock hoch und presste ein Knie zwischen ihre Schenkel; der grobe Kilt fügte sich seinen Bewegungen.

Deidre wehrte sich, aber ihre Arme waren eingezwängt. Mit

aller Kraft versuchte sie die Knie zusammenzuhalten, aber er lachte nur und spreizte ihre Beine noch weiter. All die Träume der vergangenen Jahre, wie sie sich einem der edlen Ritter aus dem Buch hingab, verwandelten sich gerade in ihren schlimmsten Alptraum. Verzweifelt versuchte sie ihn zu beißen. Sie erwischte sein Kinn, und biss so fest, dass es blutete.

Er hob die Faust und sie drehte ihren Kopf, um sich für den Schlag zu wappnen. Vielleicht war es das Beste, wenn er sie bewusstlos schlug. Als könnte er ihre Gedanken lesen, ließ er seine Hand sinken und drehte sie unter sich grob um.

»So kannst du nicht viel anrichten. Und ich komme tiefer rein.«

Deidre versuchte sich gegen ihn zu stemmen, bemerkte aber, dass sie damit mehr ihm half als sich selbst. Sie biss ihre Zähne zusammen. *Bâtard*. Dann, plötzlich, verschwand sein Gewicht und sie konnte wieder atmen. Sie drehte sich um, setzte sich auf, hielt sich die Hände schützend vors Gesicht und schnappte nach Luft.

»Ich glaube, das Mädchen will dein Spiel nicht spielen, Niall.«

Die Stimme eines Engels – so musste es sein. Ein sanftes, tiefes, schottisches Murmeln, nicht bedrohlich, aber Respekt gebietend.

Deidre öffnete ein Auge und schaute nach oben. *Bei allen Heiligen*. Es hätte der Erzengel Michael selbst sein können, mitsamt seinem flammenden Schwert. Ehrliche Wut zeichnete sich auf seinem Gesicht ab, als er sich jetzt mit seinem Claymore, seinem Zweithandschwert, über ihren Angreifer beugte. Erleichterung überschwemmte sie, und sie konnte nicht umhin, seine in Leder gewandeten, muskulösen Oberschenkel auf der Höhe ihres Gesichts zu bewundern. Sie zwang ihren Blick über den flachen Bauch und die schmalen Hüften nach oben. Die Flammen des Feuers erleuchteten sein feingemeißeltes Gesicht mit hohen Wangenknochen, einer geraden Nase und einem sündhaft sinnlichen, vollen Mund. Der Wind fuhr durch das schulterlange glatte Haar ihres Retters und presste das weite weiße Hemd an seine breite Brust und seine starken Arme. Ein Wimmern entfuhr ihr. So sollten Engel nicht aussehen. Falls doch, würde sie auf jeden Fall öfter diese langweiligen und bisher so verhassten Gottesdienste besuchen.

»Es ist Beltane, Mann!«, brüllte Niall wütend. »Warum treibt sie sich hier herum, wenn sie nicht genommen werden will?«

Beltane. Das uralte heidnische Fruchtbarkeitsfest, das am 1. Mai begangen wird. Daran hatte sie nach der knappen Flucht der vergangenen Nacht überhaupt nicht mehr gedacht.

Ihr engelsgleicher Retter wandte sich mit prüfendem Blick zu ihr um. »Ich weiß nicht, was sie hier tut, aber ich werde dafür sorgen, dass dieses Mädchen zurückkehren kann, wohin sie will.« Niall warf ihm einen herausfordernden Blick zu. »Sicher und unbehelligt«, fügte er hinzu, als er den Blick des Älteren auffing.

Niall starrte ihn mürrisch an und bedeutete dann seinen Männern mit einer Geste, dass sie aufbrechen würden. Mit unheilverheißender Miene blickte er auf Deidre herab. »Wir werden uns wiedersehen, Mädchen. Keine Frau treibt ihre Spielchen mit mir.«

Sie schauderte, als er sich umdrehte und seine Schärpe glättete. Und dann bot ihr der Engel seine Hand.

Sie legte ihre Hand in seine. Starke, warme Finger umschlossen die ihren und schickten ein leichtes Kribbeln über die Haut an ihrem Arm. Stützend legte er seinen Arm um ihre Hüfte, nachdem sie sich erhoben hatte, und das kleine Kribbeln verwandelte sich in züngelnde Flammen, die ihren Bauch aufwühlten. Nichts wollte sie lieber, als ihren Busen, der plötzlich schmerzte, an seine starke Brust zu drücken. Selbst ihre wildesten Träume über die Ritter aus Camelot hätten keine solche Leidenschaft hervorrufen können.

»Mein Name ist Gilead. Geht es dir gut? Hat er dich verletzt?«

Gilead. Vielleicht war der Vergleich mit dem Erzengel Michael doch nicht so weit hergeholt. Der Name Gilead gehörte in den Stammbaum, der über König Salomon und David bis zu Abraham zurückführte. Der Vater des ersten Gilead hieß Michael. Hatte dieser Gilead etwas mit dem Stein zu tun, den zu suchen sie ausgezogen war? Manchmal führten sie ihre Visionen auf seltsame Wege. Sie wünschte nur, ihre Gabe wäre verlässlicher.

In jedem Fall hatte er die leuchtendsten blauen Augen, die sie jemals gesehen hatte. Sogar in der Dämmerung konnte sie erkennen, dass sie von dichten schwarzen Wimpern umrandet waren, für die jede Frau töten würde. Sein sauberer Geruch nach Seife und Leder benebelte sie; dieser Mann war einfach berauschend. Vielleicht war er direkt dem Buch entstiegen, auch wenn er keine schimmernde Rüstung trug. Aber ein Schwert hatte er. Jetzt stand er vor ihr, über 1,90 Meter eines starken, muskulösen, gutaussehenden Mannes – genau die Art Mann, von dem Childebert sie ferngehalten hatte –, und alles was sie tun konnte, war, ihn anzustarren wie ein Dummkopf.

»Mein Name ist Deidre. Ja. Es geht mir gut.« *Entretien eclatat!* Was für eine geistreiche Antwort!

»Dee? Aus Dundee?« Er blickte sie verwirrt an, weil ihr Name wie der einer Stadt klang.

Dee. Sie mochte die gälische Aussprache ihres Namens; vielleicht aber auch nur, weil *er* es sagte. Adonis würde neben ihm vor Neid erblassen. »Nein. Mein Name ist Deidre, aber Ihr könnt mich Dee nennen, wenn Ihr es vorzieht.« Sie fügte hinzu »Ihnen sei Dank für die Rettung einer Jungfrau in Not«, und hoffte, dass er auf ritterliche Weise antworten würde. Trotz allem, was sie im Geheimen erlernt hatte, um sich selbst verteidigen zu können, war an diesem Abend eine Rettung nötig gewesen, ob es ihr nun gefiel oder nicht.

Er nickte ihr kurz zu. »Am besten bringe ich dich jetzt an den Hof.« Jäh drehte er sich um und ging auf dem Pfad zurück.

Nicht gerade das, was sie hören wollte, aber … »Wartet!« Sie rannte zu dem Gebüsch, wo sie den Beutel mit dem Buch und ein paar anderen Dingen verloren hatte. »Das brauche ich noch.«

Er warf einen neugierigen Blick auf die kleine Tasche, sagte aber nichts, als sie sich auf den Weg machten.

Deidre ging ihm hinterher und stolperte erneut über ihren schweren Rock. *Merde!* Musste dieses göttliche Wesen so große Schritte machen? Sie war viel kleiner als er und reichte ihm gerade bis zur Schulter. *Und* er schien ihr gegenüber ungehalten zu sein. Das kränkte sie, und trotzig hob sie ihr Kinn. Es war schließlich nicht ihre Schuld, dass sie von irgendeinem Rohling fast vergewaltigt worden wäre. Sie atmete scharf ein, als sie schließlich begriff. *Certainement.* Es war Beltane. Ihr märchenhafter Retter war wahrscheinlich auf dem Weg zu einem Rendevouz mit irgendeinem Weib, und sie hatte seine Pläne durchkreuzt. Ein Stich der Eifersucht auf ihre unbekannte Konkurrentin durchfuhr sie. Er war *ihr* Ritter, direkt aus dem Buch entsprungen. *Mon Dieu*, Gileads sinnliche Lippen auf den ihren zu spüren …

Ihr Tagtraum wurde unterbrochen. »Kommst du?«

Ihre Mutter – möge sie selig ruhen – hatte ihr immer gesagt, sie sei eine Träumerin, aber ihn musste man nur ansehen und diesen wunderbaren schottischen Akzent hören … hmmm. Aber sein finsterer Blick gebot ihren ausschweifenden Phantasien Einhalt. Es war nun wirklich nicht nötig, den Augenblick durch Unhöflichkeit zu verderben. Bauernburschen, die Jungfrauen retteten, verlangten ihnen normalerweise ein Gelöbnis ab oder so etwas. So zumindest stand es im Buch.

Sie strecke ihr Kinn nach vorne, hob ihren Rock und beeilte sich, ihn einzuholen. »Verzeiht, wenn ich Euch von einer … Verabredung abhalte.«

Sein Blick wanderte zu ihren entblößten Beinen, und sie meinte ein leichtes Zucken um seine Mundwinkel zu erkennen. »Du bist nicht von hier, eine Fremde. Ein eigenartiger Dialekt.«

Deidre dachte schnell nach. Ihr Cousin war mächtig, und die Franken auf der anderen Seite des Kanals waren immer eine Bedrohung für die Insel. Sollte Gilead herausfinden, dass sie Childeberts Fängen entkommen war, würde zweifellos ein Lösegeld für sie gefordert werden, womit sie nicht nur die Wut des Königs auf sich ziehen würde, sondern auch in seinem Kerker landen. Diese Gefahr konnte sie nicht eingehen, vor allem nicht jetzt, da sich die Nebel um den verborgenen Stein endlich zu lichten begannen. Wenn der Stein in die falschen Hände gelangen sollte … Je weniger Menschen von ihrer Mission wussten, umso besser.

Ihre unbeständige »Gabe« war eigentlich ein Fluch, dachte sie wieder. Ohne das Gerücht, Bischof Dubricius von Britannien habe eine Vision von einem sagenhaften, goldenen, mit Edelsteinen besetzten Kelch gehabt, aus dem Christus bei seinem letzten Abendmahl getrunken habe – und hätte dieser gierige, heilige Mann keine Belohnung auf diesen Kelch ausgesetzt –, Childebert hätte sich wahrscheinlich nie wieder an den gestohlenen Stein der Weisen erinnert.

Aber er hatte sich erinnert und Deidre zu Rate gezogen. Die vertraute Benommenheit, die eine Vision ankündigte, hatte sich sofort eingestellt. Nachdem sich ihr der Stein mehr als ein Jahrzehnt entzogen hatte, hatten ihre Sinne sich zu regen begonnen. Ein Bild von Meer und schroffen Klippen, die mit Heide überzogen waren, hatte ihr gesagt, dass der Stein nicht mehr länger in Gaul war. Wenn aber Childebert Männer nach Schottland schickte und den Stein fand, würde er ihn, im Austausch für den mächtigen Schutz Roms, den allzeit bedürftigen Händen der Kirche übergeben. Die Weisheit der Göttin wäre für alle Zeiten verloren. Wenn er gefunden würde, musste der Stein in die Grotte in Languedoc zurückkehren und die Priesterinnen wieder an ihren Platz gerufen werden. Es war ihre Pflicht, dass dies geschah.

Sie konnte die Vision nicht verleugnen, aber sie hatte die Männer ihres Cousins stattdessen Richtung Rom geschickt, während sie selbst plante, nach Piktland zu fahren, um dort den Vater zu besuchen, den sie noch nie zu Gesicht bekommen hatte. Wenn Childebert ihre Spur bis zu einem Fischerboot, das in Calais ablegte, verfolgte – und das würde er –, würde er davon ausgehen, dass sie zu dem Hafen nahe bei Londinium gefahren war. Hoffentlich würde er sie nicht so weit im Norden vermuten.

Aber was sollte sie diesem verstimmten Eros sagen, der jetzt mit fragendem Blick vor ihr stand?

»Ich komme aus Armorica, über dem Meer.«

Er runzelte die Stirn. »Dann bist du weit von deiner Heimat entfernt. Wie bist du hierhergekommen?«

Was nun? Zwanzig bis dreißig rotbemäntelte Kavalleristen, die für jedermann wie eine Turma aus den alten römischen Legionen aussehen mussten, hatten letzte Nacht ihre kleine Eskorte umzingelt und entführt. Dion, der stämmige Anführer ihrer treuen Wache, hatte sich in die Verteidigung gestürzt, aber er war letztendlich schwer verwundet über den Rücken eines Pferdes gelegt und mit den anderen Männern abgeführt worden. Hätte sich Deidre, um bei ihren Verrichtungen ungestört zu sein, nicht etwas zu weit in den Schutz der Bäume zurückgezogen, wäre auch sie entführt worden. Sie presste den Beutel mit dem

Buch an sich; dem Himmel sei Dank, dass in der Tasche Dinge waren, die sie zum Austreten benötigte, und sie sie mitgenommen hatte. Es war alles was sie hatte. Sie hasste Lügen, aber sie hatte keine Ahnung, zu wem diese Truppen gehörten … vielleicht sogar zu ihrem Helden. Bis sie das Land ihres Vaters erreichte, durfte sie sich auf keinen Fall zu erkennen geben.

»Ich … äh … war auf Reisen; unser Wagen wurde von Wegelagerern angegriffen. Ich konnte gerade noch entkommen.«

Er hob eine dunkle Augenbraue. »Mein Vater wird darüber nicht gerade erfreut sein. Warst du auf dem Weg nach Culross? Hast du hier Verwandte?«

Culross beim Firth of Forth war nahe an ihrem Ziel. Oder zumindest dort, wo sie Caws Land vermutete. »Ja.«

Gilead hielt inne und wartete offenbar darauf, dass sie fortfuhr. »Meine Mutter ist tot.« Unnötig, ihm zu sagen, wie lange schon, und dass sie das Land ihres Vaters für einen guten Ausgangspunkt für ihre Suche hielt. »Ich gehöre zu der Sippe von Caw von Piktland«, sagte sie. »Ich hatte gehofft, er würde mich aufnehmen. Kennt Ihr ihn?«

»Ja. Seine Frau ist entfernt mit meiner Mutter verwandt.« Augenblicklich wurde sein Gesicht sanfter. »Aber Caw wurde schon lange in den Westen verbannt. Er starb vor nicht allzu langer Zeit in der Schlacht.«

Deidre zog scharf die Luft ein. Seit ihre Visionen von dem Stein zurückgekehrt waren, war ihr Ziel gewesen, zu Caw zu gelangen. Childebert wusste nicht, wer ihr Vater war; dort wäre sie also sicher gewesen. Sie musste schlucken, um die aufsteigende Panik zu unterdrücken. Nun, da sie ganz allein war, würde sie Nahrung und Unterkunft brauchen; und sie musste herausfinden, was mit ihrer Eskorte geschehen war. »Dann werde ich wohl in Dienst gehen müssen.«

Er sah skeptisch aus, als er sich wieder dem Pfad zuwandte.

Sie gingen schnelleren Schritts weiter. Deidre musste ihre Röcke noch weiter heben, um mit ihm Schritt halten zu können, und wieder wanderte sein Blick hinab. Kurz huschte ein Lächeln über sein Gesicht. Genug um das köstliche Kribbeln auf ihrer Haut wieder zu entfachen.

Seine Stimme war jetzt sanfter: »Meine Mutter wird etwas finden. Als Zofe vielleicht.«

»Eine Zofe?« Deidre stieß beinah mit ihm zusammen, als sie um eine enge Kurve bogen und er unvermittelt stehen blieb. Sie hatten die Bäume hinter sich gelassen, und der Pfad ging in eine breitere Straße über, die einen steilen Hügel hinauf zu einer steinernen Burg führte. Oder vielleicht wäre Festung angemessener, dachte sie bei sich, als sie sie jetzt genauer betrachtete. Als sie nun den Hügel hinaufstiegen, konnte sie erkennen, dass zur Verteidigung Erdwälle aufgeschüttet worden waren. Es war steiler als sie dachte, also sparte sie sich ihren Atem lieber für diese Strapaze auf, als noch mehr zu sagen, denn Gilead hatte seinen Schritt beschleunigt, anstatt ihn zu verlangsamen. Geriet denn dieser umwerfende Muskelberg niemals außer Atem? Offenbar nicht.

Mit Eisen verstärkte Räder ratterten und Ketten rasselten, als sich das massive schwere Eisentor bei ihrer Ankunft langsam öffnete. Gilead sah zu ihr herab, während sie warteten, und zog einen seiner Mundwinkel nach oben, was ihm eher das Aussehen eines gefallenen Engels verlieh.

»Vielleicht solltest du jetzt deine Röcke loslassen. Es wäre wohl besser, wenn die Männer dich nicht für eine Dirne hielten.«

Sie spürte, wie sie puterrot wurde. Das hätte sie wissen müssen. Die Gebote der Sittsamkeit waren ihr an dem fränkischen Hof unter den strengen Anweisungen ihrer prüden Tante Clotilde ständig eingebleut worden. Viel war ihr, sehr zum Ärger ihrer Tante, nicht im Gedächtnis haften geblieben. Aber eigentlich war es in erster Linie seine Schuld, dass sie den Rock überhaupt bis zu den Knien hatte hochraffen müssen. Sie schüttelte ihn heftig aus, was nur dazu führte, dass hinten die Säume durcheinandergerieten. »Wenn Ihr Euren Schritt dem meinen angeglichen hättet, wie es sich für einen wirklichen Höfling gebührt …«

Der spöttische Mundwinkel weitete sich langsam zu einem schiefen Grinsen aus, als er sich bückte, um die unteren Schichten zu glätten, wobei seine Finger ganz sanft ihre Wade berührten. Die Berührung war so leicht gewesen, dass sich Deidre nicht sicher war, ob sie absichtlich oder zufällig geschehen war. Egal wie, die ungewöhnliche Wärme fuhr sofort an ihrem Bein entlang hoch zwischen ihre Schenkel und löste in ihrer lebendigen Phantasie einen kleinen Aufruhr aus. Wie würde sich erst eine richtige Liebkosung von ihm anfühlen? Sein Gesicht aber blieb ausdruckslos, als er sich aufrichtete und ihr den Weg durch den Gewölbebogen wies.

Deidre starrte die Bogenschützen auf der Brüstung an, als sie durch die dicke Ringmauer schritten. Die Palisade musste mindestens anderthalb Meter hoch sein. Auf der Festungsmauer standen im Abstand von fünf Schritten bewaffnete Krieger. Die ganze Anlage war imposant befestigt und geschützt. Vor ihnen, auf der anderen Seite des Burghofs, lag die Great Hall.

»Was tut Eure Mutter hier?«, fragte sie zögerlich, als Gilead vor einer schweren Holztür haltmachte und klopfte.

Einen Augenblick lang sah er sie verwundert an. »Sie ist die Gutsherrin«, antwortete er, »die Lairdess von Cenel Oengus.« Als Deidre die Stirn runzelte, seufzte er. »Ein Cenel ist ein Klan. Mein Vater ist Angus Mac Oengus. Ihr Bretonen würdet ihn einen König nennen.«

»Seid Ihr der Sohn eines Königs?«, begann Deidre, unterbrach sich aber, als die Tür aufschwang und eine Magd sie empfing. Es blieb keine Zeit mehr, weitere Fragen zu stellen, denn Gilead erklärte schnell, dass man ihr ein Gemach für die Nacht geben sollte und dass sie morgen seiner Mutter vorgestellt würde. Er machte eine angedeutete Verbeugung und wandte sich ab.

Deidre starrte auf seinen breiten Rücken, als er sich entfernte. War er immer noch so begierig darauf, seine Geliebte zu treffen? Sie ließ die Schultern sinken. Endlich war sie ihrem Ritter begegnet – einem richtigen Prinzen sogar –, und er hielt sie für eine Zofe. Was alles noch schlimmer machte, war, dass sie ihm nicht sagen konnte, dass auch in ihren Adern königliches Blut floss; ihre Blutlinie reichte über die Merowinger, die Sikambrier und die Arkadier bis zu Maria Magdalena selbst zurück. Noch ein weiterer Grund für Childebert, Verehrer von ihr fernzuhalten. Er wollte nicht, dass sie einen Erben hervorbrachte, dessen Blut blauer war als sein eigenes.

Gilead strahlte eine Sinnlichkeit aus, die besonders bezaubernd war, weil er so unverstellt wirkte. Er schien nicht zu wissen, dass er die erotischste Phantasie verkörperte, die je vor ihren sehnsüchtigen Augen erschienen war, befeuert durch die Eskapaden von Lancelot und Gwenhwyfar, die das Buch beschrieb. Hatte Gilead überhaupt irgendein Interesse an ihr? Ihre aufkeimende Libido formte das Bild ihres Sexgottes im Kilt, die starken, muskulösen Schenkel entblößt … sie fragte sich ohnehin, was ein richtiger Mann unter seinem Kilt trug. Clotilde würde etwas Stärkeres brauchen als das bisschen Riechsalz, das sie sonst anzuwenden pflegte, sollte sie jemals herausfinden, dass all ihre bibelschwere Keuschheit nur dazu geführt hatte, dass Deidres Appetit auf die verbotenen Freuden, die nur ein Mann ihr geben kann, noch weiter gewachsen war. Jetzt, wo sie sich von den Fesseln ihrer Tante und ihres Cousins befreit wusste, wollte Deidre herausfinden, wie genau diese Freuden aussahen.

Deidre kicherte, fing sich aber schnell. Sie musste ihre Schicklichkeit unter Beweis stellen und sich wie eine Lady benehmen, oder sie würde als Küchenmagd enden. Der heutige Abend hatte ihr gezeigt, wie schnell man zu einer gefallenen Frau werden konnte. Irgendwo auf dieser Seite des Kanals gab es ein Land, in dem sich Ritter an einen Ehrenkodex hielten und Frauen respektierten. Man erwartete von ihnen, dass sie sich einer Frau verpflichteten. Hatte Gilead bereits eine Dame? Einen Moment lang erfasste sie Panik, dann atmete sie erleichtert auf. Wahrscheinlich nicht – wenn er heute Nacht genauso brunftig herumlief wie alle anderen. Wie konnte sie ihn auf sich aufmerksam machen, ohne sich wie eine Dirne zu benehmen, vor der er keinen Respekt haben würde? Sie seufzte. Seinem eiligen Abschied nach zu urteilen, hatte sie auf den Sohn der Lairdess wohl überhaupt keinen Eindruck gemacht.

Gilead fluchte leise vor sich hin, als er sich von der Festung aus hastig wieder auf den Weg zur Straße machte. Sicherlich war die Spur seines Vaters mittlerweile kalt. Er hatte ihn verloren, als er das Mädchen zum Hof führte, aber was sonst hätte er tun sollen? Niall Mac Douglas hatte sie zweifellos vergewaltigen wollen. Er biss die Zähne zusammen. Sein Nachbar war ein skrupelloser Laird, aber seine Länderein lagen strategisch günstig zwischen Culross und dem infernalischen Kriegstreiber Fergus Mor von Cenel Loairn im Nordwesten. Sein Vater brauchte Niall als Verbündeten, nicht als Feind.

Guter Gott! Sein Vater handelte sich schon mehr als genug Ärger ein, so sehr wie er in die Frau von König Turius von Britannien vernarrt war. Gilead war nun seit mittlerweile fünf Jahren mündig und versuchte seitdem, die beiden voneinander fernzuhalten, wenn der König und die Königin zu Besuch waren. Einfach war das nicht, denn Angus und Königin Formorian glichen zwei miteinander verschmelzenden Tönen aus einem Dudelsack.

Er stöhnte, als er die Straße verließ und sich in den Wald duckte, wo er einem Wildpfad folgte, der zu einer versteckten Lichtung nahe dem Firth führte. Warum musste König Turius und diese Königin, betörend wie eine Sirene, ausgerechnet zu Beltane ankommen? Wären sie auch nur einen Tag später gekommen, hätte Angus ein Fest für sie ausrichten müssen, und Gilead hätte sicherstellen können, dass sich seinem Vater keine Gelegenheit bot, um mit der Schönen zu verschwinden. Aber nein. Zu Beltane, wenn sich die Männer betranken und das Laster zügellos entbrannte. Und Angus hatte dafür gesorgt, dass Turius genug zu trinken hatte und von drallen Mädchen umgarnt wurde.

Gilead fluchte erneut, als er die Lichtung leer vorfand. In welches andere Schlupfloch konnte sein Vater sie gebracht haben? Bald würde es dämmern, und er wusste nicht, ob auch nur einer der beiden vernünftig genug war, um dann wieder im richtigen Bett zu liegen. Das war der Grund, warum er ihnen gefolgt war. Er schüttelte den Kopf. Er würde sich niemals gestatten, sich derart von einer Frau berauschen zu lassen – es genügte zu sehen, was das aus seinem sonst klugen Vater machte. Auch wenn Turius vor Jahren einer heidnischen Priesterin einen Sohn geschenkt hatte, bezweifelte Gilead, dass er sich von seinem schottischen Freund und Verbündeten Hörner aufsetzen lassen wollte.

Als er wieder auf die Straße heraustrat, hörte er eine volle, lallende Stimme.

»Hey, Gil. Jagst du wieder deinem Vater nach?«

Er drehte sich um, und sah seinen Freund Drustan auf ihn zukommen, der wie beiläufig einen Arm um die Schultern eines Mädchens gelegt hatte, das Gilead aus der Küche kannte. Sie kicherte betrunken, als Drustan an ihrem Nacken schnüffelte.

Gilead runzelte die Stirn. Wussten denn schon alle von seines Vaters Unbesonnenheit? »Natürlich nicht. Ich hab nur einen Kontrollgang gemacht.«

Drustan zog eine Augenbraue hoch und grinste. »Na dann. Da drüben sind immer noch viele Mädchen, die gar nichts dagegen hätten, wenn du ihnen ein bisschen den Hof machen würdest. Vielleicht findest du sogar noch eine unverbrauchte, wenn du danach suchst.«

Der Gedanke an eine Frau, die bereits die Säfte eines anderen Manns in sich trug, war nicht gerade verlockend. Das hübsche Mädchen dagegen, das er zum Hof geführt hatte und der Anblick ihres wohlgeformten schlanken Knöchels … Aber er schob diesen Gedanken beiseite. Er glaubte ihre Geschichte nicht. Sie war gekleidet wie eine Dame von edler Geburt, und sie musste beschützt werden, genau wie seine arme Mutter, die vorgab, nicht zu wissen, was vor sich ging. Trotzdem hatte er der einen kurzen Berührung nicht widerstehen können, als er ihre Röcke geglättet hatte. Auch jetzt noch erinnerte er sich daran, wie ihm die Hitze dieser Berührung wie ein Schauer über die Hand gelaufen war. *Besser nicht daran denken*.

»Heute nicht, Drus.«

Sein Freund schüttelte den Kopf, als er seine willige Maid hinter ein paar Ginsterbüsche zog. »Beltane. Sogar dir ist es erlaubt, die Mauern zu durchbrechen, die du so hoch um dich errichtet hast.«

Gilead machte kehrt in Richtung des Hügels. Diese Mauern hatten ihren Grund. Verhältnisse mit Frauen bedeuteten nur Ärger. Wenn sie zu sehr liebten, wie seine Mutter, wurden sie verletzt, und er hatte keinerlei Wunsch, einer Frau Kummer zu bereiten. Was aber noch schlimmer war: Frauen setzten ihre List ein, um den Geist eines Mannes zu berauschen, so dass die Männer alle Vorsicht fahrenließen. Wie sein Vater.

Einen Krieg mit dem mächtigen König Britanniens konnten sie nicht gebrauchen. Nicht, wenn die Sachsen an den nordöstlichen Ufern einfielen – viel zu nah. Turius war es gelungen, sie in den Sümpfen im Osten Britanniens zu halten und war nun hier, um mit Angus eine Strategie für den Norden zu entwickeln. Formorian konnte sehr wohl etwas sehr viel Explosiveres verschulden, als ein Gerangel mit Eindringlingen aus Sachsen. Pah. Dann hielt man sich doch besser an Frauen, die gerne bereit waren, ihre Dienste gegen einen Silbertaler einzutauschen. Sicherlich würde er sich nie von einer Frau den Verstand verwirren lassen.

Unvermittelt kam ihm aber Deidre wieder in den Sinn. *Dee.* Das Mädchen mit dem seltsamen Akzent war äußerst anmutig, mit ihrer kecken Nase, aquamarinblauen Augen und dem langen Haar in der Farbe des Mondlichts. Er musste zugeben, dass ihm gefiel, wie sie trotzig ihr Kinn gehoben hatte, als er sie gedrängt hatte, mit ihm Schritt zu halten. Und von dem Blick auf ihre wohlgeformten Beine ganz zu schweigen … So zierlich wie sie war, wäre es ihm ein Leichtes, sie hochzuheben und ihre Beine um sich zu schlingen, während er sie gegen eine Wand drückte … Leicht überrascht, fühlte er, wie sein Glied dicker und härter wurde und sich an den Stoff seiner Hose presste. Er hatte kein Recht, mit solch lüsternen Gedanken an das arme Mädchen zu denken. Sie war verwaist und allein und – wenn ihre Geschichte stimmte – von Wegelagerern überfallen worden. Und heute Nacht noch beinahe vergewaltigt worden. Nach allem, was sie durchgemacht hatte, war noch ein Mann, der ihr unwillkommene Avancen machte, wohl das Letzte, was sie sich wünschte. Nein. Er würde nicht wie sein Vater enden. Seine Pflicht als Sohn des Lairds war es, dafür zu sorgen, dass sie vor solchen Dingen sicher war.

Er seufzte, als er sich auf den Nachhauseweg machte. Der Gedanke an ihre vollen Lippen, die sich sanft auf seine pressten, trug nicht gerade dazu bei, dass der Druck zwischen seinen Lenden geringer wurde.

»Ich glaub, du wirst alles finden, was du brauchst«, sagte die junge Magd, als sie die Treppen nach oben gestiegen waren und sie die Tür zu einem kleinen Eckzimmer, das von dem Hauptgang abging, öffnete. »Im Kohlenbecken ist Torf, und hier ist Feuerstein.« Sie zeigte auf ein Pulverfass. »Der Nachttopf steht hinterm Wandschirm«. Sie hielt inne und sah Deidre neugierig an, als wäre sie sich nicht sicher, ob die junge Frau tatsächlich ein Gast war oder nicht.

Deidre lächelte freundlich und nickte. Das Mädchen seufzte, und wollte offenbar nicht riskieren, jemanden zu brüskieren, der wichtig sein könnte. Sie nahm den Tonkrug auf. »Dann hol ich mal warmes Wasser, damit du dich waschen kannst.«

Als sie gegangen war, sah sich Deidre im Zimmer um. Schwere Wandteppiche hingen an den Wänden und schützten vor der Feuchtigkeit, die durch die dicken grauen Steinwände drang. Die Läden eines kleinen Fensters waren geschlossen gegen den Luftzug, der vom Wasser hereinwehte, das sie weiter unten über Steine rauschen hörte. Neben der Kommode, die die Waschschüssel und den Krug enthielt, stand ein aufwendig geschnitzter Kleiderschrank. Ein polierter Holztisch und zwei Stühle befanden sich an der gegenüberliegenden Wand.

Deidre ging zögerlich zu dem Pulverfass. Sie hatte keine Ahnung, wie sie genügend Funken erzeugen sollte, um das Feuer in Gang zu bringen. Ihrer mageren, reizbaren Tante war immer kalt gewesen, und deswegen hatten die Bediensteten am fränkischen Hof das Feuer ständig am Laufen gehalten.

Die kleine Magd kam mit Wasser und parfümierter Seife zurück. *Sehr gut. Sie hält mich für einen geladenen Gast.* Sie lächelte dem Mädchen zu.

»Könntet Ihr mir bitte das Feuer anzünden? Ich habe nie gelernt …« Das Mädchen stutzte kurz und machte sich an die Arbeit. Deidres Lächeln verblasste, als sie daran dachte, dass Gilead auch sie für eine Zofe gehalten hatte, wahrscheinlich musste sie schon bald das Feuer hier selbst anzünden. Also sollte sie ihr vielleicht lieber dabei zusehen.

»Ich weiß, Gilead hat das nicht aufgetragen …« Als sie sah, wie sich die Augen des Mädchens weiteten, stockte sie. »Was ist?«

»Nun, Ihr solltet ihn Master Gilead nennen … außer Ihr seid … Ihr seid …«

»Ich bin was?«

Das Mädchen wurde rot bis in die Haarspitzen und wandte den Blick ab. »Außer Ihr seid seine Geliebte.«

Geliebte? Mätresse? Was für eine Idee. Der Gedanke an Gilead, wie er in ihr Gemach kam, sich den Rock vom Leib riss und so die breiten Schultern und seine Brust entblößte, sie auf das Bett warf, und sie mit seinem Gewicht auf das Lager drückte … »*Ja, ja, ja*«, flüsterte die ungeduldige, gerettete Jungfrau in ihr. »*Nein, nein, nein*«, wies sie die kalte, gebieterische Stimme ihrer Tante zurecht. Die Jungfrau wider Willen zog einen Schmollmund, als ihre Vernunft wieder die Oberhand gewann.

»Oh, verzeiht«, sagte Deidre zu der Magd. »Master Gilead hat mich heute Abend vor einem Barbaren gerettet. Ich heiße Deidre. Ich bin gestern von Wegelagerern überfallen worden und habe einen Schlag auf den Kopf bekommen.« Sie zwang sich zu einem Lächeln. »Wie es scheint, habe ich meine Manieren vergessen.«

Das Kammermädchen sah sie sich etwas genauer an als zuvor. Mehr Neugier lag in ihrem Blick. »Ich bin Anna. Wenn's ein schwerer Schlag war, solltet Ihr morgen unsere Heilerin aufsuchen.«

»Ich glaube, morgen wird es mir schon wieder bessergehen. Ich freue mich schon auf das Vergnügen, den Laird und seine Frau kennenzulernen.«

Ein seltsamer Ausdruck huschte über das Gesicht des jungen Mädchens, als sie zur Tür ging. »Das Vergnügen?«, murmelte sie, als sie die Tür hinter sich schloss.

Deidre starrte ihr nach. Was meinte sie damit? Sie war zu müde, um sich darüber Gedanken zu machen. Sie setzte sich auf die Decke und versank in erstaunlich weichen Federdaunen. Das Bett schwankte leicht auf der ledernen Unterlage.

Sie rieb sich die Schläfen und merkte plötzlich, wie gnadenlos erschöpft sie war. Jetzt, da sie wusste, dass ihr Vater tot war, musste sie ihre Eskorte finden, und vor allem musste sie den Stein vor ihrem Cousin finden. Aber ein Teil ihrer Anspannung rührte daher, dass jede einzelne Pore jedes Mal erwartungsvoll zu prickeln begann – was sie erwartete, wusste sie nicht genau –, wenn Gilead in der Nähe war. Dann schien die Luft um sie herum mit dem scharfen, klaren Geruch zu vibrieren, den sie erst ein einziges Mal wahrgenommen hatte, als ein Blitz eine mächtige Eiche neben ihr entzweigespalten hatte. Auch damals hatte sie eine Gänsehaut bekommen.

Sie bebte vor Aufregung mit plötzlich wieder frischer Energie. Endlich war sie auf der anderen Seite des Kanals, wo irgendwo Camelot sein musste. Sie zog das Buch aus ihrem Beutel und versuchte sich zu beruhigen, indem sie über den kostbaren Stoff und das weiche, etwas abgewetzte Leder strich. Gab es Camelot wirklich? War es hier? Würde sie morgen einen idyllischen Ort voller Frieden und Wohlstand finden, mit höfischen Festen, an dem es sogar Barden und Hofnarren gab? Nicht wie in der eintönigen Trostlosigkeit der kahlen, kalten Wände des fränkischen Hofs – vielleicht gäbe es hier farbenfrohen Prunk und edle Ritter, die zu Turnieren aufbrachen, um die Gunst der

Damen zu gewinnen? Sie hatte sich immer vorgestellt, dass ihr eigener Ritter so edel und einzigartig wäre wie der sagenumwobene Lancelot, und sie ebenso stürmisch lieben würde, wie Lancelot seine Gwenhwyfar. Das wünschte sie sich von ganzem Herzen.

Und sie hatte ihn gefunden. Gilead war ihr Ritter. Das einzige Problem war, dass er es noch nicht wusste.

Kapitel 2

Die Handfeste

Deidre erwachte am nächsten Morgen von einem energischen Klopfen an der Tür. Schläfrig setzte sie sich im Bett auf. Das Feuer in der Kohlenpfanne war erloschen, der Raum kalt und fast dunkel. Bei allen Heiligen, es war noch kaum hell draußen! Wie spät war es? Was für Manieren herrschten denn an diesem Hof?

Sie hatte keine Zeit mehr weiter darüber nachzudenken, denn die Tür ging auf und eine der größten Frauen, die sie jemals gesehen hatte, trat ein. Die Frau war nicht fett; sie war einfach nur riesig. Sie musste fast 1,80 Meter sein, und sie war stämmig. Deidre blinzelte, als sie sich neben ihr Bett stellte und die Hände in die Hüften stemmte.

»Ich bin Una, die Burgvogtin dieses Besitzes. Nun? Willst du dich schon am ersten Morgen vor deinen Pflichten drücken? Das wird einen guten Eindruck auf Lady Elen machen.«

»Pflichten?«, fragte Deidre, als sie ihre Beine aus dem Bett schwang und dann das Gesicht verzog, als ihre Füße den kalten Boden berührten. Wo war diese Magd, Anna? Was sie jetzt brauchte war ein schönes, warmes Feuer und vielleicht etwas Tee.

»Jawohl.« Die Frau reichte ihr ein bescheidenes Gewand aus weicher, blauer Wolle. »Beeil dich mit dem Waschen. Ich hole dich in ein paar Minuten ab.«

Deidre tastete sich zum Steinkrug, goss etwas Wasser in die Schüssel, streckte ihre Fingerspitzen hinein, und wich zurück.

»Das Wasser ist eiskalt. Könnte man mir etwas warmes Wasser bringen?«

Die Frau blieb auf halbem Weg zur Tür stehen und drehte sich mit einem ungläubigen Blick zu ihr um. »Wenn du heißes Wasser haben willst, musst du früher aufstehen und es dir holen. Master Gilead hat mir gesagt, dass du gekommen bist, weil du Arbeit brauchst.« Sie warf einen kurzen Blick auf das aufwendige Reisekleid, das Deidre in der Nacht nur über einen Stuhl geworfen hatte. »Normalerweise fangen Neuankömmlinge in der Küche oder in der Molkerei an, oder vielleicht als Magd, aber Master Gilead hat mich angewiesen, dich direkt in den Dienst der Lady zu stellen«

»Den Dienst?«, dachte Deidre. »Sie meinen als Kammerzofe?«

»Du wirst nicht bedienen. Du wirst alles … alles tun, was Lady Elen wünscht.«

Deidre runzelte die Stirn, ließ aber die Falten schnell wieder verschwinden. Das Letzte was sie wollte, war, von dieser Riesin dazu verdonnert zu werden die Nachttöpfe zu leeren und zu schrubben. Hoffentlich war die »Lady« nicht allzu aufgeblasen und anspruchsvoll. Deidre wusste nicht, ob sie mit so etwas zurechtkommen würde, aber im Moment hatte sie keine andere Wahl. Sie hatte keine Ahnung, was aus ihrer Eskorte geworden war, und auch die Nachricht von Caws Tod war ein schwerer Schlag.

»Natürlich«, sagte sie, als sie sich wieder der Schüssel zuwandte. »Ich bin in ein paar Minuten fertig.« Um welche Uhrzeit würde sie in den nächsten Tagen aufstehen müssen? Sie warf einen sehnsüchtigen Blick zu ihrem warmen, weichen Bett und seufzte. »Wo kann ich mein Frühstück nehmen?«

Die Frau schnaubte. »*Morgen*, wenn es dir gelingt, rechtzeitig aufzustehen, kannst du in die Küche kommen. Mach dich jetzt fertig.«

Deidre starrte die Tür an, die sich jetzt hinter ihr schloss. Ihr war kein Frühstück erlaubt? Sicher gab es noch andere, die gerade noch in der Great Hall am Essen waren. Vor ihrem inneren Auge erschienen kleine Tische, die im Überfluss mit Nahrung gefüllt waren. Ihr Magen knurrte erwartungsvoll, und sie stöhnte auf. Vielleicht hatte sie Camelot doch noch nicht gefunden.

Auf Lady Elen war sie nicht vorbereitet. Als Una die Tür des reichverzierten Gemachs öffnete, schlug ihr der Gestank eines Krankenlagers entgegen. Beißend scharfe Kräuter vermischten sich mit starkem Eukalyptus, und beides wurde übertönt vom drückenden Geruch des Kampfers, der aus jedem der kostbar gewobenen Wandvorhänge zu strömen schien. Deidre sehnte sich danach, die geschlossenen Fensterläden aufzustoßen und frische Luft hereinzulassen.

Elen saß in einem riesigen, übermäßig gepolsterten Sessel und hatte hellen Tartanstoff über den Schoß gebreitet. Sie war so zierlich, dass sie in dem Sessel völlig verloren wirkte. Deidre war selbst nicht viel größer als 1,50 m, aber Elen erschien ihr noch kleiner. Ihr gebrechlicher Körper war in ein zartes elfenbeinfarbenes Seidenhemd gehüllt, das zu der Farbe ihres hellen Haares passte, und ihre blauen Augen – die so sehr Gileads ähnelten – blickten sie freundlich an.

Zwei andere Frauen waren im Zimmer. Eine war etwa in Deidres Alter mit dunklem Haar und dunklen Augen; die andere war einige Jahre älter mit roten Haaren und scharfen Fuchsaugen. Beide sahen Deidre mürrisch an, als Una sie hereinführte. Wahrscheinlich waren auch sie Kammermädchen, denn ihre Kleider glichen dem ihren.

»Das Mädchen, das Euch Euer Sohn schicken lässt.« Unas Ton spiegelte deutlich wider, was die Mienen der beiden Frauen in der Ecke ausdrückten.

»Ah, richtig«, begann Elen mit leiser, sanfter Stimme, wurde aber unterbrochen, als sich die Vorhänge im hinteren Teil des Raumes öffneten und eine weißhaarige Frau eintrat. Sie trug einen Becher, den sie Elen reichte.

»Trinkt das, Mylady. Ihr werdet Euch bald besser fühlen.«

Auf den ersten Blick hielt Deidre die Frau für uralt, aber als sie sich Deidre zuwandte, sah sie Augen, schwarz wie Ebenholz, und ein Gesicht, das nahezu faltenlos war. Sie hätte jedes Alter haben können. Deidre zitterte leicht, obwohl der Raum durch zwei flackernde Feuerstellen sehr stickig war.

Elen kräuselte ihre feingeschnittene Nase. »Muss ich dieses grauenhafte Gebräu wirklich jeden Tag trinken, Brena? Du weißt, es ist mir zuwider.«

»Wie ich Euch gesagt habe, Mylady, das Gebräu befreit Eure Gelenke von den Schmerzen.«

In diesem Moment hörte Deidre ein schüchternes Scharren an der Tür, und gleich darauf wurde sie langsam von Anna aufgestoßen, die ein mit Essen überladenes Tablett trug. Sie stellte es auf dem Tisch neben Elen ab und beugte sich zu einem Knicks. Der Geruch von noch warmem Fladenbrot und frischer Butter ließen Deidre das Wasser im Mund zusammenlaufen. Der Duft des mit Zimt verfeinerten Haferbreis war himmlisch, und für eine Scheibe des Käses könnte sie … Sie legte sich eine Hand auf den Bauch, um das Knurren zu unterdrücken.

Anna lächelte ihr zu, und Deidre war froh, dass zumindest eine der Mägde freundlich zu ihr war. Dann nickte Anna in Brenas Richtung.

»Das ist die Heilerin, von der ich gestern gesprochen habe. Vielleicht sieht sie sich die Beule an deinem Kopf an.«

Deidre schrak auf. »Nein, das ist nicht nötig.« Zu spät. Die Heilerin kam bereits auf sie zu.

»Ich werde mal einen Blick darauf werfen.« Geschickte Finger befühlten Deidres Haar und als Brena wieder von ihr abließ, warf sie Deidre einen abmessenden Blick zu. »Nichts, das nicht von alleine heilt.«

Sie weiß, dass ich gelogen habe. Deidre versuchte sich nichts anmerken zu lassen, doch dann gab ihr Magen ein lautes, hungriges und äußerst peinliches Knurren von sich.

Die Frauen in der Ecke kicherten und Lady Elen warf ihnen einen tadelnden Blick zu. »Sheila«, sagte sie sanft zu der älteren Rothaarigen, »du und Janet sollten es besser wissen, als Euch vor meinen Augen über jemanden lustig zu machen. Das werde ich nicht dulden.«

»Ja, Herrin«, sagten sie gleichzeitig und senkten ihre Köpfe.

Deidre war froh, dass Lady Elen so gütig war, fürchtete aber gleichzeitig, dass diese freundlichen Worte das Misstrauen der anderen Frauen endgültig besiegelt hatten. Von den beiden anderen driftete eine Welle des Unmuts zu ihr herüber.

Elen warf Una einen Blick zu und wandte dann Deidre ihre Aufmerksamkeit zu. »Hast du noch nichts gegessen, mein Kind?«

Bevor Deidre antworten konnte, wurde die Tür aufgestoßen, so dass sie beinah an die hintere Wand schlug, und ein Mann trat ein, dessen muskulöse Schenkel sich auf seinen engen Trews, den ledernen Beinkleidern der Schotten, abzeichneten.

Er erfüllte den ganzen Raum. Er war groß und noch breitschultriger als Gilead; seine starken Oberarme wölbten sich so sehr, dass die lederne Jacke spannte, unter der er kein Hemd trug. Der breite Oberkörper verjüngte sich zu schmalen Hüften und einem flachen Bauch. Sein schwarzes Haar, das von einem Lederriemen zurückgehalten wurde, zeigte noch keine Spur von Grau, obwohl Deidre sich augenblicklich sicher war, dass sie den Herrn der Burg vor sich hatte. Alles an ihm schrie pure, reine Männlichkeit hinaus.

Elen schien noch weiter in ihren Kissen zu versinken, als Angus über ihr aufragte und einen silbernen Kelch mit Wein auf den Tisch stellte.

»Trink lieber das als den Tee, den du so gern hast. Wird ein bisschen Farbe auf deine Wangen bringen.« Er wischte sich etwas Schweiß von der Stirn. »Bei Bels Feuer, warum ist es hier so heiß? Öffnet das Fenster.«

Sheila trat vor, blickte ihn von unten an und drückte ihren Rücken durch, so dass ihre Brüste besser zur Geltung kamen. »Wenn Ihr erlaubt, Mylord.«

Er nickte und beobachtete, wie sie auf dem Weg zum Fenster ihre Hüften aufreizend schwingen ließ. »Ganz auf, Mylord?«, fragte sie.

Er grinste anerkennend und schenkte ihr ein schräges Lächeln. »Ja. Ganz auf, Mädchen.«

Deidre stöhnte in sich hinein. Er hatte den gleichen weichen, sanften Bariton wie Gilead, und auch sein Lächeln glich dem seines Sohnes, aber nichts an ihm erinnerte an einen Erzengel. Eher die Ausgeburt des Teufels, so fasziniert, wie Sheila von ihm war.

Als ob er sie gehört hätte, wandte er in diesem Moment seine dunklen Augen ihr zu. Sein Blick war so durchdringend, dass eine Frau sich unweigerlich fühlte, als trüge sie keine Kleider am Leib. Er drehte sich ihr zu, stellte sich breitbeinig hin und begutachtete sie. Deidre zwang sich stillzustehen und nicht unruhig zu werden. Aber, lieber Himmel, er war wirklich einschüchternd.

Er verschränkte seine Arme vor der Brust. »Lasst uns allein«, sagte er.

Sheila sah enttäuscht aus, war aber vernünftig genug, ihn nicht zu reizen. Deidre wandte sich um, um mit den anderen Frauen zu gehen.

»Du nicht.«

Sie hielt inne. »Was könnte Mylord von mir wollen?«

Er zog eine Augenbraue hoch. Ein Mundwinkel seiner vollen Lippen hob sich, während seine Augen schmaler wurden, aber er sagte nichts, bis die Tür hinter ihnen geschlossen wurde.

Sie zwang sich, ihm in die Augen zu blicken. »Mylord?«

Noch immer gab er keine Antwort, sondern umrundete sie, langsam wie ein Raubtier seine Beute. Deidre beschloss, sich nicht zu drehen, ihn aber im Blick zu behalten. Ein Schauer lief ihr über den Rücken, als er sich hinter ihr befand. *Saint Brighid!* Was hatte dieser Mann vor? Seine Frau saß keine drei Meter von ihm entfernt, ihre blauen Augen in ihrem blassen Gesicht weit aufgerissen. Es war deutlich zu erkennen, dass sie sich vor ihm fürchtete.

Deidre reckte trotzig ihr Kinn in die Höhe. Sie würde sich nicht von ihm einschüchtern lassen, Laird hin oder her. Schnell drehte sie sich um und blickte ihm ins Gesicht.

Er wirkte überrascht und leicht amüsiert.

»Es gefällt mir nicht, dass Ihr mich anseht, als wäre ich eine Beute«, sagte sie.

Elen zog hörbar den Atem ein, aber Angus schenkte ihr keine Beachtung. Eine Spur von Respekt flackerte kurz in seinen rauchgrauen Augen auf, war aber sofort wieder verschwunden.

»Du bist also die, die er will.«

Er? Wer? Gilead? Konnte es wahr sein, dass Gilead sie wollte? Die hoffnungsvolle Jungfrau spitzte die Ohren.

Angus ging zu dem Tisch und setzte sich halb, ein Bein vor sich ausgestreckt. »Vielleicht erzählst du mir, wie du hierhergekommen bist? Ich habe von keinen Wegelagerern gehört, die eine Kutsche ausgeraubt hätten.«

Deidre schluckte. Der Laird musste Patrouillen auf seinem Land haben. Gehörten diese Männern in den roten Umhängen zu ihm? *Schnell, eine Idee!* »Räuber, Mylord. Vor zwei Tagen. Vielleicht noch nicht auf Eurem Land.«

Seine Augen verengten sich zu dem Raubtierblick. »Du sprichst seltsam. Blondes Haar und blaue Augen, du könntest zu den Sachsen gehören. Ein Spion vielleicht.«

Sie fühlte, wie ihr die Farbe aus dem Gesicht wich. Bei ihren Bemühungen zu verbergen, wer sie wirklich war, hatte sie nicht daran gedacht, dass man sie für eine Sächsin halten könnte. Er musste ihr glauben. Wenn er sie nicht aufnahm – wohin sollte sie dann gehen? Sie atmete tief ein.

»Keine Sächsin, Mylord. Ich habe den gleichen Teint wie Eure Frau. Sie gehört wohl kaum zu den Sachsen, nehme ich an.«

Elen versank noch weiter in ihrem Sessel, als ihr Angus einen flüchtigen Blick zuwarf und dann seine Augen wieder auf Deidre heftete. »Du hast eine scharfe Zunge, Mädchen.« Plötzlich kam er so geschmeidig wie ein Puma auf sie zu und grinste sie hämisch an. »Vielleicht passt du mir ja doch.«

Passen? Was meinte er – »zu *ihm* passen«? Er und sie? Unmöglich konnte er ihr vor seiner Frau so unverschämte Avancen machen. Aber irgendetwas sagte ihr, dass er es sehr wohl konnte. Sie richtete sich zu ihren vollen 1,55 m auf. Ihre Nase reichte gerade mal bis an seine Brust. »Ihr beleidigt mich. Ihr seid ein verheirateter Mann, und ich werde nicht mit Euch ein Lager teilen, um hier bleiben zu können.« So. Sie hatte es gesagt. Und sie würde wahrscheinlich stehenden Fußes hinausgeworfen werden.

Angus starrte sie an – eine Ewigkeit lang, wie es ihr schien. Dann warf er seinen Kopf zurück und lachte – ein tiefes Donnern aus ganzem Leib.

Einen Moment lang spürte sie Erleichterung, dann begann die Wut in ihr zu brodeln. Unerhört. Das war überhaupt nicht zum Lachen. Warum heulte er beinahe vor Lachen? Plötzlich spürte sie, wie sie bis in die Haarwurzeln errötete. Vielleicht hielt er sie für so unwichtig, dass so ein Gedanke für ihn völlig aberwitzig war. Was für eine Frechheit. Er spielte mit ihr wie eine Katze mit einer Maus.

Er hob eine Hand und versuchte sein Grinsen zu zügeln. »Es ist gar nicht nötig, dass du mit deinen Augen solche Feuerblitze auf mich wirfst, so schön sie auch sein mögen.« Er nahm einen tiefen Atemzug und räusperte sich. »Ich meinte, dass du stark genug bist, ihm die Stirn zu bieten. So wahr ihm Gott helfe.« Er unterdrückte ein Glucksen.

Ihm? Wem? Gilead? Deidre wurde es bei dem Gedanken, zu ihm zu passen, warm ums Herz. *Dagegen* würde sie nicht protestieren; nicht dass sie ihm die Stirn bieten wollte – etwas anderes vielleicht … –, aber war es möglich, dass Gilead seinen Vater ihretwegen gefragt hatte? Vielleicht war das hier doch Camelot?

»Das wäre mir eine Ehre, Mylord.«

»Wäre es das? Also hat dich Gilead letzte Nacht umsonst gerettet?«

»Ich bin Eurem Sohn sehr dankbar, dass er mich gerettet hat«, antwortete Deidre. »Wenn Ihr meint, dass wir zueinander passen, werde ich …« Sie hielt inne, wegen des kleinen Aufschreis, der von Elen kam und auch wegen Angus' Blick. Einen Augenblick lang glaubte sie – Mitleid? – darin zu lesen; dann war der Moment verstrichen.

»Ach, Mädchen, nein.« Er klang fast resigniert. »Gilead hat wenig Zeit für Frauen, obwohl sich ihm viele, wie du, bereitwillig an den Hals werfen würden.«

Deidre fühlte wie eine heiße Welle ihr Gesicht überlief und wandte den Blick ab. *Närrin. Ich habe mich wieder hinreißen lassen.* Gilead hatte sich gestern Nacht nur ritterlich verhalten. Wie jeder wahre Ritter der Tafelrunde es getan hätte, dachte sie reumütig. Hatte dieser aufdringliche alte Magier einen Zauber auf das Buch gelegt, so dass sie sich immer von irgendwelchen Phantasien hinreißen ließ? Aber langsam dämmerte ihr ein anderer Gedanke; voller übler Vorahnung blickte sie Angus an.

»Wer dann?«

Er zögerte kurz. »Niall will sich mit dir verloben«

Deidres Blut gefror ihr in den Adern. Verloben? Um zu heiraten? Die Vorstellung seines stämmigen Körpers auf dem ihren brachte sie zum würgen – zum Glück hatte sie nichts im Magen. Wie aus weiter Ferne hörte sie Elen protestieren. Angus brachte sie mit einem Blick zum Schweigen. Deidre nahm einen tiefen Atemzug und straffte ihre Schultern.

»Ihr könnt diesem Mann ausrichten, dass ich ›nein‹ gesagt habe. Er hätte mich beinahe vergewaltigt.«

Angus runzelte leicht die Stirn. »Man hat mir gesagt, dass er wohl etwas zu weit gegangen ist letzte Nacht, aber es war Beltane. Mädchen, die sich draußen herumtreiben, sind willige Beute.«

»Ich habe Euch gesagt, warum ich dort war. Nach dem Überfall konnte ich nirgendwohin.«

»Ach ja, die Räuber.« Er betrachtete sie, seine schwarzen Augen schienen bis in ihre Seele vorzudringen. »Du scheinst von edlem Blut zu sein, hast aber kein Geld und keine Kleider außer dem, was du am Leib trägst.«

Unnötig ihr zu sagen, dass sie auf seine Barmherzigkeit angewiesen war. Die eine kleine Truhe, die sie hatte mitnehmen können, war zusammen mit den Münzen, die ihre Wache für sie aufbewahrte, verschwunden. Deidre trat unbehaglich von einem Fuß auf den anderen und wollte sich nicht eingestehen, dass sie von der Güte dieses Mannes abhängig war. Aber lieber wollte sie unter freiem Himmel schlafen und ihr Leben aufs Spiel setzen, als dieses … dieses Monster in ihre Nähe zu lassen. Sie biss die Zähne zusammen.

»Ich danke Euch, dass Ihr mich aufgenommen habt. Ich bin

bereit, hart zu arbeiten, Lady Elen zu dienen und meinen Unterhalt zu verdienen.«

»Lady Elen zu dienen ist keine harte Arbeit. Sie verlässt ihr Zimmer kaum.« Er warf seiner Frau einen flüchtigen Blick zu. »Wenn sie es täte, könnte sie mir vielleicht einen Sohn gebären … oder eine Tochter, die ich verheiraten könnte, um die Klans zu vereinen.«

Elens feine Züge wurden von Schamesröte überzogen, und sie senkte den Kopf. »Ihr wisst, Mylord, die Ärzte sagen …«

»Ja.« Er unterbrach sie und drehte sich wieder zu Deidre. »Niall ist seit fast zwei Jahren verwitwet. Er ist ein wohlhabender Mann, sein Besitz ist halb so groß wie meiner. Nicht nur eine Frau ist ihm willig in sein Bett gefolgt und hat versucht, ihn zur Ehe zu verführen.«

»Glücklicherweise gehöre ich nicht zu ihnen.« *Der Mann ist doppelt so alt wie ich!*

»Du bist für eine Frau nicht wenig starrköpfig. Niall wird dir das sicher austreiben.«

Was? Er denkt, man könnte mich wie ein Pferd zureiten und zähmen? Wohl kaum. »Ich habe nein gesagt.«

Er fuhr fort, als hätte sie gar nichts gesagt. »Es wäre töricht von dir, ihn herauszufordern. Er hat ein sehr reizbares Temperament.«

Gut, sie würde sich auf sein Spielchen einlassen. »Dieser Mann hat mir letzte Nacht gedroht.«

»Hat er? Und wie? Was konnte er wohl tun mit Gilead neben sich?«

»Er sagte … dass wir uns wiedersehen werden …«

»Da hatte er wohl recht, Mädchen. Es ist sehr ehrenhaft von ihm, um deine Hand anzuhalten. Du solltest dich freuen, dass er dir diese Ehre erweist.«

»Mir die Ehre erweist?« Deidre schüttelte den Kopf. Sie

hatte wohl nicht recht verstanden. *Hat es dieser überhebliche Laird mit den Ohren?* »Er sagte, keine Frau würde mit ihm Spielchen treiben.«

Angus grinste »Mit mir treibt auch keine Frau ihre Spielchen, Mädchen. So ist es einfach, das ist keine Beleidigung.«

Was ist nur aus der Ritterlichkeit geworden? Das Buch besagte, dass Männer Frauen wie zarte und empfindsame Wesen behandeln sollen, deren Tugend allzeit geschützt werden muss. Deidre hätte aus Frust beinahe mit dem Fuß aufgestampft. Einmal würde sie es noch versuchen.

»Er würde mich misshandeln, mich schlagen, weil ich mich ihm nicht beugen will.«

Angus trat einen Schritt auf sie zu und neigte sich zu ihr herab, sein schönes Gesicht nur noch wenige Zentimeter von dem ihren entfernt. »Ich weiß nicht, wo du herkommst, Mädchen, aber hier ist es die Pflicht einer Frau, ihrem Mann zu gehorchen. Ein Mann kann alles tun, was er will, um seine Frau in die Schranken zu weisen.«

Deidres Augen wanderten zu Elen, die blass geworden war wie eine Osterlilie. Deidre sah wieder zurück zu Angus, von seiner überwältigenden Ausstrahlung der Macht würde sie sich nicht einschüchtern lassen. »Schlagt Ihr Lady Elen?«

Er wich zurück und starrte sie an. Einen kurzen Moment lange fürchtete Deidre, er würde sie schlagen, so wild war der Ausdruck seiner Augen geworden.

»Nein. Ich habe noch nie eine Frau geschlagen.« Er deutete in Elens Richtung. »Frag sie, wenn du mir nicht glaubst.«

Deidre warf Elen einen misstrauischen Blick zu, die sich nervös räusperte.

»Es ist wahr«, sagt sie in einem kaum vernehmbaren Flüstern. »Mein Mann hat mich nie anders als mit zarter Hand angefasst.«

Es fiel Deidre schwer, sich diesen großen Muskelberg zärtlich vorzustellen. Gilead – ja. Sein Vater? Nein. Warum sollte sich Lady Elens sonst so vor ihm fürchten?

»Glaubst du es jetzt? Ich bin kein Ungeheuer, genauso wenig wie Niall.« Angus sah sie durchdringend an. »Er ist eine gute Partie, Mädchen. Niall ist der Sohn eines irischen Königs – der zweite Sohn, deswegen ist er hier –, aber er ist adlig. Als Waise ohne Mitgift könntest du es viel schlechter treffen.«

»Ein für allemal, ich heirate diesen Mann nicht.« Gilead war ihr Prinz, und sonst keiner! Deidre wurde bang ums Herz. Sicherlich duldete Angus nur eine Dame von Adel für seinen einzigen Sohn. Mit einer großen Mitgift.

Sein Blick verfinsterte sich wieder. Sie reizte ganz eindeutig seine Geduld aus, aber Deidre wusste, sie kämpfte verzweifelt um ihre Freiheit, wenn nicht gar um ihr Leben. Angus mochte nicht gewalttätig sein, Niall aber schon. Um das zu wissen, musste man keine Seherin sein.

Angus seufzte und begann im Raum auf und ab zu wandern wie ein Wolf. Schließlich blieb er stehen und wandte sich wieder an Deidre. »Ich weiß nicht, warum ich dir das erklären muss, aber so sei es. Nördlich des Hadrianswalls gibt es drei große Stämme. Mein eigenes Land, Oengus, reicht im Osten bis zur Nordsee. Im Westen beim Firth of Clyde liegt Gabrain, das mit uns verbündet ist, genau wie das kleinere Comgaill im Nordwesten. Unser schlimmster Feind ist Fergus Mor von Loairn, dem ein großer Teil des Nordens gehört, und der stets bestrebt ist, mehr von unserem Land zu beanspruchen.«

Er hielt inne. »Verstehst du irgendetwas von dem, was ich hier sage?«

Hielt er sie für dumm? Am fränkischen Hof hatte sie oft genug Gespräche über Kriegsstrategien mitangehört. »Ich bin nicht auf den Kopf gefallen. Fahrt fort.«

Angus begann wieder auf und ab zu gehen. »Nialls Land liegt zwischen Fergus' Land und meinem. Es ist von entscheidender Bedeutung, dass er mit mir verbündet bleibt und sich nicht abwendet und sich mit Fergus zusammenschließt. Verstehst du?«

Deidre nickte. »Eine vernünftige Strategie. Was hat es mit mir zu tun?«

Dunkle Augenbrauen wuchsen unter einem Stirnrunzeln fast zusammen. »Mein Sohn hat Niall heute Morgen gesagt, dass du Waise bist und um unsere Hilfe angesucht hast, weil wir angeblich entfernt verwandt sind.«

Gilead hatte das gesagt? Was für ein Held! Er hatte sie wirklich beschützt, wie es ein richtiger Ritter täte. Es war eine viel einfachere Erklärung, als sich noch mehr Geschichten aus den Fingern zu saugen. »Ich hatte nicht die leiseste Ahnung, dass mein Vater Land und Leben verloren hat, als ich hierher kam.«

Angus' Stirnfalten vertieften sich noch, und seine Augen wurden düster. »Caw geriet in Konflikt mit dem König von Lothian und wurde nach Gwynedd geschickt. Dort scheuchte er die Schotten auf, und wir nahmen die meisten von ihnen auf. Ich würde Caw keinen Freund nennen, auch wenn seine Frau, möge sie in Frieden ruhen, eine entfernte Cousine von Elen war.« Er unterbrach sich. »Aber zwischen uns gab es kein Blutvergießen.«

Also war auch ihre Stiefmutter tot, obwohl sich Deidre von ihr ohnehin keine Hilfe erwartet hatte. »Nun, dann gibt es keinen Ort, an den ich gehen kann. Ich werde Eurer Frau gut dienen; Ihr werdet zufrieden sein.«

Angus schüttelte den Kopf. »Verstehst du denn nicht? Niall hält dich für eine Angehörige unserer Blutlinie; eine Heirat würde ihn an meinen Klan binden.«

»Nein.« War diese Antwort denn noch immer nicht bis in seinen Schädel vorgedrungen?

»Es würde nicht schaden, wenn wir uns nicht auch noch wegen Niall Sorgen machen müssten. Im Norden bedrohen uns die Barbaren mit ihrer Kriegsbemalung, und die blutrünstigen Sachsen drängen an unser Land.« Diesen Überlegungen folgend, kniff er die Augen zusammen. »Außerdem würde Nialls Vater, Lugaid, in Irland bleiben, und nicht unsere Ländereien plündern. Langsam gefällt mir der Gedanke, dich zur Verwandten zu haben.«

»Ich werde es nicht tun.«

»Doch.«

»Niemals.«

Angus stampfte zu ihr hinüber und blieb so knapp vor ihr stehen, dass sie sich beinahe nach hinten lehnen musste, um ihn nicht zu berühren. Elen entfuhr ein leises Wimmern.

Mit geballten Fäusten ragte er vor ihr auf. »Ich bin der Laird hier. Du tust, was ich sage, oder du landest im Verlies.« Ein unterdrücktes Schluchzen ertönte aus Elens Sessel, und irritiert drehte er sich zu ihr um.

»Bitte, Angus, das Mädchen hat keine Schuld daran. Lass sie hier bei mir bleiben.«

Sein Gesicht verfärbte sich dunkel, und Deidre dachte, er würde seine Frau mit Worten prügeln. Sie spürte, wie er um Selbstbeherrschung rang. Deidre hatte das Gefühl, dass dies wohl das Kühnste war, was die scheue Elen je zu ihrem Mann gesagt hatte.

»Ich werde mir nicht von zwei Frauen sagen lassen, was ich zu tun habe.« Er zog scharf die Luft ein und entkrampfte die Hände. »Dann also einen Kompromiss. Bei einer Handfeste verspricht man sich, für ein Jahr und einen Tag zueinanderzustehen, um dann durch die Ehe Mann und Frau zu werden. Niall wollte mit der Hochzeit nicht länger als Lugnasad warten, in drei Monaten also. Er meinte, es wäre genug Zeit, um dich zu zähmen.« Deidre sträubte sich, aber er hob die Hand. »Ich willige ein, aber ich werde ihm sagen, dass ihr bis zum Tag der Hochzeit nicht das Bett teilen werdet.«

Er sah sehr zufrieden mit sich aus. Deidre öffnete den Mund, um zu protestieren, aber er legte einen Finger auf ihre Lippen. »Es ist entschieden, Mädchen.« Mit diesen Worten drehte er sich um und ging hinaus.

Sie starrte ihm nach. Hatte er etwa das Gefühl, ihr damit entgegenzukommen? Was gab ihm das Recht, über ihr Leben zu bestimmen? Könnte sie ihm doch nur sagen, wer sie wirklich war! Aber damit würde sie ihre Aufgabe in Gefahr bringen, den Stein der Weisen zu finden.

Mit einem schrecklich bangen Gefühl, als läge ihr eine ganze Ladung walisisches Kohleerz im Magen, wurde ihr klar, dass er tatsächlich das Recht hatte, über ihr Leben zu verfügen. Frauen galten als Eigentum. Das hier war eindeutig nicht Camelot. Verflucht sei der Zauberer, der all diese Jahre über solche Träumereien in ihrem Geist hatte gedeihen lassen.

Drei Monate. Das Erntedankfest des Augusts. Eine der alten Kraftnächte, in denen die Göttin ihre ganze Macht entfaltet. Nicht so mächtig wie Samhain, wenn sich die Nebel zwischen dieser und der nächsten Welt teilten und die Sidhe, die Elben, aus den ausgehöhlten Hügeln kamen, um all denen zu helfen, die an sie glaubten, aber trotzdem würde die Macht dieses Fests ihre Wirkung zeigen. Dann würde sie vielleicht sehen, wo der Stein verborgen war. Aber hatte sie noch so lange Zeit?

Sie richtete sich auf und hob ihr Kinn. Eines jedenfalls war sicher: Sie würde Niall nicht heiraten. Ganz egal, was dieser herrschsüchtige, unerbittliche Laird dachte.

Kapitel 3

Lady Elen

»Komm, Kind, setz dich zu mir und iss mit mir.« Deidre hörte auf, die geschlossene Tür anzustarren und ging hinüber zu der in Decken gehüllten Elen. »Ist Euch kalt? Soll ich das Fenster schließen?«

Sie schüttelte den Kopf. »Angus würde das nicht wollen.«

»Es ist Euer Gemach, Mylady. Ich schließe es, wenn Ihr es wünscht.«

Elen zögerte, dann erschien ein Lächeln auf ihren Lippen, als sie nickte. »Du hast keine Angst vor dem Laird?«

Deidre verriegelte das Fenster, nahm dankbar die Schüssel mit Haferbrei entgegen, die Elen ihr reichte, und setzte sich in den Stuhl ihr gegenüber. Sie ließ einen Bissen des gebutterten Fladenbrots auf ihrer Zunge zergehen, bevor sie antwortete.

»*Sollte* ich denn Angst haben vor Eurem Mann, Mylady? Tut er Euch weh?«

Elens blaue Augen weiteten sich. »O nein, was ich gesagt habe, war die Wahrheit. Nein, er tut mir nicht weh …« Sie blickte wehmütig vor sich hin. »Er rührt mich überhaupt nicht mehr an.« Sie lachte, aber es klang hohl und gezwungen. »Weil ich so gebrechlich bin … ich habe nicht viel Kraft.«

Deidre blickte auf das Frühstückstablett auf dem Tisch. Elen hatte es nicht angerührt. Schuldbewusst legte sie ihr zweites, dick mit Marmelade bestrichenes Fladenbrot zurück. »Vielleicht solltet Ihr mehr essen, Mylady.«

»Ehrlich gesagt dreht sich mir beim Anblick von Nahrung

der Magen um.« Sie nahm den Kelch und trank einen kleinen Schluck Wein. »Auch daraus mache ich mir nichts, aber Angus besteht darauf, dass ich jeden Morgen einen Becher Wein trinke.«

Jemand klopfte an die Tür, und als sie sich langsam öffnete, warf Elen einen furchtsamen Blick zum geschlossenen Fenster. Deidre legte ihren hölzernen Löffel hin. Das war lächerlich. Falls Angus zurückkam, um deswegen zu schelten …

Sie wandte sich um, aber ihr Stirnrunzeln verschwand sofort, als Gilead auf sie zukam.

»Guten Morgen, Mutter. Wie geht es dir?«, fragte er, als er sich zu ihr beugte, um ihr einen Kuss auf die Wange zu geben und sich dann zwischen Deidre und ihr niederzulassen. Er warf einen Blick auf die Schüssel vor Deidre und dann zurück zu seiner Mutter. »Hast du gegessen?«

Deidre fühlte, wie sie heiße Ohren bekam. Auf dem Tablett war nur eine Schüssel gewesen. Dachte er, sie würde seine Mutter vom Essen abhalten? Sie merkte, wie ihr Gesicht heiß wurde, und senkte den Kopf, so dass ihr Haar nach vorn fiel. Vielleicht hatte sie das tatsächlich getan. Sie war so hungrig gewesen, dass sie noch nicht einmal bemerkt hatte, dass Elen gar kein Besteck hatte. Eine saubere Kammerzofe würde sie abgeben; wenn das diese Riesin von Burgvogtin herausfinden würde, würde sie tatsächlich die Nachttöpfe schrubben müssen.

War Gilead zornig? Sie wagte einen Blick durch die Strähnen ihres Haars und sah, dass er sie beobachtete. Heute hatte auch er sein Haar mit einem Lederriemen zurückgebunden, und wie sein Vater trug er eine Lederjacke auf bloßer Haut. *Haben die Männer dieser Familie irgendeine Ahnung, welche Wirkung sie auf Frauen haben? Wahrscheinlich.* Dunkle Löckchen auf seiner bronzefarbenen Brust erregten ihre Aufmerksamkeit, bevor sie wieder unter der Weste verschwanden. Wie stark war er wohl behaart? Einmal hatte sie einen verwundeten Soldaten gesehen, dessen Hemd auf seiner Brust entzweigerissen war, bevor Clotilde sie verscheuchen konnte. Bildete auch Gileads Brusthaar eine hübsche kleine Spur, die bis zu seiner Taille hinabführte und in seinen Beinkleidern verschwand? Deidre zwang sich, nicht an diese Stelle zu sehen. Nicht, dass das etwas geändert hätte, denn sein starker, sich wölbender Bizeps war fast genauso aufreizend. Er trug einen ledernen Armschutz am linken Arm, der starke rechte Unterarm dagegen war unbedeckt. *Wie kann es sein, dass ich nur schon vom Anblick eines nackten Männerarmes Schmetterlinge im Bauch bekomme?* Aber als sie seine Hände ansah, deren lange Finger jetzt auf den Tisch trommelten, erinnerte sie sich daran, wie stark und warm sie sich letzte Nacht angefühlt hatten. Die Schmetterlinge flogen weiter nach unten.

»Ich hatte keinen Hunger, mein Sohn«, sagte Elen und unterbrach damit Deidres Träumereien. »Und ich glaube, Una hat dem armen Kind keine Zeit zum Frühstücken gelassen.«

Gott sei Dank. Schon jetzt fühlte sich Deidre dieser Frau sehr vertraut. Hastig sammelte sie den angebissenen Fladen und die leere Schale auf dem Tablett zusammen. »Ich bringe das in die Küche«, sagte sie, als sie sich erhob.

»Warte.«

Bevor sie wusste, wie ihr geschah, beugte sich Gilead zu ihr und fuhr mit dem Zeigefinger leicht über ihren Mundwinkel. Unter der knisternden Wärme seiner Berührung spürte sie, wie das Blut in ihren Lippen pulsierte. Was tat er da?

»Marmelade«, sagte er, als er seinen Finger wieder hob und ihn ableckte. Er lächelte sie verschmitzt an »Darf ich?«

Deidre fürchtete, dass sie anfangen würde zu sabbern. Schlimm genug, dass sie nicht essen konnte, ohne dass etwas danebenging. Aber wenn er sie berührte … war da noch immer Marmelade an ihrem Mund? Würde er sie weg*küssen?* Der Gedanke stöberte Heerscharen von Schmetterlingen in ihrem Bauch auf.

»Du kannst bleiben, wenn du möchtest«, sagte er, als er nach dem angebissenen Fladenbrot griff. »Ich besuche meine Mutter jeden Morgen.«

Er würde hier jeden Morgen nur halb angekleidet hereinmarschieren? Deidre war sich nicht sicher, ob sie das aushalten würde. Aber bei der Göttin – um nichts in der Welt wollte sie sich das entgehen lassen.

»Werdet ihr heute Morgen Bogenschießen üben?«, fragte Elen, als sich Deidre wieder setzte.

»Ja«, antwortete Gilead. »Vater genießt es doch, gegen Turius anzutreten, wenn er zu Besuch ist.«

Elens feine Gesichtszüge verfinsterten sich leicht. »Ich habe gehört, dass sie gestern angekommen sind. Leider war ich so schwach, dass ich sie nicht richtig empfangen konnte.«

Gilead tätschelte die Hand seiner Mutter. »Der König versteht das. Sorge dich nicht.«

Deidre hatte das Gefühl, dass Gilead noch mehr sagen wollte, es aber unterließ. Unwillkürlich fragte sie sich, wer dieser König war und warum Elen überhaupt nicht so klang, als ob sie es wirklich bedauerte.

Die Tür ging auf und Sheila und Janet traten kichernd ein. Sie blieben stehen, als sie sahen, dass Deidre und Gilead mit am Tisch saßen, und Janets Augen verengten sich. Was das bedeuten sollte, musste man Deidre nicht erklären.

Janet ignorierte sie völlig, als sie mit einem kleinen, hinterhältigen Lächeln um ihre Lippen auf den Tisch zuging. *Heilige Mutter Maria, war sie eine von Gileads Huren? Vielleicht die, wegen der er sich gestern Nacht so beeilt hatte? Sheila hatte vorhin unverhohlen mit Angus geflirtet; wechselten sich Vater und Sohn mit den beiden ab?* In Deidres Kopf machte eine Katze mit leuchtend grünen Augen einen Buckel und fauchte.

»Ich bringe das Tablett weg«, sagte Janet und beugte sich zu

Gilead, so dass ihr reichlich ausgestattetes Dekolleté nur wenige Zentimeter von Gileads Gesicht entfernt war. Plötzlich rutschte sie und fiel, so dass sie mit ihrem Busen an seine Brust prallte.

Genau der Ort, an dem Deidre sein wollte. Nie im Leben hatte sie jemanden so schlecht schauspielern sehen, nicht mal bei den unsäglichen Schaustellern an Childeberts Hof.

»Oh, Mylord, wie ungeschickt von mir.« Janet gab vor, sich aufrichten zu wollen, was dazu führte, dass sie sich ganz eindeutig an ihn drückte und rieb.

Sein Vater hatte recht gehabt. Frauen warfen sich ihm buchstäblich an die Brust.

Gilead nahm sie bei den Schultern und stellte sie auf ihre Füße. Mit höflichem Lächeln reichte er ihr das Tablett. »Una wird wohl schon darauf warten. Sag ihr, dass meine Mutter …« Seine blauen Augen streiften Deidres, als er fortfuhr: »Sag ihr, dass meine Mutter heute Morgen das Frühstück sehr genossen hat.«

Ohne irgendeinen nachvollziehbaren Grund wurde Deidre von einer Art Schwindel ergriffen. Er hatte ihr ein Kompliment gemacht … *Und* er schien nicht auf Janets Annährungsversuche einzugehen.

»Ich gehe, damit du dein Bad nehmen kannst, Mutter«, sagte Gilead, als er aufstand.

»Einen Augenblick«, sagte Elen, »wird es denn heute Abend zu ihren Ehren ein Fest geben?«

Er zögerte. »Ja, Vater hat es veranlasst.«

Sie seufzte und hob den Kopf. »Sag ihm, ich werde teilnehmen. An dem mir gebührenden Platz an seiner Seite.«

Er nickte und Deidre fragte sich, warum er so besorgt aussah. Er streckte den Arm aus und nahm die Hand seiner Mutter.

»Sorge dich nicht. Ich werde heute selbst neben Formorian sitzen.« Er küsste sie auf die Stirn und wandte sich dann Deidre zu. »Begleite meine Mutter heute Abend.«

»Sehr gerne, wenn sie es wünscht.«

Einen Moment lang meinte sie in seinen Augen den gleichen Herrschaftswillen zu erkennen, der sich so deutlich auf dem Gesicht seines Vaters zeigte, aber er nickte ihr nur kurz zu und ging.

Deidre runzelte die Stirn – wer war Formorian?

Der Rest des Morgens verging mit ihren neuen Aufgaben. Die Mägde brachten Eimer mit heißem Wasser in Elens Gemach, wo hinter einem fein gewebten Paravent eine große hölzerne Wanne stand. Sheila parfümierte das Wasser mit getrockneten Rosenblättern, und Una brachte eine wohlriechende Seife, über die sich Elen sehr freute.

»Ein neuer Duft!«, sagte sie, als sie daran roch.

»Der Kerzendreher hat mehr Erika gepresst, als er für die Kerzen heute Abend brauchte. Und ich dachte, das Öl macht Eure Haut noch zarter«, sagte Una mit einem zufriedenen Ausdruck auf ihrem ansonsten mürrischen Gesicht. Sie warf Deidre und Janet einen Blick zu und sagte: »Lasst euch nicht damit erwischen. Die ist nur für Mylady gedacht.«

Natürlich. Kernseife für die Bediensteten, was sonst? Sie würde das Stück Seife verstecken müssen, das ihr Anna letzte Nacht gebracht hat.

Nachdem sie gebadet hatte und angekleidet war, entließ Elen alle ihre Zofen. »Ich glaube, ich bleibe in meinem Gemacht und werde für ein paar Stunden an meiner Stickerei arbeiten«, sagte sie, als sie in einen Sessel beim Fenster sank und ein Stück feine helle Seide in die Hände nahm.

»Mylady macht die zierlichste Stickerei der Inseln«, sagte Anna stolz zu Deidre, als sie das Zimmer verließen. »Du wirst es heute Abend an dem feinen Gewand sehen, das sie tragen wird.«

Und was werde ich tragen, wenn ich Lady Elen begleiten soll?

Deidre strich über ihr einfaches wollenes Kleid. Es war sehr schlicht, ohne irgendeine Verzierung. Nun ja, das war die geringste ihrer Sorgen. Sie würde die Ohren spitzen heute Abend, vielleicht bekam sie irgendeinen Hinweis darauf, was mit ihrer Eskorte geschehen war.

Weil sie etwas Zeit hatte, beschloss sie, die Küche aufzusuchen. Sie wollte nicht nur wissen, wo sie morgens ihr Frühstück zu sich nehmen konnte, sondern auch die anderen Zofen und Mägde kennenlernen. Hoffentlich war die Köchin etwas freundlicher als Una.

Weit gefehlt.

»Raus! Es war schon eine von Lady Elens Zofen hier! Ich habe keine Zeit, solche wie euch zu bedienen.« Die Frau, die das mittlere Alter bereits überschritten hatte, warf Deidre einen düsteren Blick und einer der Spülmägde eine Schürze zu. Zwei Küchenmägde begannen, wie wild Gemüse zu schneiden, während eine andere um die wütende Frau herumwuselte.

Deidre blieb in der Tür stehen. Sie war wild entschlossen, freundlich zu sein. »Ich wollte mich nur vorstellen.«

»Pah!« Ihr Doppelkinn wackelte, als sie herumfuhr, um sich den Küchenjungen zu schnappen, der hinter ihrem breiten Rücken vorbeigehen wollte. »Sieh nach, was das Milchmädchen so lange treibt. Es muss gebuttert und Sahne geschlagen werden.« Sie drehte sich um und rief den unglückseligen Küchenmägden, die sich offenbar alle vor ihr fürchteten, noch weitere Anweisungen zu. Als sie Deidre noch immer in der Tür stehen sah, schien sie überrascht.

»Wenn du dein feines Kleid nicht beschmutzen willst, bleibst du besser aus meiner Küche fern«, sagte sie. »Wir haben ein Festmahl vorzubereiten, und das wird den ganzen Tag dauern. Laird Angus wird außer sich sein, wenn nicht alles dem König, und vor allem seiner Frau, angemessen ist.«

Wieder diese Formorian. Wer war sie?

Als die Köchin zu einem gefährlich aussehenden Messer griff, beschloss Deidre, dass es doch besser wäre, zu gehen. Sie wollte lieber nicht wissen, was die Köchin damit vorhatte.

Als sie durch die Hintertür der Küche nach draußen trat, hörte sie lautes Rufen und Pfeifen. Sie folgte dem Geräusch um die Ecke der Great Hall und erblickte eine Gruppe von Männern. Gilead war unter ihnen. Als sie sich zu den wenigen Zuschauern gesellte, sah sie, dass die Männer einen Wettkampf im Bogenschießen austrugen. Das war ihr Sport! Ihre Mutter hatte darauf bestanden, dass die Priesterinnen, wenn sie den Stein schützen sollten, zuerst imstande sein mussten, sich selbst zu schützen. Sollte ein Mann der Weisheit, welche die Göttin in den Stein eingeschrieben hatte, keinen Respekt zollen, würde er es zumindest verstehen, wenn zu ihrer Verteidigung richtige Waffen eingesetzt wurden.

Niall war ebenfalls unter den Bogenschützen. Er schien überrascht, sie zu sehen, dann zwinkerte er und grinste. Deidre hob ihr Kinn und blickte weg, in der Hoffnung, dass er die Zurückweisung verstehen würde.

Sie sah zu, als Angus seinen Pfeil anlegte, spannte und schoss. Während der Pfeil flog, war alles still, dann folgte begeisterter Applaus, als er genau ins Schwarze traf. Er grinste und winkte seinen Nebenmann herbei.

Deidre sah aufmerksam zu. Das musste König Turius sein. Er war fast so groß wie Angus, aber drahtiger. Er trug Trews, die engen schottischen Wollhosen, über weichen Lederstiefeln und eine schlichte weiße Uniformjacke mit einem Gürtel um die Hüfte. Ein fein gewebter, aufwendig verzierter purpurroter Umhang war der einzige Hinweis, dass es sich um einen König handelte. Mit einer geübten Bewegung warf er den Mantel zurück, als er in Position ging und zielte. Hellbraunes Haar fiel ihm lose über die Schultern. Sogar aus der Entfernung konnte Deidre seine klaren, ruhigen, zielgerichteten haselnussbraunen Augen und den entschlossenen Ausdruck auf seinem Gesicht erkennen. In seinem Kiefer spannte sich ein Muskel, das einzige Zeichen, dass er möglicherweise doch nicht so zuversichtlich war, wie er wirkte.

Wieder falsch. Sein Pfeil landete haarscharf neben dem von Angus. Spontaner Applaus folgte, ebbte aber schnell ab, als ob alle gemeinsam den Atem anhielten. Dann nickte Angus und bot ihm die Hand.

»Gleichstand. Wie sollen wir ihn auflösen?«, frage Turius.

»Jeder von uns beiden bestimmt einen Recken«, antwortete Angus. »Gilead wird für mich einspringen. Wie wäre es mit Formorian für dich?«

Formorian? Die mysteriöse Königin war eine Bogenschützin? Deidre sah sich um. Es gab nur noch zwei andere weibliche Zuschauer, und beide sahen wahrlich nicht königlich aus.

Turius schüttelte den Kopf. »Der junge Hengst, den sie unbedingt reiten wollte, hinkte gestern, als wir hier einzogen. Sie ist sicher im Stall, um zu sehen, ob er lahmt. Du weißt, wie sie ist.«

Ein seltsames Lächeln erschien auf Angus' Gesicht. »Ja. Sicher freut sich das Pferd über ihre Gesellschaft.«

Gilead hustete. »Wollt Ihr jemanden auswählen, Lord Turius?«

Der König musterte seine Männer. Deidre wunderte sich, warum er zögerte. War Gilead denn so gut? Eine verrückte Idee keimte in ihr auf. Vielleicht sollte sie es herausfinden …?

Sie trat vor. »Mylord, dürfte ich Euch auf ein Wort sprechen.«

Angus sah sie scharf an, als würde er sie zum ersten Mal bemerken. »Was tust du hier draußen? Du solltest bei meiner Frau sein.«

Deidre lächelte ihn freundlich an. *Die* Gelegenheit, um Niall zu zeigen, dass er sich mit ihr besser nicht anlegen sollte. »Lady Elen hat uns für eine Weile entlassen.« Sie wandte sich an Turius. »Vielleicht kann ich Euch helfen. Würdet Ihr mich als Eure Vertreterin gelten lassen?«

Gilead starrte sie an und ließ beinahe den Pfeil fallen, den er in der Hand hielt. »Ich weiß nicht, ob du verstehst, worum es hier geht, Mädchen. Wir üben hier nicht. Ein Goldstück steht auf diesen einen Schuss.«

Sie blickte zu ihm auf, schwer bemüht, sich nicht in seinen blauen Augen zu verlieren. »Das ist mir bewusst. Weshalb denkt Ihr, ich könnte nicht schießen?« Sie lächelte Turius an. »Eure Königin tut es auch, und offenbar gut, wenn Lord Angus sie als würdig betrachtet.«

Turius sah sie nachdenklich, aber mit wachsamen Augen an, als wollte er ihre Gedanken lesen. Ein seltsames Gefühl beschlich sie, als prüfe er sie eigentlich als Soldat und nicht nur als Frau. Das bestärkte sie nur noch mehr in ihrem Wunsch zu schießen.

»Nein.« Angus trat vor, ihm war anzusehen, dass es ihm nicht gefiel. »Du wirst Turius nicht lächerlich machen. Du bist so ein kleines Ding, ich bezweifle, ob du überhaupt die Sehne spannen kannst.«

Sie straffte die Schultern. Zehn Jahre lang musste sie am Hof mit der Arroganz ihres Cousins fertig werden, nur weil sie klein war. Sie würde ihnen schon zeigen, was ein »kleines Ding« zustande brachte.

Turius hob eine Hand in Richtung Angus und lächelte Deidre an. »Ihr könntet mich sehr wohl blamieren, junge Dame, aber etwas sagt mir, dass ich es wagen sollte. Meine Intuition täuscht mich fast nie. Wie ist Euer Name?«

»Deidre«, antwortete sie und bemerkte, dass sich Gilead

umgewandt hatte und seine Schultern bebten. *Lachte er sie etwa aus?*

Turius schien es nicht zu bemerken. Er sah Angus an und sagte: »Ich wähle Deidre.«

Angus zuckte die Schultern und sagte: »Es ist dein Schaden ...« Er deutete auf Deidre: »Soll ich dir einen Kinderbogen holen?«

»Wollt Ihr mich kränken, Mylord?«, fragte sie in ihrer besten Imitation seines schottischen Akzents.

Er blinzelte und grinste dann. »Nein, Mädchen. Das überlasse ich Gilead.«

Gilead sah man deutlich an, wie unangenehm es ihm war, als er ihr zu einer Stelle folgte, wo eine Reihe von Bögen auf dem Boden lagen. »Bist du dir sicher?«

Sie bückte sich und nahm einen polierten Langbogen aus Eiche in die Hände. Er war ein wenig kürzer als die anderen.

»Eine gute Wahl«, murmelte Gilead so nah an ihrem Ohr, dass sie seinen Atem spüren konnte. »Er gehört Formorian. Lass ihn mich für dich spannen.«

Deidre kostete es Kraft, sich nicht umzudrehen. Ein Blick in seine Augen, und all ihre Kraft würde schwinden. Und an die sinnlichen Lippen, die nur Zentimeter von den ihren entfernt waren, durfte sie gar nicht erst denken. Sie nahm einen tiefen Atemzug. Sie musste sich konzentrieren, und zwar *nicht* auf ihn. Gilead tat dies wahrscheinlich absichtlich, um ihre Konzentration zu schwächen. Sie murmelte einen Fluch, den sie bei Childebert gehört hatte, wenn seine Mutter außer Hörweite war. Gewinnen, egal wie.

»Das ist nicht nötig«, sagte sie, als sie den Bogen beugte und die Sehne am Bogenende befestigte. »Ich muss ein Gefühl dafür bekommen.« Sie musste sich zwingen, sich von seiner Körperwärme wegzubewegen, sonst würde sie als geschmolzenes Etwas zu seinen Füßen enden. *Ich muss gewinnen. Ich muss Niall zeigen, dass ich ihm nicht nachgeben werde. Niemals.* Sie rief sich vor Augen, wie Turius sie gemustert und ihr sein Vertrauen geschenkt hatte. Plötzlich wollte sie ebenso sehr für ihn gewinnen wie für sich selbst. Erregte er diese Art von Loyalität wohl bei allen seinen Soldaten?

Sorgfältig wählte sie ihren Pfeil. Die Schussdistanz war nicht weit, vielleicht 90 Meter. Ein etwas dickerer Pfeil würde genauer treffen. Sie begutachtete zwei oder drei, ob sie gerade waren und traf ihre Wahl.

»Ich bin bereit.«

Sie ging zum Zielkorridor hinüber. »Nach dir«, sagte Gilead.

Sie hakte den Pfeil ein, doch dann kam ihr plötzlich ein Gedanke. Sie senkte den Bogen. »Ich möchte, dass Ihr den ersten Schuss macht.«

Er blickte sie verwirrt an: »Warum?«

»Weil ich nicht möchte, dass jemand – *irgendjemand* – denkt, dass Ihr mich gewinnen lasst, und absichtlich schlechter schießt.«

Der eine Winkel seines sündigen Mundes zog sich nach oben. »Mein Vater würde mich dafür häuten. Ich habe vor, genau ins Schwarze zu treffen.«

»Dann nur zu.«

Er lächelte sie kurz an und ging breitbeinig in Stellung. Ein paar Haarsträhnen hatten sich aus dem Band gelöst und fielen ihm in die Stirn. Deidres Finger juckten – wie gern hätte sie sie ihm aus der Stirn gestrichen. Die Muskeln in seinem rechten Arm verwandelten sich in Stahlseile, als er den Bogen aufnahm und den Pfeil spannte. Der Pfeil raste durch die Luft nach oben, beschrieb einen Bogen und flog wie ein herabschießender Adler – mitten ins Schwarze, genau wie er es angekündigt hatte.

Laute Rufe und Pfiffe erfüllten die Luft. Deidre warf einen

Seitenblick zu Angus, der lachte. Turius neben ihm sah sehr ruhig aus. Er nickte Deidre zu und lächelte.

Deidre atmete tief durch und war einmal mehr dankbar dafür, dass Childeberts Junker solche Leckermäuler waren und sie im Gegenzug für die Leckereien, die sie ihnen aus der Küche schmuggelte, im Geheimen hatten üben lassen, damit ihre Fähigkeiten nicht verkümmerten. Sie spannte den Pfeil, achtete darauf, dass die Feder gerade stand und fasste das Ziel genau ins Auge. Sie gehörte eher den traditionellen Schützen an, im Gegensatz zu Gilead, der ein intuitiver Bogenschütze war. *Jetzt ziehen … langsam und leicht … bis zum rechten Ohr …* Sie fühlte die Spannung in ihrem linken Arm durch das Zuggewicht. *Merde!* Dieser Langbogen war schwerer als der, den sie benutzt hatte. Sie biss die Zähne zusammen. *Wenn diese Königin Formorian mit diesem Bogen zurechtkommt, dann kann ich das auch.* Nur noch ein Zentimeter und es war so weit. Schon immer hatte sie um den genauen Moment gewusst … *halten … und JETZT.* Sie ließ den Pfeil los, beobachtete seinen Flug, gerade und sicher. Er schien eine Ewigkeit in der Luft zu bleiben und dann … stieß er Gileads Pfeil aus der schwarzen Mitte.

Die Menge verharrte in verblüfftem Schweigen. Gilead drehte sich zu ihr um und verbeugte sich tief, indem er ihre Hand an seinen Mund führte und mit seinen Lippen über ihre Knöchel streifte. »Sehr gut gemacht, Mädchen«, sagte er. »Wo hast du das gelernt?«

Bei seiner Berührung lief eine warme Welle ihren Arm hinauf, und sie hoffte, ihre Knie würden nicht plötzlich nachgeben. Es gelang ihr, tief durchzuatmen, und sie wünschte sich, ihm die Wahrheit sagen zu können. Stattdessen wechselte sie das Thema.

»Ihr seid mir nicht böse?«

»Nein. Es war ein fairer Sieg. Komm jetzt. Ich bringe dich zu meinem Vater.«

»Ich glaube kaum, dass es ihm gefallen wird, gegen eine Frau zu verlieren, sei es nun ich oder Königin Formorian.«

Ein Muskel in Gileads breitem Kiefer zuckte. »Du hast nichts zu befürchten.«

Deidre war sich da nicht so sicher. Angus' dunkle Augen schienen sie zu durchbohren, als sie sich näherten. Vielleicht hatte sie es zu weit getrieben. Sie hatte Niall beweisen wollen, dass sie sich ihm nie ergeben würde, aber wenn Angus nun begann, Nachforschungen über ihre Herkunft anzustellen? Was sollte sie dann tun? Sie straffte ihren Rücken und hob ihr Kinn.

»Ich wünschte, meine Frau wäre hier gewesen«, sagte Turius, als sie auf ihn zukamen. »Auch sie genießt es sehr, zu gewinnen.« Er lächelte, als er Deidre den Beutel mit den Goldmünzen reichte. »Ich meine, das gebührt Euch.«

Deidre hob die Hände. »Nein, Mylord, ich war nur Euer Recke. Das Geld gehört Euch.«

»Ich brauche es nicht«, gab Turius zurück, »und Angus auch nicht. Uns geht es nur darum, den Einsatz etwas zu erhöhen, und nicht nur den puren Wettkampf zu haben.« Er reichte Gilead das Geld. »Du bist jünger als ich. Vielleicht kannst du die Dame überzeugen, es anzunehmen. Komm, Angus, geh mit mir meinen Durst stillen.«

Angus blickte Gilead und sie lange an, bevor er sich umdrehte. »Niall, komm mit uns. Wir müssen etwas besprechen.«

Niall warf Deidre einen langen prüfenden Blick zu, bevor er ging, aber sie beachtete ihn nicht.

»Turius hat recht«, wandte sich Gilead an sie, als sie sich auf den Weg machten und die Versammlung sich auflöste. Er drückte ihr den Beutel in die Hand und verschloss ihre Hände mit den seinen. Diese Geste schickte eine Hitzewelle ihre Arme hinauf und in ihren Bauch, die mehr als nur ein schwindliges

Gefühl hervorrief. »Ein Mädchen kann Goldmünzen gebrauchen. Du hast all dein Geld bei dem Überfall verloren.«

Deidre hoffte, dass er ihr Zittern nicht spürte. Wie schwer es war, einen vernünftigen Gedanken zu fassen, wenn ihre Haut – und andere Teile – so in Flammen standen. Alles, was sie wollte, war, seine Arme um sich zu ziehen und sich in diesem *feu de joie* zu verlieren. Weit weg von Niall. Mit Gilead in Sicherheit. Er schien sich aufrichtig für sie zu freuen.

Was würde er tun, wenn er die Wahrheit wüsste? Und konnte sie sie ihm sagen?

Elen war hocherfreut gewesen, als Deidre ihr beim Mittagsmahl, das sie im Gemach der Lairdess einnahmen, von den Ereignissen berichtete. Sie trug Deidre auf, sich am Nachmittag in ihrem Zimmer einzurichten und dann früh zu ihr zu kommen, um ihr bei den Vorbereitungen für das abendliche Fest zu helfen. Ein beklommener Blick verscheuchte das Glück auf Elens Gesicht, als sie von dem Fest sprach. Deidre fragte sich, warum.

Erst am späten Nachmittag hatte Deidre Gelegenheit, Anna nach der rätselhaften Formorian zu fragen, als die Magd ihr die Kleider brachte, die sie anprobieren sollte.

»Ich habe heute den König getroffen und später seine Frau gesucht, konnte sie aber nirgendwo finden. Ich wollte ihr danken, dass ich ihren Bogen benützen konnte. Eine schöne Waffe.«

»Ja.« Anna war ganz damit beschäftigt, Kleider aus einer Truhe zu nehmen, die gerade gebracht worden war. »Königin Formorian gibt sich nur mit dem Besten zufrieden, heißt es. Ich habe Mylord sagen hören, dass sie auch im Schwertkampf sehr geschickt sein soll.«

Deidre zog eine Augenbraue hoch. Sie hatte sich ein- oder zweimal daran versucht, aber das Schwert war schwer und sie zog den Bogen vor. »Sie fechtet?«

»Ja, obwohl es dem König nicht gefällt, wie es scheint.«

Deidre kniff die Augen halb zusammen. Welcher Mann wollte seine Frau im Wettkampf treffen? War das Rittertum nur eine Legende von ihrem geheimnisvollen Schriftsteller? Wie dem auch sei, Deidre hatte nicht vor, gegen irgendjemanden in den Krieg zu ziehen, außer vielleicht gegen Niall. »Wo wurde sie ausgebildet?«

Die Magd zuckte mit den Schultern. »Von ihrem Vater, vermute ich. Sie ist die Tochter des Laird von Gabran. Lord Gabran hatte nie einen Sohn, also brachte er seiner Tochter das Kämpfen bei. Sie ist eine Kriegerkönigin wie Boudicca.«

Die Königin und Heerführerin aus dem ersten Jahrhundert, die einen Aufstand gegen die Römer geführt hatte. Wie interessant. Kein Wunder, dass sich die arme Lady Elen fürchtete. Elen war so weiblich und zerbrechlich; mit einer maskulinen, muskulösen Frau zu tun zu haben, die wahrscheinlich auch die rauhe und harte Sprache der Männer im Mund führte, musste quälend für sie sein. Elen war eine Lady – Deidre hatte das schon in der kurzen Zeit, die sie bisher mit ihr verbracht hatte, erkannt –, und sie wäre des ganze Abendmahl über gezwungen, die Grobheit dieser Frau zu ertragen.

Nun, Gilead hatte sie gebeten, seine Mutter zu begleiten. Jetzt verstand sie, dass sie Elen beschützen sollte. Und das würde Deidre auch tun. Irgendwie würde sie dieses weibliche Ungeheuer auf Angus abwälzen. Immerhin war er der Gastgeber. Gerede über Kampf und Blutvergießen würde sie wahrscheinlich reizvoll finden.

Dann könnte sich Lady Elen zurücklehnen und sich entspannen und hätte nichts mit Formorian zu tun.

Deidre lächelte bei dem Gedanken daran, wie gut das Gilead gefallen würde.

Kapitel 4

Königin Formorian

»Was für ein wunderschönes Kleid!«, rief Deidre, als sie Elen in das blassblaue Gewand aus Moireseide half. Es hatte einen hochgeschlossenen Kragen aus Spitze und war unter der Brust leicht gerafft, so dass der feine Stoff in leichten Falten fallen konnte. Lange enge Ärmel waren mit weiterer teurer Spitze besetzt, die man eigens aus Irland hatte kommen lassen. Die Farbe unterstrich die durchsichtige Blässe von Elens Haut.

Zu blass. Deidre sah sie sich genauer an. Elen war kreidebleich. »Seid Ihr krank?«

»Nein.« Elen ließ sich auf einen gepolsterten Hocker sinken, als Sheila begann, ihr Haar zu kämmen. »Diese Feste fordern meine Nerven heraus, das ist alles.«

»Soll ich nach Brena schicken für einen stärkenden Trank, Mylady?«, fragte Janet.

Elen schüttelte den Kopf. »Die machen mich müde. Heute Abend muss ich unbedingt wach sein.«

»Macht Euch keine Sorgen«, sagte Deidre in beruhigendem Ton. »Ich werde nicht von Eurer Seite weichen.«

Sheila zog eine Augenbraue hoch. »Wer hat dich denn an die Tafel eingeladen?«

Deidre konnte ein etwas selbstgefälliges Grinsen nicht unterdrücken. »Gilead war es.«

Janet schaute sie finster an. »Und warum sollte er so etwas tun?«

»Das musst du schon ihn fragen«, gab Deidre zurück und wurde unterbrochen, als Brena mit einem vollen Weinkelch eintrat.

»Von Mylord«, sagte sie, als sie ihn Elen reichte. »Er möchte, dass Ihr ihn austrinkt, bevor Ihr zu Tisch kommt.«

»Aber warum?«, fragte Elen mit wehleidigem Ton. »Beim Essen wird genügend Wein fließen.«

»Ja. Aber er wünscht, dass Eure Wangen etwas Farbe haben, wenn Ihr zu Tisch kommt.« Die Heilerin neigte ihren Kopf auf eine Seite. »Ihr seht ungewöhnlich blass aus heute. Wir wollen ja nicht, dass König Turius und Königin Formorian Euch für schwach und willenlos halten, nicht wahr?«

Deidre sah, wie Elen noch bleicher wurde. Wie grausam, so etwas zu sagen! Elen wirkte vielleicht zerbrechlich, aber Deidre vermutete Stärke unter dieser blassen Hülle. Sie musste Elen lediglich dabei helfen, diese Stärke wiederzufinden.

Diese Formorian würde sich wahrscheinlich wie ein rüpelhafter Mann benehmen, aber Deidre würde achtgeben, dass sie sich nicht an Lady Elen verging. Das sollte ein Fest werden, das die Frau des Laird genießen konnte.

Deidre hielt den Atem an, als sie die Great Hall betraten. Große Veränderungen hatten stattgefunden, seit sie heute Morgen das letzte Mal hier war. Frische Binsen, umsäumt von Erika und Mädesüß bedeckten den Boden. Bunte Plaidtücher der geladenen Klans überzogen die Wände und überfluteten die Sinne beinah mit ihrem leuchtenden verwobenen Rot, Grün und Blau. Turius' Standarte, die einen schwarzen Bären zeigte, der, von der Sternenkonstellation des Großen Wagens umgeben vor einem blauen Feld stand, hing auf der Empore am anderen Ende des Saals, direkt neben Angus' scharrendem Löwen auf goldenem Grund. Die Gesindetische waren mit Zinngeschirr bedeckt und der Ehrentisch, der im rechten Winkel dazu stand und parallel an der langen Wand entlanglief, war in Silber und Gold gedeckt.

Als sie und Elen zum Ehrentisch schritten, fing Gilead ihren Blick auf. Er sah prachtvoll aus in seinem mitternachtsblauen Wams, weißen Hemd, und einem schicken Schottenplaid, das an seiner linken Schulter befestigt war. Sein dunkles Haar glänzte fast schwarz, und das spärliche Licht der Öllampen hob seine Gesichtszüge in einer Schönheit hervor, bei deren Anblick sich selbst Apollo mit seinem Feuerwagen zurückgezogen hätte. Deidre bemerkte, wie ihr die Luft wegblieb, und zwang sich dazu, ruhig zu atmen. Sie sehnte sich so sehr nach Gileads sinnlichen Lippen. Der Gedanken scheuchte unzählige Scharen Schmetterlinge in ihrem Bauch auf. *Und … lieber Himmel! Bei der Göttin, nein. Ja.* Er trug einen Kilt! Drei verschiedene Blautöne kreuzten sich in gleichmäßigen von roten Fäden durchzogenen Karos. Sie ließ den Blick nach unten wandern. Dünne, grauweiße Strümpfe schmiegten sich an wohlgeformte Waden, deren Muskelstränge hervortraten, als er auf sie zuging. Und unter dem Kilt …?

Wann war es plötzlich so höllisch heiß geworden hier drin? Obwohl Deidres geliehenes Kleid einen weiten aber sittsamen Ausschnitt und kurze Ärmel hatte, spürte sie, wie ihr Körper in schimmernden Hitzewellen pulsierte.

Gilead blieb ein paar Schritte vor ihr stehen und lächelte, während sein saphirfarbener Blick über ihr Dekollete wanderte und ihr ohnehin schon angespanntes Empfindungsvermögen noch weiter reizte. Sie hatte keine Ahnung gehabt – nicht in ihren wildesten Träumen –, dass jemand eine solche Wirkung auf sie haben könnte.

Er trat näher, und sie atmete seinen Duft ein, eine berauschende Mischung aus Seife, Leder und einem würzigen Hauch.

»Komm«, sagte er und bedeutete, ihm zu folgen. Er rückte einen Stuhl für seine Mutter zurecht neben den hochlehnigen

Stuhl, der für Angus gedacht war, und reichte ihr eine Rose von ihrem Teller. Er runzelte leicht die Stirn, als er eine weitere Rose auf dem Teller neben ihrem bemerkte.

Auch Elen bemerkte sie. »Formorian«, sagte sie leise.

Deidre verzog das Gesicht. Wie grausam, diese Amazone direkt neben Lady Elen zu plazieren. Sie entdeckte Angus bei der Empore.

»Ich bin gleich zurück«, sagte sie.

Er sprach gerade mit Turius. Wie sein Sohn trug auch er einen Kilt, und wieder war Deidre verblüfft, wie sehr sie sich glichen. Angus musste fast fünfzig sein, aber er hatte kein Gramm Fett am Körper, und seine Beine waren genauso muskulös wie Gileads. Nein, besser nicht an Gilead denken, sie hatte hier etwas zu erledigen.

Die beiden Männer hörten auf zu sprechen, als sie sich näherte, und Turius nickte ihr lächelnd zu. Er war gekleidet wie ein Brite in weichen ledernen Trews, einem roten, wollenen Uniformrock und einen goldenen Torque, einem keltischen Reif, um den Hals.

»Sag nicht, dass es meiner Frau heute Abend nicht gutgeht«, sagte Angus.

Deidre zögerte. In Turius' Gegenwart musste sie ihre Worte mit Bedacht wählen, denn sie wollte ihn nicht beleidigen, indem sie seine Königin rüpelhaft nannte, obwohl sie das zweifellos war.

»Lady Elen ist hier, Mylord, aber Ihr habt recht. Es geht ihr nicht gut, und ich fürchte, sie wäre keine sehr unterhaltsame Gesellschaft für Königin Formorian.« Sie ignorierte seine gezückte Augenbraue und fuhr fort: »Wenn Ihr mir erlaubt, die Sitzordnung zu ändern, könnte ich mich um Lady Elen kümmern und die Königin zwischen Euch und König Turius plazieren. Ihr seid heute der Gastgeber; ich bin sicher, das würde sie nicht beleidigen.«

Angus' Mundwinkel zuckten. »Weiß meine Frau, dass du das tust?«

»Nein«, sagte Deidre, »aber ich bin mir sicher, dass es ihr lieber ist, wenn die Königin angemessene Unterhaltung findet.«

»Angemessen? Ja. Ich bin mir sicher, sie wünscht, dass alles angemessen verläuft«, sagte er.

»Klingt doch sehr vernünftig«, fügte Turius hinzu. »Ich möchte Elen nicht belasten. Meine Frau kann von Zeit zu Zeit sehr temperamentvoll sein.«

Darauf könnte ich wetten. Gerede über Waffen, Krieg und Foltermethoden wie unter Männern – das würde ich wahnsinnig gern hören! Deidre lächelte freundlich. »Habt Dank, Mylord.«

Der Herold kam zu den Tischen. Mit einem Grinsen wies Angus den Stuhl neben Elen Deidre zu. Als sie sich gesetzt hatte, flüsterte sie Elen zu: »Sorgt Euch nicht. Ich habe mich um die Sitzordnung gekümmert. Heute Abend müsst Ihr Euch nichts über Schlachtfelder und Kämpfe anhören.«

Elen schaute sie verwundert an. »Was hast du getan?«

Bevor Deidre antworten konnte, nahm Gilead zu ihrer anderen Seite Platz. »Es tut mir leid, aber dieser Platz ist für Königin Formorian gedacht«, sagte er. »Wir setzen den König immer zur Rechten meines Vaters und die Königin zur Linken meiner Mutter.«

»Das ist geklärt«, antwortete Deidre fröhlich. »Ich habe das für heute Abend geändert. Königin Formorian kann Euren Vater mit ihrer Unterhaltung langweilen, und nicht Eure Mutter.«

Elen rang nach Atem und hielt sich mit einem leisen Seufzer am Tisch fest.

Gileads Mund verengte sich zu einer schmalen Linie. »Hast du das ohne Erlaubnis getan?«

»O nein«, sagte Deidre, durch seinen Gesichtsausdruck etwas verwirrt. »Ich habe Euren Vater gefragt. Er war damit einverstanden.«

Gileads blaue Augen verdunkelten sich. »Natürlich ist er damit einverstanden«, murmelte er vor sich hin.

War er etwa wütend auf sie? Deidre konnte überhaupt nicht verstehen, warum. Sie hatte seiner Mutter einen langweiligen Abend mit viel Gerede über Blutvergießen erspart.

»Was stimmt denn damit nicht?«

Bevor er antworten konnte, verstummte der Saal. Keine Stühle wurden mehr gerückt, Becher nicht mehr angestoßen, Gespräche wurden unterbrochen. Deidre drehte den Kopf, um nach dem Grund zu sehen.

Am Haupteingang an der gegenüberliegenden Wand neben der Empore stand eine Frau. »Stehen« traf es nicht ganz. Sie regierte. Reglos wie eine römische Statue überblickte sie den Raum. Sie hätte Diana, die Jägerin, sein können. Sie war groß gewachsen und in ein schlichtes weißes Gewand gehüllt, das ihre schlanken, goldenen Arme unbedeckt ließ. Der tiefe Ausschnitt ließ feste runde Brüste erkennen, und um die schlanke Hüfte trug sie einen goldenen Gürtel. Ihr Haar glich einem flammenden Feuerschein. In schweren Locken fiel es ihr über Schultern und Rücken und schimmerte in rostbraunen, kastanien- und bernsteinfarbenen Strähnen. Grüne, leicht schrägstehende Augen über unglaublich hohen Wangenknochen funkelten argwöhnisch, als sie den Raum inspizierte. Ihr voller roter Mund verzog sich zu einem Begrüßungslächeln und entblößte kleine weiße Zähne, als sie auf den Ehrentisch zuschritt.

»Wer …?«, begann Deidre, dann verstand sie. Formorian. Keine grobschlächtige, maskuline Frau, wie sie sie sich vorgestellt hatte. O nein. Diese hier zeigte ausschließlich graziöse Kurven. Mehr eine Göttin als Krieger.

Angus und Turius sprangen beide auf, um ihr den Stuhl

zurechtzurücken. Sie lächelte ihrem Mann zu und küsste ihn direkt auf den Mund. Dann wandte sie sich Angus zu und tat zu Deidres Erstaunen genau dasselbe, während sie ihre Finger durch sein langes Haar gleiten ließ. Elen wandte die Augen ab.

»Verzeiht meine Verspätung«, sagte Formorian, als sie sich setzte. Nachsichtig lächelte sie der Menge, die unter ihr saß, zu. »Ich hoffe, das Mahl musste meinetwegen nicht warten.«

»Sicherlich nicht«, antwortete Angus galant. »Wir wollten gerade beginnen.« Er winkte den Mägden zu, die mit vollen Tabletts warteten. »Bringt das Essen.«

Die Bediensteten verteilten sich schnell an den Tischen, und die Unterhaltung setzte wieder ein. Schon bald ächzte der Ehrentisch unter der Last der Servierteller voller Wildschwein, Reh und Lamm. Gedämpfter Lachs und eingelegter Aal folgten, begleitet von gebratenem Pfau und Schwan. Dicke Fleischbrühe wurde in silberne Schalen geschöpft und so serviert. Aufläufe und warmes Brot wurden gereicht, und eine Schale mit Äpfeln und Birnen wurde aufgetragen.

Deidre konnte kaum etwas essen. Elen sah ermattet und geistesabwesend aus, und Deidre versuchte vergebens, sie in ein Gespräch zu verwickeln, damit sie nicht dem ungeheuerlichen Geplänkel lauschen musste, das neben ihr stattfand.

Formorian war gewissermaßen die Zeremonienmeisterin. Ihr Geplauder und klingelndes Gelächter veranlasste beide Männer, um ihre Aufmerksamkeit zu wetteifern. Sie spielte mit ihnen wie auf einer Harfe, legte ihre Hand auf den Schenkel ihres Mannes, während sie aufmerksam irgendeiner Geschichte von Angus lauschte.

Turius konnte ihr Gesicht nicht sehen, Deidre schon. Die Augen der Königin glühten, und ihr Blick wanderte langsam zu Angus' Mund. Dann wandte sie sich wieder ihrem Mann zu. Zu Deidres Überraschung schien Angus sich darüber zu amüsieren.

Ein Seufzer entfuhr ihr. Das Mahl und die Bewirtung waren üppiger als alle Feste, die Childebert jemals ausgerichtet hatte. Akrobaten unterhielten die Gäste, und ein einsamer Harfenspieler saß in einer Ecke, aber sie konnte nichts von alledem genießen. Nicht mit der armen Lady Elen neben sich, die dem Gelächter ihres Ehemanns über Formorians Scherze lauschen musste.

Deidre wandte sich dem Harfenspieler zu, ein bemerkenswerter junger Mann, dem sein goldenes Haar über die Schultern fiel. Schlank, aber wohlproportioniert hatte seine Erscheinung eine elegante Grazie. Lange, schmale Finger zupften eine eingängige Melodie, sanft und tief, die sich langsam zu einem wilden Höhepunkt steigerte. Deidre stellte sich Heidemoore und himmelfarbene kleine Bäche vor, die sich durch die Klippen der Highlands schlängelten. Der Musik schien eine eigene Seele innezuwohnen.

Gilead kehrte an den Tisch zurück. Sie wandte sich an ihn: »Wer ist der Harfenspieler?«

Einen Augenblick lang war sie sich nicht sicher, ob er antworten würde, denn er wirkte noch immer etwas verstimmt. Sie hatte doch nur versucht zu helfen, Himmel noch mal! Wie konnte sie wissen, dass Turius mit einer Frau verheiratet war, auf die Venus eifersüchtig gewesen wäre?

Schließlich sagte er: »Das ist Drustan. Turius hat ihn vor einigen Jahren bei einem Besuch mit hierhergebracht, und Mutter fand an seiner Musik Gefallen.«

»Das kann ich gut verstehen. Aber wenn er Brite ist, warum bleibt er dann hier?«

Gilead zuckte mit den Schultern. »Damals konnte er sonst nirgendwohin. Turius kämpfte im Süden und fand ihn als blinden Passagier auf einem der Schiffe. Offenbar hatte ihn sein Onkel in einer … kompromittierenden Lage ertappt. Drus war es dann wohl doch lieber, seinen Kopf auf dem Hals zu behalten.«

Deidre war fasziniert. »Er sieht eigentlich mehr wie ein Engel als wie ein Teufel aus.«

Das rief höhnisches Gelächter hervor. »Jaja. Fast alle Frauen fallen darauf herein.«

Das weckte ihren Trotz. Nur weil Drustan die Harfe wie Gabriels Trompete spielte, bedeutete das nicht, dass sie ein strohdummes Flittchen war. »Ich habe die Musik gemeint … sie spricht mich an. Als ob ich die ganze Natur spüren könnte, den Geruch von Gras und Heidemoos, die Wärme der Sonne auf meinem Gesicht, die kühle Brise in meinem Haar … « Sie hielt inne. Gilead sah sie seltsam an.

»Ja. Talent hat er, aber sei froh, dass er guter Stimmung ist, denn seine Musik kann einen schaudern machen, wenn er es nicht ist. Sie wird wild und traurig, so dunkel und kalt wie der Nordwind, der im Winter um die Berge pfeift.«

»Was erzürnt ihn?«

Gilead grinste. »Frauen. Oder besser gesagt, ihre Abwesenheit. Seit Drus behauptet, dass er seine wahre Liebe verloren habe, schläft er nicht gern in einem kalten Bett.«

Und du? Deidre biss sich auf die Lippen, um nicht zu fragen. Endlich unterhielten sie sich, und ihr gefiel die Wendung, die dieses Gespräch genommen hatte. Ganz eindeutig. »Und wer war seine wahre Liebe?«

Gilead wurde plötzlich ernst. »Die Frau seines Onkels.« Er sah an seiner Mutter vorbei zu Angus. Ein düsterer Hauch streifte sein Gesicht, und er stand unvermittelt auf. »Entschuldige mich, ich muss mich um etwas kümmern.«

Deidre blieb verwirrt zurück. Im einen Augenblick war er freundlich und im nächsten so kalt wie die Tiefen eines Sees. Und jetzt ging er davon. Mit einiger Anstrengung lenkte sie ihre

Aufmerksamkeit auf Angus; das gesamte Mahl über hatte er seine Frau nicht beachtet, gefangen vom Zauber dieser Königin mit dem Flammenhaar.

»Wollt Ihr Euch zurückziehen?«, flüsterte Deidre Elen zu. »Das Mahl ist vorbei.« Bei ihren Worten trugen die Mägde leere Teller ab, während andere die Gesindetisch und Bänke zur Seite schoben, um eine große weite Fläche in der Mitte des Saals zu schaffen.

»Ich kann nicht«, sagte Elen. »Mein Platz ist bei solchen Festen an der Seite meines Gemahls.«

Ein Gemahl, der dich kaum eines Blickes würdigt. Deidre fühlte einen Kloß in ihrer Kehle. Arme Lady Elen. Dachte sie, die Männer würden aufhören, um Formorians Gunst zu buhlen, wenn sie blieb? Oder noch schlimmer ... würde Angus einen Schritt weiter gehen, wenn sich Elen zurückzog? Sie sah wirklich nicht aus, als fühlte sie sich wohl, aber ihr Gesicht hatte einen entschlossenen Ausdruck, und sie schenkte Formorian keine Beachtung. Deidre stockte bei dem Gedanken fast der Atem – Elen fürchtete ihren Mann vielleicht, aber sie liebte ihn noch immer!

Just in diesem Augenblick klopfte Angus hart mit seinem Kelch auf den Tisch und winkte den Dudelsackspielern in der Ecke zu. »Musik! Der Tanz soll beginnen!« Er sah Elen etwas widerwillig an. »Gewährt Ihr mir die Ehre des ersten Tanzes, Mylady?«

Elen errötete leicht. »Du weißt, es ermüdet mich.«

Angus beugte sich zu ihr. »Dich scheint in letzter Zeit alles zu ermüden.«

Deidre starrte ihn an und kniff dann die Augen zusammen. Jeder konnte sehen, dass Elen nicht in der Lage war zu tanzen. »Ihr habt ihr den ganzen Abend keine Beachtung geschenkt. Warum lasst Ihr sie nicht in Frieden?«

Er richtete sich auf, und seine Augen verfinsterten sich, als er sie jetzt betrachtete. Dann nahm er plötzlich ihre Hand. »Wir beide haben etwas zu besprechen. Wir tanzen.«

Deidre wollte widersprechen, aber sein Griff war fest, und seine Hand auf ihrem Rücken schob sie nach vorne. »Ich weiß nicht, wie man dazu tanzt!«

»Nicht? Dann bringe ich es dir bei.« Angus drehte sie herum und nickte den Dudelsackspielern zu.

Sie schlugen eine schnelle Melodie an und bald war die Tanzfläche in die wirbelnden Farben der leuchtenden schottischen Kilts und bunten Gewänder getaucht. Einmal stolperte Deidre bei einer Drehung, aber Angus stützte sie gekonnt. Zugegeben, er war ein hervorragender Tänzer, er hielt sie noch nicht einmal zu nah.

Ein großer Vorteil, denn Formorian wirbelte mit Turius vorbei und warf ihr einen mehr als neugierigen Blick zu. Deidre verspürte keinerlei Lust, *ihr* in die Quere zu kommen. Gerade als sie dachte, sie würde diesen Tanz einigermaßen gut überleben, begann er zu sprechen.

»Ich lasse nicht zu, dass du meine Beziehung zu meiner Frau kritisierst.«

»Ihr habt keine Beziehung«, wollte sie schon sagen, biss sich dann aber auf die Lippen. Seine Stimme war flach und tief. Deidre konnte seine kaum verhohlene Wut spüren. Als sie zu ihm aufblickte war sein Gesicht reglos, aber seine Augen schienen sie zu durchbohren.

»Verstanden?«

Sie nahm einen tiefen Atemzug; sie war zu weit gegangen. »Verstanden.«

»Gut.« Er drehte sich mit ihr an den Rand und gab sie frei. »Dann gebe ich dich weiter, in gute Hände.«

Sie drehte sich und stieß fast mit dem einen Mann, den sie nicht sehen wollte, zusammen.

»Hat dich der Laird für mich aufgewärmt?«, feixte Niall.

Deidre wich vor ihm zurück. »Ich muss mich um Lady Elen kümmern.«

Er packte sie am Handgelenk und zog sie an sich, während sich sein anderer Arm um ihre Hüfte legte und sie fest an ihn presste.

»Lasst mich los!« Deidre ballte ihre Hände zu Fäusten und stieß sich von ihm ab.

»Nein, mein Mädchen, wir werden tanzen.« Er grinste sie lüstern an und schob sich, und damit auch sie, auf den Tanzboden.

»Wie ich gesagt habe. Ich muss mich um Gileads Mutter kümmern.«

»Das tut bereits jemand anderes, sieh nur.« Er wies mit dem Kopf zum Tisch, wo Sheila neben Elen saß. Er strich mit seinem Backenbart über Deidres Wange, und sie wich erschrocken zurück. Er lachte. »Du musst nicht schüchtern sein, Mädchen. Wir werden uns verloben.«

»Tun wir nicht!« Vergebens versucht sie sich ihm zu entziehen, stolperte aber nur, als er eine Drehung machte. Er fing sie auf, und presste sich an sie.

»Doch, das tun wir. Angus hat zugestimmt.«

»Dann soll er Euch doch heiraten«, explodierte Deidre, »denn ich werde es nicht tun!«

Nialls Augen verengten sich und sein Griff wurde fester. Sie keuchte. Es drückte so fest zu, dass er ihre Knochen hätte brechen können. »Lasst …«

»Nein, tue ich nicht.« Er grinste, aber es sah bedrohlich aus, nicht freundlich. »Du wirst mich ehelichen.«

»Niemals!«

Er verdrehte ihr Handgelenk und Deidre biss sich auf die Lippen, um nicht vor Schmerz laut aufzuschreien. Sicher würde ihr Arm morgen anschwellen, wenn nicht noch Schlimmeres. Verzweifelt sah sie sich nach Hilfe um. Angus tanzte mit Formorian, und hatte offenbar alles andere um sich herum vergessen. Gilead war bei seiner Mutter, aber Janet hatte sich an seinen Arm gehängt und sah bewundernd zu ihm auf. *Merde!* Kein einziger edler Ritter in Sicht. Langsam hatte sie das Gefühl, dass ihr der Zauberer, der ihr das Buch überlassen hatte, übel mitgespielt hatte. Irgendjemand musste ihr zu Hilfe eilen! *Jetzt* wäre es schön.

Sie rang sich ein Lächeln ab, in der Hoffnung, Niall würde seinen Griff lockern, bevor sie hörte, wie etwas brach oder riss. Diese Strategie funktionierte, und sie bewegte versuchsweise ihr Handgelenk. »Angus hat mir gesagt, Ihr seid der Sohn eines irischen Königs. Es gibt sicher viele Frauen, die Euch liebend gerne heiraten würden. Frauen, die sich Euch willig hingeben.«

Bei dieser Bemerkung zog er die Augenbrauen hoch und stieß ein böses, gurgelndes Lachen hervor. »Ja. Mehr als genug sind willig. Aber du bist es, die *ich* will.«

Deidre biss die Zähne zusammen. Das wurde langsam anstrengend. »Warum?«

Er beugte sich näher zu ihr, und sie konnte den Whisky in seinem Atem riechen. Sie zwang sich, nicht das Gesicht zu verziehen. Wenn er nur seinen Griff noch etwas weiter lockern würde …

»Weil ich gern wilde Stuten zähme. Letzte Nacht warst du sehr temperamentvoll, und das Bogenschießen heute Morgen hat mich heiß gemacht. Du wirst mein Bett sicher gut wärmen.«

»Ich habe nicht vor, Euer Bett zu wärmen!« Deidre schluckte ein Wimmern, als er ihren Arm ergriff und ihn fast brach.

»Ach tatsächlich? Ich habe mich von Angus überreden lassen, bis Lugnasad nicht mit dir das Bett zu teilen, aber von einem kleinen Kuss meiner Braut hat er nichts gesagt.«

Wieder rieb er seine Bartstoppeln an ihrer Wange und suchte ihren Mund.

Deidre riss ihren Kopf zur Seite und drückte ihn mit aller Kraft von sich. »Hört auf! Lasst mich los!«

»Du hast die Lady gehört.«

Gilead. Deidre wäre vor Erleichterung fast in Ohnmacht gefallen. Ihr Ritter war doch noch gekommen.

Niall löste sich langsam von ihr und starrte Gilead durch schmale Augenschlitze an. »Sei auf der Hut, mein Freund. Das ist schon das zweite Mal, dass du dich zwischen mich und das, was ich will, stellst.«

Gilead stand ruhig da und hielt Nialls Blick stand. »Ich glaube, es ist aber nicht das, was diese Lady will.« Er wandte sich an Deidre. »Willst du mit diesem Mann tanzen?«

Benommen schüttelte sie den Kopf und fand endlich ihre Stimme wieder. »Ich … ich brauche etwas frische Luft, glaube ich.«

Er nickte. »Ich werde dich begleiten.« Gilead nahm ihre Hand und hängte sie sich an seinen Arm. Seine Finger fühlten sich stark, warm und beruhigend an.

»Danke«, sagte Deidre, als sie in die kühle Nachtluft hinaustraten.

Er schenkte ihr ein kleines Lächeln. »Du hast nicht gewirkt, als würde es dir gefallen.«

Unwillkürlich erschauerte sie. Das war nur ganz leicht untertrieben …

»Ist dir kalt?« Ohne auf eine Antwort zu warten, schlüpfte er aus seiner Jacke und legte sie ihr um die Schultern.

Sein Rock umhüllte sie. Sein sauberer, herber Geruch stieg ihr in die Nase und wiegte sie in einem Kokon der Sicherheit. Ein warmes Glühen breitete sich in ihr aus.

»Wollen wir auf die Festungsmauer steigen?«, fragte er. »Man hat eine wunderbare Aussicht in einer klaren Nacht wie dieser.«

Deidre nickte, und sie stiegen die Treppen hinauf. Oben angekommen stützten sie sich mit den Armen auf die Scharten zwischen den Mauerzacken. Am Himmel war der Vollmond aufgegangen und tauchte die sich vor ihnen ausbreitende Landschaft in sein silbernes Licht. Ihre Augen folgten der hellen sich windenden Straße, die zu dem schmalen Pfad führte, der in Richtung des Waldes abging, wo letzte Nacht das Bonfire stattgefunden hatte.

Sie trank gleichsam den Geruch der nächtlichen Kiefern und beobachtete eine Eule, die still von einem der Türme aus an ihnen vorüberglitt.

»Es ist so friedlich hier«, sagte sie.

»Ja«, Gileads Blick war in die Ferne gewandert. »So wird es nicht mehr allzu lange bleiben, wenn es nach Fergus geht.«

»Euer Vater sprach von ihm«, sagte Deidre. »Ist er denn so mächtig?«

Er schaute zu ihr hinab, seine Augen leuchteten wie Mitternachtssaphire. »Mein Vater hat Meldungen von unseren Kundschaftern, dass Fergus seine Truppen zusammenzieht. Das heißt, dass er bald losmarschieren wird. Wahrscheinlich noch diesen Sommer. Deshalb ist Turius hier. Vor ein paar Jahren hat er sehr erfolgreich den Caledonian Forest von den Sachsen befreit. Die Menschen dort werden, wenn schon nicht zu meinem Vater, dann auf jeden Fall zu ihm halten, weil er sie ihr Land behalten ließ. Und er kennt die besten Stellen für Hinterhalte und die sichersten Orte, um Waffen zu verwahren und unsere Lager zu verstecken.« Gilead verzog sein Gesicht zu einem ironischen Lächeln. »Wegen eines habgierigen Schotten müssen wir uns mit einem Briten zusammenschließen.«

»Und mit seiner Königin« fügte Deidre leise hinzu.

»Seine Königin«, sagte Gilead mit bitterem Unterton, »könnte noch einen anderen Krieg auslösen.«

»Wie das? Weil sie mit ihren Reizen nicht geizt? Turius scheint es nicht groß zu stören.« Deidre hatte ihn im Auge behalten, denn Angus und Formorian hatten sich nicht die Mühe gemacht, ihr gegenseitiges Interesse zu vertuschen. Turius schien es überhaupt nicht zu beachten.

»Noch. Turius schätzt ihre Fähigkeiten als Kriegerin und die Allianz mit ihrem Vater bisher noch höher als … als ihre anderen Vorzüge.«

Deidres Augen wurden größer. »Sie kämpft tatsächlich?« Sie konnte sich diese überaus weibliche Gestalt nur schwer vorstellen, wie sie einen Bogen spannte oder ein Schwert hob.

»Lass dich von ihrem Äußeren nicht täuschen. Im Sattel ist sie ein Teufel, zu Fuß sehr wendig und im Schwertkampf so schnell wie eine Katze. Diese schlanken Arme sind stark wie Stahlseile.« Gilead runzelte die Stirn. »Zumindest behauptet das mein Vater.«

Deidre zögerte einen Augenblick und fragte dann: »Geht das Interesse Eures Vater bei ihr über die gebotene Fürsorge für eine Frau hinaus?«

»Ja«, Gilead ballte seine Hände zu Fäusten und schlug damit auf die Mauer. »Sie ziehen einander an wie zwei Magnete. Ich habe versucht, mit meinem Vater darüber zu sprechen, und er sagte mir, dass es mich nichts anginge, und gab mir eine Ohrfeige, damit ich ihn auch deutlich verstand. Jetzt versuche ich sie einfach nur voneinander fernzuhalten, so gut es geht.«

»Und ich habe alles nur noch schlimmer gemacht, weil ich die Sitzordnung vertauscht habe. Es tut mir so leid.« In ihrer Kehle stieg ein Schluchzen auf und sie fragte leise: »Wie lange geht das nun schon?« Arme Lady Elen. Wusste sie davon?

»Es kommt mir vor wie eine Ewigkeit. Sie wollten heiraten, lange vor meiner Geburt, aber dazu kam es nie.«

Deidre kniff die Augen zusammen. Gilead war in ihrem Alter. 25 Jahre oder mehr waren eine lange Zeit, wenn man die Frau eines anderen liebte. »Was ist geschehen?«

Seufzend sagte er: »König Gabrans Land – das Land ihres Vaters – lag direkt im Süden von Fergus' Land und nördlich des Walls. Turius' Vater, Ambrose, herrschte von Luguvalium aus fast über den gesamten Norden Britanniens. Um Fergus abwehren zu können, brauchte Gabran die Hilfe der Briten, aber er fürchtete, Gefahr zu laufen, dass Ambrose sein Land konfiszieren würde, also bot er ihm einen Pakt an: Die Heirat seiner Tochter mit dem Sohn des Königs von Britannien. Keiner von beiden war damit glücklich, denn Turius hatte ein Auge auf eine heidnische Priesterin geworfen, aber so fand es statt.«

Deidre dachte darüber nach. Vielleicht hatte Angus deshalb nicht auf sie gehört, als sie sagte, sie würde sich nicht mit Niall verloben. Er selbst hatte seine wahre Liebe verloren. Wie war er wohl zu Elen gekommen, und warum hatte er sie geheiratet? Sie schienen so gut wie nichts gemeinsam zu haben.

Sie legte eine Hand auf die von Gilead. »Eure arme Mutter. Weiß sie davon?« Sie hörte, wie sich sein Atem beschleunigte; er legte seine andere Hand über die ihre, und eine neue Hitzewelle durchlief sie.

»Jahrelang wusste sie es nicht. Ich habe mich immer gefragt, warum mein Vater Turius so oft besuchte. Falls mein Vater sich mit Formorian traf, hatte er zumindest so viel Verstand, sie nicht hierher zu holen. Ich glaube, mittlerweile weiß meine Mutter Bescheid, obwohl ich versuche, sie davor zu bewahren.« Gilead blickte wieder in die Nacht. »Diese Besuche setzen ihr sehr zu, vor allem, seit es ihr nicht mehr gutgeht.«

»War sie schon immer so … anfällig?«

»Nein. Sie war schon immer von zarter Natur, aber als ich noch ein Kind war, war sie voll des Lachens; sie liebte es, ›Fang meinen Schatten‹ zu spielen.«

Man konnte sich Elen nur schwer so voller Energie vorstellen, wie sie die Röcke hob, hinter ihrem Kind herrannte und versuchte, auf seinen Schatten zu springen. »Was ist geschehen?«, fragte Deidre leise.

»Vor etwa zwei Jahren machten uns die Sachsen Kummer. Zunächst Octa, bis Turius' Heer die Wälder säuberte. Jetzt bedrohen andere Barbaren die Ufer im Osten. Mein Vater hielt es für klug, Turius zu rufen, um sie zurückzuschlagen. Praktischerweise begleitete ihn seine Kriegerkönigin. Kurz darauf wurde meine Mutter krank.«

Deidre runzelte die Stirn. Sie konnte verstehen, dass Elens Mut sie verließ, wenn sie ahnte, was vor sich ging; trotzdem wirkte ihre Krankheit eher, als ginge sie von ihrem Körper aus und nicht von ihrem Geist. »Hat Formorian ihr etwas getan? Sie auf irgendeine Art verletzt?«

»Nein, nicht dass ich wüsste. Tatsächlich hat ihre Heilerin meiner Mutter einen Trank verabreicht, der sie schnell belebte und die Schmerzen, die sie manchmal in den Gelenken hat, milderte.«

Deidre erinnerte sich an das Gebräu vom heutigen Morgen. »Brena? Wenn sie eigentlich an Turius' Hof gehört, warum ist sie dann hier?«

»Ihr hat es in Britannien nicht gefallen. Sie sagte, im Herzen sei sie Schottin, und fragte, ob sie bei uns bleiben könne.« Gilead zuckte mit den Schultern. »Unser eigener Medikus war am Tag vor ihrer Abreise gestorben, also stimme Vater zu, dass sie bleiben könne. Sie hat uns gute Dienste geleistet.« Er verschränkte seine Finger mit ihren. »Ich glaube, du wirst meiner Mutter guttun. Sie mag dich.«

Hitze durchströmte ihre Adern bei dieser zutraulichen Berührung. Es fühlte sich so gut an – so richtig. *Seine Mutter. Wir sprechen über seine Mutter. Konzentrier dich.* »Auch ich mag Eure

Mutter, und werde versuchen, sie davor zu bewahren, mit Formorian zu tun zu haben. Glaubt Ihr, sie werden lange bleiben?«

Er seufzte. Gedankenverloren zeichnete er mit seinem Daumen ein Muster auf die Seite ihrer Hand, was noch mehr Prickeln direkt an die Stelle zwischen ihren Schenkeln schickte, die nun leicht zu pulsieren begann. »Ich hoffe nicht. Morgen trifft sich der Rat der Klans. Mich ermüdet auch Nialls Gesellschaft. Mir gefällt die Art nicht, wie er sich dir aufdrängt.«

Niall. Sie hatte ihn über dem Gespräch mit Gilead ganz vergessen. Irgendwie musste sie Angus beibringen, dass sie diesen Mann nicht heiraten würde.

Gilead drehte ihr Kinn mit seiner freien Hand in seine Richtung. »Was ist los? Du siehst plötzlich ganz traurig aus.«

Sie wollte den Augenblick nicht verderben. Nicht wenn er sie so ansah. Nicht wenn dieser sinnliche Daumen erotische Botschaften an ihr Gehirn schickte … und anderswohin. »Es ist nichts.«

Er beugte sich näher zu ihr und sah ihr fest in die Augen. Mein Gott, sie fühlte sich, als würden sich im nächsten Moment ihre Knie in zitternden Wackelpudding verwandeln.

»Sag es mir«, bat er leise.

Eine Frau könnte ganz einfach untergehen, wenn sie versuchte, in den Tiefen seiner dunklen, blauen Augen zu schwimmen. Sie war wie hypnotisiert. Sie versank immer weiter in ihnen … dann nahm sie einen tiefen Atemzug. »Euer Vater möchte, dass ich Niall heirate.«

»Was?« Gilead richtete sich überrascht auf und ließ ihre Hand los. »Warum?«

Jetzt war es passiert. Die ganze Nähe war wie weggeblasen. *Que le diable emporte, Niall.* Verflucht sei er. »Euer Vater wird mich durch Caw zu einer Verwandten erklären und Niall durch diese Ehe an seinen Klan binden. «

Gilead sah plötzlich unglücklich aus. »Ich habe das erwähnt, um dich zu beschützen. Ich hatte nicht die leiseste Ahnung, dass mein Vater so etwas Dummes tun würde. Nun, das kann er nicht.«

Deidre fühlte eine leise Hoffnung in sich aufkeimen. »Kann er nicht? Er sagt, Niall und ich seien bis Lugnasad verlobt; dann sollen wir verheiratet werden.«

»Nein. Das lasse ich nicht zu.« Er legte seine Hände auf ihre Schultern und drehte ihr Gesicht zu sich. Seine Finger fuhren an ihrer Wange entlang, und sie begann zu zittern. »Ist dir kalt?« Gilead wickelte sie in seine Jacke und zog sie näher an sich. Die Zeit schien stehenzubleiben, als er seine Augen über ihr Gesicht gleiten ließ und an ihrem Mund verweilte.

Er nahm ihr Gesicht in seine Hände und hob es zu seinem. Seine Lippen berührten ihre nur ganz leicht. Und dann wieder, herausfordernd und neckend, so, dass sie den Kuss nicht erwidern konnte. Aber sie wollte es. Ihre Brustwarzen stellten sich auf, und ihre Brüste wurden fester. Gilead spielte mit ihren Lippen, neigte seinen Mund ihrem zu, verstärkte leicht den Druck, saugte ihre Unterlippe zwischen seine Lippen. Er leckte an den Konturen ihres Mundes entlang und verweilte am Mundwinkel. Ein leises Wimmern entfuhr ihr.

Als wäre das Geräusch ein sächsischer Schlachtruf, fuhr er abrupt zurück. Benommen schlug sie die Augen auf. Warum um alles in der Welt hatte er aufgehört? Gerade, wenn es sich so wunderbar anfühlte?

Er sah sie verwirrt an. »Ich hätte das nicht tun sollen. Verzeih.«

Verzeihung? Für einen Kuss, wenn sie noch so viel mehr von ihm wollte? Ihre Brüste sehnten sich danach, sich an ihn zu drücken, sie wünschte, er würde sie fest mit den Armen umschließen, und sie könnte seine starke, muskulöse Brust spüren. Einen

Augenblick lang war sie versucht, ihn an den Haaren zu sich und in ihre Arme zu ziehen. Sie verstand nicht, was mit ihr geschah, aber sie wusste, dass sie nicht wollte, dass es aufhörte. Zu spät erinnerte sie sich an die Gesetze der Minne aus dem Buch. Jetzt war nicht die Zeit, um aus der Ferne zu verehren. Eindeutig ein Nachteil des Rittertums.

»Willst du mir verzeihen?« Er sah noch immer besorgt aus.

»Natürlich«, sagte Deidre und zwang sich zu lächeln. »Vielleicht sollten wir besser hineingehen.«

»Ja«, antwortete er erleichtert, als er ihr die Stufen hinabhalf. »Ich meinte, was ich gesagt habe. Ich werde meinen Vater suchen und mit ihm sprechen. Heute Nacht. Er wird dich nicht zur Heirat zwingen.«

Diesmal war ihr Lächeln echt. »Mein Dank an dich, Gilead. Ich werde dir dafür immer dankbar sein. Immer.«

Er nickte, aber sah sie nicht an, als er ihr die Tür öffnete und sie eintraten.

Angus war nirgendwo zu sehen, genauso wenig wie Formorian.

Auf einmal aber war das nicht mehr wichtig, denn Elen war plötzlich am Ehrentisch zusammengebrochen.

Kapitel 5

Verrat

Der Lärm des Festes verebbte, als Angus die Tür zu Formorians Gemach schloss und den Träger ihres Kleides von ihrer Schulter streifte. Er bedeckte ihren Hals mit einer Reihe von sanften, feuchten Küssen. Bei Bels Feuern! Ihre Finger glühten, als sie ihn jetzt in fiebriger Erregung von Hemd und Rock befreiten. Seine Hände glitten langsam an ihren Rippen entlang nach oben, wo er ihre Brüste umfasste, seine harte Erektion an sie drückte und sie rückwärts zum Bett ihres Gemachs schob. Geschickt löste er den Verschluss an ihrem Rücken, und das Kleid fiel zu Boden als beide auf das weiche Daunenbett sanken.

»Deine Augen werden mit jedem Mal schöner«, murmelte er, während seine Zunge langsam um die Spitze ihrer Brust kreiste. Sein Daumen streift über die andere Brustwarze und ließ die kleine Knospe härter werden.

Formorian stöhnte und bog ihm ihren Körper entgegen. »Du hast mich doch erst gestern gesehen. Bei Dagda, Angus, saug daran. Fester.«

»So schnell schon, Mori?« Angus hob seinen dunklen Kopf und schenkte ihr ein schiefes Lächeln. »Ich glaube, ich foltere dich noch ein wenig.« Er schob sein Knie zwischen ihre Schenkel, beugte sich über sie, und ließ ihre Brustwarze mit seiner Zunge ganz leicht vor und zurückwandern, um sich dann wieder nach oben zu schieben, und ihren Mund zu suchen.

Ihre Lippen öffneten sich für ihn, und er schob sich hinein, erkundete den süßen Geschmack ihrer Zunge, das weiche Innere ihres Mundes. Er zog ihre Lippe zwischen seine, presste seinen offenen Mund auf ihren, und ihre Zungen kämpften um die Vorherrschaft.

Ihr Körper verlangte nach mehr. Angus schnüffelte an ihrem Hals, seine großen Hände kneteten beide Brüste; er genoss das Gefühl ihres sich windenden, üppigen Körpers neben seinem. Ein Körper, der wie dazu geschaffen schien, stundenlang Liebe zu machen. Er saugte an ihren Ohrläppchen und biss dann sanft in die schmale Stelle zwischen Hals und Schulter.

Mit einem Laut, der wie ein wildes Knurren klang, fuhr Formorian mit ihren Fingern durch sein seidiges Haar und zog seinen Kopf zu ihren Brüsten hinab. Er lachte und umfing ihre Brust mit dem Mund und drehte die Brustwarze mit seiner Zunge hin und her. Sie stöhnte und legte ihre Hände an seine Schultern, wo sie seinen harten Bizeps spürte, der sich wölbte, weil er fast sein ganzes Gewicht über ihr abstützte. Fast sein ganzes. Gerade genug, dass sich ihre Körper überall berührten, und sie spürte, wie sich sein hartes Glied an ihren Bauch presste.

Angus begann zu saugen, und ein Feuerblitz schoss direkt in ihre pulsierende Mitte. Ihre Bauchmuskeln zogen sich zusammen, als sein Mund nach mehr verlangte, sein Saugen wurde stärker. Genau wie sie es mochte. Sie erschauderte.

»Nein, noch nicht«, flüsterte Angus und rutschte tiefer, seine glühende Zunge flammte weiter hinab. Er spreizte ihre Beine, schob sich ihre Knie über seine Schultern und leckte an ihrer Mitte in breiten, flachen Zügen. Wellen intensiven Gefühls schüttelten sie. Sein Mund schloss sich um Formorians Knospe, und sie zuckte, von einer pulsierenden Welle nach der anderen gepackt.

Er wartete, dass ihr Keuchen nachließ, und hob sich dann in einer einzigen sinnlichen Bewegung über sie und stieß sein Glied tief in sie hinein, erfüllte sie vollkommen.

Formorian schlang ihre Beine um seine Hüften und kam seinen Stößen entgegen, warf und bog sich unter ihm, als er in sie drang. Schnell und hart überschritt er all ihre Grenzen.Ihr Atem ging in kurzem Keuchen, ihr Körper pochte und bäumte sich zu einer ungeheuren Erschütterung auf. Eine Sekunde lang spürte sie seine Spannung, bevor sie fühlte, wie er explodierte. Erst dann erschlaffte ihr Körper.

Sie lagen schweißnass und erschöpft mit verschlungenen Armen und Beinen da.

»Ist die Tür verschlossen?«, fragte Formorian träumerisch.

»Verdammt.« Angus hob seinen Kopf und schaute zur Tür. »Ja.« Er blickte wieder zu ihr hinab, erhitzt und befriedigt. »Das stellst du jedes Mal mit mir an. Alle Vernunft schaltet sich aus.«

Formorian schenkte ihm ein Lächeln, das beinahe eine neue Erektion zur Folge hatte. Bei Lugh, was für eine Wirkung diese Frau auf ihn hatte! Er war fast fünfzig und in weniger als fünf Minuten …

Sie fuhr langsam mit ihren Fingerspitzen an seinem Arm entlang. »Hör auf, mich so anzusehen. Du weißt, dass wir zurück sein müssen, bevor uns jemand vermisst.«

Er seufzte und rollte sich von ihr herab. »Das Schicksal hätte uns niemals trennen dürfen, Mori. Wir gehören zusammen.«

Sie legte seinen Arm um sich und machte es sich auf seiner Schulter bequem. »Ja. Und ich liebe dich. Aber die Heirat mit Turius war vernünftig. Sogar meine alte Amme dachte – obwohl sie schon halb verrückt war –, dass sich Ambrose das Land meines Vaters genommen hätte, wenn ich nicht die Frau seines Sohnes geworden wäre.«

Angus stöhnte. »Ich mochte die alte Cailyn immer, obwohl die Leute behaupteten, sie habe das Blut einer Seherin in sich.«

Formorians Fingerspitzen wanderten über seine Brust. »Und Cailyn war ganz verrückt nach dir. Sie hat mir immer gesagt, dass die Große Königin uns eines Tages zusammenbringen würde. Aber ich glaube, ihre Schwester ist viel mehr eine Seherin als Cailyn.«

»Unsere Brena?«, fragte er und spielte wieder mit einer ihrer Brustwarzen, bis sie hart wurde. »Sie ist eine gute Heilerin und sonst nichts.« Er neigte sein dunkles Haupt und legte seinen Mund an ihre Brust. »Lass uns nicht über die beiden sprechen.«

Formorian schloss genüsslich die Augen und riss sie wieder auf, als er plötzlich aufhörte. »Warum runzelst du die Stirn?«

»Es macht mich rasend eifersüchtig, wenn ich daran denke, dass du das, was wir gerade getan haben, auch mit Turius tust.«

»Schhh.« Formorian stützte sich auf die Ellbogen und strich ihm dunkle Haarsträhnen aus der Stirn. »Denk nicht daran.« Sie fuhr die Konturen seiner Lippen mit den Fingern nach. »Es geschieht nicht sehr oft; Turius stürzt sich lieber in den Krieg als in die Liebe.«

Angus nahm ihre Hand und küsste ihre Handfläche. »Aber wenn du frei wärst …«

Sie zog eine Augenbraue hoch. »Sogar wenn Turius in der Schlacht sterben würde, dann wärst du noch immer verheiratet. Schon vergessen?«

Sein Blick verfinsterte sich »Wie könnte ich? Ich wurde hinters Licht geführt mit dieser Heirat, das weißt du. Ich hatte keine andere Wahl, genau wie du.«

Formorian seufzte leise. »Ich hätte es nicht ertragen, wenn mein Vater seinen Namen an Ambrose verloren hätte. Du weißt, wie sehr wir Schotten unser Land lieben.«

Und Angus wusste es – er fühlte so wie sie. Aber gerade jetzt interessierte ihn die Vernunft nicht. Jetzt, wo er sie schon wieder wollte, obwohl sie das Bett noch nicht verlassen hatten. Streichelnd bahnte er sich einen Weg über ihr Hüfte und ihren Hintern.

Formorian lachte. »Du weißt doch, wir haben keine Zeit mehr …«

Seine dunklen Augen glühten, als er ihre Schultern nahm und sie an sich zog, bis er ihre feste, volle Brust wieder in den Mund nehmen konnte. Er saugte heftig daran.

Sie stieß einen kleinen Schrei aus, und er zog sie auf sich. »Du bist dran, Mylady. Gib's mir richtig.«

Mit halb geschlossenen Lidern und einem langsamen, wissenden Lächeln setzte sich Formorian auf ihn, lehnte sich nach vorne und streifte mit ihrem Busen über seine Brust. Angus stöhnte tief auf und fuhr mit seinen Händen ihren Rücken hinab und wiegte sich in ihr.

Im Saal zerbrach etwas, gefolgt von Stimmen und Schritten. Vielen Schritten. Einen Moment lang verharrten Formorian und Angus, und dann kamen sie in Bewegung. Schnell.

»Turius?«, flüsterte sie, als sie eilig in ihr Gewand schlüpfte und sich zu Angus drehte, damit er es schloss. »Sicher ist er nicht so dumm, in mein Gemach hinaufzusteigen, mit all deinen Wachen in der Nähe.«

»Schhh. Nein, das glaube ich nicht.« Angus schlüpfte in seinen Kilt und warf sich sein Plaid über. »Ich höre keine Rüstungen oder Waffen.« Er hielt inne und lauschte. »Es klingt wie Gesinde. Du bleibst hier; ich sehe nach, was geschehen ist.«

Er atmete tief ein und öffnete die Tür.

Deidre öffnete schnell die Tür zu Elens Gemach. Gilead trug seine Mutter hinein und legte sie sanft auf das Bett. Hinter ihm folgte eine ganze Schar von Mägden, die ängstlich durch die Tür strömten. Eine von ihnen stellte eine Topfpflanze wieder auf, die in der Eile auf der Treppe umgestürzt war. Sheila und Janet waren ausnahmsweise sprachlos. Una boxte sich durch und bellte den starrenden Mägden Anweisung nach kaltem Wasser, frischen Tüchern und heißem Tee zu. Sie stoben auseinander wie Löwenzahnsamen im Wind.

»Es schmerzt so«, stöhnte Elen und griff sich unter Krämpfen an den Magen. Deidre löste die Schnüre von Elens Korsett und lockerte ihren Spitzenkragen. »Ganz ruhig. Ihr braucht Luft.« Sie warf Gilead einen Blick zu. »Sucht einen Fächer.«

Er kehrte zurück, als Brena mit ihrem Korb voller Kräuter herbeieilte. Hastig setzte sie sich an den Rand des Bettes und legte eine Hand auf Elens Stirn. »Kein Fieber. Seid ihr ohnmächtig geworden?«

»Mein Magen. Er brennt ganz schrecklich, als würde sich eine Schlange darin winden.«

Die Tür wurde aufgerissen und Angus stürmte herein. Er sah zerzaust aus und sein schönes Schottentuch war zerknittert. »Was geht hier vor?«, fragte er, dann sah er seine Frau auf dem Bett und Brena neben ihr. »Was ist geschehen?«

Gileads Augenbrauen zuckten, als er die Aufmachung seines Vaters bemerkte, aber er sagte nichts dazu. »Mutter ist zusammengebrochen.«

Elen stöhnte wieder, ihr ganzer Körper begann zu zittern. »Mir ist so kalt«, murmelte sie mit schwacher Stimme. »Ich schwöre es, ein Dolch muss in meinem Bauch stecken.« Kalter Schweiß stand ihr im Gesicht, und sie krümmte sich, als sie von einem weiteren Krampf geschüttelt wurde.

Deidre erinnerte sich daran, wie sie einmal Fisch gegessen hatte, der nicht richtig zubereitet worden war, und sie danach sehr schmerzhafte Krämpfe bekommen hatte. Heute hatte es Lachs gegeben. Sie schob sich an Angus vorbei.

»Mylady, vielleicht war es etwas, das Ihr gegessen habt. Wenn Fisch nicht richtig gekocht wird …«

»Ich hatte keinen Fisch«, Elen krallte sich ins Bettlaken und keuchte vor Schmerz. »Nur etwas Reh und eine Birne.«

Deidre hatte selbst von dem Reh gegessen und fühlte sich wohl. Aber eine Birne ... Ihr kam eine Geschichte aus dem Buch in den Sinn, in der einer der Ritter der Tafelrunde mit einem Apfel vergiftet worden war. Ganz oben auf der Schale mit den Birnen hatte eine besonders schöne gelegen, und Elen wurde die Schale als Erster gereicht. Sie sah sich um. »Hat sonst noch jemand eine Birne gegessen?«

Niemand antwortete. Gilead sah verblüfft aus, aber Angus blickte sie nachdenklich an. »Was meinst du damit, Mädchen?«

Deidre nahm einen tiefen Atemzug und hoffte, dass nicht wieder ihre lebhafte Phantasie mit ihr durchging. Vielleicht war sie von diesen Legenden völlig besessen, oder vielleicht hatte sie der Zauberer irgendwie verhext. »Könnte es sein, dass die Birne vergiftet wurde?«

Angus wurde unter seiner tiefen Bräune blass, und Brena warf ihr einen scharfen Blick zu. »Unsinn«, sagte sie. »Wer sollte unsere zarte Lady Elen töten wollen?«

Ja, wer? Deidre konnte sich kaum vorstellen, dass Elen Feinde hatte, außer vielleicht Formorian. Aber die Königin konnte wohl kaum in die Küche gegangen sein – nicht mit diesem Höllenhund von Köchin – und ohne dass es jemandem aufgefallen wäre. Deidre schauderte. Sie musste diese Frau morgen stellen, um sich Klarheit zu verschaffen. Dennoch, wenn es sich um Gift handelte ... Deidre schob entschlossen ihr Kinn nach oben.

»Ich weiß es nicht. Aber wenn ich recht habe, sollte man sie dazu bringen, sich zu übergeben, und ihr dann viel Flüssigkeit geben, um das zu verdünnen, was es war.« Dieses Wissen verdankte sie Clotilde; es hatte mehr als einen Versuch gegeben, Childebert zu töten.

Brena schnaubte vor Wut. »Ach, du bist hier wohl die Heilerin?«

»Tu es«, sagte Angus mit einem Tonfall, der keine Diskussion erlaubte. »Es kann ihr auch nicht schaden, oder?«

Mit einem Knurren suchte Brena in ihren Kräutern und förderte eine Alraunenwurzel zutage. Aus ihren Röcken zog sie eine kleine scharfe Sichel und schabte vorsichtig etwas davon in ein halbvolles Glas mit Wasser. Über der Kohlenpfanne erhitzte sie es und fügte noch etwas Salz hinzu. Dann reichte sie es Elen.

Deidre ging mit dem leeren Wassertopf von ihrem Waschtisch zu ihr hinüber, aber Gilead nahm ihn ihr ab.

»Ich nehme ihn.«

Una schickte die wenigen Mägde fort, die noch geblieben waren und schloss hinter ihnen die Tür. Angus fuhr sich mit einer Hand durchs Haar und begann im Zimmer auf und ab zu gehen. Deidre wollte ihm gerade sagen, dass er sie damit verrückt machte, als Elen zu würgen begann. Die Stiefel hielten in ihrem unablässigen Schritt inne, und Angus trat ans Fenster und blickte hinaus.

Deidre goss etwas kaltes Wasser auf ein Tuch und kühlte damit Elens Gesicht, als das Würgen kurz verebbte. »Bald geht es Euch besser. Alles muss raus.«

Elen griff kurz nach ihrer Hand und drückte sie, bevor sie sich wieder übergeben musste. Schließlich sank sie erschöpft auf ihr Kissen zurück.

»Ich hole Euch etwas Wein«, sagte Brena, als sie die schmutzige Schüssel mit einem Tuch bedeckte.

»Nein!« Elen versuchte sich aufzusetzen, aber Gilead legte ihr die Hand auf die Schulter. Sie ließ sich zurückfallen. »Kein Wein«, wiederholte sie. »Ich habe mich nicht mehr wohl gefühlt, seit ich vor dem Essen den Kelch mit Wein getrunken habe.«

Angus wandte seinen Blick vom Fenster ab und starrte seine Frau an. Deidre sprang auf und rannte zu dem Kelch, der noch immer auf dem Tisch stand. Sie roch daran, stellte ihn dann aber enttäuscht wieder zurück. Der Kelch war ausgespült worden; kein Rest war zurückgeblieben. Als sie wieder aufsah, fühlte sie Angus' Blick auf sich.

»Ich selbst habe diesen Wein eingegossen«, sagte er mit beißendem Unterton.

Deidre fühlte, wie sie bis an die Haarwurzeln errötete. Genau genommen klagte sie den Laird an, seine eigene Frau zu vergiften! Eine Behauptung, die sie direkt ins Verlies katapultieren konnte … oder noch schlimmer.

»Verzeiht, Mylord. Ich wollte damit nicht andeuten …«

Er zog nur eine Augenbraue hoch und ging zur Tür. »Da es meiner Frau wieder bessergeht, kehre ich zu den Feierlichkeiten zurück und kümmere mich um die Gäste. Du hast mich ja bereits darauf aufmerksam gemacht, dass ich der Gastgeber bin.«

»Sie wird sich erholen, Mylord.« Brena schien sehr darauf bedacht, ihn zufrieden zu stellen. »Ich gieße etwas Wanzenkraut in Gelbwurzeltee auf und kümmere mich darum, dass sie es trinkt.« Sie wandte sich an Deidre. »Falls du noch immer einen Verdacht hegst, werden du und ich den Tee ebenfalls trinken.«

»Ja. Tut das«, sagte Angus und warf die Tür zu, als er ging.

Deidre biss sich auf die Lippen und starrte auf die geschlossene Tür. Entweder war Angus ehrlich erzürnt, weil er unschuldig war, oder er war teuflisch genug, seine Spur mit einem Ablenkungsmanöver zu verschleiern.

Gilead rieb sich die Augen. Bei allen Heiligen – wie müde er heute Morgen war. Bis in die frühen Morgenstunden hatte er am Bett seiner Mutter gesessen, um sicher zu sein, dass sie normal und fest schlief. Der Gedanke, dass vielleicht Gift im Spiel war, verstörte ihn. Deidre war einmal gekommen, um ihn abzulösen, aber sie hatte so dunkle Schatten unter den Augen gehabt, dass er sie wieder zu Bett geschickt hatte. Nachdem sie gegangen war, fühlte er sich noch zerrissener.

Sie verwirrte ihn. Sein Gefühl sagte ihm, dass sie in Bezug auf ihre Herkunft nicht die Wahrheit gesagt hatte, zumindest nicht die ganze Wahrheit. Woher hatte sie in der vergangenen Nacht gewusst, was zu tun war? Sie schien völlig sicher zu sein, wie sie seiner Mutter helfen konnte. War sie eine Heilerin? Die meisten der Heilerinnen in Britannien und Schottland waren heidnisch und hatten auf der Insel der Druiden gelernt. Aber ihr Akzent war seltsam. Vielleicht hatte sein Vater recht; vielleicht war sie ein Spion der Sachsen und sollte sich hier einen Überblick verschaffen, bevor sie einfielen. Vielleicht musste er sie besser im Auge behalten.

Trotz seiner Erschöpfung musste er lächeln. Sie im Auge zu behalten war keine große Qual, so schön wie sie war. Die Qual fand viel mehr in seinen Hosen statt – er wollte so viel weitergehen! Warum er letzte Nacht auf den Zinnen seiner Versuchung nachgegeben hatte, wusste er nicht. Er hatte nicht vorgehabt, sie zu küssen. Überhaupt nicht. Aber als sie ihre Hand auf seine legte, rauschte sein Blut wie wild durch die Adern. Ihre Hand hatte sich so klein und weich angefühlt, dass er sich einen kleinen Kuss erlauben wollte. Mehr hätte es nicht sein sollen. Wenn es um Frauen ging, hatte er sich immer unter Kontrolle. Immer. Der Geschmack ihrer süßen, vollen Lippen, die sich auf seine pressten – die ihm antworteten, in Gottes Namen –, entzündete ein Feuer, dass direkt in seine Lenden fuhr. Er stöhnte leise auf, denn sogar jetzt, am helllichten Tag, spürte er ein deutliches Verlangen in seiner Hose. Er wollte seine Finger unter ihren Umhang schieben und mit der Hand über ihren Rücken streicheln, sie fest an sich ziehen, so dass sich ihr Busen an seine Brust presste. Verdammt noch mal. Er wollte sich und ihr die Kleider vom Leib reißen und ihre nackte Haut auf seiner spüren.

Er schüttelte den Kopf und atmete zitternd ein. *Das darf nicht sein. Ich bin so schlimm wie mein Vater.*

An der Tür zum Wintergarten im Ostflügel machte er halt, in der Hoffnung, dass sein Vater dort sein würde und wie jeden Morgen seinen verdünnten Wein trank. Nur die Götter wussten, wohin er und Formorian letzte Nacht vor dem Zusammenbruch seiner Mutter verschwunden waren, aber sie zerrten damit an seinen Nerven. Es war nur eine Fügung des Schicksals, dass Niall in Weinlaune gewesen war und Turius beschlossen hatte, bei ihm zu bleiben, falls es zu einer Prügelei kommen sollte.

Gilead stieß die Tür auf und war froh, seinen Vater in einem Sessel sitzen und die Morgensonne genießen zu sehen.

»Klopfst du nicht an?«, fragte er.

Gilead überhörte die Frage und goss sich etwas Wein ein. Eigentlich zog er am Morgen Ziegenmilch vor, aber Angus hatte keine im Wintergarten. Sein Vater sah etwas mitgenommen aus. Seine Kleider waren zwar sauber, aber er war nicht rasiert und wirkte müde. Oder besorgt? Dazu hatte er allen Grund. Und wo war er gewesen, dass er so schnell auftauchen konnte, als sie seine Mutter in ihr Gemach gebracht hatten?

»Mutter geht es heute Morgen besser«, sagte Gilead und setzte sich.

Angus nickte. »Du wirst ihr heute ihren Wein bringen, damit nicht wieder das Gerücht geht, ich hätte ihn vergiftet.«

»Niemand denkt das«, antwortete Gilead.

Angus legte die Stirn in Falten »Deine hübsche Deidre schon.«

Gilead spielte mit seinem Kelch. Hielt Deidre seinen Vater wirklich für fähig, seine Mutter zu töten?

»Wir wissen noch nicht einmal, ob wirklich Gift im Spiel war«, sagte Gilead schließlich. »Mutter hatte sich nicht wohl gefühlt. Vielleicht belastet sie …«, er unterbrach sich. »Ich meine, diese Besuche scheinen immer ihren Tribut zu fordern. Sie ist sehr feinfühlig.«

Angus grunzte. »Deine Mutter heult ständig. Ich habe keine Zeit, sie von hinten bis vorn zu bedienen. Wie wäre es, wenn sie ein Rückgrat entwickelte und für sich selbst einstehen würde?«

»Wie Formorian?«

Sein Vater sah ihn lange und finster an. »Sei vorsichtig. Du begibst dich auf gefährlichen Boden.«

Gilead konnte sich nur mit Mühe beherrschen. Diese verflixte Frau. Es war ja schön, dass Turius sie wie einen gleichwertigen Krieger behandelte und es sogar vorzog, wenn sie neben ihm ritt, aber sah er denn nicht, was hier vor sich ging? Gilead wusste nicht, ob das ein Segen war oder ein Fluch. Formorian war wie ein Bach in den Highlands, der zum Meer strömte, über Felsen stürzte, sich um Steine wand, immer wieder die Kraft aufbrachte, seine unablässige Reise fortzusetzen, Hindernisse auf dem Weg zu zerstören oder sie mit sich fortzutragen. Wahrscheinlich war seine Mutter ein weiteres Hindernis. Dieser Gedanke machte ihn wieder wütend. Er spannte seinen Kiefer. Es führte zu nichts, sich mit seinem Vater zu streiten, und er war Deidres wegen gekommen.

Gilead wählte seine Worte sorgfältig. »Ich meinte, dass du die Königin für ihre Unabhängigkeit respektierst.«

Angus blickte ihn misstrauisch an. »Das tue ich, genau wie Turius.«

»Ja. Vielleicht könntest du dann auch Deidres Wünsche respektieren.«

»Und die wären?«

»Sie will keine Handfeste mit Niall.«

Sein Vater lehnte sich zurück. »Es ist nicht an ihr, Forderungen zu stellen. Sie ist eine Waise – zumindest behauptet sie das – ohne Mitgift. Niall besitzt Land und Geld. Sie sollte sich glücklich schätzen.«

»Sie sollte die Wahl haben«, insistierte Gilead.

»Warum?«

»Weil … weil es ihr Leben ist, Vater! Du kennst Niall. Er ist kein besonders freundlicher Mann. Er wird ihren Willen brechen wollen, genau wie er es mit seiner letzten Frau getan hat.«

»Pah! Rhea war von Anfang an eine graue Maus. Ich wette, Deidres spitze Zunge wird Niall schön zu schaffen machen. Das ist einer der Gründe, warum ich denke, dass sie zusammenpassen. Hin und wieder sucht ein Mann eine Herausforderung.«

Gilead war sich ziemlich sicher, dass Niall gar nichts davon hielt, wenn ihm etwas »zu schaffen machte«. Höchstwahrscheinlich würde er sie schlagen. Und er konnte sich nicht vorstellen, wie Deidre freiwillig das Bett mit Niall teilte. In seinem Bauch schien sich ein Dolch zu drehen. Deidre, nackt und verletzlich, ihre weiche Pfirsichhaut von blauen Flecken übersät, Schrammen auf den üppigen Brüsten … ihre vollen Lippen aufgeplatzt und geschwollen …

»Nein. Sie wird sich ihm widersetzen.«

Angus neigte seinen Kopf zur Seite und betrachtete ihn. »Du scheinst viel über sie zu wissen. Hast du sie bestiegen?«

»Natürlich nicht!« Nicht, dass er nicht gewollt hätte. Bei Gott, einen solchen Drang hatte er nicht mehr verspürt, seit er ein Junge war und nachts von feuchten Träumen heimgesucht wurde. Er konnte sich sehr gut vorstellen, wie sich ihr warmer, schmiegsamer Körper neben seinem anfühlen würde, wie sie sich ihm öffnete … Nur mit Mühe gelang es ihm, diesen Gedanken zu verscheuchen.

»Vater. Du weißt, wie sehr sich Niall nach Macht sehnt und das Gefühl braucht, die Kontrolle zu haben …«

»Haargenau.« Angus beugte sich nach vorne. »Bei einem

Mann, der sich zu oft dem Alkohol hingibt, ist das ein sehr gefährlicher Zug. Wenn ich Deidre als Verwandte anerkenne, binde ich Niall an mich. *Und* ich sichere mir damit mächtige Verbündete in Irland, falls wir sie brauchen.«

»Dann wird sie die Verwandtschaft leugnen.«

»Hmmm. Nicht wenn sie uns nicht sagen will, wer sie wirklich ist«, gab Angus zurück. »Ich glaube ihre Geschichte nicht. Aber vielleicht solltest du mehr über sie herausfinden. Geh jetzt. Ich muss noch Vorbereitungen für die Zusammenkunft treffen.«

Aha! Sein Vater hatte ihm unabsichtlich die Erlaubnis gegeben, in ihrer Nähe zu bleiben! Gilead stand auf und ging zur Tür. »Gilt das Verlöbnis also nicht, bis ich herausgefunden habe, wer sie wirklich ist?«

»Nein. Das kann ich nicht. Niall hat schon allen Bedingungen zugestimmt.«

»Aber eine Handfeste kann gelöst werden«, antwortete Gilead.

Angus zögerte. »Ja. Unter gewissen Umständen. Finde heraus, wer sie ist, mein Junge.« Als sich Gilead zur Tür umdrehte, begann Angus wieder zu sprechen. »Aber lass dir bloß nicht einfallen, sie zu besteigen, Sohn. Einen Krieg mit Niall kann ich nicht gebrauchen.«

Gileads Rücken straffte sich, und er drehte sich nicht mehr um. Das musste ihm ausgerechnet sein Vater sagen.

Die Zusammenkunft der Klans gestaltete sich schwierig. Niall war verkatert und mürrisch und knurrte nur zu den Vorschlägen, die Turius machte. Comgall, der Laird von Cenel Comgaill, konnte seine Wut über Nialls ungebührliches Benehmen kaum verbergen. Nicht, dass ihm Gilead das vorwerfen wollte. Er hatte mehr zu verlieren als alle anderen, denn sein Land lag westlich von Nialls und grenzte direkt an Fergus Mors. Er würde den Angriff im Sommer mit voller Wucht zu spüren bekommen.

Turius warf seine Schreibfeder auf die Karte, die auf dem langen, rechteckigen Tisch lag, und stand auf. »Ich fühle mich nicht mehr verantwortlich, wenn ihr so unvernünftig seid! Wenn ihr euch weiterhin untereinander zerstreitet, wird euch Fergus pflücken und verspeisen wie einen Apfel von einem Baum. Ich werde nicht meine Männer für euch in den Tod schicken, nur weil ihr nicht in der Lage seid, euch zusammenzuschließen.«

Gabran legte die Stirn in Falten und sah zu seiner Tochter. Formorian legte eine Hand auf Turius' Arm. »Denk daran, dass auch das Land meines Vaters bedroht ist.«

Turius hielt inne und ließ sich in seinen Stuhl sinken. »Was schlägst du also vor?«

Gilead wunderte sich schon lange nicht mehr über Formorians Anwesenheit – die einzige Frau, die an den Zusammenkünften teilnehmen durfte –, aber das war das erste Mal, dass Turius sie direkt nach ihrer Meinung gefragt hatte. Aus den Augenwinkeln blickte er zu seinem Vater, aber auch Angus schien nur auf eine Antwort zu warten. Gilead schüttelte den Kopf. Was hatte es mit dieser Frau nur auf sich?

Heute Morgen war sie gekleidet wie ein Mann, mit Stiefeln, Trews und einem übergroßen Leinenhemd, das vermutlich Turius gehörte. Ein lederner Kürass hing über der Lehne ihres Stuhls, ihr Haar war streng nach hinten frisiert, wahrscheinlich weil Turius direkt nach der Zusammenkunft aufbrechen wollten. Ihre Kleidung hatte nichts weibliches, trotzdem war es ihr gelungen, ihrem Mann nur mit einer Berührung Einhalt zu gebieten, und sein eigener Vater war völlig gebannt von ihr.

Formorian nahm die Schreibfeder auf und begann mit ihr zu deuten. »Ich glaube, Fergus wird eher nach Nordosten als nach Südosten durch Comgaill ziehen.«

»Dann müsste er gegen die Pikten kämpfen!«, rief Comgall.

»Vielleicht. Aber wenn er sich für kurze Zeit mit ihnen verbünden würde – ihnen vielleicht noch mehr Land verspricht, um passieren zu können –, hätte Fergus eine enorme Streitmacht, um uns vom Norden aus zu bedrängen. Und«, fügte sie hinzu, »er müsste sich nicht erst seinen Weg durch all eure Gebiete erkämpfen.«

»Dummes Weibergeschwätz!«, murmelte Niall. »Wer hat denn jemals davon gehört, dass sich die Barbaren mit jemandem auf eine Waffenruhe einlassen?«

Angus blickte Formorian nachdenklich an. »Wenn Ihr Recht habt, könnte Fergus bis zum östlichen Meer vordringen und uns von drei Seiten einkesseln.«

»Genau.« Sie schenkte Angus ein breites Lächeln und wandte sich dann an Turius. »Ich schlage Folgendes vor: Erstens, die Lairds sichern die nördlichen Grenzen zu Piktland und verfolgen, was dort vor sich geht. Zweitens, ihr schickt als Erstes einen Gesandten, um ein Bündnis mit den Pikten zu schließen.«

»Hirnverbranntes Weib!«, brüllte Niall.

Angus schlug mit der Faust auf den Tisch. »Formorian ist *nicht* dumm … und du hältst besser deinen Mund, wenn du die Zähne darin behalten willst.« Er wandte sich an Turius. »Ich schicke von Oengus aus einen Boten. Unser Klan liegt am nächsten zu Piktland.«

Turius nickte erleichtert. »Dann ist es beschlossen.«

»Seid ihr alle verrückt geworden?« Niall sprang auf die Füße und warf dabei seinen Stuhl um.

»Nein« gab Angus zurück »Und wenn du deine Zunge nicht im Zaum hältst, löse ich die Handfeste, von der wir gesprochen haben, wieder auf. Ich setze meine Verwandtschaft nicht solch dummem Gerede aus.«

Nialls Augen verzogen sich zu schmalen Schlitzen und er funkelte Angus an, sagte aber nichts.

»Was habe ich gehört?« fragte Formorian interessiert. »Eine Handfeste? Mit deinem Stamm?«

Gileads Magen fühlte sich an, als hätte er einen ordentlichen Tritt von einem störrischen Esel bekommen. Warum hatte sein Vater nicht seinen Mund halten können? Bisher hatte niemand davon gewusst. Jetzt würden sich die Neuigkeiten wie ein Lauffeuer in den Klans verbreiten.

»Ja. Elens neue Dienerin …« Angus ließ seinen Blick zu Gilead wandern und dann zurück zu Formorian. »Das Mädchen, Deidre, ist offenbar eine entfernte Verwandte.«

Formorian heftete ihre grünen Katzenaugen auf Gilead. »Ist es nicht das Mädchen, das dich beim Bogenschießen besiegt hat?«

Er unterdrückte ein unvermittelt in ihm aufsteigendes Grinsen. Eigentlich sollte er sich deswegen ärgern, aber in Wirklichkeit freute er sich sogar auf eine Revanche. Er würde Deidre empfehlen, einen längeren Bogen auszuprobieren, dann könnte er sich hinter sie stellen, mit einer Hand ihren Bogenarm stützen, mit der anderen ihr mit dem Zuggewicht helfen, und ihr ganz nahe sein … Halt. Nein, so etwas würde vielleicht sein Vater tun. Aber nicht er. »Ja. Sie ist es.«

Gabran lehnte sich nach vorne. »Ich für meinen Teil denke, dass es höchste Zeit wird, dass du dir eine Frau suchst, Niall. Eine gute Frau, die dich auf dem rechten Weg hält.« *Und nüchtern*, klang als unausgesprochener Zusatz mit.

Comgall fasste Gilead ins Auge. »Ja. Eine gute Frau kann das Beste in einem Mann zutage fördern. Wann wirst du heiraten, Gilead?«

Gilead schreckte auf. Heirat war das Letzte, an das er gerade dachte. Die Ehe seiner Eltern war eine Farce, und Turius und Formorian schienen einander gleichgültig zu sein. Drustans Herz war von einer Frau gebrochen worden, die mit ihm gespielt hatte. Gilead wollte nicht auch in ein solches Schlamassel geraten. »Ich habe mir noch keine Gedanken gemacht.«

»Nun, meine Tochter Dallis ist im heiratsfähigen Alter«, sagte Comgall und warf Angus einen Blick zu. »Ich hätte auch nichts dagegen, wenn sich unsere Klans verbündeten, Angus.«

»Vielleicht hat der Bursche Angst, dass er eine Frau nicht in Zaum halten kann«, höhnte Niall. »Er ist gerade von einer besiegt worden. Ich würde mich niemals von einer Frau schlagen lassen.«

Formorian warf ihm einen schneidenden Blick zu. »Vielleicht habt Ihr dabei gar keine Wahl!« Stolz warf sie ihren Kopf zurück und verließ die Runde. Schweigend folgten ihr die Männer.

Niall fluchte noch immer leise vor sich hin, als Gilead die Great Hall betrat und aufblickte. Der andere Huf des störrischen Esels traf ihn hart, und er schnappte nach Luft.

Deidre stand am anderen Ende des Saals, und Formorian redete auf sie ein. Sie hatte eine Hand auf ihre Schulter gelegt. Gilead musste nichts hören, um zu wissen, dass Formorian sie wegen der Verlobung befragte. Deidres Gesicht war leichenblass. Ihre blauen Augen hatten sich geweitet und erschienen in dem fahlen Gesicht fast schwarz. Gerade legte sie eine Hand auf den Mund, und dann sah sie Gilead. Sie drehte sich um und rannte hinaus.

Gilead wollte ihr schon hinterhereilen, aber sein Instinkt sagte ihm, dass sie ihn nicht sehen wollte. In seinem ganzen Leben hatte er sich noch nie so schlecht gefühlt. Er hatte Deidre im Stich gelassen.

Noch immer zitternd lehnte sich Deidre am Fenster ihres kleinen Zimmers und sah wie Turius' Truppen ihre Reiseformation einnahmen. Es überraschte sie zu sehen, dass den Männern die römische Disziplin in Haut und Blut übergegangen war. Die Bogenschützen stellten sich in Manipeln von fünf mal zwanzig Männern auf. Dann kamen die Speerwerfer, gefolgt von den Schwert- und Morgensternkämpfern. Jede Reihe verlief so exakt, dass sie von ihrem erhöhten Fenster aus sehen konnte, dass die Abstände horizontal, vertikal und diagonal genau gleichmäßig waren. In dieser Formation setzten sie sich in Bewegung und strömten durch das Tor, um Platz zu schaffen für die Reiter.

Deidre zog scharf den Atem ein, als sie die halbe Zenturie von Männern sah, die aus den Ställen ritten. Sie alle trugen einen roten Umhang, genau wie die Soldaten, die ihre Eskorte überfallen hatten. Es waren Turius' Männer gewesen.

Sie ließ den Vorhang sinken und setzte sich auf ihr Bett. Turius würde nicht lange brauchen, um herauszufinden, wer ihre Eskorte war, wenn er erst in seiner Festung angekommen war. Sie hatte noch nicht einmal Zeit gehabt, mit der Suche nach dem Stein zu beginnen. Ihre Wachen waren treue Männer, die ihr Geheimnis nicht allzu schnell preisgaben. Aber würde Turius sie foltern? Und wenn einer von ihnen etwas verriet – was würde dann mit ihr geschehen?

Kapitel 6

Heimtücke

In den nächsten drei Tagen mied Deidre Gilead. Immer gelang es ihr, sich mit einer Ausrede zu verabschieden, bevor er seiner Mutter seine morgendlichen Besuche abstattete. Gerade kauerte sie neben dem kleinen Tisch in ihrem Zimmer und hoffte, dass Una nicht auf dem Weg hierher war, um sie zu suchen. Obwohl Niall darauf geachtet hatte, keine blauen Flecken zu hinterlassen, war ihr Handgelenk noch immer geschwollen von seinem groben Griff beim erzwungenen Tanz. Ohne Schmerzen konnte sie nur sehr einfache Aufgaben ausführen. Zum Glück war Elen nicht sehr anspruchsvoll und schien nicht zu bemerken, dass sie vor Gileads Besuchen immer schnell verschwand.

Die Neuigkeit der Verlobung hatte sich wie ein Lauffeuer verbreitet. Janet weidete sich offenbar darin, denn nun war Deidre nicht mehr länger eine Konkurrentin im Kampf um Gileads Aufmerksamkeit.

Ha! Als ob ich das jemals gewesen wäre. Er sagte mir, dass er mit seinem Vater sprechen würde, damit ich Niall nicht heiraten muss. Das hat er offenbar vergessen! Sie bedeutete ihm überhaupt nichts. Und der Kuss? Clotilde hatte sie immer wieder davor gewarnt, sich auf die Avancen von Männern einzulassen. Gilead hatte sich nur genommen, was sie ihm so willig geboten hatte. Nun. Dieser Fehler würde ihr kein zweites Mal passieren.

Und Niall würde sie auch nicht heiraten. Vorsichtig fuhr sie sich über ihr Handgelenk. Sie musste auf der Hut sein, um ihn nicht noch weiter zu verärgern, während sie ihre Flucht plante. Schon der Gedanke, freundlich zu ihm zu sein, brachte sie zum Würgen.

Sie wusste nicht, wie viel Zeit ihr blieb, sollte es Turius gelingen, ihre Männer zum Reden zu bringen. Sie musste einen Weg finden, wie sie fliehen konnte und sie musste den Stein finden. Jetzt war sie schon seit sieben Tagen hier und hatte noch keine einzige Gelegenheit gehabt, danach zu suchen, weil sie die Festung nicht verlassen konnte. Ihre Visionen waren sehr verschwommen geblieben. Es war zum verrückt werden. Zu dumm, dass sie sie nicht willentlich hervorrufen oder, wenn das schon nicht möglich war, Merlin aus dem Buch zu sich rufen konnte. Leider gehörte die Zauberei nicht zu ihren Talenten.

Ein Gedanke schoss ihr in den Sinn, und sie richtete sich auf. Angeblich hatte Merlin die großen Steine, aus denen Stonehenge bestand, bewegt. In Schottland selbst gab es etliche stehende Steine. Es hieß, diese uralten Kreise waren Kraftorte. Wenn sie einen in der Nähe ausmachen könnte, würden in dessen Mitte vielleicht ihre Visionen zurückkehren.

Aber zuerst, fiel ihr ein, würde sie ein Pferd brauchen, denn sie musste Feenhügel, heilige Quellen und andere uralte Stätten erkunden, an denen der Zauberer den Stein versteckt haben könnte. Allerdings war ihr noch nicht ganz klar, wie sie es schaffen sollte, heimlich aus der Festung zu entwischen. Vielleicht konnte sie Angus so weit bringen, dass er ihr Reitunterricht gestattete. Sie konnte reiten, dank der Stalljungen, aber wenn sie vorgab, es lernen zu wollen, um Niall zu gefallen – sie zwang sich, die Galle zu schlucken, die ihr in die Kehle stieg –, dann könnte es gehen. Formorian konnte reiten. Es war also nicht so ungewöhnlich.

Wild entschlossen stand sie auf. Jetzt, da sie einen Plan hatte, fühlte sie sich mutig genug, die Köchin zu befragen, ob Formorian am Tag von Elens Schwächeanfall in der Küche gesehen worden war. Nach diesem Erfolg würde sie Angus aufsuchen.

Zum tausendsten Mal wollte sich Gilead ohrfeigen, weil er Deidre enttäuscht hatte. Was es noch schlimmer machte – er hatte sie seit drei Tagen nicht gesehen. Er nahm eine Heugabel voll Stallmist auf und warf sie aus dem Pferdestall hinaus. Er hatte wohl erwartet, dass sie mit ihm böse sein würde, und an dem Tag als Turius und Formorian abreisten, war er froh, dass er ihre Wut nicht hatte miterleben müssen. Aber mittlerweile war klar, dass Deidre ihm aus dem Weg ging. Irgendwann hatte er eine Falte ihres Rockes um eine Ecke verschwinden sehen, und erst heute Morgen hatte er gehört, wie sich ihre Tür schloss, als er die Treppe hinaufging. Kurz hatte er sich überlegt, einfach bei ihr zu klopfen, aber er wusste nicht, was er ihr hätte sagen sollen. Dass es ihm leidtäte, war nicht das Richtige. Er musste einen Weg finden, um sein Versprechen gutzumachen. Sein Wort nicht zu halten war nicht denkbar.

Wütend schleuderte er eine weitere Ladung vor die Tür und traf damit beinahe seinen Vater.

»Warum mistest du den Pferdestall aus? Dafür haben wir genügend Stallknechte.« Angus lehnte sich lässig an die Stalltür und stellte einen Fuß vor den anderen.

»Dann bin ich beschäftigt«, sagte Gilead, als er noch mehr schmutziges Stroh aufgabelte.

Sein Vater verschränkte die Arme vor der Brust. »Mir scheint, du warst die letzten beiden Tage ganz schön viel ›beschäftigt‹.«

»Ich weiß nicht, wovon du sprichst.« Gilead scharrte die letzten Reste zusammen. »Malcolm braucht einen sauberen Stall.«

Angus schaute auf den haselnussbraunen Hengst, der neben ihnen angebunden war, und dann zurück zu seinem Sohn. »Und besteht Malcolm auch darauf, dass du Stunden mit Schwertkampf verbringst und unsere besten Krieger ermüdest, und sogar noch mehr Zeit mit dem Bogen und unsere Bogenschützen auslaugst?«

Gilead stürmte an ihm vorbei, um frisches Stroh zu holen. »Fergus wird bald aufbrechen. Ich dachte, du willst, dass wir darauf vorbereitet sind.«

»Ja, aber Männer kämpfen besser, wenn sie nicht verletzt sind. Gestern gab es zwei Wunden.«

»Das war doch kaum ein Kratzer. Der junge Calum ist gestolpert.« Gilead warf das Stroh ab und ging zurück, um eine zweite Ladung zu holen.

»Und Adair?«

»Der ist langsam. Das ist alles.«

Angus zog eine Augenbraue hoch. »Der Hauptmann meiner Wachen ist *langsam?*«

Gilead zögerte. Adair wurde nur von seinem Vater geschlagen. Der Mann hatte einfach nicht damit gerechnet, dass Gilead gestern mit der ganzen Hitze seines Temperaments auf ihn losstürmen würde. Und Gilead selbst verstand es ebenfalls nicht ganz. Er wusste nur, dass er die Wut, die in ihm tobte, irgendwie ausleben musste. Er versagte nur ungern, aber bei Deidres Anliegen hatte er versagt. Ihr blutleeres Gesicht, als Formorian mit ihr sprach – und Gott allein weiß, was sie ihr gesagt hatte –, verfolgte ihn.

»Vielleicht war ich etwas aufgebracht.«

»Aufgebracht zu sein kann dich in der Schlacht das Leben kosten. Du kannst von Glück reden, dass Adair so nachsichtig ist. Ich werde mit ihm sprechen.«

Gilead stöhnte innerlich auf. Dem Hauptmann gefiel es ohnehin schon, Gileads Übungen besonders anstrengend zu gestalten. Er bereite ihn nur darauf vor, dass er eines Tages Laird sein würde, behauptete Adair dann immer. Hatte sein Vater

Adair erst die Meinung gesagt, würde es Gilead umso schlechter ergehen. »Ich glaube, das ist nicht nötig, Vater.«

»Ich schon. Keiner von euch beiden hat sich so auf seine Waffe konzentriert, wie er eigentlich sollte. Du hast so viel aufgestaute Energie in dir, es ist ein Wunder, dass sie dir noch nicht zu den Ohren herausläuft.« Angus neigte seinen Kopf und betrachtete seinen Sohn. »Ich glaube, du brauchst eine Frau. Jetzt, wo du frisches Stroh geholt hast, warum suchst du dir nicht eine willige Maid und stürzt dich mit ihr hinein?«

Seines Vaters Lösung für jedes Problem. Schnell schob er das verführerische Bild der nackten Deidre beiseite, mit ihrer samtweichen Haut, die sich unter ihm wand und bettelte ... *Pah! Deidre würde mich wohl eher mit ihren Nägeln, scharf wie Dolche, kratzen, bis Blut fließt.* Gilead seufzte. »Ich glaube nicht, dass das etwas ändert.«

Sein Vater sah ihn ungläubig an. »Warum denn nicht?«

Gilead schüttelte den Kopf. »Es ändert nichts.« Er machte Malcolms Leine los, führte ihn in den Stall und holte sich eine Bürste, um ihn zu striegeln.

Sein Vater starrte ihn einen Moment lang an und wollte sich schon abwenden. Dann drehte er sich abrupt um. »Es ist dieses Frauenzimmer, das du mitgebracht hast, oder?«

Gilead fühlte seine Ohren heiß werden. Er dachte an ihre warmen, sanften, feuchten Lippen auf den seinen in jener Nacht auf der Burgmauer, so leicht wie der Zephyr. Verlangend. Ihr Haar war so weich gewesen in seinen Händen und ihre Haut so glatt unter seinen Fingern. Selbst jetzt konnte er die feine Note der Erika-Seife riechen, die von ihr ausging.

»Ich habe es dir schon gesagt. Das ist die eine, die du nicht besteigen wirst.«

Er hob sein Kinn und schaute seinem Vater in die Augen. »Ich habe dir gesagt, dass ich das nicht tun werde.«

Angus hielt seinem Blick stand und knurrte dann. »Zur Hölle, Junge. Es gibt genügend Frauen, die mit dir das Bett teilen wollen. Die hübsche Janet zum Beispiel. Du musst nur mit dem Finger schnipsen, und sie zieht sich vor dir aus, noch bevor du sie auf den Boden legen kannst.«

Nein danke. Diesen Fehler hatte er schon einmal gemacht, vor ein paar Jahren, als er kaum gewusst hatte, was er mit seiner Erektion anfangen sollte. Eine der älteren Zofen seiner Mutter hatte ihn verführt, und als er erst einmal über die Verwunderung, seinen Samen zu verspritzen, hinweg war, hatte er sie kaum mehr losbekommen. Sie war ihm gefolgt wie ein Mondkalb, bis Elen sie schließlich zu ihrem Vater nach Hause geschickt hatte.

Gilead schüttelte den Kopf. »Mich quält, Vater, dass ich Deidre versprochen habe, mit dir zu sprechen … dass ich dir klarmache, dass sie keinesfalls mit Niall verlobt sein will.«

»Ach dieses leidige Thema wieder. Du hast getan, was du ihr versprochen hast. Du hast mit mir gesprochen. Ich habe ›nein‹ gesagt.« Als Gilead nicht antwortete, fügte er hinzu »So soll es sein.« Er wandte sich zu seinem eigenen Pferd. »Sie gehört Niall, zumindest bald. Lass deine Finger von ihr.«

Gilead biss die Zähne aufeinander, als er sich wieder zu Malcolm umdrehte. »Ihm würde es sicher nicht schaden, wenn er selbst seinen eigenen Rat befolgte, oder?«, fragte er sein Pferd.

Der Hengst nickte weise.

Deidre nahm einen tiefen Atemzug und trat in die Küche. Die dicke Köchin mit dem Namen Meara – Deidre hatte kichern müssen über die Ironie, dass dieser Name so viel wie »fröhlich« bedeutete – stand mit dem Rücken zu ihr. Ein verführerischer Geruch von Hammelragout und Fladenbrot erfüllte den Raum.

»Das riecht köstlich«, sagte Deidre, was lediglich dazu führte, dass eines der Spülmädchen voller Angst aufblickte.

Die Köchin drehte sich mit dem Fleischerbeil in der Hand um. »Habe ich dir nicht schon einmal gesagt, dass du dich aus meiner Küche fernhalten sollst?«

Es wäre schön, wenn sie dieses große Messer weglegen würde. Deidre kämpfte gegen den Drang an, sich umzudrehen und davonzurennen. Sie zwang ein Lächeln auf ihr Gesicht, das sie beinahe schmerzte. »Ich … ich wollte um Eure Hilfe bitten.«

Die Köchin sah sie misstrauisch an. »Was für Hilfe? Ich werde für dich nichts extra zubereiten, nur, wenn es mir Lady Elen aufträgt.«

»O nein, darum geht es nicht«, beeilte sich Deidre zu sagen. »Aber es geht um Lady Elen.«

Mearas Augen wurden schmäler. »Willst du dich beschweren? Ist wieder nichts gut genug für dich?«

Deidre schüttelte schnell den Kopf. Du lieber Himmel, die Frau war ein harter Knochen. »Nein. Mylady geht es gut. Jetzt, zumindest.«

»Jetzt?«

»Ja.« Deidre ließ ihren Blick zu dem noch immer panischen Spülmädchen und dem Küchenjungen wandern, der sie mit offenem Mund anstarrte. »Könnten wir uns unter vier Augen unterhalten?«

Die Köchin verscheuchte die beiden mit einem Wink ihres großen Messers, und die beiden stießen aneinander, als sie gleichzeitig durch die Tür drängten. Deidre unterdrückte ein Lächeln. Besser nicht lachen, wenn diese Frau mit einem Fleischerbeil herumfuchtelte.

»Also, sag was du sagen willst. Ich habe zu arbeiten.«

»Ja. Vielen Dank. In der Nacht des Festmahls wurde Lady Elen schwer krank …«

»Soll das heißen, dass mein Essen nicht in Ordnung war?«, brüllte die Köchin.

Deidre hielt ihre Augen auf die Faust geheftet, in der sie die Waffe hielt. »Nein! Nein. Das habe ich nicht sagen wollen … Ich wollte sagen, dass es vielleicht vergiftet war …«

Das Gesicht der Köchin wurde fleckig. Die Farbe wechselte von Rot zu Dunkelbraun, und an ihren Schläfen traten die Adern hervor. Das lief nicht gut. Deidre machte einen kleinen Schritt zurück. »Ich meinte nicht von Euch! Ich schwöre! Beruhigt Euch!«

Meara warf ihr Beil zu Boden und die Klinge blieb mit zitterndem Griff in den Holzdielen stecken. Ihre Fäuste öffneten und schlossen sich, und der Mund bewegte sich still, während sich hinter ihren Augen ein Gewitter zusammenbraute.

Deidre sah sich nach der Tür um. Zwei Schritte. Vielleicht drei.

»Du kleines Luder! Master Gilead ist so freundlich, dich hier aufzunehmen und dir zu essen zu geben – aus *meiner* Küche –, und du beschuldigst mich …«

»Nein! Nicht Euch!« Deidre schluckte schwer. Sie musste einfach wissen, ob Formorian an diesem Tag in der Küche gewesen war. »Wart Ihr den ganzen Tag in der Küche? Kann es sein, dass jemand ohne Eure Erlaubnis hereingekommen ist?«

Die Miene der Köchin verdüsterte sich zu jagenden Gewitterwolken. *Was habe ich denn nur getan?*

»Nur du. Ich habe hier niemanden hereingelassen außer dem Laird und Master Gilead.« Sie bückte sich und griff sich das Fleischerbeil wieder. »Und jetzt sieh zu, dass du verschwindest, und lass es dir nicht einfallen, noch einmal hierher zurückzukehren!«

Deidre nickte und bewegte sich rückwärts hinaus. Plötzlich stieß sie gegen etwas Weiches.

»Meine Güte! Was geht hier vor?«, fragte Lady Elen. »Ich habe das Gebrüll bis hinauf gehört.«

Zu Deidres größter Verblüffung verwandelte sich die Köchin

vor ihren Augen. Die riesige Frau wurde zu einer grienenden Pfütze, die sich zu Elens Füßen sammelte. »Mylady«, sagte sie mit weinerlicher Stimme, während ihr die Tränen über die dicken Wangen liefen. »Diese Fremde – der Ihr nichts als Gnade und Freundschaft erwiesen habt – beschuldigt mich, Euch vergiftet zu haben! Mich! Die ich bei Euch war, seit Ihr ein kleines Kind wart!«

»Ganz ruhig«, tröstete Elen sie, und strich der Älteren übers Haar, als sie vor ihr kniete. »Das hat sie sicher nicht so gemeint.« Sie warf Deidre einen besorgten Blick zu. »Vielleicht lässt du uns besser allein. Wir sprechen später darüber.«

Deidre nickte und floh. *Mon Dieu!* Sie hatte nicht nur alles verpfuscht und nichts über Formorian herausfinden können, jetzt war auch noch Elen ihretwegen ungehalten. Das beschämte sie. Jemandem wie Angus die Stirn zu bieten, zwei Meter rohe, herrschsüchtige, fleischgewordene Männlichkeit, bedeutete gar nichts. Ihn konnte man brüllen und reden lassen. Auch Niall sollte ruhig versuchen, sie einzuschüchtern. Das konnte sie ertragen. Aber ein sanft gesprochener Tadel von Elen beschämte sie sehr. Sie unterdrückte ein Schluchzen. Konnte sie überhaupt noch mehr Schaden anrichten?

Etwas später fand sie Angus in den Ställen beim Satteln seines Hengstes. Besser sie brachte das gleich hinter sich, bevor er von dem Fiasko in der Küche hörte. Auch wenn sie jetzt wusste, dass er in Leidenschaft für Formorian erglühte, glaubte Deidre nicht, dass er es gern sah, wenn sie seiner Frau Schaden zufügte.

Die Ställe waren ein guter Ort, um sich zu unterhalten. Vor allem weil sie ein Pferd brauchte.

Der Schwarze warf seinen Kopf zurück und scharrte mit den Vorderhufen, als sie sich näherte. Angus gab ihm einen Klaps auf den Widerrist, und er beruhigte sich.

»Er ist wunderschön«, sagte Deidre. »Darf ich ihn streicheln?«

Angus drehte sich überrascht um. »Donal mag keine Fremden. Vorsichtig, Mädchen.«

Aber Deidre hielt dem großen Pferd bereits einen Apfel hin, den sie am Büfett stibitzt hatte, als Meara gerade nicht hinsah. Donal verdrehte die Augen und legte die Ohren an, aber sie nahm ihre Hand nicht aus Reichweite seiner riesigen Zähne. Angus zog das Pferd hart zurück und stieß Deidre weg.

»Was fällt dir ein! Ein Biss, und deine Hand ist gebrochen.«

Deidre sah ihn mit großen Augen an. »Freut sich nicht jedes Pferd über einen Apfel?«

»Dieses nicht. Er ist für den Krieg ausgerichtet, und gehorcht nur meiner Hand.«

»Ein Schlachtross«, hauchte sie, während ihre Gedanken zu den Beschreibungen der Pferde wanderten, die die Ritter im Buch ritten. Die Reiter ihres Cousins hatten kleinere Pferde. Dieser Hengst brachte es auf mindestens 1,70 m Schulterhöhe, mit breiter Brust und starken Hinterläufen. Vor ihrem inneren Auge ritt ein Zug von schwerbewaffneten Kriegern, die bunten Standarten hoch über ihnen, ihre Schwerter von Wehrgehängen auf ihren Rücken gestützt. Ritter auf einem Abenteuer … Sie rüttelte sich selbst wach. *Es geht schon wieder mit mir durch, wieder hat meine Phantasie die Oberhand gewonnen. Habe ich noch immer nicht kapiert, dass das hier nicht Camelot ist?*

»Was tust du überhaupt hier?«, fragte Angus. »Solltest du nicht bei Elen sein?«

»Ahh … sie hat mich kurz weggeschickt.«

Er zog den Sattelgurt fest, legte dann seinen Arm um den Sattelknauf und blickte zu ihr hinab, als er sich an das Pferd lehnte. »Und du hast beschlossen, in den Stall zu kommen. Suchst du jemand bestimmten?«

»Euch.«

Angus blickte sie fragend an. »Das überrascht mich.«

Sie lief puterrot an bei dieser Anspielung. Lieber Himmel! Dachte er, sie würde sich ihm an den Hals werfen wie Sheila? »Nicht was Ihr denkt.«

Er grinste sie schief an. *Merde!* Warum musste er das gleiche Lächeln wie Gilead haben? Aber bei Gilead war es ein reizendes, entwaffnendes Lächeln, bei dem ihr ganz warm wurde. Ein verführerisches Lächeln, das wunderbare Genüsse versprach.

Das Lächeln seines Vaters dagegen strahlte puren Sex aus und schien ihr zu bedeuten, dass jede Frau genommen werden wollte. Deidre erschauderte. Zweifellos passten er und die Kriegerkönigin wunderbar zusammen.

»Nun?«, fragte er. »Was könntest du von mir wollen?«

Zum Glück hatte er sie nicht angefasst. Sie hätte geschrien und wäre davongerannt wie von der Tarantel gestochen. Sie trat einen Schritt zurück, um außer Reichweite von jeder gierigen Bewegung zu sein, die er machen könnte. Er blieb ruhig stehen und wirkte mehr belustigt als alles andere.

»Ich … ich würde gerne lernen, wie man reitet.«

»Warum solltest du reiten wollen? Ich kann mir nicht vorstellen, dass meine gebrechliche Frau Lust auf Ausflüge hat.«

»Vielleicht nicht, Mylord.« Am besten, sie blieb so distanziert wie möglich. Sie waren allein in diesem Teil des Stalls. »Aber Königin Formorian reitet …«

»Ja. Sie reitet, seit sie ein kleines Kind war. Aber was hat das mit dir zu tun?«

»Nun«, Deidre senkte züchtig ihren Blick und versuchte zerknirscht auszusehen. Sie war keine besonders gute Schauspielerin, aber dafür umso verzweifelter. »Ich glaube, es gefällt ihrem Ehemann, dass sie neben ihm reitet.« Als er nicht antwortete, sah sie hoch und bemerkte, dass sein Blick in die Ferne gewandert war. Vielleicht hätte sie Turius nicht erwähnen sollen. »Ich meine … wenn ich schon heiraten muss, dann würde es meinem Gemahl wohl gefallen, wenn ich an seiner Seite reiten könnte.« *Nur dass dieser Gemahl niemals Niall sein wird. Niemals.*

Angus sah sie verwundert an. »Stimmst du also der Verlobung zu?«

Nur bis ich einen Ausweg gefunden habe. »Was habe ich denn für eine Wahl, Mylord?«

Er antwortete nicht sofort. »Der Gedanke, deinen eigenen Haushalt zu führen, mit eigenen Dienern, gefällt dir wohl?«

»Ich glaube, ich könnte mich daran gewöhnen.« Deidre hielt eine Hand mit der anderen fest, um das Zittern zu unterdrücken. Sie versuchte, sich die Wahrheit zurechtzubiegen. Nie würde sie jemandem geradeaus ins Gesicht lügen können.

»Dann hast du also Vernunft angenommen?«

Ich bin zur Vernunft gekommen. Gilead hat mich im Stich gelassen. Ich kann mich nur auf mich selbst verlassen. »Ja, Mylord.«

Angus nickte. »Das habe ich mir schon gedacht. Es hat nur ein Weilchen gedauert. Niall ist gar nicht so schlimm. Wenn du freundlich zu ihm bist, wird er es auch zu dir sein.«

Einen Augenblick lang war sie versucht, ihm ihr Handgelenk zu zeigen, aber die Schwellung war nicht mehr so groß, dass er ihr glauben würde. Sie war sich sicher, dass Niall Frauen schlug, aber sie würde nicht lange genug hier sein, um das herauszufinden. Sie schluckte, um nicht zu würgen. »Ja, Mylord. Denkt ihr, es würde ihm gefallen, wenn er wüsste, dass ich reiten kann?«

»Ja. Du kannst es ihm morgen Abend sagen; er kommt zu einer Zusammenkunft, damit wir unseren Kundschafter nach Norden schicken können.«

Panik ergriff sie. »Ah, nein, Mylord. Es soll eine Überraschung sein. Bitte sagt ihm nichts, bis ich es gut genug kann, um es ihm zu zeigen.«

Angus sah sie schweigend an. Schließlich nickte er. »Ich brauche ein oder zwei Tage, dann wird es sich einrichten lassen.«

Hinter ihr bewegte sich etwas. Gilead erschien von rechts aus einem gesonderten Stall mit einem Striegel in der Hand. Er sah sie seltsam an.

Ihre Haut begann bei seinem Anblick zu glühen, und das Blut gefror ihr in den Adern. Er hatte alles mitgehört. Sie hatte praktisch gerade zugestimmt, Niall zu heiraten.

Merde. Und sie hatte geglaubt, nach dem Fiasko in der Küche könnte es nicht mehr schlimmer kommen. Offenbar ging es doch. Es war gerade geschehen.

Diesmal wollte sich Gilead ohrfeigen, weil er so dumm gewesen war. Er hatte Deidre wirklich geglaubt. Sie hatte ihn in dieser Nacht auf der Burgmauer mit ihren großen blauen, tränenerfüllten Augen angesehen und ihn still angefleht, sie – ein zweites Mal – zu retten; zumindest hatte er das gedacht. Und der Kuss … was war sie doch für eine schlaue kleine Hure, ihn so um den Finger zu wickeln. »Für immer dankbar«, hatte sie gesagt, und er war so stolz gewesen. Er hatte geglaubt, dass er sie, wenn er sie vor Niall schützte, ein zweites Mal küssen könnte. *Narr.* Mit dem Stiefel trat er heftig gegen die Treppen zum Gemach seiner Mutter. *Narr. Das passiert also, wenn ich meinen Gefühlen Oberhand über meine Vernunft gewähre.*

Oh, an Beltane hatte sich Deidre sicher zu Tode gefürchtet, aber offenbar hat die Aussicht auf Reichtum und einen Titel diese Angst besiegt. Sie war völlig mittellos. Niall begehrte sie wahrscheinlich noch immer nicht, aber was zählte das schon. Sie war ehrgeizig. Auch ihn wollte sie offenbar nur benutzen.

Narr. Narr. Narr.

Gilead rang sich ein Lächeln ab und öffnete die Tür zum Gemach seiner Mutter. Und blieb dann abrupt stehen.

Deidre saß weinend neben seiner Mutter. Seine Mutter tröstete sie und tätschelte ihre Schulter. Bei Bels Feuern! Was wollte das kleine Luder seiner Mutter jetzt wieder weismachen?

»Ganz ruhig, Kind«, sagte Elen. »Wir werden nicht mehr davon sprechen, das ist jetzt vorbei.«

»Es tut mir so leid«, sagte Deidre, als sie sich mit einem Leintuch, das ihr Elen reichte, die Augen trocknete.

Darauf konnte Gilead wetten. Egal, was es war. Eine verführerische kleine Teufelin, genau wie Formorian. Man konnte ja sehen, wohin das seinen Vater geführt hatte, von seiner Mutter ganz zu schweigen. Er musste Dagda dafür danken, dass er ihn vor einer solchen Dummheit bewahrt hatte. Er. Sollte. Den. Göttern. Danken.

Aber seltsamerweise verschaffte ihm das keinen Trost.

»Mutter? Geht es dir gut?«, fragte er, als er zu ihr ging und sie auf die Wange küsste.

»Ja. Bis auf diesen Trank.« Elen rümpfte ihre kleine Nase und trank das dicke Gebräu aus, das ihr Brena gebracht hatte. »Deidre hatte ein kleines Problem, aber das ist bereits gelöst.«

Dann erschien Janet mit dem Frühstückstablett. Als sie es auf den Tisch stellte, streifte ihr draller Busen Gileads Schulter. Etwas irritiert bemerkte er, dass Deidre das überhaupt nicht wahrgenommen hatte.

Er betrachtete Janet und musste dabei an das denken, was ihm sein Vater gesagt hatte. Sie war recht hübsch und schien darum bemüht, ihm zu gefallen. Sie berührte ihn eindeutig so-oft sie konnte. Vielleicht hatte sein Vater recht, so ungern er es auch zugeben wollte. Ein nettes Schäferstündchen war vielleicht genau das, was er brauchte.

Er lächelte Janet an und streifte ihre Hand, als er die heiße Teetasse nahm und sie seiner Mutter reichte. »Willst du dich heute nicht ein bisschen zu uns setzen, Mädchen?«

Schnell plazierte sich Janet neben ihm und warf Deidre einen triumphierenden Blick zu, aber Deidre schien plötzlich ihre ganze Aufmerksamkeit dafür zu brauchen, den Zucker auf Elens Porridge zu verteilen. Sie stellte die Schale direkt vor Elen ab, als Angus mit seiner üblichen polternden Art hereinstürmte. Elen zuckte leicht zusammen.

»Guten Morgen, Gemahl.«

Angus nickte, nahm die Teetasse und tauschte sie gegen einen Weinkelch aus, den er mitgebracht hatte. Er sah Gilead an. »Adair verlangt heute Morgen eine Revanche. Ich hoffe, du denkst diesmal mit deinem Kopf.«

Gilead spannte sein Kiefer an. »Ja, das werde ich.« Sein Vater brauchte sich nicht länger darüber zu sorgen, mit welchem Kopf er denken würde. Er hatte seine Gefühle wieder im Griff, und das fühlte sich gut an. Sehr gut sogar. So gut, dass er Janet ein warmes Fladenbrot reichte und dabei seine Finger etwas länger auf ihren ruhen ließ.

Angus' Mundwinkel zuckten, als er das sah, und er setzte sich zwischen seine Frau und Deidre.

»Ich habe beschlossen, wer dir am besten Reitunterricht geben kann«, sagte er zu Deidre.

Elen sah überrascht aus. »Du willst das Reiten lernen, Kind? Wie ein Mann? Eigentlich tut das eine Lady nicht.«

»Sie will es lernen«, sagte Angus nicht wenig sarkastisch, »weil sie ihrem Ehemann gefallen will. Manche Frauen wollen das …«

Elen senkte den Blick, ein helles Rot überflutete ihr Gesicht und ihren Nacken. »Du weißt, dass ich mich vor den großen Ungeheuern fürchte.«

»Ja. Das hast du mir bereits gesagt.« Angus seufzte und wandte sich wieder an Deidre. »Wahrscheinlich ist es das Beste, wenn eine Frau es dir beibringt. Ich werde nach Formorian schicken.«

Gilead starrte seinen Vater an. Das nannte man ein kluges Manöver. *Formorian ohne Turius. Hier. Wochenlang.* Er fragte sich, wie lange sein Vater wohl gebraucht hatte, bis ihm dieser Plan eingefallen war. Wahrscheinlich keine Minute.

»Keine gute Wahl«, sagte er.

Sein Vater sah ihn fragend an. »Warum nicht? Formorian versteht sich gut auf Pferde.«

Formorian verstand sich gut auf alles Mögliche. Gilead würde es nicht zulassen, dass seine Mutter einem längeren Besuch von ihr ausgesetzt war. »Ich glaube, gestern war die Rede davon, dass unser Fräulein Deidre ihren … Verlobten überraschen möchte«, presste er hervor. »Es würde seltsam wirken, wenn Königin Formorian hier so viel Zeit verbringt.«

Angus' Augen verdunkelten sich, und Gilead meinte, darin eine Art Respekt aufblitzen zu sehen. Sein Vater liebte solche Spielchen; aber Gilead wollte nicht spielen. »Wir haben hier unzählige gute Reiter.«

»Das will ich wohl meinen«, Elen setzte sich auf, ihre Stimme war erstaunlich stark. »Dich zum Beispiel, Gilead.« Sie wandte sich an Angus. »Gewinnt denn dein Sohn nicht immer die Reiterturniere? Brüstest du dich nicht stets damit?«

Angus sah missmutig aus, und Gilead stöhnte leise auf. Das hatte er damit nicht bezwecken wollen. »Eigentlich hatte ich an Broderick gedacht.« Gilead wurde unwohl, als ihn Deidre einen Augenblick lang ruhig ansah und ihren Blick dann abwandte. »Er ist unser Rittmeister.«

»Und als solchen brauche ich ihn, um die Truppen für den Ritt nach Norden zusammenzustellen«, antwortete Angus und sah dann seinen Sohn nachdenklich an. »Vielleicht wäre es wirklich am besten, wenn du das übernehmen würdest.«

Was hatte sein Vater nun schon wieder vor? Er hatte ihm deutlich genug zu verstehen gegeben, dass er sich von Deidre fernhalten sollte … Und dann fiel es ihm wieder ein. Sein Vater wollte, dass er herausfand, woher sie wirklich kam. Das hatte er bisher nicht getan. Und jetzt, da Deidre ihre Absichten mit Niall erklärt hatte, war sich sein Vater sicher, dass er mit ihr und Gilead nichts zu befürchten hatte.

Wirklich gar nichts mehr zu befürchten. Wie schlau von seinem Vater. Er nickte steif. »Wie du wünschst.« Aber er wollte es weder sich noch ihr leichtmachen. »Ich erwarte dich bei Tagesanbruch bei den Ställen. Während des Tages haben wir beide genügend andere Dinge zu tun«, wandte er sich an Deidre.

Ein wenig freute er sich über die zwei roten Flecken, die auf Deidres Wangen auftauchten, als sie sich von ihm abwandte. Aber es war durchaus reizvoll anzusehen, wie sich dieses Rot bis zum Dekolleté ihres Kleides ausbreitete …

»Gilead!«, rief seine Mutter. »Wo sind deine Manieren geblieben, die ich dir beigebracht habe? So werdet ihr das sicherlich nicht machen. Ich kann Deidre am Nachmittag gut entbehren.« Sie faltete ihre Hände in ihrem Schoß und blickte entschlossener drein, als er sie je zuvor gesehen hatte. »Etwas anderes dulde ich nicht.«

Er blickte zu Angus und staunte ein wenig, in seinen Augen, die auf Elen ruhten, eine Art Ehrfurcht zu entdecken. Verwirrt nickte Gilead und ging zur Tür.

Irgendwie hatte er das Gefühl, dass das alles nicht seinen Vorstellungen entsprechend verlief.

Dieser Mensch ist so ein fürchterlicher Flegel, dachte Deidre beim Abendessen. Ihr Magen bäumte sich auf, als sie Nialls wurstigen Fingern dabei zusah, wie sie einen Streifen Rehfleisch von einem der Läufe rissen, das Ganze in seinen Mund schoben und dabei das Fett in seinem Bart versickerte. Und dabei saßen sie am Ehrentisch!

Sie zwang sich zu einem Lächeln und reichte ihm eine kleine Schüssel mit Wasser. »Wollt Ihr Eure Finger eintauchen, Mylord?«

»Wozu denn?« Niall brach sich ein Stück Brot ab und wischte sich damit das Schmalz von den Fingern, bevor er es sich in den Mund schob und schmatzend kaute.

Deidres eingefrorenes Lächeln blieb ihr auf dem Gesicht stehen, als sie die Schüssel wieder abstellte. »Wie Ihr wünscht, Mylord.« Wahrscheinlich würde ihr ganzes Essen wieder hochkommen, wenn sie noch ein einziges Mal Mylord zu ihm sagen müsste, aber Angus saß in Hörweite, und sie wollte dieses Pferd. *Brauchte* dieses Pferd unbedingt.

Das Mahl dauerte an. Noch nicht einmal Drustans Harfe konnte Deidres innere Unruhe beruhigen. Gilead war nicht an der Tafel erschienen, und Deidre schwankte zwischen der Sorge, wo er war, und der Ermahnung, sich daran zu erinnern, dass sie wütend auf ihn war – und nicht nur, weil er ihr zuvor aus dem Weg gegangen war. Wenn er sein Versprechen gehalten hätte, würde sie jetzt nicht mit diesem Dummkopf hier sitzen.

Plötzlich fühlte sie die Hand dieses Dummkopfs auf ihrem Knie. Ihre Haut begann vor Ekel zu kribbeln. So unauffällig wie möglich verlagerte sie ihr Gewicht und zog ihr Bein weg.

Nialls Augen verengten sich. »Wenn wir erst mal verheiratet sind, wirst du dich mir nicht mehr entziehen, Mädchen.«

Sie versuchte, nicht die Zähne zu blecken. »Wir sind noch nicht verheiratet.«

Er beugte sich nah zu ihr, und der Gestank seines Mundgeruchs war geradezu überwältigend.

»Ich werde es richtig genießen, dich zu zähmen. Je mehr du dich wehrst, umso mehr heizt du mich an.«

Seine Hand schlüpfte wieder unter den Tisch, und diesmal griff er nach ihrem Schenkel und drückte so fest, dass sie vor

Schmerz keuchte. Morgen würde sie sicher blaue Flecken haben, aber sie konnte Angus wohl kaum ihren Schenkel zeigen.

Niall lächelte sie heimtückisch an. »So oder so wirst du meiner Hand gehorchen. Es kommt nur darauf an, wie viel Schmerz du bereit bist zu ertragen.«

Deidre nahm einen tiefen Atemzug und zeigte ihre Zähne – ein Ausdruck, den Angus hoffentlich für ein Lächeln halten würde. »Niemals«, zischte sie.

Er drückte noch etwas fester und lachte dann, als er sich wieder seinem Wein zuwandte. Er leerte den Kelch und schenkte sich nach. Deidre stellte sich schaudernd vor, wie es wäre, mit einem brutalen Mann verheiratet zu sein, der sich ständig volllaufen ließ. Egal, sie würde nicht lange genug hier sein, um das herauszufinden. Würde sie nicht.

Niall sah zu, als Angus im Versammlungsraum nach dem Mahl für alle drei Whisky eingoss. Gilead hatte nicht teilgenommen, wie er bemerkt hatte. Dieser Mistkerl. Er streifte um Deidres Röcke, als wäre sie eine läufige Hündin. Dem würde er ein Ende setzen, wenn sie erst einmal verheiratet waren. Eine Schande, dass Angus ihm das Versprechen abgerungen hatte, erst nach der Hochzeit mit ihr das Bett zu teilen. Diese kleine Madame Hochnäsig musste ordentlich hergenommen werden, damit sie wusste, wohin die Frauen gehörten. Er hatte vor, sie mit seinem Speer aufzuspießen, bis sie wund war. Bis sie um Gnade winselte. Aber vorerst würde er sich an die Abmachung halten, denn das kam seinen anderen Absichten entgegen.

»Ich schicke den Gesandten zu Gunpar«, sagte Angus, als er an seinem Whisky nippte.

Niall grunzte. Er nahm also den Vorschlag dieser britischen Königin tatsächlich ernst! Allein die Vorstellung, dass eine Frau irgendetwas über Kriegsstrategien wissen sollte, war lächerlich.

»Du glaubst wirklich, dass Fergus den Weg über den Norden nehmen wird?«

Angus breitete vor ihm auf dem Tisch eine Karte aus. »Es wäre logisch. Wenn er die östlichen Ufer erreichen könnte, würden wir auf drei Seiten kämpfen.«

»Nein. So eine Idee kann doch nur von einer Frau kommen.«

»Wenn ich dich daran erinnern darf, Formorian ist sehr kampferfahren«, gab Angus kühl zurück. »Warum sollte sie ein Manöver nicht verstehen? Turius vertraut ihr. Sie weiß, was zu tun ist.«

Genau. Zweifellos weiß sie, was sie in seiner Schlafkammer zu tun hat. Diese Frau versuchte gar nicht erst, ihr Interesse zu verbergen. Niall hatte sich immer gefragt, warum Turius darüber hinwegsah. Ihm selbst wäre das niemals passiert, auch nicht, als Rhea eines Nachts bei einem Festessen, als sie zu viel Wein getrunken hatte, sehnsüchtig zu Angus geblickt hatte. Er hatte abgewartet, bis sie am nächsten Morgen wieder ausgenüchtert war, und hatte sie dann in ihren eigenen Gemächern mit seinem Lederriemen verprügelt. Sein Gesinde wusste, dass es bei Schreien aus seinen Räumen wegzuhören hatte.

Nein, wenn Formorian *seine* Frau wäre, hätte er ihr schnell beigebracht, wo der Hammer hing. Außerdem würde sie ihm jedes Jahr ein Kind gebären. Turius war ein Narr, dass er sie nicht regelmäßig schwängerte. *Das würde Angus' Verlangen abkühlen. Aber vielleicht kann ich dieses Verlangen gegen ihn verwenden.*

Niall zuckte die Schultern und stellte seinen leeren Becher ab. »Es ist schon spät, und ich möchte nicht streiten. Könnte ich meine hübsche Zukünftige sehen?«

»Sicher ist sie um diese Uhrzeit schon zu Bett gegangen«, sagte Gilead.

Niall zog die Augenbrauen hoch. »Und woher willst du das wissen? Hast du von meinem Besitz gekostet?«

Gilead ballte seine Hände zu Fäusten, aber Angus ging dazwischen. »Meine Frau zieht sich früh zurück und erwartet von ihren Zofen, dass sie zugegen sind, wenn sie aufsteht. Ich fürchte, du wirst warten müssen.«

Jaja. Warten, dachte Niall, als sein Pferd vorgeführt wurde und er mit seinen Männern nach Hause ritt. Ich habe schon sehr lange gewartet. Der zweite Sohn erbt nicht das Königreich des Vaters, und Lugaid hielt stets seine Hand über Nialls Bruder Carlin, so dass Niall ihn nicht töten konnte. Nicht, dass er es nicht versucht hätte. Tatsächlich war er nach ihrem letzten Kampf hierhergeschickt worden. Oh, bei Lugaid hatte es so geklungen, als wäre er in diesem neuen Land einem König gleich, aber bei seiner Ankunft hatte Angus mehr als die Hälfte der Ländereien, die ihm sein Vater versprochen hatte, in seinem Besitz. Ganz egal, ob ihm Angus Papiere mit den rechtmäßigen Siegeln vorweisen konnte. Ohne jeden Zweifel waren sie gefälscht. Dieses Land gehört *ihm*.

Und auch Elen hätte ihm gehören sollen. Den mächtigen Mac Erca an sich und seinen Vater zu binden, und so Irland wieder zu vereinen … und wenn dann Mac Erca tot war – was sich durch ein paar Söldner gut hätte einrichten lassen – hätte er hier herrschen können. Die scheue Elen hätte sich ihm sicher nicht in den Weg gestellt.

Aber das Schicksal hatte sich ihm gewogen gezeigt und ihm Deidre direkt in die Hände gespielt. Seit der Nacht von Beltane, als er sie für einen kurzen Moment unter sich gespürt und seinen Speer fast in ihr versenkt hätte, wollte er dieses kleine Luder. Wenn dieser verdammte, ach so ehrbare Gilead ein bisschen mehr wie sein Vater wäre, hätte Niall sie auch haben können. Er war ganz davon besessen, sie nackt zu sehen, ans Bett gefesselt, so dass er mit ihr anstellen konnte, was ihm gefiel – alles, was ihm gefiel. Solange es ihm gefiel.

Dass sie mit Angus verwandt war, war eine Gunst des Schicksals für sein altes Irland. Die Vereinigung der Klans würde ihm mehr Macht verschaffen, wenn er Anspruch auf Angus' Land erhob, nachdem er ihn erst zu Fall gebracht hatte. *Sein* Land, wohlgemerkt. Und für seine Mühen würde er auch noch Angus' restliches Land einkassieren. Er würde Cenel Oengus voll und ganz auslöschen. Niall lächelte. *O ja.*

Kapitel 7

Ein verwirrtes Netz

Eine Woche verging, in der Niall nichts von sich hören ließ. Deidre stellte keine Fragen. Sie war schlicht dankbar, dass sie ihn abends beim Mahl nicht ertragen musste. Seine schlechten Manieren nahmen ihr den Appetit.

Aber auch Gilead hatte sie nicht mehr zu Gesicht bekommen, und das durchkreuzte ihre Pläne, denn sie wollte mit ihren Reitstunden beginnen. Wie sonst könnte sie jemals mit der Suche nach dem Stein der Weisen anfangen? Am Tag nach dem Gespräch in Elens Gemach hatte sie in den Ställen auf Gilead gewartet. Sie hatte sogar ihr mittägliches Mahl ausgelassen, nur um herauszufinden, dass er weggeritten war, um sich um einen Pächter zu kümmern, dem Schafe gestohlen worden waren. Am nächsten Tag war er unterwegs nach Culross, um einen Streit zu schlichten, der entstanden war, weil sich einer seiner Soldaten auf ein Glücksspiel mit einem Bauern aus dem Dorf eingelassen hatte. Am dritten Tag hatte er eine andere Ausrede, genau wie am vierten und fünften. Deidre hatte nicht gewusst, dass es so viele Dinge gab, um die sich nur Gilead kümmern konnte. Aber schließlich war heute ein Tag, an dem er nicht davonreiten würde.

»Guten Morgen«, sagte sie und trat aus einem leeren Stall neben Malcolms, als Gilead seinen Hengst gerade herausführte.

Er erschrak kurz, und das Pferd warf seinen Kopf zurück. Gilead beruhigte es, indem er seinen Hals streichelte. »Was tust du hier?«

Deidre riss unschuldig die Augen auf. »Warum … Ihr solltet mir doch Unterricht geben, erinnert Ihr Euch?«

»Ah ja, das. Nun, ich muss aufbrechen, um nach …«

»Nirgendwohin«, sagte Deidre mit süßlichem Lächeln. »Euer Vater hat mir gesagt, er würde nach Formorian schicken, wenn Ihr mir nicht helfen könnt.«

Gileads Kiefermuskeln spannten sich an, als er einen Moment lang über ihren Kopf hinwegblickte. Deidre konnte fast hören, wie er mit sich rang, was schlimmer wäre … Formorian hier zu haben oder sie selbst unterrichten zu müssen. Offenbar war sie das kleinere Übel, denn er seufzte.

»Also gut.« Er schlang Malcolms Zügel um einen Pfosten neben dem Stall. »Dann werde ich dir eine sanfte Mähre suchen.«

Deidre folgte ihm durch die Reihen der Ställe. Sie war ihm noch immer böse, aber warum zitterten dann ihre Knie? Und warum schwärmten die Schmetterlinge in ihrem Bauch wild durcheinander? Beim Herrn, sie hatte nicht geahnt, dass er sie noch immer so verzaubern würde. Seine Beine waren in weiche Rehleder-Trews gehüllt, die sich um seine Oberschenkelmuskeln spannten, als er zügig vor ihr herging. Bewegte er sich immer so schnell? Sie konnte kaum Schritt halten, aber wozu jammern, beim Anblick dieser strammen Backen, die sich bei jedem Schritt vor ihren Augen auf und ab schoben? Ihre Wut schien nur ihren Appetit anzuregen. Beinahe musste sie kichern, als sie an den Wutanfall denken musste, den Clotilde bekäme, wenn sie wüsste, dass ihre Nichte solchen Gedanken nachhing. Aber Deidre war zu einer Frau erwacht, und sie wollte sich nicht bremsen.

In die Vorstellung versunken, wie er ohne seine Trews aussehen würde, prallte sie ungebremst gegen seinen Rücken, als er abrupt vor einem Stall stehen blieb. Sie sog den Duft nach frischer Wäsche ein, der an seinem Leinenhemd hing, das sich über seine breiten Schultern spannte. Sein Rücken fühlte sich an wie weicher Stein.

Er schreckte bei der Berührung auf, drehte sich um und sah sie an.

»Au«, sagte sie und rieb sich die Nase, als sie einen Schritt zurücktrat. »Ihr könnten mich warnen, bevor Ihr stehen bleibt.«

Er hob eine Augenbraue. »Ich dachte zu sagen ›Hier sind wir‹, wäre genug.«

Oh. Oooops. Manchmal gingen ihre Tagträume doch ein bisschen zu weit.

Aber es war wirklich nicht ihre Schuld; er hatte einen großartigen Hintern. »Ja nun. Verzeihung.«

Gilead nickte und zeigte auf einen Stall. »Das ist Nell, ein Pony, auf dem viele unserer kleinen Mädchen das Reiten gelernt haben.«

Großartig. Ein Pferd, das es vermutlich noch nicht mal über die Tore hinaus schaffen würde. Deidre trat an ihm vorbei, um in den Stall zu schauen. Er war leer.

»Wie klein ist das Pony denn?«, sie blickte fragend nach oben.

Gilead runzelte die Stirn, trat näher und blickte über ihre Schulter. Die Wärme seines Körpers umfing sie wie eine warme Decke, und sie zwang sich stillzustehen. Sie hatte sich schon einmal zum Narren gemacht.

Er drehte sich um und rief im Gehen nach einem Stalljungen. Broderick rannte ihm aus der Sattelkammer entgegen.

»Ja, Mylord? Was fehlt?«

»Wo hast du Nell hingebracht?«, fragte Gilead.

»Erinnert Ihr Euch nicht? Ihr habt befohlen, die alten Pferde den Sommer über auf die höher gelegenen Weiden zu bringen, weil wir sie nicht brauchen würden.«

»Alle?«, fragte Gilead.

»Ja. Hier sind nur noch die Schlachtrösser, die Fohlen und die Zuchtstuten. Warum?«

»Fräulein Deidre hat meinen Vater überredet, dass sie Reiten lernen möchte.« Gilead sah sie nicht an. »Sie will ihren … ihren Verlobten überraschen.«

Autsch. Das tat weh. Musste er so förmlich sein? Wenn ich ihm doch nur sagen könnte, warum … Deidre seufzte. Er würde sie für völlig verrückt halten, wenn sie ihm von dem Zauberer und dem Stein der Weisen erzählte, oder, noch schlimmer, würde sie zurück zu Childebert schicken, in ein Leben der unabwendbaren Jungfräulichkeit.

Der Rittmeister sah sie interessiert an. »Wäre es möglich, Lady Elen davon zu überzeugen, sich Euch anzuschließen? Frische Luft würde ihr guttun. Ich könnte ein paar Ponys holen …«

Nein! Das würde zu lange dauern. Sie musste einen Steinkreis finden, und dazu brauchte sie ein gutes Pferd. »Lady Elen schüchtert ihre Größe ein«, sagte Deidre entschuldigend. »Könnte ich nicht eine der Zuchtstuten reiten?«

»Das wäre möglich«, stimmte Broderick zu, »wenn sie nicht alle entweder kurz vor dem Fohlen stünden oder ihre Jungen schon an ihrer Seite hätten.«

Gilead wirkte erleichtert. »Tja, dann müssen wir den Unterricht wohl absagen.«

O nein, nicht! Hmmm. Deidre sah ihn bekümmert an, drehte sich um und ging weg. Sie war schon neben Malcolm, als er realisierte, was sie vorhatte.

»Warte!« Gilead rannte zu ihr. »Nicht …«

Aber es war zu spät. Deidre nahm die Zügel des großen Schlachtrosses und führte es schnell zu einem Hocker. Sie hatte schon einen Fuß im Bügel und versuchte trotz ihrer Röcke ein Bein über seinen Rücken zu schwingen, als sie Gileads starke Arme um ihre Hüfte fühlte, die sie nach unten zogen.

Das Pferd trat zur Seite, und Gilead zog sie an sich. Sie konnte spüren, wie sich seine Brust an ihrem Rücken hob und senkte, und einen kurzen Augenblick lang legte er seinen Kopf auf ihren; dann trat er zurück und drehte sie zu sich um.

»Bist du übergeschnappt? Malcolm hätte dich direkt zur Tür hinauskatapultiert und dir dabei die Hälfte deiner Knochen gebrochen!«

Jetzt erkannte sie, dass das Pumpen in seiner Brust nicht von Besorgnis oder Anspannung herrührte, sondern der Wut entsprang. Trotzig hob sie den Kopf. »Dann gebt mir ein Pferd, das ich reiten kann!«

Aus seiner Kehle drang ein Geräusch, das sich wie ein gälischer Fluch anhörte, aber sie war sich nicht ganz sicher. »Wir haben hier nur Schlachtrösser, die für den Krieg ausgebildet sind!«

Deidre zuckte die Schultern. »Also gut. Wahrscheinlich könnte ich aber auf jeden Fall mit Formorians Pferd reiten. Wenn sie kommt, um mich zu unterrichten, meine ich.«

Er murmelte das Gleiche noch einmal, seine blauen Augen blitzten. »Was für ein stures Weib.«

Deidre verschränkte ihre Arme vor der Brust und klopfte wartend mit dem Fuß auf den Boden.

In einem stillen Kampf um die größere Willensstärke starrten sie einander an. Schließlich stieß Gilead einen lauten Seufzer aus. »Also bitte. Wenn du dir so sicher bist, dass du Niall beeindrucken willst.« Ein verletzter Ausdruck huschte über ihr Gesicht, dann wurde es wieder starr. »Aber es ist nicht meine Schuld, wenn du dir den Hals brichst.«

Gilead stapfte davon, und Deidre musste laufen, um ihm folgen zu können. Ihr blieb noch nicht einmal Zeit, seinen Hintern zu bewundern. Sie wagte nicht, ihn zu bitten, langsamer zu gehen; sie hatte es gerade noch geschafft, diesem Duell der Blicke standzuhalten. Es tat ihr leid, dass er wütend war, und noch mehr, dass er dachte, sie wollte Niall beeindrucken. Dieser Mann war es sicher nicht wert, dass man ihn beeindruckte, außer vielleicht mit einem gutgezielten Stiefeltritt.

Von ganzem Herzen wünschte sie sich, sie könnte Gilead die Wahrheit sagen.

Deidre will Niall allen Ernstes beeindrucken. Stunden später schlug Gilead mit der Faust auf den polierten Tisch in seinem Zimmer. So. Er hatte sich also tatsächlich in ihr geirrt. Als er gesehen hatte, wie steif und distanziert sie mit Niall umgegangen war, hatte Gilead geglaubt, sie könnte unmöglich ernst gemeint haben, was sie seinem Vater gesagt hatte. Er war sich fast sicher, dass sie sich überhaupt nichts aus Niall machte, aber die einzige andere Möglichkeit war Gier. Wie enttäuschend. Aus irgendeinem Grund hatte er nicht geglaubt, dass Dee – Fräulein Deidre – sich zu etwas Derartigem herablassen würde. Aber vielleicht war ihr Interesse an ihm selbst auch nur eine Art Gier. Sie war völlig mittellos. Der Sohn eines Laird besaß Wohlstand und konnte Frauen etwas bieten. Schon viele Frauen hatten sich ihm an den Hals geworfen.

Er seufzte auf, als er an die weiche Fülle ihrer üppigen Brüste in seinem Rücken dachte, als sie mit ihm zusammengestoßen war. Dieses schlaue Luder hatte das wohl absichtlich getan. Aber es hatte sich so gut angefühlt, sie in den Armen zu halten, als er sie von Malcolm herunterzog und an sich drückte. Der leichte Hauch von Erika-Seife hing in ihren Haaren, und er konnte nicht anders, als seine Nase einen Augenblick lang in ihren seidigen Strähnen zu vergraben. *Narr.* Warum reagierte er noch immer so auf sie, jetzt, da er wusste, dass sie so sehr nach materiellen Gütern hungerte, dass sie sogar Niall heiraten wollte?

Fräulein Deidre war ehrgeizig genug, um es mit Formorian

aufzunehmen. Beinahe hätte sie Gilead um ihren hübschen, manikürten kleinen Finger gewickelt. Aber er hatte es noch rechtzeitig erkannt. Er war nicht so verblendet wie sein Vater. Er war nicht Angus. Und er würde niemals so werden.

Fergus Mor bedeutete seinen Wachen zu gehen und schloss die Tür. Er schenkte seinem Gast noch ein Glas Whisky ein und schob es ihm über den Tisch im Kartenzimmer zu.

»Nun, was führt dich so nah an die Highlands, Niall?«

Niall antwortete nicht sofort, sondern ließ seine kalten, harten Augen noch auf dem Wandschmuck ruhen. Fergus hatte es sich schön eingerichtet. Schwere Wandteppiche mit aufwendig gewobenen Jagdszenen bedeckten drei seiner Wände. Eine gemauerte Feuerstelle mit einem Kamin, so hoch, dass ein Mann hineingehen konnte, nahm die vierte Wand ein. Der schwere Eichentisch war auf Hochglanz poliert, und auf den dazugehörigen Stühle lagen dicke Lederkissen. Ein gemütlicher Raum für einen Mann, und auch der Whisky erfreute den Gaumen.

»Ich warte.« Leichter Tadel schwang in Fergus' Stimme mit.

»Ich bin gekommen, um dir meine Dienste anzubieten«, sagte Niall.

»Was sollten mir deine Dienste nützen?«

»Es geht das Gerücht, dass du deine Truppen aus Irland versammelst und bald mehr Land beanspruchen wirst.«

»Und wenn es so ist?«

»Angus hat vor drei Wochen eine Zusammenkunft einberufen. Die Lairds von Comgaill und Gabrain waren anwesend, und der König der Briten, Turius.«

Fergus' helle blaue Augen flackerten auf. »War Königin Formorian bei ihm?«

Niall ballte unter dem Tisch seine Hände zu Fäusten. Was hatte es nur mit dieser verfluchten Frau auf sich? Er war nicht hier, um über sie zu sprechen. Er hatte lukrativere Dinge im Kopf.

»Ja.« Er lachte auf. »Wahrscheinlich brauchst du dir sein Land einfach nur zu nehmen, wenn Angus seine Hände nicht bei sich behalten kann.«

Fergus' struppige rote Augenbrauen zogen sich zu einer Linie zusammen. »So stehen die Dinge also? Turius war einst kurz davor, ganz Kaledonien für sich zu beanspruchen; denkt Angus etwa, er würde dafür zurückschrecken, seinen Anspruch auf Oengus zu erheben, wenn er provoziert wird?« Er lehnte sich zurück und betrachtete Niall. »Aha. Deshalb bist du also hier? Du fürchtest, dass auch du dein Land verlierst, das direkt neben seinem liegt?«

»Nein!« Niall spielte mit seinem leeren Glas und schaute gierig zur Flasche. »Ich bin gekommen, um dich wegen ihres Plans zu warnen.«

Fergus setzte sich. »Welcher Plan?«

»Die Lairds denken, du wirst nicht direkt durch Comgaill ziehen, sondern die Route über Piktland nehmen, zu den östlichen Ufern.«

»Durch Piktland? Beim tätowierten Volk sind Eindringlinge nicht gern gesehen.«

Niall nickte. »Meine Rede, aber Turius hört auf seine törichte Königin.«

»Das war Formorians Idee?«, fragte Fergus überrascht.

»Ja. Törichtes Weib …«

»Nein. Sie ist nicht töricht. Gabran hat sie viel gelehrt. Und weiter?«

»Sie glaubt, dass du dich mit den Pikten verbündest, um passieren zu können. Wenn du die östlichen Ufer mit genügend Männern erreichst, kannst du aus drei Richtungen angreifen.«

»Hmmm. Keine schlechte Idee«, sinnierte Fergus.

Niall starrte ihn an. War er denn der Einzige, der merkte, was für eine Dummheit es war, auf eine Frau zu hören? Dachte denn jeder Mann nur mit seinem Schwanz, wenn es um sie ging? Er schüttelte den Kopf. »Angus hat bereits einen Boten zu Gunpar geschickt, der um seine Hilfe gegen dich bittet.«

»Ich hatte nicht vor, durch Piktland zu ziehen.«

»Das ist es ja gerade. Sie glauben – wegen dieser – wegen der Idee der Königin –, dass du es tun wirst. Sie planen ihre Truppen an den Grenzen zu Piktland zu versammeln, um dich abzufangen.« Niall beugte sich vor. »Verstehst du denn nicht? Schicke ein paar deiner Männer als Lockvögel nach Piktland, und die Lairds werden denken, dass sie recht haben. Wenn diese Truppen sterben, dann sterben sie eben. Comgalls Heer wird die eigenen Grenzen nicht bewachen. Für dich wäre also der Weg frei, um zu passieren und in Oengus einzumarschieren.« Er machte eine kurze Pause. »Du wirst auch durch mein Land ziehen müssen, aber der Weg wird frei sein.«

Fergus hob eine Augenbraue. »Und wo wird Turius sein? Ich verspüre nicht den fatalen Wunsch, es auch mit dem Heer Britanniens aufzunehmen.«

Niall grinste ihn verschlagen an. »Denkst du, Turius wird den Mann verteidigen, der ihm Hörner aufsetzt?«

»Nein. Kannst du das beweisen? So ein Narr kann Angus nicht sein.«

»Doch, das kann er. Du kannst dich auf mich verlassen, dass Turius davon Wind bekommen wird.« Er warf noch einen Blick auf die Flasche. »Willst du denn nicht auf Oengus und Comgaill Anspruch erheben?«

Fergus' Augen glitzerten. »Es wäre ein Segen. Mac Erca hat mir mein Land in Irland genommen. Seine Tochter ist es, die mit Angus verheiratet ist.« Er richtete seinen Blick wieder auf Niall. »Aber was hast du davon?«

»Ich will die Hälfte von Oengus, die mir von meinem Vater versprochen wurde. Das ist alles.« Völlig unnötig, ihm die ganze Wahrheit zu sagen. »Dir bliebe die andere Hälfte und Comgaill. Gemeinsam könnten wir auch Gabrain einnehmen. Alles nördlich des Walls würde uns gehören.«

Fergus entkorkte die Flasche und goss zwei Whisky ein. Er hob sein Glas: »Dann haben wir einen Pakt?«

Nialls Hand zitterte, als er sein Glas entgegennahm »Ja. Einen Pakt«, sagte er und leerte sein Glas. Noch nie hatte der Whisky so gut geschmeckt.

Gilead war es gelungen, sich wieder in den Süden nach Lothian zu verziehen, was Deidre fast eine weitere Woche von Reitstunden kostete. Winger, der fuchsbraune Wallach, den man ihr gegeben hatte, war ein gutes Pferd, zuverlässig und sanftmütig. Wenn sie ihn nur satteln und mit ihm ausreiten könnte! Die Sommersonnenwende nahte. Sie hatte gehört, wie sich Janet und Sheila kichernd über Litha, das Fest des Feuers, unterhalten hatten. Auch ihre Mutter hatte es begangen. Es fand zur Sommersonnenwende mit dem symbolischen Tanz des Eichenkönigs statt, der das Wachstum des neuen Lebens übernimmt, während die Stechpalme das vergangene Jahr ziehen lässt. In dieser Nacht würde die Energie fließen, und die Kraft der Steinkreise wurde stärker. Bis dahin musste sie einen gefunden haben.

Sie hatte Elen gefragt, ob sie von einem nahegelegenen Steinkreis wusste, aber Elen verließ die Festung nur selten, und konnte ihr daher nicht helfen. Brena hatte sie bei ihrer Frage neugierig angesehen, aber nichts dazu gesagt. Die junge Magd, Anna, hatte die Burg verlassen und war zu ihren Eltern nach Hause zurückgekehrt, weil ihre Mutter krank geworden war und sie sich um ihre jüngeren Geschwister kümmern musste. Deidre wollte niemanden mehr sonst fragen, um keinen Verdacht zu erregen.

Gilead war am Vorabend nach Hause zurückgekehrt, und Deidre erwartete ihn am Morgen ungeduldig bei der Scheune. Er schien nicht besonders überrascht, sie zu sehen.

»Du kommst wahrscheinlich zu deiner Reitstunde, nehme ich an.«

Er klang so kühl. »Ja. Ihr habt mich eine Woche lang warten lassen. Bei dieser Geschwindigkeit werde ich nie reiten lernen«, sagte Deidre.

Sein Gesicht blieb unbewegt, als er nickte und zum Stall ging, in dem der Wallach angebunden war. Deidre folgte ihm und wünschte sich, ihm sein verschmitztes Lächeln entlocken zu können, oder ihn zumindest dazu zu bringen, sie anzusehen.

»Lasst mich ihn satteln«, sagte sie schnell und führte Winger hinaus.

»Nein. Der Sattel ist zu schwer für eine schwache Frau.« Er breitete die Decke über den Rücken des Rosses und hob den Sattel aus seiner Halterung.

»Ich bin stärker als ich aussehe«, sagte Deidre und streckte ihm ihre Hände entgegen.

»Wie du willst«, gab er zurück und überreichte ihr den Sattel.

Sie schwankte unter dem Gewicht. Unter dem Ledersitz war er aus massivem Holz und wog sicher an die 25 Kilo. Winger hatte etwa eine Schulterhöhe von 1,70 Meter, was bedeutete, dass sie das verfluchte Ding über ihren Kopf würde heben müssen. *Merde*. Gilead stand geduldig da und beobachtete sie. Sie wusste nicht, was mit ihm los war, aber sie würde ihm schon *zeigen*, dass sie das konnte.

Deidre beugte ein Bein, balancierte den Sattel auf ihrem Oberschenkel und warf dann den Sattelgurt und den rechten Bügel über den Sitz. Mit Mühe gelang es ihr, den vorderen Sattelknauf mit der einen und den hinteren mit der anderen Hand zu umfassen. Sie ging halb in die Knie, um sich nach oben zu drücken, als Winger plötzlich den Kopf drehte und sich mit den Zähnen die Decke vom Rücken zog und zu Boden warf.

»Soll ich sie für dich wieder auflegen?«, fragte Gilead langsam.

Sie blitzte ihn an. Dachte er etwa, sie könnte dieses monströse Ding für immer halten? Sie wagte es nicht, es auf den Boden zu legen, aus Angst, sie würde es nicht mehr anheben können. Also biss sie die Zähne zusammen und zwang sich zu lächeln. »Wenn es Euch nichts ausmacht.«

Er bückte sich, um die Decke aufzuheben, und sie meinte zu sehen, wie sein Mundwinkel nach oben wanderte. Jetzt lachte er sie also aus? Was war denn so lustig daran, wenn man sich nützlich machte?

Gilead strich die Decke auf dem Rücken des Pferdes quälend langsam glatt. »Man muss immer sorgfältig darauf achten, dass die Decke ganz glatt ist«, erklärte er, als er die Ecken genau ausrichtete. »Sonst wird das Pferd davon gereizt.«

Ach, etwas so, wie er sie gerade reizte? Erst diese Distanziertheit und jetzt diese herablassende Haltung? *Ein Blick auf seinen spöttischen Gesichtsausdruck genügte!* »Das weiß ich«, stieß sie kurzatmig hervor. »Bitte geht zur Seite.«

Gilead deutete eine Verbeugung an und ging zur Seite. Mit äußerster Anstrengung wuchtete sie den Sattel, der sich anfühlte wie ein paar Taschen mit vollgesogenem Torf, über Wingers Rücken. Sie hatte es fast geschafft. Der Sattel war halb oben und sie stütze ihn mit der Schulter, aber der Wallach tänzelte zur Seite.

»Bei allen Höllenfeuern!«, rief sie aus und fand sich plötzlich zwischen Gilead und dem Pferd eingeklemmt, weil Gilead den Sattel mit den Armen anhob und ihn wie spielend plazierte. Von seinem würzigen Geruch umgeben, der sich mit dem Geruch des Pferdes und des Leders vermischte, erhitzte sich ihr Blut und schickte pulsierende Wellen tief in ihre Leisten.

Gileads Brust drückte sie nach hinten, als er um sie herumgriff und den Sattelgurt und den Bügel hinüberwarf. Bei der leichtesten Berührung seiner harten Muskeln wurden sofort ihre Brustwarzen hart, und sie kämpfte gegen das Verlangen an, sich umzudrehen und sich an ihn zu drücken.

Er legte seine Hände auf ihre Schultern, und sie schloss die Augen in der Hoffnung, er würde mit seinen starken, warmen Fingern an ihren Armen heruntergleiten oder seinen Kopf senken und an ihrem Hals knabbern. *Mon Dieu*, wie schön! Unwillkürlich neigte sie ihren Kopf etwas zur Seite, um ihm Platz zu machen.

Sie spürte sein Zögern, seinen warmen Atem an ihrem Hals. Dann hob er sie plötzlich, als wäre sie ein Sack voll Federn, in die Höhe und setzte sie neben sich wieder ab. Schweigend sattelte er das Pferd zu Ende und gab ihr die Zügel.

»Ich habe noch nie eine Lady so fluchen hören«, sagte er, als er ihr in die Augen sah. »Macht man das so in Armorica?«

Armorica? Ach ja, da komme ich ja her. »Hmmm. Ja, dort nimmt man sich diese Freiheit.«

Er zog die Augenbrauen hoch. »Eine Lady wohl kaum. Wo sagtest du, hast du dort gelebt?«

Deidre wurde nervös. Gilead hatte sie schon über andere Dinge in ihrer Vergangenheit befragt, aber bisher hatte sie sich immer mit vagen Antworten aus der Schlinge ziehen können. Jetzt fragte er nach dem Namen einer Stadt. »Benoic« sagte sie schnell und stöhnte dann innerlich auf. Im Buch war das Lancelots Heimat. Nur gab es diesen Ort wahrscheinlich gar nicht.

Gilead sah sie verwirrt an. »Und wo liegt das genau?«

Sie betete, dass derjenige, der diese Legenden niedergeschrieben hatte, seine Geschichten sich zumindest an ein paar wenige Fakten gehalten hatte. »Direkt am Rand von Brocéliande.«

»Der Dunkle Wald?«, fragte er mit schmalen Augen. »Ist dort auch deine Mutter ums Leben gekommen?«

»Äh, ja. Sie ist in den See gefallen und ertrunken.« Das stimmte zum Teil. Ihre Mutter *war* ertrunken. *Diese Lügerei liegt mir nicht.*

Bevor er noch weitere Fragen stellen konnte, drehte sie sich um und ging zum Hocker, den sie zum Aufsitzen brauchte.

»Beginnen wir jetzt endlich mit dem Unterricht? Ich möchte es wirklich lernen.«

Gileads Gesicht wurde hart. »Sicher. Ich hatte ganz vergessen, dass du so begierig darauf bist, deinem Zukünftigen zu gefallen.«

Deidre biss sich auf die Lippen und leitete Winger hinüber zu dem Gatter, das als Pferdekoppel diente. Lieber sollte Gilead das denken, als ihr noch weitere Fragen zu stellen. Sie webte ein Netz wie die sprichwörtliche Spinne, nur fühlte sie sich selbst mehr wie die Fliege.

Gilead war nicht gerade bester Stimmung. Nach ihrem Reitunterricht – bei dem sich Dee so geschickt gab, dass er sich schon zu wundern begann – hatte er Malcolm noch zu einem schnellen Galopp getrieben. Die Kraft des riesigen Pferdes unter sich zu spüren, zu fühlen, wie sich seine mächtigen Lendenmuskeln bewegten, wenn sich seine Beine streckten, beruhigte Gilead jedes Mal. Der Wind peitschte, die wehende Mähne schlug ihm ins Gesicht, wenn er sich nach vorne beugte – all das rüttelte ihn wach.

Beinahe hätte er sich wieder zum Narren halten lassen. Was hatte dieses zierliche blonde Mädchen nur an sich, das sein Blut so in Wallung brachte? Er wollte doch nur den Sattel abfangen, bevor sich Winger ängstigte – und dennoch hatte sich ihr Körper so weich, so verlangend angefühlt, als er sie umfing. Und er hätte schwören können, dass sie seinen Kuss erwartet hatte. Die Versuchung, sich dem zu ergeben, seine Lippen über die glatte Haut an ihrem Hals gleiten zu lassen, mit der Zunge über die empfindliche Stelle unter ihrem Ohr zu streifen, war überwältigend gewesen. Er fühlte, wie sie sich anspannte, wusste, dass sie genau das wollte. Aber ständig wollte sie Niall beeindrucken. Bei Gott, er würde niemals verstehen, warum.

Was für eine Art von Spiel trieb sie mit ihm? Er war sich ziemlich sicher, dass sie log, wenn es um ihre Vergangenheit ging. Das Zögern, bevor sie ihm den Namen Benoic genannt hatte, bestärkte ihn darin nur. Was die schöne Maid nicht wissen konnte, war, dass die Mutter seines Vaters am Dunklen Wald wohnte, ganz nah am Schwarzen See. Sie würde es wissen, wenn jemand darin ertrunken war. Am nächsten Morgen würde er einen Boten schicken, um das herauszufinden. Das hätte er schön früher tun sollen, aber im Geheimen wollte er Deidres Geschichte Glauben schenken. Die andere Möglichkeit – dass sie eine sächsische Spionin war – ließ ihn erschaudern. Sein Vater kannte in diesem Fall keine Gnade.

Gileads Stimmung wurde zum Mittag nicht besser, als er herausfand, dass Niall gekommen war. Sein Blick verfinsterte sich, als dieser sich neben Deidre an den Tisch setzte.

»Unser Bote ist zurückgekehrt«, sagte Angus, als die Mägde die schweren Platten mit gebratenem Wildschwein und dampfenden Schüsseln voller Soßen und Brühe vor ihm abstellten.

Niall sah von seinem Teller hoch, Bratensoße tropfte von seinen Fingern. »Ja? Und was hatte Gunpar zu berichten?«

»Er hat uns die Erlaubnis gegeben, dass wir uns an seinen Grenzen versammeln, aber sie nicht übertreten«, antwortete Angus, »und er hat zugestimmt, alle Wege, die Fergus nehmen könnte, zu blockieren.«

»Hmmm. Und was, wenn Fergus ihm Geld bietet?«

»Die Pikten kümmern sich nicht um Geld. Sie leben vom Tausch«, erklärte Gilead. »Schafe würden ihnen schon besser gefallen.«

Niall sah nachdenklich aus. »Dann glaubt Ihr also immer noch, dass Fergus das vorhat, was die Königin vorgebracht hat?«

Angus sah ihn streng an. »Ich glaube kaum, dass wir es uns leisten können, dieses Risiko zu ignorieren. Ich habe nach Turius' Staffelläufern geschickt, damit wir den Überblick behalten.«

»Staffelläufer?«, fragte Niall beiläufig.

Gilead blickte auf. War Niall nicht etwas zu interessiert? »Ja. Sie sind sehr wirkungsvoll. Viel schneller als unsere eigenen Späher.«

»Was sind Staffelläufer?«, fragte Deidre.

»Turius stellt zwischen seinen Hauptquartieren und dem Ort, den er überwachen will, etwa alle 25 Kilometer einen kräftigen Mann ab«, erklärte Gilead. »Sie sind nur leicht bewaffnet und reiten kleinere, schnelle Pferde. Der erste Reiter übergibt seine Botschaft dem, der mit einem neuen Pferd am nächsten Posten wartet. Wir erfahren innerhalb von einem Tag und einer Nacht, ob Fergus loszieht.«

»Gunpar hat außerdem erwähnt, dass am Horizont Langboote gesichtet worden sind«, fügte Angus hinzu. »Turius hält es für klug, einige seiner Truppen an den östlichen Ufern bereitzustellen, um nach Sachsen Ausschau zu halten, solange wir im Norden sein werden.« Er warf einen kurzen Blick auf Elen. »Er und Formorian sollten in ein paar Tagen hier sein.«

Sie erblasste und griff schnell nach ihrem Wein. Gilead stöhnte auf. Ein längerer Aufenthalt dieser Jägerin war das Letzte, was seine Mutter gebrauchen konnte. Er selbst würde zweifellos ständig seinen lüsternen Vater im Auge behalten müssen.

Seine Stimmung verdüstere sich noch weiter, als er bemerkte, dass Niall seine Finger an Deidres Arm hinaufwandern ließ. Er meinte sie zurückzucken zu sehen, aber dann fing sie seinen Blick auf. Sie lächelte Niall an, als sie ihren Arm wegzog und nach ihrem Wein griff. Sie hatte ihn *angelächelt*.

Verdammt noch mal!

Deidre beobachtete die Ankunft des Königs und der Königin von Britannien vom Fenster in Elens Gemach aus, in der Angst, dass Turius herausgefunden haben könnte, wer sie war. Aber keiner der Männer aus ihrer Eskorte war bei ihm; sie hatte damit gerechnet, dass er sie mitbringen würde, sollte die Wahrheit an den Tag kommen.

Sogar aus dieser Entfernung konnte sie sehen, wie Angus' Hand auf Formorians Arm ruhte, als er ihr aus dem Sattel half. Deidre hatte ihre berechtigten Zweifel, dass diese Frau Hilfe beim Absteigen benötigte, wo sie doch angeblich so kampferprobt war. Das allerdings würde niemand vermuten, der sie jetzt so langsam an Angus hinabgleiten sah. Ihr Pferd schützte sie vor Turius' Blicken, der aber achtete, in ein Gespräch mit Gilead vertieft, ohnehin nicht darauf.

Sie hörte Elen kaum vernehmbar seufzen und wandte ihre Aufmerksamkeit von der Szene auf dem Hof ab. Arme Elen. Wie es ihr gelang, die Kraft zu finden, die liebenswürdige Fassade aufrechtzuerhalten, war Deidre ein Rätsel. Dass ihr Gemahl sein Interesse an Formorian so offen zur Schau stellte, war Demütigung genug, aber Deidre wusste, dass Elen Angus noch immer liebte. Wie qualvoll musste das sein. Und jetzt würden Turius und seine betörende Königin wochenlang hier bleiben. Vielleicht sogar monatelang.

»Quält Euch nicht, Lady Elen. Das schwächt Euch nur«, sagte Deidre mit sanfter Stimme und führte sie vom Fenster weg.

Elen sank in ihren Sessel und schien in sich zusammenzufallen wie ein Sack voll Federn. »Wahrscheinlich geschieht mir das ganz recht.«

»Recht?«, Deidre konnte ihre Empörung kaum zurückhalten. »Ihr verdient doch etwas viel Besseres! Euer Gemahl – und es ist mir *gleichgültig*, dass er der Laird ist – sollte Euch etwas Respekt entgegenbringen, und sich zurückhalten.«

Elen tätschelte ihre Hand. »Gutes Kind. Das würde nichts an seinen Gefühlen ändern.«

»Trotzdem«, insistierte Deidre, »er hat Euch geheiratet. Er muss sich um Euch kümmern. Ihr seid die Mutter seines Kindes.«

»Ja, das bin ich.« Elen brachte ein schwaches Lächeln zustande. »Das ist wahrscheinlich der einzige Grund, warum mein Mann mich nicht hasst.«

»Euch hasst? Warum sollte er euch hassen?«

»Ich habe etwas Schreckliches getan. Ich war jung und dumm, und Angus hat dafür bezahlt.« Elen blickte zu Deidre auf. »Er ist ein Ehrenmann, Kind. Bitte glaub mir das.«

Deidre unterdrückte ein wenig damenhaftes Schnauben, beruhigte sich aber nicht. Was Lady Elen auch getan hat, sie hatte den gepflegten Umgang einer wirklichen Lady. Zu schade, dass sich Angus nicht wie ein wirklicher Ritter verhalten konnte.

Pah. Noch immer hoffte sie auf Ritterlichkeit. Lady Elen war mit einem Mann verheiratet, der sie nicht liebte, und Deidre versuchte verzweifelt, eine weitere lieblose Ehe zu umgehen. Es war Zeit, sich die Tagträume abzugewöhnen und der Realität ins Auge zu blicken. Kein ritterlicher Held würde geritten kommen und eine von ihnen beiden erretten.

Gilead entfuhr ein erleichterter Seufzer, als er sich an diesem Abend zum Mahl an den Ehrentisch setzte. Es war ihm gelungen, Formorian zwischen Turius und Niall zu plazieren. Zweifellos würde sie ihre versteckte Wut auf Gilead an Niall auslassen, was Gilead noch besser gefiel. Schach und schachmatt! In einem Anfall kindischer Schadenfreude war es ihm sogar gelungen, eine unwillige Matrone an Nialls anderer Seite zu plazieren.

Sie warteten auf Elens Ankunft, um das Mahl zu servieren. Seine Mutter hatte fast den ganzen Tag zurückgezogen in Dees – Fräulein Deidre, ermahnte er sich – Gesellschaft verbracht. Was dieses zierliche, blonde Mädchen auch vorhatte – eins musste er ihr lassen: Seine Mutter blühte in ihrer Gesellschaft auf.

Seine Gedanken wurden von einem Kreischen unterbrochen, gefolgt von einem Schrei und dem Geräusch von etwas, das die Treppen hinter der Great Hall hinabstürzte. Er sprang auf, als die atemlose Deidre hereingerannt kam.

»Kommt schnell!«, rief sie. »Lady Elen ist die Treppe hinuntergestürzt!«

Gilead war als Erster bei seiner Mutter. Sie lag wie ein zerknittertes Bündel am Fuß der Treppe und jammerte leise; ihr linkes Bein hatte sie an sich gezogen.

Gilead untersuchte seine Mutter auf einen Knochenbruch. Ihr Knöchel war bereits angeschwollen, aber er war wohl nur gestaucht und nicht gebrochen. Als er sie hochheben wollte, entdeckte er Deidre oben an der Treppe.

»Was tust du?«, fragte er.

Einen Augenblick lang konnte Deidre nicht antworten, sondern fuhr mit den Fingern über den gewebten Stoff, der an der Treppe befestigt gewesen war. Dann sah sie ihn endlich mit besorgtem Blick an.

»Der Läufer war an dieser Stufe lose. Eure Mutter hat sich mit dem Schuh darin verfangen.«

»Ich lasse es sofort in Ordnung bringen«, schaltete Angus

sich ein und nickte Gilead zu. »Bring deine Mutter in ihr Gemach. Ich lasse die Heilerin rufen. Er drehte sich um und schickte die Zuschauer weg. Formorian sah ihn neugierig an und wandte sich dann ebenfalls ab.

Deidre saß noch immer auf den Stufen. Gilead verlagerte seine Mutter in seinen Armen. »Was ist jetzt noch?«

»Es war Absicht«, flüsterte sie mit rauher Stimme. »Ich kann die Nägel nirgendwo finden und das Holz sieht um die Löcher herum frisch aus.« Sie hob den Läufer auf und ein großer Schlitz wurde in der Mitte sichtbar. »Jemand wollte Eure Mutter töten.«

Kapitel 8

Der Ritt

»Was soll das heißen, absichtlich?« Angus' Augen wurden schmäler, als er Deidre über den Tisch im Kartenzimmer hinweg anblickte.

Deidre war gerade von ihrem letzten Kontrollgang, ob es Elen bequem hatte, zurückgekehrt. Der Medikus hatte Elens Knöchel in einen mit heißem Kamillentee getränkten Leinenwickel gepackt, und Brena brachte ihr einen Schlaftrunk, angereichert mit Herzspannkraut, wie die Heilerin sagte.

Deidre blickte zu Gilead, der seinem Vater gegenübersaß. »Der Riss war gestern noch nicht dort.«

»Wie kannst du dir da so sicher sein? Bei abgenutztem Tuch übersieht man das leicht.« Angus notierte sich etwas auf einem Stück Pergament. »Ich werde es ersetzen lassen.«

Deidre schüttelte den Kopf. »Ich weiß es ganz sicher. Lady Elen hat gestern Nachmittag einen kleinen Stein aus ihrer Brosche verloren, als sich ihr Mantel am Geländer verfing. Sie hat mich losgeschickt, um ihn zu suchen. Ich habe jede einzelne Stufe abgetastet. Nirgendwo war ein Riss.«

»Trotzdem. Jeder hätte stürzen können. Weshalb denkst du, dass jemand meine Frau umbringen will?«

»Nun, man darf auch das Gift nicht vergessen«, antwortete Deidre.

Angus hob den Blick. »Wenn ich mich recht erinnere, dachtest du, dass etwas mit dem Wein nicht stimmte, den ich ihr eingeschenkt hatte. Habe ich nun auch den Läufer zerrissen?«

Deidre biss sich auf die Lippen. Würde Gileads Vater wirklich versuchen, seine eigene Frau zu töten?

Angus verstand ihr Schweigen offenbar als Anschuldigung, denn er warf die Feder auf den Tisch und stand wütend auf. »Bei Bels Feuern! Ich hätte dich ins Verlies werfen lassen sollen.« Er sah sie angewidert an und wandte sich zu Gilead. »Versuch dieses Weib zur Vernunft zu bringen, bevor ich es tue.« Er stapfte zur Tür und warf sie laut hinter sich zu.

Gilead atmete tief ein. »Ich sollte dich warnen, mein Vater steht zu seinem Wort. Wahrscheinlich holst du dir den Tod durch Feuchtigkeit und Kälte, wenn dich nicht zuerst die Ratten fressen.«

Deidre erschauderte. Verliese besaßen sie, aber keine noblen Ritter. Gileads teilnahmslose Miene ließ darauf schließen, dass er sie nicht noch einmal retten würde. Konnte sie es wagen, nun auch noch seine Wut auf sich zu ziehen? Dennoch, sie musste einfach fragen. »Haltet Ihr Euren Vater eines Mordes für fähig?«

Lange starrte er auf die glühenden Kohlen in der Kohlenpfanne und nahm sich Zeit mit seiner Antwort. »Natürlich hat mein Vater in der Schlacht getötet. Die Klans leben mit dem Schwert. Ich glaube nicht, dass er einen Mord begehen würde. Zu welchem Zweck? Formorian ist nicht frei, um bei ihm zu sein. Für meinen Vater ist es viel sicherer, sich hinter dieser Ehe zu verstecken, und Turius' Argwohn nicht noch mehr zu erregen, als es ohnehin schon der Fall ist.«

Seltsamerweise fühlte sich Deidre erleichtert. Sie wollte keineswegs Gileads Vater als vorsätzlichen Mörder entlarven. »Dann muss ich ihn um Verzeihung bitten.«

Gilead sah sie erleichtert an. »Ja. Das wäre ein Anfang.«

Ein anderer Gedanke schoss ihr durch den Kopf. »Aber was ist mit Formorian?«

Gilead sah sie fragend an »Was soll mit ihr sein?«

»Sie war hier, als Eure Mutter vergiftet wurde. Und gestern ist sie zurückgekehrt. Und hattet Ihr nicht gesagt, dass Eure Mutter ihren ersten Rückfall hatte, zwei Tage, nachdem Turius und Formorian angekommen waren?«

»Ja«, gab Gilead nachdenklich zurück.

Deidre drängte weiter. »Die Königin trägt einen Dolch; es dauert nicht lange, den Läufer aufzuschlitzen und die Nägel zu ziehen. Und Ihr habt selbst gesagt, dass sie stärker ist, als sie aussieht.«

»Ja, das habe ich.« Er spielte mit dem Federkiel, den sein Vater hingeworfen hatte, und seufzte. »Ich habe versucht, sie voneinander fernzuhalten, indem ich meinem Vater gefolgt bin. Vielleicht sollte ich lieber auf ihrer Spur bleiben.«

Deidre konnte sich ein Lächeln nicht verkneifen. »Sie würde Euch wahrscheinlich für einen weiteren Verehrer halten.«

Gilead verzog das Gesicht. »Wohl kaum. Aber mein Vater würde misstrauisch werden, nehme ich an.«

»Dann lasst mich ihr folgen«, sagte Deidre. »Ich werde mich als eine Art Entschuldigung bei deinem Vater mit ihr anfreunden. So kann ich sie im Auge und außer Reichweite Eurer Mutter halten.«

Er nickte und stand neben ihr auf. Dabei streifte er kurz ihre Schulter. »Ich sollte dir für deine Sorge um meine Mutter danken.«

Ihre Schmetterlinge begannen durcheinanderzuschwirren, als diese Berührung ein Schaudern in ihren Bauch schickte. Sie atmete mit einem leisen Seufzer ein. Die Berührung bedeutete ihm gar nichts, es war nur eine freundliche Geste, vielleicht eine Art Entschuldigung, weil er ihr gegenüber so kühl gewesen war. Ihre Reaktion – ihm hier und jetzt die Kleider vom Leib reißen zu wollen – war völlig unangebracht.

»Auch meinem Vater solltest du keinen Grund geben, sich über dich Gedanken zu machen. Was wirst du ihm sagen?«

Deidre dachte darüber nach. Bisher schien Turius nichts davon erwähnt zu haben, dass er ihre Eskorte gefangengenommen hatte – oder falls er es getan hatte, hatte Angus keine Verbindung zwischen den beiden Vorfällen hergestellt –, und Deidre wollte nicht noch mehr Aufmerksamkeit auf ihre Herkunft lenken. Die naheliegendste Lösung wäre wohl, sich von Formorian das Reiten beibringen zu lassen, aber das würde bedeuten, dass Gilead wahrscheinlich gänzlich aus ihrer Nähe verschwand. Soweit sie es beurteilen konnte, war ihre Anziehung nur einseitig. Trotzdem wollte ihn die vernarrte Romantikerin in ihr nicht so einfach ziehen lassen. Wenn er ihr weiterhin Unterricht gab, konnte sie ihn zumindest sehen und von ihm träumen.

»Ich werde ihm sagen, dass ich ihre Talente und Fähigkeiten bewundere und von ihr lernen möchte.«

Gilead lächelte sie mit seinem schiefen Grinsen an. »Für meinen Vater liegen ihre zahlreichen ›Talente und Fähigkeiten‹ in der Kunst der Verführung.«

»Das ist mal eine gute Idee«, witzelte Deidre und spürte, wie sie errötete. Sie hatte an Waffen gedacht, aber vielleicht würde sie, wenn sie die Königin beobachtete, das Geheimnis ergründen, mit welcher Fähigkeit sie die Männer verzauberte. Und vielleicht würde das auch bei Gilead funktionieren … Sie schloss ihre Augen, und sofort tauchte dort das Bild des nackten Gilead auf, wie er sich über ihr erhob, starke Arme angespannte, eine vom Schweiß glitzernde Brust … und diese Wölbung. Wie sah Gilead *dort unten* aus? Ihr stockte der Atem – lieber Himmel, was dachte sie da gerade? –, und sie zwang sich, ihre Augen zu öffnen.

Er war näher getreten. Seine Miene veränderte sich ganz leicht, jetzt da er sie betrachtete. Seine Pupillen weiteten sich und ließen die Iris fast violett erscheinen. Langsam näherte sich seine Hand ihrem Kinn und schloss sich darum. Dann fuhr er mit seinem Daumen ganz leicht die Umrisse ihrer Lippen nach.

»Du willst geküsst werden?« Es war viel weniger eine Frage als eine Feststellung.

Guter Gott. Sie sollte das nicht tun. Er hatte ihr mit seiner streng formellen Art deutlich zu verstehen gegeben, dass er nichts mit ihr zu tun haben wollte. Das hier bedeutete ihm gar nichts. Sie sollte sich zurückziehen; das sollte sie wirklich. Er hielt sie nicht besonders fest, aber die sanfte Berührung seiner Finger hätte genauso gut eine eiserne Fessel sein können. Deidre schloss ihre Augen und öffnete leicht die Lippen.

Sie hörte, wie er kurz den Atem einzog, und dann streiften seine Lippen die ihren. So leicht und sanft, wie es geschah, reizte es sie bis ins Unendliche. Es war eine langsame Folter, die sie kaum mehr ertragen konnte. Tief schob sie ihre Zunge in seinen Mund.

Er zögerte einen kurzen Augenblick lang, legte dann seine Arme um ihre Hüften und zog sie an sich, als er ihren Kuss erwiderte und ihren Mund erkundete. Dann, plötzlich, ließ er sie abrupt los.

Verdutzt öffnete sie ihre Augen. Gilead war völlig aufgebracht.

»Vielleicht steckst du mit Formorian unter einer Decke. Willst du mich aus einer Laune heraus verführen? Wie eine Dirne, als Vorbereitung für Niall? Oder willst du ihn eifersüchtig machen?«

Deidre fühlte sich, als hätte jemand einen Eimer voll eiskaltem Wasser über sie gegossen. Niall eifersüchtig machen? Ihn *küssen?* Sie hätte lachen müssen, wenn nicht jeder Nerv ihres Körpers von Gileads unglaublicher Anschuldigung betäubt gewesen wäre. Doch dann schmolz eine gleißende Hitze das Eis in ihren Adern, als Wut und Verletzung die Oberhand gewannen. Wie konnte er es wagen, sie eine Dirne zu nennen?

Sie fühlte, wie ihr die Tränen in den Augen brannten. Er würde sie *nicht* heulen sehen. Die Handknöchel gegen ihren Mund pressend, drehte sie sich um und rannte zur Tür hinaus. Krachend fiel hinter ihr die Tür ins Schloss.

Am nächsten Tag erwartete Formorian Deidre bei den Ställen, mit Trews und einem zu großen Hemd bekleidet. In ihrem Gürtel steckte ein Dolch, und an ihrer Seite baumelte ein Schwert. Irgendwie gelang es ihr, trotz der Kleider und Waffen, sehr weiblich auszusehen.

»Angus hat mir gesagt, dass du heute Morgen mit ihm gesprochen hast. Dass ich dir ein paar Ratschläge beim Reiten geben könnte?«

Deidre nickte, während ihr Blick nach Gilead suchte. Wahrscheinlich würde er nicht erscheinen, nicht nach dem Gespräch vom Vortag. Sicher war es besser so. Außerdem war sie noch immer böse auf ihn.

»Er holt dein Pferd«, bemerkte Formorian nüchtern.

»Wer?«, heuchelte Deidre Gleichgültigkeit.

Die Königin zog eine vornehme Augenbraue hoch, als Gilead Winger in die Koppel führte. Deidre mied seinen Blick und musterte stattdessen das Pferd ausführlich. Sie streichelte dem Rotfuchs über den Hals und flüsterte ihm beruhigende Worte zu. Er wieherte leise wie als Antwort. Vielleicht sollte sie nur noch mit Pferde-Männern sprechen, und die menschlichen ignorieren, dachte sie niedergeschlagen.

Gilead reichte ihr die Zügel, und ihre Finger berührten sich dabei. Alle beide schraken hoch, als wären sie gebissen worden. Winger scheute, warf seinen Kopf zurück und riss sich von Deidres Hand frei.

»Ganz ruhig«, sagte Gilead und schnappte sich die Zügel, bevor der große Hengst davonsprengen konnte. »Sie weiß noch nicht, dass man sich in deiner Nähe langsam bewegen muss.«

Deidre blinzelte ihn an. Auch er war zurückgeschreckt. Sie nahm ihm die Zügel aus der Hand und wollte das Pferd zu dem Block führen, der ihr zum Aufsteigen diente – aber er war verschwunden. Wie zur Hölle sollte sie jetzt mit ihren ganzen Röcken aufsitzen?

Und Formorian sah auch noch dabei zu. Aus den Augenwinkeln konnte Deidre sehen, dass sie an den Zaun gelehnt stand, die Arme vor der Brust verschränkt, den Kopf leicht zur Seite gelegt, umspielte ein halbes Lächeln ihre Lippen. *Merde*. Die Königin von Elen fernzuhalten, war eine Sache, aber Deidre würde es nicht aushalten, falls sie anfing zu lachen.

»Wollt Ihr nicht aufsteigen, Fräulein Deidre? Das würde den Unterricht enorm erleichtern«, sagte Gilead mit gespielter Geduld.

Deidre sah ihn finster an. »Wenn Ihr so freundlich wärt, und mir den Block holen wolltet, Mylord, täte ich nichts lieber als das.« Sie reagierte nicht auf seine überraschte Miene. Bitte. Wenn er diesen formellen Ton haben wollte, sollte er ihn kriegen. Sie tippte ungeduldig mit dem Fuß.

Er sagte nichts, ging aber in die Scheune und kam, den Baumstamm vor sich herrollend, zurück. Er stellte ihn auf und machte eine kleine Verbeugung. »Kann man Euch behilflich sein?«

»Ich komme sehr gut zurecht, vielen Dank.« Deidre stieg darauf und suchte erst ihr Gleichgewicht, bevor sie ihren linken Fuß in den Bügel setzte. Der verfluchte Rock ballte sich um ihre Knie und sie fühlte sich ungeschickt. Sie straffte den rechten Zügel, um das Pferd unter Kontrolle zu halten. Diesmal würde sie sich beim Aufsteigen nicht die Blöße geben, nicht wenn Formorian dabei zusah. Sie schwang ihr Bein über den Sattel und hörte zu ihrer Bestürzung ein lautes Reißen, das an fernen Donner erinnerte.

Der Rock hatte sich an der rauhen Rinde des Baumstamms verfangen und die eine Hälfte schwebte jetzt um sie herum wie eine dunkle Wolke; ihr Bein war bis zum Oberschenkel entblößt. Gilead starrte auf ihr Bein, und dann sah sie, wie er die Stirn runzelte. Was? Dachte er etwa, sie hatte das absichtlich getan? Dass sie ihn ködern wollte, indem sie ihm ihre nackte Haut zeigte? Wütend versuchte sie, den sich aufbauschenden Stoff zusammenzuraffen. Als ob sie so eine Janet-Taktik nötig hätte!

»Vielleicht solltest du dazu besser Trews tragen«, schlug Formorian vor, als sie das Tor öffnete und zu ihnen trat. Sie schaute Gilead an »Willst du einfach hier herumstehen? Hilf der Dame beim Absteigen.«

Steif ging er auf sie zu, und Deidre zwang sich dazu, an nichts zu denken, als sie seine großen starken Hände an ihrer Hüfte spürte, die sie hoben, als wäre sie so leicht wie ein Kissen. Einen kurzen Augenblick lang, in dem sie seinen Geruch nach Seife und Gewürzen einsog, wurde sie an seine Brust gedrückt, aber er trat schnell zurück, als ihre Füße den Boden berührten – so distanziert wie immer. Formorian warf ihm einen neugierigen Blick zu.

»Warte hier«, sagte sie an ihn gewandt. »Ich werde Deidre ein paar Trews leihen, und dann machen wir einen richtigen Ausritt, anstatt hier im Kreis herumzutänzeln.«

Er wollte etwas sagen, aber sie hatte sich bereits abgewandt. Das Letzte, was Deidre tun wollte, war, sich von Angus Geliebter Kleider zu leihen, aber sie hatte Gilead versprochen, dass sie versuchen würde, seine Mutter zu beschützen. An dieses Versprechen wollte sie sich halten, und das bedeutete, dass sie zu Formorian freundlich sein würde.

Gilead hatte Malcolm und Formorians weißen Araber gesattelt, als sie kurze Zeit später zurückkehrten. Trews zu tragen, endlich befreit zu sein von den unhandlichen Röcken, fühlte sich gut an. Formorian war groß und schlank, Deidre dagegen klein und kurvenreich, deshalb musste sie die Beine nach oben rollen, aber das butterweiche Leder schmiegte sich an ihre Hüften und Oberschenkel.

Gilead starrte sie an, wandte dann aber schnell den Blick ab. Er formte mit seinen Händen einen Bügel, um ihr Hilfe beim Aufsteigen zu geben. Einen Augenblick lang wollte sie diese Hilfe nicht annehmen. Wahrscheinlich wollte er nur ihren Hintern sehen, wenn sie sich umdrehte. Nun, sollte er doch. Sie konnte genauso gut, die Anziehungskraft, die sie hatte, voll ausschöpfen, es führte ja doch zu nichts.

Formorian stieg mit graziöser Leichtigkeit auf und machte es sich im Sattel bequem, obwohl das Pferd herumtänzelte und zum Aufbruch drängte.

»Seid vorsichtig«, knurrte Gilead, als das Pferd auf der Stelle tänzelte. »Dee – Fräulein Deidre – ist eine Anfängerin.«

»Gut. Ich reite die erste Meile hinaus und die letzte Meile hinein immer im Schritt.« Mit neckischem Lächeln fügte sie hinzu: »Außer ich werde von skrupellosen Männern verfolgt.«

»Ich wusste gar nicht, dass es Männer gibt, die Ihr für skrupellos haltet«, knurrte Gilead.

Deidre zuckte zusammen und erwartete eine scharfe Antwort. Gilead konnte die Königin nicht leiden, aber sie zu beleidigen war sicher nicht der klügste Umgang mit ihr.

Formorian lachte. »Du meinst wohl, damit könntest du mich verletzten? Ach, mein Junge, da hast du ein völlig falsches Bild von mir.« Zu Deidre gewandt sagte sie: »Ich kann dir bei einem langsamen Ritt kaum etwas beibringen. Bist du bereit für einen Ausflug?«

Deidre gelang es, ein Grinsen zu unterdrücken. Schon vom

ersten Tag an hatte sie die Kraft dieses Streitrosses unter sich spüren wollen. Trotzdem gelang es ihr, ausreichend ängstlich auszusehen, als sie schluckte und nickte.

»Gut. Wir beginnen mit einem schnellen Trab«, und Formorian stieß ihrem Pferd ihre Fersen in die Flanken.

Winger, der etwas größer war als die anmutige Stute, lief zufrieden neben ihr her. Deidre bemühte sich, sich etwas durchschütteln zu lassen, damit sie keinen Verdacht erregte und betete, dass es ihr das arme Tier nicht übelnehmen würde.

»Ich war noch nie außerhalb des Burghofes«, sagte sie zwischen zwei Hüpfern. »Gibt es hier irgendwelche Burgen oder Ruinen oder so etwas?«

Formorian legte ihre Stirn in Falten. »Du warst noch nie bei Niall?«

»Nein.« Nicht dass sie sein Land überhaupt sehen wollte oder vorhatte, jemals dorthin zu gehen.

»Wir könnten in diese Richtung reiten. Es sind nur zwei Wegstunden hier lang.« Formorian zeigte zu ihrer Linken.

»Heute lieber nicht«, wimmelte Deidre schnell ab. Sie würde Niall schon heute Nacht beim Essen ertragen müssen. Er hatte sich unter dem Vorwand irgendwelcher Geschäfte mit Angus selbst eingeladen. Nicht dass sie seinem Geschwätz zugehört hätte. Sie zeigte nach rechts. »Was ist in dieser Richtung?«

Formorian zuckte die Schultern. »Wälder, Bäche. Wahrscheinlich ein Ort, den man lieber meiden sollte, wenn man nicht mit gut bewaffneten Wachen unterwegs ist.« Sie zwinkerte. »Oder wenn man skrupellose Männer treffen will.«

Hinter ihnen hörte Deidre Gilead schnauben. Wenn sie Elen wirklich vor Formorian schützen sollten, musste er sich sein ungehobeltes Benehmen abgewöhnen. Sie warf ihm einen Blick zu, und sah, dass er sie beide mit schrecklich düsterem Ausdruck betrachtete. Sie schüttelte ganz leicht den Kopf und wandte sich wieder um. Diesen Ritt konnte sie genauso gut dazu nutzen, herauszufinden, ob es hier irgendwo einen Ort gab, an dem der Stein versteckt sein könnte.

»Gibt es hier irgendwelche alten Relikte? Historische Ruinen oder Steinkreise?«

Formorian warf ihr einen schrägen Blick zu. »Du meinst Orte, die die Priesterinnen zu ihren Feiern aufsuchen?« Als Deidre nickte, sah Formorian sie prüfend an und sagte schließlich. »Das ist seltsam. Als Turius und ich zu Hause ankamen, hatten wir, äh … Gäste … aus Gaul. Sie haben das Gleiche gefragt.«

Ihre Eskorte! Die Männer waren nicht getötet worden. »Was machen Franzosen wohl so weit oben im Norden?«, versuchte Deidre möglichst beiläufig zu fragen.

Formorian zuckte die Schultern, aber ihr Blick blieb unablässig auf Deidre haften. »Sie sagten, Childebert habe sie geschickt, um Bischof Dubricius' Kelch zu suchen.«

Deidre konnte gerade noch verhindern, dass ihr ein Seufzer der Erleichterung entfuhr. Ihre treuen Wachen hatten sie nicht verraten! Vielleicht suchten sie sogar jetzt noch nach ihr? »Hat Euer Gemahl ihnen erlaubt, danach zu suchen?«

Formorian schüttelte den Kopf. »Turius glaubt, dass der Kelch nur in des Bischofs Träumen existiert. Und der Gedanke, fränkische Soldaten durch das Land streunen und sich hier breitmachen zu lassen, gefiel ihm nicht. Man kann nie wissen, wer ein Spion ist und wer nicht.«

Deidre beachtete diesen Kommentar nicht weiter, obwohl sie bemerkte, dass Gilead ihr einen Blick zuwarf. Eine Frage musste sie dennoch stellen. »Hat … hat König Turius sie töten lassen?«

Formorian sah sie wieder nachdenklich an. »Nein. Er ließ ihnen die Wahl zwischen dem Kerker oder freiem Zugang zum Hafen. Sie wollten eigentlich nicht gehen, aber schließlich bestiegen sie doch das Schiff nach Calais.«

Deidre atmete tief durch. Dion und ihre Männer waren also in Sicherheit, obwohl sie ohne Deidre nicht an Childeberts Hof zurückkehren würden können. Deidres Mutter hatte Ländereien in der Languedoc, außerhalb der Reichweite von Childeberts Fängen. Dion würde sicher dorthin ziehen. Wahrscheinlich versuchten sie, Caw eine Botschaft zu übermitteln, doch ihr Vater war tot. Sie fröstelte plötzlich bei dem Gedanken, dass sie tatsächlich ganz auf sich alleine gestellt war. »Das war sehr gnädig vom König«, war alles was sie hervorbrachte.

»Ja. Turius ist gegen sinnloses Blutvergießen. Aber um deine Frage zu beantworten … Es gibt einen Steinkreis, allerdings müsstest du galoppieren, um dorthin zu kommen und wieder zurück, bevor Angus Alarm schlägt.«

»Ich halte das für keine gute Idee«, sagte Gilead, als er zu ihnen aufschloss.

Deidre schenkte ihm keine Beachtung. »Zeigt mir den Weg.«

Formorian grinste, beugte sich nach vorne und flüstere ihrer Stute etwas ins Ohr. Das Pferd setzte an und fiel in vollen Galopp. Winger wartete erst gar nicht auf ein Signal.

Hinter ihnen hörte Deidre einen dumpfen gälischen Fluch und dann das Trommeln von Malcolms Hufen, als er sich anschickte, sie zu überholen.

Deidre konnte ihre Aufregung beim Abendessen an diesem Tag kaum verbergen. Es gab einen Steinkreis, und er war nur wenige Reitstunden entfernt! Sie wünschte, sie hätten genügend Zeit gehabt, um in das Tal zu reiten, aber Formorian hatte auf einem Hügel in einiger Entfernung haltgemacht, um den Pferden eine Pause zu gönnen, und Gilead hatte darauf bestanden, dass sie umkehrten und wieder nach Hause ritten. Nichts was Deidre sagte, konnte ihn dazu bewegen, seine Meinung zu ändern. Er war genauso stur wie sein Vater, aber jetzt wusste sie zumindest, wo der Steinkreis war.

Als sie sich mit der Zeit etwas entspannte, bemerkte sie, dass Drustan zum ersten Mal nicht an seinem gewohnten Platz saß. Stattdessen zupfte ein anderer Barde, der gerade zu Besuch war, seine Harfe, und erzählte Geschichten von seinen Reisen durch Britannien und über den Kanal. In Deidres Kopf formte sich eine Idee. Falls der Barde bald nach Gaul zurückkehren sollte, vielleicht konnte sie ihm dann eine Nachricht mitgeben, um Dion wissen zu lassen, dass sie in Sicherheit war.

»Du siehst heute Abend sehr verträumt aus«, sagte Niall, der neben ihr am Tisch saß. »Denkst du vielleicht an unsere Hochzeitsnacht?«

Sicher nicht. Vor allem jetzt nicht, wo die Möglichkeit, den Stein zu finden und von hier zu verschwinden, in greifbare Nähe gerückt war. Trotzdem musste sie die Fassade aufrechterhalten, sonst würde sie vielleicht nicht mehr ausreiten können. Mehr als einmal hatte sie Formorian dabei ertappt, wie diese sie beobachtete, und sie hatte das Gefühl, dass der Königin so gut wie nichts entging. Falls Formorian einen Verdacht hatte, würde sie möglicherweise Angus von ihrer Unterhaltung erzählen. Deidre setzte ein freundliches Lächeln auf. »Vielleicht habe ich dann eine Überraschung für Euch.«

Niall beugte sich mit einem lüsternen Grinsen vor. »Geht es dabei vielleicht um mein Vergnügen mit dir zwischen den Bettlaken?«

Mon Dieu. Nur schon der Gedanke war ekelerregend; der Atem dieses Mannes stank zum Himmel, und sein Körper war vom Alkohol fett und weich geworden. »Ihr werdet es abwarten müssen.«

Offenbar hielt er das für ein »Ja«, denn seine Brust weitete sich, und er grinste breit.

»Dann lass uns ein kleines Tänzchen wagen.«

»Lieber nicht. Ich bin sehr müde«, beeilte sich Deidre zu sagen. »Eigentlich wollte ich mich gerade entschuldigen, um zu Bett zu gehen.«

»Keinesfalls!« Niall stieß seinen Stuhl zurück und zerrte sie aus ihrem. Wieder umschlossen seine Finger ihren Arm wie Stahl. »Wir tanzen.«

Deidre hielt sich an der Lehne ihres Stuhls fest und starrte ihn finster an. »Ich will nicht.«

Er verengte die Augen. »Aber ich will.« Er riss ihre Hand vom Stuhl, legte einen Arm um ihre Hüfte und zerrte sie zu der freien Fläche.

Er drückte sie viel zu nah an sich, und Deidre mühte sich, ihn von sich fernzuhalten. Sie fing ein paar amüsierte Blicke von Männern auf, die mit ihren Damen im richtigen Abstand tanzten. Hol sie doch der Teufel. Warum schreitet denn niemand ein und befreit mich von diesem Ungeheuer? Wahrscheinlich, weil sie verlobt waren. Sie schielte zum Ehrentisch. Gilead hatte seine Mutter nach oben begleitet, und sie bezweifelte außerdem, dass er noch einmal einschreiten würde. Angus war in ein Gespräch mit Turius vertieft. Nur Formorian sah mit ihren grünen, leicht zusammengekniffenen Augen zu.

»Komm näher zu mir, Mädchen.« Nialls Arm schloss sich noch fester um ihre Hüfte.

Sie versuchte ihn wegzuschieben. »Nein! Lasst mich.«

Seine Finger bohrten sich in die empfindliche Gegend direkt unter ihren Rippen. »Nein.«

Sie fühlte, wie sich sein hartes Glied gegen ihren Bauch drückte. Zum Teufel mit der Fassade. Sie würde schon einen anderen Weg finden, um an ein Pferd zu kommen. Deidre riss ihr Knie hoch.

Er hatte es geahnt, und trotz seiner Fülle war er überraschend flink. Er drehte sich und bohrte seine Hüfte in sie, wobei er ihr den Griff des Degens an seinem Gürtel hart in ihren weichen Bauch rammte.

Deidre hätte sich vor Schmerz beinahe gekrümmt, Übelkeit stieg in ihr auf.

Niall lachte, als sie gegen ihn sank. »Ja, mein Mädchen, so ist es doch viel besser, nicht wahr?« Er drückte ihre Finger mit seinen riesigen Pranken. »Das gefällt dir doch, oder?«

Sie schluckte die Galle, die ihr in den Mund geschossen war und versuchte, nicht aufzuschreien. Er hatte sie zu eng an sich gepresst, so dass noch einmal das Knie anzuziehen unmöglich war, und sie konnte ihren Fuß nicht über seinen Spann bringen, wie es ihr die Stallknechte gezeigt hatten. Seine Stiefel waren robust. Er drückte fester zu, und sie gab ein leises Keuchen von sich. Dieser verdammte Narr würde ihr die Rippen brechen, wenn sie ihm nicht antwortete.

»Es … gefällt … mir«, krächzte sie mit zusammengebissenen Zähnen.

Niall drehte sie herum und lockerte seinen Griff. »Je schneller du lernst, mir zu gehorchen, umso einfacher wird es für dich.« Deidre sah ihn finster an, und er lachte. »Jawohl. Wenn du dich mit mir anlegen willst, wird es mir eine Freude sein, deinen Willen zu brechen.« Er lächelte, als das Lied zu Ende war, trat zurück und verbeugte sich höflich, aber seine Augen blieben hart und kalt. »Wie dem auch sei, du wirst für mein Vergnügen sorgen, wie und wann ich es dir sage.«

Deidre strich sich über ihre schmerzende Hand, in dem Bewusstsein, dass es dumm wäre, ihm zu widersprechen. Er war ein Sadist, konnte es aber geschickt verbergen. Gequetschte Rippen heilten wieder. Keiner der Anwesenden hatte seine Grausamkeit bemerkt; er war zu unauffällig vorgegangen. Und Gilead dachte tatsächlich, dass sie diesen Mann mochte! Sie spürte, wie ihr

Tränen in die Augen stiegen und kämpfte dagegen an. Selbst wenn Angus ihr glauben sollte, was sie bezweifelte, würde er es sich mit Niall nicht verscherzen wollen.

Niemals würde sie diesem Mann erlauben, mit ihr das Bett zu teilen. Obwohl sie die kalte Klinge der Angst spüren konnte, folgte ein Teil ihres Gehirns einem anderen Weg. Mit Gilead das Bett zu teilen, würde sicherlich ihre wildesten Phantasien übertreffen, bei Niall dagegen wäre es nichts anderes als eine brutale Vergewaltigung. Wie seltsam, dass dieser Akt einen Menschen entweder ins Himmelreich oder direkt in die christliche Hölle führen konnte.

Sie betete dafür, dass die Alte Kraft noch immer in dem Steinkreis erhalten war, denn das war ihre einzige Hoffnung. Die Sommersonnwende war schon nächste Woche, und dann würde sie ein Pferd brauchen. Deidre nahm einen tiefen Atemzug und lächelte Niall an. »Wie Ihr wünscht, Mylord.«

Sobald sie sich von Niall losmachen konnte, ging Deidre in den Wintergarten, weil sie wusste, dass Angus dort Pergament und Federn aufbewahrte. Die großen Fenster, die während des Tages die Wärme der Sonne auffingen, waren in dieser mondlosen Nacht tiefschwarz. Lediglich in der Kohlenpfanne war noch etwas Glut, aber das genügte, um den Weg zum Schreibtisch zu finden. Schnell kritzelte sie auf ein Stück Pergament eine Nachricht für Dion, dass sie beim Laird von Cenel Oengus zu Besuch war und dass sie ihrem Ziel weiter folgen würde. Dion würde verstehen.

Vorsichtig näherte sie sich wieder dem Saal und hielt sich, dort angekommen, an der hinteren Wand, bis sie sicher war, dass Niall nicht mehr hier war. Dann fiel ihr auf, dass der Barde nicht mehr spielte; besorgt wanderte ihr Blick durch den Raum, bis sie ihn bei einer Küchenmagd entdeckte, die die Bierkrüge füllte.

Schnell ging sie auf ihn zu. Auf ihre Frage hin, ob sie alleine mit ihm sprechen könnte, hob er die Augenbraue und grinste, aber seine Miene wurde ernst, als sie ihm die Nachricht mit einigen Silberstücken aus dem Beutel, den sie gewonnen hatte, in die Hand drückte.

»Es ist sehr wichtig für mich, dass dieser Mann das hier bekommt«, schärfte sie ihm ein.

Der Barde ließ die Nachricht und die Münzen in seine Felltasche gleiten. »Er wird sie bekommen.«

Sie nickte ihm dankbar zu und wandte sich wieder um, ohne zu bemerken, dass Angus ganz in ihrer Nähe im Schatten gestanden hatte.

Angus erwachte bei dem leisen Geräusch auf der anderen Seite seiner Tür sofort. Nur ein leichtes Scharren, und dann hob sich langsam der Riegel. Seine Hand fand seinen Degen, der auf dem Boden neben ihm lag. Er schob ihn unter die Laken und blieb vollkommen still liegen, als würde er schlafen.

Die Gestalt schlüpfte leise in den Raum, und er hörte, wie sich die Tür schloss. Der Riegel rastete mit einem leisen Klicken ein. Die Gestalt blieb stehen, um sich zurechtzufinden, und tastete sich dann leise zum Bett. Angus beobachtete durch fast völlig geschlossene Augenlider und gab ein leises Schnarchen von sich.

Die Gestalt lehnte sich über das Bett und legte eine Hand auf seinen Schwanz.

»Ich weiß, dass du nicht schläfst«, sagte Formorian.

In einer einzigen flüssigen Bewegung schob Angus die Laken zurück, zog Formorian nach unten und rollte sich auf sie, ihr Haar in seinen Fäusten.

»Du hättest dabei sterben können«, sagte er, als er hastig die Schnüre ihres Schlafgewandes löste.

»Du willst doch nicht behaupten, dass du nicht mit mir gerechnet hast«, sagte sie lachend und schlang ihre Beine um ihn. »Warum würdest du wohl sonst nackt und mit steifem Schwanz hier liegen.«

Er knurrte und nahm eine ihrer nackten Brüste in den Mund, seine Zunge beschrieb Kreise auf dem weichen Fleisch, bevor er sie über ihre harten Brustwarzen schnalzen ließ.

Formorian drückte ihren Rücken durch, fuhr mit den Fingern durch sein dichtes Haar und presste seinen Kopf an sich. Angus begann hungrig daran zu saugen, und sie stöhnte auf.

Seine großen Hände wanderten an ihren Rippen entlang unter ihren Hintern und hoben ihre Hüften. »Willst du es langsam und sanft oder schnell und hart?«

Ihre Augen glitzerten im fahlen Licht. »Tief. Bis zum Anschlag.«

Angus drang in sie ein und fühlte, wie ihn ihre Scheide heiß und eng umfing, auch als er sich zurückbewegte und erneut in sie stieß, um seine Hüfte eng an ihre zu drängen. Formorian bäumte sich ungestüm unter ihm auf. Ihre Beine fest um seine Hüfte geschlossen trieb sie seine Stöße immer tiefer und tiefer in sich. Ihre Fingernägel scharrten über die Muskeln, die sich auf seinem Rücken spannten, als er immer und immer wieder in sie stieß. Sie unterdrückte ihren Aufschrei, als sich ihr ganzer Körper ein um das andere Mal verkrampfte. Angus stieß einen tiefen Seufzer aus und sie fühlte, wie er in ihr explodierte.

Keuchend lagen sie eine Weile aufeinander, Angus noch immer in ihr.

»Dein Sohn verdächtigt mich, Elen etwas zuleide tun zu wollen«, flüsterte ihm Formorian ins Ohr.

Angus hob den Kopf. »Ach, dieses Mädchen, das er hierhergebracht hat, verdächtigt mich auch.«

Mit einem Lachen sagte sie: »Haben wir es getan?«

Angus ächzte leise, schlüpfte langsam aus ihr heraus, legte sich auf die Seite und stützte seinen Kopf mit der Hand ab. »Nein. Das ist doch gar nicht nötig. Wir haben den Heiligen Blutsschwur schon vor langer Zeit abgelegt. Die Alten Riten bedeuten viel mehr als das, was diese Priester in sich hineinmurmeln.«

»Ja.« Formorian strich ihm sanft das Haar zurück. »Für die Ewigkeit, eine Seele nicht vollkommen ohne den anderen.«

Er nahm ihre Hand und küsste ihre Fingerspitzen. »Hast du es je bereut, dass wir diesen Schwur getan haben? Du wirst nie mit Turius glücklich werden.«

»Nein, niemals bereut. Ich liebe dich, Angus.«

»Und ich liebe dich, Mori. In dieser Welt und in der nächsten. Du bist meine wahre Gefährtin.« Er lehnte sich zu ihr, um ihre Stirn zu küssen, aber hielt inne. »Du runzelst die Stirn.«

»Verzeih. Ich habe nachgedacht.«

Angus zog die Augenbrauen hoch. »Normalerweise zaubert das, worüber du im Bett nachdenkst, ein Lächeln auf dein Gesicht … und auch auf meines.«

Formorian nickte. »Das sollte es. Aber ich glaube, dem Mädchen, Deidre, wird es nicht so gut damit ergehen.«

Eine Spur von Verärgerung huschte über sein Gesicht. »Sorge dich nicht. Das Mädchen begehrt Niall vielleicht nicht, aber sein Name und sein Reichtum werden sie entschädigen.«

»Du weißt, dass das nicht wahr ist. Auch ich habe beides.«

»Aber wir haben den Schwur geleistet, Mori, im Steinkreis. Die gute Deidre hat das nicht getan.«

»Der Steinkreis. Wie seltsam. Deidre hat mich heute danach gefragt.«

Angus hörte auf, mit einer ihrer Locken zu spielen. »Warum?«

Formorian zuckte die Schultern. »Sie hat mich nach der Umgebung gefragt. Was in dieser Richtung liege, ob es noch andere Burgen oder Ruinen oder Steinkreise gäbe. Wir sind nur bis zur Spitze des Hügels geritten, denn Gilead hatte es eilig, nach Hause zu kommen.«

»Sie haben den Kreis also nicht betreten?«

»Nein.«

Ein Seufzer der Erleichterung entfuhr ihm. »Gut. Wir müssen sie davon fernhalten.« Dann legte sich seine Stirn in Falten. »Warum seid ihr so weit geritten? Ich dachte, sie wäre eine Anfängerin?«

Formorian lächelte. »Hat sie dir das gesagt?«

Die Stirnfalten vertieften sich. »Sie hat gesagt, sie wolle reiten lernen, um Niall zu beeindrucken. Es sollte eine Überraschung sein.«

Sie brach in Gelächter aus. »Um Niall zu beeindrucken? Niemals!«

»Mir gefällt es nicht, wenn man mich hinters Licht führt. Warum sollte das Mädchen behaupten, sie brauche Reitstunden, wenn sie schon reiten kann?«

»Ach, schau nicht so finster. Denk doch mal nach. Höchstwahrscheinlich, um mit Gilead Zeit verbringen zu können.«

»Aber sie wird Niall heiraten.«

»Niall ist ein Dummkopf. Dein Sohn hat trotz all seiner ehrenvollen Absichten eine Anziehungskraft auf Frauen wie der Gehörnte Gott selbst.«

»Ich glaube, meinem Sohn würde es nicht gefallen, mit Cernunnos verglichen zu werden«, sagte Angus trocken, und der düstere Ausdruck auf seinem Gesicht verschwand.

»Mag sein«, antwortete Formorian schelmisch, »aber vielleicht lernt er ja von seinem Vater. Habe ich dir nicht schon tausendmal gesagt, dass du den Gott der Jagd mit deinen Fähigkeiten beschämen könntest?«

Angus grinste und fuhr mit seinen Fingern über ihre Lippen. »Na dann komm her, Weib.«

Formorian stieß ihn leicht an die Schulter und warf ihn auf den Rücken. Sie rollte sich zwischen seine Beine und fuhr dann mit ihrem ganzen Körper langsam an ihm hinauf, Haut auf Haut, ihr Busen an seiner Brust.

»Wie Ihr wünscht, Mylord. Wie Ihr wünscht.«

Ein flüchtiger Gedanke durchfuhr Angus, bevor Formorians Zunge in seinen Mund vordrang. Wenn das bretonische Mädchen eine Spionin war, würde sie ein Pferd brauchen. Angus hatte sich zum Narren halten lassen.

Niemand hielt ihn zum Narren.

Aber jetzt gab es erst mal nur Mori.

Kapitel 9

Sommersonnenwende

»Man hält mich nicht zum Narren!«, donnerte Angus am nächsten Morgen los, als er mit Gilead im Wintergarten war.

Gilead stellte seine Tasse mit Ziegenmilch ab, die er mitgebracht hatte. »Ich will auch nicht zum Narren gehalten werden, Vater! Ich wusste doch nicht, dass sie reiten kann.«

Sein Vater starrte ihn an. »Du hast ihr doch Unterricht gegeben, oder nicht?«

Gilead biss sich auf die Lippe. In Wirklichkeit hatte es ihn mehr interessiert, ihren kurvigen Hintern auf und ab hüpfen zu sehen. Sogar jetzt, als sein rasender Vater vor ihm stand, wanderten seine Gedanken zu dem gestohlenen Kuss, genoss er, wie weich sie sich in seinen Armen angefühlt hatte; er spürte ihre warmen vollen Lippen, schmeckte ihre sanfte Zunge … sie benahm sich nicht wie eine unschuldige Jungfrau; sie wusste, was sie wollte. Er straffte seine Schultern. Wer war sie wirklich?

»Ich habe den Unterricht in Schritt und Trab in der Koppel abgehalten«, antwortete er, »und Winger ist fünfzehn Jahre alt und ein braves, gutmütiges Pferd.«

»Pah!« Angus griff nach dem mit Wasser vermischten Wein und goss etwas in einen Kelch. »Du bist ein erfahrener Reiter! Du hättest das sehen müssen. Formorian hat es bemerkt.«

Aber nur weil Formorian völlig rücksichtslos davongaloppiert ist, ohne sich darum zu kümmern, ob Dee reiten kann oder nicht. Wann hatte die Königin das eigentlich seinem Vater erzählt?

»Bist du so vernarrt in dieses Mädchen, mein Sohn?«

»Nein«, wehrte Gilead ab. »Das habe ich dir schon gesagt.«

»Das hast du.« Angus blickte ihn argwöhnisch an. »Ich werde es nicht riskieren, mir Niall zum Feind zu machen. Nicht jetzt. Fergus wird angreifen, sobald seine Ernte eingefahren ist. Wahrscheinlich direkt nach der Sonnenwende. Wir brauchen Niall als Verbündeten.«

Gilead seufzte. Das hatte er alles schon gehört. Er wusste, dass sein Vater recht hatte. Der Pakt war notwendig. *Er* würde nicht mit dem Feuer spielen, wie sein Vater es tat. Am besten hielt er sich fern von dem schlauen Luder. Ja, das war die Lösung. Den Unterricht beenden; sie brauchte ihn offenbar nicht. Und auf keinen Fall wollte er sie noch einmal in Trews sehen. Bei Dagda! Man konnte jede ihrer Kurven sehen, als trüge sie gar nichts am Leib. Ein Glück, dass Niall nicht in der Nähe gewesen war.

»Hörst du mir zu?«

Gileads Kopf fuhr in die Höhe. »Entschuldige, Vater.«

Sein Vater stieß ein genervtes Knurren aus. »Ich habe gerade gesagt, dass wir aller Wahrscheinlichkeit nach einen sächsischen Spion in unseren Reihen haben. Erinnerst du dich an die Langboote, die an der Küste gesichtet worden sind?«

Dee eine Spionin? Mutter hatte sie ins Herz geschlossen. Das konnte nicht stimmen. »Das glaube ich nicht, Vater.«

Angus begann im Zimmer auf und ab zu gehen. »Denk doch mal nach. Du hast sie an Beltane ›gefunden‹, ohne Geld und Gepäck. Ihr Akzent klingt seltsam. Wie ist sie hierhergekommen? Ich habe die Gegend absuchen lassen. Im Umkreis von fünf Wegstunden gab es keine Berichte über Überfälle von Wegelagerern oder Banditen. Keine Spur von einem gebrochenen Wagen. Keine Leichen. Das Mädchen konnte nicht mehr als zwei oder drei Wegstunden gelaufen sein, ohne dass ihre Schuhe kaputt gewesen wären.« Er hielt inne. »Und sie hat dem Barden letzte Nacht zusammen mit ein paar Münzen eine Nachricht gegeben.«

Gilead stutzte. »Hast du ihn durchsuchen lassen?«

Angus blickte seinem Sohn ins Gesicht. »Nein. Gerüchte über ein so ungastliches Verhalten breiten sich aus wie ein Lauffeuer. Barden werden überall beschützt, wie du weißt. Sogar bei den Sachsen. Deine Deidre könnte genauso gut eine Nachricht an einen von ihnen gesandt haben.«

Gilead hoffte, sein Vater würde nicht recht behalten. Aber was sonst könnte ein Grund sein? »Vielleicht hat sie ihren Verwandten in Armorica eine Nachricht geschickt.«

Angus schnaubte. »Der Mann, den du nach Armorica gesandt hast, sagte, dass meine Mutter weder etwas von irgendwelchen Ertrunkenen im Schwarzen See wüsste, noch hat sie jemals von Deidre gehört. Ich frage dich noch einmal: Wie ist dieses Mädchen hierhergekommen?«

»Ich weiß es nicht, aber ich glaube nicht, dass sie eine Spionin ist. Mutter hält viel von ihr.«

»Elen hält nicht einmal einen Mann, der ihr seinen Dolch an die Kehle drückt, für einen Mörder.« Er blieb stehen und verengte plötzlich seine Augen. »Diese ›Unfälle‹ deiner Mutter … haben erst begonnen, seit das Mädchen hier ist.«

In Gilead flackerte die Wut auf. »Du wirst doch wohl nicht glauben, dass Dee – Fräulein Deidre – imstande wäre, meiner Mutter zu schaden?«

Angus zog eine Augenbraue hoch. »Doch das kann ich. War sie nicht jedes Mal bei ihr?«

»Das ergibt keinen Sinn! Das Mädchen hat doch selbst die Idee gehabt, dass es Gift gewesen sein könnte!«

»Ja. Und wenn sie eine Spionin ist, wäre sie so schlau, als Erste auf diese Idee zu kommen. Sie war schnell genug, um sicherzugehen, dass der Becher gewaschen worden war, verstehst du denn nicht?« Er begann wieder auf und ab zu gehen. »Und es wäre ihr ein Leichtes gewesen, den Teppich zu zerschneiden. Auf dem Frühstückstablett für Elen liegt jeden Morgen ein Messer.«

»Pah! Die Nägel haben gefehlt. Sie sind offensichtlich herausgezogen worden.«

Angus fuhr herum. »Vielleicht hat sie das getan, während sie angeblich nach dem fehlenden Stein der Brosche gesucht hat. Vielleicht hatte sie vor, sie wieder hineinzustecken, damit es noch mehr wie ein Unfall wirkte.«

Gilead starrte seinen Vater an. »Warum sollte sie meine Mutter töten wollen? Ich weiß, dass sie sich um sie sorgt. Sie mag sie wirklich.«

Angus donnerte vor Gilead mit der Faust auf den Tisch, so dass der Inhalt der beiden Kelche auf das Tischtuch schwappte. »Wenn sie eine Spionin ist, muss sie sich bei jemandem einschmeicheln. Deine Mutter ist dafür am empfänglichsten.«

»Hör auf, meine Mutter zu beleidigen!« Gilead sprang auf die Beine. »Sie ist liebevoll und einfühlsam, großzügig und gütig …«

»Hör auf«, Angus hob die Hand. »Ich weiß, dass du deine Mutter sehr schätzt. Und so soll es sein. Aber erwarte von mir nicht dasselbe, denn du weißt nicht, was sie getan hat.«

Schon wieder. Elen hatte ihm einst gestanden, dass sie Angus etwas Schreckliches angetan hatte, aber sie wollte ihm nicht sagen, was es war. Nur dass es das Ergebnis wert gewesen wäre.

»Trotzdem«, beharrte Gilead, »gibt es keinen Grund, warum ein Spion … meine Mutter töten sollte.«

»Nein?« Angus schob ihn auf einen Stuhl und zog sich selbst einen herbei. »Denk über Folgendes nach. Wenn diese Frau, Deidre, eine Spionin ist, sind diese Unfälle eine wunderbare Ablenkung. Sie will reiten ›lernen‹, damit sie an ein Pferd gelangt.

Falls noch etwas geschieht, wette ich, dass sie versuchen wird, im allgemeinen Durcheinander zu fliehen.«

»Ich sage die Reitstunden ab, dann hat sie keinen Zugang zu einem Pferd mehr«, sagte Gilead.

»Nein«, antwortete Angus. »Ich will herausfinden, was sie wirklich vorhat. Warum sie hier ist. Sie darf nichts von unseren Vermutungen wissen. Wir spielen mit. Setzt die Reitstunden fort. Führe sie jenseits der Burgmauern und achte darauf, in welche Richtung sie reiten will. Höchstwahrscheinlich wartet dort ihr Kontakt auf sie. Aber sei vorsichtig. Entferne dich nicht weiter als eine Wegstunde, du willst ja schließlich nicht in eine Falle tappen.«

Gilead stöhnte innerlich auf. Das Beste, was er tun konnte – tun sollte –, war, allen Kontakt mit diesem trügerischen Weib zu vermeiden. Jedes Mal, wenn er sie sah, begannen in ihm die Säfte zu steigen, aber sie war Niall versprochen. Ob sie Niall wirklich mochte, wusste Gilead nicht zu sagen, aber der Verdacht blieb bestehen, dass eine mittellose, aber offenbar adlig geborene Frau ehrgeizig genug war, um einen alten Ziegenbock zu heiraten. War das nicht vielleicht sogar schlimmer, als wenn sie eine sächsische Spionin wäre? In jedem Fall fühlte er sich noch immer zu ihr hingezogen und wollte sie seltsamerweise beschützen. Aber das Spiel mit dem Feuer war das Spiel seines Vaters, nicht seines.

»Warum soll ihr nicht Formorian Reitunterricht erteilen?«, fragte Gilead. »Das war doch ohnehin deine Idee, oder nicht?«

Angus sah ihn an, als sei er von allen guten Geistern verlassen. »Ich kann doch nicht zwei Frauen allein ausreiten lassen!«

Formorian war gestern schwerer bewaffnet als ich. »Dann gib ihnen eine Eskorte.«

»Hast du denn gar nichts mehr im Hirn? Wenn ich ihnen eine Eskorte an die Seite stelle, wird sich das Mädchen doch niemals verraten, in der Gegenwart so vieler Menschen.«

Gilead startete noch einen Versuch. »Glaubst du nicht, dass Niall sehr eifersüchtig wäre, wenn er wüsste, dass Deidre und ich zusammen ausreiten, ohne Eskorte?«

»Ich habe Niall weggeschickt, um sein Heer zusammenzustellen. Er wird vor dem Fest von Litha nicht zurückkehren. So hast du eine Woche Zeit, um etwas über sie herauszufinden. Du kannst gehen.«

Zähneknirschend zog sich Gilead zurück. Sieben Tage. Er musste eine ganze Woche lang dieser Versuchung widerstehen. Er würde es schaffen. Zu Angus' strenger Ausbildung seiner Krieger – eine Erfindung der Römer, die Turius eingeführt hatte – gehörte es, sich der Folter zu widersetzen. Gilead hatte grausame zwei Wochen des Hungerns, des Schlafentzugs und schmerzhafter Methoden über sich ergehen lassen müssen, die erst ausgesetzt wurden, kurz bevor die Knochen zu brechen drohten. Das hatte er hinter sich gebracht; sicher würde er dieser kleinen Frau widerstehen können, so peinigend ihre Gegenwart auch sein mochte.

Aus irgendeinem Grund war Niall verschwunden. Deidre war sehr dankbar dafür. Ihm nicht ständig zu begegnen oder seine gierigen Hände beim Essen abwehren zu müssen, gab ihr den Freiraum, den sie brauchte, um ihren Ausflug zum Steinkreis an der Sommersonnenwende in einer Woche zu planen.

»Wie geht es Euch heute Morgen?«, fragte sie Elen, nachdem Janet das Tablett gebrachte und sich wieder zurückgezogen hatte.

»Dem Knöchel geht es besser«, antwortete Elen und schob das Kissen auf den Hocker unter ihrem Fuß, »aber mir ist so übel, wenn ich morgens erwache.«

Elen sah noch etwas ausgezehrter aus als sonst. Deidre legte die Stirn in Falten. Als eine der jungen Priesterinnen ihrer Mutter ein ähnliches Gefühl hatte, kam einige Monate später ein Kind zur Welt. Elen konnte aber sicher nicht schwanger sein. »Wie lange leidet Ihr schon darunter, Mylady?«

Elens feine Augenbrauen zogen sich zu einer Linie zusammen, als sie darüber nachdachte. »Es begann kurz nach dem Vorfall beim Essen.«

Nach der Vergiftung. War Angus in dieser Nacht bei seiner Frau geblieben? Das kann ich wohl kaum fragen! »Habt ihr noch andere Beschwerden?«

Elen blickte verwirrt drein. »Ich glaube nicht. Außer dass ich sehr oft müde bin.«

Deidre versuchte ihre Besorgnis zu verbergen. Wenn Elen von einem der seltenen Besuche ihres Mannes schwanger wäre, würde die Gefahr noch steigen, wenn Formorian – oder vielleicht sogar Angus selbst – es herausfand.

Sosehr sie sich auch vor Gileads Kälte ihr gegenüber fürchtete, er musste es wissen. Sie musste ihn suchen.

Sehr zu ihrer Überraschung war er freundlich gestimmt, als sie ihn nach dem Mittagsmahl in den Ställen aufstöberte.

»Nun, Fremde, kommst du zu einem Ausritt?«

Deidre blickte sich um. »Wird sich Formorian uns anschließen?«

»Nein. Mein Vater und Turius machen Schlachtpläne; sie ist bei ihnen.«

Das waren gute Neuigkeiten. Ausgerechnet vor Formorian konnte sie ihren Verdacht natürlich nicht aussprechen. Sie führte Winger zur Koppel, als Gilead ihre Schulter berührte. Die Hitze, die sich über ihrem Arm ausbreitete, versuchte sie zu ignorieren.

»Da du schneller gelernt hast zu reiten, als ich dachte – möchtest du einen richtigen Ausritt machen?«

Auf ihr begieriges Nicken hin, formte er aus seinen Händen

einen Steigbügel, um ihr aufzuhelfen; sie hätte schwören können, dass er sie absichtlich leicht am Schenkel berührte, obwohl er seine Hände sofort zurückzog und sein Gesicht keine Regung zeigte.

Als sie die Tore hinter sich gelassen hatten, wandte sich Gilead ihr zu. »In welche Richtung möchtest du heute?«

Warum war er nur so höflich? Was es auch sein mochte, sie würde sich die Gelegenheit, den Weg zum Steinkreis weiter zu erkunden, nicht nehmen lassen. »Diese Richtung«, wies sie mit dem Finger.

Als sie nebeneinander herritten, schien ihr Gilead sehr angespannt. An seinem Sattelknauf hing das Targe, das runde, lederne Schild der Schotten, und er trug einen Dolch am Gürtel und einen im Stiefel. Die Lederriemen, die das Bandelier für seine Waffen auf seinem Rücken hielten, kreuzten sich auf seiner Brust. Daraus ragten zwei Schwerter hervor. Sein Blick wanderte zu den Straßenrändern, obwohl dort nichts als ginster- und flechtenbedeckte Felsbrocken zu sehen waren, die zudem nicht gerade groß waren.

»Fürchtet Ihr irgendeine Gefahr?«, fragte Deidre.

Er warf ihr einen kurzen Seitenblick zu, aber er zuckte nur mit den Schultern. »Man ist besser auf der Hut, wenn man ohne Eskorte ausreitet.«

»Könnten wir galoppieren?« Wenn sie irgendwie in die Nähe des Hügels, von dem aus man den Steinkreis sehen konnte, gelangen wollten, mussten sie schneller reiten als in diesem langsamen Trab.

»Für eine Anfängerin scheinst du den Galopp schon sehr gut zu beherrschen.«

Ahnte er, dass sie reiten konnte? Sie lächelte scheu und tätschelte den Hals des Pferdes. »Winger hat einen weichen Gang, ein angenehmes Pferd für jeden Reiter.«

»Ja. Am besten du hältst ihn in einem leichten Galopp und nicht in dieser närrischen Jagd wie Formorian gestern. Ein Pferd auf vollen Touren ist schwer in Kontrolle zu halten.«

Deidre nickte und gab Winger leicht die Sporen. Er reagierte so schnell, dass sie beinahe aus dem Sattel gerutscht wäre. Vielleicht hatte Gilead recht.

Sie machten mit den Pferden in einem kleinen schattigen, dürren, verwachsenen Eichenwäldchen halt. Gilead hatte einmal das Dickicht umrundet, bevor er sie absteigen ließ.

»Denkt Ihr, dass uns jemand angreifen will?«, fragte Deidre neckisch, sank aber etwas zusammen, als er nicht lächelte.

»Wir haben uns ein gutes Stück von der Burg entfernt«, gab er zurück. »Wir lassen die Pferde etwas rasten und dann reiten wir zurück.«

Sie hatten noch nicht einmal den halben Weg zu den Steinen zurückgelegt. Deidre wollte schon protestieren, überlegte es sich dann aber doch anders. Gilead hatte irgendeinen Verdacht, und er wirkte nicht, als könnte sie ihn überreden, weiterzureiten. Dann konnte sie sich genauso gut dem anderen Thema widmen.

»Es gibt etwas, worüber ich mit Euch sprechen möchte, Gilead.« Er merkte auf. »Nicht über uns«, fügte sie schnell hinzu. Sie meinte seinem Gesicht einen Hauch von Erleichterung ablesen zu können, aber seine Haltung war noch immer steif.

»Es geht um Eure Mutter.«

»Was ist mit ihr?«

»Ich fürchte … vielleicht ist sie schwanger.«

Gilead starrte sie völlig verblüfft an. »Was?«

Sie hob die Hand. »Hört mich an. Eure Mutter hat Übelkeitsanfälle am Morgen, und sie hat keinen Appetit mehr. Sie sieht blass und mitgenommen aus.«

Gileads Lippen wurden zu einer schmalen Linie. »Und wer, denkst du, sollte der Vater sein?«

Jetzt war Deidre an der Reihe, ihn verblüfft anzusehen. »Euer Vater, natürlich. Ihr Gemahl.« Das war wirklich eine sehr seltsame Reaktion. In seinem Alter würde er doch sicher nicht auf ein Brüderchen oder ein Schwesterchen eifersüchtig sein? Er war doch ohnehin der Erbe. »In der Nacht, als Lady Elen vergiftet wurde, wirkte Euer Vater aufrichtig besorgt. Ich dachte, vielleicht, dass er … nun ja, Ihr wisst …«

Er lächelte beinahe, als er jetzt zu ihr herabblickte. »Mein Vater hat sein eigenes Schlafgemach, seit ich ein kleiner Junge war. Soweit ich weiß, hat er nach meiner Geburt ihr Gemach nie besucht … um ihre Gesellschaft zu suchen.«

»Aber Lady Elen hätte sterben können. Alle waren aufgeregt. Vielleicht hatte er beschlossen, dass es seine Pflicht sei, bei ihr zu bleiben, und eins führt zum nächsten …«

Gilead lachte. »Während Formorian ebenfalls in der Burg weilt? Wohl kaum.«

»Aber …«

Er nahm ihre Hände in die seinen und sah ihr in die Augen. »Ich schätze deine Sorge. Ich glaube dir sogar, dass du es ehrlich meinst, aber es ist nicht geschehen. Ich habe die ganze Nacht bei meiner Mutter gewacht.« Er ließ ihre Hände so schnell los, wie er sie ergriffen hatte, und ging zu seinem Pferd. »Wir müssen zurück.«

Verwirrt und schweigend ritt Deidre neben ihm her. Er glaubte ihr nicht. Aber wenn Elen nicht schwanger war, dann machte ihr etwas anderes zu schaffen. Vielleicht ein Gift, das langsamer wirkte?

Und was hatte er überhaupt gemeint, als er sagte, »ich glaube dir sogar, dass du es ehrlich meinst«?

Beim Festmahl zu Litha lehnte sich Niall in seinem Stuhl zurück und überblickte die Great Hall. Mägde räumten die leeren

Platten, auf denen Lamm, Wildschwein und Hirsch serviert worden war, von den Gesindetischen. Andere Mägde trugen dampfenden Nachtisch und Zuckerwerk herbei. Er beobachtete, wie das Dienstmädchen namens Sheila eine Schale mit Obst zum Ehrentisch trug. Sein harter Mund zuckte, als sie sich zwischen Formorian und Angus schob und dabei mit ihrem üppigen Busen die Schulter des Laird streifte. Das, und Angus' anzügliches Grinsen, sollte er im Kopf behalten. Vielleicht wäre ihm das Mädchen später von Nutzen.

Fast so etwas wie ein Lächeln machte sich auf seinem Gesicht breit. Vielleicht würde er das Mädchen später tatsächlich benutzen. Sie im Flur abfangen, an die Wand drücken und ihre Röcke heben. Ein paar harte Stöße, die seinen Samen tief in sie hineinbeförderten, würden schon genügen, um den quälenden Drang in seinem Schwanz zu vertreiben. Sein Arm an ihrem Hals würde jeden Schrei unterbinden, den sie von sich geben wollte. Vielleicht würde er auch etwas härter zudrücken und ihr die Luft nehmen. Ihm gefiel es, Angst in den Augen der Frauen zu sehen. Er zog scharf die Luft ein, als er fühlte, wie seine Leisten noch stärker spannten.

Er kniff die Augen zusammen, als das Mädchen zu Elen ging und das Tablett leicht drehte. Er konnte einen glänzenden Apfel sehen, der geradezu einlud, ihn auszuwählen. Bei Bels Feuern! Er hatte doch befohlen, nicht noch einmal den gleichen Trick anzuwenden! Beinahe hätte man sie mit der Birne geschnappt, wäre nicht Deidre gewesen, mit ihrer dämlichen Vermutung, dass mit dem Wein etwas nicht gestimmt hätte. Das brachte ihn zum Lächeln. Angus war in ein seltsames Licht geraten, und Niall hatte noch nicht einmal einen Finger dafür krümmen müssen.

Ach, die kleine Deidre. Sie wich nicht von Elens Seite, flüsterte ihr etwas ins Ohr. Er sah, wie Elens Hand zögernd in der Luft stehenblieb, als sie nach dem Apfel greifen wollte, dann lehnte sie ab. Die Kleine war klug, das musste man ihr lassen. Wenn sie lernen würde, ihm zu gehorchen, konnte er sie vielleicht für seine größeren Pläne einsetzen, wenn er erst mal Angus aus dem Weg geschafft hatte.

Ja, und sie würde lernen zu gehorchen. Wahrscheinlich sollte er Angus danken, dachte er höhnisch, dass er ihn hatte schwören lassen, damit zu warten, mit ihr das Bett zu teilen. Die lange Wartezeit hatte seine Gier nach ihr nur noch erhöht. Schön war sie, mit gerade genug Fleisch am Leib, um diese hübschen Kurven rund und weich werden zu lassen. Und feurig. Weder von Angus noch Formorian ließ sie sich einschüchtern. Er hoffte aufrichtig, dass Deidre eine Jungfrau war. Sie beim ersten Mal hart und schnell zu nehmen, sie weit zu öffnen, wenn sie noch trocken war. Ihr Schreien und Flehen, dass er aufhören sollte, würden seinen Stolz, der von ihren vielen Abfuhren angeschlagen war, endlich wiederherstellen. Niall wies die Früchte ab, als sie ihm gereicht wurden und goss sich aus dem Flakon auf dem Tisch noch einen Kelch Wein ein. O ja … ihre Schreie würden seinen Ohren schmeicheln. Jetzt musste er nur noch ein klein wenig länger warten. Bis Lugnasad war es nicht mehr lange hin.

Die Dämmerung senkte sich, als sich nach dem Mahl alle im Burghof zusammenfanden. Leichter Nebel schwebte in der Luft und mischte lila und rosa Schattierungen mit dem sich vertiefenden Blau des Zwielichts, was der ganzen Szenerie eine unheimlich übernatürliche Atmosphäre verlieh.

»Wo gehen denn alle hin?«, fragte Deidre Elen, als sie dabei zusah, wie sich fast alle Bediensteten aufreihten und von den Kriegern mit Fackeln ausgestattet wurden.

»Die Segnung der Felder«, antwortete Formorian für Elen, als sie und Angus sich ihnen anschlossen. »Die Menschen laufen um die Felder herum und beten zur Göttin, dass die Ernte gedeiht.«

Elen schlang leicht zitternd ihren wollenen Arisaid, den knöchellangen schottischen Tartanmantel der Frauen, enger um sich. »Wir haben jetzt christliche Priester. Vielleicht sollten diese heidnischen Bräuche langsam in Vergessenheit geraten.«

Formorian zuckte die Schultern. »Die Alten Riten sind den Menschen wichtig. Litha ist das Fest für das Leben in der Großen Königin, das an Beltane ausgesät wurde.« Sie lächelte Angus flüchtig von der Seite an. »Es heißt, dass in dieser Nacht der Gott am mächtigsten ist.«

»Er herrscht über die Welt bis Mitternacht, wenn der Eichenkönig aufersteht und ihn tötet«, fügte Angus leicht amüsiert hinzu. »Der Stechpalmenkönig tut gut daran, schon vorher aufzubrechen.«

»Ja«, stimmte Formorian zu, »je mehr Schläge er verteilen kann, umso besser.«

Deidre war sich sicher, dass die beiden nicht mehr länger von dem heidnischen Brauch sprachen. Aber das fügte sich gut. Wenn sie so weitermachten, wären es zwei Leute weniger, auf die sie achtgeben musste, wenn sie heute noch ausreiten wollte. Das Dämmerlicht wurde schon fast zur Dunkelheit. Es war Zeit, dass sich Deidre ein Pferd beschaffte, wenn sie die Steine vor Mitternacht erreichen wollte. Dann war der Schleier zwischen den Welten am dünnsten. Vielleicht könnte sie einen Blick darauf erhaschen, wo der Stein versteckt lag.

Sie hatte den ganzen Abend über versucht, Niall aus dem Weg zu gehen, indem sie immer in Elens Nähe geblieben, war und vorgegeben hatte, sich um sie kümmern zu müssen. Angus hatte auf die Anwesenheit seiner Frau bestanden, wenn die Bonfire entzündet wurden und die jungen Männer darübersprangen, um ihre Kräfte zu zeigen. Symbolisch verschmolz ihr Mut mit dem Höhepunkt der Macht des Gottes und dem Höhepunkt der Wachstumszeit und dem längsten Tag. Aber, wie Formorian trocken ergänzte, ging es den meisten jungen Burschen nur darum, die Mädchen zu beeindrucken, die sie später ins Bett führen wollten.

Deidre hätte sich amüsiert, wenn sie nicht so darum gebangt hätte, sich zurückzuziehen und ein Pferd zu stehlen. Endlich bat Elen darum, auf ihr Gemach gehen zu können. Angus nickte geistesabwesend, während er zweifellos schon sein eigenes Rendezvous plante. Deidre beeilte sich, Elen in ihr Gemach zu bringen und sie für die Nacht fertig zu machen.

Sie eilte in ihr eigenes Zimmer zurück und schlüpfte schnell in die Trews und das Hemd, das ihr Formorian geliehen hatte. Sie wünschte, sie hätte einen schwarzen Mantel, aber Angus' gemusterter Tartanstoff mit den dunklen Schatten würde genügen müssen. Sie verstaute den Beutel mit dem Buch und ihrem kleinen Sack voller Münzen. Sollte sie eine Vision haben, würde sie nicht zurückkehren.

Vorsichtig streckte sie den Kopf aus der Tür, um sicher sein zu können, dass der Weg frei war, und ging dann vorsichtig zur Hintertreppe. Sie würde durch die Küche huschen müssen, hoffte aber, dass Meara mit dem Rest der Bediensteten feierte.

Das tat sie nicht. Sondern sie schalt gerade einen unglücklichen Küchenjungen, weil er nicht genügend Feuerholz gebracht hatte, und dann hörte Deidre, wie sie ihn ohrfeigte. Ihre Stimme verklang, als sie den Jungen nach draußen führte und ihn dabei zweifellos noch immer an seinen schmerzenden Ohren hielt, wie sich Deidre vorstellte. Schnell schlich sie durch die Küche, bevor die Frau zurückkehren konnte.

Obwohl die Bonfire schon zusammengesunken waren, dauerten die Feierlichkeiten im Burghof noch an, und Deidre versteckte sich in der Dunkelheit der hinteren Wand des Hofes und arbeitete sich langsam zu den Ställen vor. Sie hörte, wie sich Schritte näherten und trat schnell zurück in den Schatten, aber es war nur ein betrunkener Soldat, der eine Küchenmagd im Arm hatte. Wahrscheinlich hätte Deidre einen Veitstanz aufführen können, und sie hätten sie nicht bemerkt.

Als sie an die Ecke der Great Hall gelangte, zögerte sie. Sie würde alle Sicherheit über Bord werfen und über den offenen Platz gehen müssen. Zum Glück war der Mond noch nicht aufgegangen, und im trüben Licht der Feuer würde sie so gut wie unsichtbar bleiben. Sie bedeckte ihren Kopf, zog den Mantel enger um sich und trat hinaus.

In den Ställen begrüßte sie der warme Geruch von süßem Stroh und Pferden. Die Stallknechte hatten sich dem Gelage angeschlossen, also ging sie schnell zu Wingers Stall hinüber. Er suchte ihre Hand nach dem Apfel ab, den sie ihm sonst immer mitbrachte.

»Hier, mein Junge«, redete sie beruhigend auf ihn ein, während sie sich mit dem schweren Sattel abmühte. »Wir ziehen in ein Abenteuer.« Das Pferd kaute zufrieden, als würde er sie verstehen.

Deidre führte ihn zum Tor und spitzte vorsichtig hinaus. Die Burgtore waren noch immer für Nialls Männer geöffnet, die außerhalb der Burgmauern kampierten. Ein Reiter, der die Burg verließ, wäre nichts Ungewöhnliches. Ihr straffer Zopf war noch fest hinten in ihrem Hemd verborgen und geschickt wickelte sie sich nun das Kopftuch um. Zu dumm, dass sie keinen Lederhelm tragen konnte, aber das würde Verdacht erregen. Warum sollte irgendein Soldat, der in ein sicheres Lager heimkehrte, einen tragen?

Sie stieg auf und konzentrierte sich darauf, ganz ruhig mit dem Wallach zum Tor zu reiten. Ein Blick über den Burghof – weder Angus noch Gilead waren zu sehen. Zweifellos lag Angus in irgendeinem Bett mit Formorian, aber wo war wohl Gilead abgeblieben? Er war den ganzen Abend über nie in ihrer Nähe gewesen, aber immer wenn sie aufgeblickt hatte, hatte sie ihn dabei ertappt, wie er sie beobachtete. Wahrscheinlich versuchte er zu ergründen, warum sie sich Niall gegenüber so freundlich verhielt. Wenn ihr der Steinkreis irgendeinen Hinweise geben konnte, wo der Stein war, dann war das das Letzte, was Niall von ihr gesehen hatte. Trotzdem war sie nicht wenig traurig darüber, dass sie sich Gilead nicht hatte erklären können, oder sich von ihm verabschieden. Schließlich hatte er sie gerettet. Einen Augenblick lang war er der Ritter in glänzender Rüstung gewesen, nach dem sie sich immer gesehnt hatte. Sie fühlte, wie ihr Tränen in die Augen stiegen.

Deidre atmete tief ein, straffte ihre Schultern und ritt aufrecht sitzend durch das Tor. Sie würde sich nicht umdrehen. Entschlossen verfiel sie in einen leichten Galopp, sobald sie um die Kurve gebogen waren und die Burg außer Sichtweite war.

Die Steine ragten hoch vor ihr auf, dunkel im fahlen Mondlicht und als wären sie aus einer anderen Welt. Tiefhängender Nebel hatte sich im Tal ausgebreitet, schmale Nebelfäden drehten sich in die Höhe, leckten an den Steinen und umschlossen die Hufe des Pferdes.

Deidre stieg ab, ließ Wingers Zügel sinken, machte sie aber nirgendwo fest. Sie ging auf den Kreis zu, zögerte dann aber. Die Luft fühlte sich anders an, schwer und warm, wie eine Decke. Von ferne meinte sie eine altbekannte Melodie zu hören, weich und leicht, wie eine Harfe, die sie aber nicht vollkommen einfangen konnte. Die Melodie umfing sie, ihre flüchtige Harmonie nicht greifbar, und doch berührte sie ihren Geist. Deidre schauderte trotz der milden Nacht. Sie wäre nicht verwundert gewesen, wenn Merlin selbst aus den Nebeln steigen würde.

Sie blickte nach oben. Der Mond hing direkt über ihr. Es musste fast Mitternacht sein. Sie nahm einen tiefen Atemzug und betrat den Kreis. Sofort spürte sie eine magnetische Anziehungskraft in die Mitte, wo der Kromlech, der Altarstein, stand. Die sanfte Musik war jetzt besser zu vernehmen, als stammte sie von den Steinen selbst.

Deidre schluckte, kniete sich neben den Altar und versuchte sich daran zu erinnern, was ihre Mutter sie gelehrt hatte, über die Anrufung der Macht. So viele Jahre an Childeberts christlichem Hof hatten ihre Erinnerungen verblassen lassen. Sie schloss die Augen und konzentrierte sich. »Ich rufe die vier Geister an: Cernunnos, König des Waldes; Lleu, König des Windes; Belinos, König des Feuers; Llyr, König des Wassers. Strömt herbei zu mir aus dem Norden, dem Osten, dem Süden, dem Westen. Öffnet mit Eurer Macht ein Tor zwischen den Welten.« Deidre hob ihr Gesicht und ließ die Strahlen des Mondes über ihr Gesicht streichen. »Ich rufe dich an, Isis, Mutter von allem, zeig mir, wo der Stein versteckt ist.«

Die flüchtige Musik wurde eindringlicher in Tonlage und Rhythmus und zog Deidre auf ihre Beine. Die Arme zum Mond hebend, begann sie sich zu wiegen.

Sie fühlte sich schwindlig, als die Steine um sie herum sich neigten und zu verblassen begannen. Ein leichtes Rauschen kam auf, als ob plötzlich Wind durch Bäume fuhr, die es gar nicht gab. Das knisternde Geräusch von Flammen, die trockenes Holz verbrennen, wurde gelöscht von einem Strom fließenden Wassers, der all die anderen Geräusche mit sich forttrug. Die Luft vibrierte von Energie. Ein schimmernder Nebel begann sich zu rühren und verwandelte sich in eine junge Frau mit langem rotgoldenem Haar, die in ein hauchzartes weißes Gewand gekleidet war. Es umfloss ihre durchschimmernde Gestalt, die in der Luft zu schweben schien. Sie lächelte Deidre an.

Deidre versuchte ruhig zu bleiben. Ihre Gabe … hatte etwas heraufbeschworen. Jetzt war nicht die Zeit, die Nerven zu verlieren. Die Erscheinung schien ihr wohlgesinnt.

»Ich suche nach dem Stein der Weisen«, flüsterte Deidre.

Der Geist lächelte und nickte. »Gar-al«, sagte sie und neigte dann anmutig ihren Kopf. Vor Deidres Augen begann sich das Bild aufzulösen.

Die Steine erschienen wieder vor ihren Augen, und Deidre schüttelte den Kopf, um den Schwindel zu vertreiben. Wer oder was dieses Phantom auch war, sie war deutlich zu verstehen gewesen. Aber was war ein »Gar-al«, und was hatte es mit dem Stein zu tun?

Sie zitterte trotz der warmen Nachtluft und trat aus dem Steinkreis. Gott sei Dank, Winger war noch da und stand ruhig grasend neben einem anderen Pferd.

Deidres Blut gefror ihr in den Adern. Ein anderes Pferd? Also war ihr doch jemand gefolgt. Mit einem tiefen Atemzug versuchte sie sich zu beruhigen und drehte sich langsam um. Sie wusste bereits, wen sie sehen würde.

Kapitel 10

Zeit der Wahrheit

»Würdest du mir sagen, was zur Hölle du hier draußen treibst?«

Im fahlen Mondlicht glitzerten Gileads Augen wie zwei schwarze Saphire. Deidre konnte die Hitze seiner Wut fühlen, obwohl er einige Schritte von ihr entfernt war. Breitbeinig stand er mit vor der Brust verschränkten Armen da, als wäre er aus Stein gemeißelt.

Sie schluckte. Wie viel hatte er gesehen oder gehört? Plötzlich fühlte sie sich wie ein Narr, sich mitten in der Nacht davonzuschleichen, um in die Luft zu sprechen. Was für eine Ausrede konnte sie vorbringen? »Ich … habe gehört … manche Leute sagen, dass Steinkreise eine magische Kraft haben, vor allem an solchen Festen.« Deidre versuchte beiläufig ihre Schultern zu heben, das nur dazu führte, dass ihr Arm zitterte, als ihre Schulter zuckte. »Ich … äh, dachte, äh, ich sehe mir das mal an.«

»Es ist nicht sehr klug, einen Zauber ausführen zu wollen«, sagte er grimmig und bohrte seinen Blick in sie. »Hexen werden hier auf dem Scheiterhaufen verbrannt.«

Ein Schauer lief ihr über den Rücken. »Ich … ich wollte niemandem etwas tun.«

Seine Miene veränderte sich nicht, als er sich jetzt umsah, und seine Umgebung absuchte. »Wen wolltest du hier treffen?«

Deidre legte die Stirn in Falten. »Treffen? Niemanden. Ich habe es dir bereits gesagt, ich wollte nur wissen, ob es wirklich so einen Zauber gibt. Dumm von mir. Mir war nicht klar, dass es gefährlich ist. Wahrscheinlich sollten wir nach Hause reiten.« Sie drehte sich um und ging zu Winger hinüber.

Sofort war er neben ihr und drehte sie mit einer Hand an ihrem Arm zu sich herum.

»Die Wahrheit, Fremde.«

Sie versuchte, ihm ihren Arm zu entziehen, aber seine Finger hielten sie umschlossen wie Stahl. »Du tust mir weh.« Sofort wurde sein Griff schwächer, aber nicht leicht genug, dass sie sich hätte lösen können. »Ich habe es dir gesagt. Ich habe gehört, wie sich Janet und Sheila über Litha unterhalten haben. Irgendjemand hat von einem Steinkreis gesprochen …«

Gilead verstärkte seinen Griff wieder leicht. »Ich mag es nicht, wenn man mich anlügt, Fremde. Wen wolltest du hier treffen?«

»Niemanden! Warum glaubst du mir nicht?«

Er starrte sie kurz an, dann hob er den Kopf, roch den Wind und suchte mit den Augen den Horizont nach irgendeiner Bewegung ab. Deidre sah ihn an und versuchte, das warme Gefühl zu ignorieren, dass sie immer bei seiner Berührung durchströmte. Er sah jetzt wie ein wachsames Raubtier aus, bereit zum Sprung. Wonach hielt er Ausschau? Der Grund des Tals war eben, das Wiesengras nur kniehoch. Ein gewundener kleiner Bach mäanderte hindurch und setzte sich hinter dem Steinkreis fort. Der Hügel, über den sie zuvor geritten war, war schroff und hin und wieder von struppigem Ginster bedeckt, hinter dem sich ein Mann oder ein Pferd kaum verborgen halten konnte. Der Wald, der weit hinter dem Steinkreis einsetzte, war mindestens 50 Klafter entfernt, also außerhalb der Reichweite eines Pfeils. Eine einsame Eberesche stand ein paar Meter entfernt in der Nähe der Pferde. »Wenn denkt Ihr, sollte ich treffen? Niall?«

Gilead verzog das Gesicht und ließ sie los. »Er hätte dich keine Viertelmeile von der Burg wegreiten lassen, bevor er sich dich geschnappt hätte.«

Sosehr sie mit ihrem Plan beschäftigt gewesen war, war ihr nicht einmal der Gedanke gekommen, dass Niall ihr folgen könnte. Deidre schauderte, als sie erkannte, dass Gilead recht hatte. Niall hätte nur lange genug gewartet, um sicher zu sein, dass niemand ihre Schreie hören würde. Aber weil sie ein Pferd brauchen würde, um eine neue Flucht zu versuchen, konnte sie es sich nicht leisten, das zuzugeben. »Ich wollte nur meine Fähigkeiten beim Reiten ausprobieren … und als mir Formorian den Steinkreis gezeigt hat, bin ich neugierig geworden. Ich glaube, so groß war das Risiko auch nicht.«

»Trotzdem hast du es auf dich genommen. Kein kleines Risiko, alleine in der Nacht auszureiten, Stunden von Hilfe entfernt. Haben sich die Freunde, die du treffen wolltest, in der Nacht geirrt?«

Deidre rollte entnervt mit den Augen. »Ich habe keine Freunde außerhalb eurer Burg. Wofür hältst du mich, eine Spionin?« Als er die Augenbraue hochzog, schnappte sie nach Luft. »Das kann nicht dein Ernst sein!«

Er ging einen Schritt auf sie zu. »Du bist aus einem anderen Land, dein Akzent klingt mehr sächsisch als englisch. Du bist mitten in der Nacht ohne Gepäck oder Geld aufgetaucht – ein geschickter Weg, sich Einlass zu verschaffen, indem man um Barmherzigkeit bittet.«

»Ich habe nicht gebeten! Ich habe dir gesagt, dass wir ausgeraubt wurden …«

Gilead kam mit unergründlicher Miene näher. »Nein, ich glaube nicht, dass das passiert ist.«

Deidre trat unwillkürlich zurück. Sie hatte ihn noch nie so gesehen. »Ich habe dir gesagt, woher ich komme!«

Er schüttelte den Kopf. »Ich habe nach Armorica schicken lassen. Man hat dort weder von dir noch von deiner Familie jemals etwas gehört. Und niemand ist dort ertrunken.«

Sie musste sich schnell etwas überlegen. Wenn Gilead sie wirklich für eine Spionin hielt, wäre sie in großer Gefahr, wenn sie zurückkehrten. Was machte man hier mit Spionen? Sie zu Tode steinigen? Sie schluckte schwer. »Brocéliande ist ein großer Wald. Dein Bote ist wahrscheinlich an den falschen Ort geraten.«

»Das glaube ich nicht. Meine Großmutter – die Mutter meines Vaters – lebt mitten darin, beim Schwarzen See. Sie würde davon wissen.« Er sah Deidre unverwandt an und trat näher. »Es gefällt mir wirklich ganz und gar nicht, wenn man mich belügt.«

Deidre trat zurück und prallte gegen den Baum. Bevor sie sich bewegen konnte, hatte Gilead seine Arme links und rechts von ihr abgestützt und sie so eingeschlossen. Sein Körper nur Zentimeter von ihrem entfernt.

»Ich will die Wahrheit.«

Sein Atem streichelte warm ihre Wange, und sie konnte seinen sauberen Geruch nach Seife und leichtem Parfum, vermischt mit Leder und Pferd, riechen. Ihr Körper begann zu kribbeln und machte ihren hoffnungslos romantischen Geist nur allzu willig, sich seiner Überredungskraft zu fügen.

»Vielleicht habe ich dir noch nicht die *ganze* Geschichte erzählt.« Deidre hielt ihre Augen fest auf Gileads breite Schultern gerichtet. Das ließ das Kribbeln auch nicht gerade verebben, aber sie wusste, sie würde nicht lügen können, wenn sie ihm ins Gesicht sah. »Ich … es ist wahr, dass ich in Brocéliande war, bevor ich hierher kam, aber meine Familie stammt nicht von dort.« Sie hielt inne, versuchte sich zu konzentrieren, aber er blieb stumm. *Seltsam, das ist mir noch nie aufgefallen … ein unglaublich faszinierender Hauch schwarzer Locken ist dort zu sehen, wo der obere Teil seines Hemdes verschnürt ist … o ja. Die Geschichte. Schnell konzentrieren.* Wie viel von der »Wahrheit« konnte sie ihm verraten?

»Meine Mutter war eine Art Heilerin«, sagte sie. »Sie ist

durch das Land gereist, von Rennes nach Carhaix. Wir sind viel umhergezogen; deine Großmutter hat wohl einfach nicht von uns gehört.«

»Du bist eine verdammte Lügnerin, Fremde.«

»Nein! Es ist wahr.«

Er seufzte und ließ sie los. Er ging zu seinen Satteltaschen, durchwühlte sie und nahm eine Schnur heraus. Er sah bekümmert aus, als er sich ihr damit zuwandte.

Deidre warf einen besorgten Blick auf das Seil. »Was habt Ihr damit vor?«

»Ach, Mädchen. Du lässt mir keine andere Wahl. Ich werde dich so lange an den Baum binden, bis du mir die Wahrheit sagst. Wer du bist, woher du kommst und warum du hier bist.«

Deidre machte einen Sprung zur Seite und versuchte die Entfernung bis zu ihrem Pferd abzuschätzen. Gilead stand zwischen Winger und ihr – das würde sie niemals schaffen.

Er kam auf sie zu, das Seil baumelte in seiner Hand. Deidre wich zurück.

»Ich will das nicht tun müssen. Sag mir die Wahrheit, Mädchen.«

»Das … habe ich.« Sie machte noch einen Schritt zurück und dann zur Seite. Vielleicht wenn sie um ihn herum … die Pferde zwischen sie bringen konnte, dann hätte sie vielleicht eine Chance.

Er folgte ihrer Bewegung. »Du weißt, dass du mir nicht entkommen kannst.«

Deidre setzte in die andere Richtung an, verfolgte jede seiner Bewegungen. Noch ein paar Schritte und sie könnte um den Baum laufen, Malcolm zwischen sich und ihn bringen und zu Winger sprinten.

Er ahmte ihre Bewegungen nach und hob die Augenbrauen. »Soll das jetzt ein Spiel werden?«

Und was für eines. Sie machte einen Schritt zur Seite, die Augen auf ihn gerichtet.

Seine Mundwinkel zuckten, er folgte ihr. Deidre machte einen Schritt zurück, er einen nach vorne. Zwei weitere Schritte, er tat das Gleiche. *Merde! Er spielt Katz und Maus mit mir, und es gefällt ihm auch noch.* Natürlich, er ist ja auch nicht derjenige, der an den Baum gefesselt werden sollte.

Dann wurde ihr klar, was er tat. Er hatte sie rückwärts gehen lassen und hatte so dafür gesorgt, dass sie sich langsam, aber sicher von den Pferden entfernte. Der Abstand zwischen ihr und Winger wuchs. Deidre fluchte in sich hinein, dann fielen ihre Augen auf das Mondlicht, das sich im Steinkreis brach. Der Steinkreis! In seinem Inneren war irgendeine Energie. Sie wusste, dass sie eine magische Anziehungskraft gespürt hatte. Vielleicht konnte sie ihm entkommen, wenn sie versuchte, im Zickzack durch die Hinkelsteine zu laufen. Sie rannte los.

Noch bevor sie die Hälfte hinter sich gebracht hatte, fing er sie ab. Ein starker Arm umfing ihre Hüfte, und bevor sie fallen konnte, hatte er sie hochgehoben und über seine Schulter gelegt. Eine Hand strich über ihren Rumpf, während der andere Arm ihre Beine fest gegen seinen Bauch gepresst hielt. Damit hatte sich also auch die Möglichkeit, ihn zwischen die Beine zu treten, erübrigt, sie konnte die Beine kaum einen Millimeter rühren. Er wusste genau, wie er sie halten musste – wie viele Frauen hatte er schon so getragen?

»Lasst mich runter!« Sie bearbeitete seinen Rücken mit ihren Fäusten und bekam dafür im Gegenzug einen festen Klaps auf den Hintern. Das Leder der Trews verstärkte das nur noch. Dieses eine Mal wäre sie froh gewesen um die vielen Lagen der ihr verhassten Röcke. »Au!« Sie verdoppelte ihre Schläge, nur um einen weiteren stechenden Klaps zu bekommen.

»Ich will dir nicht weh tun, Dee«, sagte Gilead, als sie sich dem Baum näherten und er sie an sich hinabgleiten ließ und sie an den Händen auffing. Sie versuchte kurz, sich loszumachen, was nur dazu führte, dass er sie mit dem Gewicht seines Körpers gegen den Baumstamm drückte. Sie fühlte, wie seine harte Erektion ihren Bauch streifte, aber er schob schnell seine Hüften von ihr weg. Geschickt schlang er das Seil um ihr Handgelenk, wand das Seil um den Baum, fing es mit der anderen Hand wieder auf und band ihr anderes Handgelenk damit fest. Er ließ es locker genug, dass sie ihre Arme etwas heben konnte, aber es genügte nicht, dass ihre Hände sich berührten.

Deidre warf ihm böse Blicke zu, als er die Pferde absattelte und sie festmachte. Er wühlte in einer der Satteltaschen und brachte einen Behälter mit Wasser zum Vorschein.

»Bist du durstig?«, fragte er.

Nach all ihren Anstrengungen war sie tatsächlich durstig, aber das würde sie ihm sicher nicht sagen. »Nein, danke.«

Er hob eine Augenbraue und nahm dann selbst einen langen Schluck. Deidre konnte das Wasser fast schmecken, aber sie wandte die Augen ab, als er ihr den Behälter fragend entgegenhielt.

Gilead zuckte die Schultern und verstaute das Wasser wieder. Er breitete die Pferdedecken aus und legte seine Decke darauf aus. Er sah sie an. »Es wird in den Morgenstunden sehr kalt werden. Soll ich meinen Überwurf um dich wickeln?«

Deidre starrte ihn an. »Du hast doch nicht vor, mich hier die ganze Nacht stehen zu lassen?«

Gilead gähnte. »Nur ein paar Stunden, bis es dämmert. Wenn du mir jetzt nicht die Wahrheit sagst, werde ich ein paar Stunden schlafen.«

»Ich habe die Wahrheit gesagt.« Lieber Himmel, wie sollte sie im Stehen schlafen?

»Nun denn. Vielleicht hast du es dir bis zum Morgen anders

überlegt«, sagte Gilead. Er wickelte seinen Überwurf aus und legte ihn ihr über Brust und Schultern, griff dann um ihren Nacken, um ihn mit der Nadel zu befestigen. Er schob ihn an den Seiten fest. »So. Wenn du dich nicht allzu viel bewegst, hast du es warm.«

»Wie soll ich mich denn überhaupt bewegen. Gilead, mach mich los. Bitte. Ich verspreche, nicht wegzulaufen.«

Er lachte. »Ja. Ich werde auch nicht aufwachen, wenn mir ein Dolch im Herzen steckt.«

»Ich könnte dich niemals töten!«

»Wenn du eine Spionin bist, wohl schon.«

Deidre stampfte wütend mit dem Fuß auf. Der Überwurf fiel an dieser Seite herab und ließ die kühle Nachtluft in ihren Kokon ein. »Dann fessle mich an dich, wenn es denn sein muss.«

Gilead steckte das Ende des Tuchs um ihren Schenkel herum wieder fest und richtete sich auf. »Wenn ich das tun würde, käme keiner von uns beiden zum Schlafen.« Einen Augenblick lang blieb sein Blick auf ihren Lippen ruhen, und er beugte seinen Kopf etwas zu ihr hinab.

Deidre funkelte ihn an. Wollte er sie jetzt etwa küssen? Sie war rasend vor Wut. Wirklich. Ihr Atem ging schnell, und ihre verräterischen Lippen öffneten sich.

Er zögerte, nur ein paar Zentimeter von ihr entfernt. Dann nahm er ganz langsam ihr Gesicht in seine beiden Hände, beugte sich nach vorne und küsste sie sanft auf die Stirn.

»Gute Nacht, Dee. Wir sprechen am Morgen weiter.«

Deidre brauchte keine Stunde, um zu dem Schluss zu gelangen, dass ein Entgegenkommen sie weiterbringen würde als Heldenmut. Energischer Widerstand hatte nicht funktioniert. Gilead war eingeschlafen, verdammt noch mal, und sie wurde es müde, ihr Gewicht von einem Fuß auf den anderen zu verlagern. So wild entschlossen wie er war, könnten sie Tage hier verbringen, außer Angus würde einen Suchtrupp ausschicken. Sie zermarterte sich das Gehirn nach einer glaubwürdigen Geschichte, aber es wollte ihr nichts einfallen. Also bitte, wenn er unbedingt die Wahrheit wissen wollte, sollte er sie bekommen. Sie hoffte nur noch darauf, ihn zu überzeugen, dass sie keine fränkische Spionin war.

Sie presste ihren Rücken gegen den Stamm, beugte die Knie und rutschte so ein kleines Stück an der rauhen Rinde hinab. Weiter würde sie nicht kommen. Sie streckte ein Bein, und während sie mit dem Gleichgewicht kämpfte, versuchte sie Gileads Stiefel zu erreichen. Es fehlten nur ein paar Zentimeter. Sie murmelte eine Reihe von Kraftausdrücken, die Clotilde einer Ohnmacht nahegebracht hätten, und ließ sich schmerzhaft ein weiteres Stück sinken. Jetzt. Gerade so. Sie stieß ihn an.

Gilead ächzte und drehte sich um und rollte mit seinem Bein auf ihren Fuß. Aha. Deidre trat ihn so fest sie konnte.

Er schrie auf und schreckte mit dem Dolch in der Hand hoch. Er sah sich verstört um und blickte dann zu ihr. »Hast du mich geweckt?«

Deidre verkniff sich ihren gesalzenen Kommentar. »Ich will Euch die Wahrheit sagen.«

Er sah sie aufmerksam an. »Wenn das wieder eine von diesen …«

Schnell schüttelte sie den Kopf. »Ist es nicht. Bitte löst meine Fesseln.«

»Ich sollte dich im Stehen zum Reden bringen.« Er murmelte etwas auf Gälisch, ging auf sie zu, schob den Dolch zwischen sie und ihr Handgelenk. »Halt mich nicht zum Narren.«

Deidre rieb sich das Handgelenk und ließ sich zu Boden sinken. Das Gras hatte sich noch nie weicher angefühlt. »Kann ich zuerst etwas Wasser haben?«

Schweigend reichte er es ihr. Deidre versuchte es nicht in allzu großen Schlucken zu trinken, aber sie war völlig ausgetrocknet, und etwas Wasser lief ihr über das Kinn. Sie wischte es mit ihrem Handrücken ab und gab ihm das Wasser zurück.

Gilead legte es neben sich ab. »Sprich, Fremde.«

Deidre zog sein Schottentuch enger um sich. Sein Geruch hatte etwas Tröstliches. Sie nahm einen tiefen Atemzug.

»Ich bin die Cousine von King Childebert von Gaul.«

Gileads Augen verengten sich. »Nicht sächsisch, aber trotzdem eine Spionin.«

»Keine Spionin. Meine Mutter, die Schwester von Königin Clovis, entstammt einer adligen Familie, die sich der Aufgabe gewidmet hat, die Weisheit und Wahrheit der Göttin am Leben zu erhalten.« Sie hielt inne.

»Fahr fort.«

»Der Schlüssel zu dieser Weisheit liegt im Stein der Weisen. Es war die Aufgabe meiner Mutter – und die ihrer Priesterinnen –, ihn zu bewahren und zu schützen. Vor ein paar Jahren wurde er von einem Zauberer gestohlen.«

Gilead sah verwirrt aus. »Und seitdem wart ihr auf der Suche nach diesem Stein?«

Deidre schüttelte den Kopf. »Zunächst schon. Aber der Zauberer war mächtiger, als wir dachten. Vielleicht war er ein Druide, dessen Kraft sehr stark ist, aber noch nicht einmal unsere älteste Seherin konnte erkennen, wo der Stein versteckt war. Dann hat sich meine Mutter umgebracht. Die Priesterinnen, die in der Obhut meiner Mutter waren, machten sich auf in die Provence, nach Rennes-le-Château, und ich wurde an Childeberts Hof gebracht.«

»Ich verstehe noch nicht ganz. Warum bist du hier?«

»Als Childebert die Nachricht erreichte, dass einer der englischen Bischöfe die Suche nach einem Gral, den Christus benutzt haben soll, in Gang gebracht hatte, ist meinem Cousin der Stein wieder eingefallen. Er wollte, dass er aufgespürt wurde, damit er ihn Rom übergeben konnte, und dafür belohnt würde.«

Gilead sah sie skeptisch an. »Und dazu hat er eine Frau ausgesandt?«

»Nein. Er wollte meine Gabe als Seherin …«

»Du hast die Gabe? Es ist nicht sehr klug, das zu erwähnen. Es sind zu viele christlichen Glaubenseiferer unterwegs, die Jagd darauf machen.«

»Ich weiß.« Deidre versuchte, nicht ungeduldig zu werden. »Deshalb wollte ich es Euch nicht sagen. Ich habe seine Männer in die falsche Richtung geschickt. Der Stein ist hier. Ich fühle es.« Sie fuhr fort und erzählte ihm die ganze Geschichte, und schloss dann leise: »All die Jahre habe ich gedacht, der Zauberer würde den Stein bewahren, weil ich sein Buch hatte.«

Gilead sah sie erstaunt an. »Du führst Magie auch aus?«

»Nein! Im Buch geht es um …« Ihre Stimme verlor sich. Wie konnte sie ihm von Rittern in ihrer Rüstung erzählen, die Jungfrauen retteten und ihnen Treue schworen? Er würde sie für völlig verrückt halten oder noch schlimmer, sie wegen ihrer Laune verlachen, weil sie den Kopf voller Träumereien hatte. Vielleicht konnte sie ihm einige der Probleme erzählen, die skizziert wurden. »Im Buch heißt es, dass Nachfahren eines Mannes namens Cerdic Britannien erobern werden …«

»Cerdic?«, fragte Gilead geschockt. »Eine sächsische Seuche, er ist bereits im Süden. Du *bist* eine Spionin.«

»*Nein!*« Deidre zermarterte sich das Gehirn, wie sie ihn überzeugen konnte, und dann hatte sie eine Eingebung. »Hat Turius nicht gesagt, dass Gunpar sächsische Langboote gesichtet hat?« Als er nickte, fuhr sie fort. »Der Name ihres Anführers ist Ida.« Hoffentlich stimmte das; sie hatte die Teile des Buchs überflogen, die sie nicht wirklich interessiert hatten, immer auf der Suche nach romantischen Zwischenspielen zwischen Lancelot und Gwenhwyfar. »Ida wird bei Lothian Land erobern und noch weitere Familien herbringen.« Nachdenklich runzelte sie die Stirn. »Bald.«

Gilead sah besorgt aus. »Du solltest nicht so sprechen, Dee. Hexen werden verbrannt.«

Tränen schossen ihr in die Augen. »Ich bin keine Hexe. Ich bin nur auf der Suche nach dem Stein, der in seine Grotte zurückkehren muss und nicht in die falschen Hände geraten darf.« Sie rückte von ihm ab und legte ihre Faust vor ihren Mund, krampfhaft bemüht, ihre Tränen zurückzuhalten. »Ich wusste, dass du mir nicht glauben würdest. Deswegen habe ich die Geschichte mit den Wegelagerern erfunden. Meine Eskorte wurde von Turius' Männern überfallen, und ich wusste nicht, ob sie Freund oder Feind sind.« Tränen strömten ihr plötzlich aus den Augen, und sie schluchzte. »Ich hatte Angst, ihr würdet mich in den Kerker sperren oder mich zu Childebert zurückschicken.«

Sie fühlte tröstende Hände auf ihren Schultern, als Gilead sie zu sich herumdrehte und sie an seine Brust drückte. Deidre legte ihre Arme um seine Hüfte und vergrub ihr Gesicht in seiner Schulter. Er strich ihr übers Haar und murmelte beruhigende Worte, als würde er ein launisches Pferd besänftigen. Zweifellos musste er denken, sie sei eine völlig übergeschnappte Irre, die zu nicht vorhandener Musik tanzte und mit der Luft sprach.

»Ganz ruhig, Mädchen. Heul dich aus«, sagte er und wiegte sie sanft in seinen Armen. »Von mir hast du nichts zu fürchten. Dein Geheimnis ist bei mir sicher. Ich halte dich nicht für eine Spionin.«

Deidre hob ihr tränenverschmiertes Gesicht. »Tut … tust du nicht?«, fragte sie voller Zweifel.

»Nein.« Mit seinem Daumen wischte er ihre Tränen erst von der einen, dann von der anderen Wange. »Und ich halte dich auch nicht für eine Hexe.« Seine Finger glitten leicht an ihrer Wange hinab und zeichneten die Konturen ihres Mundes nach, während er sie ansah. Einen Augenblick lang schien für die beiden die Zeit stillzustehen, und dann senkte er seinen Mund auf ihren, als er sie fest in seine Arme zog.

Gilead küsste sie sanft. Seine warmen Lippen quälten die ihren, als er spielerisch an ihrer Unterlippe zupfte, die Mundwinkel erkundete und einen leichten Druck auf ihre vollen Lippen ausübte. Tief aus ihrem Inneren entrang Deidre ein Seufzer wie aus Urzeiten; sie rückte näher und presste ihren verlangenden Busen an seine breite Brust. Gilead ließ seine Hände an ihrem Rücken hinabgleiten, über ihre Hüften und umfasste ihren Hintern, während er sie fest an sich zog. Er stöhnte aus tiefer Kehle auf, als seine Zunge Einlass in ihren Mund fand und in diese warme, feuchte Höhle eintauchte. Seine Küsse waren jetzt heiß und fordernd, hatten alles Spielerische verloren. Seine Zunge war wie das Versprechen, was seine Männlichkeit, die gegen ihren Hügel pulsierte, mit ihr tun könnte. Ihr ganzer Körper prickelte, als würden tausend winzige Flammen auf ihrer Haut brennen.

Mit einem starken Schaudern löste sich Gilead von ihr. Er stand keuchend da, die Hände auf den Knien. Deidre starrte ihn fassungslos an. Wie konnte er sie so nah an den Rand – was es genau war, wusste sie nicht, aber ihr ganzer Körper pulsierte – und dann plötzlich aufhören?

»Du hast es schon wieder getan«, murmelte er. »Vielleicht bist du doch eine Hexe.«

Ihr Gesicht brannte, und sie war froh, dass der Mond hinter einer Wolke verschwunden war. Wahrscheinlich dachte er, sie führte ihn an der Nase herum, um wieder für Niall an ihm »zu üben«. Dieser verdammte Stolz! Sie würde nach Hause gehen. Sie ging zu Winger hinüber und hob den Sattel auf.

»Ich mache das.« Seine Stimme zitterte, als er ihn ihr abnahm und über den Rücken des Pferdes warf. Er blieb stumm, als er Malcolm sattelte und die Satteltaschen festmachte. Als sie im Sattel saß, blickte er zu ihr auf.

»Ich habe dir schon gesagt, dass du bei mir nichts zu fürchten hast«, sagte er mit dunkler Stimme, »und ich hätte beinahe die Kontrolle verloren. Ich respektiere dich.« Er reichte ihr die Zügel. »Es wird nicht wieder vorkommen.«

Deidre biss sich frustriert auf die Lippen und wünschte sich verzweifelt, dass er ein bisschen mehr von den lüsternen Trieben seines Vaters geerbt hätte. Jeder einzelne Nerv in ihrem Körper verlangte nach Befriedigung, aber Gilead war auf dem Nachhauseweg der perfekte Gentleman.

Merde.

Gilead war mit den Pferden fertig und hatte die Sattel auf ihre Stangen gehängt. Er und Deidre waren kurz vor Sonnenaufgang bei derFestung angekommen, und er hatte sie in ihr Zimmer geschickt, bevor das Haus begann, sich zu regen. Das Letzte, was er wollte, war jemandem, am allerwenigsten seinem Vater, erklären zu müssen, was sich in der Nacht zugetragen hatte. Besser niemand fände heraus, dass auch nur einer von ihnen weg gewesen war.

Er wusste nicht, was er von ihrer Geschichte halten sollte. Eine ganze Gruppe von Priesterinnen, die sich in der Languedoc versteckt hielten und einen verlorenen Schatz aus Salomons Tempel bewachten? Wie lange würde es dauern, bis fränkische Soldaten ausgeschickt würden, um sie zu finden? Er würde ihr Geheimnis bewahren, aber wenn sie nach ihr suchten, würde sein Vater sie aushändigen. Ein Krieg mit Gaul musste nicht auch noch auf ihrer Liste mit Problemen stehen. Aber was Gilead jetzt am meisten beschäftigte, war ihre Vorhersage, die entweder dem Buch oder ihrer Gabe entsprungen war.

Das musste aufhören. Deidre hatte ohnehin schon Aufsehen erregt, weil sie aussah wie eine Sächsin und einen Dialekt sprach, den auch Turius nicht wirklich einordnen konnte. Jetzt war natürlich klar, warum, denn sie hatten wenig mit den Franken zu tun. Fremde wurden von den Schotten nicht schnell akzeptiert, schlicht weil sie aus einem anderen Land stammten, aber wenn Deidre herumerzählte, was passieren würde – und damit recht behielt –, würde sich dieses unsichere Gleichgewicht schnell in eine Anschuldigung der Hexerei verwandeln.

Sogar ihre eigenen Priesterinnen mussten heutzutage mit ihren heidnischen Bräuchen vorsichtig sein. Die Römer hatten das Christentum nach England gebracht, aber erst als St. Patrick in Irland erschienen war, hatten die Schotten diese Religion langsam akzeptiert. Manche der übereifrigen Priester waren nur zu bereit, jemanden aus den banalsten Gründen der Ketzerei anzuklagen, und eine Seherin – oder Praktizierende der Wahrsagerei, wie sie es nannten – war sicher ein Geschöpf des Teufels, zumindest in ihren Augen. Sogar die Zigeuner hielten sich versteckt.

Gilead wollte nicht, dass Deidre irgendein Schaden zugefügt wurde. Trotz seiner edlen Absichten wurde er von ihr angezogen wie eine Biene von der ersten Blüte des Frühlings. Und er hätte sie beinahe genommen letzte Nacht! Er versuchte, sich die Erinnerung aus dem Kopf zu schlagen, wie voll und weich sich ihr Busen an seiner Brust angefühlt hatte, oder wie einladend ihre vollen Lippen waren, oder an den süßen Geschmack ihrer Zunge, wenn sie mit seiner spielte. Sein Speer begann zu pulsieren, genau wie er es gestern getan hatte, als er ihn an ihren weichen Bauch gepresst hatte.

Er biss die Zähne zusammen. Ganz abgesehen davon, dass es von entscheidender Wichtigkeit war, das Bündnis mit Niall nicht zu gefährden, hatte Gilead kein Recht, sie zu veranlassen, ihren Schwur zu brechen. Und darauf würde es hinauslaufen, wenn es weiterginge, ob es ihm gefiel oder nicht. Sie war mit Niall verlobt. Sie hatte seinem Vater gesagt, dass sie zustimmte, und Gilead würde nicht wie sein Vater handeln und sie zu seinem Vergnügen zu seiner Geliebten machen.

Trotzdem erwartete ihr Vater, dass er sie überwachte. Das mindeste, was er tun konnte, war, sie zu beschützen.

Mit etwas leichterem Herzen ging er hinein, um sein Morgenmahl einzunehmen.

Kapitel 11

Geplatzte Träume

Während der nächsten Wochen mussten Deidres Versuche, sich einen neuen Fluchtplan zurechtzulegen, hinter ihre Sorge um Elen zurücktreten. Gileads Mutter schien mit jedem Tag schwächer zu werden.

»Auch ich mache mir Sorgen«, sagte Gilead, als sie ihn eines Morgens nach seinem täglichen Besuch darauf ansprach. Er öffnete die Tür zur Küche, und Deidre trat mit Elens kaum angerührtem Frühstückstablett ein.

»Das Einzige, was mir noch einfällt, ist, dass ich alles, was Eure Mutter zu sich nimmt, vorher koste«, sagte Deidre. »Sollte ich krank werden, wissen wir, dass jemand versucht, sie zu vergiften.«

Ehe er antworten konnte, warf sich ein enormes Bündel aus grauem Selbstgestricktem und weißem Leinen quer durch den Raum auf sie zu und schleuderte mit gälischen Flüchen um sich.

»Das wird dir leidtun, Fremde«, brüllte Meara und schwenkte ein Schlachtermesser. »Ich lasse mich nicht beschuldigen, die arme Frau des Laird zu vergiften!«

Gilead schob Deidre hinter sich und griff nach dem dicken Arm der Köchin. Sein Daumen fand den Punkt zischen ihren Knöcheln, und sie ließ das riesige Messer fallen und funkelte ihn böse an.

»Ich dulde nicht, dass hier jemand verletzt wird«, erklärte er ruhig. »Ist das klar?«

»Es ist ihre Schuld, wenn sie mir solche Vorwürfe macht«, schnüffelte sie.

»Das hat Dee überhaupt nicht gemeint.«

»Das ist wahr«, sagte Deidre und trat hinter seinem beruhigend breiten, starken Rücken hervor. »Ich weiß, wie sehr Ihr Euch um Lady Elen sorgt. Vielleicht könntet Ihr uns sogar helfen.«

Meara sah sie misstrauisch an. »Wie das?«

»Ich glaube, irgendjemand versucht absichtlich Mylady aus dem Weg zu schaffen, und will, dass es wie ein Unfall aussieht. Ihr Essen zu vergiften wäre einfach. Vielleicht könntet Ihr Sorge tragen, dass ihr Essen direkt von Euch zu ihr gelangt, dann hätte niemand die Möglichkeit, irgendetwas hineinzumischen, oder?«

»Ein interessanter Gedanke«, sagte Formorian, mit einem leeren Becher in die Küche tretend. »Denkst du wirklich, dass jemand versucht, Gileads Mutter umzubringen?«

»Man kann deutlich sehen, dass etwas mit ihr nicht stimmt«, antwortete Deidre.

Gilead sah die Königin mit kalten Augen an. »Es scheint ihr schlechter zu gehen, wenn Ihr hier seid.«

Formorian sah ihn lange an und zuckte dann mit den Schultern, während sie sich frische Ziegenmilch aus dem Krug auf der Theke einschenkte. »Ich weiß, dass Ihr mir keinen Glauben schenken werdet, aber ich wünsche Eurer Mutter nichts Schlechtes.« Sie hob den Becher zu einem angedeuteten Toast und verließ die Küche.

Meara wandte sich an Gilead. »Ja, Mylord. Auf die sollte man ein Auge haben, aber sie war noch nie in meiner Küche.« Sie starrte Deidre an. »Hier ist niemand willkommen außer der Laird und Mylady.« Sie bückte sich und griff nach ihrem Messer, und Deidre machte unwillkürlich einen Schritt zurück. »Aber von nun an werde ich Mylady ihr Essen selbst bringen.«

»Hab Dank«, sagte Gilead, nahm Deidres Arm und führte sie in den Saal.

»Ich bin froh, dass Formorian das gehört hat«, sagte Deidre, als sie außer Hörweite der Küche waren. »Wenn sie weiß, dass Ihr sie verdächtigt, hört sie vielleicht damit auf.«

Gilead schüttelte den Kopf. »Ich hätte meinen Mund halten sollen. Sollte sie dahinterstecken, wird sie es nun umso geschickter zu verbergen wissen.«

»Diese Vorfälle geschehen immer, wenn sie hier ist«, erinnerte ihn Deidre und zögerte dann, bevor sie hinzufügte. »Denkt Ihr, sie handelt allein?«

Er warf ihr einen Seitenblick zu »Meinst du, mein Vater hat seine Hände im Spiel?« Sie fühlte, wie sie errötete. »Daran möchte ich gar nicht denken.«

»Dann lass es.« Er ging zur Tür, drehte sich dann aber noch einmal um. »Vielleicht herrscht keine große Liebe zwischen meinen Eltern, aber ich halte ihn nicht für fähig, meine Mutter zu ermorden.« Ein Muskel spannte sich in seinem Kiefer, und er straffte die Schultern. »Aber du hast Gelegenheit, deinen Verdacht auf die Probe zu stellen. Vater und ich brechen morgen nach Piktland auf.«

Deidre sah ihn überrascht an. »Hat Euer Vater denn keinen Boten geschickt?«

Gilead nickte. »Turius will mit Gunpar über die Langboote der Sachsen sprechen, und Vater hält es für wichtig, ihn zu begleiten, um ihr Bündnis zu besiegeln. Auch Niall wird dabei sein. Wenn es meiner Mutter in dieser Zeit besser geht …«

»Ich habe nicht gemeint, dass Euren Vater irgendeine Schuld trifft«, sagte Deidre sanft. »Abgesehen davon ist Formorian jetzt gewarnt.«

Gilead schenkte ihr ein kleines Lächeln. »Ja. Wir werden abwarten müssen, dann wird es sich wohl zeigen.«

Deidre blickte ihm hinterher, als er durch die Tür trat und in Richtung der Ställe ging. Abwarten und Tee trinken. Sie hoffte nur, dass Lady Elen und sie selbst noch gesund und am Leben wären, wenn er zurückkehrte.

Deidre versuchte, Niall beim gemeinsamen Mahl am Abend vor ihrer Abreise nicht zu beachten. Wie gewöhnlich saß sie neben Lady Elen, aber heute Nacht war es Niall gelungen, sich den Platz an ihrer anderen Seite zu sichern. Seine Hand wanderte immer wieder zu ihrem Schenkel, und sie war schwer versucht, diese Hand mit ihrem Fleischmesser dauerhaft an seinen Stuhl zu nageln. Allerdings würde ihr später wohl niemand glauben, dass es sich dabei um einen Unfall gehandelt hatte. Sie rutschte von ihm weg und näher zu Lady Elen.

Seine Miene verdunkelte sich, und sein Lächeln ließ ihn nur noch unheimlicher erscheinen. »Lange wirst du mir nicht mehr ausweichen können, mein Mädchen. Es sind nur noch drei Wochen bis Lugnasad. Merk dir das.«

Durch einen überraschten Ausruf von Formorian auf der anderen Seite des Tisches wurde sie vor einer Antwort bewahrt.

»Was soll das heißen, mein Vater wird sich nicht mit dir verbünden?«

Angus zuckte die Schultern. »Er hat seine Meinung geändert. Comgalls Bote ist vor zwei Tagen angekommen. Seine Männer haben bereits Stellung bezogen, um Fergus' Angriff an der Grenze abzufangen. Meine eigenen Truppen werden morgen mit uns losziehen. Der Kundschafter deines Vaters ist heute Morgen eingetroffen.«

Formorian klopfte mit ihren spitzen Finger auf den Holztisch und schaute nachdenklich ins Leere. »Hat er gesagt, warum?«

»Nur, dass er es für töricht hält, sowohl sein als auch Comgalls Land unbewacht zu lassen.«

»Hmmm. Dann vermutet er wohl eine Intrige.« Sie wandte sich an Turius. »Was denkst du?«

Er schwieg einen Moment, bevor er antwortete. »Ich halte deinen Gedanken, dass Fergus Angus von drei Seiten umzingeln will, für durchaus plausibel. Das Meer im Osten zu erreichen, wäre für ihn ein Segen, und ich bezweifle, dass er sein Heer aufteilen wird. Eine Machtdemonstration wäre nötig, um Gunpar klarzumachen, dass ihm nichts anderes bleibt, als sich zu fügen. Momentan weiß er noch nicht, dass ihn schottische Truppen erwarten. Trotzdem«, er unterbrach sich, und fuhr dann fort, »wenn wir falsch liegen, gewähren wir Fergus im Süden freien Durchgang direkt bis nach Oengus. Er würde hier einige meiner Truppen vorfinden, aber er würde Anspruch auf alle Ländereien erheben, die er durchquert, und es wird schwierig, ihm das wieder streitig zu machen. Alles in allem ist es wohl eine weise Entscheidung deines Vaters, zunächst zurückzubleiben.«

»Dem stimme ich zu«, sagte Angus, »vor allem, weil wir uns bereits mit Gunpar verbündet haben. Wenn Fergus nach Norden zieht, können wir ihn ohne deinen Vater aufhalten. Wenn er in den Süden zieht, wird ihn dort Gabran erwarten.«

Niall war sehr still geworden. Zunächst war Deidre nur erleichtert, dass seine anzüglichen Bemerkungen aufgehört hatten und er seine Hände bei sich behielt, aber jetzt bemerkte sie, dass er unter seiner wettergegerbten Haut blass geworden war.

»Mylord«, presste er hervor, »ich fürchte, ich habe etwas gegessen, das mir nicht bekommt.« – »Wenn Ihr mich entschuldigt, ich glaube, ich werde am besten nach Hause reiten.«

Deidre war erleichtert, dass er die Nacht nicht wie geplant im Gästezimmer verbringen würde. Zumindest musste sie dann nicht fürchten, dass er ihr in den Gängen auflauerte.

Angus sah ihn aus schmalen Augenschlitzen scharf an. »Wirst du morgen mit uns ziehen?«

Niall zögerte, als wäre er unentschlossen. Schließlich nickte er. »Ja. Morgen geht es mir sicher besser.«

Deidre fing Gileads Blick auf. Er sah besorgt aus, und dann wurde ihr auch klar, warum. Wenn Turius, Angus und Gilead nicht hier waren, wer würde sie dann beschützen, sollte Niall als Einziger zurückbleiben?

Gilead wurde es leichter ums Herz, als Niall am nächsten Tag tatsächlich erschien. Mit dem Essen war alles in Ordnung gewesen, auch war sonst niemand krank geworden, noch nicht einmal seine Mutter. Er hatte sich schon darauf eingestellt, auf stur zu schalten und nicht mitzureiten, falls Niall zurückbleiben sollte, aber jetzt war ein Streit mit seinem Vater nicht mehr nötig.

Der Ritt nach Norden durch die Ochil Hills verlief reibungslos, die sanften Hügel leuchteten in sommerlichem Grün. Schimmernde Wellen purpurroten Heidekrauts schwankten in der munteren Brise, die über das Moor strich, und als sie sich der alten römischen Stadt Bertha näherten, erfüllte der Geruch von Salz, der vom Firth of Tay hereinwehte, die Luft mit seinem Duft.

Gunpar erwartete sie einige Meilen den Fluss hinab, dort, wo er mit dem Almond zusammenfloss. Ungesattelt saßen er und seine Krieger auf zotteligen Bergponys, blau bemalt mit Färberweide, und boten, halb nackt, wie sie waren, einen großartigen Anblick. Von den seltsamen Speeren, die sie trugen, ganz zu schweigen.

Der Pikte knurrte nur, als Angus Niall vorstellte, und bedeutete ihnen, ihm zu folgen. Als sie zu seinem Lagerplatz vordrangen, war Gilead erstaunt darüber, wie sich sein Heer vergrößerte und nach und nach immer mehr der kleinen dunklen Pikten zu ihnen stießen. Sie schienen leise aus dem Nichts aufzutauchen, eine der Fähigkeiten, die sie so gefährlich machten. Von Natur aus Nomaden, folgten sie ihren Schafherden von den hohen Weiden zu den tiefer gelegenen, und hatten dabei die Fähigkeit entwickelt, sich an alles anzupassen, was die Natur ihnen bot. Plötzlich fand sich der unwissende Reisende seines Transportmittels, seiner Güter und seiner Kleider beraubt, wenn er das Glück hatte, am Leben zu bleiben. Meistens hatte er es nicht.

Gunpars Frau, ein anmutiges Weib mit auffällig weißen Zähnen in ihrem dunklen Gesicht, brachte ihnen einen starken Trank, der nach Honig schmeckte, als sie sich im größten Zelt niedergelassen hatten.

»Met?«, fragte Angus überrascht. »Wie kommt Ihr an ein Getränk der Sachsen?«

Die Mundwinkel seines Gastgebers zuckten, es war beinahe ein Grinsen. »Die Hellhaarigen sind ein eitles Volk. Sie schickten nur ein Langboot, um die Bucht zu erkunden.« Er zuckte die Schultern. »Beinahe wäre es ihnen gelungen.«

Turius beugte sich zu ihm. »Wie lange ist das her?«

Gunpars Stirn legte sich in Denkerfalten. »Weniger als zwei Wochen.«

»Dann sind sie also nah«, sagte Turius sanft. »Habt Ihr seitdem noch mehr von ihnen gesehen?«

»Der Horizont ist leer«, antwortete Gunpar, »aber der Kapitän des Gefährts war so freundlich, mir die Informationen zu geben, die ich wollte.«

Der makabre Zug um seinen Mund und der kalte Blick in seinen Augen straften den Ton seiner Stimme Lügen. Gilead versuchte, nicht daran zu denken, warum er so »freundlich« gewesen war, ihm die Information zukommen zu lassen. Die Normannen waren furchterregende Krieger; er hatte noch nie gehört, dass sich einer ergeben hätte; ganz sicher würde keiner von ihnen freiwillig etwas verraten. Aber es hatte wohl einigen

Einfluss auf die Zunge eines Mannes, wenn er langsam bei lebendigen Leib geschlachtet wurde. Zumindest solange er sie noch hatte.

»Was habt Ihr herausgefunden?«, fragte Turius.

»Hungersnöte haben ihre Länder in den letzten beiden Jahren heimgesucht. Sie wollen sich entlang der Küste niederlassen.« Gunpar gestattete sich ein angedeutetes Lächeln. »Der einzige Überlebende hat ihnen folgende Nachricht überbracht: ›Nicht an meiner Küste.‹ Dann bleibt nur noch Eure, Angus. Ihr tut klug daran, Euch zu wappnen.«

»Das haben wir vor«, antwortete Angus. »Wenn wir uns auf Euch verlassen können, Fergus' Vorstöße abzuwehren.«

Gunpar machte ein kehliges Geräusch. »Ich gewähre ihm kein einziges Stück Land. Und dir auch nicht«, sagte er dann mit drohendem Unterton zu Angus.

»Schön und gut. Wenn Ihr Euch daran haltet, kann ich mich darauf konzentrieren, die Barbaren aus dem Norden fernzuhalten. Hat Euer Mann gesagt, wie viele kommen werden?«

»Fast fünftausend habe ich schließlich aus ihm herausbekommen.«

Angus zog den Atem ein, und sogar Turius sah beunruhigt aus. »Das sind mehr als fünfhundert Schiffe«, stellte Angus fest.

»Die man kaum verstecken kann«, gab Turius zurück. »Sie müssen hinter dem Horizont warten, bis es Nacht wird und dann unbekannte Ufer einnehmen.«

»Das ist auch sicher der Grund, warum sie das Kundschafterschiff ausgeschickt haben«, antwortete Gunpar und winkte nach einer weiteren Runde des Tranks.

Angus warf Gilead einen fragenden Blick zu, und er wusste, sein Vater dachte, dass sie möglicherweise bereits jetzt einen Spion in ihrer Mitte sitzen hatten, der den Sachsen Nachrichten zukommen ließ. Aber Gilead war sich mittlerweile sicherer denn je, dass Deidre kein Spitzel war. Er schüttelte ganz leicht den Kopf.

Angus drehte sich um und nahm einen Becher von Gunpars hübscher Frau entgegen; zu Gileads Erleichterung dankte er ihr respektvoll und sah sie dabei kaum an. In dieser gespannten Situation war es nur klug, den Anstand zu wahren. Auch inklusive ihrer schwerbewaffneten Wache waren sie zahlenmäßig schlicht unterlegen, und ihr Bündnis mit den Pikten war bestenfalls zweifelhaft.

Niall dagegen warf ihr anzügliche Blicke zu; es gelang ihm sogar, ihre Hand zu streifen, als sie ihm einen Becher reichte, den er dann in Rekordzeit leerte. Gunpars Augen verengten sich leicht, und seine Hand wanderte zu dem Messer, das er am Gürtel trug. Ein Bild von Niall, wie er mit aufgeschlitzter Kehle am Boden liegt, flackerte vor Gileads innerem Auge auf. Dann bliebe Dee diese Vermählung erspart. Er seufzte. Das Quälende daran war nur, dass sie es nicht riskieren konnten, die Wut des Piktenkönigs zu entzünden, und auch nicht die von Nialls Vater. Gilead griff nach seinem Becher und stieß ihn dabei versehentlich um. Der Inhalt floss direkt in Nialls Schritt. Dieser sprang mit einem Aufschrei auf. »Du verdammter Narr!«

»Verzeihung«, sagte Gilead, als er seinen Becher aufstellte. »Wie ungeschickt von mir.« Angus' Blick streifte über Gunpars Hand, dann sah er schnell zu seinem Sohn. Gilead hätte schwören können, dass er dabei fast lächelte.

»Vielleicht gehst du schon voraus, Niall, wir können das hier allein zu Ende bringen.«

Niall warf Angus einen mürrischen Blick zu und leerte seinen vierten Becher, bevor er ihn geräuschvoll abstellte. »Ich komme zurück.«

»Das ist nicht nötig«, sagte Turius ausdruckslos. Niall funkelte ihn an, aber Turius warf ihm den durchdringenden, nüchternen Blick zu, dem noch nicht einmal seine ältesten Befehlshaber zu widersprechen wagten. Niall stutzte einen Augenblick, machte dann auf dem Absatz kehrt und stürmte hinaus.

»Nun gut«, wandte sich Turius freundlich an Gunpar. »Wo waren wir stehengeblieben? Ach ja. Wisst Ihr, wer ihr Anführer ist?«

»Ein Mann namens Ida«, antwortete Gunpar.

Gilead überlief ein eiskalter Schauer, und die Haare an seinen Armen stellten sich auf. Ida? Das war der Name, den Dee ihm genannt hatte. Sein Magen zog sich zusammen, und er stellte seinen Kelch ab. Das konnte nicht wahr sein.

Dee konnte einfach keine Hexe sein. Oder doch?

Niall fluchte den ganzen Weg zurück zum schottischen Lager. Dieser Flegel von Sohn hatte den Met absichtlich über ihm ausgeschüttet. Er war sich ganz sicher. Gerade als er Gelegenheit gehabt hätte, Gunpars Weib anzufassen. Und wer weiß? Vielleicht hätte ihn das Weib später willkommen geheißen, wenn ihr Gemahl erst schlief. Er hatte gehört, dass die Frauen der Pikten sehr freizügig waren. Mit einer Piktin hatte er es noch nie getrieben. Die Frau sah schon mal nicht schlecht aus. Und er bezweifelte, dass sie jemals einen starken, schmucken Schotten wie ihn gehabt hatte. Er konnte sich sogar vorstellen, sanft mit ihr umzugehen, zumindest zu Beginn. Erneut stieß er eine Reihe von gälischen Beschimpfungen aus. Er hatte nicht genügend Zeit gehabt, um ihre Reaktion einzuschätzen, und so konnte er sie nicht einfach überraschen. Verdammter Gilead, immer durchkreuzte er seine Pläne.

Blieb nur zu hoffen, dass der Bote, den er letzte Nacht zu Fergus geschickt hatte, nachdem er seine Essensvergiftung vorgetäuscht hatte, rechtzeitig ankommen würde. Jetzt hatte es keinen Sinn mehr, einen Köder in den Norden zu schicken. Fergus würde alle seine Männer brauchen, um Gabrans Verteidigung gegenüberzutreten.

Auch Niall würde seine Männer zurückbehalten. Um Oengus zu verteidigen – das zumindest würde er Angus sagen. Was für eine glückliche Fügung, dass die Sachsen sowohl Angus als auch diesen überheblichen britischen König mit seinem scharfen Verstand auf Trab halten würden. Das würde es ihm und Fergus leichter machen.

Mit selbstzufriedenem Grinsen verfasste er einen weiteren Brief an Fergus und ließ ihn von einem seiner treuesten Gefolgsmänner überbringen. Zumindest so treu, wie Silbermünzen jemanden machen konnten. Außerdem wussten seine Boten, dass er, sollten sie ohne Antwort zurückkehrten, entweder ihre Frauen oder ihre Kinder töten lassen würde. In diesem Fall war der Mann frisch vermählt und ganz vernarrt in das junge Mädchen.

Niall entkorkte einen Weinschlauch und nahm einen tiefen Zug. Der Mann täte besser daran, eine Antwort zu bringen, zum Wohle aller. Andernfalls … Niall würde es nicht schlecht gefallen, sich an dem süßen Ding zu vergehen.

Als die Männer nach mehr als zwei Wochen zurückkehrten, sah Elen besser aus und fühlte sich stärker. Deidre war sehr erfreut darüber, dass es Elen sogar gelang, ihren Mann an diesem Abend in eine Unterhaltung zu verwickeln, obwohl Formorian an seiner anderen Seite saß.

»Was hast du getan, als wir weg waren?«, fragte Gilead überrascht, als er sich auf den Stuhl neben Deidre setzte. »Meine Mutter hat fast schon wieder ihre alte Energie zurück.«

Sie zuckte die Schulter, freute sich aber sehr über das Kompliment. »Vielleicht wissen die richtigen Leute, dass ich ihr Essen vorkoste. Sie war überhaupt nicht krank.«

Gilead lächelte sie an. »Ich wünschte, du könntest auch unsere Probleme mit Fergus Mor und den Sachsen so einfach regeln. Es wäre schön, endlich in Frieden leben zu können.«

Turius beugte sich über den Tisch zu Gilead. »Ein erhabener Gedanke. Aber eins ist sicher, der Frieden ist so schwer zu erlangen wie dieser verdammte Kelch, den einige meiner besten Männer schon seit einem Jahr für nichts und wieder nichts suchen, anstatt zu kämpfen.«

Gilead sah sich vorsichtig nach dem Priester seiner Mutter um, der am nächsten Tisch saß. »Wahrscheinlich tust du besser daran, den Gral nicht vor dem heiligen Mann zu verfluchen.«

Turius schnaubte verächtlich. »Bischof Dubricius glaubt, diese verdammte Reliquie sei ein Teil von König Salomons verlorenem Schatz. Zweifellos hat er das Gerücht gestreut, der Kelch habe Christus gehört, um jeden, der ihn finden könnte, gehörige Angst einzujagen. Er muss der Kirche zurückgegeben werden, behauptet er.« Turius füllte seinen eigenen Kelch nach. »Jeder Mann, der sich auf die Suche nach dem Gral macht, wird auch zu seiner Religion finden, sagt der Bischof.« Turius erlaubte sich ein kleines Lächeln. »Ich glaube, der wahre Grund, warum er ihn so sehr begehrt, ist, dass der Kelch so wertvoll ist, dass er ihn zu einem reichen Mann machen wird. *Falls* es ihn gibt.«

In diesem Augenblick schlug Drustan eine Reihe von Tönen an, die die Unterhaltung zum Stillstand brachten. Die eindringliche, schöne Melodie schwebte in der Luft und schien sogar die lebhaftesten Unterhaltungen zu beruhigen.

Turius wandte sich wieder Formorian zu, und Elen griff mit einem sanften Lächeln nach Gileads Hand.

Tief in Gedanken versunken bemerkte Deidre es kaum. Wieder dieser verlorene Kelch … der Kelch, der Jesus Christus gehört hatte. Konnte es sein … nein, natürlich nicht. So vieles von dem, was der unbekannte Autor in dem Buch beschrieben hatte, war nicht eingetroffen. Wieder hatte sie ihrer übereifrigen Phantasie freien Lauf gelassen. Aber sie fühlte, wie ihr Herz schneller schlug und wie ihr das Blut durch die Adern raste. Was wäre wenn … was wäre dann? Was, wenn es den Heiligen Gral wirklich gab? Und wenn sie dieser Pfad direkt zum Stein führen würde?

Dieser Gedanke ging ihr noch immer durch den Kopf, als sie am nächsten Morgen Gilead suchte. Sie fand ihn, als er gerade Malcolm striegelte.

»Erzähl mir mehr von diesem wertvollen Kelch, den Turius erwähnt hat.«

Er blickte kurz auf und kämmte dann weiter die Mähne des Hengsts. »Ich weiß nicht viel darüber. Eine christliche Reliquie, die verlorengegangen ist. Manche behaupten, der Kelch sei aus purem Gold. Das ist sicher der Grund, warum so viele Männer auf der Suche danach sind.«

»Könnte es der Kelch sein, aus dem Christus bei seinem letzten Abendmahl getrunken hat?«

Gilead richtete sich auf und sah sie an. »Wenn er ihm gehörte, nehme ich an, dass er ihn auch benutzt hat. Warum fragst du?«

Deidre zögerte und sagte dann: »In dem Buch von dem ich dir erzählt habe, gibt es eine Geschichte über etwas, das der Heilige Gral genannt wird. Hast du je davon gehört?« Als er den Kopf schüttelte, fuhr sie fort. »Angeblich hat Jesus daraus getrunken, und nachdem er gekreuzigt worden war, nahm Joseph von Arimathea den Kelch mit sich, als er nach Britannien segelte. Er errichtete ein Kloster in Ynys Gutrin bei Aguae Sulis, aber der Kelch verschwand bald darauf.«

Gilead legte die Stirn in Falten. »Das ist weit im Süden von Britannien. Wie kommt es, dass du dich mit diesen Orten so gut auskennst, Fremde?«

»Ich bin kein Spitzel«, sagte Deidre mit angespannten Nerven. »Ich dachte, du würdest mir glauben. Ich versuche dir zu sagen, dass dem Kelch heilende Kräfte nachgesagt werden. Alle, die daraus trinken, fühlen nur Wohlwollen gegenüber anderen Menschen, sogar gegenüber ihren Feinden. Verstehst du denn nicht? Wenn der Gral gefunden würde, müsste es keine Kriege mehr geben. Frieden würde einkehren.«

Gilead lächelte. »Das wäre die Suche sicherlich wert. Aber wahrscheinlich ist er noch schwerer zu finden als dein Stein, von dem du zumindest sicher weißt, dass es ihn gibt.«

»Lass mich zu Ende sprechen, bitte. Die Legende besagt, dass nur ein Mann von reinem Herzen den Gral finden kann. Parzival, den viele für einen Narren hielten, war einer von ihnen. Galahad, Lancelots Sohn, ein anderer. Lancelot war es erlaubt, ihn erblicken zu können, aber natürlich war er …«

»Halt! Wer sind all diese Menschen? Ich habe noch nie von ihnen gehört.«

»Lancelot war König Artus' bester Krieger und sein engster Freund«, begann Deidre, wurde aber schon wieder von Gilead unterbrochen.

»König Artus? Der einzige Artus, den ich kenne, ist Prinz von Dyfed. Meinst du den?«

Deidre starrte Gilead an und wurde dabei immer aufgeregter. Sollten die Geschichten in ihrem Buch also doch wahr sein? Vielleicht hatte sie einfach nur in der falschen Gegend gesucht. »Vielleicht«, sagte sie und versuchte das Zittern in ihrer Stimme zu verbergen. »Lebt er in einem Schloss namens Camelot?«

Gilead sah sie verwirrt an. »Meinst du Camulodunum?«

Der lateinische Name des Ortes – der Titel des Buches! Ihre Brust zog sich zusammen, und ihr Atem ging in kurzen Stößen. Es existierte! »Ja!«

Er runzelte die Stirn. »Camulodunum ist eine alte römische Siedlung, mittlerweile tief im Gebiet der Sachsen im Südosten von Britannien. Auf der anderen Seite des Landes von Dyfed.«

Sie zog die Augenbrauen zusammen. Nicht dasselbe also, aber sie würde sich von Gilead ihren Traum nicht so schnell zerstören lassen. »Vielleicht ist es doch nicht der gleiche Name. Erzählt mir mehr über Artus.«

»Er ist regelmäßig in Gwynedd und Powys eingefallen«, antwortete Gilead. »Hat sich auf diese Art einiges an Land gesichert.«

Das könnte er sein! »Denkt Ihr, ich könnte ihn treffen?«

Gilead schüttelte den Kopf und lächelte. »Nicht, wenn du nicht vorhast, Janus' Ruf ins Jenseits zu folgen. Er wurde vor über fünf Jahren südlich von Dinas Mawddwy getötet.«

König Artus tot? Und noch nicht einmal in Camlann. Deidre fühlte die Luft aus ihren Lungen strömen, wie aus einem leeren Trinkschlauch. Lebte Gwenhwyfar denn noch? Das musste sie herausfinden. »Hatte König Artus eine Frau?«

»Prinz, nicht König.« Er überlegte einen Augenblick und schüttelte dann den Kopf. »Falls er verheiratet war, dann tut mir die Frau leid. Er war ein Tyrann und streitsüchtig wie kein Zweiter.«

Deidres gläsernes Bild der Mythen zerschellte wie feinste Keramik aus Phocaea auf römischen Fliesen. Scherben der romantischen Bilder, die sie seit Jahren in ihrem Kopf mit sich herumgetragen hatte, zerbarsten in alle Richtungen. Sie war fast überrascht, dass sie von den kleinen Splittern aus erträumtem Glas nicht zu bluten begann. Kein Camelot. Keine Ritter. Ein skrupelloser Artus und weit und breit kein Lancelot oder eine Gwenhwyfar, die ihre Hoffnung am Leben erhielten, dass die wahre Liebe eines Tages siegen würde. Wie sehr ihr törichtes Herz an diesen Traum hatte glauben wollen! Das Buch war eine einzige Lüge, nur ein grausames Spiel, das ein irrer Zauberer mit ihr getrieben hatte.

Sie musste sich von Gilead entfernen, bevor er sie weinen sah. Er würde das nie verstehen. »Dann kann man fast froh sein, dass er tot ist«, sagte sie und versuchte das Beben in ihrer Stimme zu unterdrücken. »Ich glaube, ich gehe besser zu Eurer Mutter zurück.« Sie wandte sich um und stolperte aus dem Stall.

Wie dumm und töricht sie gewesen war. Trotz des kargen Lebens in Gaul und den gleichen skrupellosen, intriganten, gierigen Männern, auf die sie hier gestoßen war, hatte sie noch immer gehofft, ihren edlen Ritter zu finden. Krieg und Blutvergießen – so sah die Wirklichkeit aus. Trotzdem hatte sie sich an die Trugbilder einer hoffnungslosen Phantasie geklammert, die sich jetzt auflöste wie Nebelfäden im Sonnenschein.

Aber in ihrem Leben gab es keinen Sonnenschein. Nur die trostlose Aussicht auf eine erzwungene Ehe mit einem weiteren Tyrannen. Lugnasad war schon in zwei Wochen, und der Stein blieb so weit außer Reichweite wie bisher.

Kapitel 12

Sachsen

Deidre hatte darauf geachtet, sich zwischen Gilead und Elen zu plazieren, als Angus und Niall, zusammen mit dem Königspaar, zum Mittagsmahl zu ihnen stießen. Sie war es furchtbar leid, Niall Tag und Nacht sehen zu müssen, und wünschte von Herzen, dass er in sein eigenes Land zurückkehren würde. Aber nein, seit sie von Gunpar zurückgekehrt waren, war er geblieben wie eine Fliege, die Mist gefunden hatte.

Sie hatten gerade zu speisen begonnen, als ein Bote in den Saal vorgelassen wurde. Er sah staubig aus, als wäre er lange geritten, aber auf seinem Gesicht breitete sich ein Lächeln aus, als er auf sie zutrat.

»Fergus hat sich zurückgezogen!«, las Angus in der Nachricht, die ihm Broderick gesandt hatte. »Wahrscheinlich hat ihn der Anblick bemalter Pikten, die nicht mit ihm verhandeln wollten, überzeugt.«

Deidre hatte den Eindruck, dass Niall beinahe wütend aussah, aber er verbarg seine Miene, indem er seinen Kelch leerte und sich nachschenkte. Sie schüttelte den Kopf. Was für ein *Säufer*.

Gilead sah Turius an. »Wenn Fergus nicht mehr angreift, könnt Ihr wohl nach Britannien zurückkehren, nehme ich an.«

Formorian zog eine Augenbraue hoch. »Du freust dich wohl, wenn wir gehen?«

»Das hat er nicht gemeint.« Angus blitzte Gilead an, der zurückstarrte. »Wir müssen immer noch mit der sächsischen Gefahr fertig werden.«

»Und dabei ist Turius besonders geschickt«, fügte Formorian lächelnd hinzu und wandte sich ihrem Gemahl zu. »Nicht wahr, mein Schatz?«

Turius sah gleichgültig drein. »Mit Cerdic und Aelle fertig zu werden, hat mir etwas Einblick in ihre Gemüter gegeben. Sie gieren nach Land, mehr als alles andere. Dieser Ida wird sich da kaum von ihnen unterscheiden.«

»Ida?« Niall blickte von dem Stück Reh auf, das er von einer Lende gerissen hatte. »Ist das der Name des Kerls?«

»Das hat der Kundschafter gesagt, bevor Gunpar ihn getötet hat«, antwortete Angus.

»Sie werden sicher bald angreifen«, fügte Turius hinzu, »denn sie wollen sich niederlassen und so viel ernten wie sie können, bevor sich das Wetter wendet und die Kälte Einzug hält. Da sie wissen, dass die Pikten sie erwarten, werden sie weiter in den Süden ziehen. Ich tippe auf die nördlichste Spitze von Lothian.«

Gilead sah verblüfft zu Deidre hinüber und diese zuckte leicht die Schultern.

»Das ergibt Sinn«, stimmte Angus zu, »und König Loth wird Eure Hilfe brauchen, um seine Küste zu schützen.«

Gilead entfuhr ein kleiner Seufzer, den nur Deidre hören konnte. Das bedeutete, König Turius und seine Königin würden bleiben. Auch sie seufzte leicht, dann wurde ihr bewusst, dass Niall heute ungewöhnlich still war. Kurz überlegte sie, was ihn wohl beschäftigte, aber sie schob den Gedanken schnell beiseite. Solange er sie ihn Ruhe ließ, kümmerte es sie wenig.

Später sollte sie sich wünschen, sie hätte besser darauf geachtet.

Niall verabschiedete sich am nächsten Morgen und Deidre atmete erleichtert auf. Als sie sich umdrehte, um wieder zu Elen hineinzugehen, stieß sie beinahe mit Formorian zusammen. Wo kam sie denn plötzlich her? Diese Frau konnte sich geschmeidig wie eine Katze bewegen, wenn sie es wollte.

»Man könnte den Eindruck haben, dass du weniger als angetan bist von deinem Zukünftigen«, sagte sie mit einem schiefen Seitenblick auf Deidre.

Deidre entfuhr ein wenig damenhaftes Schnauben. »Das ist wohl eine Untertreibung.« Dann kam ihr ein Gedanke. Wenn es irgendjemandem gelingen konnte, Angus von der Verlobung abzubringen, dann war es Formorian. Würde sie ihr helfen? »Ich kann ihn nicht ausstehen; Niall sieht in mir eine Herausforderung … etwas, das er seinem Willen gefügig machen kann.«

Formorians Blick blieb auf Deidres Armgelenken haften, und aus einem Reflex heraus zog Deidre ihre Ärmel darüber.

»Ich habe die Schwellung gesehen«, sagte Formorian sanft. »Es ist nicht gut, wenn ein Mann eine Frau so behandelt.«

Deidre sah sie hoffnungsvoll an. »Würdet Ihr mir denn helfen? Wenn Ihr mit Angus sprechen könntet – ich meine, mit dem Laird –, er würde sicher auf Euch hören und diese Grausamkeit beenden.«

»Du scheinst zu denken, dass ich Einfluss auf den Laird habe.«

»Das habt Ihr gewiss! Das ist deutlich«, sagte Deidre und fühlte, wie sie rot wurde, als Formorian eine Augenbraue lüpfte. Oh, oh, das war nicht gut. »Ich meine … er respektiert Eure Meinung.«

Formorian schien sich zu amüsieren. »Ja, meine Meinung.« Sie hielt inne. »Ich habe ihm bereits gesagt, dass ich nicht glaube, dass es dir mit dieser Verbindung gut ergehen wird.«

Deidre war gerührt. Sosehr sie diese Frau auch dafür hassen wollte, was sie Elen antat, legte Formorian doch ein erstaunliches Mitgefühl an den Tag. Dieser Charme war bei Männern zweifellos noch viel wirkungsvoller.

»Und?«

Formorian zuckte die Schultern. »Manche Dinge liegen außerhalb meines Einflusses.«

Das bezweifelte Deidre. Zumindest, wenn es dabei um Angus ging. »Was hat er gesagt?«

»Dass er Niall als Verbündeten, nicht als Feind bräuchte.«

Deidre stöhnte auf. »Also wirft er mich diesem Wolf zum Fraß vor, weil er Nialls Vergeltung fürchtet?«

Formorian trat einen Schritt näher, ihre Stimme wurde leiser. »Angus fürchtet sich vor überhaupt nichts, und am wenigsten vor Niall.«

Deidre war der warnende Tonfall in ihrer Stimme nicht entgangen, aber sie war zu wütend, um sich darum zu kümmern. »Warum zwingt er mich dann zu einer Ehe, die ich nicht will?«

Einen Augenblick lang blickte Formorian entrückt vor sich hin. »Der eigene Wille hat damit nichts zu tun. Als Fergus Mor von Mac Erca vertrieben wurde, hat er sich geschworen, dass er alles Land nördlich des Walls sein Eigen machen würde. Das Einzige, was ihn zurückhält, ist die Tatsache, dass alle vier Cenel sich gegen ihn verbündet haben – drei davon durch Heirat. Fergus hat es besonders auf Oengus abgesehen, weil Elen Mac Ercas Tochter ist. Nialls Klan ist der einzige, der nicht durch Blut an die anderen gebunden ist. Wenn er sich abwendet, haben wir einen Verräter genau in der Mitte unserer Ländereien, und Fergus wäre der Einmarsch nach Oengus erleichtert. Du verstehst nichts von den Klans. Sie würden sich alle gegenseitig an die Kehle springen, wenn es die Heiratsbindungen nicht gäbe.«

»Habt Ihr deshalb Turius geheiratet?« Die Frage war aus ihr herausgesprudelt, bevor sich Deidre versah.

Wieder bekam Formorian diesen etwas glasigen Blick und wurde so still, dass sich Deidre schon zurückziehen wollte. Schließlich nickte sie. »Ja. Wäre ich nicht an Turius gegeben worden, hätte Ambrose Anspruch auf das Land meines Vaters erhoben. Das wäre sein gutes Recht gewesen. Das konnte ich nicht geschehen lassen.«

Wieder staunte Deidre über Formorians Offenheit. Sie hätte nicht erwartet, dass diese Frau jemals auch nur einen einzigen altruistischen Gedanken gehabt hatte. Deidre wagte sich noch etwas weiter vor. »Ist das der Grund, warum Angus – ich meine, der Laird – Lady Elen geheiratet hat?«

Formorians volle Lippen spannten sich zu einer schmalen Linie und verwandelten sich dann in ein gezwungenes Lächeln. »Mac Erca gibt einen großartigen Feind ab, aber er hatte nicht den Wunsch, sein Land zu besetzen; nicht, nachdem er Fergus darauf angesetzt hatte.«

»Warum hat Angus dann geheiratet?«, drängte Deidre weiter. In ihrem ganzen Leben hatte sie noch nie zwei Menschen gesehen, die so wenig zusammenpassten wie Angus und Elen.

Aber Formorians Miene trübte sich. »Das wirst du Elen fragen müssen.« Sie schüttelte leicht den Kopf, wie um diesen Gedanken zu vertreiben. »Ich bin gekommen, um meine Hilfe anzubieten.«

»Eure Hilfe?«

»Ja. Du kannst die Hochzeit vielleicht nicht verhindern, aber du kannst verhindern, dass du geschlagen wirst.«

Deidre würde die Hochzeit in jedem Fall verhindern, und wenn sie dafür ein Pferd stehlen musste. Lieber wurde sie gehängt als von Niall vergewaltigt. Trotzdem war sie neugierig. »Wie das?«

Formorian lächelte sie aufrichtig an. »Ein Mann entwickelt einen gewissen … äh … Respekt für eine Frau, die mit einem Dolch umzugehen weiß. Wenn er weiß, dass du töten würdest, überlegt er es sich zweimal, dir den Rücken zuzukehren, wenn du wütend bist. Und«, fügte sie hinzu, als sich ihr Lächeln zu einem Grinsen ausbreitete, »eine scharfe Klinge, die sich an heiße Eier presst, wehrt jede Zudringlichkeit ab, die du nicht wünschst.« Sie hielt inne und las in Deidres Gesicht. »Zumindest solange du dich nicht fürchtest, es zu Ende zu bringen. Ein Mann spürt, wenn du dich nicht fürchtest.«

Der Gedanke Niall zu kastrieren, hatte sicher etwas für sich, aber so nah wollte ihm Deidre eigentlich gar nicht kommen. Ein Messer in seinem schwarzen Herzen würde ihr schon genügen. Und das würde sie auch tun, wenn es keinen anderen Ausweg mehr gab. Sie nahm einen tiefen Atemzug und nickte. »Lasst uns beginnen.«

»Eure Mutter scheint wieder schwächer zu werden«, sagte Deidre ein paar Tage später zu Gilead, als sie auf einem Pfad Richtung Süden zu einigen Ruinen ritten, die er ihr zeigen wollte.

Er sah bekümmert aus, als er nickte. »Ja, das ist mir auch aufgefallen. Wahrscheinlich fordert die Anstrengung, Formorian immer in ihrer Nähe zu wissen, ihren Tribut.«

»Vielleicht«, antwortete Deidre nicht ganz überzeugt. »Aber sie versuchen einander aus dem Weg zu gehen. Formorian hat sogar damit aufgehört, während der Mahlzeiten so offenkundig zu flirten.«

Gilead sah sie erstaunt an. »Verteidigst du sie jetzt?«

»Nein, es ist nur ...« Sie wusste nicht, wie sie es in Worte fassen sollte. Seit Angus und die Königin so viel Zeit miteinander verbringen konnten, schienen sie in eine Art entspannten Alltag gefunden zu haben. Oder sie waren durch Turius, der sich immer in ihrer Nähe aufhielt, zur Vernunft gekommen. Jedenfalls war Elen der Anwesenheit dieser anderen Frau gegenüber offenbar gleichgültiger geworden. Sie tat, was jede Frau edler Abstammung tun würde. Sie ignorierte ihre Konkurrentin. Nicht, dass

Formorian das zu bemerken schien. »Aber wie sollte sie irgendein Gift zu Eurer Mutter schaffen? Sie weiß, dass wir auf der Hut sind. Meara und Brena sind die einzigen beiden, die ihr zu Essen bringen.« Sie wollte nicht noch einmal erwähnen, dass Angus noch immer jeden Morgen den Wein brachte.

Gilead schien ihre Gedanken zu lesen. »Aber seit mein Vater zurück ist, ist sie wieder schwächer geworden. Verkostest du auch den Wein?«

Deidre nickte. Als sie es zum ersten Mal vor Angus Augen getan hatte, verfinsterte sich sein Blick, und wenn Blicke töten könnten, wäre sie schon längst durchbohrt zu Boden gegangen. Dann, plötzlich, hatte er gelächelt und gesagt, dass es gut sei, dass er nicht mehr unter Verdacht stehe, denn sie sei ja offensichtlich noch am Leben. Aber in seiner Stimme schwang ein seltsamer Ton mit.

»Was mir jedoch Sorge bereitet, ist, dass ich am Morgen leere Weinkelche in ihrem Gemach gefunden habe. Lady Elen sagt, es sei nur etwas, das ihr beim Einschlafen helfe.«

»Ich danke dir für deine Besorgnis, Dee«, sagte Gilead, als sie eine kleine Lichtung erreichten und die Pferde zügelten. »Wir müssen weiterhin wachsam bleiben.«

Er stieg ab und ging um das Pferd herum, um ihr von Winger herunterzuhelfen. Seine starken Hände um ihre Hüften schickten eine bekannte Welle wohliger Wärme durch ihren Körper, und sie sehnte sich danach, ihn in ihre Arme zu schließen und in seinen zu versinken. Aber sie widerstand diesem Drang. Seit ihrem leidenschaftlichen Kuss am Steinkreis hatte er Abstand gewahrt. Sie wusste, dass er sich hinter seiner Mauer aus Förmlichkeit verstecken würde, wenn sie sich ihm näherte. Sie seufzte.

Zumindest war er ihr nicht mehr böse. Obwohl er dem Buch gegenüber offen argwöhnisch war, schien er ihr wirklich zu glauben, dass sie nach dem Stein des Weisen suchte. Er hatte sie schon zu einer heiligen Quelle geführt, und sie hatte mit dem Wärter dort gesprochen, allerdings ohne Ergebnis. Sie waren zu dem verlassenen Wald eines Druiden geritten, aber die Kraft an diesem Ort war lange verschwunden, wahrscheinlich weil die Hälfte der Eichen dort gefällt worden waren. Einen Feenhügel, auf dem ein frei stehender Weißdorn wuchs, hatten sie passiert und haltgemacht, aber von den uralten Kräften war nichts mehr übrig. Das hier war der letzte Ort, der Gilead einfiel, der eine Verbindung zu der alten Welt hatte, und an dem ein verrückter Zauberer den Stein versteckt haben könnte.

Sie gingen die kleine Steigung hinauf, und Deidre besah sich die wenigen Steine, die die Grundmauern markierten. Das Gebäude war rechteckig gewesen und fasste wohl nicht mehr als zehn Menschen. Sie standen an einer Öffnung, die offenbar der Eingang gewesen war. Am anderen Ende befand sich ein Marmorblock, vier Ellen lang, eine Elle tief und drei Ellen hoch. Deidre fuhr mit ihrer Hand über die kalte, glatte Fläche.

»Das hier sieht aus wie eine Art Altar.«

»Ja. Es war die Klause eines Mönchs von St. Patrick.«

Deidre war verwirrt. »Wenn das ein christlicher Ort war, würde kein Zauberer – oder Druide, oder was auch immer er war – jemals einen Fuß hineinsetzen. Außerdem glaubten sie nicht an die Anbetung von Dingen, die von Menschen gestaltet wurden.«

»Das ist wohl wahr, aber diese Kapelle befindet sich auf einem alten heidnischen Friedhof.« Gilead lächelte. »Wahrscheinlich hatten die Christen das Gefühl, damit die alte Religion aus der Welt zu verbannen.«

Deidre schenkte dem nur ein verächtliches Schnauben. »Aber die Göttin können sie doch nicht töten. Sogar in ihrer Religion bleibt eine Seite von Isis erhalten, in Form der Heiligen Mutter Gottes, und eine andere in Magdalena.« Sie blickte zu

Boden und rüttelte mit ihrem Fuß an einem losen Stein. »Helft Ihr mir graben?«

»Ja. Aber wir müssen vorsichtig sein, denn das können wir nur schwer erklären. Ich werde Schaufeln mitbringen, die wir dann in dieser kleinen Hütte dort drüben verstecken können.«

Sie betrachtete die Überreste dessen, was einst an die Kapelle angebaut worden war, und nickte. Er würde ihr helfen! Sie lächelte ihn glücklich an und hob die Hände, um ihn zu umarmen, aber er trat mit reglosem Gesicht zurück.

»Wahrscheinlich kehren wir jetzt besser wieder um.«

Sie starrte seinem breiten Rücken hinterher, als er jetzt zu den Pferden ging. Und dann kam ihr ein Gedanke, der so klar und deutlich vor ihr stand, wie ihre Visionen: *Er hat Angst vor mir. Aber warum?*

Niall wünschte, er hätte sein Schwert bei sich. Es gab ihm Sicherheit, seine Hand an dessen Griff zu haben, obwohl es für ihn keinen Ausweg gab, sollte sein Plan fehlschlagen. Aber diese sächsischen Tiere, die ihn am Loch Leven erwarteten, hatten ihn entwaffnet, noch bevor er überhaupt abgestiegen war. Und dann wurden ihm die Augen verbunden, und er musste zu Fuß gehen statt zu reiten, weil sie selbst keine Pferde hatten. Bis zu dem versteckten Lager brauchten sie fast eine Wegstunde am Fluss entlang, der zum Hafen von Leven im Firth of Forth führte. Bei Gott, hoffentlich war Idas Met stark, um ihn für diese Demütigung zu entschädigen.

Wenn Fergus in den Süden gezogen wäre und sich Turius' und Gabrans Armeen angenommen hätte, wäre Niall dieses Treffen hier erspart geblieben. Es hatte ihn viel Mühe gekostet, ein paar Ausgewählte unter seinen Männern davon zu überzeugen, mit ihm den Versuch zu wagen, sich mit den Sachsen zu verbünden. Er hatte drei Kundschafter an die nördliche Küste gesandt, um nach Langbooten Ausschau zu halten. Angus, dieser Narr, sollte ruhig planen, seine Truppen nach Lothian zu schicken, aber Niall glaubte nicht, dass der Piktenkönig die Sachsen so sehr eingeschüchtert hatte, wie er glaubte. Gewiss nicht. Es hatte nicht lange gedauert, bis ein weiteres Kielboot versucht hatte, sich seinen Weg in die flachen Gewässer an der südlichen Halbinsel von Fife Ness zu bahnen.

Seine Männer wären beinah getötet worden. Auch jetzt hielt Ida noch immer zwei als Geiseln und hatte nur einen zu ihm zurückgeschickt.

Die Wachen befreiten Niall von seiner Augenbinde und schoben ihn durch eine Klappe in ein Zelt. Seine Augen brauchten einen Moment, um sich an das Licht zu gewöhnen, und er blinzelte ins Kerzenlicht.

Ida saß auf dem Rand seiner Pritsche, mit einem Wolfsfell um die Schultern, sein blondes Haar war zu zwei dicken Zöpfen geflochten. Er deutete auf einen Baumstamm, der als Stuhl diente, und hob einen Schlauch mit Met vom Boden auf. Er goss große Mengen in zwei hölzerne Becher und reichte einen davon Niall.

»Du willst reden, *ja?*«

Niall kippte sich einen guten Schluck in die Kehle, ließ das samtige Gebräu hinabgleiten und wartete auf das Feuer in seinem Magen. »Ja. Ich glaube, wir haben ein gemeinsames Ziel.«

Der Sachse sah ihn unverwandt an. »Und das wäre?«

»Land.« Niall zog ein Stück Pergament aus seinem ledernen Sporran und reichte es Ida.

Ida breitete es auf dem Lager neben sich aus. Ein großes Gebiet war eingekreist.

Niall beugte sich nach vorn und deutete darauf. »Dieses Land gehört Angus Mac Oengus. Ein Teil davon gehört rechtmäßig mir. Die andere Hälfte könnte Euch gehören. Ihr müsstet dafür nicht einmal mit den Pikten kämpfen.«

Ida fuhr mit seinem dicken Finger am Radius des Kreises entlang. »Ein schönes Stück Land. Fruchtbar. Eine Küste, um zu fischen und um zur See zu fahren. Ich bezweifle, dass der Mann es loswerden will.«

»Das will er nicht«, stimmte Niall zu, »aber die Klans rechnen damit, dass Ihr nach Süden segelt, nach Lothian. Angus hat bereits Truppen dorthin gesandt, das heißt, sein Fort ist nur halb bemannt.« Er wartete ab und genoss die Reaktion auf Idas Gesicht. Gier war stets eine wunderbare Triebkraft. »Und meine Truppen werden sich Euch nicht widersetzen. Alles was ich will ist meine Hälfte, wenn es vorbei ist.«

»Culross liegt ein gutes Stück im Landesinneren«, wandte Ida ein. »Man wird uns sehen, lange bevor wir angreifen könnten. Ich werde nicht unnötig meine tapferen Männer opfern.«

Opfern! Bei Dagda! Was waren schon ein paar hundert Männer für so einen Preis! Niall hatte diese Sanftmut bei Turius noch nie verstehen können, und jetzt saß er einem angeblich furchtlosen Sachsen gegenüber, der den gleichen Mist daherpalaverte. Nun, wenn sie erst Oengus eingenommen hatten, würde er vielleicht auch Ida überwältigen. So schwer konnte das nicht sein. Niall musste sich schwer zügeln, um nicht zu grinsen.

»Natürlich. Aber Ihr könntet sie ablenken. Ihr habt doch noch kleinere Boote bei Euren Langbooten? Es ist nicht besonders schwer, den Fluss bis Loch Leven hinaufzupaddeln, und von dort sind es nur noch ein paar Wegstunden bis Culross. Niemals würden sie einen Angriff der Sachsen vom Land aus erwarten. Während ihre Aufmerksamkeit abgelenkt ist, könnte Eure Hauptmacht direkt durch die Förde segeln und einen vollen Angriff vom Wasser aus beginnen.

Ida strich sich nachdenklich über das Kinn. »Es ist gefährlich, meine Männer aufzuteilen.«

Bei Bels Feuer! Hielt der Mann den Krieg für ein Kaffeekränzchen? Niall fragte sich wirklich, wie es den Sachsen jemals gelungen war, im Süden einen Fuß auf das Land zu bekommen, wenn sie nur so zögerlich kämpften. Ach, Turius, mit seiner endlosen Hoffnung auf Frieden, hatte sie wahrscheinlich willkommen geheißen!

»Dann brauchen wir das Schicksal auf unserer Seite.« Niall schielte deutlich nach dem Metschlauch, und Ida schob ihn ihm hin. Er schenkte sich noch eine kräftige Portion ein. »Was, wenn ich Euch sagte, dass ich einen versteckten Zugang weiß, der direkt in die Gemächer der Lairdess führt? Vielleicht ist der Laird bereit, mit Euch zu verhandeln, wenn Ihr seine Frau entführt habt.«

Niall bezweifelte, dass es Angus etwas ausmachen würde, wenn Elen entführt würde, aber der Laird würde wohl kaum die Wut von Mac Erca auf sich ziehen wollen. Und wenn es Niall gelänge, Elen von den wilden – ha! – Sachsen »zu retten«, müsste sich ihm Mac Erca gewogen zeigen. Und falls Angus sterben sollte, könnte er sogar seine Frau heiraten! Aber nicht bevor er den Willen dieser kleinen Hure Deidre gebrochen hatte. Ah, erst würde er sie vergewaltigen. Nicht nur einmal. Und wenn er sie gründlich genug gedemütigt hatte, könnte ein kleiner Unfall geschehen.

Er zog ein zweites, kleineres Stück Pergament aus seiner Tasche. »Eine Karte der Burg. Die Geheimtür befindet sich hier.« Er deutete mit seinem Finger darauf. »Wenn ich sie entriegelt habe, können Eure Männer eindringen und für die nötige Ablenkung sorgen.« Er drehte die Karte etwas und zeigte auf eine Stelle nahe dem Fluss Forth, der direkt unterhalb der Südmauern entlangfloss. »Hier befindet sich eine Höhle, die bei Flut unpassierbar ist, aber die man bei Ebbe leicht ansteuern kann. Es gibt einen Steintunnel, der unterirdisch zum Burgfried führt. Ein guter Weg für die Lairds, sich hinein- und hinauszuschleichen, wenn die Burg belagert wird.« Niall hatte ihn zufällig vor ein paar Jahren entdeckt. Er hatte vermutet, dass sich Angus und Formorian heimlich treffen wollten, und war Angus eines Tages gefolgt. Dabei hatte er gesehen, wie Formorian wie ein Wassergeist aus einem kleinen Teich neben der Höhle aufgetaucht war. Er hatte abgewartet, bis die beiden im Wald verschwunden waren und hatte dann die versteckte Treppe entdeckt. Ja, auch diese Paarung hatte er aufgedeckt. Sollte Angus überleben, würde es Mac Erca nicht gefallen, wenn er von diesem Ehebruch erfuhr. Vor allem, wenn Niall versprach, sich gut um die zarte Dame zu kümmern.

Mit Mac Erca im Rücken, würde er es sogar mit den Pikten aufnehmen können. Fergus Mor würde keinen Meter Land mehr gewinnen. Das gefiel Niall.

Aus den Augenwinkeln beobachtete Deidre, wie Gilead eine Schaufel voll Erde aus den Ruinen der Kapelle aushob. In der Hitze der Julisonne hatte er sein Hemd ausgezogen, kleine Schweißperlen glitzerten auf seiner Haut. Die Muskeln auf seinem Rücken spannten und dehnten sich aus, als er die schwere Schaufel hob, sein starker Bizeps wölbte sich, wenn er den Dreck zur Seite warf. Wenn sie doch nur leichter ohnmächtig würde! Wie würde sie es genießen, in diese starke Umarmung zu sinken und die Sommerfrische auf seiner Haut zu riechen.

Plötzlich ließ er sich auf die Knie fallen und begann in der Erde zu wühlen. »Ich glaube, ich habe etwas gefunden.«

Deidre war sofort auf den Knien an seiner Seite, ihre wollüstige Phantasie fürs Erste vergessen. Sie waren bereits zweimal hierher geritten, um zu graben, waren aber nur auf Grabsteine gestoßen.

Gilead rüttelte an dem Stein, bis er sich löste. Als er ihn hochhob, kratzte er den Dreck ab und reichte ihn ihr. Sie betrachtete die Symbole, die darauf eingeritzt waren. Wieder nur ein Grabstein.

Offenbar sah er ihr die Enttäuschung an, denn er nahm ihre Hand, stand auf, zog sie mit sich hoch und lehnte sich auf seine Schaufel. »Das ist wahrscheinlich alles, was wir hier finden können, Fremde. Steine für diejenigen, die hier gelebt haben und hier gestorben sind.«

Sie wusste, dass er recht hatte. Sie hatten fast die Hälfte der kleinen Fläche abgesucht. Einmal waren sie auf die Überreste eines Skeletts gestoßen, das sie sorgfältig wieder vergruben, um den Totengeist nicht zu wecken. Aber das war alles gewesen. Trotzdem wollte sie es noch zu Ende bringen.

»Ich muss es einfach wissen. Ich fühle, dass der Stein nicht weit ist.«

Ehe er antworten konnte, begann die Glocke in der kleinen Kirche im Dorf neben der Burg zu läuten, gefolgt von einem wilden Aufkreischen der Dudelsäcke und dem lauten Ruf eines Schafshorns.

»Was um alles in der Welt ist das für ein Aufruhr?«, fragte Deidre, aber Gilead rannte schon zu seinem Pferd.

»Wir werden angegriffen!«, rief er und setzte sie kurzerhand in ihren Sattel. »Wir versuchen, durch das hintere Tor zurückzugelangen.«

Sie waren vorsichtig genug, um am Rande des Waldes haltzumachen. Gilead kniff die Augen zusammen und spähte in die Ferne. »Der Seiteneingang ist geöffnet. Seltsam. Wir lassen die Pferde hier und schleichen uns an.«

Es schien eine Ewigkeit zu dauern, bis sie den Schatten der Steinwand erreichten, und Deidre konnte den Tumult hören, lange bevor sie unbemerkt durch das unbewachte Tor geschlüpft waren. Trotzdem war sie in keinster Weise auf das vorbereitet, was sie im Burghof erwartete.

Es wimmelte nur so von Sachsen, ihr helles Haar mit Blut bespritzt. Ihre Saexen schlugen laut gegen die Schilder von Turius' Männern. Angus' Krieger traten den sächsischen Streitäxten mit ihren eigenen schweren Zweihandschwertern entgegen. Die Bogenschützen auf der Burgmauer feuerten wie wild auf die erste Reihe vor der Burg und verhinderten so, dass noch mehr Sachsen eindringen konnten. Sie sah, wie die Stalljungen Eimer mit Pech und heißem Wasser die Leitern hinaufschleppten. Einige von Turius' Männern hatten einen Panzer gebildet und sich vor dem großen Eingangstor aufgebaut, damit es nicht von den Sachsen aufgebrochen werden konnte, die bereits in die Burgmauern eingedrungen waren. Ihre Speere ragten zwischen den vorderen Schilden und an den Seiten hervor. Die Krieger in der Mitte kauerten zwischen ihnen und hielten ihre Schilde über die Köpfe, wodurch sie auch alle anderen schützten. Eine klassische römische Formation. Deidre hatte Childebert mehr als einmal davon sprechen hören, aber sie hatte nie gesehen, dass sie tatsächlich ausgeführt wurde. Und sie hoffte, dass sie das nie wieder musste.

Sie erhaschte einen Blick auf Angus und Turius, die Rücken an Rücken kämpften, beide dabei seltsam ruhig, obwohl sie von feindlichen Barbaren umzingelt waren. Die zwei bewegten sich gezielt und drehten sich langsam mit wachsamem Blick.

Gilead zerrte Deidre an die hintere Wand außer Sichtweite und zog sein Schwert. »Komm, ich bringe dich in den Burgfried. Such meine Mutter und verriegle die Tür. Du öffnest niemandem.«

»Hilf deinem Vater, Gilead«, rief Formorian, als sie auf sie zugerannt kam, ein Langschwert in der einen, einen Dolch in der anderen Hand. »Ich bringe sie hinein.«

Gilead zögerte nur eine Sekunde lang. »Und auch du bleibst drinnen. Ich werde nicht zulassen, dass sich mein Vater in der Schlacht um deine Sicherheit kümmert.«

Einen Augenblick lang verengten sich Formorians Augen. Sie war für die Schlacht gekleidet, ihr Haar war unter einem Helm versteckt, Blut glitzerte auf ihrem Kettenhemd. Dann nickte sie. »Ja. Ich werde auf deine Mutter aufpassen. Geh zu ihm.«

Gilead warf Deidre einen langen Blick zu und war verschwunden.

Formorian drückte Deidre den Dolch in die Hand. »Zögere nicht, ihn einzusetzen, wenn es nötig wird.« Sie schielte vorsichtig um die Ecke. »Du bist noch nicht entdeckt worden. Eine Schande, dass du dieses Kleid trägst. Wir müssen zur Küchentür rennen.« Sie bückte sich und zog einen Sgian Dubh, einen Strumpfdolch, aus ihrem Stiefel. Der schwarze Griff des Messers schimmerte geheimnisvoll im Schatten. »Wenn wir angegriffen werden, dann tu so, als würdest du in Ohnmacht fallen. Lass sie nah herankommen und stich in die Leisten. Zum Glück sind die Brustpanzer der Sachsen kurz und ihre Weichteile ungeschützt.« Sie grinste. »Wie hochmütig, nicht wahr?«

Deidre starrte sie an. Wie konnte sie jetzt einen Witz machen? Sie konnten beide sehr wohl in den nächsten Minuten sterben. Nichts wollte sie lieber, als sich die Ohren zuhalten und das Geräusch von Stahl an Stahl, die Schreie der Verwundeten und Sterbenden ausblenden.

»Ich habe Angst«, flüsterte sie.

Formorian sah sie abschätzig an. »Wir haben keine Zeit für Angst. Du musst deinen Verstand nutzen können, bis wir drinnen sind.« Sie neigte den Kopf und lauschte. »Der Lärm klingt ab, es sollte nicht mehr lange dauern.«

Deidre raffte ihre Röcke hoch, ohne darauf zu achten, ob ihre Beine zu sehen waren. Sie würde rennen, als wäre der gehörnte Gott hinter ihr her. »Was sollte nicht mehr lange dauern?«

»Bis wir gewinnen.« Formorian lachte irr. »Ich bezweifle, dass die Barbaren wussten, dass Angus' Truppen von Turius' Männern verstärkt wurden. Sonst wären sie wohl nicht so dumm, nur eine kleine Gesandtschaft zu schicken und ihr Hauptheer draußen zu lassen.« Sie sah noch einmal um die Ecke. »Los!«

Deidre konnte nur einen ganz flüchtigen Blick auf die Verwüstung erhaschen, als sie zum Hintereingang der Küche rasten. Im Burghof lagen unzählige Körper verstreut, aber Angus und Turius waren noch auf den Beinen. Sie sah Gileads Schwert in der Sonne aufblitzten.

»Eine Frau!«, hörte sie jemanden rufen, und in ihr stieg eine Kraft auf, von der sie nicht wusste, dass sie sie besaß. Sie schoss nach vorne.

»Zwei«, rief eine Stimme dicht hinter ihnen. Viel zu dicht. Sie fühlte, wie sie von einer rauhen Hand an ihrem Arm zurückgerissen wurde, und dann erschlaffte die Hand. Sie drehte sich kurz um und sah den Sachsen mit dem Kopf nach unten und einem Dolch im Rücken auf der Erde liegen. Als sie aufblickte, nickte ihr Gilead zu, bevor er sich wieder in die Schlacht stürzte.

Formorian schwenkte ihr Schwert gegen den zweiten Mann. »Hinter mich«, befahl sie, und Deidre gehorchte blind, als ihr bewusst wurde, dass sie sich bis zur Tür vorarbeiten mussten, bevor sie von noch mehr Sachsen entdeckt wurden. Sie umfasste ihren Dolch etwas fester und wünschte sich, sie könnte besser damit umgehen. *Bitte, Göttin. Wenn ich das hier überlebe, schwöre ich, stundenlang mit dem Dolch zu üben, wie Formorian es mir gezeigt hat. Lass mich am Leben*!

Formorian war es ein Leichtes, das kürzere Saexe mit ihrem Schwert abzuwehren. Ihre Beinarbeit glich dabei der eines Tänzers. Sie täuschte nach links vor und dann nach rechts, und der schwerere Krieger versuchte ihren leichten Schritten zu folgen. Mit dem Fellmantel um seine Schultern sah er aus wie ein großer tollpatschiger Bär.

Deidres Rücken stieß an die Tür. Sie hatten es geschafft. Sie versuchte, die Tür zu öffnen, aber sie war verschlossen. Von innen verriegelt. Sie drehte sich um, schlug auf die Tür und versuchte, mit ihren Rufen den Lärm zu übertönen.

Formorian ließ ihren Gegner keine Sekunde lang aus den Augen und konzentrierte sich ganz auf den Kampf. Hatte es zuvor so ausgesehen, als spielte sie mit dem Mann, war es nun, da die Tür verschlossen war, bitterer Ernst geworden. Sie parierte schnell und achtete darauf, dass genügend Platz zwischen ihnen blieb, damit er nicht seine Waffe gegen ihr Schwert pressen konnte. Plötzlich kämpfte sie sich frei, schob ihre Klinge unter die des Sachsen und stürzte sich in einer wirbelnden Bewegung auf ihn.

Deidre hörte ein leises Sausen in der Luft, als das Schwert niederfuhr und den Mann aufspießte. Seltsam, dass der Tod auf so leisen Sohlen daherkam, mitten in der Schlacht. Dann öffnete sich die Tür hinter ihr und sie fiel beinahe hinein.

Formorian sprang über sie hinweg, und Maere schlug die Tür fest zu und verriegelte sie mit einer Hand. In der anderen hielt sie ihr Fleischermesser. Deidre hätte nie gedacht, dass sie sich irgendwann so freuen würde, die unleidliche Köchin zu sehen. Kein Sachse würde an ihr vorbeikommen.

Sie stürzte die Stufen hinauf, Formorian ihr hinterher. Sie fanden Elen in einer Ecke kauernd mit ihrem kleinen Schälmesser in der Hand. Formorian warf einen flüchtigen Blick darauf und verriegelte kopfschüttelnd die Tür. »Seid Ihr nicht auf die Idee gekommen, Eure Tür zu verriegeln?«

Elens Augen starrten sie groß aus ihrem weißen Gesicht heraus an. »Verschwinde!«

Stattdessen holte sich Formorian einen Stuhl und legte ihr blutiges Schwert über ihre Knie. »Das kann ich nicht. Euer Sohn hat mich gebeten, Euch und Deidre zu beschützen.«

Elen sah zu Deidre, die nickte. »Formorian hat mir gerade das Leben gerettet.«

»Nun«, sagte Elen mit ruhigerer Stimme, »dann muss ich sie wohl erdulden.« Sie straffte ihre Schultern und ging zum Tisch hinüber, wo sie sich gekünstelt auf den Rand eines gepolsterten Sessels setzte. »Möchtet Ihr etwas Wein?«

Formorians Augen glitzerten, und Deidre fürchtete schon, sie würde anfangen zu lachen. Das wäre nicht klug. Elen war vielleicht von sanfter Natur, aber das eiskalte Glimmen in ihren Augen zeigte Deidre, dass sehr wohl noch etwas wesentlich stärkeres in Elen wohnte. Sie konnte nur hoffen, dass hier nicht bereits eine andere Schlacht begonnen hatte, wenn die Schlacht im Burghof zu Ende war.

Angus schlüpfte aus seinem blutigen und zerrissenen Hemd und ließ sich auf einen Hocker im Krankenzimmer sinken. »Kümmer dich zuerst um ihn«, sagte er zu dem Medikus. »Ich kann warten.«

Gilead biss die Zähne zusammen, als der Medikus Whisky über den tiefen Schnitt an seinem Oberschenkel goss und dann begann, das ausgefranste Fleisch zusammenzunähen. Es schmerzte wie die Hölle, aber das war egal. Wenn er sich nicht rechtzeitig gedreht hätte, wäre seine Stimme in ein oder zwei Wochen deutlich höher geworden. Der Mann war gerade damit fertig geworden, die Wunde in Leinen zu wickeln, als die Tür aufgerissen wurde und zugleich Deidre, seine Mutter und Formorian hereingestürmt kamen.

Deidre und Elen eilten zu ihm. »Wie schwer bist du verletzt, Sohn?«

Gilead brachte ein Lächeln zustande. »Es wird schon heilen.«

»Er darf dieses Bein die nächsten paar Tage nicht belasten«, sagte der Medikus, als er sauberes Wasser in eine Schüssel goss und Elen ein Tuch reichte. »Wenn Ihr Euch um die Schnitte und die Wunden auf seiner Brust kümmert, sehe ich nach dem Laird.«

»Das ist nicht nötig«, sagte Formorian. »Ich übernehme das.« Sie hatte bereits die Wunde an Angus' Schulter gereinigt und nähte sie mit kleinen Stichen zusammen. Sie machte einen Knoten und beugte ihren Kopf, um den Faden durchzubeißen.

Gilead hoffte, dass er der Einzige war, der bemerkt hatte, wie Formorians Zunge neben der Wunde an Angus Schulter leckte, aber dann sah er, wie bleich seine Mutter geworden war. Konnte diese Königin sich nicht einmal zügeln, wenn sein Vater verwundet und seine Mutter zugegen war? Formorians Haar klebte verschwitzt an ihrem Kopf, und sie war völlig verdreckt. Ihre Kleider waren mit Blut bespritzt, aber Angus sah sie an, als wäre sie gerade einem heißen Bad entstiegen. Gilead schüttelte den Kopf. »Sie spielen mit dem Feuer«, murmelte er kaum hörbar.

Elens Mund verengte sich zu einem schmalen Strich, als sie sich abwandte, und wurde noch bleicher, als sie Gilead ansah.

»Sie konnte noch nie Blut sehen«, erklärte Angus.

Deidre nahm ihren Arm, um sie zu stützen. »Vielleicht geht Ihr besser«, sagte sie und nahm ihr das Tuch aus der Hand. »Ich kann das hier fertig machen.«

Elen legte eine Hand an den Mund und stürzte zur Tür.

Gilead sah Deidre schweigend dabei zu, wie sie aus dem Kessel, der über der Kohlenpfanne hing, warmes Wasser in eine Schale goss. Sie tauchte das Tuch hinein und begann vorsichtig, die Schürfwunden an seiner Schulter damit abzutupfen. Beim Gott der Christen, sie war sanfter als ein Engel. Er versuchte sie dazu zu bringen, ihn anzusehen, aber sie hielt ihre Augen abgewandt und schien sich auf ihre Aufgabe zu konzentrieren. Er atmete scharf ein, als sie Alkohol über seine Schnitte träufelte, nicht so sehr, weil es schmerzte, sondern um zu sehen, wie sie darauf reagieren würde.

Sofort war sie ganz zerknirscht. »Es tut mir leid. Ich wollte Euch nicht weh tun, aber die Wunden müssen sauber sein, sonst entzünden sie sich.«

»Ich halte es schon aus.« Gilead ignorierte den ungläubigen Blick seines Vaters und Formorians amüsiertes Lächeln. Wenn er sich ein wenig in ihrer Zuneigung sonnen wollte, war es sein volles Recht, oder etwa nicht? Deidre ging nicht oft so sanft mit ihm um. Sie wurde sogar noch vorsichtiger; als sie ihre Pflege beendet hatte, trat sie zurück.

»Das dürfte genügen«, sagte sie. »Formorian und ich sollten uns zurückziehen.«

Er wollte sie noch nicht gehen lassen und griff nach ihrer Hand. »Ich glaube, morgen wird mein ganzer Rücken steif sein. Könntest du ihn mir einreiben, bevor du gehst?«

»Eine sehr gute Idee«, sagte Formorian mit einem frechen Grinsen und sah zu Angus. »Denkt auch Ihr, dass Eure Glieder morgen steif sein werden, Mylord?«

Er grinste zurück. »Ja. Vielleicht brauche ich sogar noch eine zweite Abreibung am Morgen.«

Gilead beachtete die beiden nicht. In Deidres Fingern musste ein Zauber wohnen, so wie sie sie jetzt langsam über seinen oberen Rücken wandern ließ und seine Schultern leicht knetete. Ihre Hände folgten einem Pfad zu beiden Seiten seines Rückgrates hinab und an seinen Rippen hinauf, dann kreisten sie wieder auf seinem Rücken. Ihre Berührung war beruhigend und erregend zugleich. Vielleicht war doch eine Spur von Hexenkunst in diesem Mädchen, aber er würde sich bestimmt nicht darüber beschweren. Der Schmerz seiner Wunden war die Aufmerksamkeit, die er dadurch bekam, hundertmal wert.

Doch sie wurden jäh unterbrochen, als die Tür aufging und Elen ihnen funkelnde Blicke zuwarf. »Wenn deine Schmerzen nicht allzu schlimm sind, Gemahl, würde Turius gerne mit dir sprechen.« Sie nickte Formorian förmlich zu. »Ich denke, Ihr wollt Euch etwas säubern, bevor Euch Euer Gemahl sieht.«

Formorian tätschelte noch einmal Angus' Arm, bevor sie zurücktrat. »Er hat mich schon in viel schlimmerem Zustand gesehen, aber ja, ein Bad wäre wunderbar.«

»Ich werde auch gehen«, sagte Deidre schnell. »Lady Elen, auch Ihr habt einen sehr verstörenden Tag hinter Euch. Vielleicht wäre heute ein ruhiges Essen auf Eurem Gemach angebracht.« Sie drehte sich zu Gilead um. »Ich habe Euch noch nicht dafür gedankt, dass Ihr mir heute das Leben gerettet habt.«

»Das hast du mir gerade schon zurückgezahlt«, sagte er lächelnd zu ihr.

Angus griff nach einem sauberen Hemd, als die Damen verschwunden waren, und zog es sich über den Kopf. »Eine ganz schöne Leistung«, sagte er.

Gilead glättete sein eigenes Hemd. »Das war überhaupt nichts. Dieses Tier hatte vor, sie zu vergewaltigen. Ich habe ihm einen Dolch in den Rücken gerammt. Jeder hätte das getan.«

»Sicherlich«, antwortete sein Vater. »Aber davon habe ich auch nicht gesprochen.«

»Dann weiß ich nicht, was du meinst.«

Angus lachte in sich hinein. »Sehr mutig warst du, schließlich hast du nur so ein kleines bisschen über den großen Schmerz gestöhnt, den dir die winzigen Wunden bereitet haben müssen, die sie dir gesäubert hat.«

»Ich habe wegen des Schmerzes in meinem Bein geseufzt«, antwortete Gilead ausweichend.

»Warum hast du dann keinen Laut von dir gegeben, als der Medikus dich genäht hat?« Er hob die Hand, als Gilead protestieren wollte. »Keine Sorge, mein Sohn. Dein Geheimnis ist bei mir sicher.« Er ging zur Tür und drehte sich im Gehen um. »Aber *wer* spielt hier wirklich mit dem Feuer?«

Deidre schob das Leintuch beiseite und drehte sich um. Schon seit über einer Stunde warf sie sich unruhig im Bett herum. Durch den Kampf gegen die Sachsen war es ein langer, anstrengender Tag gewesen, und sie sollte eigentlich tief schlafen, aber ihre Gedanken wanderten immer wieder zu Gilead zurück.

Hatte er tatsächlich mit ihr geflirtet? Ihn fast nackt zu sehen, nur ein Tuch über die Hüften geworfen, hatte ihr fast den Atem genommen. Der weiße Verband hatte die bronzene Färbung seiner muskulösen, wohlgeformten Schenkel nur noch mehr betont. Die Haut auf seinem Rücken hatte sich über den starken Muskeln samtweich angefühlt, und ihr hatte es gefallen, wie er unabsichtlich den Atem anhielt, wenn sie den Druck verringerte und zart über seine Rippen strich und an der Beugung seines Rückgrats entlangfuhr. Wenn sie nur den Mut gehabt hätte, über seinen Hintern zu streifen. Wie hätte er darauf wohl reagiert?

Sie drehte sich auf den Rücken. Sie würde nie Schlaf finden, wenn sie weiter an ihn dachte. Die Spitzen ihrer Brustwarzen kribbelten, und das pulsierende Pochen zwischen ihren Beinen hatte wieder angefangen. Wenn sie sich jetzt schon so fühlte, was passierte dann erst, wenn er sie dort tatsächlich berühren würde? Flüchtig dachte sie daran, wie die Kammerzofen am fränkischen Hof kichernd darüber getuschelt hatten, wie sie genommen worden waren. Zu jener Zeit war sie, dank Clotildes rigider Verwarnungen, darüber entsetzt gewesen. Aber nun begann sie diese Mädchen zu beneiden, weil sie ihren Phantasien freien Lauf lassen konnten.

Sie setzte sich auf, schüttelte ihr Kissen aus und ließ sich dann tief darin einsinken. Sie musste etwas Schlaf finden.

Gerade als sie endlich etwas schläfrig wurde, zerriss Elens markerschütternder Schrei die Luft.

Kapitel 13

Die Entführung

Deidre warf sich ein Gewand über und stürzte zur Tür hinaus. Der Steinboden war eiskalt unter ihren nackten Sohlen, aber dieser Schrei hatte grauenhaft geklungen. Die Falte eines schwarzen Rockes verschwand an der Bedienstetentreppe am Ende des Saales, aber Deidre hatte keine Zeit, dem nachzugehen.

Sie stieß die Tür auf und stürzte hinein. Elen stand mitten im Raum, mit dem Rücken an einen riesigen Sachsen gepresst. Er hatte einen gewaltigen Arm um ihre Hüfte gelegt und drückte seine Hand auf ihren Mund. Ihre weit aufgerissenen Augen traten deutlich aus ihrem blutleeren Gesicht hervor.

Deidre drehte sich um, um Hilfe zu holen, und starrte direkt in die kalten, blauen Augen eines anderen Kriegers, der leise die Tür verriegelte. Er grinste sie wölfisch an.

»Es sieht so aus, als hätten wir hier noch eine kleine Zugabe, Eric«, sagte er, als er langsam auf sie zukam. »Ida wird über zwei Geiseln sicherlich hoch erfreut sein.«

Deidre sah ihn mit wachsamen Augen an. Rückwärts konnte sie nicht, sonst würde sie auf Elen stoßen, und der Sachse versperrte ihr den Weg zur Tür. Hätte sie doch nur den Dolch bei sich, mit dem sie geübt hatte. Formorian hatte ihr eingeschärft, sich anzugewöhnen, ihn mit ins Bett zu nehmen, aber sie war aus dem Zimmer gestürzt, ohne daran zu denken. Trotzdem musste sie etwas tun. Sie machte einen Sprung zum Bett und huschte darüber in der Hoffnung, bis zur Tür zu gelangen.

Der Sachse bekam ihre Beine zu fassen und zog sie über das Bett zurück. Er hielt sie mit seinem Körper gefangen, während seine Hand nach ihrem Haar griff und er ihren Kopf nach hinten zog, um seinen Mund auf ihren pressen zu können.

»Henrick! Dafür haben wir keine Zeit!«, fauchte Eric. »Los, wir gehen!«

Deidre konnte schon die Stiefel auf der Treppe hören. Gott sei Dank! Bald wären sie gerettet, denn es gab keinen anderen Weg nach draußen.

Eric schleifte Elen mit sich und drückte auf etwas neben dem kleinen Tisch an der Wand. Starr vor Schrecken sah Deidre zu, wie sich eine Platte hinter dem Wandteppich öffnete. Ein Geheimgang!

Henrick strich mit seinem dicken Finger über ihren Mund und stöhnte. »Das muss dann wohl warten.« Er rollte von ihr herunter, schnappte sich ihren Arm und zog sie an seine Seite. »Beweg dich.«

Deidre wehrte sich, aber er versetzte ihr einen Schlag auf das Kinn, der sie zum Straucheln brachte. Einen Augenblick lang sah sie Sterne vor den Augen.

»Ich schlage dich ohnmächtig, Frau, wenn du nicht aufhörst, dich zu wehren.«

Deidre beschloss, dass sie nur dann eine Chance auf Flucht hatte, wenn sie bei Sinnen blieb. Außerdem musste sich jemand um Elen kümmern. Auch deshalb musste sie bei Bewusstsein bleiben. Sie sackte merklich zusammen. »Also dann.«

Er sah sie prüfend an, aber Schläge trommelten gegen die Tür, und Angus brüllte wütend. Henrick schob sie durch die Öffnung in der Wand und drückte irgendeinen Hebel, der die Platte wieder schloss.

Noch nie war sie von einer derartigen Dunkelheit umgeben gewesen. Sie schien undurchdringlich, nahm ihr den Atem und

Deidre hatte das Gefühl, das Gleichgewicht zu verlieren. Sie fühlte, wie sie strauchelte.

Henrick zog an ihrem Arm. »Steh still. Ich will nicht, dass du dir deinen hübschen Hals brichst, bevor ich mit dir fertig bin.«

Sie hörte, wie ein Feuerstein entzündet wurde, und dann flammte eine Fackel auf und erhellte ihre Umgebung. Deidre blinzelte; das Licht wirkte grell nach dem pechschwarzen Dunkel.

Sie befanden sich auf einem schmalen Treppenabsatz, und sie konnte Steinstufen erkennen, die steil nach unten führten. Eric hielt die Fackel in der einen Hand und zog Elen mit der anderen mit sich.

Henrick legte seine Hand in ihren Nacken. »Wenn du nicht mit dem Kopf vorausgehen willst, setzt du dich besser in Bewegung. Sofort. Wir haben keine Zeit.«

Das Hämmern an der Tür drang nur noch gedämpft in den Tunnel und wurde schwächer, je weiter sie nach unten stiegen. Deidre überlegte sich, wie lange Angus brauchen würde, um eine Axt zu holen und die massive Eichentür zu zerschlagen.

Schließlich erreichten sie eine kleine Höhle, die noch nicht einmal hoch genug war, um aufrecht darin zu stehen. Eiskaltes Wasser umspülte Deidres nackten Füße und tränkte den Saum ihres Nachtgewands, als sie sich krümmend durch das Loch zwängte.

»Geht es Euch gut?«, fragte sie Elen besorgt.

Zu ihrer Überraschung schien Elen ruhig zu sein. Sie lächelte und tätschelte Deidres Hand. »Was auch geschehen mag, rette dich selbst, wenn du kannst.«

»Nicht ohne Euch«, flüsterte Deidre zurück.

»Hört auf zu plappern!« Eric zog ein kleines, mit Leder bezogenes Ruderboot aus dem Schilf, das nahe dem Ufer des Forth versteckt lag. »Steigt ein.«

Sie taten, wie ihnen befohlen wurde. So wie das leichte runde Boot in der schnellen Strömung auf und ab hüpfte, war sich Deidre fast sicher, dass sie die Reise zu dem Ort, an dem die Langboote sie erwarteten, nicht überleben würden.

Deshalb war sie umso überraschter, als Eric sich von den tieferen Gewässern entfernte und in Richtung Küste paddelte. Henrick lockerte seinen Griff bei den beiden Frauen und griff sich ebenfalls einen Pfahl, um sich gegen die Strömung zu stemmen.

Elen geriet in Bewegung. Aus Panik oder dem plötzlichen Gefühl, Selbstmord wäre besser als Gefangenschaft – Deidre sollte es niemals herausfinden. Elen stand unvermittelt auf, und das kleine Boot begann zu schlingern. Beide Männer versuchten fluchend, das Boot wieder zu stabilisieren, und ehe Deidre es wagte, ihren Griff von der Seite des Bootes zu lösen, war Elen in das eiskalte Wasser gefallen.

Deidre lehnte sich über das Boot und versuchte einen Fuß oder einen Fetzen ihres Kleides zu fassen zu bekommen, wurde aber sofort an den Haaren zurückgerissen. Den Schmerz bemerkte sie noch nicht einmal. Elen wurde immer schneller in die weite Wasserfläche hinausgezogen, die auf das offene Meer führte.

Eric stützte sich fluchend auf seinen Pfahl und lehnte sich hinaus, um Elen zu fassen zu bekommen, aber sie war schon außer Reichweite.

Deidre musste hilflos zusehen, wie die schwachen Arme keine richtigen Schwimmbewegungen zustande brachten. Dann verschwand Elen unter der Wasseroberfläche. Deidre kniff die Augen zusammen, konnte aber nichts mehr erkennen, auch die Strahlen des Mondes halfen nicht. Keine Schreie oder Hilferufe erfüllten die Luft, nur das Geräusch der sich brechenden Wellen in der ewigen Strömung des Meeres.

Mit einem letzten gewaltigen Schlag zerbarst die Tür, und Angus, Turius und Gilead fielen beinah in den Raum, die gezogenen Schwerter in den Händen.

»Wo ist sie?«, fragte Gilead. »Ich bin mir sicher, dass der Schrei aus ihrem Zimmer kam.«

»Ja, ich habe es auch gehört«, sagte Angus düster und ging zu dem kleinen Tisch hinüber. Er berührte etwas an der Wand, und zu Gileads Staunen öffnete sich ein Geheimgang.

»Ich wusste überhaupt nicht, dass es das gibt!«

»Er führt hinunter zum Meer«, sagte Angus. »Der Laird, der die Burg gebaut hat, wollte, wenn nötig, einen sicheren Fluchtweg haben.«

Turius schob sein Schwert in die Scheide. »Wir machen uns besser auf den Weg. Wer sie auch entführt hat, sie haben schon einen guten Vorsprung.«

Kurze Zeit später wateten sie aus dem seichten Wasser der Höhle auf festes Land. Angus bückte sich. »Hier ist etwas gezogen worden«, sagte er, als er mit der Hand über den Schlamm streifte.

»Höchstwahrscheinlich ein Boot«, stimmte Turius zu, »klein genug, um es gut verstecken zu können.«

Angus erhob sich. »Ein kleines Boot, das gerade groß genug ist für ein oder zwei Männer und eine Frau. Sie werden sich also kaum in die schnelle Ebbeströmung stürzen.«

»Dann steuern sie Richtung Meer«, sagte Gilead. »Denkst du, die Sachsen haben nach dem Gemetzel heute ihre Lektion noch nicht gelernt?«

Turius schnaubte. »Sie fürchten den Tod nicht. Wenn sie in der Schlacht sterben, bringt sie eine ihrer Walküren direkt nach Walhalla.« Er wandte sich an Angus. »Aber wie konnten sie von dem Geheimgang wissen?«

»Ich habe nicht die leiseste Ahnung«, antwortete er, »aber

ich werde es herausfinden. Turius, kehre du um und wecke die Männer. Erteile ihnen Befehle, sich an der Küste zu verteilen und nach Langbooten Ausschau zu halten. Ich werde hier am Ufer suchen.«

»Vielleicht ist es nicht klug, alleine zu gehen«, wandte Turius ein. »Wenn du auf eine Gruppe von ihnen stößt …«

»Ich kenne die Küste hier sehr gut«, antwortete Angus. »Eine halbe Wegstunde von hier entfernt befindet sich eine felsige Anlegestelle. Das Wasser dahinter ist still genug, um darin zu schwimmen. Wenn die Sachsen Elen entführt haben, hat sich derjenige dort wahrscheinlich Pferde bereitgestellt.«

Gilead kannte die Stelle und fragte sich plötzlich, ob das nicht wieder einer der Schlupfwinkel für seine Schäferstündchen mit Formorian war. Das Bild der nackten Formorian, die Angus spielerisch mit Wasser bespritzte, stieg ungewollt vor seinem inneren Auge auf. Und dann schob sich ein anderes Bild davor. Deidre, nur so weit im Wasser, dass ihre Brüste unbedeckt waren, steife Brustwarzen … Er schüttelte schnell den Kopf, um wieder klar zu werden. Seine Mutter war entführt worden, Himmelherrgott noch mal!

»Ich begleite dich«, sagte er.

Einen Moment lang sah Angus aus, als wolle er widersprechen, aber dann nickte er. Sie bewegten sich im Wald, geschützt vor den Blicken von Männern, die ihnen auflauern könnten, und folgten so nah wie möglich dem Ufer. Sie sprachen nicht, hielten ihre Augen fest auf die Küste gerichtet und ihre Ohren offen für ungewöhnliche Geräusche, aber der Wald blieb still. Noch nicht einmal ihre Schritte machten auf den feuchten Kiefernnadeln und dem Bett aus Moos ein Geräusch. Keine ganze Stunde später traten sie vorsichtig aus dem Wald heraus in Richtung des Wassers.

Gilead konnte den zerklüfteten Rand der Anlegestelle aufragen sehen, dann schob sich eine Wolke vor den Mond und trübte die Sicht. Als das schwache Licht zurückkehrte, wäre er fast über ein nasses Bündel gestolpert.

Er blickte nach unten und stieß dann einen dunklen Schrei aus, der Angus herumfahren ließ. »Was ist?«

Aber Gilead kniete schon auf dem Boden und hielt das zusammengefallene Bündel in seinen Armen, das seine Mutter gewesen war.

Es dämmerte. Züngelnde Flammen zerrissen den noch dunklen Himmel, als Deidres Entführer sie in das Lager der Sachsen führten.

Sie waren fast die ganze Nacht auf Wildwegen geritten, manchmal hatten sie sich auch ihren Weg durch das dichte Buschwerk im Wald gebahnt. Deidres Beine waren verkratzt und ihre Füße wund von den Stellen, an denen sie absteigen und die Pferde führen mussten, aber ihre Handgelenke schmerzten am meisten. Sie waren von dem Seil, mit dem ihre Hände gefesselt waren, schon lange wund gescheuert.

So froh sie auch war, endlich dem Sattel und Henricks Griff entkommen zu können, musste sie doch bei dem Anblick von etwa zwanzig Barbaren in den verschiedensten Stufen der morgendlichen Nacktheit einen Aufschrei unterdrücken.

Ein riesiger Mann mit buschigem Bart trampelte zu ihr herüber. »Hast du uns ein hübsches Stück Fleisch mitgebracht, Henrick?« Mit lüsternem Blick griff er nach ihrer Brust.

Henrick sah ihn düster an und schob seine Hand beiseite. »Ich habe sie noch nicht gehabt. Du wirst warten müssen, bis du dran bist.«

Deidre zuckte zusammen. Wie lange konnte sie es verhindern, vergewaltigt zu werden? Als sie jetzt sah, wie die Männer den Kreis um sie schlossen – würde sie es überhaupt überleben, wenn sie erst einmal damit begonnen hatten? So wollte sie ganz sicher ihre Jungfräulichkeit nicht verlieren, ganz zu schweigen davon, von Wilden zerrissen zu werden, bis sie starb.

Was hätte sie dafür gegeben, wie Formorian im Kampf geschult zu sein, aber sie trug noch nicht einmal den Sgian Dubh bei sich, den Strumpfdolch, den ihr die Königin gegeben hatte. Clotilde hatte sie zu sehr beschützt aus Angst, ihre Ehre würde verletzt, und Deidre hatte sich nur zu gern in den Geschichten von einer perfekten Welt vergraben, in denen edle Ritter Jungfrauen in Not retteten. Sie kämpfte gegen ihre Angst an. In diesem verfluchten Buch kam Lancelot Gwenhwyfar zu Hilfe und rettete sie, als sie entführt wurde. Aber in dieser Welt gab es keinen Lancelot oder irgendwelche anderen edlen Ritter. Gilead war nahe dran, aber er war verwundet. Würde denn überhaupt jemand auf die Idee kommen, sie zu suchen? Sie würden sich viel mehr um Elens Verschwinden sorgen. Ihr blieb nichts anderes, als für sich selbst zu kämpfen, und die Chancen standen nicht zum Besten.

Ein anderer Mann trat vor und schwenkte einen Sack mit Münzen vor Henricks Gesicht. »Das gehört dir, wenn ich sie zuerst haben kann.«

Auch andere traten vor und wühlten in ihren Taschen nach Münzen. »Ich zahle mehr als er«, brüllte einer, nur um von einem anderen übertönt zu werden, der rief: »Du Schwachkopf! Ich habe mehr Geld als ihr alle zusammen!«

Jemand schob Henrick beiseite und griff nach Deidres Arm. Sie versuchte ihn zu treten, aber sein Schienbein spürte ihre nackten Füße kaum. Er lachte nur, als er sie an sich zog, um sie zu küssen, aber sie wurde weggerissen, bevor es so weit kam. Plötzlich drängelte sich einer um den anderen an sie, jeder um das erste Recht wetteifernd, wie es schien. Sie stolperte und wäre gefallen, wenn nicht jedes Mal ein anderes Paar Arme aufgetaucht wäre, das sie begrabschen wollte. Überall. An Stellen, an denen sie nur Gilead berühren sollte.

»Halt!«

Das Gerangel wurde jäh unterbrochen, und die Männer ließen von ihr ab. Der Mann, der diesen Befehl gegeben hatte, sah seine Männer finster an, als er jetzt durch ihre schweigenden Reihen schritt und vor ihr stehen blieb.

Er trug kein Hemd und sein blondes Haar fiel nass und offen über seine Schultern. Offensichtlich war er mitten in seiner morgendlichen Waschung und wirkte nicht erfreut darüber, unterbrochen worden zu sein. Er war beinahe so groß wie Angus, und Deidre versuchte die vielen Kampfwunden, die seine Brust und seine sehr muskulösen Arme überzogen, nicht zu beachten. Zweifellos brauchte er nur eine seiner massiven Hände, um die schwere, tödliche Streitaxt zu schwingen.

Seine Augen hatten das helle Blau eines Gletschers und sahen sie genauso kalt an. Deidre zitterte trotz des Feuers, das dem Morgen seine Kühle nahm. Aber die Stimme des Mannes klang höflich, als er jetzt sprach.

»Mein Name ist Ida. Willkommen in meinem vorläufigen Lager. Ich nehme an, dass dir auf dem Weg hierher nichts geschehen ist?« Als sie nicht antwortete, verengte er die Augen. Er umfasste ihr Kinn mit Daumen und Zeigefinger und drehte ihren Kopf zur Seite.

»Wo kommt diese Schwellung her?«

Über ihren Fluchtplänen hatte sie den Schlag, den ihr Henrick versetzt hatte, fast vergessen. Jetzt wurde ihr die Schwellung wieder bewusst, und sie verzog vor Schmerz das Gesicht. »Ich habe es gewagt, Eure freundliche Einladung abzulehnen«, sagte sie, kühner als sie sich fühlte.

Seine Augen blitzen auf, entweder aus Wut über ihren Sarkasmus oder aus Belustigung – sie konnte es nicht erkennen.

»Welcher der beiden hat dich geschlagen?«

Der Blick blanken Schreckens auf Henricks Gesicht entging ihr nicht. Tja.

Sie deutete auf ihn.

Ida ließ seine Hand sinken und wandte sich um. Niemand sprach ein Wort, aber Henrick trat mit bleichem Gesicht vor. Ida schien sich kaum zu bewegen, doch das Knirschen seiner Faust auf Knochen klang wie Donner. Henrick ging zu Boden und hielt sich die blutende Nase.

Ida sah seine Männer an. »Scheuert euch meinetwegen an jeder anderen Frau, die euch über den Weg läuft, wund, aber dieser Geisel hier wird nichts geschehen. Nicht, solange ich sie für ein Recht auf Land eintauschen kann. Hat irgendjemand etwas dagegen?

Die Männer schüttelten schnell ihre Köpfe und kehrten zu ihren Aufgaben zurück. Eric sah Deidre fast flehend an, als er sich, Henrick stützend, entfernte.

Ida blickte zu ihr hinab. »Du brauchst keine Angst zu haben, solange du hier bist. Sobald uns dein Gemahl genügend Land überlässt, damit wir uns dort niederlassen können, geben wir dich frei.«

Ihr Gemahl? Land? Deidre starrte ihn an, bis ihr langsam ein Licht aufging. Er hielt sie für Elen! Die Entführung war also durch und durch geplant gewesen, das Gemetzel gestern nur ein Ablenkungsmanöver. Aber Elen war ertrunken. Kein Wunder, dass Eric sie so angesehen hatte. Wenn Ida herausfand, dass sie nicht die richtige Frau entführt hatten, stand ihnen weit Schlimmeres als eine blutige Nase bevor.

Angus würde für sie kein Lösegeld zahlen. Er würde noch nicht einmal nach ihr suchen, falls sie Elen fanden. Was würde Ida tun, wenn er herausfand, dass sie nur eine Zofe war?

»Ich will wissen, was geschehen ist«, sagte Angus in Elens Gemach von seinem Platz am Tisch aus.

Gilead blickte auf und schob die Decke unter das Kinn seiner Mutter. »Sie hat viel durchgemacht, Vater. Lass sie etwas schlafen.«

Brena machte ein missbilligendes Geräusch in Angus' Richtung und schob die warmen Tonscherben unter die Decke zu Elens Füßen. »Ja. Mylady sollte ruhen.«

Angus ignorierte ihren Protest. »Es dämmert fast. Wir müssen kampfbereit sein. Warum gehst du nicht und bringst uns allen etwas Wein?«

Er wartete, bis sie verschwunden war, und ging dann zum Bett hinüber. »Ich muss es wissen, Elen. Wahrscheinlich werden wir schon sehr bald angegriffen.«

Ihre Stimme war schwach, und er neigte sich zu ihr, um sie besser verstehen zu können. »Brena hat meinen Schlaftrunk auf den Tisch gestellt. Gerade als sie ging, öffnete sich die Wand … Sachsen … zwei …« Ihre Stimme wurde schwächer und ihre Augen schlossen sich.

Gilead fühlte ihren Puls und setzte sich dann erleichtert zurück. »Sie ist noch am Leben.«

Angus fluchte vor sich hin. Wer konnte von diesem Geheimgang wissen? Er und Mori hatten ihn früher benutzt, als sie schon mit Turius verheiratet worden war, und er noch allein. Sein Vater hatte ihm den Gang gezeigt, bevor er starb, und ihm eingeschärft, dass nicht einmal die treuesten Bediensteten davon wissen durften. Und daran hatte er sich gehalten. Noch nicht einmal Gilead wusste davon, denn sein argwöhnischer Sohn würde bestimmt das Schlimmste mit ihm und Mori vermuten.

Elen öffnete wieder ihre Augen und deutete lahm auf Gilead. »Deidre …«

Er nahm ihre Hand. »Soll ich sie für dich holen? Sie ist wahrscheinlich mittlerweile wach.«

Sie sah gequält aus. »Nein. Sie … ist verschwunden …«

Angus zog die Augenbrauen hoch. »Was meinst du, verschwunden?« Hatte dieses Luder etwa irgendwie den Geheimgang entdeckt?« Wenn sie eine Spionin der Sachsen war, bei Dagda, er würde sie eigenhändig erlegen.

»Sie haben sie auch mitgenommen«, flüsterte Elen.

Er beugte sich tiefer. »Wohin?«

»Ich weiß es nicht. Wir waren im Boot auf dem Weg zum Ufer … dann fiel ich ins Wasser.«

Gilead sprang auf. »Wahrscheinlich bei der Anlegestelle.« Er küsste seine Mutter schnell auf die Stirn und stürzte zur Tür.

»Wo willst du hin?«, fragte Angus.

»Ich werde nach ihr suchen. Jetzt, bei Ebbe, sieht man wahrscheinlich noch Spuren im Schlamm.«

»In deiner Verfassung kannst du nicht reiten«, herrschte ihn Angus an. »Du hast die Wunde ohnehin schon geöffnet, weil wir heute Nacht gelaufen sind. Turius' Männer sind bereit, sobald sie ihr Morgenmahl eingenommen haben. Dann machen wir uns auf den Weg.«

»Ich warte nicht«, antwortete Gilead. »Alleine bin ich schneller.«

Angus sah ihm nach und blickte dann auf seine schlafende Frau. In ihr Gesicht war etwas Farbe zurückgekehrt. Brenas Trank zeigte also Wirkung. Müde wandte er sich zum Gehen.

Formorian erwartete ihn ihm Saal, einen halb mit Whisky gefüllten Kelch in der Hand. »Wie geht es ihr?«, fragte sie, als sie ihm das Getränk reichte.

Er nahm einen großen Schluck und legte einen Arm um ihre Schultern. »Sie lebt.« Er zögerte. »Hast du jemals jemandem von dem Geheimgang erzählt?«

»Unser Stelldichein-Tunnel?« fragte sie überrascht. »Nein.«

»Jemand hat ihn gefunden. Auf diesem Weg sind die Sachsen eingedrungen. Ich werde ihn vernageln lassen.« Er seufzte. »Sie haben auch Deidre entführt. Gilead, der Narr, versucht sie zu finden, was bedeutet, dass Turius und ich ihm folgen müssen.«

»Sicherlich«, sagte Formorian. »Wie könntest du auch anders.«

Er zog sie an sich und legte seinen Kopf auf ihren. »Weil ich mir nicht sicher bin, ob sie nicht freiwillig mitgegangen ist. Es besteht immerhin die Möglichkeit, dass sie eine sächsische Spionin ist.«

Sie wand sich aus seinem Arm und blickte zu ihm auf. »Das ist doch nicht dein Ernst!«

»Warum nicht?«, fragte er lächelnd und fuhr mit einem Finger über ihre Wange. »Ich habe ihre Geschichte von den Banditen nie geglaubt.« Seine Hand wanderte nach unten, um über ihre Brust zu streicheln.

Formorian fing sie ab. »Das glaube ich auch nicht, aber ich vermute, dass etwas anderes dahintersteckt. Das Mädchen hat manchmal etwas Geheimnisvolles an sich, als sähe sie Dinge, die wir nicht sehen können.«

Angus zog eine Augenbraue hoch. »Du hältst sie für eine Hellseherin?«

»Nein, aber ich glaube, sie sucht nach etwas. Der Steinkreis … die Grabungen, die Gilead und sie gemacht haben …«

»Welche Grabungen?«

»Bei der alten Einsiedelei«, sagte Formorian. »Zwei von Turius' Männern haben sie dort gesehen.«

»Aber warum?«

»Ich weiß es nicht«, antwortete sie. »Aber ich glaube du musst beide finden, bevor auch noch Gilead gefangengenommen wird. Ida würde nicht gerade sanft mit ihm umspringen.«

»Du hast recht«, seufzte Angus und küsste sie auf die Stirn. »Aber wenn wir zurückkommen, dann belohnst du mich für die Rettung der Narren?«

Formorian lächelte. »Ich werde mir etwas einfallen lassen.«

Gilead stieg ab und bückte sich. Hier waren die Spuren. Zwei paar Stiefel und ein Paar kleinere, nackte Füße. *Deidre trug keine Schuhe!* Wenn sie bei dem Schrei seiner Mutter schon im Bett gewesen war, konnte sie kaum mehr am Leib haben als ein Nachthemd und vielleicht einen Umhang. Sie würde frieren, und er betete, dass ihre Entführer sie nicht vergewaltigt hatte. Keine Frau verdiente so etwas, und Deidre hatte nur versucht, seiner Mutter zu helfen.

Er folgte den Spuren, wo das Boot am schlammigen Ufer aufgesetzt war. Es lag hinter dichtem Ginster verborgen. Etwas weiter war der Schlamm von Hufen aufgewühlt. Zwei, wie es aussah. Das bedeutete, dass einer der Männer Deidre mit im Sattel hatte, und das würde sie bremsen.

Gilead saß wieder auf und folgte dem Wildpfad. Wo der Boden fester wurde, verloren sich die Spuren, aber es gab genügend gebrochene Äste und zertrampeltes Farnkraut, das ihm den Weg wies. Diese Narren waren ungeschickt und hatten keine Zeit darauf verwendet, ihre Spuren zu verwischen. Warum waren sie an Land nach Norden geritten? War es eine Falle? Oder hatte sich seine Mutter getäuscht und es waren doch keine Sachsen?

Und wer konnte von dem Geheimgang gewusst haben? Sein Vater hatte gesagt, dass dieses Geheimnis nur von dem Vater an den Sohn weitergegeben wurde. Tief in seinem Bewusstsein formte sich langsam ein Gedanke. Und dann hatte er die Lösung – Formorian. Elens Gemach war vor der Heirat seines Vaters das schönste Gästezimmer gewesen. Der Geheimgang war der ideale Weg, um unentdeckt Angus aufzusuchen. Die Haare auf seinem Arm stellten sich auf. War es möglich, dass Formorian hinter der Entführung seiner Mutter steckte? Elens Verschwinden hätte ihr das Leben sicher leichter gemacht, auch wenn sie noch immer mit Turius verheiratet war. Sie und sein Vater könnten den Tunnel wieder benutzen. Wenn sie sich Söldner gesucht hatte, die über Land reisten und nicht übers Meer, dann ergab es alles einen Sinn.

Er musste nahe Lake Leven sein, dachte er, als er sich tiefer in den Wald hineinarbeitete und jetzt zu Fuß sein Pferd hinter ihm führte. Tiefhängende Zweige zwangen ihn dazu, sich zu bücken, und Malcolms Kopf mit sich nach unten zu ziehen, als er sich durch das Dickicht schlug. Wo um alles in der Welt hatten sie Deidre hingebracht? Das Gestrüpp zerriss seine Kleider, spitze Dornen bohrten sich ihm in die Hand, als er sie zur Seite schob. Er entdeckte einen braunen Fleck auf den Piniennadeln und ließ sich auf die Knie sinken. Getrocknetes Blut. War Deidre verletzt oder waren nur ihre Füße zerschnitten?

Er ging weiter. Etwas später stieß er auf ein Stück Stoff, dass sich an dem knorrigen Stamm einer Tanne verfangen hatte. Weißes Leinen, ohne Zweifel von ihrem Nachtgewand. Das klebrige Harz verdeckte den Blutfleck darauf nicht. Gilead rieb es zwischen seinen Fingern, die sich rötlich verfärbten. Frisches Blut. Das bedeutete, dass sie nicht allzu weit sein konnten. Aber Deidre war verletzt.

Er ballte seine Hände zu Fäusten und biss die Zähne zusammen. Hoffentlich würde er sie rechtzeitig finden.

Deidre fühlte sich wie ein Hase, weit von seinem Bau entfernt, und der Dachs, der sie beobachtete, spielte nur auf Zeit. Sie zog die übergroße, wollene Tunika enger um sich und schob ihre Beine unter ihren Hintern, als sie jetzt mit einem Stück gebratenem Hasen am mittäglichen Feuer saß. Sie zwang sich zu essen. Sie würde ihre ganze Kraft brauchen, sollte sich eine Möglichkeit zur Flucht ergeben.

Über das Feuer hinweg betrachtete Ida sie mit berechnender Gelassenheit.

»Ich hätte erwartet, dass du älter bist«, sagte er.

Schon wieder. Den ganzen Morgen über hatte er ihr seltsame Fragen gestellt, als ob er sichergehen wollte, dass sie wirklich Elen war. Sie hatte sich das Gehirn zermartert, um ihm einigermaßen glaubhafte Antworten zu präsentieren.

»Ich war nur einen Vollmond über das Kindesalter hinaus, als Angus mich heiratete«, antwortete sie.

»Hmm. Hast du nicht schon einen erwachsenen Sohn?«

»Er hat gerade erst das Mannesalter erreicht.« Deidre konnte nur hoffen, dass er Gilead noch nie gesehen hatte. Falls doch, wüsste er, dass sie log. Sie glaubte nicht, Ida beim Kampf im Burghof gesehen zu haben, aber andererseits hatte sie auch kaum Zeit gehabt, sich irgendetwas anzusehen.

Nachdenklich verengte er die Augen. »Ich habe außerdem gehört, dass du kränklich seist. Du aber siehst gesund aus.«

Wie konnte er das wissen? Jemand, der sich am Hof auskannte, musste ihm das gesagt haben. Wer konnte der Verräter innerhalb der Burgmauern sein? Ihr erster Gedanke war Formorian, aber sie konnte sich nicht vorstellen, wie die Königin mit den Sachsen verhandelte, sogar wenn es ihr helfen sollte, Elen loszuwerden. Nein, Formorian hatte einer Ehe mit Turius zugestimmt, um ihr Land zu retten, obwohl sie Angus liebte. Sie würde niemals zulassen, dass die Sachsen es besetzen. Wer dann? Wer konnte dieser schreckliche Schurke sein?

»Ich habe mich erst vor kurzem etwas erholt«, sagte sie.

»So scheint es«, sagte Ida und ließ seinen Blick über ihre vollen Brüste und die üppigen Kurven wandern.

Deidre verschränkte die Arme in dem Versuch, ihren wohlgenährten Körper zu verdecken. Ida schützte sie, weil er sie für eine wertvolle Geisel hielt, aber er hatte seinen Männern gesagt, dass sie über jede andere Frau herfallen konnten. Der gierige Blick in seinen Augen sagte ihr, dass er sie wahrscheinlich als Erster nehmen würde, wenn er die Wahrheit herausbekam.

»Ich danke Euch für Euren Schutz«, sagte sie, »und ich werde dafür sorgen, dass mein Mann erfährt, dass Ihr mich gut behandelt habt.«

Er neigte seinen Kopf. »Es muss nicht noch mehr Blut vergossen werden, außer wenn Angus es so wünscht. Ich habe einen Boten ausgesandt, dass ich dich – unverletzt – gegen das Recht auf Land eintausche. Er muss nur noch zustimmen.«

Deidres Mut verließ sie. Angus würde niemals zustimmen. Wäre Formorian entführt worden, hätten beide, Turius und Angus, ohne zu zögern ihre kompletten Armeen auf die Sachsen gehetzt. Und weil Elens Vater ein mächtiger irischer König war, hätte Angus zumindest einen glaubhaften Versuch unternehmen müssen, seine Frau zurückzubekommen. Sicher war Elens Körper mittlerweile an Land geschwemmt worden, warum also sollte Angus jemand auf die Suche nach einer Fremden schicken, noch dazu einer, der er nicht über den Weg traute? Deidre rechnete sich aus, dass ihr mit etwas Glück zwei Tage bleiben würden, bis Idas Bote mit der Nachricht zurückkehrte, dass sie die falsche Frau entführt hatten. Sie zwang sich zu lächeln.

»Ich bin überzeugt, dass Euer Bote in ein oder zwei Tagen mit guten Nachrichten zurück sein wird. Ich warte sehnsüchtig darauf, nach Hause zurückkehren zu können und wieder mit meiner Familie vereint zu sein.«

»Du wirst nicht direkt nach Hause zurückkehren«, antwortete Ida und riss sich einen Fetzen Fleisch von dem Hasen in seiner Hand.

Sie versuchte, nicht darauf zu achten, wie viel Kraft in diesen Händen lag. »Was heißt das?«

Er kaute zu Ende und schluckte, bevor er zum Sprechen ansetzte. »Ich glaube, Angus ist eher bereit zu verhandeln, wenn du sicher an einem Ort verwahrt bist, an dem er dich nicht erreichen kann. Eines der Keilboote wird dich in meine Heimat bringen. Der Rest von uns wird vor der Küste auf eine Antwort warten.«

Deidre hoffte, dass ihre Stimme nicht ihre Verzweiflung verriet. »Das ist nicht nötig. Mein Gemahl würde niemals angreifen, wenn er mich damit in Gefahr bringen würde.«

Ida grinste. »Ich bin kein Narr. Bis ich genügend Männer zusammenhabe, um irgendwelche Angriffe abzuwehren, die dein Gemahl wahrscheinlich plant, wirst du mein Gast sein … auf der anderen Seite der See.«

Seine Gefangene wohl eher. Und der Stein? Noch immer spürte sie, dass er in ihrer Nähe war, oder zumindest der Schlüssel, der sie zu ihm führen würde. Dort, wo Ida sie hinschicken wollte, würde sie ihn niemals finden. Vielmehr konnte sie sich glücklich schätzen, wenn er sie nicht töten ließ, hatte er erst herausgefunden, dass er übers Ohr gehauen worden war. Sie durfte nicht von hier weggebracht werden. Und sie musste fliehen. Heute Nacht.

»Natürlich seid Ihr kein Narr. Aber mein Gemahl wird *sehen* wollen, dass es mir gutgeht, bevor er sich auf etwas einlässt.«

Ida sah sie mit offenem Blick an. »Wie du vielleicht bemerkt hast, ist dieses Heer sehr klein. Wir werden nicht wie Enten hier sitzen und warten, bis das Heer deines Mannes uns umzingelt hat. Die Langboote erwarten uns an der Mündung des Leven. Bei Flut segeln wir.«

Flut? Letzte Nacht hatte Ebbe geherrscht. Deidre rechnete schnell nach. Die nächste Flut würde wahrscheinlich bei Dämmerung einsetzen, und sie mussten noch einige Meilen den Fluss entlang. Nicht viel Zeit, um ihre Flucht zu planen. Sie brauchte Zeit zum Nachdenken.

»Würdet Ihr mich entschuldigen? Ich möchte mich gerne etwas hinlegen.«

Ida nickte und bedeutete einem seiner Männer, sie zu einem der Zelte zu führen. »Und halte Wache«, fügte er hinzu.

Deidre war überrascht, wie geräumig das Innere des Zeltes war. An der einen Seite stand eine Liege, und zwei Baumstämme ergaben behelfsmäßig Stuhl und Tisch. Auf dem »Tisch« stand ein Wasserkrug und eine Schüssel, daneben lag ein Waschtuch, Seife und ein Rasierriemen. Das musste Idas Zelt sein, und einen Augenblick lang ergriff sie Panik. Würde er es mit ihr teilen wollen? Wahrscheinlich. Noch ein Grund, warum sie von hier fortmusste.

Sie wusch den Schmutz der Reise der vergangenen Nacht ab und legte sich auf die Liege, um nachzudenken. Schon bald vernahm sie draußen Stimmen.

»Was willst du?«, fragte die Wache den Besucher.

»Ich löse dich ab, damit du essen kannst«, antwortete die zweite Stimme, die sie als Henricks erkannte. Der hatte ihr gerade noch gefehlt. Sie hatte den bluttrünstigen Blick in seinen Augen gesehen, den er ihr zugeworfen hatte, als er abgeführt wurde. Als ob es ihre Schuld gewesen wäre, dass ihm Ida die Nase gebrochen hatte. Sie sprang von der Liege auf, um der Wache zu sagen, dass er sie nicht mit Henrick allein lassen sollte, aber als sie die Klappe zurückschlug, ging er schon pfeifend auf das Feuer mit dem Essen zu.

Sie wich zurück, aber Henrick folgte ihr ins Zelt. Seine grotesk angeschwollene Nase unterstrich seine gefletschten Zähne noch, die niemand für ein Lächeln halten konnte.

»Dafür wirst du bezahlen«, sagte er, auf sein Gesicht deutend.

Deidre sprang hinter den Tisch, um ein Hindernis zwischen sich und ihn zu bringen. »Ida hat dir befohlen, mich in Ruhe zu lassen.«

Das schreckliche Grinsen wurde breiter. »Ida ist zum Fluss gegangen, um nach den Booten zu sehen. Bis er zurückkehrt, bin ich schon längst fertig.« Er öffnete seine Trews. »Du schuldest mir einen guten Ritt. Wenn du willig bist, hast du es leichter.«

Willig? Er war ungefähr genauso anziehend wie Niall, wenn auch nicht so alt. Wachsam drehte sie sich von ihm weg, sorgfältig darauf bedacht, nicht zu viel Abstand zwischen sich und den Tisch zu bringen. Sie brauchte dieses Hindernis direkt vor sich.

Er wandte sich nach rechts; sie tat das Gleiche. Er ging nach links, und sie ahmte ihn nach. Dann täuschte er rechts an und wieder zurück nach links. Deidre stürzte zur Klappe.

Er fing sie um die Hüfte und warf sie auf die Liege, sein Körper auf ihrem drückte sie nach unten. Sie kämpfte, presste mit ihren Fäusten gegen seine Brust und wandte den Kopf von seinem Kuss ab. Sie hatte nicht genügend Platz, um ihn zu treten, also schlang sie ihre Beine umeinander so fest sie konnte. Er lachte, schob ihre Tunika hoch, griff mit einer Hand an ihre Brust und drückte fest zu. Deidre keuchte vor Schmerz und schlug ihm ins Gesicht. Er knurrte einen Fluch und riss ihr die Hände über den Kopf, wobei er mit einer Hand ihre Handgelenke festhielt und mit der anderen ihre Beine zu spreizen versuchte. Es gelang ihm, sein Knie zwischen ihre Schenkel zu schieben und er wollte sich gerade aus seinen Trews schälen, als draußen ein Tumult entstand.

»Ich habe niemanden geschickt, um dich abzulösen«, brüllte Ida.

In einer schnellen Bewegung rollte sich Henrick von Deidre herunter und schob sein geschwollenes Glied in seine Hose zurück, die er mit zitternden Händen verschnürte. »Wenn du ein Wort sagst, töte ich dich.«

Erstaunt sah ihm Deidre zu, wie er sich auf den Baumstumpf setzte, als Ida hereingestürmt kam, gefolgt von der rot angelaufenen Wache. Die Röte war keine Schamesröte; Deidre konnte den Abdruck sehen, den Idas Faust hinterlassen hatte.

»Warum bist du hier drin?«, fragte er Henrick argwöhnisch.

Henrick sah der Wache ins Gesicht und antwortete dann: »Ich wollte ihm Gelegenheit geben, etwas zu essen.« Er warf einen Blick auf Deidre. »Ich wollte mich bei der – Lairdess – entschuldigen, weil ich ihr Angst eingejagt habe.«

Die Betonung des Wortes »Lairdess« sollte Deidre unmissverständlich zu verstehen geben, dass er ihr Geheimnis wahren würde, wenn sie seines wahrte.

»Ist das wahr?«, fragte Ida.

Sie verabscheute es, Henrick nachgeben zu müssen. »Ich habe seine Entschuldigung angenommen, aber es wäre mir lieber, wenn Ihr mir eine andere Wache geben würdet.«

Ida entließ die beiden Krieger mit einem kurzen Kopfnicken, ging dann zur Klappe und rief eine andere Wache. Der Mann – kaum mehr als ein Junge – hatte den frischen Ausdruck eines Menschen, der noch nicht viele Kämpfe miterlebt hatte.

»Carr«, sagte Ida. »Ich will, dass du die Dame bewachst. *Niemand* darf zu ihr hinein, keine Ausnahmen. Der Koch wird ihr Essen und deines heute Abend hierherbringen. Kann ich mich darauf verlassen, dass du mich nicht enttäuschst?«

»Ja, mein Prinz«, antwortete er mit einem leichten Zittern in der Stimme.

An dem ehrfurchtsvollen Ausdruck in seinem Gesicht konnte Deidre sehen, dass er das als große Ehre betrachtete. Warum hatte sie ihn zuvor nicht bemerkt?

Er plazierte sich breitbeinig und mit verschränkten Armen vor ihrem Zelt, was ihm allerdings eher das Aussehen eines Welpen gab, der versuchte, gefährlich zu wirken, als das einer bewaffneten Wache. Das Saexe an seinem Gürtel dagegen war doch sehr real.

Deidre setzte sich auf den Baumstumpf und versuchte sich zu konzentrieren. Das Zelt lag am Rande des Lagers. Wenn sie einen Weg finden würde, ein Loch in den hinteren Teil des Zelts zu schneiden, könnte sie vielleicht entkommen. Irgendwie musste sie an dieses Messer gelangen. Sie sah sich nach einem Knüppel oder Ähnlichem um, den man als Waffe benutzen konnte. Ida hatte alles, was anderen gefährlich werden konnte, entfernen lassen und trug zweifellos seine Streitaxt und sein Schwert bei sich; nicht dass sie die Kraft gehabt hätte das eine oder andere in der Luft zu schwingen.

Sie hob den Wasserkrug und die Schüssel an. Beide waren zu leicht, um jemanden damit zu verletzen. Ihr Blick fiel auf den Nachttopf, der in eine Ecke geschoben war. Er war aus massivem Messing und sicher schwer. Deidre hob ihn vorsichtig an – zum Glück war er leer. Schnell trug sie ihn in die Nähe der Klappe und legte sich dann wieder auf die Liege, um auf das Abendessen zu warten. Sie wünschte, sie könnte kurz schlafen, aber ihr Körper war zu angespannt, um Ruhe zu finden. Das war ihre einzige Chance. Es musste funktionieren.

Die Schatten senkten sich in dem schwindenden nördlichen Dämmerlicht, als sie hörte, dass der Koch mit dem Essen kam. Der Eintopf roch gut, aber sie ignorierte das Knurren ihres Magens. Sollte ihr Plan funktionieren, blieb ihr keine Zeit zum Essen.

»Euer Essen ist bereit«, rief Carr.

»Kannst du es hereinbringen, bitte? Und bring deines mit und iss mit mir«, antwortete Deidre in einer wie sie hoffte, verführerischen Stimme. Wenn der junge Wärter beide Hände voll hatte, umso besser.

Sie sah wie sein Stiefel zwischen den Falten erschien und er damit die Klappe zurückschlug. Dann kam er seitlich herein, in jeder Hand eine hölzerne Schüssel tragend.

»Hierhin«, sie deutete auf den Tisch. Als er sich nach unten beugte, um die Schüssel abzustellen, nahm sie den Nachttopf und zog ihn ihm über den ahnungslosen Hinterkopf. Das dumpfe Geräusch, als er stürzte, drehte ihr den Magen um, aber sie zwang sich, ihn noch einmal mit dem Nachttopf zu schlagen. Er stöhnte auf und blieb dann still liegen.

Deidre zog ihm das Saexe aus der Scheide. Einen Augenblick lang blickte sie auf das jugendliche Gesicht, das seitlich auf dem Baumstumpf lag. Sie wusste, dass sie ihn eigentlich töten sollte, aber das brachte sie nicht über sich. Bei der Göttin, sie konnte ihm doch nicht die Kehle aufschlitzen!

Schnell trat sie zur hinteren Wand des Zeltes und schnitt es auf. Es war dicker, als sie erwartet hatte, und als die Öffnung endlich groß genug war, damit sie sich hindurchschlängeln konnte, stand ihr der Schweiß auf der Stirn. Sie warf noch einen Blick zurück auf Carr, der noch immer bewusstlos dalag, dann schlüpfte sie nach draußen.

Draußen hielt sie sich im Schatten des Zelts. Ein zweiter Wachposten drehte seine Runden, und sie verharrte, bis er außer Sichtweite war. Dann eilte sie gebückt in die Sicherheit des Schattens des nächsten Zeltes. Sie hielt den Atem an, als sie sich nähernde Schritte hörte und zwei Männer vor dem Eingang des Zelts haltmachten. Deidre konnte nicht verstehen, worüber sie sprachen; schließlich gingen sie weiter. Leise ließ sie die aufgestaute Luft aus ihren Lungen entweichen.

Verstohlen schlich sie sich zum nächsten Zelt und warf einen vorsichtigen Blick um die Ecke. Männer hatten sich um das Feuer herum plaziert, einige tranken Met, andere hatten sich zurückgelehnt. Ida konnte sie nirgendwo entdecken. Oje, hoffentlich war er noch nicht zu ihrem – zu seinem – Zelt gegangen.

Jetzt musste sie ihre Deckung aufgeben, doch die schützende Baumlinie war gut zwanzig Schritte entfernt. Die Männer, die ihr den Rücken zugewandt hatten, würden sie nicht bemerken oder nur, wenn sie ein Geräusch machte. Hoffentlich würde das Feuer diejenigen blenden, die mit dem Gesicht zu ihr saßen.

Sie bekämpfte den Drang, einfach loszurennen. Plötzliche Bewegungen fielen schneller auf. Sie legte sich auf ihren Bauch und begann ganz vorsichtig in Richtung des Waldes zu kriechen.

Als sie etwa die Hälfte erreicht hatte, kam in die Gruppe um das Feuer Bewegung. Deidre erstarrte, ihren ganzen Körper flach auf den Boden gepresst. Unter lautem Gelächter stolperte einer der Männer zu einer anderen Baumgruppe hinüber, wahrscheinlich um sich zu erleichtern, und Deidre zwang sich, weiterzukriechen. Sie zitterte so sehr, dass sie sicher war, man konnte ihre Knochen rasseln hören.

Die Entfernung schien sich unglaublich in die Länge zu ziehen, aber schließlich berührte ihre Hand die rauhe Rinde am Fuß einer Eiche. Sie zwang sich, auf dem Bauch zu bleiben, bis sie im schützenden Dunkel der Bäume in Sicherheit war. Noch immer schlotternd, erhob sie sich und lehnte sich an einen massigen Stamm, darum bemüht, ihren gehetzten Atem zu beruhigen.

Sie hatte es geschafft. Sie war frei. Und sie war sich ziemlich sicher, in welche Richtung sie gehen musste. Ein letzter ruhigerer Atemzug, und sie richtete sich voll auf. Der Wald war still, und auch vom Lager drangen noch keine Laute herüber, die davon zeugten, dass ihre Flucht entdeckt worden war.

Sie lächelte leicht, als sie sich umdrehte, um sich tiefer ins Dunkel vorzuarbeiten. Nach zwei Schritten umfing ein starker Arm ihre Hüfte, und eine Hand verschloss ihren Mund.

Kapitel 14

Die Rettung

»Schhhhh. Kein Laut«, murmelte Gilead in ihr Ohr.

Deidres Knie gaben nach, ob aus Angst oder Erleichterung wusste sie nicht zu sagen. Sie wollte nur noch sicher in seinen Armen liegen, sicher vor dem Rest der Welt. Sie drehte sich um und schlang ihre Arme um seinen Hals.

Gileads Kuss wurde eindringlicher, als er sie enger an sich zog. Seine Hände kneteten und massierten ihren Rücken, während seine Zunge tiefer in ihren Mund vordrang; plötzlich trat er abrupt zurück. Deidre stöhnte.

»Kein Zeit …«

Ein Aufschrei drang vom Lager herüber und holte sie in die Realität zurück. Der junge Wächter, den Deidre mit dem Nachttopf geschlagen hatte, taumelte, sich den Kopf haltend, aus dem Zelt und brabbelte etwas in der Sprache der Sachsen. Ida rannte an ihm vorbei ins Zelt.

»Komm mit«, flüsterte Gilead und nahm Deidres Hand. »Malcolm wartet nicht weit von hier auf uns.«

Das ließ sie sich nicht zweimal sagen. Sie waren beide tot, sollte Ida sie finden. Als sie jetzt durchs Unterholz brachen, konnte sie hören, wie er Befehle für eine Suche brüllte.

Malcolm nickte wie zum Gruß und scharrte dann ungeduldig mit den Hufen, als er die Anspannung seines Herren spürte. Gilead hob Deidre schnell hinauf und stieg dann hinter ihr auf. Als sie den schmalen Wildpfad erreichten, hörten sie bereits Pferde hinter sich.

Der Pfad war so verschlungen, dass sie mit dem Hengst nur in schnellem Trab reiten konnten. Deidre betete darum, dass Idas Männer auch nicht schneller vorankommen würden.

Eine feuchte, graue Dämmerung zog auf, als sie endlich auf eine Art Straße stießen. Die Wolken hingen schwer und tief am Himmel, und die Luft war vom dichten Nebel, der aus dem nahe gelegenen See aufstieg, erfüllt.

Gilead stieg ab und führte Malcolm an das Ufer, um ihn trinken zu lassen. »Zumindest haben wir die andere Seite des Sees erreicht«, sagte er. »Mit etwas Glück gehen sie davon aus, dass wir in den Süden geritten sind, um nach Hause zu gelangen.«

Deidre starrte angestrengt in den sich schnell aufbauenden Nebel. Sie hatten seit einer Stunde nichts mehr gehört, und Gilead hatte diese Lichtung ausgesucht, um Malcolm eine kurze Pause zu gönnen. Und gerade, als sie sich entspannen wollte, entdeckte sie sie.

»Dort!« Sie zeigte auf die Gruppe von Bäumen, aus der sie gerade herausgeritten waren. Mindestens zehn Reiter erschienen dort. Sie hörte, wie Gilead etwas Gälisches murmelte, als er das Pferd lautlos vom Wasser wegführte. Sie musste nicht lange raten, um zu wissen, was es war.

»Werden wir nicht reiten?«, fragte sie.

»Schhhh. Leise«, flüsterte er. »Wenn sie uns im Nebel noch nicht entdeckt haben, will ich nicht, dass sie uns hören können.« Er hatte den Satz kaum beendet, als ein Ruf laut wurde. Gilead fluchte und sprang, sie hinter sich hochziehend, in den Sattel und gab dem Hengst die Sporen.

Malcolm donnerte die Straße um den Loch entlang, und seine mächtigen Läufe beförderten sie nach vorne. Sie ritten fast eine ganze Wegstunde lang in vollem Galopp, bis das große Pferd langsamer zu werden begann. Deidre wusste, dass er stärker war als die Pferde der Sachsen, aber er musste auch zwei

Menschen tragen. Gilead zügelte ihn und verließ die Straße. Vor ihnen befand sich ein Eichenwäldchen, dahinter lagen Hügel, deren sanfte Wellen nur von kantigen Granitbrocken durchbrochen waren. Gilead machte hinter einem der größeren Felsen halt.

»Er muss sich etwas erholen«, sagte er, als er die Straße absuchte, auf der sie gekommen waren. Es dauerte nicht lange, bis sie ihre Verfolger hören konnten. Gilead drückte Malcolms Kopf nach unten und legte leicht seine Arme um die Schnauze des Pferdes. »Ganz ruhig, mein Junge. Ganz still.«

Sie beobachteten die Sachsen, als sie an ihnen vorbeigaloppierten. Leichter Regen hatte eingesetzt, der den Nebel, der ihnen Schutz geboten hatte, auflöste.

»Komm, wir gehen zu Fuß weiter«, sagte Gilead, als er Malcolm zu einer Mulde zwischen zwei Hügeln führte. »Hier können wir nicht bleiben. Die Straße ist schlammig; sie werden umkehren, wenn sie merken, dass dort keine Spuren sind.« Er sah in den düsteren Himmel auf. »Vermutlich wird es noch schlimmer werden, wir müssen uns einen Unterschlupf suchen.«

»Sie sind schon zu nah, als dass wir ohne ganz wichtigen Grund anhalten könnten«, sagte Deidre. »Lasst uns weitergehen. Ich bin schon früher nass geworden.«

Er sah sie voll Bewunderung an, nickte aber nur. »Gut. Also weiter.«

Mittags waren sie nass bis auf die Haut, und auch das Pferd sah miserabel aus, wie es seinen Kopf hängen ließ, um den peitschenden Tropfen des vom Wind verstärkten Regens auszuweichen. Sie gingen noch immer zu Fuß, denn Gilead hatte beschlossen, dass es sicherer wäre, auf felsigem Grund zu bleiben, um keine Spuren zu hinterlassen. Die Schuhe, die ihr Ida gegeben hatte, waren zu groß, und Deidre spürte, wie an ihren Sohlen Blasen wuchsen.

»Willst du meinen Überwurf?«, fragte Gilead, als er bemerkte, dass Deidre zitterte. »Er ist noch immer trocken in der Satteltasche verpackt.«

Deidre schüttelte den Kopf. »Er wäre in ein paar Minuten völlig durchweicht. Heb ihn für später auf.« Sie umfasste ihre nassen Arme. »Ich hatte keine Ahnung, dass es hier im Sommer so kalt werden könnte.« Noch nicht einmal die Mistralstürme, die manchmal südlich von Gaul wüteten, waren so schlimm.

»Doch. Wenn sich der Wind dreht und aus den Grampian Mountains weht, passiert das schnell.« Er sah sie mitfühlend an und zog seine Lederweste aus. »Hier. Wickel dich darin ein. Sie hat keine Ärmel, aber es wird deinen Körper ein wenig wärmen.«

»Aber dann habt Ihr nur noch ein dünnes Leinenhemd am Leib«, protestierte Deidre, bemerkte aber gleichzeitig, dass ihm dieses Hemd am Körper klebte und die Muskeln an Brust und Armen hervorhob. Ihr wurde wärmer. Vielleicht, wenn sie ihn einfach weiter ansah …

Sie stolperte, und Gilead fing sie auf. »Vorsicht!«

Deidre fühlte, wie sich ihre Wangen röteten. Das war nicht gerade der richtige Zeitpunkt, um ihre übereifrige Phantasie walten zu lassen. Sie wurden noch immer verfolgt.

»Denkt Ihr, wir haben sie abgehängt?«

»Vielleicht. Ich habe sie nach Westen geführt. Ich weiß nicht, wie weit sie sich von ihrem Lager und ihren Schiffen entfernen wollen.«

»Ida will Land, Gilead. Ich – oder eigentlich Elen, denn er denkt, ich wäre sie – bin seine Hoffnung. Er wird nicht so schnell aufgeben.«

»Ja, so hat er sich das vorgestellt, nicht wahr?«, sagte Gilead. »Wie viel wird er riskieren wollen? Eine Kriegertruppe von zehn Sachsen kann ein kleines Dorf zerstören, aber wenn sie auf die Männer meines Vaters oder Turius' treffen, haben sie keine Chance.«

»Ida hat keinen Grund, zu befürchten, dass diese Heere hier sind. Er erwartet einen Mittler, weil er denkt, ich sei Eure Mutter.« Deidre wusste nicht, wie Elen überlebt hatte, aber sie war froh, dass es so war. »Euer Vater hat jetzt sicher keinen Grund mehr zu handeln oder zu kämpfen.«

Gilead hob eine Augenbraue. »Schon allein der Gedanke, sein Land aufgeben zu müssen, genügt. Jedenfalls hat mir Vater versprochen, dass seine Männer mir folgen würden. Ich wollte nur nicht warten, bis sie ihr Frühstück beendet hatten.«

Deidre merkte, wie ihr ein Kloß im Hals aufstieg. Er hatte noch nicht einmal zuvor gegessen. Sobald er wusste, dass seine Mutter in Sicherheit war, hatte er sich auf den Weg gemacht. Vielleicht hatte der verrückte Zauberer – oder wer das Buch geschrieben hatte – diese Geschichten doch nicht vergebens erdichtet. Vielleicht hatte sie doch einen wahren edlen Ritter vor sich. »Das ist bezaubernd von dir … hungrig loszuziehen.«

Er blieb unvermittelt stehen. »Nicht ganz so hungrig.« Er schlang die Zügel um Malcolms Sattel und kramte in seiner Satteltasche. »Das hier habe ich mitgebracht«, sagte er und zog einen Laib Gerstenbrot hervor, riss ein Stück ab und reichte es ihr. »Ich habe auch Käse und etwas Reh mitgebracht, falls du eine kurze Pause machen willst.«

»Wir ziehen besser weiter«, sagte Deidre, das weiche Brot kauend. »Wie hast du das an Meara vorbeischleusen können?«

Er grinste. »Sie mag mich, schon vergessen?«

Natürlich. Alle Frauen mochten ihn. Er konnte nicht nur mit einem Blick das Blut einer Frau in Wallung bringen, er war auch stets freundlich und respektvoll. Das erhebende Gefühl, das sie für ihn etwas Besonderes war, schwand. Gilead hatte für sie nur das getan, was er für jede Dame tun würde, die in Not geraten war.

»Was ist mit dir, Dee? Du siehst traurig aus.«

Sie zwang sich zu lächeln. »Es geht mir gut … ich … ich bin nur müde und meine Füße schmerzen.«

Gilead sah auf die großen Schuhe an ihren Füßen. »Ach, Mädchen. Das habe ich nicht bemerkt. Vergib mir.«

Sie fand sich auf dem Sattel sitzend wieder, noch immer das Brot in der Hand. Gilead schwang sich hinter sie auf und lehnte sie an sich, als er zu den Zügeln griff.

»Malcolm kann uns eine Weile tragen. Schlaf, Fremde.«

Mmm. Er fühlte sich so gut und warm an, obwohl der Regen noch immer auf sie niederprasselte. Sie genoss die starke Umarmung und schob ihren Kopf unter sein Kinn. Sie spürte das regelmäßige Auf und Ab des Atems in seiner Brust. Und für einen Augenblick konnte sie so tun, als wäre er der Ihre. Sie würde nur ihre Augen ein wenig ausruhen. Das war sicher nicht der richtige Zeitpunkt, um zu schlafen. Sicher nicht … gar … keine … Zeit … dazu …

Sie fuhr hoch, als sie erwachte. Malcolm stand still, und sie befanden sich vor einem alten Bauernhaus. Der sintflutartige Regen prasselte noch immer auf sie nieder.

»Zumindest wird der Schlamm alle unsere Spuren verwischen«, sagte Gilead, als er abstieg und sie vom Pferd hob. »Geh hinein, ich kümmere mich um Malcolm.«

Deidre schob die durchhängende Tür an den Lederangeln auf. Das krumme Holz schabte über die steinerne Schwelle und blieb etwa auf halbem Weg stecken, aber es gelang ihr, sich hindurchzuzwängen. Der Raum roch modrig, aber zumindest war es trocken. Erstaunlicherweise leckte das Dach nirgendwo. Sie sah sich um. Ein schwerer Kessel hing an einem Spieß über dem Kamin. Daneben standen ein Tisch und zwei Stühle. Am anderen Ende befand sich am Fuß eines Bettes eine kleine Truhe. Deidre ging hinüber und strich über das Lager auf einem Gebinde aus Seil und Leder. Es war überraschend dick. Sie beugte sich darüber und roch daran. Das Stroh roch frisch. Das war seltsam. Sie ging zur Truhe hinüber und öffnete den Deckel. Sie war leer, abgesehen von ein paar zerschlissenen Leinentüchern, die sie herausnahm. Zumindest würden sie sich später abtrocknen können.

Deidre ging zurück zu dem Schrank am Kamin. Ein hölzerner Teller, ein Becher und eine Kelle waren darin und außerdem ein kleiner Beutel mit Weizenmehl und getrockneten Bohnen. Offenbar war vor nicht allzu langer Zeit jemand hier gewesen.

Sie schrak auf, als sich die Tür quietschend öffnete und Gilead eintrat. Er schüttelte den Kopf und versprühte Wassertropfen aus seinem nassen Haar.

»Ich glaube, Malcolm war noch nie so glücklich, einen Stall von innen zu sehen, ganz egal, wie kaputt dieser Schuppen ist«, sagte Gilead, als er die Satteltaschen auf den Tisch warf. »Zumindest steht er nicht mehr im Regen, und etwas Heu habe ich auch gefunden.«

»Wohnt hier jemand?«, fragte Deidre besorgt.

»Wohl kaum«, antwortete Gilead. »Die Schäfer halten sich hie und da in verlassenen Häusern Vorräte, um dort unterkommen zu können, wenn sie die Schafe weiden. Falls jemand gerade in dieser Gegend wäre, wäre er bei diesem Wetter sicher schon längst hier. Ich glaube kaum, dass uns jemand stören wird.«

Deidre blickte sehnsüchtig zu dem Pulverfass neben dem Kamin und versuchte ihr Zittern zu unterdrücken, als sie sagte: »Denkt Ihr, wir können ein kleines Feuer riskieren?«

»Ja. Wir sind gute vier Wegstunden vom Lager der Sachsen entfernt. Ich glaube nicht, dass sie es wagen würden, so weit ins Landesinnere vorzudringen und ihre Boote allein zu lassen.« Er stieß die Tür wieder auf und senkte seinen Kopf gegen den Regen. »Ich bin gleich zurück.«

Kurze Zeit später kehrte er mit einer Ladung kleiner Holzstücke zurück. »Ich habe sie ganz unten aus dem Holzstoß vor der Tür genommen. Ich hoffe, sie sind nicht zu feucht.« Schnell baute er das Feuer auf und nahm etwas von dem Stroh des Lagers, um es zu entfachen. Er schlug einige Male auf den Feuerstein, um einen Funken zu bekommen, dann begann das Holz langsam zu schwelen, und entzündete sich schließlich mit einer dunklen Rauchwolke. Er fächelte den kleinen Flammen Luft zu und legte noch etwas mehr Stroh nach, bis sie in ein flammendes Rot, Gelb und Orange aufgingen. Zufrieden erhob er sich.

»Zieh deine Kleider aus, Dee.«

Deidre starrte ihn an. *Jetzt* wollte er sie nackt sehen? Ihr war kalt, sie war hungrig und müde. Ihr Haar hing in nassen Strähnen herab. Ausnahmsweise ruhten ihre romantischen Träumereien gerade. Sie zog die Lederjacke enger um sich.

»Du wirst dir in diesen nassen Sachen den Tod holen«, erklärte Gilead geduldig, als er zur Satteltasche ging und den trockenen Umhang herauszog. »Du kannst dich darin einwickeln.«

Sie zögerte, plötzlich schüchtern geworden, und sah sich nach einem Ort um, an dem sie sich umziehen konnte. Gilead legte die Stirn in Falten und hob den Umhang als Schirm zwischen ihr und ihm auf. »Wenn es dir nichts ausmacht, wäre ich froh, wenn du dich etwas beeilen könntest. Ich will auch aus diesen nassen Kleidern heraus.«

Natürlich. Er sorgte sich um ihre Gesundheit. Keiner von ihnen sollte sich eine Lungenentzündung holen. Es war dumm von ihr, zu denken, dass er an ihrem Körper interessiert wäre. Deidre schlüpfte aus der Tunika, die Ida ihr gegeben hatte, und aus den durchweichten engen Hosen und nassen Schuhen. Sie trocknete sich schnell mit einem der Leinentücher ab, griff nach dem Umhang und wickelte sich darin ein. Die weiche Wolle fühlte sich wunderbar warm an und trug Gileads würzigen Seifengeruch. Sie reichte Gilead das trockene Tuch. »Das werdet Ihr brauchen.«

Er nahm es und zog sich das Hemd über den Kopf. Deidre stöhnte unfreiwillig auf, als sie diese nackte Brust mit den hervortretenden Muskeln so nah vor sich sah, aber als Gilead die Schnüre seiner Trews löste, setzte sie sich schnell hin, blickte zum Feuer und begann ihr Haar zu trocknen.

Besser nicht daran denken – oder sehen –, wie er nackt war.

»Du kannst wieder schauen«, sagte er mit amüsiertem Unterton.

Deidre blinzelte zur Seite. Er hatte das Tuch um seine schmalen Hüften gewickelt, aber das ließ die Konturen seiner muskulösen Schenkel und seine Bauchmuskeln nur noch deutlicher hervortreten.

Er schien sich seiner Wirkung nicht bewusst zu sein, während er ihre Kleider auf dem Rost und dem Sims des Kamins ausbreitete. Das Feuer zischte, als das Wasser aus den durchweichten Kleidern herabtropfte. Er zog den Weinschlauch aus den Satteltaschen und legte ihn in den Kessel, dann packte er das Essen aus. Ein paar Minuten später goss er den warmen Wein in den Holzbecher und gab ihn Deidre in die Hand. Seine Finger strichen sanft über ihre. »Trink.«

Allein seine Berührung sandte Hitzewellen durch sie hindurch, aber sie trank, wie ihr geheißen, und stellte überrascht fest, wie das heiße Getränk ihr Zittern beruhigte. Sie leerte den Becher. »Mehr.«

Gilead goss ihr etwas mehr ein. »Du musst etwas essen, sonst steigt dir der Wein zu Kopf.«

Betrunken? Was für eine gute Idee. Wenn sie Gilead betrunken machte, würde er vielleicht den Schutzschild senken, den er so sorgfältig um sich erbaut hatte. Wie konnte ein Mann, der aussah wie er, so unglaublich sittsam sein? Eines war jedenfalls sicher – er kam überhaupt nicht nach seinem Vater.

»Ich war selbstsüchtig«, sagte Deidre, als sie ihm den Becher reichte. »Bitte trink auch etwas.«

Er goss sich eine gute Portion ein und nahm einige Schlucke, und schloss die Augen, als der beruhigende Trank seinen Rachen hinabfloss. Dann öffnete er sie wieder und begann zu essen.

Auch Deidre widmete sich nun dem Essen, denn sie war ausgehungert. Betrinken konnten sie sich später. Sie hatte das Gefühl, noch nie etwas so Köstliches gegessen zu haben wie dieses einfache Mahl aus Brot, Reh und Käse.

Gilead kümmerte sich nach dem Essen um das Feuer, und Deidre dämmerte, eingelullt von der Wärme des Raums bald vor sich hin, von der dritten Tasse warmen Weins ganz zu schweigen.

»Du legst dich am besten etwas schlafen«, sagte Gilead. »Ich halte Wache.«

Natürlich würde er Wache halten. Er war völlig nüchtern. Sie war diejenige, die etwas beschwipst war. Sie seufzte, als sie sich unter dem Umhang zu einer Kugel zusammenrollte und in den Schlaf hinüberdämmerte. Jetzt, wo sie im Trockenen war, warm und wohlgenährt – und vielleicht ein bisschen betrunken –, wollte sie sich anschmiegen. Es war wirklich eine Schande, dass Gilead kein Gramm von Angus' ungezügelter Lust in sich trug.

Deidre erwachte etwas später in einem kalten Zimmer. Das Feuer war aus, und Gilead saß nahe bei der Asche, seine Arme um die Beine geschlungen. Sie setzte sich auf und stützte sich auf die Ellbogen. »Warum ist das Feuer aus?«

»Ich habe draußen ein Geräusch gehört«, antwortete Gilead. »Ich habe nichts entdecken können, aber ich hielt es für besser, kein Risiko einzugehen und jemanden das Feuer oder den Rauch bemerken zu lassen.

»Ihr zittert«, sagte Deidre, als ihr klar wurde, dass er noch immer nur das Tuch um die Hüften trug. »Sind Eure Kleider inzwischen wieder trocken?«

Er schüttelte den Kopf und warf einen sehnsüchtigen Blick auf den Umhang. »Ich habe mich gefragt … wenn ich schwöre, dass ich dich nicht unsittlich anfasse … würdest du das mit mir teilen?«

Im trüben Licht der verglimmenden Kohlen sah er sinnlich-gefährlich aus. Sein kantiges Gesicht war halb im Schatten, das eine Auge ein leuchtendes Blau, das andere ein dunkler Kreis. Die Hälfte seines vollen, sinnlichen Mundes war erkennbar, der Teil im Dunkeln schien sich zu einem jungenhaften Lächeln verzogen zu haben. Seine breiten Schultern und der hervortretende Bizeps hoben sich deutlich von der schwachen Glut ab, und Deidre fühlte, wie es zwischen ihren Beinen zu pulsieren begann. Vielleicht war es der Wein, vielleicht die Nachwirkungen der Entführung, aber sie beschloss, kühn zu sein. Vielleicht würden sie es am Morgen bereuen, aber diese eine Nacht lang wollte sie, dass er ihr gehörte. Er sollte der Mann sein, der ihr ihre Jungfräulichkeit nahm.

»Es ist Euer Umhang. Natürlich teilen wir ihn«, sagte sie. »Unter einer Bedingung.«

»Aber ich habe doch schon gesa…«

Deidre legte ihre Finger auf seine Lippen. »Ich will, dass du mir die Liebe zeigst.«

Gilead starrte sie an und ein langes Schweigen hing zwischen ihnen. Schließlich schluckte er schwer. »Bist du dir sicher, Dee? Du hast etwas getrunken …«

»Ich bin mir sicher.« Deidre nahm einen tiefen Atemzug, öffnete den Umhang und entblößte ihren Körper. »Komm her.«

Sie hörte wie er scharf den Atem einzog und dann waren seine Hände an ihren Schultern, streichelten sie zärtlich, als er sie näher an sich zog und unter den Umhang schlüpfte. Es fühlte sich seltsam und neu an, ihren nackten Busen auf seine starke Brust zu drücken.

»Dee«, murmelte Gilead in ihr Ohr, als er an ihrem Nacken knabberte, »darauf habe ich schon so lange gewartet.« Seine Zunge erkundete ihr Ohrläppchen, und sie stöhnte, als er es zwischen seine Lippen zog und sanft damit spielte. Er reihte Küsse an Küsse ihren Nacken hinab, seine Hände streichelten ihr über den Rücken.

Seine Berührung versetzte ihre Haut in Flammen. Deidre schlang ihre Arme um seinen Hals und ließ ihre Finger durch sein feuchtes Haar gleiten. Es fühlte sich genauso berauschend an, wie sie es sich immer vorgestellt hatte.

Gilead stöhnte und streifte mit seinen Lippen über ihren Mund. Dabei berührte er sie kaum, neckte sie nur. Seine Küsse blieben ganz leicht, sanft, warm und zärtlich. Deidre fühlte sich, als würde sie Feuer streicheln. Sie wollte mehr von ihm, sehnte sich danach, seine Zunge in ihrem Mund zu spüren und öffnete die Lippen. Aber er hatte keine Eile. Mit den Zähnen fing er spielerisch ihre Unterlippe auf, sog daran und fuhr dann mit seiner Zunge an ihrer Oberlippe entlang. Er bedeckte ihre Stirn und ihre geschlossenen Augen mit Küssen, ihre Wangen und ihre Nasenspitze. Die ganze Zeit über waren seine Hände in Bewegung, glitten ihren Rücken hinab, massierten die Haut an der Beugung ihres Rückens und folgten den Kurven ihres Hinterns. Seine Finger glitten an ihren Rippen entlang und weckten ein wildes Verlangen in ihren Brüsten. Sie drückte sich enger an ihn und spürte die unbeugsame Härte seines Speers an ihrem Bein. Jetzt, da sie ihn tatsächlich nackt gesehen und auch seine Männlichkeit zu Gesicht bekommen hatte, regte sich eine leichte Sorge in ihr. O Gott, *das* würde in sie dringen?

Gilead seufzte tief und legte seinen Mund auf ihren, umfing ihre Lippen mit seiner sanften Zärtlichkeit. Langsame Küsse verwandelten sich in leidenschaftliche, als er ihren Mund erkundete, sich ihre Zungen gegenseitig schmeckten, jede ein Duell mit der anderen aufführte, um mehr von dem anderen zu bekommen.

Er umfasste eine ihrer Brüste, massierte sie und ließ seinen Daumen über ihre Brustwarze wandern. Sie stellte sich sofort auf, und Hitze schoss ihr tief in den Bauch. Ihr ganzer Körper begann zu kribbeln.

Gilead senkte seinen Kopf zu ihrer anderen Brust und spielte mit ihrer Spitze, als seine Zunge herumwirbelte, aber er sie kaum berührte. Er beschrieb mit seiner Zunge langsam einen Kreis um den Ansatz des weichen Fleisches und arbeitete sich in kleinen Kreisen nach oben; ihre Brust fühlte sich heiß, schwer und voll an. Sie wimmerte, als diese folternde Zunge endlich über die verhöhnte Spitze fuhr und ihr etwas Erleichterung verschaffte. Dann begann sie zu keuchen, als sein Mund sie umschloss und er daran zu saugen begann.

Lieber Gott, es war ein unbeschreibliches Gefühl. Ihre Brust pochte mit dem Druck seines sinnlichen Mundes, und ein ähnliches Pochen begann zwischen ihren Beinen.

Gilead wechselte zur anderen Brust, seine Aufmerksamkeit gleichmäßig verteilend, bevor er sich mit vielen feuchten Küssen zu ihrem Bauch vorarbeitete und ihre Bauchmuskeln tief in ihr hüpfen ließ. Deidre schloss vollkommen selig die Augen. Es konnte kaum noch besser werden.

Sie spürte, wie er sein Gewicht verlagerte, und als sie die Augen öffnete, kniete er zwischen ihren Beinen. Wann hatte sie sie überhaupt gespreizt? Aus dieser Perspektive sah seine Männlichkeit sogar noch größer aus. Riesig sogar. Lang und dick, streckte er sich zu ihr aus, das dunkle Rot an der Spitze pulsierte leicht. Zum ersten Mal fragte sie sich, wie sehr es schmerzen würde. Niemand hatte sie auf so etwas vorbereitet. Einmal hatte sie die

Hausmutter gefragt, die die grimmige Clotilde damit beauftragt hatte, ihr zu erklären, was zwischen Mann und Frau geschah, aber die Frau wäre beinah in Ohnmacht gefallen. Also hatte sie sich einiges zusammengereimt aus den Sätzen und Bemerkungen, die sie den Zofen an Childeberts Hof abgelauscht hatte. Sie hatten gekichert, also würde es wohl nicht so sehr schmerzen. Bisher hatte sich alles ganz, ganz wunderbar angefühlt. Sie nahm einen tiefen Atemzug. »Mach weiter.«

Gilead zog eine Augenbraue hoch. »Ich bin noch nicht fertig.«

Das wusste sie. Das konnte sie *sehen*. Sie glühte noch immer von seinen Küssen, also war es doch ein guter Zeitpunkt. Worauf wartete er?

Er nahm eines ihrer Beine, hob es auf seine Schulter und begann an ihrem Schenkel zu knabbern, was ein genüssliches Zittern in ihr auslöste. Gilead hob das andere Bein und tat das Gleiche, aber diesmal arbeitete sich seine Zunge immer weiter bis zu ihrer Mitte vor. Seine Arme glitten nach vorne und umfassten Deidres Brüste, als er sich nach unten beugte.

Ihr entfuhr ein kleiner Schrei, als sie fühlte, wie seine warme, samtige Zunge in weiten, wohlerwogenen Zügen über die Falten ihrer Weiblichkeit glitt. Ihr Körper zitterte, als er sie langsam leckte, mit der pulsierenden kleinen Knospe in der Mitte spielte und sie entfachte, bis sie dachte, sie würde sich in ein flammendes Inferno verwandeln. Und gerade, als sie meinte, es nicht mehr ertragen zu können, saugte er fest daran, und sie fühlte, wie sie explodierte, jede einzelne Pore in Flammen.

Noch bevor sie sich erholen konnte, glitt er an ihr hinauf, sein Mund auf dem ihren in einem tiefen, eindringlichen Kuss. Deidre fühlte, wie seine Spitze zwischen ihre Beine drang und dann in sie hinein, und die Schwelle mit einer mächtigen Bewegung durchbrach. Sie erzitterte unter dem scharfen, plötzlichen

Schmerz, und Gileads Kuss wurde intensiver, während er ruhig in ihr blieb.

»Sag mir, wenn der Schmerz nachlässt«, flüsterte er ihr zu und widmete sich wieder ihrem Mund.

Der Schmerz klang bereits ab, aber es fühlte sich seltsam an, etwas so Dickes und Hartes in sich zu spüren. Deidre merkte, wie sich ihre Muskeln entspannten und sich an ihn gewöhnten, und dann begann sich noch etwas anderes zu regen. Ein tiefes, verlangendes Bedürfnis, so alt wie die Welt, erfüllte sie. Sie wollte, dass er sich bewegte. Sie wackelte ganz leicht mit den Hüften.

Er reagierte, indem er sich langsam zurückzog.

»Nein!«, keuchte sie. »Lass ihn drin.«

Gilead grinste sie an. »Ach, mein Mädchen. Doch nur, um ihn wieder hineinzuschieben.« Er wiegte sie langsam und suchte ihr Gesicht nach einem Zeichen von Schmerz ab. Sie lächelte ihn an.

»Das fühlt sich gut an.«

Er spürte, wie sein Schwanz noch härter wurde, wenn das irgendwie möglich war. Sie war eng – so eng – und heiß und feucht. Keine Frau hatte ihn je so erregt wie Deidre. Seinetwegen konnte sie ruhig eine Hexe sein, das war ihm jetzt vollkommen gleichgültig. Er drang etwas tiefer und härter in sie. Instinktiv begann sie sich unter ihm zu winden, ihre Hüften schwangen im natürlichen Rhythmus der uralten Zeiten. Er ließ seine Zurückhaltung fallen und grub sich in sie.

Deidre bog ihren Rücken durch, um ihn ganz aufnehmen zu können. Das Feuer, das kaum abgeflackert war, hatte sich wieder neu entzündet, die sengende Hitze hatte sich in ihr verbreitet, bis sich ihre Haut anfühlte, als würden tausend kleine Flämmchen darauf züngeln. Ihr Atem veränderte sich, wurde schneller. Sie keuchte flach, als seine Stöße stärker, schneller und tiefer drangen. Das Pulsieren in ihrer Mitte nahm zu, baute sich auf, ging in einen ausgedehnten Krampf über, als sich tief in ihrem Unterleib Muskeln zusammenzogen und ihr Körper zu zucken begann. Einen Augenblick lang wurde die Welt dunkel, und dann spürte sie, wie etwas Warmes in sie spritzte.

Gilead sog die Luft in großen Zügen ein, legte fast sein ganzes Gewicht auf seine Ellbogen, aber blieb in ihr vergraben. Sein Haar klebte ihm am Kopf, und sein Körper glänzte vor Schweiß. Die Decke lag achtlos neben ihnen.

»Wir können uns immer noch die Decke teilen, wenn du willst«, sagte Deidre mit schelmischem Lächeln.

Er grinste und drehte sich mit ihr so, dass sie auf ihm lag. »Später vielleicht, Fremde. Jetzt bist du erst mal die einzige Decke, die ich brauche.«

Sie legte ihren Kopf auf seine Brust, lauschte dem langsamer werdenden, gleichmäßigen Schlagen seines Herzens. Er war noch immer zum Teil in ihr, und sie fühlte die warme, feuchte Weichheit der körperlichen Liebe. Ein befriedigter Seufzer entfuhr ihr. Jetzt gehörte Gilead ihr.

Als Deidre erwachte, war der Umhang über sie gebreitet, Gilead bereits angekleidet und gerade dabei, die Satteltaschen zu packen. Er hatte ihr etwas Brot und Käse auf dem Tisch bereitgestellt.

Gilead war still an diesem Morgen. Sie beobachtete ihn, wie er jetzt Malcolm sattelte. Sie wünschte sich nichts sehnlicher, als ihn in die Arme zu schließen und ihn zu küssen, aber dem grüblerischen Ausdruck auf seinem Gesicht nach zu schließen, schien es keinen Sinn zu haben, ihn verführen zu wollen. Was stimmte nicht mit ihm? Letzte Nacht waren sie sich so nah gewesen … Es hatte sich so gut angefühlt …

Deidre fühlte, wie ihr plötzlich die Röte ins Gesicht stieg, und wandte sich ab, so dass er es nicht bemerken würde, falls er aufblickte. Alles, was er mit ihr gemacht hatte, hatte sich einfach nur herrlich angefühlt, aber vielleicht hatte es ihm nicht so gut gefallen wie ihr. Vielleicht hatte er mehr von ihr erwartet. Sie biss sich auf die Lippen und wünschte, sie wüsste mehr über diese Dinge. Noch nicht einmal das Buch mit all seinen versponnenen Gedanken zur Liebe zwischen Gwenhwyfar und Lancelot, berichtete, was dabei genau *geschah*. Gilead war sicher an erfahrenere Frauen gewöhnt, die wussten, was sie tun mussten, um ihm zu gefallen.

»Bist du bereit?«, fragte Gilead.

Sie nickte und wandte den Blick ab, als er die Hände faltete, damit sie einen Fuß hineinstellen und auf Malcolm aufsitzen konnte. Sie spürte, wie er sich hinter sie setzte.

»Du kannst die Zügel halten.«

Also wollte er noch nicht einmal seine Arme um sie legen. Sie zwinkerte ihre Träne aus den Augen und war froh darum, dass er ihr Gesicht nicht sehen konnte. So viel zu all ihren Träumen.

Als Malcolm die Straße nach Culross entlangtrottete, fluchte Gilead leise in sich hinein. Er schaute auf Deidres seidiges Haar, das ihr offen über die Schultern fiel. In der Morgensonne sah sie sogar noch schöner aus als letzte Nacht im Licht des Feuers. Ein leichter Moschusgeruch ging von ihr aus und erinnerte ihn an ihre gemeinsame leidenschaftliche Nacht. Er wagte nicht, sie anzufassen, oder er würde sie noch einmal nehmen, gleich hier auf der Stelle.

Er hätte es nicht tun sollen. Er hatte seine Gefühle, vor allem seine Wollust, immer unter Kontrolle. Er hatte gesehen, wohin sie seine Mutter und seinen Vater gebracht hatte. Was hatte er sich nur dabei gedacht? Deidre war nach ihrer Flucht sehr verletzlich gewesen und zudem ein wenig betrunken. Er hätte sich zurückhalten müssen. Wie sie jetzt seinem Blick auswich und wie gerade sie ihren Rücken von ihm weghielt, zeigte ihm nur allzu deutlich, dass auch sie es bereute. Wahrscheinlich hielt sie ihn für ein Schwein, weil er sich ihrer bemächtigt hatte.

Das Geräusch von Hufen unterbrach seine unglücklichen Gedanken. Es kam von vorne, aber die Straße wand sich durch die Bäume, so dass man unmöglich erkennen konnte, wer die Reiter waren. Malcolm schnaubte, als Gilead nach seinen Zügeln griff.

»Steig ab«, sagte er zu Deidre, »und versteck dich in den Bäumen. Komm nur heraus, wenn ich dich rufe.« Er war froh, dass sie nicht widersprach. Er zog sein Schwert und wandte Malcolm den Reitern zu.

Angus und Niall galoppierten auf ihn zu, zusammen mit zwanzig von Angus' Männern. Sie zogen die Zügel an, die Hufe der Pferde wühlten den Schlamm auf.

»Hast du sie nicht gefunden?«, fragte Niall.

Bei Dagda! Niall hatte er völlig vergessen. »Doch«, antwortete er widerwillig.

»Wo ist sie?«, fragte Angus. »Ist sie tot?«

»Nein.« Der Gedanke riss ihn aus seiner trüben Stimmung. »Deidre, du kannst rauskommen.«

Langsam kam sie aus dem Wald und blieb vor ihnen stehen.

»Bist du vergewaltigt worden?«, fragte Niall unverblümt.

Sie lief puterrot an, blickte kurz zu Gilead und dann auf den Boden. Sie schüttelte den Kopf.

Gilead starrte Niall an. Was für ein Rüpel. Er sorgte sich wahrscheinlich mehr darum, ob Deidre jetzt »verdorbene Ware« war, als ob sie verletzt wäre. Voller Schuldgefühl spürte Gilead, wie sein Gesicht heiß wurde. Was Niall anging, war sie jetzt tatsächlich verdorbene Ware. Er, Gilead, hatte sie verdorben. Auch wenn sie ihn, Gilead, nicht wollte, er musste einen Weg finden, um diese Hochzeit mit Niall zu verhindern, denn wenn er herausfand, dass sie keine Jungfrau mehr war, würde sie einen entsetzlichen Preis dafür zahlen. Gilead schauderte. Warum, zum Teufel, hatte er nicht aufgehört, nachdem er sie mit der Zunge befriedigt hatte?

Angus warf ihm einen scharfen Blick zu. »Du bist dir sicher, dass ihr nichts geschehen ist?«

Gilead rutschte unruhig in seinem Sattel hin und her. »Die Sachsen haben ihr nichts getan.« Angus' Miene wurde nachdenklich, und Gilead fügte schnell hinzu »Ida hielt sie für meine Mutter. Er wollte sie als Geisel benutzen, um sie gegen das Recht auf Land einzutauschen.«

Niall schnaubte. »Als ob eine Frau ein Stück Land wert wäre.«

Angus zog eine Augenbraue hoch. »Achte auf deine Worte vor deiner zukünftigen Gemahlin.«

Deidre funkelte beide düster an, und Niall wirkte plötzlich fast schuldbewusst. »Nun, wenn ich es mir recht überlege, wäre es ein kleines Stück Land sicher wert. Aber ich würde von meiner Gemahlin erwarten, dass sie mich im Bett gut dafür entlohnt.«

Deidre wandte die Augen ab, fing Gileads Blick auf und sah wieder zu Boden.

»Wir reiten zurück«, sagte Angus. »Elen sorgt sich um dich, Mädchen.«

Gilead ritt mit Malcolm ein paar Schritte nach vorne und schickte sich an, abzusteigen, um Deidre hinaufzuhelfen. Niall hielt ihn zurück. »Sie reitet mit mir.«

Gilead sah Deidre zusammenzucken. »Malcolm ist daran gewöhnt, uns beide zu tragen«, sagte er ruhig.

»Mein Pferd auch«, murmelte Niall und stieg ab. Er nahm Deidres Arm, die versuchte, sich ihm zu entziehen, aber damit hatte er gerechnet. Er zog sie nicht besonders sanft in den Sattel und stieg selbst hinter ihr auf. Sofort umschlang eine seiner Hände ihre Hüfte. »Vielleicht kriege ich ja einen kleinen Kuss, bevor wir zu Hause ankommen, nicht wahr?«

Deidre antwortete nicht, sondern verschränkte nur ihre Arme vor der Brust und starrte trübselig vor sich hin, als sie zu reiten begannen.

»Erzähl mir, was geschehen ist«, sagte Angus, als er sich zurückfallen ließ, um neben Malcolm zu reiten. »Wie hast du sie befreit?«

»Sie ist selbst geflohen«, antwortete Gilead.

Angus sah ihn verblüfft an. »Wie hat sie das denn geschafft? Oder vielleicht haben sie sie gehen lassen, wenn sie doch eine Spionin ist?«

Gilead warf seinem Vater einen wütenden Blick zu. »Sie ist kein Spitzel, Vater. Sie sagte, dass sie ihre Wache gebeten habe, mit ihr zu essen. Er hatte beide Hände voll, als er ins Zelt kam, und sie hat ihm den Nachttopf über den Kopf geschlagen.«

»Klingt wie etwas, das Mori tun würde«, stellte sein Vater grinsend fest.

Gileads Gesicht verfinsterte sich noch weiter. Formorian. Man musste ihn wirklich nicht daran erinnern, zu was die Wollust einen Mann treiben konnte. »Sie haben uns fast den ganzen Tag verfolgt. Ich war überrascht, dass sie es wagten, sich so weit von ihren Booten zu entfernen.«

»Wie hast du sie abgehängt?«

»Der Regen hat die Spuren verwischt. Ansonsten bin ich auf felsigem Untergrund geblieben, wo immer es möglich war.«

Sein Vater nickte und blickte ihn an. »Und wo habt ihr die Nacht verbracht?«

Warum wollte er das wissen? Gilead schnipste eine Hirschlausfliege aus Malcolms Mähne. »Wir sind auf ein leeres Bauernhaus gestoßen.«

»Aha.«

»Was soll das bedeuten?«

»Sag du's mir, Sohn.«

Gilead starrte vor sich hin, wo Deidre mit Niall ritt. Die Männer seines Vaters schlossen zu den beiden auf, zum Glück. Wenn sich Niall die Situation zunutze machen wollte, war es ein Leichtes, ihm Einhalt zu gebieten. Gilead blickte zu seinem Vater und zuckte die Schultern. »Das Bauernhaus war warm und trocken; wir waren durchnässt und froren.«

»Und ihr musstet unbedingt aus den nassen Kleidern schlüpfen und sie vor einem knisternden Feuer aufhängen, nehme ich an?«, kommentierte Angus trocken.

Gilead konzentrierte sich auf die Ohren seines Pferdes.

»Und?«, fragte Angus. »Hast du sie bestiegen?«

Er hatte sie nicht »bestiegen«. Er hatte sie geliebt, mit seinem Herzen und seiner Seele. Er spürte, wie sein Gesicht heiß wurde. »Ist das alles, woran du denken kannst, Vater?«

Angus' Mundwinkel zuckte. »Meistens. Aber wir sprechen gerade nicht von meinem Liebesleben, sondern von deinem.«

Gilead wandte sich ihm rasend vor Wut zu. »Und warum sollte dich das etwas angehen?«

»Das würde es normalerweise nicht«, gab Angus zurück, unempfindlich gegenüber der Feindseligkeit, die ihm sein Sohn entgegenbrachte. »Du hast meinen Segen, so viele Weiber zu besteigen, wie du willst. Aber diese hier ist Niall versprochen, falls du das vergessen hast.«

»Sie kann ihn nicht heiraten, Vater!«

Angus zog eine Augenbraue hoch. »Kann sie nicht? Sie will vielleicht nicht, aber sie *kann* und *wird* es tun. Du kennst doch Nialls Temperament. Mit Ida so nah, will ich nicht auch noch die ganze Zeit auf ihn achtgeben müssen. Ich brauche Niall als Verbündeten. Deidre wird ihn heiraten.«

Gilead biss die Zähne hart zusammen. »Sie kann nicht.«

Angus führte sein Pferd näher zu Malcolm und senkte seine Stimme. »Wenn du deinen Samen in ihr ausgegossen hast, Gilead, trägt sie vielleicht schon dein Kind in sich. Je schneller sie Niall heiratet, umso größer die Chance, dass er es für sein eigenes hält.«

Gilead starrte seinen Vater mit blankem Entsetzen an. Noch ein dummer Fehler von ihm. Niemals würde er es zulassen, dass Niall *sein* Kind aufzog. Wenn Deidre schwanger wäre – wie sehr sie ihn auch dafür hassen würde –, gehörte das Kind in seine Verantwortung. Seine. Wenn Niall Deidre nicht vorher umbrachte.

»Das werde ich nicht zulassen«, sagte er stur.

»Du hast keine Wahl«, gab Angus zurück. »Du hast deinen Spaß gehabt. Wenn ihr euch beide vergnügt habt, solltet ihr es nicht bereuen. Lass es einfach nur auf sich beruhen.«

»So wie du die Sache mit Formorian ›auf sich beruhen‹ lässt?«, schleuderte ihm Gilead entgegen.

Angus' Augen glühten, und seine Hände schlossen sich fester um die Zügel. Gilead zweifelte nicht, dass er, wären sie zu Fuß unterwegs gewesen, jetzt mit einem gebrochenen Kiefer auf dem Boden liegen würde. Trotzdem funkelte er seinen Vater trotzig an. Angus hatte seine doppelte Moral zu lange vor seinen Augen ausgelebt.

Angus' Stimme war erstaunlich ruhig, als er jetzt zum Sprechen ansetzte. »Zwischen uns gibt es Dinge, die du nicht verstehen kannst, und ich werde sie dir nicht erklären. Wenn du weiter hinter den Röcken dieses Mädchens herjagst, wohl wissend, dass sie einem anderen versprochen ist, bist du ein so großer Heuchler wie der, für den du mich hältst.« Er gab seinem Pferd die Sporen und besprühte im Wegreiten Gilead mit schlammigen Tropfen.

Gilead starrte ihm nach. Was er getan hatte, war falsch; das wusste er. Aber er wollte Deidre noch immer. Wollte sie wieder schmecken, wollte wieder diese starke, warme, feuchte Umarmung spüren. Nach jemandem zu verlangen, den man nicht haben konnte, war grauenhaft, aber bei Gott, er wollte Dee wieder bei sich – musste bei ihr sein. Sogar wenn sie ihm zürnte. Er würde einen Weg finden, ihr wieder zu gefallen. Niall war ihm gleichgültig. Es war ihm gleichgültig, ob er einen Krieg riskieren würde.

Er hatte sich stets damit gerühmt, seine Gefühle unter Kontrolle zu haben, sich an seine selbst gesetzten Grenzen zu halten. Dee hatte letzte Nacht all diese Mauern durchbrochen, seine Verteidigung durchdrungen, auf die er so stolz gewesen war.

Hatte nicht die Priesterin seiner Mutter gesagt: »Hochmut kommt vor dem Fall?« Nun, der Fall war hart gewesen. Mit wachsender Scham wurde ihm klar, dass er genau so geworden war, wie er nie sein wollte – er war genauso schlimm wie sein Vater.

Kapitel 15

Der Antrag

Am Tag nach ihrer Rückkehr lehnte sich Angus in Formorians Seidenkissen zurück und schloss seine Hand um ihre feurigen Locken, die sich über seinen Bauch ausbreiteten. »Hast du die Tür verriegelt?«

»Hm-hm«, murmelte sie, als sie mit einer Hand seine Hoden umfasste und sie abwechselnd leicht drückte und dann stärker massierte. Sie drückte ihren Hintern an seine Schulter, und er stöhnte, als sich ihr heißer Mund über die Spitze seines aufgerichteten Speeres senkte. Ihre Zunge begann den Rand der Spitze mit kleinen Kreisen zu reizen. Sein Schwanz zuckte, und er spürte, wie ihm der erste Lusttropfen entschlüpfte. Gehorsam schob Formorian ihn tiefer in ihren Mund.

Ihre Hüften zu sich drehend, hob Angus ihren Schenkel, vergrub seinen Kopf zwischen ihren Beinen und schob seine Zunge tief in sie hinein. Sie begann zu zittern, als er ihre Säfte um ihre Mitte verteilte und an ihrer Knospe saugte. Ihre Hände und ihr Mund bearbeiteten ihn jetzt wie rasend, beide völlig ekstatisch. Seine Eichel berührte die hintere Wand ihres Mundes und seine Zunge drang noch einmal tief in ihre feuchte, warme Mitte. Ihr Körper erbebte, als sie kam, und er genoss es, wie sich die Muskeln in kleinen Krämpfen um seine Zunge spannten. Mit einem Seufzer gab er seinem Orgasmus nach und spürte, wie sie schluckte.

»Danke«, flüsterte er, als sie sich etwas später an seine Schulter schmiegte. »Es gefällt mir jedes Mal, wenn du das tust.«

Formorian blickte auf und lächelte ihr laszives Lächeln. »Wir haben doch gerade erst angefangen. Turius kommt erst in ein paar Stunden zurück.« Sie fuhr mit einer Hand durch seine Haare. »Was wünschst du dir als Nächstes von mir?«

Angus seufzte und nahm ihre Hand »Nicht heute.«

»Was ist los, Liebster?«

Er seufzte erneut, zog sie an sich und legte ihren Kopf an seine Schulter, während er einen Arm um sie legte. »Es ist wegen Gilead.«

»Was ist mit ihm?«, fragte sie, an seinem Hals knabbernd.

»Der dumme Junge hat Deidre bestiegen.«

Formorian hob den Kopf, um Angus anzusehen. »Das hat er dir gesagt?«

»Nein. Das musste er nicht. Man konnte es in seinen Augen sehen.«

Sie rollte sich von Angus herab und lehnte sich an den Kopf des Bettes. »Nun, das ist wahrscheinlich nur normal, oder? Die ganze Aufregung um ihre Rettung, die Verfolgung und dann endlich in Sicherheit zu sein … Das würde wohl jeder normale junge Mann tun.«

Angus setzte sich ebenfalls auf. »Ja. Aber Gilead denkt anders als die meisten. Er bemerkt die ganzen Weiber kaum, die sich ihm mehr oder weniger zu Füßen werfen. Wenn ich nicht wüsste, dass er der ein oder anderen Frau im Dorf Silbermünzen bezahlt hat, würde ich mir Sorgen um ihn machen.«

»Vielleicht war es dann für ihn einfach an der Zeit, herauszufinden, was ein Mädchen aus freien Stücken tut, ohne Bezahlung«, sagte Formorian und fuhr mit ihren Fingern über Angus' Wange.

Angus küsste ihre Fingerspitzen. »Genau davor habe ich Angst, Mori. Er hat dieses seltsame Ehrgefühl. Er denkt, dass er jetzt für sie verantwortlich ist.«

»Sie ist Niall versprochen.«

»Ich habe ihn daran erinnert«, gab Angus trocken zurück.

»Und?«

»Er hat mir gesagt, er würde nicht zulassen, dass sie diesen Mann heiratet.«

Formorians Augenbrauen wanderten nach oben. »Niall wird sie niemals freigeben. Das bedeutet Krieg.«

»Auch das habe ich Gilead gesagt. Er sagte, es sei ihm egal.«

Sie wurde nachdenklich. »Denkst du, dass er sie liebt? Richtig liebt, meine ich?«

»Pah!«, sagte Angus. »Warum sollte er? Die Hälfte der Zeit meiden sie sich wie die Pest. Nein. Es ist nur …«, seine Stimme verlor sich, und er starrte vor sich hin.

»Es ist nur – was?«, fragte Formorian neugierig, als sich Angus seinen Gedanken hingab.

Angus grinste plötzlich und wandte sich zu ihr um. »Ich weiß, was der Junge braucht. Es ist ganz einfach.«

»Ich kenne dieses Funkeln in deinen Augen, Angus. Wenn du vorhast, ihm jede Nacht ein anderes Mädchen vor die Tür zu stellen, bis er die Episode mit Deidre vergessen hat, glaube ich kaum, dass es funktionieren wird.«

Er schüttelte den Kopf. »Das stimmt. Deswegen setze ich nur auf eine Einzige.«

Formorian sah ihn verwirrt an. »Eine Einzige?«

»Ja. Wäre Gilead verheiratet, würde er dieses Verantwortungsgefühl auf seine Frau lenken und nicht auf Deidre. Erinnerst du dich an das Treffen der Klans, bei dem Comgall erwähnte, dass seine Tochter im heiratsfähigen Alter sei?«

Ihr Blick wurde skeptisch. »Ja. Und Gilead ist nicht darauf eingegangen.«

Angus zuckte die Schultern. »Es wäre ein gutes Bündnis. Es sind schon schlechtere Partien gemacht worden.«

»Aber was, wenn Gilead sie nicht heiraten will?«

»Laut Comgall ist das Mädchen eine Schönheit. Irgendwann muss Gilead heiraten, um einen Erben zu zeugen. Comgall ist ein mächtiger Laird. Warum also warten?«

»Mir fallen da schon ein paar Gründe ein«, sagte Formorian.

»Ach, Mori, stell dich in dieser Sache nicht gegen mich«, sagte Angus und strich mit den Fingern an der Seite ihrer Brüste entlang. »Ich werde heute Nachmittag einen Boten aussenden. Wenn sich Comgall und ich nicht richtig einig werden, wird es nicht geschehen. Das schwöre ich.« Er beugte sich hinab und leckte mit der flachen Seite seiner Zunge an ihrer Brustwarze, was sie sanft erzittern ließ. »Lass uns nicht streiten.«

Formorian rutschte zu ihm hinunter und drückte seinen Kopf leicht an ihre Brust. »Wir beide werden nicht streiten, Angus. Aber mit Gilead sieht es wohl anders aus.«

»Überlass Gilead ruhig mir«, brummte er und schob seinen Schenkel zwischen ihre Beine.

»Gerne. Wir haben ohnehin schon zu viel Zeit damit vergeudet«, antwortete sie und lächelte dann, als sie ihre Beine um Angus' Hüfte schlang. »Dann sag mir jetzt das, was ich hören möchte.«

Er drang ganz langsam in sie ein und ließ sie jeden Millimeter von sich auskosten. Formorian seufzte und gab ihm ihren Hals preis, als sie den Kopf zurückwarf. Er zwickte sie kurz und heftig mit den Zähnen, ließ den kleinen Tropfen Blut auf seine Zunge sickern und ließ sie daran lecken. »Blut zu Blut … du bist mein in alle Ewigkeit.«

Zu Deidres Erleichterung schickte Angus Gilead nach Lothian, um dem König dort Idas Position zu verraten. Das ersparte ihr die Erniedrigung, von seinem Anblick immer wieder daran erinnert zu werden, wie naiv sie gewesen war, als sie sich der Liebe hingegeben hatte. Wenn sie nur gewusst hätte, was zu tun ist. Einen wilden, verrückten Augenblick lang, überlegte sie sich sogar, Formorian um Rat zu fragen …

Das war der vierte Morgen seit ihrer gemeinsamen Nacht, und als sie jetzt aus dem Fenster blickte, sah sie Gilead zum Tor hereinreiten. Also war er zurück. Sie blieb besser nicht allzu lange bei Elen, denn er würde sie sicherlich bald besuchen kommen.

Sie wollte gerade Elens Frühstückstablett abtragen, als Angus hereinkam. Er stellte den üblichen Wein vor Elen, und Deidre entschuldigte sich, um das Tablett in die Küche zu bringen.

»Bleib«, sagte er.

Einen Augenblick lang regte sich bei diesem Befehlston Deidres Trotz. Sie war ja schließlich kein Hund. Aber Elen kroch schon fast wieder vor ihm auf dem Boden; so konnte sie sie nicht mit Angus allein lassen.

»Setzen.«

Also wirklich. Sollte sie als Nächstes bellen? Warum musste dieser Mann so herrisch sein? Sie spielte mit dem Gedanken, sich ihm zu widersetzen, aber was sollte das außer ihrer persönlichen Befriedigung bringen? Mit erhobenem Kopf setzte sie sich wieder hin.

»Es gibt Neuigkeiten«, sagte Angus, »die dir gefallen sollten, Frau.«

Elen sah ihn unsicher an. »Neuigkeiten?«

»Du wolltest doch ein Enkelkind, oder nicht?«

Deidre zuckte zusammen. Wie konnte er wissen, dass sie schwanger war? *Sie* wusste es noch nicht einmal; es war viel zu früh, um das wissen zu können. Dann fühlte sie, wie ihr das Blut aus dem Gesicht wich. Trug etwa eine andere Frau Gileads Kind?

Angus dunkler Blick streifte ihr Gesicht und legte sich dann wieder auf Elen. »Gilead ist vierundzwanzig Jahre alt. Es ist höchste Zeit, dass er sich verheiratet und einen Erben zeugt.«

Deidre spürte, wie ihr das Blut wieder ins Gesicht schoss, als ob irgendwo ein Geysir entsprungen wäre. Hatte Gilead seinem Vater gesagt, was geschehen war? Und würde ihr Angus tatsächlich erlauben, ihn zu heiraten? Was Niall betraf, war sie verdorbene Ware. Schließlich wäre es, nach allem, was passiert war, der ehrenhafte Weg. Ihr Gesicht wurde noch heißer, als aus Hoffnung Scham und Verzweiflung wurde. Wenn sie Gilead im Bett nicht gefallen hatte, wollte sie nicht, dass er sie aus Pflichtbewusstsein heiratete. Dann dachte sie an seine Hände, wie sie sie berührten, wohin seine Zunge gewandert war und was ... was er mit seiner Männlichkeit in ihr angestellt hatte ... Sie zitterte leicht. Vielleicht konnte sie ihn dazu bringen, sie zu lieben. Sie würde lernen, ihm zu gefallen. Alles tun, was er wollte. Sie würde sogar Formorian um Rat fragen, wenn es sein musste.

»Der Bote ist im Morgengrauen zurückgekehrt. Comgall hat eingewilligt«, sagte Angus.

Comgall? Der Laird, dessen Land westlich von Nialls lag? Worüber sprach er hier? Deidre schalt sich selbst, weil sie sich wieder von ihrer Phantasie hatte mitreißen lassen. Tagträume, wenn sie hätte zuhören sollen ...!

»Und was ist mit Gilead?«, fragte Elen schwach.

»Ich werde später mit ihm sprechen«, antwortete Angus und sah Deidre gleichgültig an. »Das meinst du doch auch, Mädchen?«

»Ich ...«, sie schluckte, und wünschte, sie hätte alles gehört, was Angus gesagt hatte. Sie lächelte. »Ja, Mylord.«

Angus zog eine Augenbraue hoch und nickte dann Elen zu. »Wir müssen die beiden besten Gemächer vorbereiten lassen. Comgall wird in den nächsten paar Tagen Dallis zu einem Vorstellungsbesuch herbringen.« Er grinste, offenbar sehr mit sich zufrieden. »Der Soldat hat gesagt, dass Comgall so auf dieses Arrangement versessen war, dass er eigentlich gleich meine Eskorte begleiten wollte, aber Dallis brauchte noch Zeit, um zu packen.« Pfeifend ging er zur Tür.

Deidre saß still da, die Hände fest ineinandergepresst, um das Zittern zu unterdrücken, als ihr die ganze Bedeutung seiner Worte klar wurde. Angus hatte für seinen Sohn eine Ehe arrangiert. So etwas wurde ständig gemacht. Sie hätte wissen müssen, dass der Laird niemals zulassen würde, dass sein einziger Sohn eine Frau heiratete, deren Herkunft unklar war und die kein Vermögen besaß. Wenn sie ihm doch alles sagen könnte! Und jetzt wurde dieses Mädchen hierhergebracht, und Deidre hatte keinerlei Zweifel, dass sie sich Hals über Kopf in Gilead verlieben würde, wenn sie ihn erst zu Gesicht bekam. Welche Frau würde das nicht tun? Dabei wollte sie auf keinen Fall zusehen müssen. Sie musste von hier fort. Jetzt.

»Würdet ihr mich entschuldigen, Lady Elen?«

»Natürlich.« Elen beugte sich vor und griff nach ihrer kalten Hand. »Bist du krank? Brena sollte gleich mit meinem Trank hier sein. Soll ich sie danach zu dir schicken?«

Deidre schüttelte den Kopf und wagte kaum zu sprechen. »Nein. Ich … ich muss mich nur etwas ausruhen. Ich … ich habe letzte Nacht schlecht geschlafen.«

Elen nickte. »Dann geh, mir geht es gut.«

»Ich danke Euch.« Deidre zwang sich, langsam aus der Tür zu gehen und nicht zu laufen. Das war wohl die schlechteste Nachricht, seit sie Niall versprochen worden war. Nur noch ein paar Schritte durch den Saal. Um die Ecke. Bald war sie in ihrem Zimmer. Sie würde es schaffen.

Auf der Treppe hörte sie Gileads gleichmäßige Schritte. Sie konnte ihm jetzt unmöglich gegenübertreten. Sie rannte die letzten Stufen, schlüpfte durch ihre Tür und schloss sie leise, gerade als Gileads Schritte um die Ecke bogen. Er hatte sie nicht gesehen, der Göttin sei Dank.

Dann warf sie sich auf das Bett und heulte ihre Wut leise in das Kissen, bis die Federn flachgedrückt und feucht waren. Ihre Fäuste trommelten auf die weiche Matratze, und sie wünschte von ganzem Herzen, dass es Angus' Körper wäre, den sie schlug.

Ihre Augen brannten, ihre Tränen waren versiegt, aber noch immer bebte ihr Körper in lautlosem Schluchzen. Die Sonne war hoch in den Himmel gestiegen, und sie saß zusammengekauert am Fenster, die Arme um die Knie geschlungen, und blickte wie gelähmt auf den Burghof, ohne etwas zu erkennen.

Sicher würde Gilead diesem absurden Antrag nicht zustimmen. Nicht nach ihrer gemeinsamen Nacht. Sie kaute auf ihrer Lippe, als sie daran dachte, wie düster er am nächsten Tag ausgesehen hatte, als würde er es bereuen, dass er sie je angefasst hatte.

Wie konnte Angus nur so grausam sein? Konnte er Gilead wirklich zu dieser Ehe zwingen? Sie seufzte. Ja, das konnte er. Er zwang sie Niall zu heiraten, obwohl er wusste, was für ein betrunkener Wüstling dieser Mann war. Diese Heirat jedenfalls würde *nicht* stattfinden. Komme was wolle.

Ihre Tür wurde aufgerissen, und sie blickte hoch und direkt auf eine völlig aufgelöste Una. Ihre stets makellose, weiße Schürze hatte braune Flecken, und ihr stahlgraues Haar, das sie immer zu einem strengen Knoten gebunden trug, hatte sich gelöst, und einzelne Strähnen standen ihr vom Kopf ab.

»Was ist?«, fragte Deidre beunruhigt.

»Lady Elen«, antwortete Una mit gebrochener Stimme. »Jemand hat schon wieder versucht, sie zu vergiften.«

Deidre stürzte von der Bank und rannte an der Haushälterin vorbei. Das war ihre Schuld! Sie hätte bei Lady Elen bleiben sollen. Sheila hatte sich heute Morgen krank gemeldet und Janet war ausgeschickt worden, um Kräuter zu sammeln. Man hätte Elen niemals allein lassen dürfen. Hatte sie Gilead nicht versprochen, seine Mutter zu beschützen?

Brena war bereits im Gemach und hielt die Schüssel neben die würgende Elen. Sie lag, die Hände gegen den Bauch gedrückt, eingerollt auf der Seite, ihr Kopf hing über die eine Seite des Bettes.

»Was ist geschehen, Mylady?«, fragte Deidre, als sie ein Tuch auswrang und es auf Elens Stirn presste.

Elen sank zurück auf ihr Kissen und schloss einen Moment lang die Augen. »Mir … ging es gut. Janet kam zurück und zeigte mir den Korb mit den Kräutern, die sie gesammelt hatte.« Sie deutete auf das verängstigte Mädchen, das in der Ecke kauerte. »Ich habe etwas Wanzenkraut in meinen Wein gegeben, um meinen Magen zu beruhigen.« Elen blickte zu Deidre auf und lächelte schwach. »Ich fürchte, ich habe heute Morgen zu viele dieser köstlichen Feigen gegessen. Angus hätte sie mir gar nicht erst bringen dürfen.«

Angus. War es denn tatsächlich möglich, dass er versuchte, seine eigene Frau zu vergiften, damit er ungestört mit seiner Geliebten zusammen sein konnte? Jetzt, wo sie wusste, wie kalt und grausam er Gileads Leben ruinieren wollte, fing Deidre langsam an, das zu glauben. Aber sie hatte heute Morgen selbst einige Feigen gegessen, obwohl Meara sie wahrscheinlich verprügelt hätte, wenn sie gewusst hätte, dass einige dieser teuren und weitgereisten Köstlichkeiten in den Mund einer Zofe gewandert waren. Elen hatte darauf bestanden, sie mit ihr zu teilen, und Deidre kostete ihr Essen ohnehin vor. Das Einzige, was sie nicht gekostet hatte, weil sie zu aufgebracht war, um daran zu denken, war der Wein, den Angus gebracht hatte.

Ihre Augen verengten sich. Wo war er überhaupt? Immer wenn Elen etwas passierte, war er praktischerweise gerade nicht in der Nähe. Sie wandte sich an Janet, die noch immer in der Ecke kauerte, als ob es irgendwie ihre Schuld wäre.

»Geh und such den Laird. Sieh, wenn es sein muss, in allen Zimmern nach und bring ihn her.« Zu ihrer Überraschung protestierte Janet noch nicht einmal. Deidre sah ihr hinterher, als sie davoneilte, und fragte sich, ob sie ihn mit Formorian ertappen würde. Auch sie hatte niemand gesehen. Interessant.

Gilead sah seinen Vater ungläubig an. »Du hast was getan?«

Angus wandte sich vom Sonnenfenster ab. »Du hast mich sehr wohl verstanden. Ich habe arrangiert, dass du Dallis heiraten wirst.«

Gilead ballte die Fäuste und öffnete sie wieder. »Denkst du nicht, dass ich mir selbst eine Frau auswählen kann?«

»Hmmm. Und wer soll das sein? Deidre?«

»Vielleicht.«

Angus schnaubte verächtlich. »Sie wird Niall heiraten. Merk dir das ein für alle Mal. Diese Verlobung wird nicht gelöst.« Er hob eine Hand, als Gilead protestierte. »Auch wenn es nicht so wäre, wäre sie deiner nicht würdig.«

Ein Muskel in Gileads Kinn begann zu zucken. »Ich glaube, das kann ich selbst entscheiden.«

Die Wut in der Stimme seines Vaters stieg vernehmlich. »Sie ist keine Schottin. Wir wissen noch nicht einmal, woher sie wirklich kommt und wer sie ist.«

Wenn sein Vater wüsste. Deidre war wie für ihn geschaffen. Aber er hatte versprochen, ihr Geheimnis zu wahren. »Ich schere mich nicht um ihre Vergangenheit. Ich habe ihr ihre Jungfräulichkeit genommen. Niall wird sie deswegen verprügeln. Ich will tun, was sich gehört.«

Gereizt knallte Angus den Weinbecher auf den Tisch, den er in der Hand hielt, so dass der verwässerte Inhalt auf den polierten Eichentisch spritzte. »Du hast sie bestiegen, Sohn. Das ist alles. Männer besteigen jeden Tag irgendwelche Frauen. Hat sie sich gewehrt? Wohl kaum. Hat es ihr gefallen? Da bin ich mir fast sicher. War sie gut? Ja ... sonst wärst du nicht so von ihr besessen.« Er drehte sich um und begann auf und ab zu gehen. »Wenn sie nicht an Niall versprochen wäre ... wenn ich ihn nicht als Verbündeten bräuchte, würde ich sagen, nimm dir so viel von ihr, bis du genug hast. Reite sie, bis du wund bist. Dann würdest du sie dir schon aus dem Kopf schlagen.«

»Dir hat das Besteigen Formorian doch auch nicht aus dem Kopf getrieben, oder, Vater?«

Angus drehte sich mit wildem Blick um. »Ich habe dir gesagt, dass wir darüber nicht sprechen. Mori und ich haben einen Schwur ...« Plötzlich griff er nach dem Wein und nahm einen großen Schluck.

Gilead riss die Augen auf. »Ihr habt den Schwur geleistet? Der, der euch ewig aneinander bindet?«

Zerrissenheit spiegelte sich auf Angus' Gesicht, und er setzte den Kelch ab. »Ja«, sagte er etwas ruhiger. »Jetzt weißt du es. Wir werden nie mehr darüber sprechen.«

»Aber ...«

»Nie mehr«, Angus' Stimme war unheilvoll tief und flach geworden.

Gilead schluckte eine scharfe Antwort. Er wusste, was mit Männern geschah, die diesen Ton missachteten. Also hatte seine arme Mutter niemals eine Chance gehabt, genau wie Turius. In uralter Vorzeit, lange bevor die Christen das Land eroberten, hatten Priesterinnen die Mysterien bewahrt, wie auch das Geheimnis um den Stein, den der Zauberer Deidres Volk geraubt hatte. Seine eigene Großmutter hatte das Wissen um den Liebesschwur weitergegeben, gewebt aus dem alten Zauber von Brocéliande. Aber er wirkte nur, wenn zwei Menschen wirklich und wahrhaftig füreinander bestimmt waren. Er seufzte, denn er wusste, dass er das nicht ändern konnte.

»Ich kann Dallis nicht heiraten.«

»Sicher kannst du das«, sagte Angus. »Das Mädchen ist recht ansehnlich und Comgall sehr erfreut. Ich muss dir wohl nicht sagen, was für eine schwere Beleidigung es wäre, eine gute Partie abzulehnen. Und muss ich dich daran erinnern, dass Comgalls Land an das von Fergus' grenzt? Wenn er sich gegen uns wendet, würde sich Niall ihm höchstwahrscheinlich anschließen, hinterhältig wie er ist. Cenel Oengus würde eingenommen. Noch nicht einmal Turius' Legionen mit ihrer römischen Disziplin können drei mächtige Cenels *und* die Sachsen abwehren.« Er hielt inne und betrachtete Gileads Gesicht. »Manchmal muss ein Mann – oder eine Frau – die eigenen Wünsche beiseiteschieben und das tun, was unumgänglich ist.«

Gilead wusste, dass sein Vater an das Opfer dachte, das Formorian und er gebracht hatten, und das Risiko, das sie noch immer auf sich nahmen, aber das verschaffte ihm keine Linderung. Ganz im Gegenteil. Sollte Turius jemals dem Aufmerksamkeit schenken, was seine sirenengleiche Frau hinter seinem Rücken trieb, würde er selbst ihnen den Krieg erklären. Und dann mussten die Schotten zusammenhalten, um überhaupt eine Chance zum Überleben zu haben. Gilead wusste, dass er eines Tages das Oberhaupt das Klans sein würde und dass er heiraten und Erben zeugen musste. Die Gedanken seines Vaters waren vernünftig; ständig wurden Ehen arrangiert. Er hatte einfach nur gehofft, dass er eine Frau wählen konnte, die er liebte. Vielleicht wenn er Dee nicht getroffen hätte – sie in Ruhe gelassen hätte –, dann hätte er das schlucken können. Aber nun konnte er nicht mehr ändern, was er getan hatte. Irgendwie musste er Comgall das beibringen.

Sie wurden von einem hastigen Klopfen unterbrochen. Angus riss die Tür auf, und Janet stürzte beinahe ins Zimmer.

»Kommt schnell«, keuchte sie, durch die Treppen außer Atem geraten, »jemand hat versucht, Lady Elen etwas anzutun.«

Angus sah angespannt aus, als er Gilead in Elens Zimmer folgte. »Was ist diesmal passiert?«, wandte er sich an Una.

Die stramme Hausmutter wurde blass. »Gift, Mylord, nehmen wir zumindest an. Janet kam zu mir, gleich nachdem sie Brena geholt hatte.«

Angus drehte sich mit aufbrausender Miene zu Janet. *»Was ist passiert?«*

Das Mädchen begann sich zu winden und zitterte so sehr, dass Deidre schon fürchtete, sie würde ihre Röcke nässen. »Ich weiß es nicht … ich habe ihr meine … meine Kräuter gezeigt …«, stammelte sie, »und sie hat sich etwas davon in den Wein getan …«

»Ein wenig Wanzenkraut«, flüsterte Elen.

Brena nahm den Korb von dem kleinen Tisch neben dem Bett und besah sich die Kräuter. »Ja, hier ist Wanzenkraut. Aber auch Handschuhkraut und Schlafkraut«, sie schüttelte den Kopf. »Vielleicht habt Ihr das falsche genommen, Mylady.«

Angus wirkte erleichtert. »Ein dummer Fehler. Ich schlage vor, Elen, dass du es in Zukunft Brena überlässt, sich um die Kräuter zu kümmern.« Er ging zur Tür und wandte sich um. »Kommst du, Gil? Wir waren noch nicht fertig.«

Gilead schüttelte den Kopf. »Ich bleibe noch eine Weile bei meiner Mutter.«

Brena sammelte ihre Vorräte im Korb zusammen, und Una gab Janet die Schüssel.

»Ich sage Meara, dass sie Euch etwas Kamillentee machen soll«, sagte Una im Gehen.

Deidre setzte sich auf die eine Seite von Elens Bett und Gilead auf die andere. Elen nahm ihre Hände.

»Es war Wanzenkraut, ich bin mir ganz sicher«, sagte sie.

Gilead warf Deidre einen besorgten Blick zu. »Das würde bedeuten, dass jemand versucht hat, sie mit etwas anderem zu vergiften.«

Wieder wurde Deidre von einer Welle der Schuld ergriffen. Sie hätte hier sein müssen. »Es ist meine Schuld«, sagte sie leise. »Ich habe heute Morgen den Wein nicht gekostet.«

Gilead atmete hörbar ein. »Hat ihn mein Vater gebracht?«

Deidre wollte gerade nicken, aber Elen schüttelte energisch den Kopf. »Du glaubst doch nicht etwa, dass dein Vater etwas damit zu tun hat!«

Deidre biss sich auf die Lippe. Die arme Frau liebte ihren Mann noch immer, obwohl sie wissen musste … oder zumindest vermuten … Deidre fragte sich, ob auch sie zu solcher Loyalität fähig wäre. Wenn sie mit Gilead verheiratet wäre, dann bestimmt. Sie unterdrückte ein Schluchzen. Das würde nicht geschehen …

»Sagt es mir, ihr beiden«, Elens Stimme wurde plötzlich kräftiger, »sagt mir, dass ihr Angus nicht verdächtigt!«

Sie begann sich aufzuregen; in ihrem Zustand konnte das leicht ein Fieber auslösen. Deidre drückte ihre Hand. »Das tun wir natürlich nicht, Lady Elen.«

Gilead nickte. »Beunruhige dich nicht, Mutter.«

Elen wurde etwas ruhiger, aber sah bald wieder aufgebracht aus. »Hat dein Vater mit dir gesprochen, Gilead? Wegen der Hochzeit?«

Gilead sah zu Boden. »Ja.«

Deidre starrte ihn an. Er hatte doch nicht eingewilligt? Doch nicht so schnell!

»Und?«, fragte Elen sanft

Er wurde ernst. »Ich brauche Zeit, um darüber nachzudenken. Ich habe beschlossen, morgen mit Turius nach Norden zu reiten, um sicherzugehen, dass die Sachsen sich von unserer Küste fernhalten. Ich werde ein paar Tage weg sein.« Er stand auf und küsste seine Mutter auf die Wange. »Ich habe vorher noch einiges zu erledigen, deswegen gehe ich jetzt.« Gilead vermied es, Deidre anzusehen, als er hinausging und die Tür leise hinter sich schloss.

Deidre kämpfte gegen ihre Tränen. Zeit, um darüber nachzudenken? Sollte das heißen, dass er diesen idiotischen Plan tatsächlich in Erwägung zog? Eine völlig Fremde zu heiraten? Auch wenn Angus sehr großen Einfluss auf ihn hatte, hätte sie erwartet, dass Gilead mehr Rückgrat zeigen würde. Zumindest so viel, um sich seinem Vater zu widersetzen, wenn es darum ging, seine künftige Frau auszuwählen. So zärtlich wie Gilead bei ihrem Liebesspiel gewesen war – es musste ihm einfach etwas bedeuten. Auch wenn sie noch keine Erfahrungen vorweisen konnte. Ihr Magen schien sich zu verknoten. Vielleicht hatte es ihm auch nichts bedeutet. Sie war es gewesen, die ihn gebeten hatte, mit ihr zu schlafen … Sie hatte sich ihm schamlos entblößt. Vielleicht hatte er sich auch nur das genommen, was sie ihm so freizügig geboten hatte. Was für eine Verführerin sie war! Wie konnte sie jemandem unterlegen sein, den er noch nicht einmal kannte? Der Gedanke daran, wie Gilead diese Dallis in seinen Armen hielt, sie mit heißen, feuchten Küssen bedeckte, ihre nackten, eng umschlungenen Körper – das war mehr, als sie ertragen konnte. Tränen strömten ihr aus den Augen.

Elen ergriff ihre Hand. »Liebst du meinen Sohn, Deidre?«

Deidre wischte mit dem Handrücken ihre Tränen weg. Als sie jetzt zu Elen aufblickte, sah sie nichts als Mitgefühl in ihrem Gesicht. Ihrer Stimme nicht ganz trauend, nickte sie nur.

Elen schob eine Strähne aus Deidres Gesicht. »Hast du es ihm gesagt?«

»Nein«, stammelte Deidre. Lieber Gott, sie hatte sich doch ohnehin schon zum Narren gemacht.

»Das solltest du vielleicht«, sagte Elen sanft.

»Das kann ich nicht.« Er würde wahrscheinlich wie von der Tarantel gestochen davonlaufen. Sie schluckte ein weiteres Schluchzen hinunter, und es wurde zu einem Schluckauf. »Und außerdem, was würde es denn ändern? Euer Gemahl scheint das zu bekommen, was er will.«

Elen seufzte und sank in ihre Kissen zurück. »Ja. Arrangierte Ehen gehören zum Lauf der Dinge. Auf die Liebe kommt es selten an. Und du bist obendrein noch Niall versprochen.« Sie schloss die Augen. »Lass mich darüber nachdenken, Kind.«

Deidre steckte die Decke um sie fest und ging auf Zehenspitzen hinaus, als Elen in den Schlaf hinüberdämmerte. Angus war es vielleicht gewohnt, seinen Willen durchzusetzen, aber diesmal würde er seinen Meister finden. Bei allem, was ihr heilig war und dem Stein selbst – Niall würde sie nicht heiraten.

»Du bist heute fürchterlich still«, sagte Turius am nächsten Nachmittag, als sie bereits bis zum Loch Leven geritten waren.

Gilead rutschte in seinem Sattel umher. »Ich habe nachgedacht.«

Turius grinste. »Bist du nervös, weil du deine zukünftige Frau bald zum ersten Mal sehen wirst?«

Seine zukünftige Frau. Zur Hölle. Er kannte diese Frau noch nicht einmal. Ein Mädchen, eigentlich. Sie war erst fünfzehn, hatte ihm sein Vater gesagt.

»Nein. Nicht nervös. Ich habe nicht vor, das tatsächlich zu tun.«

Turius hob eine Augenbraue. »Hast du das Angus schon gesagt?«

»Ich habe es versucht. Er wollte nicht hören.«

»Verstehe. Nun, es wäre eine gute Verbindung für euren Klan und ein Schutzschild gegen Fergus.«

»Das weiß ich«, sagte Gilead unglücklich. »Ich will nur nicht eine völlig Fremde heiraten.«

Turius lachte in sich hinein. »Du wirst sie schon kennenlernen, wenn du erst mit ihr das Lager geteilt hast.«

Gilead sah ihn angewidert an. »Im Gegensatz zu meinem Vater ist das nicht das Einzige, woran ich denke.«

Turius wurde ernst. »Nein, das ist wahr. Du hast einen Sinn für deine Pflicht und deine Verantwortung, wie ihn nur wenige Männer haben. Ich wünschte, mein Sohn wäre mehr wie du.«

Gilead sah ihn überrascht an. Turius sprach fast nie von Maximilian, dem Jungen, den er mit der Hohepriesterin der Insel Iona gezeugt hatte. Seine Mutter hatte ihm einst verraten, dass Turius sehr in diese Frau verliebt gewesen war, und dass sie rasend vor Wut war, als er Formorian geheiratet hatte, und ihm deshalb das Kind genommen, und es zu einem Druiden erzogen hatte. Aber der Junge war aufmüpfig und wuchs schließlich bei Verwandten tief im Süden auf. Er musste etwa in seinem Alter sein, dachte Gilead.

»Wie geht es Maximilian?«, fragte er, um das Thema zu wechseln.

Turius schnaubte. »Soweit ich gehört habe, hat er sich sowohl mit Cerdic als auch mit Aelle angefreundet. Das wäre gut, wenn er friedlich bleiben würde, aber normalerweise erregt Max immer Ärger, wohin er auch geht.«

»Triffst du seine Mutter noch?«

Turius warf ihm einen schrägen Blick zu. »Selten.«

Eine Art Wehmut schwang in seiner Stimme, die Gilead veranlasste zu fragen »Wenn du noch einmal von vorne beginnen könntest, würdest du sie stattdessen heiraten?«

Turius nahm einen tiefen Atemzug. »Wenn es nur um mich

ginge, ja. Aber ich bin König des nördlichen Britannien, und ich brauche meine schottischen Verbündeten genauso sehr wie sie mich. Formorian zu heiraten war wichtig. Du wirst eines Tages der Anführer eures Klans sein. Du darfst nicht nur an dich denken, sondern an das, was für dein Volk gut ist.«

Gilead spannte seinen Kiefer an. »Aber was ist mit der Liebe?«

Turius gab seinen Männern Zeichen, beim Fluss haltzumachen, damit die Pferde trinken konnten, bevor er antwortete. Er führte sein Pferd weg, hielt inne und wandte sich um. »Ja, die gibt es. Ein Opfer, das ich gebracht habe und auch Formorian.«

Deidre zog die Schaufeln aus dem Durcheinander der halb zerfallenen Scheune, die einst an die Kapelle angebaut gewesen war. Das war der dritte Tag, den sie hier verbrachte, heute würde sie ihre Arbeit beenden.

Am Hof herrschte wildes Hin und Her in Vorbereitung auf die Ankunft von Comgall und Dallis. Bettlaken waren gewaschen und an der Sonne getrocknet und frisches Schilf über den Boden gebreitet worden. Verrammelte Fenster wurden geöffnet, um frische Luft hereinströmen zu lassen, und Meara war über der Zubereitung von Lammbries und verschiedenen Nachspeisen und Soßen in helle Aufregung geraten. Die Männer wurden täglich auf die Jagd geschickt, um genügend Fleisch für ein mehrtägiges Festmahl zusammenzubekommen.

Deidre wollte mit all dem nichts zu tun haben. Wenn Gilead bereit war, dieses Mädchen zu heiraten, wollte sie so schnell wie möglich verschwinden. Lugnasad rückte bedrohlich näher, und sie hatte nicht vor, *dafür* noch hier zu sein.

Aber sie musste ihre Aufgabe zu Ende bringen. Das Gefühl, dass sie dem Stein nahe war, hatte sie nicht verlassen, obwohl sie nichts mehr gesehen hatte, seit ihrer Vision im Steinkreis – oder was es auch gewesen war. Sollte sie heute wieder nichts finden, würde sie irgendwie versuchen, noch einmal zum Steinkreis zu gelangen und seine Kraft zu nutzen.

Doch ohne Gilead war es schwer auszureiten. Angus war unerbittlich mit seiner Anordnung, dass sie und Formorian die Burg nur mit einer bewaffnete Eskorte verlassen durften. Formorian schien sich darüber zu amüsieren, hatte sich ihm aber nicht widersetzt.

Beim Graben fragte sich Deidre, ob Childebert aufgegeben hatte, nach ihr oder dem Stein zu suchen. Fränkische Soldaten wären nicht allzu lange auf britannischem Boden willkommen, aber sie hatte auch gehört, wie Turius Angus erzählt hatte, dass um Mittsommer ein Boot gelandet war, und dass Maximilian ihnen Unterschlupf gewährt habe.

Nein, sie bezweifelte, dass Childebert die Suche aufgegeben hatte. Dem Papst in Rom den Stein zu übergeben würde Vigilius dazu verpflichten, Childebert in seinem Vorhaben, nach Westen zu ziehen und mehr Land zu beanspruchen, zu unterstützen. Seit Clovis' Frau sie alle zum Christentum bekehrt hatte, war ihnen die Kirche bereits gewogen, aber dann hätten sie auch noch den mächtigen Rückhalt der Kirche und ihren Reichtum. König Merovee drehte sich wahrscheinlich im Grabe um bei dem Gedanken, dass seine Blutlinie zum Verräter der Großen Königin wurde.

Es war Deidres Pflicht, den Stein vor Childebert zu finden und ihn in die Grotte zurückzubringen, damit die uralte Verehrung der Göttin, für die Magdalena und ihre Nachfahren standen, am Leben erhalten würde. Aus diesem Grund musste Deidre ihre Herkunft verheimlichen, sogar wenn das bedeutete, dass Gilead eine andere heiraten würde.

Das zumindest sagte sie sich, als sich ihre Tränen mit der sonnengetrockneten Erde vermischten.

Kapitel 16

Die Verlobung

Turius und Gilead kehrten nur wenige Stunden vor Comgalls und Dallis Ankunft zurück. Deidre war sorgsam darauf bedacht, Gilead nicht über den Weg zu laufen und schützte bei Elen Kopfschmerzen vor.

Sie sah von ihrem niedrigen Zimmer aus auf das Geschehen im Burghof hinab. Gilead stand neben seinem Vater und Elen, als der Wagen zum Stehen kam. Der Kutscher sprang steif herunter und öffnete die Tür.

Deidres Herz wurde bang. Sie hatte entgegen aller Logik gehofft, dass das Mädchen hässlich oder dick oder dumm sein würde. Am besten alles drei. Aber der Kutsche entstieg auf anmutige Art eine Schönheit mit rabenschwarzem Haar und üppigen Kurven an den richtigen Stellen.

Sie sah zu, wie Gilead vortrat und ihr die Hand reichte, um ihr beim Aussteigen zu helfen. Er verbeugte sich – eher steif, wie Deidre fand – und trat zurück. Angus schlug Comgall zur Begrüßung auf den Rücken, und Elen umarmte Dallis. Alles in allem sah es aus wie ein glückliches Familientreffen.

Deidre wandte sich vom Fenster ab. Sie wollte nicht sehen, wie Dallis mit der Hand über Gileads Arm fuhr oder wie er sie anlächelte. Das würde sie beim Essen ohnehin ertragen müssen. Und was das Ganze noch schlimmer machte – dann wäre auch Niall anwesend.

Das Essen wurde schlimmer als erwartet. Von nahem sah Dallis sogar noch hübscher aus. Ihr schwarzes Haar unterstrich die Wirkung ihrer perlgrauen Augen, und ihre Haut wirkte wie frische Sahne. Und dass Drustan ihr nur einen einzigen Blick zugeworfen und sofort begonnen hatte, eine Ode für sie zu komponieren, machte das Ganze auch nicht gerade besser.

Dallis würdigte es gebührend, lächelte ihn strahlend an und schien neben Gilead zu erglühen. Sogar ihre Stimme klang seidig. Deidre wünschte, der Boden möge sich öffnen und sie verschlingen.

Unglücklich zwang sie sich, dabei zuzusehen, wie Gilead ein Teller für Dallis zusammenstellte, wie er das saftigste Fleisch des Wildschweins für sie tranchierte, Bratensoße darüber träufelte und sie fragte, welche Beilagen und Soßen sie wünschte. Neben ihr riss Niall große Fetzen Fleisch von einem Knochen und wischte sich die schmierigen Finger am Tischtuch ab.

Das Mädchen aß auch noch sehr gepflegt, nahm kleine Bissen und tauchte ihre Finger regelmäßig in die kleine Schale mit Wasser, das der Diener ihr eingegossen hatte. Deidre hätte alles dafür gegeben, ein Stück Fleisch oder Gemüse zwischen diesen kleinen ebenmäßigen weißen Zähnen stecken zu sehen. Aber nein. Ihre Manieren waren makellos.

Beinahe stieß Deidre ihren Wein um, weil ihr Blick von unterdrückten Tränen verschleiert war.

»Vorsicht«, warnte Formorian von ihrer anderen Seite und rückte ihr Glas wieder zurecht.

Schnell senkte Deidre den Kopf. Von allen Menschen musste ausgerechnet sie heute neben ihr sitzen. Formorian hatte die angeborene Fähigkeit, hinter die Fassaden zu blicken. Manchmal fragte sie sich ernsthaft, ob diese Frau nicht doch etwas Feenblut in ihren Adern trug.

»Sie ist bezaubernd, nicht wahr?«, bemerkte Formorian.

Hmpf. Formorian erkannte offenbar die Gleichgesinnte in ihr. Zwei vom selben Schlag – die eine verführte Angus, die andere köderte Gilead mit jeder möglichen List, die einer Frau zur Verfügung stand.

»Ja, das ist sie wohl. Vor allem wenn man bedenkt, dass keiner der Männer hier seine Augen von ihr abwenden kann.« Die einzige Kleinigkeit, für die sie dankbar war, war die Tatsache, dass darin auch Niall eingeschlossen war, und er zumindest dieses eine Mal nicht versuchte, sie unter dem Tisch zu begrabschen.

Formorian hob eine Augenbraue. »Fahr deine Krallen wieder ein, Kleine. Es zahlt sich nie aus, ihnen zu zeigen, dass man eifersüchtig ist.«

»Ich bin nicht …«, begann Deidre, unterbrach sich aber selbst. Sie war eifersüchtig, so ungern sie es auch zugeben wollte. Und es war sinnlos, Formorian zu belügen. Aber trotzdem … was hatte sie gerade gesagt? Es zahlt sich nie aus … sollte das heißen, dass auch Formorian gelegentlich eifersüchtig war? Das war eigentlich kaum zu glauben, so schlecht wie Angus seine Bewunderung verbarg.

Sie fing Gileads Blick auf, wie er sie über den Tisch hinweg betrachtete, und pflanzte ein Lächeln auf ihr Gesicht. Sie würde ihm nicht die Befriedigung gewähren, ihm zu zeigen, was sie fühlte.

»Viel besser«, flüsterte Formorian, »aber du solltest auch nicht deine Zähne fletschen wie eine Wölfin, die ihren Bau bewacht.«

Genau in diesem Augenblick verspürte Deidre tatsächlich den Impuls, ein wildes Knurren auszustoßen; sie stellte sich die Gesichter der Anwesenden vor, wenn sie es tatsächlich täte. Immerhin vertrieb das ihre Melancholie etwas. Zumindest, bis Drustan seine Harfe beiseitelegte, um für die Dudelsackspieler Platz zu machen.

Turius holte Formorian und Angus führte Elen an der Hand zum ersten Tanz. Deidre fiel auf, dass sie mit leuchtenden Augen an ihm hing, obwohl sein eigener Blick oft zu Formorian wanderte, öfter als er sollte. Arme Elen. Angus tat nichts weiter, als Comgall etwas vorzuspielen. Trotzdem war es noch immer besser, ihm zuzusehen als seinem Sohn.

Deidre erinnerte sich daran, wie es sich anfühlte, mit Gilead zu tanzen, sein Arm sicher um ihre Hüfte, seine andere Hand hielt die ihre, sein Daumen streichelte ihren Handrücken … Sie spähte – ob er das auch mit Dallis tat, konnte sie nicht erkennen.

»Wir tanzen«, sagte Niall rülpsend und schob seinen Stuhl zurück.

»Ich möchte lieber nicht.«

»Ich habe nicht gefragt, ob du möchtest«, schnauzte er sie an und zog sie fest am Arm. »Wir tanzen, weil ich es so will.«

Diesmal war niemand da, der sie retten konnte. Bevor sie wieder ein geschwollenes Handgelenk davontrug, folgte sie ihm lieber.

Wahrscheinlich hatte sie noch nie einen grässlicheren Abend erlebt, und gerade als sie dachte, es könnte nicht mehr schlimmer werden – Gilead war mit Dallis zugange, und sie selbst hing bei Niall fest –, wurde es schlimmer.

Angus unterbrach die Feierlichkeiten, um die Verlobung bekanntzugeben. Deidre entfuhr unwillkürlich ein leiser Aufschrei. Irgendwie hatte sie gehofft, es würde nicht so schnell öffentlich gemacht werden. Noch immer hatte sie auf ein Zeichen gewartet … nur ein kleiner Augenblick der Hoffnung …

Von ihrem Platz aus konnte sie sehen, wie Gilead zur Salzsäule erstarrte. Dallis senkte sittsam den Kopf, als der Saal in donnernden Applaus ausbrach. Alle eilten zu ihren Weinbechern, und unzählige Trinksprüche wurden gesprochen.

Deidre hörte steif zu und wünschte, sie könnte sich damit entschuldigen, sich um Elen kümmern zu müssen. Aber ausnahmsweise schien sich Elen tatsächlich zu amüsieren. Sie hatte ihren Arm durch Angus' Armbeuge geschoben und gab die reizende Gastgeberin. Und Angus schien – zweifellos für Comgalls Augen gedacht – schon fast in sie vernarrt zu sein. Deidre blieb also nichts anderes übrig, als Runde um Runde den Glückwünschen zu lauschen und gelegentlich den derberen Sprüchen über die Vorteile der Ehe. Gilead hatte eine verschlossene Miene aufgesetzt, aber sie konnte sehen, wie er innerlich kochte. Dallis errötete sehr reizend. In ihrem eigenen Schmerz versunken, war Deidre überhaupt nicht auf das vorbereitet, was sie als Nächstes erwartete. Niall torkelte halb betrunken durch den Raum, um Gilead zuzuprosten, und zog Deidre mit sich. Sie kamen nur ein paar Schritte vor ihm zu stehen, und Deidre hielt ihre Augen starr auf Gileads Kinn gerichtet, um ihm nicht in die Augen sehen zu müssen.

Niall hob seinen Kelch. »Ich glaube, meine Frau würde ihren Hochzeitstag gerne mit Euch teilen«, lallte er.

Deidre fühlte, wie ihr das Blut aus dem Gesicht wich. Wie konnte sie dieser Ochse so vollkommen erniedrigen?

Gileads Kiefer verkrampfte sich, und Angus trat mit einem wütenden Runzeln auf der Stirn vor. »Was meinst du damit?«

Niall drehte sich schnell zu ihm um und geriet einen Augenblick lang ins Schwanken. »Warum, nichts weiter«, sagte er mit listigem Ton, »als den Tag zu teilen. Wir könnten beide an Lugnasad heiraten.« Er sah Deidre an. »Wolltest du nicht deinen Hochzeitstag mit Gilead …«

»Genug«, sagte Angus.

Comgall trat hinzu, die Anspielung offenkundig nicht verstehend. »Das ist doch eine wunderbare Idee, findest du nicht, Dallis?«

Sie sah wie ein aufgeschrecktes Reh aus, nickte aber gehorsam.

»Also bitte«, sagte Niall, als er seinen Becher erneut hob.

»Man muss einen ungeduldigen Bräutigam nicht warten lassen. Vor allem bei einer so verheißungsvollen Braut.«

Die Männer um sie herum stimmten in das Lachen ein, Gilead aber nicht. Er sah Deidre an.

Niall folgte seinem Blick. »Ach, beinahe hätte ich meine eigene Braut vergessen. Was für ein williges Mädchen.« Er packte sie, zog sie an sich und schmatzte seine Lippen auf ihre. »In unserer Hochzeitsnacht kriegst du davon noch viel mehr, darauf kannst du wetten.«

Gilead ballte seine Fäuste, aber Angus trat zwischen sie, legte Niall eine Hand auf die Schulter und zog ihn von Deidre weg. Er sprach so leise, dass ihn niemand sonst hören konnte. »Wir haben eine Abmachung, nicht wahr?«

Niall machte sich von ihm los und sah ihn finster an. »Ja. Aber lange muss ich nicht mehr warten.«

Deidres Magen hob sich, als sie mit dem Ärmel ihres Kleides seinen schleimig-feuchten Kuss wegwischte. Dallis sah schockiert aus, aber Deidre kümmerte sich im Augenblick nicht um gute Manieren. Sie hoffte lediglich, ihr Abendessen im Magen behalten zu können, bis sie sich entfernen konnte.

Elen erschien an ihrer Seite. »Mir geht es auf einmal nicht mehr besonders gut. Kommst du bitte mit mir nach oben?«

Die Gute, dachte Deidre erleichtert, und folgte ihr. Sie drehte sich nicht um, als sie den Saal verließen. Das war das letzte Mal, dass Niall sie geküsst hatte. Angewidert wischte sie sich noch einmal über den Mund und seufzte.

Gileads Verlobung war vollzogen. Sie hatte den Stein nicht gefunden. Ihre Vision musste falsch gewesen sein. Nichts hielt sie mehr hier. Bis Lugnasad waren es nur noch zwei Wochen. Heute Nacht würden die Tore lange geöffnet sein, für die Gäste, die sich auf den Nachhauseweg machten.

Zeit zu gehen.

»Komm schon, Mori«, flüsterte Angus, als er im Schatten des Rosengartens hinter der Great Hall an ihrem Nacken knabberte. »Es ist spät. Alles ist ruhig. Lass uns in meine Gemächer gehen.« Er saugte an der empfindlichen Stelle hinter ihrem Ohrläppchen, von der er wusste, dass sie es genoss, und strich langsam mit einer Hand über ihre Brust; Daumen und Zeigefinger drückten leicht die Brustwarze zusammen.

»Hmmm«, sagte sie, als sie ihren Körper unter seiner Hand wandte, so dass er ihre andere Brust massieren konnte. »Ich weiß nicht, ob ich in der Stimmung bin.«

Angus legte seinen Mund auf ihren, mit der Zunge Einlass begehrend. Sie neckte ihn, öffnete ihre Lippen nur einen Spaltbreit und drehte dann den Kopf zur Seite.

Er knurrte tief aus seinem Inneren heraus. »Dieses Spielchen können wir besser in meinem Gemach spielen.«

»Ja. Das könnten wir. Wenn ich dazu in der Stimmung wäre.«

Er schlang beide Arme um sie und drückte seine harte Erektion an ihren Bauch. »Bringt dich das in Stimmung?«

Sie schmunzelte. »Vielleicht sollten wir uns zuerst unterhalten.«

Das ließ Angus aufmerken. Mori wollte äußerst selten »reden«. Normalerweise herrschte eine Art Harmonie ihrer Gedanken. Was hatte er getan? Mit Elen getanzt? Darauf konnte Mori unmöglich eifersüchtig sein. Oder doch? Seine Männlichkeit schwoll noch etwas mehr an.

Seufzend lockerte er seine Umarmung ein wenig und brachte durch die fehlende Berührung seinen Schwanz zum Toben. »Wenn es um Elen geht – das war reines Schauspiel, um Gilead einen Gefallen zu tun.«

»Ich glaube nicht, dass du Gilead einen Gefallen getan hast.«

»Was meinst du damit?«

»Du hättest ihnen etwas Zeit lassen sollen, bevor du die Hochzeit angekündigt hast. Sie haben sich ja kaum gesehen.«

Angus zuckte die Schultern. »Das ist eine arrangierte Hochzeit. Kanntest du Turius gut, bevor du zugestimmt hast?«

»Ich wusste, worauf ich mich einließ, Angus«, sagte Formorian ruhig. »Ich glaube nicht, dass Gilead das alles will.«

»Unsinn. Dallis ist eine Schönheit. Er wird lernen, sie zu lieben.«

Formorian hob eine Augenbraue. »Wie bei dir und Elen?«

Angus runzelte die Stirn. Vielleicht war seine Mori doch eifersüchtig. »Ich habe Elen nie geliebt.«

»Genau das meine ich.«

Sie sah ihn triumphierend an, aber ihre Logik verfehlte ihn. Sie hatte es doch nicht nötig, ihm irgendwelche Liebesbeschwörungen abzuschwatzen. Das sagten sie sich regelmäßig. Und der wachsende Druck in seinen Lenden ließ ihn ungeduldig werden. Er näherte sich ihr und begann mit seinen Händen über ihren Rücken zu streichen. Bei Dagda, sie war völlig angespannt. Frustriert trat er zurück. »Was soll ich tun?«

»Erzwinge diese Hochzeit nicht. Wenn sie sich zueinander hingezogen fühlen …«

Plötzlich flammte eine Fackel auf, das Feuer tauchte ihre Gesichter in grelles Licht.

»Ich habe erst in euren Zimmern nachgesehen«, sagte Gilead mit beißendem Unterton.

Angus ließ sich seine Wut nicht anmerken. »Was willst du?«

»Ich dachte, du willst vielleicht wissen, dass jemand Mutter etwas antun wollte. Schon wieder.«

Deidre starrte auf die bläuliche Verfärbung an Elens Hals. Ihre Augen waren geschlossen und ihr Atem rasselte noch immer, wenn sie zu tief einatmete. Wer konnte das getan haben?

»Was ist diesmal passiert?«, donnerte Angus, als er die Tür aufriss und dann beim Anblick seiner Frau abrupt stehen blieb. Er beugte sich über das Bett. »Elen?«

Ihre Augenlider flatterten, und sie blickte mit schwachem Lächeln zu ihm auf.

»Was ist passiert?«, fragte er sanfter.

»Ich weiß es nicht«, sagte Elen kraftlos. »Brena hat mir meinen Trank gegeben, und ich bin eingeschlafen. Das Nächste, was ich weiß, ist, dass Sheila mich wie verrückt geschüttelt hat.«

Angus drehte sich zu ihr um. »Hast du versucht, meine Frau zu erwürgen?«

Niemandem im Raum konnte die bedrohliche Ruhe und der gefährliche Unterton in seinen Worten entgangen sein. Trotzdem gelang es Sheila, erschreckt und verletzt gleichzeitig auszusehen. »Natürlich nicht, Mylord. Ich bin die Treppe hinaufgegangen, um Deidre abzulösen, und hörte Schritte, die die Hintertreppe hinunterrannten. Als ich den Raum leer vorfand, dachte ich, es wäre Deidre gewesen, die gegangen ist.«

Angus richtete seinen Blick auf Deidre. »Und wo bist du gewesen?«

Sie brauchte jedes Quentchen ihrer Willenskraft, um nicht zusammenzuzucken. Sie fühlte, welche Wut er ausstrahlte. Das Schlimmste jedoch war, dass sie es verdient hatte. Sie hätte bei Elen sein müssen, anstatt sich davonzuschleichen und ein paar Dinge für ihre geplante Flucht heute Nacht zu packen. Große Schuldgefühle wallten in ihr auf.

»Ich … ich war bei ihr, bis sie eingeschlafen ist. Da Ihr den Geheimgang versperrt habt, dachte ich, ihr könnte nichts geschehen.«

Gilead berührte sanft den Hals seiner Mutter. »Du erinnerst dich an nichts mehr?«

Elen schüttelte den Kopf. »Ich hätte nicht den Schlaftrank

trinken sollen. Ich wollte nicht …« Ihre Stimme verstummte, als sie Angus anblickte. »Ich wollte darauf warten, ob …« sie unterbrach sich und biss sich auf die Lippen.

Einen Augenblick lang sah Angus peinlich berührt aus, aber dann warf er seinen Kopf herum. »Wo ist Brena? Jemand soll sie holen«, schnappte er. Ein halbes Dutzend Mägde hatten sich im Flur versammelt und stießen in ihrer Eile, ihm zu gehorchen, aneinander.

Deidre hatte das Gefühl, dass Brena sehr blass aussah, als sie eintrat, aber es war für alle eine lange Nacht gewesen.

»Hast du Elen einen stärkeren Trank gegeben als üblich?«, fragte Angus unumwunden.

Die Heilerin sah ratlos aus. »Ein wenig, Mylord. Wegen der Aufregung des heutigen Abends.«

»Weil sie sich heute Abend tatsächlich bewegt und mit mir getanzt hat«, antwortete Angus. »Ist dir etwas Verdächtiges aufgefallen?«

»Nein. Deidre saß in ihrem Stuhl. Sonst war niemand da.«

Angus sah noch einmal zu Deidre und ließ seinen Blick zu ihren Händen wandern. Sie widerstand dem Drang, sie hinter ihrem Rücken zu verstecken, wie ein ungezogenes Kind, das Zuckerwerk geklaut hatte. Sie hätte nicht packen dürfen. Das wäre nicht geschehen, wenn sie bei Elen im Zimmer geblieben wäre. Aber Elen schlief in den meisten Nächten allein … Doch dann packte Deidre eine unglaubliche Wut, als ihr klar wurde, warum Angus auf ihre Hände starrte. Dachte er wirklich, dass sie versuchen würde, Elen zu erwürgen? In der Hoffnung auf Unterstützung blickte sie zu Gilead, aber auch er runzelte die Stirn. Nicht auch noch er!

Sie verschluckte einen Kloß in ihrem Hals, der zu einem Schluchzen zu werden drohte. »Es tut mir leid. Ich hätte bleiben sollen.«

Angus verengte seine Augen und sah zu Elen. »Ich werde ab jetzt eine Wache vor deiner Tür aufstellen. Und keine Schlaftränke mehr in der nächsten Zeit.« Er wandte sich an Brena. »Ist das klar?«

Brena wollte protestieren, überlegte es sich aber anders und nickte stumm. »Ich werde heute Nacht bei Mylady bleiben.«

»Nicht nötig«, sagte Gilead, zog den großen, gepolsterten Sessel näher an Elens Bett und ließ sich darin nieder. »Ich bleibe den Rest der Nacht über hier.«

Brena öffnete den Mund, aber bevor sie etwas sagen konnte, unterbrach Angus sie. »Dann hätten wir das geklärt. Geht jetzt alle zu Bett.«

Erschüttert verließ Deidre mit den anderen das Zimmer. Ihr blieb immer noch genug Zeit, um die Flucht zu versuchen, aber sie wusste, dass sie jetzt nicht einfach gehen konnte. Wer auch immer hinter all dem steckte, wagte sich jetzt weiter vor. Der erste Vorfall hätte als Lebensmittelvergiftung durchgehen können, und der zweite auf der Treppe als Unfall; bei dem dritten konnte man meinen, Elen hätte selbst versehentlich das falsche Kraut genommen, aber niemand fand eine plausible Ausrede für Würgespuren am Hals einer Frau.

Wer wollte Elens Tod? Die beiden naheliegenden Täter waren Angus und Formorian, aber dann bliebe noch immer das gar nicht so kleine Problem namens Turius. Niemand hatte versucht, ihn zu töten. Außerdem war Angus heute ernstlich besorgt gewesen und hatte sogar eine Wache aufstellen lassen. Außer natürlich, er hatte vor, den Mann zu zwingen, im Zweifelsfall in die andere Richtung zu sehen.

Formorian war kräftig genug, um Elen zu würgen, und vielleicht hatte Angus' Aufmerksamkeit für seine Frau heute Nacht die Königin aufgestachelt. Aber es blieb noch immer die Sache mit den Sachsen. Deidre hatte das Gefühl, dass es irgendeinen

Zusammenhang gab zwischen der Entführung und diesen Vorfällen, und sie konnte sich nicht vorstellen, dass sich Formorian jemals mit den Sachsen verbünden würde. Ihr war das Land sogar noch mehr wert als Angus.

Wer dann?

Die nächsten Tage vergingen wie in Trance. Deidre tauschte ihre Stunden mit Janet, damit sie nicht anwesend war, wenn Gilead, jetzt oft zusammen mit Dallis, seine Mutter besuchte. Sie ertrug es nicht, die beiden zusammen zu sehen, Dallis klingelndes Gelächter fuhr ihr durch Mark und Bein. Janet war das nur lieb, und sie flirtete vor Dallis noch unverhohlener mit Gilead. Deidre gab es nur ungern zu, aber Dallis verhielt sich wie eine wirkliche Dame und schien Janets abscheuliches Betragen einfach nicht zu bemerken. Aber vielleicht hatte ihr Gilead ja ob ihrer Schönheit schon seine immerwährende Liebe geschworen, und sie hatte keinen Grund zur Eifersucht. Deidre versuchte bei diesen Gedanken verzweifelt, ihr eigenes grünäugiges Monster zu bezwingen.

Angus hatte noch in der Nacht alle Tore schließen lassen, und jeder, der sich innerhalb der Mauern befand, wurde am nächsten Tag befragt. Einige Male hörte Deidre das Flirren der Peitsche und die schnell erstickten Schreie der unglücklichen Seelen, die an den Pfahl bei den Ställen gefesselt waren. Männer, die Wache hätten schieben sollen in dieser Nacht, es aber offenbar nicht getan hatten.

Am späten Nachmittag stürmte Angus in die Great Hall und warf die Peitsche in die Ecke. Deidre sammelte schnell ein paar Früchte vom Regal am anderen Ende des Saals und wünschte, sie könnte sich in Luft auflösen. Sie hatte keinerlei Verlangen, Angus' Wut auf sich zu ziehen, vor allem, weil er sie wohl immer noch verdächtigte.

Er schien sie nicht zu bemerken, und dann verstand sie, warum. Formorian lehnte im Rahmen der Tür, die in den hinteren Gang führte.

»Keiner hat irgendetwas gesehen?«, fragte sie mit ihrer tiefen, melodischen Stimme.

Angus sah erschöpft aus, aber er lächelte sie an, als er den Kopf schüttelte. »Gar nichts. Als ob irgendein Geist aufgetaucht wäre.«

»Ein Geist? Sei lieber vorsichtig, in wessen Gegenwart du das sagst. Die normalen Leute glauben so etwas ganz gern.« Formorian ging um ihn herum und begann seine Schultern zu massieren. »Ich glaube, du brauchst eine gute Abreibung.«

Er wandte sich um, legte einen Arm um ihre Schultern und lächelte. »Und ich kenne genau den richtigen Ort …«

Deidre starrte ihnen hinterher, als sie davonschlenderten. Für die beiden war sie völlig unsichtbar gewesen. Aber ein Geist? War es das, was sie verbreiten wollten?

Gilead konnte sich nicht daran erinnern, sich jemals so gefangen gefühlt zu haben. Die letzen Tage waren ein einziger grausamer Alptraum gewesen. Er sorgte sich wegen der immer gewaltsameren Angriffe auf seine Mutter, und versuchte sooft wie möglich bei ihr zu sein, um sie zu schützen, aber auch, um vielleicht irgendeinen Hinweis zu finden, wer dahinterstecken könnte.

Er warf einen Blick auf Dallis, als sie jetzt die Treppe zu Elens Gemach hinaufstiegen. Er wäre lieber alleine gegangen, aber Angus hatte ihm klar und deutlich zu verstehen gegeben, dass er Zeit mit Dallis verbringen sollte, und seine Mutter zu besuchen war einfacher, als mit ihr allein zu sein.

Er wusste, dass ihn alle in Frage kommenden Männer beneideten. Drustan hatte ihm Dallis' Vorzüge oft genug aufgezählt, und er hatte gesehen, was für bewundernde Blicke ihr die anderen Männer zuwarfen, wenn sie dachten, er sähe gerade nicht hin. Sobald sie eine Bitte äußerte, waren schon ein Dutzend eifriger Verehrer zur Stelle, die nur zu gern all ihre Wünsche erfüllten. Zu ihrer Verteidigung musste gesagt werden, dass sie nichts tat, um sie zu ermuntern, außer ihnen freundlich zuzulächeln. Sie errötete sogar auf reizende Art, wenn ihr Drustan eine neue Ode widmete. Gilead wollte ihr auch das nicht vorwerfen. Aber sie war eben nicht Deidre.

Er öffnete die Tür zum Gemach seiner Mutter und war überrascht, dort Deidre vorzufinden. Wie er es erwartet hatte, sprang sie sofort auf. Seit Dallis' Ankunft hatte sie ihn gemieden, als hätte er die Pocken.

»Ich muss mich auf den Weg machen, Lady Elen. Ich habe Meara versprochen, Kräuter für sie zu sammeln.«

Gilead zog eine Augenbraue hoch und lehnte sich in den Türrahmen. Soweit er wusste, wollte Meara sie nicht in der Nähe der Küche sehen. Nie.

»Sicher musst du nicht sofort gehen. Meara war gerade dabei, dem Küchenjungen die Ohren langzuziehen, als wir heraufkamen. Vielleicht solltest du warten, bis sich ihre Hand etwas abgekühlt hat.«

Mit bestürzter Miene und einem zögerlichen Blick zur von Gilead verstellten Tür setzte sich Deidre wieder. »Nun, ich bin nicht in der Stimmung, mich anschreien zu lassen.«

Dallis sah verwirrt aus. »Anschreien? Von Meara? Sie war sehr freundlich zu mir, als ich sie letzte Nacht um einen speziellen Tee bat. Zumal sie schon alle Töpfe gereinigt hatte.«

Deidre biss die Zähne zusammen, und Gilead schaltete sich kurzerhand ein, als er sich auf einen Stuhl neben Elens Bett setzte. »Spezieller Tee?«

»Ja. Ich hatte etwas Kopfweh«, antwortete Dallis. »Es war ein langer Abend.«

Gilead runzelte die Stirn. Es war in der Tat ein etwas trostloses Mahl gewesen. Drustan war von einem seiner einsamen Ausflüge nicht zurückgekehrt, deshalb gab es keine Musik zum Essen. Sie hatten bei Turius und Formorian gesessen, und obwohl er mit Turius über die Gefahr durch die Sachsen diskutiert hatte, meinte er, Formorian habe sich mit dem Mädchen unterhalten. Er erinnerte sich sogar daran, dass sie sie mit Fragen gelöchert hatte. Hat sie geantwortet? Später, als die Dudelsäcke spielten, hatten sie getanzt. Ja, sie war eher still gewesen und früh zu Bett gegangen. Aber dafür war er eigentlich sehr dankbar gewesen.

»Entschuldige, ich habe nicht bemerkt, dass es dir nicht gutging.«

»Kein Grund, sich Sorgen zu machen«, sagte Dallis und lächelte Deidre an. »Ich habe dich schon gesehen, aber ich glaube, wir kennen uns noch nicht. Ich bin Dallis.«

Gilead sah, wie verschiedene Gefühlsregungen auf Deidres Gesicht um die Oberhand kämpften. Missgunst. Wut? Und dann schob sich eine Maske davor, und Deidre nickte ruhig. Viel zu ruhig für Gileads Geschmack.

»Ich bin Deidre«, sagte sie und warf Gilead einen kurzen Blick zu. »Ich bin nur eine Kammerzofe.«

Aha, sie erinnerte ihn also daran, wer sie in Wirklichkeit war. Cousine des Königs von Gaul. Ihm mindestens ebenso angemessen wie Dallis. Als ob es für ihn einen Unterscheid gemacht hätte, wenn sie das Kind eines Bauern gewesen wäre. Alles, was er wollte, war, mit seiner Hand durch die seidigen Strähnen von Deidres hellem Haar fahren, sie an sich drücken, und dabei zusehen, wie sich diese wütende blaue Flamme in ihren Augen in dunkel glühende Leidenschaft verwandelte. Er wollte ihr sagen, dass er sie liebte und …

Er seufzte. Er steckte dank seinem Vater in einem schönen

Schlamassel. Gilead hatte fest vorgehabt, Comgall beiseitezunehmen und ihm zu erklären, dass Angus übereilt gehandelt habe und dass es nicht fair war, Dallis einem völlig Fremden zu geben. Dass sie – zumindest – etwas Zeit bräuchten, um sich kennenzulernen, bevor man die Zukunft planen sollte.

Aber als er es kurz nach ihrer Ankunft versucht hatte, schalt ihn Angus, dass er Comgall noch nicht einmal seine Stiefel ausziehen ließe, ehe sie über die Mitgift verhandelten. Beide wussten, dass das nicht Gileads Absicht gewesen war. Und dann, als die drei Männer zusammen mit Turius vor dem Mahl einen starken roten Wein genossen, verhinderte Angus einen weiteren Anlauf zu einem ernsthaften Gespräch mit der Begründung, dass für all das später noch genügend Zeit sei.

Gilead hatte es hingenommen und sich geschworen, dass er mit Dallis Vater sprechen würde, noch ehe die Nacht vorüber war. Aber Angus, ein Schlitzohr, wenn es um Verhandlungsstrategien ging, hatte ihn ausmanövriert. Niemals hätte Gilead erwartet, dass die Verlobung noch am selben Abend bekanntgegeben würde. Und jetzt musste er einen Weg finden, um Dallis' Stolz nicht zu verletzen und das wichtige Bündnis mit ihrem Vater zu retten. Eine schwere Aufgabe, aber nicht unmöglich.

»Du warst in letzter Zeit nicht mehr sehr oft bei meiner Mutter«, wandte er sich an Deidre.

Ihre Augen wurden frostig. »Das war nicht nötig. Sie hatte viel Besuch in letzter Zeit.«

Gilead hörte deutlich die Kälte in ihrer Stimme. »Auch bei den Mahlzeiten warst du nicht bei ihr.«

»Ich habe sie freigestellt«, warf Elen ein.

»Ja, natürlich«, sagte Dallis zu Deidre. »Auch du bist verlobt, soweit ich weiß. Es ist sehr großzügig von Lady Elen, dir zu erlauben, Zeit zu verbringen mit dem Mann, den du liebst.« Einen Augenblick lang sah sie wehmütig aus.

Deidre verzog das Gesicht. »Ja, Niall kann ein sehr fordernder Mann sein.«

Gileads Miene hellte sich auf. Natürlich! Warum hatte er daran nicht schon früher gedacht? Er konnte ihr Niall zumindest bei den Mahlzeiten vom Leib halten. »Vielleicht willst du heute Abend mit uns am Tisch sitzen, Dee …«

Deidres Blicke hätte die Feuer der Hölle entzünden können. Sie erhob sich und sammelte Tablett und Geschirr des Mittagsmahls zusammen. »Ich glaube, das wäre nicht angemessen, Mylord«, sagte sie und wandte sich an Elen. »Kann ich mich entfernen?«

Elen sah sie nachdenklich an und nickte. Gilead hätte schwören können, dass er einen kalten Lufthauch spürte, als Deidre an ihm vorbeiging. Was hatte er denn nur getan? Wollte Dee überhaupt nicht mehr mit ihm sprechen? Er musste ihr wirklich erklären, was er vorhatte.

Deidre schob sich ein paar Haarsträhnen aus den Augen und wischte sich mit dem Ärmel ihres Hemdes den Schweiß von der Stirn. Sie war ein letztes Mal zu der Ruine der Kapelle zurückgekehrt, um sicherzugehen, dass sie nichts übersehen hatte.

Aber sie wusste selbst, dass das nicht der eigentliche Grund war. Hier gab es nichts. Sie war nur gekommen, um dem Hof zu entfliehen. Sie brauchte etwas Zeit an einem Ort, an dem es keine Dallis gab.

Die perfekte, bezaubernde Dallis. Sie schien alle Männer – vielleicht außer Angus und Turius, die weiterhin Formorian betörte – in ihren Bann geschlagen zu haben. Drustan hatte unzählige Oden komponiert, die er jeden Abend beim Dinner vortrug. Dallis saß dort, mit einem billigenden Lächeln auf den Lippen.. Und Gilead kümmerte sich als anständiger Verehrer immer um einen angemessenen Tischpartner zu ihrer Unterhaltung am Tisch. Er hatte sogar die Schamlosigkeit besessen, Deidre an ihren Tisch zu laden. Erhitzt rammte sie die Schaufel in den Boden und stieß so hart auf einen Stein, dass ihre Knochen nur so durchgerüttelt wurden. Vor Schmerz zuckte sie zusammen und fasste mit ihrer anderen Hand an ihr Handgelenk. *Merde.* Er sollte sich besser nicht noch einmal erlauben, sie an seinen Tisch zu bitten.

»Wodurch hat dich der Stein denn sosehr erzürnt?«

Sie fuhr herum. Gilead stand nicht weit von ihr, ein angedeutetes Lächeln auf den Lippen.

»Was tust du hier?«

Er hob eine andere Schaufel auf und begann die Erde umzugraben. »Ich glaube, du gehst mir aus dem Weg.«

»Unsinn.« Deidre beugte sich nach vorne, um etwas genauer zu untersuchen, so dass ihre langen Haare ihr Gesicht verdeckten. Er sollte auf keinen Fall sehen, dass sein bloßer Anblick ihr Blut in solche Wallung brachte. Er gehörte nicht zu ihr, hatte es nie getan.

»Dee. Schau mich an.«

Als sie weiter in der Erde scharrte und mit den Fingern darin suchte, beugte er sich nach unten, hob sie auf ihre Füße, drehte sie zu sich herum und legte ihr leicht die Arme um die Hüfte. »Ich will mit dir sprechen. Bitte.«

Lieber Gott, seine Arme fühlten sich stark und sicher an. Deidre sog seinen Geruch nach Seife und Leder ein, vermischt mit dem warmen Duft der Sonne, als ihm eine Brise sein Haar aus dem Gesicht blies. Strahlend blaue Augen in einem sonnengebräunten Gesicht betrachteten sie. Ihr Atem wurde flach. Dieser sündig-sinnliche Mund war nur Zentimeter von ihrem entfernt. Sie müsste nur ihren Kopf heben und ihre Lippen öffnen, und er würde sie küssen. Sie wusste es. Und sie wollte es. Sie wollte ihn, wollte sich und ihm die Kleider vom Leib reißen, sich mit ihm auf der warmen Erde, die sie gerade umgegraben hatte, wälzen, er sollte tief in sie eindringen.

Aber er war verlobt.

Sie schob sich von ihm weg. »Ich glaube nicht, dass wir etwas zu besprechen haben.«

»Du weißt, dass ich nicht all das veranlasst habe.«

Deidre ging um den Altarstein herum, um den Abstand zwischen ihnen zu wahren. Wenn sie irgendeine Art von Würde bewahren wollte, durfte sie ihn nicht in ihre Nähe lassen. Seine Berührung wäre ihr Verderben.

»Vielleicht nicht. Aber ich sehe dich auch nicht protestieren. Warte«, sie hob eine Hand. »Ich weiß, was ich sehe. Morgens nimmst du sie zum Besuch zu deiner Mutter mit. Am Nachmittag kommt ihr noch einmal. Beim Essen schenkst du ihr mehr Aufmerksamkeit als dem Essen auf deinem Teller. Dann tanzt ihr …«

Gilead starrte sie völlig erstaunt an. »Ich dachte nicht, dass du darauf achtest.«

Hitze schoss ihr ins Gesicht. Wie dumm konnte man sein? Sie würde ihm nicht die Befriedigung geben, ihm zu zeigen, wie brennend eifersüchtig sie war. Sie warf ihren Kopf zurück. »Man müsste schon taub, blind und stumm sein, um es *nicht* zu bemerken.«

»Ich bin nur höflich«, wandte er ein. »Lass mich dir erklären …«

Deidre sah ihn finster an. »Ich habe die Verkündung deines Vaters gehört. Du bist mit Dallis verlobt. Leugnest du das?«

»Nein, aber …«

»Dann gibt es nichts mehr zu sagen.« Sie biss sich in die Wange, um die Tränen zurückzuhalten. Er war verlobt. Die Worte schnitten sich ins Herz wie ein Fleischermesser. »Lass mich einfach in Ruhe.« Wenn er es nicht tat, läge ihr Herz bald völlig bloß.

»Lass mich doch zumindest ausreden, Dee. Bitte.«

Sie schüttelte den Kopf. Sogar wenn Gilead glaubte, dass er die Verlobung lösen könnte – und sie wusste nicht einmal, ob er das tat –, würde es Angus niemals zulassen. Sie war nun schon lange genug hier, um zu begreifen, dass das Land und seine Sicherheit alles waren, was für Angus zählte. Besser, Gilead gar nicht erst anzuhören. Besser, einen klaren Schnitt machen. Sie nahm einen tiefen Atemzug. Sie war noch nie eine gute Lügnerin gewesen, und das war das Schmerzhafteste, was sie jemals getan hatte.

»Spar dir deinen Atem und deine Würde, Gilead. Du und Dallis, ihr passt gut zusammen. Das kann man nicht leugnen.« Sie sah an ihm vorbei und starrte auf einen Baum in der Ferne. »Und ... ich ... ich liebe dich nicht. Also geh besser.«

»Aber ...«

»Geh!« Sie wandte sich um und hob die Schaufeln auf, um sie wieder im Schuppen zu verstauen. Ihre Beine zitterten so sehr, dass sie sich nicht sicher war, ob sie stürzen würde. Sie ging auf die Knie und rollte ihre Werkzeuge in ein altes Stück Leder, damit sie nicht rosteten, und kämpfte damit, ruhig zu atmen. Tief einatmen. Sei mutig.

Als sie sich wieder aufrichtete und sich umdrehte, war Gilead verschwunden. Erst dann erlaubte sie ihren Tränen zu fließen.

Gilead stampfte rasend vor Wut den Hügel hinab. Sie wollte ihn noch nicht einmal anhören! Ließ ihn sich nicht einmal erklären! Er war bereit, einen Krieg zwischen den Klans zu riskieren, um dieses Gelübde zu brechen, das er nie abgelegt hatte, und sie sagte ihm jetzt, dass sie ihn nicht liebte!

Bedeutete ihr die gemeinsame Liebesnacht denn gar nichts? Er hatte ihr ihre Jungfräulichkeit genommen, war ihr erster Geliebter gewesen. Zum Teufel noch mal, das sollte doch etwas bedeuten.

Innerlich zuckte er zusammen, als ihm wieder einfiel, wie distanziert sie am nächsten Morgen gewesen war. Wie stocksteif sie ihren Rücken gehalten hatte. Sie bereute es sicherlich, sich ihm hingegeben zu haben.

Gilead begann zu laufen und trieb sich immer weiter an, als ob er vor seinen Gefühlen davonlaufen könnte. Sie liebte ihn nicht. Sie war schon vor Dallis Ankunft kühl zu ihm gewesen. Er war ein Narr gewesen, das nicht zu bemerken.

Er wurde langsamer, durch die Anstrengung etwas außer Atem. Vielleicht sollte er einfach diesem dummen Plan folgen. Dallis war hübsch genug; erinnerte ihn Drustan nicht bei jeder sich bietenden Gelegenheit daran, was er für ein Glück hatte? Der Krieg wäre abgewendet. Dallis war zudem sanft und höflich und zu einer richtigen Dame erzogen worden. Er würde vielleicht lernen, sie zu lieben, auch wenn sie nicht das Feuer hatte, das Dee in sich trug.

Dee. So würde er sie nie wieder nennen. Was ihn anbelangte, war Fräulein Deidre eine Blenderin. Am besten wäre es, seinem Vater zu sagen, wer sie war, und sie nach Hause zu schicken. Aber leider war ihr Geheimnis zu bewahren ein Gelübde, das er tatsächlich abgelegt hatte.

Und sein Versprechen würde Gilead nicht brechen.

Kapitel 17

Enthüllung

Niall knallte den leeren Bierkrug auf den kleinen Tisch neben seinem Bett im Gästezimmer an Angus' Hof. Fluchend hob er den leeren Schlauch auf und warf ihn auf den Boden. Seit Elens »Unfall« hielt Angus den Alkohol versperrt, und seine Soldaten mussten nüchtern bleiben. Niall hatte das Kammermädchen mit purem Silber bestechen müssen, um an diesen lausigen Schlauch zu gelangen.

Wieder war die verdammte Sache vermasselt worden. Elen sollte tot sein. Er hatte genau geplant, wie es vor sich gehen sollte. Konnte er sich denn tatsächlich niemals auf jemand anderen verlassen?

Er stieß ein rauhes Lachen aus, das mehr wie ein Bellen klang. Es war pure Ironie, wie unterschiedlich die Motive dieser Frau waren, die zugestimmt hatte, ihm zu helfen. Sie wollte Elen tot sehen, damit Angus ein freier Mann wäre. Er wollte Elen tot sehen, damit Angus' Gerammel mit Formorian endlich entdeckt würde – die wenige Diskretion, die sie bisher zeigten, würde sich dann in Luft auflösen – und Turius gezwungen wäre, etwas zu unternehmen. Das Heer der Briten war mächtig und Angus hatte keine Chance gegen sie.

Und dann würde Turius jemanden brauchen, der sich an Angus' Statt um das Land kümmerte. Niall erlaubte sich, in seinem liebsten Traum zu versinken. Mit Deidre verheiratet, einer entfernten »Verwandten« von Angus, würde er Turius versichern, dass er sicherstellen würde, dass der Klan nicht rebellierte. Ja, Sir.

Niall war bereit, Turius seine Loyalität zu versichern. Zumindest so lange, bis Fergus mutig genug war, den Angriff der Iren anzuführen, der noch immer ausstand.

Oh, es würde gelingen. Und das Beste war, dass er nicht einmal selbst töten musste. Nicht, dass es ihm etwas ausmachen würde, Angus aufzuschlitzen und zuzusehen, wie seine Eingeweide herausfielen – das würde ihn sogar reizen, nach all den Jahren – aber wenn er nichts damit zu tun hatte, wäre der Weg für ihn frei, die Kontrolle zu übernehmen.

Auch Gilead würde sterben müssen, aber das konnte warten. Zu viele Morde wirkten verdächtig. Ein gutgezielter Pfeil in seinen Rücken in der Hitze des Gefechts, das Turius anzetteln musste, würde genügen. Wie schade, dass er ihn dann nicht würde quälen können. Gilead hatte ihm zu oft das Vergnügen mit Deidre durchkreuzt, und ihm gefiel es nicht, dass dieser junge Flegel immer um Deidres Röcke herumstrich wie ein Rüde um eine läufige Hündin.

Er spürte, wie seine Lenden zu spannen begannen, und grinste lüstern. *Dieser* kleinen Hure zu zeigen, wer der Herr im Haus war, darauf freute er sich wirklich. Aber natürlich würde er darauf achten, dass man die blauen Flecken nicht sehen konnte.

Der Gedanke an all diese Macht überwältigte ihn fast. Er war so nah dran, all das zu bekommen, was er wollte. So nah. Wenn nur diese verdammte Frau es nicht vermasselt hätte.

Er trat gegen den leeren Weinschlauch und fluchte. Er brauchte was zu trinken.

Zwei Tage später stand Deidre mit Janet und Sheila mit leichterem Herzen auf der Treppe, und sah zu wie Dallis und ihr Vater sich auf den Weg machten. Die vergangene Woche war die längste, die sie je erlebt hatte. Gilead hatte sie seit dem Nachmittag an der Ruine fast komplett ignoriert, und obwohl sie wusste, dass es zwischen ihnen beiden vorbei war – falls jemals etwas zwischen ihnen gewesen war –, war es trotzdem gut, ihm nicht mehr dabei zusehen zu müssen, wie er seine Aufmerksamkeit auf Dallis verschwendete.

Wenn das Mädchen zu ihrer Hochzeit zurückkehrte, wäre Deidre verschwunden. Lugnasad näherte sich schnell; bald musste sie fliehen. Ihre einzige Sorge war, dass Elens Angreifer noch immer frei herumlief. Sie hätte gerne gewusst, dass Elen in Sicherheit war.

Deidre wartete, bis Gilead in den Ställen verschwunden war, und ging dann zu dem kleinen Garten, in dem die Rosen wuchsen, in die Elen so vernarrt war. Sie schnitt einige für sie, und als sie auf dem Rückweg an den Quartieren der Männer vorbeiging hörte sie Drustans Harfe und blieb stehen, um ihr zu lauschen.

Heute war die Musik langsam und traurig, wie ein Klagelied. Er musste wieder in dieser trüben Stimmung sein. Letzte Nacht war ihr aufgefallen, dass sein Mund beim Spiel zu einer schmalen Linie geworden war, und seine sonst so strahlenden Augen teilnahmslos und schwerfällig vor sich hinstarren. Sie wusste, dass er nicht trank; am liebsten hätte sie Gilead gefragt, was passiert war.

Sie schrak auf, als ein besonders hoher Ton die Luft wie ein Schrei zerschnitt und dann in einen langen Klagelaut überging, der ihr die Haare zu Berge stehen ließ. Eine Gänsehaut bildete sich auf ihrem Arm, und sie eilte weiter. Die Männer von Kernow waren für ihre wechselhaften Gemüter bekannt. Auf Drustan wollte sie nicht gerade mitten in seiner trübseligen Phase treffen.

Aber es wäre besser gewesen, als schnurstracks in Niall zu laufen. Genau das geschah nämlich, als Deidre mit den langstieligen Rosen im Arm um die Ecke zur Great Hall bog. Er nutzte die Gelegenheit, um sie an sich zu ziehen, doch sie wandte wegen seines widerlichen Mundgeruchs sofort den Kopf zur Seite.

»Du wirst dich mir nicht mehr viel länger verweigern können, Mädchen«, sagte er höhnisch und riss mit einer Hand ihren Kopf herum. »Ich gebe dir jetzt einen kleinen Kuss, damit du darüber nachdenken kannst.«

Deidre presste ihre Lippen fest aufeinander, als er versuchte, ihren Mund mit seinem zu bedecken. Wütend zog er sie fester an sich, und sie spürte, wie sich die Dornen der Rosenstiele in ihren Arm bohrten. Vor Schmerz schnappte sie nach Luft, und er nutzte die Gelegenheit, um ihr seine Zunge zwischen die Lippen zu schieben. Instinktiv biss sie fest zu, und er heulte vor Schmerz auf. Er hob die Hand zum Schlag.

Gilead fing seinen Arm ab. Woher er gekommen war, konnte Deidre nicht sagen, aber sie wäre vor Erleichterung fast zu Boden gestürzt, als sie aus Nialls Fängen freikam.

»In diesem Haus schlägst du keine Frau«, sagte Gilead.

Niall fuhr sich mit dem Handrücken über den Mund und senkte seinen Blick auf das Blut. »Langsam bin ich es wirklich leid, dass du dich immer zwischen mich und meine Zukünftige stellst.«

Gileads Augen verfinsterten sich. »Dann gehst du vielleicht besser.«

Niall starrte ihn düster an, aber bevor er antworten konnte, trat Angus aus der Vordertür. Er blickte kurz vom einen zum anderen und nickte dann Deidre förmlich zu. »Wenn diese Blumen für Elen gedacht sind, kümmerst du dich besser darum.«

Dieses eine Mal war sie ihm wirklich dankbar. Sie nickte und blickte kurz zu Gilead, der aber noch immer Niall anstarrte. Wahrscheinlich würde es einen Kampf verhindern, wenn sie möglichst schnell verschwand.

Sie nickte der Wache vor Elens Tür zu und ging hinein, erfreut, sie in ihrem Sessel an ihrer Strickarbeit sitzend vorzufinden. Seit dem Angriff war Elen viel stärker geworden. Ob es an dem zusätzlichen Schutz oder der gesteigerten Aufmerksamkeit, die ihr Angus schenkte, lag, wusste Deidre nicht zu sagen. Sie war einfach nur froh darüber.

Elen blickte auf und lächelte. »Was für schöne Rosen! Lass mich daran riechen.«

Deidre hielt sie ihr hin, und sie roch genüsslich daran, zog dann aber scharf den Atem ein, als sie die Kratzer auf Deidres Haut entdeckte.

»Wie ist das geschehen, Kind?«

Deidre versuchte die Ärmel ihres Kleides darüberzuziehen. »Es ist nichts, Mylady.« Aber ihre Finger zitterten, als sie nach einer Vase für die Blumen griff.

Elen hielt ihre Hand fast. »Ich will es wissen.«

Deidre fiel in sich zusammen, ließ sich in den Sessel neben Elen sinken und legte die Rosen auf den Tisch. Sie versteckte ihr Gesicht in den Händen und begann zu schluchzen.

»Ja, mein Kind, weine dich nur aus. Dann wird es dir bessergehen.« Elen massierte ihr sanft die Schultern. »Hat Gilead irgendetwas getan, das dich so aufgebracht hat?«

Deidre heulte lauter. »Nein«, brachte sie heraus, »er hat mir geholfen.«

Elen strich ihr sanft übers Haar, und schließlich versiegten Deidres Tränen. Sie schluckte und nahm das kleine Leinentuch, das ihr Elen reichte an, um sich die Nase zu putzen.

»Es ist Niall, Mylady. Er hat versucht, mir einen Kuss aufzuzwingen. Ich habe ihn gebissen, und er wollte mich gerade schlagen, aber Gilead hielt ihn zurück.« Tränen sammelten sich in ihren Augenwinkeln »Ich kann dieses Tier nicht heiraten. Ich kann es nicht.«

Elen gab sanfte, beruhigende Laute von sich, als sie sie in ihre Arme schloss. »Armes Kind. Ich werde versuchen, mit Angus zu sprechen, aber ich weiß nicht, ob es etwas nützt.«

Deidre hob den Kopf und wischte eine Träne weg, die ihre Wange hinablief. »Ich danke Euch, Mylady.«

Elen nahm zwei Rosen in die Hand und betrachtete sie. »Rosa steht für Liebe und rot für Leidenschaft. Ich glaube, du bist nicht die Einzige, die diese Gefühle nicht empfindet.«

Deidre schniefte und tupfte ihre Nase. »Was meint Ihr?«

Sie seufzte. »Ich glaube nicht, dass mein Sohn Dallis liebt.«

Gegen ihren Willen erglühte ein kleiner Hoffnungsschimmer in Deidres Herzen. Konnte es wahr sein, dass Gilead tatsächlich nicht so von Dallis eingenommen war, wie alle anderen Männer? Wie sehr wollte sie das glauben! Sie zögerte »Weshalb … weshalb denkt Ihr das?«

Elen strich sich mit der seidigen Rose über die Wange. »Es ist nichts in seinen Augen«, sagte sie leise. »Wenn ein Mann eine Frau liebt, glüht ein tiefes Feuer in ihnen. Ein Verlangen, die Augen nie von ihr abzuwenden.«

Deidre starrte sie an. War es möglich, dass Angus diese Liebe einst für Elen gefühlt hatte? Und wenn das so war, wie um alles in der Welt konnte dann Formorian zwischen sie getreten sein? Sie nahm Elens Hand in ihre Hände. »Darf ich Euch fragen …« Sie unterbrach sich.

»Was?«, hakte Elen nach, als Deidre stumm blieb.

»Es geht mich nichts an, Mylady«, antwortete Deidre, »aber … aber war es zwischen Euch und Eurem Gemahl einst so?«

Elens Finger streichelten die Rosenblüten, dann legte sie die Blume vorsichtig auf den Tisch. »Nein«, sagte sie traurig. »Unser Weg war schon immer steinig.«

Deidre sagte nichts, während Elen gedankenverloren in die Ferne blickte. Dann wandte sie sich ihr zu und lächelte sanft. »Würdest du gerne wissen, was geschehen ist? Vielleicht wird es Zeit, dass ich es jemandem erzähle.«

»Wenn Ihr möchtet, Mylady? Meine Lippen sind versiegelt.«

Elen ordnete die Decke auf ihren Beinen und faltete ihre Hände. »Schon als Kind habe ich Angus bewundert. Mein Vater und sein Vater waren eng verbündet, und die Mac Erca halfen den drei Cenels dabei, sich hier niederzulassen. Zwei oder dreimal im Jahr begleitete ich meinen Vater auf seinen Reisen hierher.« Ein Lächeln erschien auf ihrem Gesicht. »Angus war ein richtiger kleiner Wildfang, der immer ein hölzernes Schwert zum Üben bei sich hatte und immer blaue Flecken oder eine Schürfwunde von einem kleinen Kampf. Er hatte keine Zeit für Mädchen – und für mich sowieso nicht, die ich mir kaum je die Schuhe beschmutzte. Nur eine Einzige ließ er gewähren, und die scheute blaue Flecken und Kratzer genauso wenig wie er.«

»Formorian«, erriet Deidre leise.

Elen nickte. »Schon damals hätte ich es wissen können. Aber als wir älter wurden, war sie bei unseren Besuchen immer seltener hier. Ob Gabran sie fernhalten wollte – Ambrose war ihm bereits ein oder zweimal zu Hilfe gekommen – oder weil wir uns immer verpassten, ich weiß nicht. Ich war einfach nur glücklich, Angus für mich alleine zu haben.«

»Hat er Euch den Hof gemacht?«

»Zumindest dachte ich das«, antwortete Elen. »Er war mir gegenüber immer sehr höflich und aufmerksam und beachtete die Mädchen, die ihm in Scharen hinterherliefen, überhaupt nicht. Ich kann ihnen keinen Vorwurf machen … Angus hatte etwas Wildes, Ungezähmtes an sich, und wenn man ihm nahe kam, konnte man sogar eine Art Kraft spüren, die von ihm ausging. Frauen folgten ihm wie die Schlangen dem Heiligen St. Patrick.«

Vor Deidres Augen tauchte ein Bild auf. Arrogant wie Angus war, konnte sie sich nur zu gut vorstellen, wie er pfeifend voranschritt und die Frauen in die Irre führte. Allerdings wuchsen ihm in ihrer Phantasie auch noch zwei kleine Hörner aus dem Kopf, und ein Schwanz schlängelte sich hinter ihm.

»Aber Euch hat er seine Aufmerksamkeit geschenkt?«

Elen verzog das Gesicht. »Ich war jung und ganz vernarrt in ihn. Jetzt weiß ich, dass es meines Vaters wegen geschah. Schon mit vierzehn Jahren war Angus das Land mehr wert als alles andere.« Sie tupfte sich die Augen. »Fünf Jahre später habe ich mich dann entehrt.«

Deidre wartete still, bis sich Elen wieder gefasst hatte. Sie nahm einige unsichere Atemzüge und fuhr fort.

»Wir waren im Herbst zu Besuch gekommen, kurz nachdem die Ernte eingebracht worden war. Zu meiner Überraschung war Formorian anwesend, aber noch mehr überraschte mich, dass sie Turius geheiratet hatte. Angus war diesmal sehr, sehr still und beobachtete Formorian, wenn er sich unbeobachtet wähnte. Erinnerst du dich an das, was ich dir über den Blick eines Mannes gesagt habe? Damals erkannte ich das noch nicht als Liebe. Nicht, bis ich im ummauerten Garten zufällig auf die beiden stieß, wie sie sich küssten.«

»Was habt Ihr getan?«

»Oh, sie fuhren auseinander, und Formorian gab vor, dass etwas mit ihrem Schuh nicht stimmte, und Angus tat so, als wolle er sie nur stützen. Aber ich wusste, was ich gesehen hatte. Ich lächelte nur und ging.«

»Und keiner der beiden ist Euch gefolgt? Hat versucht, sich zu erklären?«

»Nein. Dazu sind beide zu stolz.« Elen hielt inne. »Aber der Anblick der beiden – seine starken Arme um sie geschlungen, ihre Finger in seinem Haar, ihre beiden Münder, die nacheinander dürsteten – ging mir nicht mehr aus dem Kopf. Das wollte ich auch. Ich wollte wissen, wie es sich anfühlte, an Angus gepresst zu sein, ich wollte, dass er mich so streichelte, wie er sie gestreichelt hat.« Sie wandte errötend den Blick ab. »Und dann kam mir diese verrückte Idee.«

»Ich kann mir nicht vorstellen, dass Ihr irgendetwas verrücktes tun könntet«, sagte Deidre.

Elen schüttelte den Kopf und fuhr fort. »Formorian war verheiratet. Er würde sie niemals bekommen können. Und ich wollte nie einen anderen als Angus. Also dachte ich, ›Warum nicht ich?‹ Ich würde neben einer guten Mitgift auch eine wichtige Verbindung mitbringen. Ich war mir sicher, dass er, wenn er mich erst einmal kannte, Formorian vergessen würde.«

»Was ist dann geschehen?«

Elen senkte den Blick zu Boden und ihre Stimme war fast nur noch ein Flüstern. »Ich … ich habe Angus eine Nachricht geschickt, dass ich ihn an Turius verraten würde, wenn er sich nicht erklären könne. Ich sagte ihm, dass er mich direkt nach Mondaufgang in der Scheune treffen solle. Das Heu war frisch gemäht, weich und duftig. Der perfekte Ort, um sich ein Mädchen zu nehmen. Und ich dachte – oh, was für ein Fehler! –, dass er, wenn ich ihn dazu bringen könnte, mich zu küssen, mit mir das Gleiche zu tun wie mit ihr …« Ihre Stimme verlor sich.

»Er ist erschienen?«

Elen nickte, und eine Träne fiel auf ihre Hände. »Er war wütend; sicher nicht in der Stimmung für das, woran ich gedacht hatte. Er fragte mich, wie ich dazu käme, ihn so verführen zu wollen. Dass ich keine Ahnung davon hatte, was Formorian und er füreinander fühlten.«

Deidre runzelte die Stirn. »Aber er hat Euch geheiratet?«

Noch eine Träne fiel. »Meine teuflische List war noch nicht vorbei. Ich hatte mit meiner Zofe verabredet, dass sie meinen Vater suchen und ihm sagen würde, ich sei nicht im Bett. Dass ich erwähnt habe, dass ich allein einen Ausritt im Mondlicht machen wollte.« Verzweifelt rang sie die Hände. »Als ich hörte, dass sich Schritte näherten, warf ich mich an Angus Hals. Er fing meine Arme auf – um mich von sich wegzuschieben –, und so fand uns mein Vater.«

»Hat er nicht versucht, sich zu erklären?«

»Doch. Aber mein Vater tobte wie ein Stier. Er sagte, dass ich mich niemals mit ihm in einer Scheune getroffen hätte, wenn er mir nicht lauter Versprechungen gemacht hätte, die er wohl kaum zu halten gedenke. Dass Angus nicht seine Tochter entehren dürfe. Ich spürte, wie Angus neben mir kochte, aber er zügelte seine Wut. Er sah mich einfach nur an, wartete darauf, dass ich alles aufklärte und richtigstellte.« Elen bedeckte ihr Gesicht mit den Händen und heulte. »Ich habe gelogen. Ich habe meinem Vater gesagt, Angus habe mir versprochen, mich zu heiraten.«

»Ach«, sagte Deidre, und versuchte Elen zu trösten, »und er hat das einzige Ehrenwerte getan.«

Elen richtete sich auf und betupfte ihre Augen mit einer Serviette. »Erst, nachdem er mit Formorian gesprochen hatte. Er wollte sich wohl ihr Erlaubnis holen, nehme ich an.«

»Was?«, fragte Deidre überrascht.

Sie schniefte und putzte sich die Nase. »Für sie war alles perfekt. Sie musste sich keine Sorgen machen, dass sie ihn an jemanden verlieren würde, den er liebte. Und ich«, sagte sie verdrießlich, »war naiv genug zu glauben, ihn umstimmen zu können.«

»Aber ein wenig muss er Euch doch gemocht haben«, sagte Deidre. »Ihr habt Gilead.«

Elen lächelte sie tränenfeucht an. »Ich dachte, er würde mich lieben, wenn ich ihm seinen Sohn schenkte.« Ihr Gesicht wurde wehmütig. »Sobald er seinen Erben hatte, fasste er mich nie wieder an.«

Gilead bürstete Malcolms Fell heute heftiger als gewöhnlich. Der Hengst wendete im Stall den Kopf und warf seinem Herren einen vorwurfsvollen Blick zu.

»Entschuldige«, murmelte Gilead und strich ihm sanft über den seidigen Nacken. »Ich wollte es nicht an dir auslassen.« Malcolm nickte leicht und drehte sich wieder zu seinem Stroh.

Gilead war wütend auf sich selbst. Er hatte gerade fünf Tage mit Dallis verbracht und fühlte für sie genau das Gleiche, wie an dem Tag, als sie sich kennengelernt hatten. Sie antwortete ihm jederzeit voller Respekt, aber er spürte eine gewisse Leere in ihr. Sie konnte nicht reiten und hatte auch kein Verlangen danach. Sie hatte ihn völlig schockiert angesehen, als er sie gefragt hatte, ob sie jemals mit Pfeil und Bogen geschossen habe. Er hatte versucht, mit ihr zu scherzen, was nur dazu führte, dass sie verletzt war, weil sie es ernst genommen hatte. Er seufzte. Das Einzige, bei dem er das Gefühl hatte, dass sie es wirklich mochte, war Musik. Ihre Augen bekamen immer diesen verträumten Ausdruck, wenn Drustan die Harfe spielte. Oder vielleicht lag es an den Oden, die er für sie sang. Allen Frauen gefiel es, wenn man sie verehrte.

Außer Deidre, fiel ihm da plötzlich auf. Oh, sie hatte ihre seltsamen Ideen über diese »Ritterlichkeit« aus diesem Buch, das ihr der verrückte Zauberer überlassen hatte, aber sie war aufrichtig und ehrlich. Bei ihr wusste man immer, woran man war. Er verzog das Gesicht. Ja. Sie hatte ihm deutlich genug gesagt, dass sie ihn nicht liebte. Daran sollte er besser denken.

Aber sie verwirrte ihn. Als er gesehen hatte, wie Niall ausholte, um sie zu schlagen, war er fast außer sich geraten. Er musste jedes Gramm seiner Willensstärke zusammensammeln, um den Mann nicht niederzuschlagen. Wie konnte er jemals zulassen, dass dieses Biest sie heiratete? Wie könnte er es verhindern? Verdammt noch mal, wie die Dinge standen, konnte er ja noch nicht einmal seine eigene Hochzeit verhindern.

Nun, wenn er Dallis heiraten sollte, musste er sich Deidre aus dem Kopf schlagen. Wenn das nur auch sein Vater getan hätte, als Formorian Turius heiratete, dann hätte seine Mutter zumindest eine Chance gehabt, glücklich zu werden. Das würde Gilead Dallis nicht antun. Er würde nicht seinem Vater nacheifern. Auf keinen Fall.

Mit einem letzten Bürstenstrich hatte er Malcolm fertiggestriegelt. Was lief nur in seinem Leben so verkehrt?

Deidre saß einigermaßen schockiert in Elens Gemach. Niemals hätte sie Elen so einen Betrug zugetraut. Jetzt erschien Angus' Verhalten in einem ganz anderen Licht. Vielleicht war er doch gar nicht so kalt und herrisch. Und die arme Elen. Sie hatte bekommen, was sie wollte, aber wie schrecklich war es, sich mit der Tatsache abzufinden, dass die einzigen Gründe, warum Angus bei ihr war, seine Ehre war und dass er sie nicht hatte bloßstellen wollen. Sie nicht eine Lügnerin genannt hatte. Wie schrecklich, wenn man erkennen musste, dass der Mann, den man liebte, die eigene Anwesenheit kaum ertrug.

So durfte es nie werden. Doch sogar in ihrem geliebten Buch lief das Leben nicht immer glatt. War Gwenhwyfar etwa glücklich? Wirklich glücklich? Nicht mit Artus. Als sie und Lancelot die Chance hatten zu heiraten, hatten sie sie nicht genutzt. Wie traurig. Deidre war so in Gedanken vertieft, dass sie richtig hochschrak, als sich plötzlich die Tür öffnete und Gilead eintrat.

»Habe ich euch unterbrochen?«

Deidre stand auf. »Ich wollte gerade gehen.«

»Warte«, sagte Elen, als sie sich der Tür zuwandte. »Du musstest den ganzen Morgen mit mir zusammensitzen. Gilead soll dich mit auf einen Ausritt nehmen.«

»Das ist gar nicht nötig«, sagte Deidre hastig.

»Ich bin sehr beschäftigt«, fügte Gilead hinzu, ohne Deidre anzusehen.

»Unsinn«, sagte Elen und schob die Decke beiseite. »Ich komme mit euch nach unten. Und ich verspreche, dass ich die frische Luft und das Sonnenlicht genieße, solange ihr weg seid.«

Gilead sah hilflos zu seiner Mutter, und Deidre war ähnlich bestürzt. Elen ging ungern nach draußen Sie erpresste sie! Aber warum? Vielleicht liebte Gilead Dallis gar nicht … aber er hatte ihr doch eindeutig seine Hingabe bekundet.

Als Una erfuhr, dass Lady Elen tatsächlich draußen sitzen wollte, zog sie eilig einen großen, bequemen Sessel an die Seite des Gemüsegärtchens. Gilead und Deidre schoben die Decke um Elen herum fest, damit sie es auch sicher warm hatte, bevor sie sich auf den Weg machten.

»Du musst das wirklich nicht tun«, sagte Deidre, als sie außer Hörweite waren.

Gilead zog eine Augenbraue hoch. »Warum, denkst du wohl, beschließt meine Mutter an einem kalten Tag, dass sie draußen sitzen möchte, und sucht sich dazu ein Plätzchen, von dem aus sie uns im Blick hat? Sie ist wild entschlossen, dass wir zusammen ausreiten.«

Ein winzig kleiner Funke der Hoffnung glomm in Deidres Herz auf. »Warum sollte sie das wollen?«

Er seufzte. »Ich weiß es nicht. Sie sieht es nicht gern, wenn jemand wütend ist.«

Der Funke entzündete sich zu einer schwelenden Glut. »Bist du denn wütend?«

»Nein. Du hat mir deutlich genug gesagt, was du fühlst.«

Der Funke verlosch wie unter Eiswasser. »Du bist verlobt.«

»Du auch!« Gilead blitzte sie finster an.

Sie öffnete den Mund und klappte ihn stumm wieder zu. Dass Lugnasad bald vor der Tür stand, war ihr nicht entfallen.

Ihr kam ein listiger Gedanke. Vielleicht war ein Ausritt doch gar keine so schlechte Idee. Wenn sie weit genug ritten, konnte sie behaupten, sie bräuchte eine Pause. Und falls Gilead einschlafen sollte, könnte sie gleich heute noch fliehen. Einen Versuch war es wert. Aber dazu brauchte sie einige von Brenas Schlafkräutern.

»Wenn deine Mutter wild entschlossen ist, dass wir nicht aufeinander wütend sein dürfen, sollten wir das Beste daraus machen. Du sattelst die Pferde, und ich hole etwas Brot, Käse und Wein.«

Gilead musste fast grinsen. »Du willst Meara gegenübertreten?«

Daran hatte sie nicht gedacht. Dann hellte sich ihre Miene auf. »Ich werde deine Mutter darum bitten.«

Er schüttelte den Kopf und ging in den Schuppen. Deidre lief zurück zum Garten.

Elen war hoch erfreut darüber, und bald hielt Deidre einen Beutel mit frischem Brot, einem kleinen Topf warmen Honig, weichem Käse und einem Weinschlauch in den Händen. Ihr gelang es, das kleine Säckchen mit Münzen in ihren Stiefel zu stopfen, mit den Kräutern allerdings hatte sie weniger Glück. Brena hielt ihren Schrank verschlossen. Deidre fand lediglich ein kleines Päckchen mit Waldmeister auf dem Tisch. Zusammen mit dem Wein würden ihn seine einschläfernden Substanzen zumindest müde machen.

»Lasst euch Zeit und genießt es«, sagte Elen.

Spontan nahm Deidre sie in den Arm. Elen würde sie vermissen, auch wenn sie jetzt wusste, dass sie nicht das unschuldige Opfer einer unglücklichen Ehe war. Dann eilte sie über den Burghof zu Gilead, der Malcolm und Winger führte.

Während Gilead das Päckchen in einer Satteltasche verstaute, stieg Deidre auf. Da sie Trews trug, brauchte sie keinen Baumstumpf, obwohl es bis zum Sattel trotzdem recht hoch war.

Sie stellte einen Fuß in den Bügel und stieß sich mit dem anderen ab. Just in diesem Augenblick flitzte eine fauchende Katze aus der Scheune, gefolgt von kläffenden Jagdhunden. Die ganze Horde rannte zwischen Wingers Hufen durch und ließ den Wallach vor Angst steigen. Deidre landete in einem uneleganten Haufen auf dem Boden, und das Pferd galoppierte davon.

Gilead kniete neben ihr. »Nicht bewegen. Lass mich sehen, ob etwas gebrochen ist.«

Erschrocken wie sie war, fügte sich Deidre seinen Anweisungen, aber als seine Finger vorsichtig ihre Arme und Beine hinabglitten, merkte sie, dass ihr Atem aus einem ganz anderen Grund so unruhig ging. Seine Hände fuhren langsam ihren Brustkorb entlang und prüften jede einzelne Rippe. Sie rechnete jeden Moment damit, dass ihr das Herz aus der Brust springen würde.

»Scheint nichts gebrochen zu sein«, sagte Gilead, als er an ihrem Schlüsselbein entlangstrich.

Bildete sie sich das ein, oder verweilten seine Finger an der Mulde ihres Halses? Seine Berührung löste seltsame Gefühle in ihrem Bauch aus. Das Heer der Schmetterlinge, das sie in einem Dauerschlaf gewähnt hatte, begann sich wieder zu regen.

»Kannst du sitzen?«, Gilead schob einen Arm unter ihre Schulter und setzte sie vorsichtig auf.

»Es geht mir gut«, stammelte sie. »Ich hätte mich besser festhalten sollen.«

»Die Hunde sollten im Zwinger sein und nicht frei herumlaufen«, antwortete Gilead, als er ihr auf die Beine half. »Wenn du immer noch ausreiten willst, hole ich Winger.«

Immer noch wollte? Sie musste. Das war ihre Flucht. Und es war ihre letzte Möglichkeit, Zeit mit Gilead zu verbringen, wie sie sich eingestehen musste. Egal, ob er verlobt war oder nicht, das Feuer, von dem sie gedacht hatte, es sei erloschen, war wieder aufgeflammt. Was konnte es schon schaden, einen letzten Nachmittag mit ihm zu verbringen?

Winger beobachtete sie trübselig vom Tor aus, wo er mit hängendem Kopf stehen geblieben war. Als Gilead zu dem Tier ging, fand sich Deidre plötzlich einem wütenden Niall gegenüber.

»Hast du das absichtlich getan?«, fragte er argwöhnisch.

Sie runzelte die Stirn. »Ich habe wohl kaum veranlasst, dass ein paar Hunde eine Katze jagen.«

»Du weißt, was ich meine«, sagte er. »Du gibst vor, verletzt zu sein, so dass dieser Hundesohn dich überall begrabschen kann.«

Deidre zog eine Augenbraue hoch. »Ich glaube kaum, dass es der Laird schätzt, wenn Ihr Lady Elen als Hündin bezeichnet.«

Er starrte sie finster an. »Werde nur nicht zu frech. Das lasse ich dir nicht durchgehen.«

Sie zügelte ihre Wut. »Und ich lasse mir nicht vorschreiben, was ich zu tun habe.«

Sein Gesicht lief rot an, und auf seiner Stirn trat eine Ader hervor. Niall ballte die Fäuste und blickte kurz zu Gilead. Er machte einen Schritt auf Deidre zu und sie einen zurück, aber er ergriff ihr Handgelenk und drehte es grob um, als er sie an sich zog. Sie biss die Zähne zusammen, um nicht aufzuschreien.

»Wenn wir erst verheiratet sind, dann wirst du mir immer gehorchen. Jedem einzelnen meiner Wünsche wirst du nachkommen.« Er bleckte die Zähne. »Und dazu gehört auch das Bett. Ja, ich freue mich schon darauf, dir dort eine Lehre zu erteilen. Du wirst bald herausfinden, was mit Frauen geschieht, die nicht schnell genug lernen zu gehorchen.« Er ließ ihre Hand fallen und trat zurück, als Gilead näher kam. »Und mit *ihm* wirst du sicher nicht mehr ausreiten«, fauchte er.

Gilead blickte von ihm zu Deidre und wieder zurück. »Ich dachte, du wolltest gehen?«

»Das wollte ich«, knurrte er, »aber Angus will einen Friedensvertrag mit Fergus entwerfen und bat mich zu bleiben. Aber ich werde meine Verlobte nicht mit dir ausreiten lassen.« Er wandte sich an Deidre. »Geh zurück ins Haus.«

»Sie ist noch nicht mit dir verheiratet, Niall. Die Lady entscheidet selbst, ob sie mit mir ausreiten will oder nicht.«

Niall warf ihr einen mörderischen Blick zu. »Du tust, was ich sage.«

Deidre hob ihr Kinn. »Das tue ich nicht.« Als sie an ihm vorbeiging, versengte sie die Hitze seiner Wut beinah – noch ein weiterer Grund für diese Flucht. »Würdet Ihr mir bitte beim Aufsteigen helfen?«, wandte sie sich an Gilead.

Er grinste, hob sie mühelos in den Sattel und stieg dann selbst auf Malcolms Rücken. Er griff zu den Zügeln und blickte zu dem fuchsteufelswilden Niall herab.

»Mein Vater hat es nicht gern, wenn man ihn warten lässt.«

Niall sah zu den Stufen zum Saal hinüber, wo Turius und Angus ihn erwarteten. Er wandte sich wieder an Gilead. »Wir sind noch nicht miteinander fertig.«

Gilead salutierte mit ironischem Lächeln. »Jederzeit, wenn du bereit bist, Niall. Jederzeit.«

Kapitel 18

Vereitelt

Wohin?«, fragte Gilead, als sie die Tore hinter sich gelassen hatten.

»Zum Steinkreis«, antwortete Deidre. Das war der Ort, den sie noch einmal aufsuchen wollte, bevor sie von hier verschwand. Vielleicht würde ihre Vision dort zurückkehren, und sie würde erfahren, wo sie nach dem Stein suchen sollte.

Gilead sah etwas unwillig aus. »Das ist ziemlich weit.«

»Dann sollten wir keine Zeit verlieren«, sagte sie und gab ihrem Pferd die Sporen, so dass es in Galopp fiel.

Malcolms Hufe donnerten hinter ihr los, und Gilead zog mit ihr gleich. Sein Umhang flatterte hinter ihm. »Wer als Erstes am Baum beim Meilenstein ist!«, rief er und ließ eine Staubwolke hinter sich.

»Also gut«, lachte Deidre, lehnte sich vor und ließ die Zügel locker. »Los, hol ihn ein!«

Mit der Zeit verfielen sie in einen langsameren, schaukelnden Galopp und wechselten dann zwischen Trab und Schritt ab. Keiner der beiden sprach viel. Gilead suchte das Land nach möglichen Gefahren ab, und Deidre konzentrierte sich auf ihre Flucht.

Sie erreichten den Kreis etwa zur Mittagsstunde. Gilead blinzelte in die Sonne, als er abstieg. »Uns bleibt etwa eine Stunde, bevor wir wieder zurückkehren müssen.«

Deidre fühlte sich plötzlich schuldig, als er ihr vom Pferd half. Sollte ihr Plan aufgehen, würde sie nicht zurückkehren.

Sie gingen zu den Steinen, und Deidre atmete tief ein, bevor sie in den Kreis trat. Sofort fühlte sie sich etwas benommen, und ein leises Kribbeln durchlief sie, als wäre sie auf eine Energiequelle gestoßen. Aber keine weißgekleidete Frau erschien.

»Fühlst du es?«, flüsterte sie Gilead zu.

»Fühle ich was?«, fragte er.

»Es gibt hier eine gewisse Kraft.«

Er sah sie verwirrt an. »Denkst du, dass der Stein, den du suchst, hier liegt?«

Deidre hielt inne und konzentrierte ihre Sinne auf den Steinkreis. Gileads Aura pulsierte mit solcher Lebendigkeit um ihn, dass sie sich ein paar Schritte von ihm entfernen musste. Sie begann eine zarte, summende Präsenz zu spüren, irgendwie friedlich, als ob das Universum plötzlich in völliger Balance wäre. Die göttliche »Geometrie« des Stein der Weisen stand für völlige Harmonie, aber ihre Visionen schwiegen.

Schließlich schüttelte sie den Kopf. »Nicht der Stein … aber etwas … Bezwingendes. Als ob es innerhalb dieses Kreises keine Lügen gäbe. Nur die Wahrheit. Ich weiß, das klingt seltsam.«

»Gar nicht so sehr«, sagte Gilead. »Diese Kreise sind aus einem bestimmten Grund entstanden, und zweifellos haben hier jahrhundertelang heidnische Rituale stattgefunden. Vielleicht ist es dieser Zauber, den du spürst.«

Zauber. Sie brauchte sicherlich alle Hilfe, die sie bekommen konnte. Vielleicht würde ihr das, was sie hier spürte, dabei helfen, Gilead in Schlaf zu versetzen und ihn schützen, bis er erwachte. Sie blickte zu ihm auf und bewunderte die starke, klare Linie seines Kiefers und wie sich der Himmel in seinen blauen Augen spiegelte. Ihre ganze Willenskraft war erforderlich, um sich nicht in seine Arme zu werfen, um ihn ein letztes Mal nah bei sich zu spüren.

»Vielleicht hast du recht«, antwortete sie. »Ich würde gerne so lange wie möglich im Steinkreis bleiben. Warum essen wir nicht hier?«

Gilead nickte und ging zu den Satteltaschen. Als er zurückkehrte, reichte er ihr den Beutel mit der Nahrung und goss Wein in zwei kleine Becher.

»Warte«, sagte Deidre. »Könnte ich etwas Wasser bekommen? Ich bin sehr durstig geworden mit dem ganzen Staub, den wir aufgewirbelt haben.«

»Sicher, ich bin gleich zurück.«

Als er den kleinen Abhang zum Bach hinablief, zog Deidre schnell das kleine Päckchen mit Kräutern aus ihrem Stiefel und bröselte sie in den Wein, den er eingegossen hatte. Im Grunde widerstrebte es ihr, ihm das anzutun, aber sie musste einfach fliehen. Und das war genau der richtige Ort dafür. Gilead wäre innerhalb des Steinkreises in Sicherheit, solange er schlief. Sie war schon gute zwei Stunden von Niall entfernt. Bis Gilead erwachte und nach Hause reiten würde, hatte sie schon fast einen Tagesritt Vorsprung. Der Waldmeister roch ein wenig wie frischgemähtes Heu, gar nicht unangenehm. Hoffentlich überdeckte der Wein seinen Geschmack.

Deidre hatte das Brot gebrochen und den Honigtopf geöffnet, als Gilead zurückkehrte. Sie reichte ihm einen Becher mit Wein. »Ich nehme mir Wein, sobald ich das hier ausgetrunken habe«, sagte sie und leerte den Becher mit kühlem, klarem Wasser, bevor Gilead fragen konnte, ob er seinen Wein verdünnen könnte.

Er nahm einen langen Schluck Wein, bevor er zu essen begann. Deidre goss ein wenig Wein in ihren eigenen Becher und schenkte ihm nach, sobald sein Becher leer war. Als sie aufblickte, um ihn ihm zu reichen, hatten seine Augen einen eigenartigen Glanz.

Gilead lächelte sie langsam an, als er nach dem Becher griff.

Seine Fingerspitzen berührten ihre, sein Daumen fuhr langsam über ihre Knöchel.

Hitze schoss durch Deidres Arm und ergriff ihren ganzen Körper. Jede Pore ihrer Haut öffnete sich für ihn. Seine Berührung erregte sie. Sogar noch mehr, weil sie sie nicht erwartet hatte. War er bereits betrunken? Hatten die Kräuter eine solche Wirkung auf den Wein? Er sah nicht betrunken aus. Seine Augen hatten einen tieferen Blauton angenommen, seine Pupillen waren etwas erweitert, aber sein Blick war sehr intensiv. Sinnlich. Ängstlich versuchte sie den Becher loszulassen, aber seine Hand schloss sich über ihrer.

»Warum kommst du nicht näher, Dee?« Die Finger seiner anderen Hand fuhren zärtlich die Kontur ihrer Wangen nach und glitten leicht hinab zu ihrem Hals. Sein Blick wanderte zu der sanften Rundung ihrer Brüste unter dem leichten Leinenhemd, das sie trug.

Zu spät erinnerte sie sich an eine andere Nebenwirkung des Waldmeisters. Das hätte ihr schon eher einfallen müssen – die Römer verwendeten ihn als Aphrodisiakum. Gütiger Himmel, wie viel hatte sie in den Wein getan? Sosehr es ihr auch gefiel, sich mit Gilead der Liebe hinzugeben – wie gern hätte sie seine nackte Haut an ihrer gespürt –, sie wusste, dass er sie für diesen Betrug hassen würde, wenn die Wirkung erst nachließ.

»Ich glaube, du solltest keinen Wein mehr trinken«, sagte sie und griff nach dem Becher.

Er hielt ihn spielerisch von ihr fern. »Wenn du ihn haben willst, musst du ihn dir holen.«

Sie streckte sich danach aus, sorgsam darauf bedacht, ihn nicht zu berühren, und spürte dann seinen warmen Atem, als er den Kopf neigte, um an ihrem Nacken zu knabbern. Sie versuchte, sich wieder zu setzen, aber sein Arm umfing sie, und er zog sie an sich.

»Ach, Dee, willst du das nicht auch?« Verführerisch saugte er an ihrem Ohrläppchen. Bei der Göttin, das war genau das, was sie wollte. Seine großen, heißen Hände an ihrem ganzen Körper zu spüren, jede Nervenfaser ihrer Haut von ihm erwecken zu lassen. Seine Hände, die ihr Innerstes erbeben ließen und ihr weiche Knie bescherten. Sie wollte spüren, wie sein dicker Speer in sie eindrang und er sie ganz und gar erfüllte. Unwillkürlich zogen sich tief in ihrem Inneren Muskeln zusammen, und sie verlangte danach, ihn in sich zu spüren. Sie begann zu keuchen, als er die Schnüre ihres Hemdes löste. Sie musste dem Einhalt gebieten. Sie wusste, was er von dem lüsternen Drang seines Vaters hielt. Gilead würde sie umbringen wollen, wenn er merkte, dass er Opfer einer Täuschung geworden war.

Sie versuchte ihn von sich zu schieben, aber er drehte sich mit ihr, einen Schenkel zwischen ihren Beinen. Sein Oberkörper drückte sie in den Boden. Gilead senkte seinen Mund über ihren, küsste sie tief, und seine Zunge verlangte nach mehr. Mit einem Seufzen öffnete Deidre ihre Lippen und schmeckte ihn. Er saugte ihre Zunge in seinen Mund, und die letzten Fetzen Vernunft flogen davon wie ein Vogel aus einem offenen Käfig.

Mit eiligen Handgriffen befreiten sie sich gegenseitig von ihren Kleidern. Gilead stützte sich auf seine Ellbogen, um sie anzusehen. »Du bist wunderschön, Dee.« Dann warf er einen Blick auf die Reste ihres Mahls, die noch neben ihnen lagen, und lächelte sie mit einem verrückten Blick in den Augen an.

Er tauchte zwei Finger in den Honigtopf und ließ die goldene Flüssigkeit auf ihre Brüste tropfen. Dann neigte er seinen dunklen Kopf und begann mit der Zunge mit einer Brust zu spielen, leckte in langen, langsamen Zügen von unten und umkreiste die Vorhöfe. Er neckte sie mit der Zungenspitze, und ihre Brustwarzen zogen sich zu einer harten Knospe zusammen, als er den Honig aufleckte.

Deidre drückte seinen Kopf an ihre Brust, und bettelte ihn an, daran zu saugen. Starrköpfig ließ er seine Zunge über die Spitze schnalzen und blies dann kalte Luft darauf, bevor er sich auf die andere Brust stürzte. Vor Enttäuschung wollte sie aufschreien, aber er sollte auf keinen Fall aufhören. Was für eine köstliche Folter es war, darauf zu warten, dass er ihre Brustwarze in seinen Mund nahm und der Druck seines Saugens einen Stoß durch ihren Körper schicken würde, der sie in ihrer Mitte erzittern ließ.

Schon pulsierte es dort, und als er sein Gewicht verlagerte und sie spürte, wie sich sein samtiges-stählernes Schwert gegen die Weichheit ihrer Scheide presste, erschauerte ihr ganzer Körper.

Mit einem tiefen Knurren tauchte Gilead in ihre heiße Feuchte ein, bis zum Heft. Deidre schlang ihre Beine um seinen Hintern und drückte den Rücken durch, um ihn zu empfangen.

Er stieß fest zu, rammte und bohrte sich in sie, immer und immer wieder. Sie hielt sich an ihm fest und verlangte nach mehr. Wenn er sie schon dafür hassen würde, müsste sie zumindest diesen Augenblick auskosten.

Ihr Körper prickelte. Das Pochen, das in ihrer harten, pulsierenden Knospe begonnen hatte, baute sich auf und überschwemmte sie, wie der Impuls einer sich aufbauenden Welle, die in ihren brechenden Wogen den Grund des Meeres hinaufzog und in ihrem wilden Lauf nach vorne in einem Orgasmus brach, der mit seiner Stärke ihre ganze Seele aufwühlte. Sie schrie auf, als sich ihr Körper verkrampfte und sich entlud, und die Welle wieder zurück in die wilde See ihrer Gefühle verbannte.

Mit einem eigenen halb unterdrückten Schrei stieß Gilead in sie, und sie spürte den starken Strahl seines heißen Spermas in sich.

Er sank auf sie nieder, ihre Körper schweißüberströmt, ihre

Haare klebten in ihren Gesichtern. Deidre hielt ihre Beine fest um ihn geschlossen und ihn in sich. Lange Zeit schwiegen beide, und das einzige Geräusch war das Rasseln ihres Atems, als sich ihre Herzen langsam beruhigten.

Schließlich stützte sich Gilead auf und küsste sie zärtlich. »Es gibt einen Schwur, Dee, den die Schotten ablegen, wenn sie den einen Menschen finden, den sie lieben. Wenn der Schwur innerhalb eines Steinkreises gemacht wird, bindet er die beiden für die Ewigkeit aneinander. Willst du ihn mit mir ablegen?«

Deidre blickte in sein wie gemeißeltes Gesicht, auf seine sündig-sinnlichen Lippen, die sie vorhin mit so wildem, leidenschaftlichem Verlangen und gerade eben mit so zärtlicher Sorge geküsst hatten. Sie blickte in seine leuchtend blauen Augen, die noch immer erweitert waren, aber sie voller Zärtlichkeit und Liebe ansahen. Gefühle, die nicht wirklich waren – wegen des Waldmeisters. Er hielt sie nur für echt. Sie biss sich auf die Lippe.

»Ich kann nicht.«

Er sah sie verwirrt an. »Warum nicht? Nach dem, was gerade passiert ist, denkst du doch nicht etwa, dass ich zulasse, dass du jemanden wie Niall heiratest?«

O Gilead. So edel, so ritterlich. »Auch du bist verlobt.«

Er zögerte nur den Bruchteil einer Sekunde. »Ich glaube nicht, dass Dallis besonders enttäuscht sein wird. Irgendwie bringe ich es Comgall schon bei.«

Sie lächelte und strich über die Winkel seines köstlichen Mundes. Gleich würde er sie hassen. »Du würdest das nicht sagen, wenn du du selbst wärst, Gilead.«

Er grinste. »Wer soll ich denn sein, wenn nicht ich selbst?«

Sanft schlängelte sie sich unter ihm heraus und setzte sich auf, zog ihre Knie an und schlang ihre Arme darum. »Ich habe dir etwas in deinen Wein getan.«

Er sah verwirrt aus, und dann dämmerte es ihm. »Du wolltest mich erregen?« Er verengte die Augen, als sie nicht antwortete. »Du wolltest, dass ich untreu werde, um dein Spiel mit mir zu spielen. War es so?«

»Nein!« Schon jetzt war er wütend, und er wusste noch nicht einmal den wahren Grund. Und sie konnte ihn ihm nicht sagen. Nicht, wenn sie ein Pferd zur Verfügung haben wollte, um zu fliehen. Sie musste unbedingt fliehen.

»Was dann?«, wollte Gilead wissen, und als sie verzweifelt den Kopf schüttelte, machte er ein angewidertes Geräusch und kleidete sich schnell an. Er sammelte die Becher und den Weinschlauch ein. »Jetzt, wo du deinen Spaß hattest, kannst du dich ja wieder anziehen. Bis wir nach Hause kommen, wird es dunkel sein.«

Deidre versuchte die Tränen zurückzuhalten, als sie sich schnell anzog. Sie ertrug es kaum, dass er sie für eine Hure hielt, die ihn absichtlich verführt hatte, damit er seinen Verlobungsschwur brach. Sie hätte ihm Einhalt gebieten sollen. Sie stolperte zu Winger und stieg auf, bevor ihr Gilead helfen konnte. Sie wischte sich über die Augen und hielt ihren Blick abgewandt.

Sie hätte ihm Einhalt gebieten sollen, aber, bei der Göttin, es war so gut …

Bei Dagda! Was war er für ein Narr. Gilead steckte die Becher und den Weinschlauch in die Satteltaschen. Wie viele Male hatte ihn die Fremde jetzt schon getäuscht? Und jetzt hatte sie ihn wieder mit ihrer Zauberkraft verhext. Er konnte nicht allein den Kräutern die Schuld an dem geben, was geschehen war. Den gesamten Ausritt über hatte er sich bemüht, nicht daran zu denken, dass sie hier alleine waren. Er hatte versucht, nicht darauf zu achten, wie ihr goldenes Haar die Sonne auffing, oder wie seidig es aussah, wenn es im Galopp wild hinter ihr wehte. Und die engen Trews ließen jede ihrer üppigen Kurven erkennen.

Gilead fluchte leise. Sie hatte ihm gesagt, dass sie ihn nicht liebte – es mit so vielen Worten gesagt. Warum konnte er das nicht verstehen? Aber dennoch hatte sie diese Kräuter in seinen Wein getan. Sie hatte *geplant*, ihn zu verführen. Aber warum? Wäre sie keine Jungfrau gewesen, als er sie zum ersten Mal genommen hatte, würde er glauben, dass sie am Hof von Gaul eine sehr begabte Kurtisane gewesen war. Allein ihre Hände entzündeten ein Feuer, das seinen ganzen Körper erglühen ließ. Er wusste, dass sein Vater über seine Wut darüber, benutzt worden zu sein, lachen würde – sollte er es jemals erfahren – und ihm sagen würde, er solle sich zurücklehnen und es genießen. Aber Gilead war nicht wie sein Vater. Der Akt war für ihn mehr, als nur ein Mädchen zu besteigen, um sich selbst Erleichterung zu verschaffen. Er wollte, dass es ihm etwas bedeutete. Er wollte sich der Liebe hingeben. Mit Deidre, die nicht die Seine war.

Der Gedanke, dass Niall bald über Deidres nackten Körper würde verfügen können, kühlte zudem sein Temperament nicht gerade ab. Und es ärgerte ihn noch mehr, dass es ihm nicht gelungen war, seinen Vater zu überzeugen, die Verlobung zu lösen. Er würde es wieder versuchen. Egal, ob Deidre ihn, Gilead, liebte oder nicht, sie hatte es nicht verdient, zu einem Leben mit einem brutalen Rohling verdammt zu sein, der sie nur unterwerfen wollte. Er musste wieder an das denken, was Niall gesagt hatte. Er wünschte, er könnte den Mann herausfordern, sich mit ihm um Deidres Hand duellieren. Aber er konnte sich nicht für sie starkmachen, solange er mit einer anderen verlobt war.

Er hatte schon einen Fuß im Bügel, als der Wind das Gras bewegte und er sah, wie seine Schärpe gegen einen der stehenden Steine flatterte. In seiner Eile hatte er vergessen, sie anzulegen.

»Ich bin gleich zurück«, sagte er.

Als er auf den Kreis zuging, ergriff der Wind den Stoff und

blies ihn in den Kreis. Gilead trat hinein und bückte sich, um sie aufzuheben. Einen Augenblick lang war ihm schwindlig, und als er sich aufrichtete, riss er erstaunt die Augen auf.

Ein Nebel war aufgestiegen, der ihn von der restlichen Welt abschnitt. Er konnte kaum noch die aufragenden Formen der Steine ausmachen. Eine unheimliche Stille hatte sich über den Kreis gesenkt. Vögel sollten zwitschern, und er müsste eigentlich das Scharren der Pferde und das Rasseln der Geschirre hören, aber nichts war zu vernehmen. Nur Stille, und ein Nebel so dicht, dass er das Gefühl hatte, er sei in einer Wolke.

Der Kromlech begann zu glühen. Ein gedämpftes Licht zunächst, wie von einer Kerze, die hinter einem abgedunkelten Fenster stand. Dann wurde es heller, bis der leuchtende Glanz ihn blendete. Er sank auf die Knie und hielt seinen Arm vor die Augen, um sich gegen das Strahlen zu schützen.

»Sieh, Gilead.«

Die Stimme war sanft und melodiös, aber in der dichten Stille des wirbelnden Nebels klang sie wie ein Donner. Langsam senkte er den Arm.

Ein Mädchen mit rötlich-goldenem Haar saß auf dem Altarstein und hielt etwas Längliches in der Hand. Nebelranken wanden sich um sie, wie aus einer anderen Welt, und trübten seine Sicht.

»Bist du es wirklich?« Schon als er fragte, wusste er dass sie es nicht war. Er hatte wegen dieser Kräuter eine Art trügerische Vision. Oder es gab die Welt der Feen tatsächlich, und er war mitten in sie hineingeraten.

Sie lächelte und streckte ihm das, was sie in Händen hielt, entgegen. »Suche den Gar-al, Gilead.«

Die Stille vertiefte sich, und ein Gefühl von vollkommener Gelassenheit und Ruhe legte sich über ihn. Er blinzelte. Das Mädchen in Weiß verschwamm mit den Schwaden, die um sie herum tanzten. Er konnte nicht genau erkennen, was es war, das sie dort in den Händen hielt.

Gilead versuchte sich zu konzentrieren. Wahrscheinlich war er für kurze Zeit verhext worden, aber wenn das wirklich der Stein der Weisen war, den Dee suchte … Er streckte die Hände aus. »Ich werde ihn ihr bringen.«

Das Mädchen schüttelte den Kopf. »Du musst dich auf die Suche danach begeben.«

»Aber ich sehe ihn gerade vor mir … glaube ich.« Noch während er dies aussprach, verblasste das Bild, und um ihn erschien wieder die Landschaft wie zuvor.

Er hörte Malcolm schnauben, als Deidre ihn rief. Ohne sich darüber im Klaren zu sein, was gerade geschehen war, hob er seine Schärpe auf und ging hinüber zu seinem Pferd.

Deidre betrachtete ihn. »Du hast sie gesehen, oder?«

»Wen? Hier ist niemand außer uns.« Er gab vor, sie nicht zu verstehen.

»Die Frau«, sagte Deidre. »In Weiß mit dem rötlich-goldenen Haar.«

Gilead starrte sie an. Wenn sie tatsächlich die gleiche Sinnestäuschung erlebt hatten, bedeutete das wahrscheinlich, dass er völlig verrückt war. Deidre war nicht mit ihm im Steinkreis gewesen.

»Auch ich habe sie gesehen«, sagte Deidre ruhig. »Als ich zum letzten Mal hier war. Ich sagte ihr, dass ich auf der Suche nach dem Stein bin.« Sie beugte sich, im Sattel sitzend, zu ihm herab und legte eine Hand auf seine Schulter. »Bitte – was hat sie dir gesagt?«

Die Wärme von Deidres Hand fühlte sich wirklich an, und er konnte die Pferde und das Leder riechen. Die Vögel zwitscherten wieder, und die Sonne hing tief am nachmittäglichen Himmel. Er war wieder in seiner Welt. Aber wenn auch Deidre diese Frau gesehen hatte … Er nahm einen tiefen Atemzug. »Sie sagte, dass ich den Gar-al suchen muss, wenn ich dir helfen will.« Als Deidre ihn verwirrt ansah, fügte er hinzu: »›Gar-al‹ bedeutet ›Steinkelch‹ auf Gälisch.«

Sie legte die Stirn in Falten. »Ich suche nach einem Stein, vielleicht eine Tafel, aber kein Kelch. Ich frage mich, warum sie uns beiden das Gleiche gesagt hat.«

Auch er konnte sich keinen Reim darauf machen. Er zuckte mit den Schultern, um unbekümmert zu wirken, und stieg auf den Rücken seines Hengstes. »Ich glaube, es wäre besser, wenn wir nicht mehr davon sprechen, wenn wir erst in der Burg zurück sind.« Sein Vater würde sicher denken, er sei völlig verrückt geworden.

Deidre nickte, aber er konnte sehen, wie aufgeregt sie war. Als sie weiterritten, versuchte sich Gilead zu sagen, dass alles nur die Wirkung der Kräuter gewesen war, aber er konnte das Gefühl des völligen Friedens nicht leugnen, dass über ihn gekommen war, als ihm das Ding – was es auch war – dargeboten worden war.

Und Deidre … er schielte zu ihr hinüber. Auf ihrem Gesicht lag eine ruhige Zufriedenheit. Egal was er von diesem Vorfall halten mochte, es gab keinen Zweifel, dass Deidre daran glaubte. Jetzt blieb nur die Frage: Konnte er das auch?

Niall war gegangen, als sie zurückkehrten, und Deidre eilte die Hintertreppe hinauf, um sich für das Abendmahl umzuziehen. Trotzdem saßen bereits alle an ihren Plätzen, als sie den Saal betrat.

Formorian schaute von ihr zu Gilead, dessen Haar vom Waschen noch feucht war, und lächelte. Deidre hoffte, sie würde sich eine ihrer spitzen Bemerkungen verkneifen, denn ihre Freundschaft mit Gilead stand jetzt, bestenfalls, auf wackligen Beinen.

»Hattet ihr einen schönen Ausritt?«, fragte Elen, als das Fleisch herumgereicht wurde.

»Ja«, antwortete Deidre, »wir sind zu dem Steinkreis geritten.« Ihr entging Gileads Seitenblick nicht. »Er ist sehr interessant.«

»Ihr solltet eine Eskorte mitnehmen, wenn ihr so weit ausreitet«, warnte Angus. »Auch wenn wir die Gegend von den Sachsen befreit haben, könnten sich dort Wegelagerer herumtreiben.« Sein finsterer Blick richtete sich auf Deidre. »Das ist dir doch wohl bekannt, nicht wahr?«

Deidre wusste, dass er noch immer nicht ganz davon überzeugt war, dass sie kein Spitzel war. Turius hatte ihm offenbar nicht gesagt, dass er ihre Eskorte gefangengenommen hatte, denn sonst hätte Angus den Zusammenhang erkannt, aber das würde sie ihm jetzt sicher nicht offenbaren. Wahrscheinlich hielt er einen sächsischen Spion für genauso schlimm wie einen fränkischen. »Ich habe mich mit Gilead sehr sicher gefühlt, Mylord.« Als sie sah, wie Gileads Ohren rot anliefen und Formorian ihn angrinste, fügte sie schnell hinzu: »Ich sehe mir gerne alte Ruinen an.«

Angus' rauchfarbene Augen wurden sogar noch dunkler. »Ich weiß. Du hast auch schon bei der alten Kirche gegraben. Wonach suchst du?«

Deidre zog scharf die Luft ein. Sie hatte doch sorgfältig darauf geachtet, dass niemand sie sah, wenn sie sich davonstahl. Jetzt, da sie wusste, dass der Stein nicht hier war – wie konnte ihre Gabe sie nur so fehlgeleitet haben? –, musste sie trotz allem geheim halten, dass der Stein verschwunden war. »Es ist nur ein Hobby. Einmal habe ich eine alte römische Münze gefunden. Ein andermal etwas Silber.«

»Ich würde meinen, wenn du so etwas auf meinem Land finden würdest, gehört es auch mir.«

»Was schadet es denn, wenn Deidre ein paar Münzen finden sollte?«, fragte Elen mit klarer Stimme. »Du brauchst sie doch nicht.«

Angus sah sie überrascht an, und Formorian zog eine Augenbraue hoch, aber Elen schien es nicht zu bemerken. »Übrigens habe ich beschlossen, dass ich möchte, dass uns Deidre begleitet.«

Wahrscheinlich hätte Elen niemanden mehr überraschen können, wenn sie plötzlich auf den Tisch gesprungen wäre und zu tanzen begonnen hätte wie Salome in der Bibel. Aber Deidre war stolz auf sie; Elens Verfassung hatte sich beständig verbessert, und sie zweifelte, dass Angus jemals erwartet hätte, dass sie ihm widersprechen würde.

»Und wo willst du hin?«, fragte Angus.

»Irland«, antwortete Elen. »Ich möchte meinen Vater besuchen.«

Deidres Herz machte einen Sprung. Die perfekte Gelegenheit, um Niall zu entkommen! Vielleicht würde ihr Elen helfen zu fliehen. Doch ihre nächsten Worte trafen sie wie ein Knüppel.

»Irland hat die schönste Spitze der Welt«, fuhr Elen fort und sah Deidre an. »Du brauchst welche für dein Hochzeitskleid, und ich werde auch welche für Dallis bestellen.«

Angus tauschte einen verstohlenen Blick mit Formorian. »Wann willst du fahren, und wie lange wirst du weg sein?«

Elen blickte zu Formorian und dann wieder zu Angus. »Nicht lange. Die beiden Hochzeiten sind in zehn Tagen. Wenn wir in zwei Tagen fahren, könnten wir vier Tage zuvor zurück sein. Genügend Zeit für die Näherinnen, um die Spitze anzubringen.« Sie wandte sich an Formorian. »Sollten Dallis und Comgall vor uns ankommen, könnt ihr sie sicherlich unterhalten?«

»Ich bin mir sicher, Gilead kann für ihre Unterhaltung sorgen.«

»Aber, mein Gemahl, nein.«

Angus runzelte die Stirn. »Und warum nicht? Es wäre nur angemessen.«

Deidre musste beinahe auflachen. Angus hatte sich noch nie Gedanken darum gemacht, was sich schickte. Wenn sie nur wüssten, wie unschicklich Gilead sich verhalten hatte …

»Das wäre es sicherlich«, sagte Elen nüchtern, »aber Gilead wird mich begleiten.«

Deidre fühlte, wie ihr Mund aufklappte, und beeilte sich, ihn zu schließen. Was hatte Elen vor – wollte sie ihr die Möglichkeit verschaffen, fast eine Woche mit Gilead zu verbringen?

Angus' Stirnfalten vertieften sich, und Gilead blickte bestürzt drein. Deidre biss sich auf die Wange. War ihm nicht wohl dabei, Angus solange Formorians Armen zu überlassen, oder war ihm nicht wohl dabei, so viel Zeit mit ihr verbringen zu müssen? Seine Wut hatte nach dem Vorfall im Steinkreis etwas nachgelassen, aber Deidre war sich nur allzu bewusst, dass er noch immer glaubte, sie hätte ihn benutzt. Er war wohl der einzige Mann auf der Welt, den das beleidigte.

»Ich werde dir eine starke Eskorte geben, Elen. Du wirst in Sicherheit reisen. Gilead muss dich nicht begleiten.«

»Doch, das muss er«, antwortete Elen unnachgiebig. »Hast du den Schatz meines Vaters vergessen? Als Gilead geboren wurde, mussten wir schwören, dass unser Sohn zu ihm kommen, und selbst das Silber für seine Braut aussuchen würde.«

Wieder durchfuhr Deidre ein stechender Schmerz wie von einem Messer. Also versuchte Elen doch nicht die Kupplerin zu spielen. Und Gilead würde die ganze Zeit an seine Braut denken.

Aber trotzdem, sie würde nach Irland reisen. Weit fort von hier. Weit fort von Niall. Weit weg von der Hochzeit im Hades.

Angus schwieg ein paar Minuten, und Formorian betrachtete ihre sorgfältig gepflegten Fingernägel. Schließlich nickte er. »Gilead kann mit dir reisen.«

Gegen ihren Willen schlug Deidres Herz schneller, und sie spürte, wie ihr Blut in den Adern raste. Zumindest konnte sie seine letzten Tage als freier Mann mit ihm verbringen. Vielleicht würde er sogar seinen Großvater überreden, sie in Irland zu behalten. Er wusste, wie sehr sie Nialls Nähe fürchtete, ganz zu schweigen von einer Ehe mit ihm.

Aber warum sah Gilead so wütend aus? Er hasste es, Angus und Formorian allein zu lassen, das wusste sie, aber schließlich war Turius auch noch hier. Sie mussten noch immer Vorsicht üben. Sie blickte sich um. Turius war nicht zum Essen erschienen.

»Wo ist der König?«, fragte Deidre unvermittelt.

»Maximilian hat wieder Ärger verursacht. Diesmal hilft er einigen Franken, die Turius anklagen, er würde einer Cousine von Childebert Unterschlupf gewähren, die auf der Flucht ist«, antwortete Formorian und ließ ihren Blick auf Deidre ruhen. »Heute Nachmittag kam ein Bote. Turius sandte einen Mann aus, um Max mitzuteilen, dass er ihn treffen will, und hat sich dann nach Luguvalium aufgemacht.«

Deidre wurde blass. Also suchte Childebert noch immer nach ihr. Noch ein Grund, nach Irland zu reisen, bevor sie entdeckt wurde.

Elen unterbrach ihre Gedanken. »Ich habe gar nicht bemerkt, dass er abgereist ist.«

Formorian lächelte. »Du hast deinen Nachmittagsschlaf gehalten.«

»Wann wird er zurück sein?«, fragte Gilead.

Angus warf ihm einen ruhigen, unergründlichen Blick zu. »Frühestens in einer Woche.«

»Dann werde ich …«

»Nach Irland reisen, wie es deine Mutter wünscht«, sagte Angus.

Formorian warf Gilead aus großen Augen einen Blick zu und faltete ruhig ihre Hände im Schoß. »Mach dir keine Sorgen. Wir kommen gut zurecht.«

Deidre starrte sie voller Staunen an. Meinte sie wirklich, dass sie und Angus sich im Zaum halten würden, oder gab sie offen zu, dass ihnen eine wunderbare Zeit bevorstand? Formorian sah in diesem Augenblick wie die personifizierte Ehrbarkeit aus, aber Deidre wusste, dass in ihrer Seele keine Unschuld wohnte. Diese Frau war vollkommen unerschrocken.

Elen wirkte wie ein kleiner Vogel, gefangen zwischen einem Jagdfalken und einer Wildkatze. Deidre konnte Formorian beinah schnurren hören. Arme Elen. Wenn es ihre Absicht gewesen war, Deidre zu helfen, war sie einmal mehr von ihrem Mann überlistet worden. Sosehr Deidre auch fliehen wollte, sie musste versuchen, das hier auszumerzen.

»Vielleicht ist es doch etwas zu spät, um nach Irland und wieder zurück zu reisen.« Deidre gelang es, das Zittern aus ihrer Stimme zu verbannen. »Sicher kann Gilead sein Silber auch noch nach der Hochzeit auswählen.«

Er warf ihr ein dankbares Lächeln zu. Was für ein bittersüßer Sieg, dass er nicht mehr mit ihr böse war, aber freute er sich denn darauf, das Silber für Dallis auszuwählen? Zusammen mit Dallis? Jetzt würde sie sich einen anderen Fluchtplan zurechtlegen müssen. Aber das wäre es wert, solange Elens Anwesenheit hier Angus und Formorian voneinander fernhielt.

Sie war so überrascht wie alle anderen, als Elen den Kopf hob und einen tiefen Atemzug nahm. »Wir werden fahren, Mädchen.« Sie sah Angus lange an. »Gilead muss sein Übergangsritual erleben, wie sein Großvater es wünscht.«

Sein Silber. Deidre fühlte sich plötzlich so betrogen wie der christliche Jesus. Gileads Hochzeit würde stattfinden. Sie hielt blinzelnd die Tränen zurück. Zumindest würde sie nicht mehr hier sein, um sich das mit anzusehen.

Kapitel 19

Irland

Einen Tag lang reisten sie an Land bis zum Hafen von Dumbarton. Deidre staunte darüber, wie viel Betrieb an den Docks herrschte. Sie sah dabei zu, wie die Besatzung eines schwerfälligen Handelsschiffs Seile zu den Hafenarbeitern warf und die Breitseite des Schiffs entlang des Piers manövrierte. Die Landungsbrücke wurde ausgefahren, und zu ihrer Überraschung wurden etwa zwanzig lärmende Kälber aus dem Schiff getrieben, die nur von schreienden Männern mit langen Peitschen gesichert waren. Die Kälber versperrten sich gegenseitig den Weg und muhten, während sie sich den schmalen Pfad weg vom Wasser entlangkämpften.

»Wohin werden sie gebracht?«, fragte Deidre.

»Wahrscheinlich nach Norden«, antwortete Gilead. »Gabran hat meinem Vater gesagt, dass er es mit der Rinderzucht versuchen will, aber ich habe nicht geglaubt, dass er das wirklich tut. Schafe sind viel anspruchsloser.«

Etwas weiter unten am Dock verluden Schauerleute Holz auf sperrige Frachter, die Richtung Süden fuhren. Dahinter lag die schnittige schmale Galeere, die sie nach Irland bringen würde. Deidre betrachtete sie voller Bewunderung, als sie darauf zugingen.

Sie hatten den Kanal in einem kleinen Fischerboot überquert, das kaum groß genug war, um sie und ihre Eskorte zu transportieren. Zum Glück hatte nur leichter Wind geweht, und das Meer war ruhig gewesen, denn das kleine Boot war schon bei diesem schwachen Wellengang auf und ab gehüpft. Sie waren alle etwas grün um die Nase, als sie endlich wieder das Land erreichten.

Aber das hier war eine Galeere. Sie war über dreißig Meter lang, hatte einen schmalen Rumpf, und der Bug endete in einem anmutigen mit Bronze beschlagenen Überhang. Das Holz des Freibords war geölt, so dass es in der Morgensonne schimmerte. An Bord fiel Deidre noch ein weiterer Unterschied zu den Kriegsschiffen ihres Cousins auf: Anstatt zwei oder drei Bänken für die Ruderer unter Deck gab es hier zwei Dutzend Bänke auf Deck, auf denen jeweils drei Männer sitzen konnten; ihre Ruder befanden sich über dem Dollbord, anstatt in Löchern auf unterschiedlicher Höhe.

»Wird durch diese Einteilung das Boot leichter zu steuern?«

Gilead nickte. »Und auch schneller. Bei gutem Wind brauchen wir weniger als einen Tag bis nach Irland.« Er reichte ihr seine Hand, um ihr die Leiter hinabzuhelfen. »Ich zeige dir das Quartier von Mutter und dir.«

Im Heck des Schiffes befanden sich vier Kabinen, zwei backbord und zwei steuerbord. Der Kapitän und der erste Offizier belegten zwei davon, und der Bootsmann hatte eine kleine Kabine im Vorderdeck, wo auch die Nahrung gelagert wurde.

»Wo schlafen die Bogenschützen und Soldaten?«, fragte Deidre.

»An Deck, damit sie jederzeit bereit sind, sollte es zum Kampf kommen«, antwortete Gilead. »Und sie wechseln sich als Ruderer ab. So bleiben sie in Form, und wir haben immer noch genügend Besatzung oder Soldaten, falls es viele Verletzte gibt.«

»Kann es sein, dass wir bei der Überfahrt Probleme bekommen?« Zum ersten Mal fiel ihr auf, dass sich fast eine halbe Zenturie von Männern an Bord befand, die alle Waffen bei sich trugen.

»Nein. Die Piraten sind meistens im Süden beschäftigt.«

»Und was ist mit den Sachsen?«

Gilead zuckte die Schultern. »Sie segeln hin und wieder durch die Hebriden. Das Einzige, wofür wir Fergus dankbar sein müssen, ist, dass seine Schiffe sie meistens abfangen, bevor sie weit kommen.« Er öffnete die Tür der nächsten Kabine. »Du wirst dir dieses Gemach mit meiner Mutter teilen. Wir werden unverzüglich Segel setzen, solange wir noch Ebbe haben.«

Nachdem er gegangen war, sah sich Deidre um. Die Kabine war rechteckig und mit Pinienholz getäfelt, das einen leichten Zederngeruch verströmte. Zwei Schlafkojen waren fest an gegenüberliegenden Wänden befestigt und mit hohen Schlingerleisten umgeben. Sie vermutete, um die dort Liegenden davor zu schützen, dass sie bei starkem Seegang herauszufallen. Zwischen den Betten war ein Tisch mit den gleichen Schlingerleisten an der Wand befestigt. Der Nachttopf hing an Kette und Haken in der Ecke, so dass er sich der Bewegung des Schiffes anpassen konnte. Wasserkrug und Schale waren aus Blech und passten genau in Löcher, die in ein Regal gebohrt worden waren. Ein kleines Bullauge über dem Tisch ließ etwas Licht ein. Alles in allem eine sehr praktische Angelegenheit.

Elens und Deidres Schrankkoffer wurden heruntergebracht, aber Deidre machte sich nicht die Mühe, die Trews auszuziehen, in denen sie gereist war. Ein Kleid war bei Wind und Wellen denkbar unpraktisch, und sie fragte sich, warum Elen darauf bestand, auch an Deck eines zu tragen.

Deidre gesellte sich ein paar Minuten später zu ihr, als sie Seile auf Deck aufschlagen hörte. Richtung Heck und etwas neben der riesigen Pinne, die ein grobschlächtiger Seemann fest im Griff hielt, befand sich eine befestigte Bank mit einer Rückenlehne. Dummerweise gab es kein schattenspendendes Vordach, und Elens blasses Gesicht war bereits leicht gerötet.

Deidre war zu aufgeregt, um sich zu setzen. Das war ihre Chance, sich endlich von Niall zu befreien. Sie fand Gilead in der Mitte des Schiffs und verrenkte sich fast den Hals, um zu dem höchsten Mast hinaufzuschauen, wo ein Seemann, ein Bein um den Mast geschlungen, vom Nock herabhing und laut fluchend versuchte, ein verheddertes Seil zu lösen.

»Mach es los, du verdammter Narr«, brüllte ein anderer Matrose. »Wir treiben in die Strömung, und die Gezeiten wechseln.«

Während er noch sprach, konnte Deidre fühlen, wie das Schiff vom Kurs abwich und steuerbord gezogen wurde, so dass es fast über die Steine des natürlichen Hafenbeckens streifte. Noch mehr Flüche wurden laut von den sich abmühenden Ruderern, die mit vereinten Kräften backbord versuchten, das Boot wieder auf den richtigen Kurs zu bringen.

»Ich dachte, wir hätten Ebbe?«, fragte Deidre.

Gilead sah zu ihr hinab und wandte dann seine Aufmerksamkeit wieder dem Mann am Rundholz zu. »Du solltest wieder in deine Kabine gehen«, sagte er. »Beim Hissen der Segel ist das Deck nicht der richtige Ort für dich.«

»Antworte mir zuerst.« Ihr Cousin hatte seine Angriffe auf See akribisch geplant. Sie war sich sicher, dass sie recht hatte.

Er seufzte genervt. »Du bist zu stur, Mädchen. Wir sind spät dran und die Flut kehrt zurück, aber die nächste Ebbe kommt nicht vor der Dämmerung. Ich werde nicht zulassen, dass du und meine Mutter die Nacht an den Docks verbringen. Das ist zu gefährlich. Geh jetzt.«

Plötzlich löste sich das Tau, und das riesige rechteckige Segel stürzte herab. Gilead griff nach Deidre und rollte mit ihr über das Deck, gerade als einer der Schote, die am Segel angebracht waren, in einer tödlichen Gegenreaktion an der Stelle vorbeipeitschte, wo Deidre gerade gestanden hatte.

Sie spürte, wie Gilead zitterte, als er auf ihr lag und ihren

Kopf mit seinen Armen schützte. Er war wütend, weil sie dumm genug gewesen war, auf Deck im Weg zu sein, aber sein Körper fühlte sich auf ihrem so gut an, dass sie sich einen Augenblick lang nicht darum kümmern wollte.

»Du hättest sterben können«, fuhr er sie an, als er sich auf die Ellbogen stützte.

»Dann danke ich dir, dass du mich gerettet hast«, sagte Deidre lächelnd, als sie zu ihm aufblickte. Konnte sie es wagen, ein wenig mit den Hüften zu wackeln? Sie verlagerte leicht ihr Gewicht und verspürte erfreut eine deutliche Schwellung, die gegen ihren Oberschenkel drückte.

Er atmete hörbar ein, rollte von ihr herunter und half ihr auf, als er wieder stand. »Geh zu meiner Mutter und bleib dort, Dee. Ich habe hier zu tun.«

Noch immer etwas zittrig von der gerade noch verhinderten Katastrophe – oder von der plötzlichen Nähe zu Gilead –, beschloss sie, sich zu fügen. Elen tätschelte ihre Hand, als sie sich zu ihr setzte. »Alles in Ordnung? Ich mochte Segeln noch nie leiden.«

Deidre nickte und sah dabei zu, wie die Matrosen die Schote auffingen, sie um Klemmen wickelten und das Seil backbord spannten, so dass die Brise aus Nordost das rechteckige Segel füllen konnte. Hoch oben am Rundholz entrollten die Seeleute zwei dreieckige Segel und befestigten sie. Das Schiff fand die richtige Lage und glitt sanft in die Mündung, die zum Firth of Clyde führte.

Deidre wartete, bis alles auf Deck seine Ordnung gefunden hatte und die Galeere sanft die Wasser des Firth teilte, bevor sie sich Gilead im Bug des Bootes näherte. Er lehnte an der Reling und beobachtete Seelöwen, die in der Bugwelle des Bootes spielten. Er warf ihr einen kurzen Blick zu und wandte sich dann wieder den Spielen der Tiere zu. »Manchmal heißt es, dass sie in Wirklichkeit Selkys sind, Wesen, die menschliche Gestalt annehmen können und am Strand tanzen«, sagte er. »Meine alte Amme hat mir immer erzählt, dass die Männchen sehr verführerisch seien.«

Sie spähte in das schäumende Wasser hinab. Eines der Tiere hatte ein helleres Fell als die anderen und sprang fast mit seinem ganzen Körper aus dem Wasser, während es Gilead beäugte. Deidre lachte. »Ich glaube das ist ein Mädchen. Locken sie auch Männer an?«

»Die Legende sagt, wenn ein Mann die Fellhaut eines Selky-Weibchens berührt, dann bleibt sie in menschlicher Gestalt für immer bei ihm.« Er lächelte, als der Seelöwe spielend im Wasser herumhüpfte.

»Ob sie will oder nicht?«, fragte Deidre.

Gilead sah sie scharf an. »Fühlst du dich wie ein gefangener Selky?«

»Auf eine Art, ja«, antwortete Deidre und sah ihm dann direkt in die Augen. »Ich werde nicht mit dir und deiner Mutter zurückkehren.«

»Was hast du vor?«, fragte er besorgt.

»Ich möchte in Irland bleiben. Ich wäre glücklich, deinem Großvater dienen zu können, wenn er zustimmt.«

»Das bezweifle ich. Nialls Vater ist sein Nachbar, und seine Besitztümer sind riesig. Die Mac Erca werden kaum einen Krieg mit ihm riskieren wollen.«

»Krieg, Krieg, Krieg!«, rief Deidre hitzig. »Das ist alles, was ich immer zu hören bekomme. Dein Vater verbreitet das Gerücht, dass ich eine entfernte Verwandte bin, und bindet mich an Niall, damit Niall Verbündeter eures Klans wird. Obwohl Angus *weiß* – und das tut er –, dass diese Verbindung ein Desaster ist, lässt er sich nicht dazu bewegen, die Verlobung zu lösen. Er will keinen Krieg. Und du teilst das gleiche Problem. Ich weiß, dass aus dir die Kräuter sprachen, die ich dir gegeben habe, als du im Steinkreis gesagt hast, als du erklärt hast, dass Dallis dir nichts bedeutet, aber dein Vater wird so oder so mit Comgall keinen Krieg riskieren. Du bist genauso gefangen wie ich. Der einzige Unterschied ist, dass du es nicht auf Dallis' Lebens abgesehen hast.« Sie ballte ihre Hand zur Faust und presste sie an ihren Mund, um nicht zu heulen.

Gilead starrte sie an. »Du glaubst wirklich, dass Niall dich töten will?«

»Ja!« Sie streckte ihren Arm aus und rollte den Ärmel nach oben, um ihm die verblassenden gelblich-grünen Flecken zu zeigen, die Niall ihr zugefügt hatte, als er sie letztes Mal an sich gerissen hatte. »Diesmal war er nicht so vorsichtig. Mein Handgelenk war so geschwollen, dass ich dachte, es wäre gebrochen. Was glaubt du wohl, wird er tun, wenn er mich für sein rechtmäßiges Eigentum hält?«

Er legte eine Hand unter ihren Ellbogen und strich mit den Fingern der anderen Hand sanft über die Striemen. Dann schlang er seine Arme um sie, und zog sie an sich. »Oh, Dee, ich wusste, dass er brutal ist. Aber ich hatte keine Ahnung, dass er so weit gehen würde.«

Er war so stark und beruhigend. Deidre vergrub ihren Kopf unter seinem Kinn an seiner Schulter und atmete seinen mit der Seeluft vermischten Geruch ein. Als er mit seinen großen, starken Händen ihren Rücken streichelte, fühlte sie sich vollkommen sicher. Schließlich lehnte er sich zurück.

»Ich werde mit meinem Großvater sprechen«, sagte er.

Sie lächelte ihn dankbar und mit feuchten Augen an. »Ich danke dir.«

Einen Moment lang war sie sicher, dass er sie küssen würde. Er beugte seinen Kopf zu ihr – aber dann trat der Erste Offizier an sie heran.

»Ihr begebt Euch besser ans Heck, Mylord«, sagte er. »Wir haben gerade Holy Isle passiert und steuern auf Whiting zu. Dort wird es etwas stürmischer werden.«

Er sollte recht behalten. Sobald sie die Halbinsel umsegelt hatten und auf die offene See hinaussteuerten, trug das Meer Schaumkronen, und die Wellen steigerten sich schnell auf das Doppelte und Dreifache ihrer Höhe. Die Galeere glitt durch die Wellentäler und stieg mit den Wogen. Das Aufschlagen des Schiffs brachte Elen schnell unter Deck, wo sie sich, grün wie das Wasser, übergeben musste.

Deidre verbrachte den Rest des Tages damit, Elens Stirn mit einem feuchten Lappen zu betupfen. Sie wünschte, sie hätten an Deck bleiben können, wo die Luft frisch war und sie den Horizont sehen konnte. Die schlingernde Bewegung machte sogar *ihrem* Magen zu schaffen. Als es dunkel wurde, hatte auch sie keinen Appetit, aber sie zwang sich, nach oben zu steigen und etwas trockenes Brot zu essen, als Gilead kam, um sie abzulösen.

Die Nacht war schwarz, dicke Wolken jagten sich am Himmel und verdeckten den abnehmenden Mond. Deidre fragte sich, woher der Kapitän wusste, wohin er steuern sollte, wenn ihn so wenige Sterne leiteten, aber wahrscheinlich hatte er die Reise schon oft genug hinter sich gebracht, um zu wissen, was zu tun war.

Sie hielt sich an der Reling fest, als der Wind stärker wurde und durch die Takelage fuhr und ein Geräusch wie von einem Dutzend heulender Harpyien erzeugte. Große Regentropfen prallten auf das Deck um sie herum, und sie hörte die Matrosen leise, bei dem Versuch, das große Segel zu reffen, fluchen, während andere auf den Mast stiegen, um die kleineren Segel herunterzulassen.

Deidre huschte die Leiter hinab, gerade, als der Himmel seinc Schleusen öffnete. Sie schüttelte ihr feuchtes Haar aus und zitterte, als der Sturm mit voller Kraft tobte und das Schiff seine Nase in einem tiefen Wellental vergrub. Grünes Wasser überspülte das Deck. Dieser Sturm würde ihnen einige Mühen bescheren. Hoffentlich war das kein Omen dessen, was sie auf der anderen Seite erwartete.

Der Sturm zog weiter und als sie am nächsten Morgen anlegten, war der Himmel klar und das Wasser ruhig. Doch der Regen hatte die smaragdgrünen Hügel Irlands noch grüner gemacht, und im Gras glitzerten noch die letzten Tropfen.

Elen war zwar noch sehr bleich, ging aber ohne Hilfe von Bord. Mac Erca selbst erwartete sie. Der Mann musste die siebzig überschritten haben, aber er war breit gebaut und nahm sie völlig aufrecht stehend in Empfang. Seine stahlgrauen Augen hatten die Farbe seines vollen Haars. Deidre fürchtete, dass er Elens Rippen brechen würde, als sie sah, wie fest er sie in die Arme schloss.

»Du bist viel zu mager, mein Kind«, mahnte er. »Wenn dich Angus nicht gut behandelt, bekommt er es mit mir zu tun.«

Deidre warf Gilead einen Blick zu. Angus sorgte sich ständig wegen irgendwelchen Kriegsparteien, doch mit den beiden mächtigsten Königen, die seit dem Abzug der Römer an der Macht waren, ging er das größte Risiko ein. Alles nur wegen Formorian.

Aber Elen wehrte bereits ab. »Nein, Vater. Er behandelt mich gut und mit allem Respekt. Ich kann mich nicht beklagen.«

Gilead runzelte die Stirn, und Deidre versuchte, sie nicht anzustarren. Sie wusste, dass sich Elen wegen ihres eigenen Betrugs mit ihrem Schicksal abgefunden hatte, aber sie versuchte trotzdem Angus zu schützen. Das Vermeiden des Krieges mit allen Mitteln, schien tief im schottischen Blut verwurzelt zu sein. Deidre musste an all die Scharmützel denken, zu denen es nach

Clovis' Tod gekommen war, und wie seine vier Söhne versucht hatten, Gaul aufzuteilen. Glücklicherweise hat Childebert, der Vernünftigste der vier, Paris für sich beansprucht – die stärkste der Festungen. Lothar herrschte mit todbringender Hand über Soissons, und Chlodomir genoss in Orléans zu viel starken Wein und junge Frauen, um ein guter Anführer zu sein. Theuderic blieb in Metz im Allgemeinen ohne Einfluss. Trotzdem war viel Blut unnötig vergossen worden, bevor die vier einem wackligen Waffenstillstand zustimmten.

»Nun, wir müssen nicht hier draußen herumstehen«, unterbrach Mac Erca ihre Gedanken. »Auch deine Mutter wird sich freuen, dich und Gilead zu begrüßen.« Er versetzte Gilead einen Schlag auf den Rücken, der jeden anderen Mann der Länge nach hingestreckt hätte.

Deidre schenkte der irische König keine Beachtung, als sie den Hügel zur Festung hinaufstiegen. Sie musste ein hysterisches Lachen unterdrücken. In Gaul wäre sie diejenige gewesen, die geleitet worden wäre. Aber die Zofen der Lady waren unsichtbar, und so, wie ihre Suche nach dem Stein bisher verlaufen war, war das auch gut so.

Selbst jetzt, da sie nicht wusste, wo sie noch suchen sollte, wollte sie ihre Identität nicht preisgeben. Höchstwahrscheinlich würde man sie in das nächste Schiff nach Hause verfrachten. Das würde zwar ihr Problem mit Niall lösen, aber Childebert war ein unversöhnlicher Mann, trotz seines Bekenntnisses zum christlichen Glauben. Sie würde entweder in einem Kloster eingesperrt werden oder im Verlies der Burg landen. Was wäre wohl schlimmer?

Elen ruhte sich den größten Teil des Tages über aus, und als der Burgvogt abends zum Mahl rief, war wieder etwas Farbe in ihre Wangen zurückgekehrt und ihr Schritt fester geworden. Die irische Luft tat ihr gut, dachte Deidre bei sich, oder vielleicht war sie auch nur erleichtert, nicht mehr bei Angus und Formorian zu sein. Gott allein wusste, was die beiden, zu zweit zurückgelassen, miteinander anstellten.

Als sie am Saal vorübergingen, konnte Deidre hören, wie mit Bechern angestoßen wurde und die Soldaten laut miteinander sprachen; sie aber gingen in ein privates Esszimmer. Beim Eintreten hielt sie erstaunt die Luft an.

Reichverzierte Teppiche schmückten die Wände, Gold- und Silberfäden warfen das Licht von Dutzenden duftenden Bienenwachskerzen zurück, die in Nischen zwischen den Gehängen aufgestellt waren. Der Tisch war aus Eschenholz, und das leichte Holz war poliert, so dass auf seiner Oberfläche das Kerzenlicht zu glühen schien. Zwölf hohe Stühle mit geradem Rücken standen dick gepolstert und mit feiner Seide geschmückt um ihn herum. Aber es war der Tischläufer, der Deidre am meisten faszinierte. Kompliziert gehäkelte Rosen vermischten sich mit verschlungenen Reben auf dem wunderbarsten und feinsten Stück Spitze, das sie jemals gesehen hatte.

Das war also die Spitze, von der Elen gesprochen hatte. Noch nicht einmal Clotilde, die so stolz auf die feinen Altardecken gewesen war, die für die Kirche gemacht wurden, hatte jemals etwas so Schönes besessen. Kein Wunder, dass Elen wünschte, Dallis solle bei ihrer Hochzeit mit Gilead etwas davon tragen. Deidre schluckte bei diesem Gedanken mühsam einen dicken Kloß in ihrem Hals hinunter.

Dann sah sie genauer hin. Rosen und Rebstöcke. In der alten Zeit standen die fünf Blätter der Rose für die fünf Phasen der Weiblichkeit, aber die Rose war auch das Symbol für die Wanderung der Venus. Der Astronom an Childeberts Hof hatte sie gelehrt, dass der Stern der Göttin in acht Jahren fünfmal die Sonne rück- oder vorwärts kreuzte. Dieser Pfad in Form eines Drudenfußes, den der Stern dabei am Himmel beschrieb, ergab die fünf Blütenblätter der Rose. Was Deidre daran am meisten fasziniert hatte, war, dass Venus entweder der Morgen- oder der Abendstern war, je nachdem, in welcher Phase sie sich befand. Deidre fehlte der freundliche alte Mann, der ihr, geduldig wie er war, so viel über die am Nachthimmel versteckte verborgene Weisheit beigebracht hatte. Clotilde hatte ihn des Hofes verwiesen, weil sie seine Lehren für zu heidnisch hielt; zuvor hatte er Deidre aber noch in dem bestärkt, was ihre Mutter sie gelehrt hatte, nämlich in Schnitzereien und Gemälden nach der Rose zu suchen, als einem versteckten Symbol der weiblichen Kraft.

Und dann die Reben, die sich um die Stiele der Rosen wanden, so beweglich und biegsam wie Schlangen. Ein weiteres Symbol für Weiblichkeit und Weisheit. Deidre verzog das Gesicht, als sie der anmutigen Linie einer Rebe folgte und daran dachte, wie sehr die Schlange geschmäht wurde. Aber die Reben verbanden die Rosen zu einem faszinierenden Muster. Über das Ende des Läufers, an dem Deidre saß, breitete sich eine große Rose. Reben wuchsen von dieser Rose aus in verschiedene Richtungen und trugen jeweils eine Rose am Ende ihrer verschlungenen Windungen. Neun mittelgroße Rosen befanden sich so am anderen Ende des Läufers. Sie neigte sich nach unten und sah sich eine der Rosen genauer an. Eine kleine Initiale, kaum wahrnehmbar, war über ein Blütenblatt gestickt. Sie blickte zu einer anderen Rose. Eine weitere Initiale, aber eine andere. Jetzt bemerkte sie, dass zu jeder Blume eine Initiale gehörte. Die letzte trug ein »E«.

Deidre hielt in Gedanken inne. Das Buch des Zauberers besagte, dass es im mystischen Avalon neun heilige Priesterinnen gab. Das alte Weib, das ihrer Mutter die Mysterien weitergegeben hatte, hatte tief in ihr das Wissen verwurzelt, dass die Nachfahren von Magdalena eines Tages die wahre, liebende, friedenbringende göttliche Macht von Isis wiedererwecken würden. War es möglich, dass diese beiden Elemente in diesem Muster vereinigt waren? War es möglich, dass sie einen versteckten Schlüssel zu ihrer Blutlinie vor sich erblickte? Der mittlerweile schon vertraute Schwindel ergriff sie, und sie musste sich am Rücken des Stuhls festhalten, bis er vorbeiging.

»Das ist eine wunderschöne Arbeit«, sagte Deidre, als ihr Blick wieder klarer wurde und sich alle gesetzt hatten. »Sie scheint beinahe eine Geschichte zu erzählen.«

Elen warf ihr einen seltsamen Blick zu. »Mein Großvater hat ihn für mich gemacht, als ich noch ein ganz kleines Kind war.«

»Die Näherin Eures Großvaters war äußerst geschickt.«

Sie schüttelte den Kopf. »Nein. Mein Großvater selbst hat den Läufer gemacht.«

»Euer Großvater?«, Deidre war verwirrt.

»Ja. Er hatte sich im Kampf schwer am Oberschenkel verletzt. Die Wunde wollte niemals richtig verheilen. Zunächst gab er sich damit zufrieden, seine Tage mit Angeln zu verbringen und überließ seine Aufgaben meinem Vater, aber er begann bald, sich zu langweilen. Er sagte meiner Großmutter, dass er in seinem Leben noch etwas tun wolle, das Bestand hatte.«

»Und sie hat ihn die Stickerei gelehrt?«, fragte Deidre und besah sich noch einmal das Muster. »Er muss Jahre gebraucht haben!«

»In der Tat«, antwortete Mac Erca. »Meine Mutter schloss sich manchmal für Stunden mit ihm ein. Niemandem war es erlaubt, sie zu stören. Alles was wir hören konnten, wenn wir es wagten, uns der verschlossenen Tür zu nähern, war das Gemurmel von Stimmen, als würde sie ihm Geschichten erzählen. Und ab und an ein Fluch von ihm. Die Soldaten schlossen Wetten darauf ab, dass ihm dieses Werk mit seinen vernarbten und schwieligen Händen nicht gelingen würde, aber er beharrte.« Er hielt inne. »Ich fürchtete, dass sich die Männer über ihn lustig machen würden, aber er sagte mir in seiner milden Stimme, dass die Männer wohl nicht mehr wüssten, die Schönheit zu schauen, wenn sie nicht gerade neben ihnen im Bett lag.«

Elen und ihre Mutter schraken bei seiner Unverblümtheit hoch, und sogar Gilead sah bestürzt auf.

»Es klingt, als sei Euer Großvater ein sehr starker Mann gewesen, der mit seinem Geist umzugehen wusste«, sagte Deidre schnell zu Elen. »Wie habt Ihr es ertragen, den Läufer hier zurückzulassen, als ihr geheiratet habt?«

Schmerz durchzuckte Elens Gesicht. »Ich hatte gehofft, ihn eines Tages zu mir zu holen und dann ... schien es mir klüger, ihn hierzulassen, wo er einen schönen Raum schmückt.«

Und plötzlich verstand Deidre. Elen wollte ein Geschenk, das mit so viel Liebe gemacht worden war, nicht beschmutzen, indem sie es mit in eine Ehe nahm, die eine Farce war. Sie hatte gehofft, dass sie Angus dazu bringen könnte, sie zu lieben; täte er das, wäre diese Spitze sicherlich längst bei ihr in Culross.

Aber die Geschichte in diesem Muster ... Hatte Elens Großmutter ihrem Großvater die Legende ihrer Blutlinie weitergegeben? War es möglich, dass der Stein selbst sich hier befand? In Irland? Plötzlich überfiel sie ein seltsamer Schwindel. Stand das »E« für Elen, dann war sie das Ende der langen Linie der Macht der Göttin. Da sie keine Tochter hatte, musste Gilead für etwas Großes bestimmt sein. Aber was?

»Wirst du ihr also helfen?«, fragte Gilead seinen Großvater am nächsten Morgen, als sie zusammen in einer Ecke der Great Hall saßen und ihr Frühstück zu sich nahmen.

Mac Erca strich etwas frische Butter auf einen noch warmen Fladen, bevor er antwortete. »Niall ist so ein Hitzkopf wie sein Vater. Er wird kommen und sie sich holen.«

»Aber du bist hier der Hochkönig. Sie würde unter deinem Schutz stehen.«

»Sie ist mir nichts wert. Warum sollte ich einen Aufstand riskieren?«

»Niall ist ein grausamer Mann. Frauen behandelt er schlecht und missbraucht sie. Ist Deidre erst mit ihm verheiratet, können wir sie nicht mehr schützen.«

Mac Erca warf ihm einen warnenden Blick zu. »Wir?«

»Vater und ich«, antwortete Gilead. »Als Vater diese Verlobung arrangiert hat, hieß es, dass Niall sie nicht ins Bett führen dürfe, bis zur Hochzeitsnacht.«

Mac Erca schnaubte. »Dass das von Angus kommt, wundert mich. Ich wusste nicht, dass er so etwas wie Mitgefühl besitzt.«

Gilead rutschte unruhig auf seinem Stuhl umher. Sein Großvater hatte überall Spione. Wie viel wusste er von den Vorgängen zu Hause? »Deidre würde sich ihren Unterhalt verdienen, und hier wäre sie sicher.«

Sein Großvater winkte ab. »Wenn du so besorgt um sie bist, warum schickst du sie dann nicht nach Hause? Armorica hast du gesagt, oder?«

Gilead nickte. Er wollte seinen Großvater nicht hintergehen, aber er hatte Deidre versprochen, sich an ihre Geschichte zu halten. »Ihre Eltern sind tot. Sie kann nirgendwohin.«

»Sie behauptet, mit uns verwandt zu sein?«

»Ja, entfernt. Über Caw.«

»Dünnes Blut, würde ich sagen, aber offenbar dick genug für Angus, um sie an Niall zu binden. Du weißt, dass Blutbande nicht gebrochen werden können.«

Gilead fühlte sich, als hätte ihn gerade einer der wertvollen Hengste seines Großvaters mit beiden Hinterbeinen in den Magen getreten. Mac Erca lehnte seinen Wunsch ab.

»Es tut mir leid«, sagte der alte Mann, als er aufstand. »Ich werde keinen Krieg riskieren.«

Gilead sah ihm hinterher. Es musste etwas geben, das er tun

konnte. Vielleicht war die Idee, sie nach Hause zu schicken – nein, natürlich nicht zu Childebert –, gar nicht so schlecht. Zu seiner Großmutter nach Brocéliande. Warum hatte er nicht schon früher daran gedacht? Der See war abgelegen, tief im Wald verborgen; Childebert würde es sich zweimal überlegen, bevor er dort nach Deidre suchen ließ. Um sicherzugehen, dass sie dort in Ruhe gelassen wurde, hatte seine Großmutter Gerüchte gestreut von Geistern, die den Wald heimsuchten, und Feen voller böser Taten. Zumindest hielt er das für Gerüchte; seine Großmutter hatte etwas an sich, wie von einer anderen Welt.

Er könnte eine Überfahrt veranlassen, sobald sie in Dumbarton gelandet waren; dort gab es immer Handelsschiffe mit Wolle für Kernow im Austausch gegen Zinn und von dort aus nach Armorica. Angus würde toben, und er würde dafür wahrscheinlich ausgepeitscht werden, aber Deidre wäre in Sicherheit.

Jetzt, da er sich etwas besser fühlte, schickte er sich an, sich das Silber anzusehen, das Mac Erca heute Morgen auf sein Zimmer hatte schicken lassen.

Drei große Truhen erwarteten ihn. Er öffnete sie und förderte etliche Servierteller und Weinkelche zutage, die Dallis wahrscheinlich gefallen würden. Ihn selbst kümmerte es wenig, ob er aus hölzernen Krügen trank oder nicht, aber seine Mutter hatte darauf bestanden, dass er sich das hier ansehen sollte.

Gilead zog einige kleinere Teller und Schüsseln hervor und legte sie beiseite. Deidre könnte sie mitnehmen und verkaufen, wenn es nötig würde. Er wollte gerade schon die dritte Truhe schließen, als ihm etwas auf ihrem Boden ins Auge stach. Er griff hinein, und seine Hand umfasste etwas Hartes und Glattes.

Ein marmorner Altarkelch. Grüne Streifen zogen sich über den grauweißen Stein. Eingeätzte Runen überzogen den Bronzerand und die Seitengriffe. Er drehte ihn um, aber er war an der Unterseite nicht signiert. Ein wunderschönes Stück. Gilead fragte sich, woher es wohl stammte. Er besah sich noch einige der anderen Silberstücke, aber die Truhe enthielt sonst nichts mehr aus Marmor.

Er würde ihn Deidre als Abschiedsgeschenk geben, ein Andenken, das sie an ihn erinnerte. Sollte er sie jemals wiedersehen, dürfte er noch immer nicht ihre warmen Lippen küssen und ihre weiche Brust berühren, denn dann wäre er mit einer anderen verheiratet und durch die Ehre daran gebunden, diesen Schwur zu halten.

Ja, der Kelch wäre genau das Richtige für Deidre. Vielleicht könnten sie zusammen anstoßen, bevor sie nach Armorica segelte.

Deidre war an diesem Tag beim Abendessen aufgefallen, dass Gilead sie heimlich beobachtete. Er wirkte nervös. Elen hatte ihre Frage einige Male wiederholen müssen, bevor er reagierte. Sie würden am Morgen des nächsten Tages mit Gezeitenwechsel abfahren, und Deidre fragte sich, ob er sich wirklich so darauf freute, nach Hause zu kommen. Dort würde ihn Dallis erwarten.

Deidre versuchte auch, ihre eigene Nervosität zu verbergen. Da Gilead nicht zu ihr gekommen war, konnte sie nur annehmen, dass Mac Erca seine Bitte, sie unter seinem Schutz in Irland aufzunehmen, abgelehnt hatte. Nun, Irland war groß. Gileads Großmutter hatte sie und Elen heute Morgen mit auf eine Ausfahrt genommen, und Deidre hatte die beiden über Dörfer, Straßen und das Land im Allgemeinen ausgefragt. Sie fühlte sich ein wenig schuldig, als sie daran dachte, wie freudig Elen ihre Fragen zu den Orten ihrer Kindheit beantwortet hatte. Aber jetzt hatte Deidre immerhin einen Plan.

Sie würde sich noch heute Nacht zu Fuß davonschleichen. Mac Erca hielt nicht wie Angus seine Tore verriegelt, denn Irland befand sich im Frieden. Ein Mann stand Wache, aber wenn

Deidre im Schatten blieb, würde sie an ihm vorbei nach draußen gelangen. Bis zum Morgengrauen konnte sie es bis in das größere Dorf schaffen, von dem Elen ihr erzählt hatte, dass es dort jeden Tag einen Markt gäbe. Dort würde sie sich mit ihren Münzen ein Pferd kaufen und sich nach Süden und ins Landesinnere nach Tara durchschlagen.

Elen hatte ihr von einem Ausflug erzählt, den sie einmal gemacht hatte, um sich den sagenumwobenen Lia Fáil anzusehen – der Stein des Schicksals und das Kissen Jakobs, als er von der Himmelsleiter träumte, die das Symbol der Erschaffung der heiligen Blutlinie war. Leider war auch dieser Stein gestohlen worden, aber vielleicht erwartete sie dort ein anderer Stein. Heute Nachmittag hatte sie diese Benommenheit wieder sehr stark verspürt. Deidre musste es einfach versuchen.

Aber heute Nacht … heute würde sie Gilead zum letzten Mal sehen. Sie versuchte, nicht daran zu denken, nicht einmal, als die Diener das Geschirr abräumten.

Elen hatte sich mit ihrer Mutter zurückgezogen, und Deidre schickte sich gerade an, sich auf ihre Kammer zurückzuziehen, als Gilead auf sie zutrat.

»Würdest du noch einen kleinen Spaziergang mit mir machen?«, fragte er.

Deidre hätte beim Aufstehen beinahe ihren Stuhl umgeworfen. Seine Mundwinkel zuckten, und er bot ihr seinen Arm. Sie legte ihre Hand hinein und spürte gleich, wie sicher, warm und stark er sich anfühlte.

Die Nachtluft war sanft, und sie gingen zum Meer. »Dein Großvater hat abgelehnt, nicht wahr?«, fragte Deidre, als sie bei dem lauschigen kleinen Bootshaus haltmachten, das bei Gefahr auch als Quartier für die Wache diente. Heute Nacht aber war es leer, und nur der leichte Schein der Mondsichel hing über dem plätschernden Wasser.

»Ja. Mein Großvater will auf keinen Fall den Frieden gefährden, der sich über Irland gebreitet hat, seit Fergus abgezogen ist.« Gilead wandte sich ihr zu und nahm ihre Hand. »Aber ich habe einen anderen Plan. Einen, der dich vor Niall schützten wird.«

Bei seiner Berührung spürte Deidre eine ganz andere Benommenheit. Ein heftiges, kleines Kribbeln pulsierte ihren Arm hinauf. »Einen Plan?«

Gilead nickte. »Wenn wir in Dumbarton anlegen, bringe ich dich auf ein Schiff, das nach Süden fährt. Ich habe meiner anderen Großmutter einen Brief geschrieben, und ihr erklärt, wer du bist. Du wirst ihn mitnehmen. Sie wird dir am Schwarzen See Unterschlupf gewähren. Dort bist du in Sicherheit.«

Deidre nahm einen tiefen Zug der salzigen Meeresluft. Tatsächlich in diesem Wald zu leben ... Sogar das Volk ihrer Mutter glaubte, dass er magisch war, dass Menschen darin verschwanden und nie wieder zurückkehrten. Deidre hatte sogar von einer Frau gehört, die am Schwarzen See lebte. Die Leute sagten – ohne, dass sie jemals jemand gesehen hatte –, dass sie alterslos sei. Aber wenn sie den Stein nicht finden konnte, war es der ideale Ort, um sich für immer zu verstecken. Aber dann kam ihr ein anderer Gedanke.

»Was ist mit deinem Vater? Wird er nicht toben, wenn du seine Pläne vereitelst?«

Gilead zuckte die Schultern. »Vermutlich.«

»Was wird er mit dir tun?«

»Mach dir darüber keine Sorgen. Er wird mich nicht umbringen.«

Das Geräusch von Männerschreien und sausenden Peitschenschlägen am Pfosten durchfuhr Deidres Gedanken. Angus war sicher erbarmungslos. »Er wird dich schlagen, nicht wahr?«

»Sorge dich nicht, Deidre. Du wirst in Sicherheit sein, das ist alles was zählt. Wunden verheilen.«

Sie blickte in seine mitternachtsblauen Augen. Er würde dieses Opfer für sie bringen. Für sie. Sie musste ihm also doch etwas bedeuten … oder vielleicht wollte er nicht ihren Tod durch Nialls Hände auf dem Gewissen haben. Wie dem auch sei, sie konnte sein Angebot nicht annehmen. Ihr eigener Plan war besser. Ihn würde keine Schuld treffen, wenn sie auf eigene Faust floh. Außerdem musste sie nach Tara. Ihr eigener Stein war hier irgendwo in der Nähe. Sie fühlte es deutlich. Aber besser, Gilead wusste nichts davon.

»Ich danke dir«, sagte sie. »Wenn du sicher bist, dass sich deine Großmutter deines Vaters erwehren wird, nehme ich an.«

Gilead grinste. »Vater wird es nicht riskieren, von den Gwragedd Annwn verhext zu werden.«

»Von wem?«

»Von Feenwesen, die einst unter den Seen in den dunklen Bergen von Gwynedd wohnten, die St. Patrick aber vertrieb, weil sie ihn beleidigt hatten. Deshalb überquerten sie den See und zogen nach Brocéliande.« Er unterbrach sich. »Laut meiner Großmutter sind sie wunderschön und treiben Männer entweder in den Wahnsinn oder führen sie in die Tiefe des Sees hinab. Niemand hört dann je wieder von ihnen.«

»Du scherzt!«

»Nein! Ich bin mit dieser Geschichte aufgewachsen«, antwortete Gilead. »Ob es nun wahr ist oder nicht, Vater wird nicht riskieren, Formorian zu verlieren.« Seine Augen verdunkelten sich einen Moment lang, und er wandte sich ab. »Wir gehen wohl besser zurück.«

Deidre legte eine Hand auf seinen Arm. »Willst du mich lieben?«

Gilead sah sie überrascht an. »Dee …«

Sie unterbrach ihn, indem sie ihren Finger auf seinen Mund legte. »Das ist unsere letzte gemeinsame Nacht.«

Er zögerte und holte dann tief Luft und sie meinte zu hören, dass er etwas murmelte wie »noch nicht verheiratet«.

»Bitte«, fügte sie hinzu.

Auf seinem Gesicht trugen Verlangen und Ehre einen Kampf miteinander aus. Ein Muskel in seinem Kiefer spannte sich, als er das Gesicht verzog. Seine verdammte Ehrbarkeit trug den Sieg davon. Sie seufzte besiegt und machte einen Schritt auf den Pfad in Richtung der Festung.

Dann spürte sie seine Hand an ihrer Schulter. Sie drehte sich um und sah ihn an.

»Hier lang«, flüsterte er mit rauher Stimme und führte sie zum Bootshaus.

Er verriegelte die Tür. Deidre konnte gerade noch einen Blick auf einen gemütlich eingerichteten Raum werfen und eine Liege in einer Ecke, über der eine Decke lag, bevor Gilead ihren Mund suchte.

Sein Kuss brannte auf ihren Lippen, während seine Hände sie geschickt von ihren Kleidern befreiten. Seine warmen Hände auf ihrer nackten Haut ließen sie erzittern.

»Ist dir kalt? Ich kann das Feuer in der Kohlenpfanne anmachen«, sagte er, seine Lippen an ihrem Ohrläppchen und dann an ihrem Nacken.

Deidre fuhr mit den Fingern durch sein Haar und zog ihn näher zu sich. »Du hast mein Feuer schon längst entfacht.«

Ihre Stimme brach ab, als Gilead an ihrer Brust leckte und mit seinem Daumen mit der anderen Brustwarze spielte. Blut schoss in ihre Spitzen, ließ sie schwer werden und nach mehr verlangen. Sie stöhnte leise. Gilead hob sie auf seine Arme und trug sie zum Bett. Er zog sich schnell aus und schlüpfte, sie an sich ziehend, unter die Decke.

Es fühlte sich so gut an, ihre Körper so nah aneinander, als sie nun auf der Seite lagen und sich anblickten. Deidre spürte, wie sein Glied härter und dicker wurde, als sie ihren Unterleib an seinen flachen Bauch drückte. Was für ein aufregendes Gefühl ... das Zentrum der Energie, das seit undenklichen Zeiten, das Verlangen zwischen Männern und Frauen entfachte. Sie drehte ihre Hüften gegen seine, um das köstliche Verlangen tief in ihrem Bauch noch zu steigern.

Gilead stöhnte und schob ihren Schenkel über seinen, sein Speer erkundete die feuchte Hitze in ihrer Mitte. Er führte ganz langsam seine Eichel ein, dehnte ihre Öffnung, damit ihn ihre pulsierenden Lippen empfangen konnten.

»Ich will dich in mir spüren«, flüsterte sie.

Er drängte sich etwas weiter in sie und hielt dann inne.

»Ganz in mir spüren. Jetzt.«

Er zog sich etwas zurück, nur noch die Spitze blieb in ihr.

Deidres Atem ging stoßweise. »Gilead, bitte.«

Gehorsam drang er halb in sie ein.

Guter Gott, warum musste er sie so foltern? Sie schlang ihr Bein um seinen Hintern und drückte ihn auf sich.

Er wich neckend zurück.

»Gilead ...«

»Schhhh«, sagte er, als er ihren Mund mit seinem verschloss. »Wir haben noch die ganze Nacht vor uns.«

Seine Zunge drang in sie ein und fuhr wieder heraus in einer quälenden Imitation dessen, was sie sich von seinem Glied wünschte. Sie fing seine Zunge zwischen ihren Zähnen und saugte daran. Sie fühlte, wie er erzitterte, dann wimmerte, als er sich aus ihr herausbewegte. Im nächsten Augenblick keuchte sie vor Ekstase.

Gilead schob die Spitze seines stahlharten Speers zwischen ihre Schamlippen und an der empfindlichen Haube entlang, die ihre erwartungsvoll pulsierende Knospe schützte. Wieder tauchte er mit seinem Glied in sie ein und begann dort mit langsamen, gezielten Stößen jeden einzelnen Punkt zu erkunden, und trieb Deidre damit immer wieder an den Rand des Wahnsinns. Rasende Leidenschaft baute sich mit jedem Stoß weiter auf und erfüllte ihr Innerstes mit einer Glut, von der sie nicht wusste, dass sie sie besaß. Dieser in die Länge gezogene Zauber ließ ihren ganzen Körper erglühen und brachte jede einzelne Pore zum Erbeben. Sie schauderte, und dann spießte Gilead sie auf, erfüllte sie voll und ganz mit seiner ganzen Größe, eine lang ersehnte Erleichterung für ihre Muskeln, die seine tiefen und harten Stöße umfingen. Sie fühlte, wie sich ihr Körper aufbäumte, als er gegen ihren Bauch drückte, und mit einem Aufschrei spürte sie, wie ihr Körper explodierte.

Tastend glitt Gileads Hand am nächsten Morgen über das Kissen, als die Dämmerung aus Osten hereinbrach und sanftes korallenfarbenes Licht durch das offene Fenster schickte. Deidre in den Armen zu halten, hatte sich so gut angefühlt, ihre Haut seidenweich und glatt … Seine Hand suchte ihr weiches Haar, fand aber nur das Kissen.

Er öffnete die Augen und erblickte nur ein leeres Bett. Schnell schwang er die Beine über den Rand und setzte sich auf. Wohin war sie gegangen? Sich waschen? Er wollte sie neben sich spüren, warm und begehrenswert, noch ein einziges Mal, bevor sie segeln würden.

Er runzelte die Stirn, als er die Nachricht auf dem Tisch entdeckte. Schnell zog er sich seine Trews und seine Stiefel an und hob sie auf. Mit einem Fluch zerknüllte er die Nachricht, schnappte sich sein Hemd und rannte den Pfad zur Festung hinauf.

Seine dumme kleine Fremde war zu Fuß in einem wilden Land unterwegs, von dem sie nichts wusste. Sie wollte nicht zulassen, dass er ausgepeitscht würde, hatte sie geschrieben. Als ob es ihm etwas ausmachte, geschlagen zu werden, nur weil er ihr half, sich dem Willen seines Vaters zu widersetzen. Nach der letzten Nacht wusste er ohne jeden Zweifel, dass er sie liebte. Schon an dem Tag im Steinkreis war er sicher gewesen, aber die letzte Nacht hatte bewiesen, dass es nicht das Geringste mit den Kräutern zu tun gehabt hatte.

Er liebte Dee, und sie war verschwunden.

Kapitel Zwanzig

Das Schiff des Narren

Was soll das heißen, sie ist verschwunden?« Mac Erca sah Gilead finster an, der neben dem Tisch stand, an dem sein Großvater sein Frühstück zu sich genommen hatte.

»Sie hat eine Nachricht hinterlassen«, erklärte Gilead verdrossen und wandte sich an seine Mutter, die noch immer an ihrem Platz saß. »Es ist Vaters Schuld. Deidre will Niall nicht heiraten.«

Mac Erca betrachtete Gileads zerzaustes Äußeres und seine zerknitterten Kleider. »Hast *du* zufällig irgendetwas damit zu tun?«

»Nein. Ja.« Gilead schluckte. »Aber ganz abgesehen von mir, will dieses Mädchen Niall nicht heiraten.«

»Seit wann haben mittellose Mädchen ohne Land bei solchen Dingen etwas mitzureden? Sie sollte Niall – und deinem Vater – dankbar sein, dass sie ihre Zukunft sichern.«

Gilead straffte seine Schultern. »Ich habe die Blutergüsse gesehen, die er ihr zugefügt hat. Was für eine Art Zukunft soll das also sein?«

Elen zog hörbar den Atem ein. »Blutergüsse? Schon wieder? Ich weiß, dass ihr Handgelenk schon einmal geschwollen war, aber sie hat nichts mehr gesagt. Wenn Niall ihr schon wieder weh getan hat, muss Angus zustimmen …«

Mac Erca schnaubte. »Dein Gemahl hätte daran denken sollen, bevor er der Verlobung zugestimmt hat. Was das Gesetz angeht, ist sie auch jetzt schon Eigentum dieses Mannes. Und ich werde nicht zulassen, dass Niall und sein hitzköpfiger Vater in mein Land einfallen, um sich dafür zu rächen, dass wir ihr Unterschlupf gewähren.« Er wandte sich an einen der Diener. »Rufe Colin. Er soll die Hunde bringen. Dann suche Duncan. Er soll seinen Wolf mitbringen.« Er wandte sich wieder an Gilead. »Sie muss gefunden und zurückgeschickt werden, komme was wolle.«

Gilead starrte seinen Großvater an. Er wusste nichts über den Wolfsmann, aber ein Rudel Hunde konnte Deidre zu Fall bringen und sie in Stücke reißen, ehe die Männer seines Großvaters sie einholten. Er drehte sich um und stürmte zur Tür.

»Wo willst du hin?«, donnerte Mac Ercas Stimme hinter ihm.

»Ich hole mir ein Pferd und suche sie«, antwortete Gilead. »Denn ich liebe sie.«

Er hörte nicht das verzweifelte Wimmern seiner Mutter und sah nicht den traurigen Ausdruck auf ihrem Gesicht, und er achtete auch nicht auf den Befehl seines Großvaters, der ihm Einhalt gebot. Er betete nur darum, dass sich Deidre ein Pferd gestohlen hatte.

Das könnte ihr das Leben retten, bis er sie gefunden hatte.

Die Sonne schickte gerade ihre ersten wärmenden Strahlen durch die Spitzen der Bäume am Fluss, als Deidre das Bellen von Hunden hörte. Sie waren noch weit entfernt, aber sie wusste, dass sie ihr auf der Spur waren.

Hatte Gilead diese Hunde geschickt? Nach ihrer letzten unglaublichen Liebesnacht wollte sie einfach nicht glauben, dass er so etwas tun könnte. Sie hatte gehofft, er würde ihrer Nachricht Glauben schenken, in der sie geschrieben hatte, dass sie Münzen besaß und damit eine Überfahrt von Dun Laoghaire nach

Armorica machen könnte. Aber würde er auch glauben, dass sie nicht nach Dun Laoghaire unterwegs war? Sie fühlte sich wegen dieses Täuschungsmanövers etwas schuldig, aber sie versuchte diesen Gedanken beiseitezuschieben, und erinnerte sich lieber, wie oft und auf wie viele verschiedene Arten sie sich vor nur wenigen Stunden geliebt hatten.

Es war dieses Liebesspiel, das sie so viel Zeit gekostet hatte, das wusste sie. Sie hatte geplant, Gilead nach dem ersten Mal zu verlassen, ihre Sachen zusammenzusuchen und schon weit vor Mitternacht auf dem Weg zu sein. Aber seine Gegenwart war derart tröstlich und bestärkend, von den erotischen Phantasien, die er in ihr weckte, ganz zu schweigen, dass sie dann doch erschöpft in seinen Armen eingeschlafen war. Erst kurz vor der Morgendämmerung war sie schließlich erwacht.

Das Gebell war schon näher. Sie würde ins Wasser gehen müssen, um die Spur ihres Geruchs zu verwischen. Sie war auf trockenem Boden geblieben, um schneller voranzukommen, aber jetzt trat sie in den zügig fließenden Strom. Das Wasser schwappte über die Ränder ihrer Stiefel und umfing sofort ihre Beine mit seiner Kühle. Mit vor Kälte verzerrtem Gesicht watete sie nun durch das flache Wasser, während sie gleichzeitig versuchte, gegen den Strom das Gleichgewicht zu halten und nicht über die vielen kleinen Steine im Fluss zu stolpern. Den kleinen Beutel mit Käse und Brot, den sie bereits am Vortag gepackt hatte, hielt sie in die Höhe. Vielleicht war das ihre einzige Nahrung für die nächsten paar Tage. Ihren ursprünglichen Plan, im nächsten Dorf ein Pferd zu kaufen, machten die Hunde unmöglich. Sobald sie anhielt, würden sie sie einholen. Voller Reue wünschte sie sich, sie hätte doch ein Pferd gestohlen, aber auf keinen Fall wollte sie Mac Erca einen Grund geben, nach ihr zu suchen.

Deidre stapfte weiter, musste das Flussbett aber wieder verlassen, als es sich zum Meer hin wand. Sie hielt sich, wo es möglich war, auf felsigem Untergrund und stieg über große Steine, anstatt um sie herumzugehen, um die Hunde zu verwirren. Zweimal stürzte sie und schlug sich das Bein an scharfen Kanten auf.

Manchmal war das Kläffen so schwach, dass sie es kaum mehr hören konnte. Als sie aus purer Erschöpfung über eine Wurzel stolperte, hielt sie eine Minute lang an und riss sich etwas Brot und Käse ab, wagte aber nicht, sich zum Essen hinzusetzen. Immer wenn sie einen Bach fand, watete sie hindurch. Ihre Füße waren schon fast taub vom eiskalten Wasser, obwohl es noch immer Sommer war.

Als die Abenddämmerung kam, hatte sie Blasen an beiden Füßen, aber sie hatte schon lange nichts mehr von den Hunden gehört. Entweder hatten sie ihre Spur verloren, oder die Wächter hatten sie für die Nacht nach Hause gerufen. Sie war fast schon zu müde, um sich darum zu sorgen. In der vergangenen Nacht hatte sie kaum geschlafen und war nun mindestens sieben – vielleicht auch acht – Wegstunden gelaufen. Ihre Füße fühlten sich zu schwer an, um sie noch einmal vom Boden zu heben.

Völlig erschöpft schleppte sich Deidre um einen weiteren großen Stein, mittlerweile viel zu kraftlos, um darüberzusteigen, und war hocherfreut, dahinter eine Art kleine Höhle zu finden. Eigentlich war es nur ein Überhang, aber die Erde darunter war trocken und weich, und es bot ihr genügend Schutz gegen Wind und Regen. Sie ließ sich nieder, zog sich die nassen Stiefel von den Füßen und wünschte, sie könnte ein kleines Feuer wagen. Aber der Rauch und das Licht würden sie hundertprozentig verraten, falls ihr noch jemand auf den Fersen war, von Banditen ganz zu schweigen. Sie nahm ein paar Bissen von ihrer kleinen Essensration und rollte sich dann neben der Felswand zusammen. Noch bevor sie zu Ende gegähnt hatte, war sie eingeschlafen.

Am nächsten Morgen erwachte sie bei strahlendem Sonnenschein und dem Geruch von gegrilltem Wild. Einen Augenblick lang wusste sie nicht, wo sie war und dachte, sie sei wieder in der Burg. Dann öffnete sie langsam die Augen und erblickte einen Mann, groß wie ein Bär, der sie beobachtete.

Laut ihrer Nachricht war sie nach Süden Richtung Dun Laoghaire gegangen, aber Gilead waren schon nach ein oder zwei Wegstunden Zweifel gekommen. Im Stall seines Großvaters fehlte kein einziges Pferd, und er hatte auch bei der Schmiede im Dorf nachgefragt. Niemand hatte sie gesehen, und niemand hatte ein Pferd gekauft.

Er zügelte sein Pferd und setzte sich gerade auf, um besser die Umgebung überblicken zu können. Die Hügel waren übersät mit großen Felsen und Felsbrocken. Hier war man zu Fuß schlecht unterwegs, außer man hielt sich an die Straße. Trotzdem hätte er sie mit dem Pferd mittlerweile einholen müssen. Gilead hatte noch nicht einmal Fußspuren in der weichen Erde entdecken können. Aus der Ferne hörte er die Hunde, aber sie kamen weder näher, noch verschwanden sie. Wenn sie eine parallele Route genommen hatte, befand sie sich irgendwo zwischen ihm und den Hunden.

Er stieß dem Zelter seines Großvaters leicht in die Flanken, während er mit den Augen den Wald absuchte, der bis etwa der Länge eines Pfeilschusses von der Straße aus gerodet worden war. Deidre würde sich vielleicht im Schutz der Bäume halten, aber sie würde sich sicher nicht zu weit hineinwagen. Dort konnte man sich viel zu schnell verlaufen. Gilead schauderte plötzlich, als er daran dachte, wie sie vielleicht im Kreis ging und die Hunde sie langsam umzingelten. Aber das Unterholz war zu dicht, um mit dem Pferd hindurchzureiten. Hier zumindest. Er würde es weiter südlich versuchen müssen, wo sich die Bäume lichteten.

Beim nächsten Dorf machte er halt, um Erkundungen einzuholen. »Hat hier jemand ein Pferd, das er verkaufen könnte?«, fragte er bei der Schmiede.

»Ja. Ich habe eine schöne Mähre.« Der Mann sah sich den Rotbraunen mit einem anerkennenden Blick an. »Wollt Ihr einen Tausch machen?«

Gilead streichelte den Hals des Wallachs. »Nein, ich habe mich nur gefragt, ob heute schon jemand ein Tier gekauft hat.«

Der Schmied schüttelte den Kopf. »Eine Bande Zigeuner ist heute Morgen hier durchgezogen, aber sie hielten nur an, weil eines ihrer Pferde ein Hufeisen verloren hatte. Schienen es eilig zu haben, nach Loaghaire zu kommen.«

In Gilead glühte wieder etwas Hoffnung auf. War es möglich, dass Deidre sie getroffen und ihnen Münzen geboten hatte, wenn sie sie mit in den Süden nahmen? »Ist Euch aufgefallen, ob sie eine Frau dabeihatten?«

Der Schmied grinste. »Die haben immer Frauen dabei. Hübsche sogar, mit ihren dunklen Augen und dunklen Haaren …«

»Und eine Frau mit hellem Haar?«

Der Schmied zuckte die Schultern. »Das kann ich nicht sagen. Ein Wagen hatte seine Vorhänge geschlossen, aber ich konnte darin Frauenstimmen hören. Eine klang wütend.«

In Gilead blitzte die Angst auf. Die meisten Zigeunerbanden, die in Irland durch die Lande zogen, waren sehr friedlich, aber andererseits gab es hier auch nicht sehr viele blonde Frauen, die wie Sachsen aussahen. Wenn sie dachten, Deidre würde einen guten Preis bringen …

»Danke«, sagte er, machte mit seinem Pferd kehrt und sprengte in einem Galopp davon, der zwei Männer, die aus einer Schenke traten, unversehens in Staub hüllte. Er bemerkte es kaum. Wenn es die Zigeuner eilig hatten, musste er den Hafen von Dun Laoghaire erreichen, bevor sie Deidre auf ein Schiff verfrachten konnten, das Kurs auf ein sarazenisches Land nahm, wo im Sklavenhandel junge Frauen verkauft wurden.

Deidre starrte den riesigen Mann an, der vor ihr hockte und ruhig am Spieß drehte. Seine enormen Hände glichen Bärentatzen, und das wilde, zerzauste, schwarze Haar und der buschige Bart verstärkten diesen Eindruck nur.

Wie war er hierhergekommen? Offenbar war er schon lange genug hier, um ein kleines Feuer zu entfachen und den Hasen zu braten, den er gefangen haben musste. Wie lange betrachtete er sie schon? Die ganze Nacht? Bei dem Gedanken erschauderte sie. Wie konnte sie nur so tief geschlafen haben?

Wollte er sie vergewaltigen? Irgendwie glaubte sie das nicht. Dazu hätte er schon Gelegenheit gehabt, wenn er darauf aus gewesen wäre. Sie stemmte sich langsam hoch und setzte sich auf.

»Bist du hungrig?«, fragte der Mann. Seine Stimme war im Gegensatz zu seiner wilden Erscheinung angenehm tief und beruhigend. Fast schon hypnotisierend.

»Wer … wer seid Ihr?«, stammelte Deidre. Seine mitternachtsfarbenen Augen schienen zu glühen, als er sie betrachtete. Einen Augenblick lang erfasste sie Panik. War sie letzte Nacht in ihrer Erschöpfung auf einen Feenhügel geraten? Wenn man den Legenden glauben durfte, erschienen die Tuatha dé Danaan hin und wieder den Lebenden. Nur dass man diese Menschen danach nicht wiedersah.

»Mein Name ist Duncan«, sagte der Mann, riss ein Stück Fleisch ab und reichte es ihr. »Du isst besser etwas, Mädchen.«

Deidre nahm es zögernd an und machte einen kleinen Biss. Der Hase war saftig und zart. Erst jetzt merkte sie, wie ausgehungert sie war. Sie schluckte das Fleisch beinah ohne zu kauen, und der Mann lachte – was sehr menschlich klang – und gab ihr noch mehr.

»Was tut Ihr hier?«, fragte sie.

Er hob eine seiner breiten Augenbrauen. »Im Moment? Auf dich aufpassen. Es ist nicht klug, ohne ein Feuer zu schlafen, das einen vor wilden Tieren schützt.«

Sie betrachtete ihn. Vielleicht wohnte er hier in der Nähe und würde ihr helfen. »Ich bin auf dem Weg nach Tara«, sagte sie. »Ich wurde von meiner Eskorte getrennt …« Sie zögerte, als ihr einfiel, wie wahr das gewesen war, als Gilead sie gefunden hatte; also war das hier nur eine kleine Lüge. Es wäre ihr eine große Hilfe, wenn sie ein Pferd kaufen könnte. Aber konnte sie diesem Mann anvertrauen, dass sie Münzen besaß?

»Warum willst du nach Tara?«

»Ich …« Wie viel sollte sie ihm erzählen? »Ich … will eine Wallfahrt machen. Um mir den Schrein von Lia Fáil anzusehen.«

»Er ist verschwunden, das weißt du, oder? Manche sagen, Fergus Mor habe ihn mitgenommen.«

Deidre runzelte die Stirn. Sie hatte noch nicht gehört, dass Fergus der Dieb sein könnte. Der Schicksalsstein war eine mächtige Reliquie. Wenn der Schotte ihn tatsächlich bei sich hatte, wäre er so gut wie unbesiegbar. War das der Grund, warum Gileads Vater so verbittert versuchte, seine Verbündeten zu behalten?

»Ich will den Ort trotzdem sehen. Könnt Ihr mir helfen, dorthin zu kommen?«

Er schien darüber nachzudenken. Dann schüttelte er den Kopf. »Das würde Mac Erca gar nicht gefallen.«

»Mac Erca?« Deidres Magen fühlte sich an, als wäre er zu Blei geworden. War sie entdeckt worden? Sie schluckte den Kloß in ihrem Hals und beschloss zu bluffen. Vielleicht wusste er nicht, wer sie war. »Was kümmert es den Hochkönig, wenn eine einfache Frau dem Schrein ihre Achtung bezeugen möchte?«

Duncan zog wieder die Braue hoch. »Bei einer einfachen Frau wäre es ihm gleichgültig. Aber dich will er zurück, *Deidre.*«

Das Blei plumpste zu Boden und nagelte sie an Ort und Stelle fest. Er wusste Bescheid! Ihre Schultern sanken herunter. »Wie hast du mich gefunden? Die Hunde habe ich doch gestern abgehängt.«

Er lächelte, entblößte dabei erstaunlich scharfe Eckzähne, und deutete dabei mit seinem Daumen auf einen stachligen Ginsterbusch.

Deidre wandte den Kopf und rutschte sofort panisch keuchend zurück unter den Schutz der überhängenden Felswand.

Der Wolf hob seinen enormen Kopf von seinen riesigen Pranken, seine goldenen Augen durchbohrten sie, während seine Zunge in einem gleichsam zynischen Grinsen heraushing.

»Er wird dir nichts tun«, sagte Duncan und pfiff. Der Wolf sank nach vorne auf den Bauch und schob seine Nase unter die Hand seines Herren. Duncan gab ihm die Reste des Fleisches, »… außer ich befehle es ihm«.

Da war sich Deidre sicher. Jetzt wo sie die beiden so beieinander sah, und vor allem seit sie diese scharfen Zähne gesehen hatte, wirkte der Mann mehr wie ein Wolf als wie ein Bär. Sie zitterte.

»Wir machen uns am besten auf den Weg«, sagte er und erhob sich. »Wenn es dir recht ist, hole ich uns zwei Pferde für den Heimweg. Ich habe mir gestern fast meine Schuhe durchgelaufen, als ich dir gefolgt bin.« Fast widerwillig sah er sie mit einer Art Respekt an. »Das muss ich sagen. Ich hätte nicht gedacht, dass du so weit kommen würdest. Vor was du auch fliehst, es muss schlimm sein.«

Sie sah ihn düster an, als sie sich auf einen Wildpfad zubewegten, der zur Straße und zum Dorf führte. »Wahrscheinlich fliehe ich vor dem sicheren Tod.«

Duncan runzelte die Stirn, blieb aber stumm, während sie gingen und der Wolf bedächtig neben ihm hertrottet.

Als Gilead am nächsten Tag Dun Laoghaire erreichte, war sein Wallach fast am Ende. Er wollte sein mutiges Pferd nicht mehr weiter antreiben, als im Schritt zu reiten, trotzdem schrie jede Faser in ihm, dass er zu spät kommen würde.

Nur zwei Schiffe lagen im Hafen vor Anker, ein Fischerboot und ein kleines Segelschiff. Nirgendwo eine Spur von Zigeunern. Gilead atmete erleichtert auf, als er sich den Weg zum Shanty des Hafenmeisters bahnte. Aber die Erleichterung war nur von kurzer Dauer.

»Ja«, antwortete er, auf Gileads Frage, ob am Vortag irgendwelche Schiffe abgelegt hätten. »Die *Ahman* ist bei Dämmerung mit Fracht beladen in See gestochen.«

»Gab es auch Passagiere?«, fragte Gilead.

Der Hafenmeister strich über seine Bartstoppeln. »Komische Sache, das. Ein Zigeuner kam herein und kaufte zwei Karten.«

Zigeuner. Also waren sie hier. Gilead zögerte und fragte dann, »Hatte er eine blonde Frau bei sich?«

Der Mann legte die Stirn in Falten. »Kann ich nicht sagen, mein Freund. Sind noch bei Dunkelheit an Bord gegangen.«

»Was ist ihr Ziel?«

»Konstantinopel.«

Gileads Herz pochte wie wild. *Mitten in ein Nest reicher Sultane.* Er zog eine Münze heraus. »Mach eines der beiden Boote am Hafen zur Abfahrt bereit.«

Gier spiegelte sich auf seinem Gesicht, aber der Hafenmeister schüttelte den Kopf. »Der Segelmast ist gebrochen, falls dir das nicht aufgefallen ist. Und das Fischerboot nimmt Wasser auf, die Hülle muss frisch geteert werden. Auf hoher See würde es kaum ein oder zwei Stunden überstehen.«

Gilead verkniff sich eine scharfe Antwort. Es war nicht die Schuld dieses Mannes, dass Deidre vielleicht an Bord eines Schiffes für weiße Sklaven war. Alles was er jetzt noch tun konnte, war zurückzureiten, das Kommando über seines Vaters Kriegsschiff übernehmen und hoffen, dass die Galeere schnell genug war, um das sperrigere Frachtschiff einzuholen.

Er tauschte sein Pferd gegen einen jüngeren, noch nicht ganz zugerittenen Hengst. Der Wallach hatte ihm gute Dienste erwiesen, aber er konnte dem Pferd keinen schnellen Ritt zurück in den Norden zumuten. Das jüngere Tier wäre dafür weit besser geeignet.

Beim Aufsitzen stieg das Pferd, aber Gilead wendete ihn und grub die Fersen in seine Flanken, und das Pferd wieherte gellend und verfiel in einen schnellen Galopp.

Er legte nur kurze Pausen für das Pferd ein und ritt die Nacht über durch, bis er schließlich, gerade als die ersten gleißend roten und orangefarbenen Strahlen am Himmel erschienen, erschöpft den Hügel, der zu der Festung seines Großvaters führte, erreichte.

Obwohl es noch so früh am Morgen war, waren sein Großvater und seine Mutter bereits wach und nahmen ihr Frühstück ein. Am Eingang standen Truhen, fertig gepackt für die Reise, und warteten darauf, verladen zu werden.

»Die wirst du hier wohl noch eine Weile brauchen, Mutter«, sagte Gilead, als sie aufsprang, um ihn zu umarmen, während Mac Erca ihn anfunkelte. »Ich fahre mit dem Schiff nach Konstantinopel.«

Elens Augen wurden weit. »Bist du denn so wild entschlossen, Dallis nicht zu heiraten, dass du davonläufst?«

Dallis. An sie hatte er gar nicht mehr gedacht und auch nicht daran, dass seine eigene Hochzeit in weniger als einer Woche stattfinden sollte. »Nein. Ich glaube, Deidre ist entführt worden und ist vielleicht auf einem Schiff, das gestern Morgen abgelegt hat. Ich muss sie abfangen, bevor sie …« Er konnte nicht mehr weitersprechen.

»Bevor ich was?«

Gilead erstarrte – hörte er denn jetzt schon Stimmen? Langsam drehte er sich um und entdeckte Deidre im Türrahmen. Er durchquerte den Raum mit wenigen großen Schritten und nahm sie in die Arme. »Du bist hier! In Sicherheit!« Er sog den leicht würzigen Geruch ihres Haares ein und merkte, dass er wahrscheinlich schlimmer roch als sein Pferd. Aber nur noch für einen Augenblick wollte er es auskosten, sie in seinen Armen zu halten, ihren weicher Busen ab seiner Brust zu spüren, ihre Arme eng um seinen Hals geschlungen. Er wusste, dass er sie trotz allem verlieren würde, denn der einzige Ort, an dem sie wirklich in Sicherheit war, war der Schwarze See. Aber in diesem Augenblick fühlte es sich so gut an. So gut.

Aus der hinteren Ecke des Raumes löste sich ein Schatten. Duncan pfiff seinem Wolf und verließ kopfschüttelnd den Raum.

»Ich verstehe trotzdem nicht, warum du es mir nicht gesagt hast«, grummelte Gilead, als sie auf dem Achterdeck des tanzenden Schiffs saßen.

Deidre hielt sich am Rand der Bank fest, um nicht herunterzufallen, als eine tosende Woge den Bug der Galeere ergriff, sie tief in ein Wellental stürzen ließ und das Vorderdeck mit grünem Wasser überspülte. Elen hatte sich sofort unter Deck zurückgezogen, als das Schiff auf die offene, schäumende See zusteuerte, aber Deidre war entschlossen, an Deck zu bleiben, wo sie frische Luft atmen und den Horizont im Blick behalten konnte. Davon wurde ihr weniger übel.

»Wenn ich es dir gesagt hätte, hättest du mich dann gehen

lassen?« Sie hatte Gilead zuvor anvertraut, dass sie irgendetwas an dem leeren Schrein von Tara angezogen hatte.

»Nicht allein.«

Deidre hob die Augenbrauen. »Wärst du mit mir gekommen? Dein Großvater hätte getobt vor Wut.«

Er zuckte die Achseln. »Vielleicht. Aber es wäre zu spät gewesen, als dass er etwas dagegen hätte unternehmen können.«

»Und was hättest du ihm sagen wollen, wenn wir zurückgekehrt wären? Du hast geschworen, geheim zu halten, dass ich nach dem Stein suche.«

Gilead sah missmutig drein. »Mir wäre schon etwas eingefallen.« Er zögerte. »Glaubst du wirklich, dass dein Stein hier ist?«

»Ich weiß es nicht«, gab sie zu. »Als deine Mutter von Lia Fáil gesprochen hat, wurde mir etwas schwindlig, genau wie an dem Nachmittag, als du mit Mac Erca gesprochen hast. *Irgendetwas* zieht mich hier an. Trotzdem konnte ich nichts spüren ... je näher ich Tara auch kam.«

Das Schiff rollte schwer nach steuerbord, als ein starker Windstoß das rechteckige Segel blähte. Deidre verrutschte auf der Bank und wurde erst von Gileads starkem Oberschenkel gebremst. Er legte einen Arm um ihre Hüften, während er sein anderes Bein auf Deck stemmte und beide stützte. Er fühlte sich so warm und zuverlässig an in der feuchten Kühle des Meeres. Sie kuschelte sich an seine Brust und hörte, wie er laut den Atem einzog.

»Sobald ich dich sicher nach Armorica gebracht habe, kehre ich zurück und suche in Tara danach«, murmelte er in ihr Haar.

Deidre blickte zu ihm auf, und ein Gefühl der Wärme überflutete sie, als die Dankbarkeit in ihr aufstieg. Gilead glaubte an ihre Mission – dass der Stein der Göttin gehörte – und war bereit, ihr zu helfen, sogar wenn sie selbst nicht dort sein konnte. Und sie vertraute ihm. Sollte er den Stein finden, würde er dafür sorgen, dass sie ihn bekam. Vielleicht würde er ihn sogar selbst nach Borcéliande bringen.

»Ich danke dir«, sagte sie, und setzte sich aufrecht hin, als der Kapitän vorbeiging und ihr verschwörerisch zulächelte. Gilead hatte den Kapitän geschmiert, damit er die Matrosen ohne Landgang an Bord behielt, bis er sichergehen konnte, dass ein anderes Boot verfügbar war, das Deidre nach Kernow bringen konnte. Falls keines vor Ort sein sollte, würde die Galeere seines Vaters sofort wieder wenden, und erneut in See stechen. Gilead hatte sich geweigert, ihr zu sagen, was er dem Kapitän erzählt hatte, aber so lüstern wie der Kapitän sie angrinste, konnte sie sich wohl vorstellen, dass er dachte, Gilead verstecke seine Geliebte an einem abgelegenen Ort, um sich noch ein Vergnügen zu gönnen, bevor er heiratete. Es plagte sie, dass sie diese Lüge nicht aus der Welt schaffen konnte, aber in Wirklichkeit wünschte sie sich fast, sie wäre wahr. Sie sehnte sich so sehr danach, sich noch einmal mit Gilead der Liebe hinzugeben, bevor … Entschieden verbannte sie das Bild der hübschen Dallis, wie sie Gileads Küsse und Umarmungen freudig empfing, aus ihrem Geist. Sie würde verrückt werden, wenn sie sich vorstellte, wie Gilead mit Dallis das Gleiche anstellte wie mit ihr.

»Sag mir, wie ich deine Großmutter finden werde.«

Er lächelte. »Mach dir keine Sorgen. Sie wird dich finden. Sie wird wissen, dass du kommst.«

Deidre starrte ihn an. »Wie? Hat auch sie die Gabe?«

»Manche behaupten das. Andere …«, er verstummte.

»Was?«, insistierte Deidre. »Was sagen die anderen?«

»Die Wasserfeen, von denen ich dir erzählt habe. Manche meinen, dass sie immer noch nach Schiffen aus ihrer Heimat Ausschau halten, die ihr Volk sicher an Land bringen sollen.« Er zuckte die Schultern. »Wahrscheinlich ist das irgendein Unsinn, den sie selbst in die Welt gesetzt hat.«

Gileads Großmutter faszinierte Deidre immer mehr, je mehr er von ihr erzählte. Dass ihr Heim eigentlich eine große Höhle war – sehr gut ausgestattet, wie er ihr versichert hatte –, die hinter einem Wasserfall versteckt lag. Einst, vor langer Zeit, war ein Mensch weit in den Wald hineingewandert, bis zum See sogar – und auch wieder zurückgekehrt –, und hatte die Geschichte einer jungen Frau erzählt, die im Wasser verschwunden und wahrscheinlich ertrunken war. Doch immer wenn ein anderer – ungeachtet der Gefahren – diese Reise machte, war die Frau noch immer dort. Dieses Mädchen war seine Großmutter gewesen.

Gilead hatte ihr außerdem erzählt, wie schadenfroh seine Großmutter immer gewesen war, als sie noch jünger war. Des Öfteren hatte sie, in weiße Kleider gehüllt, Jäger erschreckt und war dann im Unterholz verschwunden, ohne eine Spur zu hinterlassen. Als Kind hatte seine Großmutter im ganzen Wald eine Reihe von unterirdischen Gängen entdeckt, die zu verborgenen, zumindest zeitweise verlassenen Erdhöhlen irgendwelcher Tiere führten, wie Gilead ihr erzählte. Sie genoss es, sich darin zu verstecken und unerwartet herauszuspringen. Als Deidre ihn fragte, ob sie nicht fürchtete, dass die Tiere zurückkehren könnten, wurde er ernst. Sie könne gut mit Waldtieren umgehen, sagte er, und Deidre müsse sich darauf einstellen, zahme Wölfe und Bären in ihrer Nähe vorzufinden.

Deidre erwachte aus ihrem Tagtraum. »Wird sie mich also empfangen, wenn ich von Bord gehe?«

Gilead schüttelte den Kopf. »Nein. Sie geht nie bis zum Hafen. Ihr missfällt der Lärm und das Gedränge.«

»Wie wird sie mich dann finden?«

»Nimm dir eine Kutsche, die dich zum Wald bringen wird. Zumindest bis an den Rand, denn nur wenige wagen sich weiter hinein. Du musst keine Angst haben. Geh etwa zehn Schritte hinein, bleib stehen und lausche. Sobald die Vögel wieder anfangen zu zwitschern, wirst du einen heraushören, der sich von allen anderen unterscheidet. Folge seinem Gesang. Sei nicht überrascht, wenn meine Großmutter wie aus dem Nichts vor dir auftaucht. Das hat sie mit mir allzu oft gemacht, als ich noch ein Kind war.«

Deidre lächelte. »Wenn deine Großmutter so viel Humor hat, warum ist dein Vater dann so ernst und einschüchternd?«

Gilead dachte einen Augenblick darüber nach. »Vater hat mir einmal erzählt, dass sich die anderen Jungen, als er die Kampfeskunst erlernte, gegen ihn verschworen, und ihn einen Wasserjungen nannten, weil er am See lebte. Er musste unter Beweis stellen, dass er stärker als sie alle war.«

»Angus' Vater hat nicht bei ihnen gelebt?«, fragte Deidre erstaunt.

»Nein. Er musste sich um seine Festung in Irland kümmern und seine Krieger ausbilden. Zweimal im Jahr besuchte mein Großvater meine Großmutter: Im Frühling, wenn er meinen Vater holte und ihn mit zu sich nach Irland nahm, und im Herbst, um ihn zurückzubringen. Meine Großmutter hat dieser Verbindung nur unter der Bedingung zugestimmt, dass sie ihre Heimat nicht verlassen müsste.«

»Es klingt, als wäre sie eine außergewöhnliche Frau«, sagte Deidre ruhig. »Ich freue mich darauf, sie kennenzulernen.«

»Ja. Auch sie wird dich mögen«, sagte Gilead. »Manchmal erinnerst du mich an sie. Du träumst von Dingen, an die sich niemand sonst wagen würde.«

Der Kapitän kehrte zurück. Fast gelang es ihm, sein Grinsen zu unterdrücken. »Verzeiht, wenn ich stören muss, aber der Bootsmann hat backbord ein anderes Schiff ausgemacht. Ebenfalls eine Galeere.«

»Piraten?«, fragte Gilead und erhob sich.

»Noch zu weit entfernt, um es erkennen zu können«, sagte der Mann, »aber ich habe den Kurs gewechselt und mehr Segel gegeben. Ihr kommt besser mit nach vorne.«

»Warte!«, rief Deidre ihnen hinterher. Gilead wandte sich um.

»Wie werde ich … wie heißt deine Großmutter?«

»Vivian. Ich muss gehen.« Mit einem Winken folgte er dem Kapitän.

Das konnte nicht sein. Deidres Haut prickelte, wie von tausend Nadelstichen. Im Buch des alten Magiers wurde Vivian erwähnt. Aber so viele der Dinge, von denen das Buch sprach, existierten nicht. Es gab kein Camelot und keinen König Artus. Die Träume von Rittern in glänzender Rüstung, die in Not geratene Jungfrauen retteten, waren weit entfernt von allem, was sie bisher erlebt hatte, sosehr sie auch an diese perfekte Welt glauben wollte. Aber der Name Vivian … es konnte nicht sein. War Gileads Großmutter wirklich die Herrin vom See?

Das Meer hatte sich merklich beruhigt, als sie früh am nächsten Morgen die Ufer von Dumbarton sichteten. Der Kapitän hatte sie die ganze Nacht über hart am Wind gehalten in der Hoffnung, das andere Schiff abzuhängen, und sein Trick hatte funktionierte, denn am Horizont war nichts weiter als das Blau des Meeres und des Himmels auszumachen. Was für ein Schiff es auch gewesen sein mochte, es war verschwunden.

Deidre hatte keine Gelegenheit, Gilead noch weitere Fragen über seine Großmutter zu stellen, denn er verbrachte die Nacht zusammen mit dem Kapitän. Elen hatte verstört gewirkt, als sie sie danach fragte, also ließ sie es auf sich beruhen.

Doch Deidre konnte ihre Aufregung kaum verbergen, als die Seeleute das Segel senkten und die Ruderer an ihre Plätze gingen, um das Schiff in den Hafen zu bringen. Nicht nur würde sie ein für alle Mal Niall entkommen, sondern vielleicht würde sie sogar in die Welt des Buchs eindringen. Wieder wurde ihr Kopf etwas benommen, ein sicheres Zeichen dafür, dass sich am Rande ihres Bewusstseins etwas zusammenbraute.

Gilead trat zu ihr an die Reling. »Ich glaube, du hast Glück«, sagte er. »Zwei Schiffe im Hafen, die sich beide zum Segeln bereit machen. Du wartest einfach hier, bis ich alle Verabredungen getroffen habe, und dann komme ich und hole dich ab.«

Das Schiff prallte gegen die Pfähle, und Deidre stolperte in Gileads Arme. Sie fühlte, wie sich seine Arme kurz um sie schlossen und seine Lippen über ihre Stirn streiften. »Ich liebe dich, Deidre, das weißt du.«

Sie wollte sich an ihm festhalten und ihn nie wieder loslassen. Was für ein bittersüßer Augenblick. Um in Sicherheit zu sein, musste sie sich von ihm trennen. »Ich liebe dich auch, Gilead.«

Elen gesellte sich mit besorgtem Gesichtsausdruck zu ihnen als der Landungssteg ausgefahren wurde. »Ich glaube nicht, dass dein Plan aufgeht, Gilead.«

»Mutter, wir haben bereits darüber gesprochen. Das Wichtigste ist, dass Deidre in Sicherheit ist. Ich werde mich Vaters Zorn stellen.«

»Nicht dein Vater ist das Problem«, antwortete sie und deutete an Land. »Sieh nur.«

Deidre wandte den Kopf, und das Blut gefror ihr in den Adern. Wie angewurzelt blieb sie stehen. Auf dem Dock stand Niall mit einem teuflischen, schrägen Grinsen.

»Willkommen zurück«, sagte er.

»Mmmm«, murmelte Formorian, als in ihrem Gemach ihr letztes Kleidungsstück zu Boden fiel und Angus sein dunkles Haupt senkte, um an ihrer Brustwarze zu lecken. Sie reckte sie ihm entgegen, warf ihren Kopf zurück und entblößte den Hals.

Er knabberte sich bis zu ihrem Hals nach oben, seinen harten Phallus fest an den weichen Hügel ihres Bauches gepresst, als er sie zum Bett schob. »Mir gefallen diese mittäglichen Freuden.«

Formorian rieb ihre Brüste an seiner nackten Brust und saugte an seiner Unterlippe. Er fing ihre Unterlippe mit seiner auf, und einen Augenblick lang hielt sie ihn hin, bevor sie ihn gewähren ließ, ihre Zungen wie in Raserei vereint. Angus' große Hände strichen über ihre seidige Haut, kneteten ihren Hintern und zogen sie näher an sich. Mit einem zufriedenen Seufzer ließ sie ihre Hände über die glatten, harten Muskeln an seinen Schultern gleiten, kämmte dann mit ihren Fingern durch sein Haar und vertiefte seinen Kuss damit.

Das Geräusch von Pferdehufen am Tor unterbrach sie. Angus hob den Kopf und lauschte. »Das muss die Eskorte sein, mit der Niall Deidre abholen wollte.«

»Und Elen.« Formorian lehnte sich zurück, ließ aber ihre Arme um seinen Hals. »Sollen wir uns anziehen?«

»Nein. Sie wird denken, dass ich irgendwo arbeite und direkt nach oben gehen, um sich auszuruhen. Schiffsreisen ermüden sie.« Er wandte seine Aufmerksamkeit wieder Formorian zu und schob seinen Schwanz zwischen ihre Schenkel. »Außer, du willst das nicht.«

Formorian schnurrte tief und genüsslich und hob ein Bein, das sie um ihn schlingen wollte. Angus fing es ab und drückte es sanft nach unten. Leicht erstaunt blickte sie ihn an.

»Heute mal etwas anderes«, sagte er, als er mit seinen Händen an ihre Hüfte griff und sie umdrehte. »Beug dich über mich und halte dich an diesem Bettpfosten fest.«

Formorian gluckste, beugte sich tief und schob ihren Hintern nach oben, aber Angus lehnte nur über ihr und umfing ihre vollen, hängenden Brüste, drückte sie sanft und rollte ihre

Brustwarzen zwischen Daumen und Zeigefinger. Sie schloss ihre Hände um seine und drückte. »Fester.«

Angus legte ihre Hände zurück auf die Bettpfosten. »Lass deine Hände hier, sonst höre ich auf.«

Sie stöhnte. »Du weißt, dass ich kaum stillhalten kann.«

»Das weiß ich wohl«, flüsterte er ihr ins Ohr und nahm seine langsame Folter ihrer prallen, verlangenden Brüste wieder auf. »Deswegen will ich es so haben.«

Formorian stieß einen Seufzer aus, als seine warme, samtige Zunge in breiten Zügen über ihren Rücken hinabwanderte. Eine Hand glitt jetzt über ihre Rippen und ihren Bauch, während die andere noch immer mit ihrer Brust spielte.

»Spreiz deine Beine für mich, Mori. Weiter.«

Sie begann zu keuchen, als ein tastender Finger in die heiße, feuchte Quelle ihrer Weiblichkeit eintauchte, den Saft über ihren Schamlippen verteilte und dann begann, ihre Knospe zu umkreisen. Seine Finger glitten geschickt über diesen straffen Knopf, massierten dann ihre unteren Lippen mit breiten Zügen und kehrten in ihre pulsierende Mitte zurück, um ihr noch mehr Freude zu bereiten. Sie warf sich wild gegen seine Hand und miaute leise, als sie die Spitze seines Speers an ihrer Öffnung spürte.

Angus beschleunigte die Bewegung seiner Finger und gönnte der wild pulsierenden Knospe keine Sekunde Pause. Mit seiner anderen Hand zog er an ihrem Nippel, wie sie es mochte, und wurde belohnt, als sie zu zittern begann und ihr Körper sich in den Schauern wand, die in einer gigantischen Spannung ihres ganzen Körpers ihren Höhepunkt fanden, bis sie aufschrie.

Er drang in sie ein und nahm sie mit harten und tiefen Stößen. Formorian keuchte wieder und hielt sich am Pfosten fest, während ihre Hüften gegen seine Schenkel schlugen und sie ihre Bewegungen an seine wilde Herrschaft über ihren Körper anpasste. Ihr Körper verkrampfte sich wieder zu einer Reihe von Zuckungen, als er tief in sie drang und mit einem wilden Knurren seinen Samen ausspritzte.

Vollkommen befriedigt war Angus über sie gebeugt, seinen Kopf auf ihrem Rücken, seine Hände hielten ihre Brüste umschlossen. Formorian klammerte sich noch immer an den Pfosten, den Kopf zwischen den Armen, nasses Haar hing ihr lose um den Kopf, und sie schnappte schwer nach Luft. Keiner von beiden hatte gehört, dass sich die Tür geöffnet hatte.

»Vielleicht sollte ich später wiederkommen«, sagte Turius.

Kapitel 21

Verhängnis

Deidre klammerte sich an die Reling und starrte auf den Kai hinab, wo Niall stand. »Lieber Gott, was soll ich tun?« Verstört blickte sie zu Gilead. »Können wir das Schiff wenden? Die Männer sind noch an Bord …«

Aber es war zu spät. Noch während die letzten Leinen festgezurrt wurden, senkte sich der schwere Landungssteg. Niall sprang sofort darauf und lief an Bord.

»Das ist das letzte Mal, dass du ohne mich irgendwohin gefahren bist.« Er griff nach ihrem Arm und funkelte Gilead an. »Du lässt meine Frau in Ruhe.«

»Sie ist noch nicht deine Frau«, antwortete Gilead mit ruhigem Blick. »Und sie scheint auch nicht allzu glücklich darüber zu sein, dass sie deine Braut ist.«

Deidre machte ihren Arm von Niall los. »Warum bist du hier?«

Er lächelte sie höhnisch an. »Ich wollte sichergehen, dass … mein Eigentum … auch am richtigen Ziel ankommt. Nicht, dass dir was zustößt.«

Sie sah ihn finster an. »Gilead hat genügend Männer, um seine Mutter und mich zu beschützen.«

Er hielt ihrem Blick mit eisigen Augen stand. »Ich wollte nicht, dass du …verlorengehst, wenn du verstehst, was ich meine. Ich könnte dich schließlich nicht heiraten, wenn du es nicht bis nach Hause schaffst.«

Merde. Wie konnte er das wissen? Oder hatte er einfach nur richtig geraten? Deidre hob den Kopf und rauschte an ihm vorbei über den Landungssteg und direkt auf Winger zu, der sie geduldig erwartete. So wütend sie auch war, der genickte Gruß des Wallachs besänftigte sie doch ein wenig. Sie streichelte sein seidiges Fell. »Ich freue mich auch, dich zu sehen, mein Junge.«

»Du wirst neben mir reiten«, sagte Niall auf sie zutretend und bot ihr seine Hände als Steigbügel.

Deidre ignorierte ihn, froh darum, dass Winger nicht so groß war wie Malcolm. Sobald alle aufgesessen waren, ritten sie zügig los und ließen die sperrigen Wagen mit einigen von Gileads Männern hinter sich.

Deidre warf einen verstohlenen Blick zu Gilead, der hinter ihr ritt. Er sah fast so unglücklich aus, wie sie sich fühlte. Ihre Pläne waren zunichte – es gab keinen Weg, um nach Dumbarton zurückzukehren und ein Schiff zu erreichen – und das alles wegen dieses lüsternen Ochsen, der neben ihr ritt.

»Du könntest etwas glücklicher aussehen«, sagte der Ochse. »In drei Tagen bist du meine Braut.«

Sie warf ihm einen missmutigen Blick zu. »Ich will dich nicht heiraten.«

Unbeeindruckt zuckte er mit den Schultern, aber sie bemerkte, wie sich seine Fäuste um die Zügel verkrampften. Deidre wusste, dass es nicht klug war, ihn zu erzürnen, aber in diesem Augenblick war es ihr gleichgültig. Ihr blieben nur noch zweiundsiebzig Stunden für eine Flucht. Irgendwohin.

Elen hatte versprochen, noch einmal mit Angus zu sprechen, und die Entschlossenheit in ihrer Stimme hatte Deidre Hoffnung gemacht. Der Besuch bei ihrem Vater hatte Elens Willenskraft deutlich gestärkt, aber als sie sich der Festung näherten, sah Deidre, wie Elen wieder zu dem schüchternen Wesen verkümmerte, das sich in sich selbst verkroch. Zum Teufel mit dem

Laird. Warum konnte er nicht einen Dämpfer bekommen und erkennen, was er den Menschen um sich herum antat?

Gilead trieb sein Pferd etwas an und schloss zu ihr auf. »Sieht aus, als sei Turius zurückgekehrt«, sagte er, als sie durch das Tor ritten.

Deidre hatte die anderen Pferde, zirka zwanzig an der Zahl, die abgesattelt wurden, gar nicht bemerkt. Dann runzelte sie die Stirn. »Ich dachte, er wollte in den Süden zu seinem Sohn.«

»Nein, Turius hat Maximilian nach Luguvalium gerufen. Wie es ihm wohl ergangen ist …« Er unterbrach sich, als der düster vor sich hinstarrende Turius aus der Great Hall trat und mit großen, harten Schritten zu den Ställen stürmte. »Nun, offenbar nicht besonders gut. Er sieht nicht gerade glücklich aus.«

Sie stiegen ab und übergaben ihre Pferde den wartenden Stalljungen. Elen stieg gerade die Stufen zum Saal hinauf, als die Tür aufgestoßen wurde, Angus herauseilte und fast über sie gestolpert wäre. Gilead fing sie auf und warf seinem Vater einen wütenden Blick zu. »Pass doch auf!«

Angus beachtete sie kaum, sondern rannte zur Scheune. Deidre hatte schon den Mund zu einem scharfen Kommentar geöffnet, schloss ihn aber wieder, als ihr auffiel, dass Gilead fast unmerklich den Kopf schüttelte. Niall starrte Angus mit unverhohlener Neugier hinterher. Gilead hatte gut daran getan, zu schweigen. Was auch passiert war, es ging Niall nichts an.

»Ich bringe Euch in Eure Gemächer«, sagte Deidre zu Elen.

Deidre fragte sich, wo wohl Formorian war, als sie durch den Eingang und den hinteren Flur entlanggingen, der zu den Gästezimmern und der Treppe führte. Alles war, abgesehen vom Klappern der Töpfe und Pfannen in der Küche, ungewöhnlich still. Wenn Meara wieder einen ihrer Anfälle hatte, war es nicht weiter erstaunlich, dass keine Mägde zu sehen waren.

Deidre hatte Elen versorgt und wollte sich gerade nach unten wagen, um Una zu suchen, und ein heißes Bad für Elen zu arrangieren, als Una durch die offene Tür rauschte.

»Ach, ich bin froh, dass Ihr zurück seid, Lady Elen«, sagte sie und stieß wie ein großer Bussard auf sie herab und ließ die zarte Frau in ihren großen Armen versinken. »Jetzt wird alles gut. Alles gut.«

Deidre wurde argwöhnisch. »Ist etwas passiert?«

Una funkelte sie an. »Nichts, was dich etwas anginge. Eine Familienangelegenheit. Ganz ruhig«, sagte sie zu Elen, die sprechen wollte. »Macht Euch keine Sorgen. Ich bereite Euch ein heißes Bad vor, und dann solltet Ihre Euch von Eurer langen Reise erholen.«

Im Gehen flüsterte sie Deidre zu »Mylady soll diesen Raum nicht verlassen. Du bleibst bei ihr, bis ihr gerufen werdet. Verstanden?«

Deidre nickte, völlig verwirrt. Wenn jemand Elen schützen musste, wollte sie es gerne tun. Sie wusste zwar nicht wovor, aber sie war nicht nur ein wenig froh darüber, auf diese Weise Niall entkommen zu können. Sie griff zu der filigranen, handgebundenen Bibel, die Elen neben ihrem Bett aufbewahrte.

»Soll ich Euch vorlesen?«

Elen sank mit bleichem Gesicht in den großen Sessel beim Fenster und nickte.

Deidre setzte sich ihr gegenüber und öffnete vorsichtig das Buch. »Johannesevangelium, Kapitel acht. ›Wer unter euch ohne Sünde ist, der werfe den ersten Stein …‹ Soll ich hier weiterlesen?«

Elen schloss die Augen. »Ich fürchte, es ist genau das Richtige …«

Gilead befestigte die Anstecknadel an seiner Schärpe und glitt in den Stuhl neben seiner Mutter. Sein Vater hasste es, wenn jemand zu spät zum abendlichen Mahl erschien. Gilead straffte seine Schultern, um sich für den Tadel zu wappnen, aber Angus sah ihn nur milde an, und schnitt ein Stück Kapaun für Elen ab.

Er war dankbar, dass sein Vater sich um seine Mutter kümmerte, denn er brauchte Zeit zum Nachdenken. Seine Hochzeit – und die von Deidre und Niall – würde in drei Tagen stattfinden. Comgall und Dallis sollten am nächsten Tag eintreffen. Er wusste, dass er Dallis nicht liebte, obwohl das Leben mit ihr wahrscheinlich erträglich wäre, gefügig wie sie war. Langweilig traf es wohl besser. Sie trug nichts von dem Feuer und Temperament Deidres in sich. Deidre … Mit seinen Plänen, ihr zu helfen, war er kläglich gescheitert. Es musste trotz allem noch etwas geben, das er tun konnte. Tun *musste*, damit Niall sie nicht verletzen konnte.

Er ließ seinen Blick zu einem der niedrigeren Tische wandern, an dem Deidre mit Niall saß. Sie saß über ihren Holzteller gebeugt, als wolle sie sich zu einer Kugel zusammenrollen, so weit weg von Niall wie möglich. Gilead sah angewidert zu, wie Niall in großen Schlucken aus seinem Krug trank, ihn auf den Tisch knallte und nach Nachschub verlangte. Er beugte sich zu Deidre, und seine Hand wollte ihr Gesicht zu sich drehen, aber sie schüttelte ihn ab und drängte ihn mit ihrer Schulter weg. Er ballte die Hand zur Faust, und Gilead sah, wie auf seinem noch nicht völlig betrunkenen Gesicht die Wut zuckte, aber offenbar fiel ihm plötzlich wieder ein, wo er war, denn er warf einen schrägen Blick auf den Ehrentisch. Gilead starrte ihn an und Niall lehnte sich leise fluchend zurück.

Gilead hatte seinen Appetit verloren. Wäre er ein freier Mann und nicht gebunden, könnte er Niall herausfordern. Sich mit ihm um Deidres Hand duellieren. Aber da war noch immer Dallis. Die Hochzeit abzusagen, jetzt wo bereits einige der Klanmitglieder angekommen waren und vor den Mauern der

Festung ihre Lager aufgeschlagen hatten, würde einen dunklen Schatten auf ihre Ehre werfen. Das gäbe Comgall jedes Recht, gegen Cenel Oengus in den Krieg zu ziehen. Just in diesem Moment bemerkte er, wie sich Nialls lüsterne Hand Deidres Schenkel näherte, und sah, wie sie von ihm wegrutschte. Bei Dagda! Er musste dem Einhalt gebieten. Gilead nahm einen tiefen Atemzug. Krieg oder nicht, er würde bei ihrer Ankunft mit Dallis und ihrem Vater sprechen. Und dann dem Zorn seines Vaters gegenübertreten.

Er warf einen Blick auf seinen Vater. Angus war heute ungewöhnlich aufmerksam gegenüber Elen. Sollte er sie tatsächlich vermisst haben? Als er jetzt seine Mutter ansah, fiel ihm auf, dass sie noch blasser war als sonst. Sie schien den Tränen nahe. Warum? Ausnahmsweise wetteiferte Formorian heute nicht um seine Aufmerksamkeit. Seine Mutter sollte glücklich sein.

Sein Blick wanderte zu Formorian. Sie war heute seltsam kleinlaut, und Turius trug noch immer denselben grimmigen Ausdruck auf dem Gesicht wie bei ihrer Ankunft. Selbst ihren Versuchen, ein Gespräch mit ihrem Gemahl zu beginnen, begegnete er nur mit Schweigen. Gilead entdeckte einen Hauch von Verdruss auf ihrem Gesicht und fragte sich, was wohl geschehen war, dass beide Männer sie heute ignorierten.

Doch plötzlich stockte ihm das Herz, und er wusste es. Was er die ganzen letzten Jahre über gefürchtet und zu verhindern versucht hatte, war nun doch geschehen. Angus und Formorian wurden ertappt. Beim Liebesakt, Turius' Auftreten zufolge.

Gileads Hoffnungsblase, seine Hochzeit absagen zu können, zerbarst wie ein prall gefüllter Weinschlauch, in den ein Messer sticht. Turius würde am nächsten Tag abreisen – seine Männer hatten zu Gileads Verwunderung den ganzen Nachmittag über Vorbereitungen dazu getroffen – aber Gilead hatte keine Zweifel, dass er mit Verstärkung zurückkehren würde, sobald er seine Truppen aus dem Norden gerufen hatte. Zum Teufel mit den Verfehlungen seines Vaters. Angus brauchte Comgall unbedingt als Verbündeten, sollte es zu einem Krieg kommen. Gilead konnte momentan keinesfalls einen Bruch riskieren. Außer …

Außer er konnte die Männer dazu bringen, einen Vertrag abzuschließen, bevor Turius abreiste. Gilead hatte Anspruch auf Land in Lothian, das ihm König Loth bei seiner Geburt vermacht hatte, als Geste eines dauerhaften Bündnisses mit Cenel Oengus. Das würde er Turius bieten. Es würde seines Vaters Stolz verletzen, wenn er sich von einem Teil seiner Bestände verabschieden musste, aber Turius hatte eine Schwäche für gute Pferde.

Das Mahl schien sich endlos in die Länge zu ziehen. Als schließlich die Überreste abgeräumt wurden, beugte sich Gilead über den Tisch. »Gewährt Ihr mir ein Wort, König Turius? Im Nebenraum?« Er blickte zu seinem Vater. »Auch du solltest dabei sein.«

Beiden Männern wurde es unbehaglich, aber Formorian sah Gilead ruhig an. »Auch ich würde gerne teilnehmen.«

Gilead zögerte. Die Männer würden eher zustimmen, wenn sie nicht vor Formorian ihren Stolz wahren mussten. Aber wie konnte er sie aufhalten? Sie war bei allen Klantreffen anwesend. Widerwillig nickte er.

»Dann werde auch ich dabei sein.« Elen schob ihren Stuhl zurück und stand auf. »Deidre! Ich brauche dich, komm mit.«

Gilead stöhnte. Ein volles Publikum war das Letzte, was er für seine Pläne gebrauchen konnte, aber Deidre warf beinah ihren Stuhl um, so begierig war sie darauf, vor Niall zu fliehen. Er wandte sich an seine Mutter. »Hier geht es um einen Handel. Lass dich von Deidre auf dein Gemach bringen.«

Elen sah aus, als wäre sie einer Ohnmacht nahe, aber ihre Stimme war überraschend fest. »Was meinen Gemahl angeht, geht auch mich etwas an. Ich werde dabei sein.«

Mit einem leisen Seufzer wartete Gilead auf Deidre und führte dann alle durch den hinteren Gang zum letzten Raum, der für persönliche Angelegenheiten genutzt wurde.

Er goss allen Wein ein, den jeder etwas steif entgegennahm, aber nicht trank. Als alle Platz genommen hatten, ließ er seinen Blick über den Raum schweifen. »Während wir fort waren, ist etwas geschehen. Ich muss nicht wissen, was es war.« Er deutete mit einer kurzen Geste auf seine Mutter, und funkelte seinen Vater an. »Aber die Spannung ist so greifbar, dass ich die Luft mit meinem Dolch zerschneiden könnte.« Er stellte seinen Kelch ab und blickte zu Turius. »Ich will nicht, dass du uns im Zorn verlässt. Was können wir dagegen tun?«

Er sah, wie es in Turius' Gesicht zuckte, sein Blick zu Elen wanderte und er sich zu einem Lächeln zwang, bevor er sich an Gilead wandte. »Du irrst dich. Ich bin wütend, weil Maximilian sich geweigert hat, mich zu treffen, und weil er weiterhin den Sachsen hilft. Ich versammle nur meine Truppen, damit wir nach Süden ziehen können und ihm entgegentreten. Ich lasse nicht zu, dass mir mein … Sohn … Hörner aufsetzt.«

»Ich danke dir, Turius, für deine Güte.« Elen lächelte ihn an, aber das Lächeln erstarb, als sie sich Angus zuwandte. »Gibt es etwas, das du mir sagen möchtest?«

Eine Weile lang schwieg Angus, und Gilead meinte, in seinen Augen kurz einen schmerzlichen Ausdruck zu erkennen. Auf ein kaum merkliches Nicken von Formorian hin holte er tief Luft.

»Turius hat uns in einer … kompromittierenden Situation ertappt.«

Elen wurde blass, aber ihre Augen ruhten auf Angus. »Weiter.«

Er starrte sie an. »Ich werde dir die Details ersparen.«

Turius beugte sich über den Tisch und nahm ihre Hand in

seine. »Dem stimme ich zu. Ich will dir sagen, dass Formorian Morgen mit mir abreisen wird, und wenn ich aus dem Süden zurückkehre, werde ich dafür sorgen, dass sie den Rest ihrer Tage in einem Kloster zubringt.«

Formorian schlug ihren Kelch auf den Tisch, so dass sich der Inhalt über den Tisch ergoss. »Ich habe nicht die Absicht, einem Kloster beizutreten.«

»Du hast keine Wahl«, antwortete Turius ruhig und lehnte sich zurück. »Du hast mir schon viel zu lange Hörner aufgesetzt.«

Formorian lachte. »Da spricht genau der richtige. Maximilian ist nicht mein Sohn. Ich weiß sehr wohl von deinen Reisen zur Holy Isle, um deine Priesterin zu treffen. Noch immer.«

»Ich bin dein König.«

»Nur dem Namen nach«, gab sie zurück. »Wir wussten beide, dass diese Ehe dazu diente, das Land zu sichern. Du hast mir versprochen, wenn ich mit dir den Wall überqueren würde, würdest du mir nie das Recht der Frau auf die Freiheit ihres Körpers verwehren. Hast du das schon vergessen?«

Elen entfuhr ein kleiner Schrei, und Turius sprang auf, seine Wut kaum mehr verhüllend. »Genug! Das reicht!« Er wandte sich an Elen. »Es tut mir leid, dass du hier mit hineingezogen worden bist. Du hättest etwas Besseres verdient.« Er stieß Formorian leicht zur Tür, Deidre und Gilead folgten ihnen.

Gilead hoffte, seine Mutter würde seinem Vater endlich gehörig die Meinung sagen, wie er es schon so lange verdiente, aber was er hörte, als er die Tür leise hinter sich schloss, versetzte ihm einen Schock.

»Ich wollte dir niemals weh tun, Elen. Bitte glaub mir.«

»Ja, ich weiß, dass du den Schwur mit ihr abgelegt hast.« Seine Mutter begann zu weinen. »Ich habe nur das bekommen, was ich verdiene.«

Irgendetwas ging vor sich. Und Niall gefiel es nicht. Den ganzen Nachmittag über hatten Turius' Truppen Vorbereitungen zum Aufbruch getroffen. Um nach Süden zu ziehen, und Maximilian zu unterwerfen, hieß es.

Wenn Nialls Plan, dass Turius Angus für ihn aus dem Weg schaffte, aufgehen sollte, musste noch heute Nacht etwas geschehen, vor Turius' Abreise. Niall wünschte, er hätte arrangieren können, dass Angus mit Formorian ertappt wurde. Dann musste Turius die Schotten herausfordern. Entweder in einem Gerichtskampf, eins zu eins oder in einem richtigen Krieg, der für genügend Ablenkung sorgen würde, dass Niall Fergus Mor überzeugen konnte, aus dem Norden anzugreifen und sich dabei den Aufruhr zunutze zu machen.

Er würde auf seinen anderen Plan ausweichen. Er schüttelte den Kopf, um einen klaren Gedanken zu fassen, und wünschte, er hätte nicht so viel getrunken. Aber Deidre machte ihn rasend. Es war ihre Schuld, dass er so viel trank. Und sie würde dafür büßen, für die vielen Male, die er zu Bett gegangen war, ohne sich an einer Frau zu erleichtern. Er grinste, als er an die vielen Arten dachte, wie er sie es sühnen lassen würde, um sich dann wieder in die Gegenwart zurückzurufen. Turius ließ etwa eine halbe Zenturie Männer hier. Ohne Zweifel würde auch Formorian bleiben, während er im Süden beschäftigt war. Dem Gesetz nach lag die Befehlsgewalt über seine Truppen also bei der Königin. Das passte wunderbar in Nialls Pläne.

Wenn man Elen vor Turius' Abreise tot auffinden würde, wäre Angus gefährlich allein. Formorian hatte sich selbst immer mehr als Gälin denn als Britin gesehen; sie würde sich an Angus anschließen, wie eine Sehne in einen sauber gekerbten Pfeil. Turius müsste fürchten, seine Frau an ihn zu verlieren, vor allem, wenn es Niall gelang, etwas Öl auf die feurigen Gedanken zu gießen. Er würde es sicher nicht dulden, sich öffentlich Hörner aufsetzen zu lassen. Mit etwas Glück würde Turius vielleicht sogar Angus herausfordern, bevor er sich auf den Weg machte. Spätestens aber wenn er zurückkehrte und herausfand, dass die Königin eine Ehebrecherin war, würde er handeln müssen. Aber Niall brauchte Beweise. Auf welche Art auch immer, er musste Turius dazu bringen, Angus zu vernichten.

Elen musste noch in dieser Nacht sterben.

Falsch pfeifend machte sich Niall auf die Suche nach seiner Komplizin. Diesmal würde er sicherstellen, dass ihr Plan gelang. Möge der Teufel ihnen helfen.

»Wie hat Mutter letzte Nacht geschlafen?«, fragte Gilead Deidre am nächsten Morgen, als sie auf den Stufen vor der Great Hall standen, um sich von Turius' Truppen zu verabschiedeten.

»Brena hat ihr einen Trank gegeben«, antwortete Deidre und blickte zu den dunkelgrauen Wolken auf, die tief über ihnen hinwegjagten. »Es ist so ein trüber Morgen, ich dachte, ich lasse sie lieber etwas länger schlafen.«

»Ja. Es ist besser, wenn sie Formorian nicht noch einmal gegenübertreten muss«, stimmte ihr Gilead zu. »Ich werde sie entschuldigen.«

»Das ist nicht nötig«, antwortete Formorian, als sie durch die Tür trat und sich ihre Reithandschuhe überzog, offenbar völlig unberührt von dem Gespräch am Vorabend. »Ich glaube, deine Mutter und ich verstehen uns weit besser, als du denkst.«

»Wo ist Turius?«, fragte Gilead, um das Thema zu wechseln.

Formorian zuckte die Schultern. »Bei deinem Vater, nehme ich an. Es gibt noch einige Dinge zu klären wegen der Soldaten, die Turius hier lässt.«

Deidre betrachtete sie. Wie konnte diese Frau so ruhig sein, nach allem, was geschehen war? Wie Helena von Troja könnte sie ebenso für einen Krieg verantwortlich sein, auch wenn die

Männer so taten, als sei nichts geschehen. Wie lange konnte das andauern?

»Es tut mir so leid, dass wir bei euren Hochzeiten nicht anwesend sein werden«, sagte Formorian fröhlich, »aber Turius ist noch immer etwas aufgebracht, und ich muss ihn beruhigen, bevor er in die Schlacht zieht. Ich will nicht riskieren, dass er einen strategischen Fehler begeht, weil er sich nicht richtig konzentriert.«

»Du ziehst nicht mit ihm in den Süden?«, fragte Gilead kühl.

»Ich hatte noch nie etwas mit seinem Sohn zu tun«, antwortete Formorian und legte, die Augen auf Gilead gerichtet, den Kopf zur Seite. »Was du auch denken magst, ich schätze die militärischen Fähigkeiten meines Mannes sehr. Ich werde nicht diejenige sein, die ihn zu Fall bringt.«

Niall stolperte heraus, um sich zu ihnen auf die Treppe zu gesellen. Mit trüben Augen blickte er Formorian an. »Wollt Ihr Euch von Eurem Gemahl verabschieden?«

»Ich begleite ihn«, antwortete sie.

Er sah sie bestürzt an. »Das geht nicht!«

Formorian zog die Augenbrauen hoch. »Geht nicht?«

Niall begann zu stottern. »Ich meine … Ihr solltet hier sein, … äh, zur Hochzeit.«

Sie klang amüsiert. »Ich bezweifle, dass mich Gilead vermissen wird.«

»Aber Eure … Anwesenheit ist für Deidre und mich wichtig. Nicht wahr?« Er versuchte einen Arm um Deidre zu legen, aber sie entzog sich ihm und Gilead stellte sich zwischen die beiden. Niall fluchte und sah sich dann langsam um. »Wo ist deine Mutter?«

»Sie schläft«, gab Gilead zurück. »Warum?«

Ein durchtriebener Blick machte sich auf seinem Gesicht breit. »Deine Mutter ist eine sehr höfliche Frau; sie verabschiedet sich doch sonst immer von ihren Gästen. Vielleicht solltest du nach ihr sehen.«

»Es geht ihr gut«, fuhr ihn Deidre an. »Sie braucht Ruhe. Comgall wird später hier eintreffen. Dafür muss sie Vorbereitungen treffen.«

Niall warf ihr einen anzüglichen Blick zu. »Und Dallis. Vergiss nicht die Braut unseres guten Gilead. Nur noch zwei Tage, mein Junge. Dann kannst du mit dieser Schönheit das Bett teilen, und ich werde Deidre zu meiner rechtmäßigen Frau machen.«

Deidre versuchte ein Schaudern zu unterdrücken und Gilead biss die Zähne zusammen, aber Niall fuhr fort. »Ich bin mir sicher, deine Mutter will den König von Britannien nicht beleidigen, oder?«

Vielleicht hat er recht, dachte Deidre. Nach der Auseinandersetzung vergangene Nacht war das Letzte, was hier jemand gebrauchen konnte, dass sich Turius auf irgendeine Art beleidigt fühlte. »Ich werde nachsehen, ob sie wach ist«, sagte sie zu Gilead, wurde aber unterbrochen, als Angus und Turius zur Tür heraustraten.

Nichts an ihrem Verhalten ließ erkennen, was letzte Nacht geschehen war. Deidre wusste, dass Angus' Entschlusskraft so unbeugsam wie Stahl war, trotzdem spürte sie, wie in ihm die Anspannung brodelte, als er sich jetzt Formorian näherte. Turius dagegen erschien völlig ruhig und gelassen. Vielleicht war es diese kühle Beherrschung, die ihn zu einem so großen Anführer gemacht hat.

Turius' Soldaten hatten sich vor den Burgmauern in Marschordnung aufgestellt. Seine Kavallerie hatte sich im Burghof versammelt und bezog Aufstellung für die Reise nach Luguvalium.

Niall wirkte nervös. »Wenn Ihr noch warten wollt, Mylord, Deidre wollte gerade Lady Elen holen. Sie wäre sicher enttäuscht, wenn Ihr abreist, ohne dass sie sich verabschieden kann.«

»Ich glaube, Mylady hat sich schon letzte Nacht verabschiedet«, sagte Turius mit ruhiger Stimme.

»Aber … Ihr wisst, wie viel Wert sie auf gute Manieren legt …«, wandte Niall ein.

Angus hob eine Augenbraue. »Ja. Und trotzdem erlaubt sie Euch, am Tisch zu sitzen. Wenn Elen heute Morgen ruhen möchte, soll sie das tun. Sie hat einen langen Tag vor sich.«

Niall gab auf und ging vor sich hingrummelnd hinein. »Warum ist er nur plötzlich so besorgt um die guten Manieren?«, fragte Gilead.

»Wahrscheinlich denkt er, dass er damit Eindruck auf mich machen kann. Was ihm nicht gelingen wird … niemals«, fügte sie mit einem Seitenblick auf Angus hinzu.

Er schenkte ihr keine Beachtung und hielt den Kopf von Formorians Pferd, während sie aufstieg. Dann verbeugte er sich vor ihr und Turius. »Möge der Unfriede mit Max schnell beigelegt werden.«

Turius nickte, und die Prozession begann ihren langsamen Marsch aus den Mauern der Festung hinaus. Noch während Deidre Turius' und Formorians Pferden hinterherblickte, wie sie um die Kurve ritten und aus ihrem Blickfeld verschwanden, begannen die ersten großen, kalten Regentropfen aus dem dunklen Himmel herabzuprasseln.

Una hielt Deidre zurück, als sie wieder in den Saal zurückkehrten und schickte sie mit der mürrischen Janet und der verdrießlichen Sheila an die Arbeit, um Formorians altes Gemach für Dallis vorzubereiten.

»Ich weiß überhaupt nicht, warum wir die Arbeit von Zimmermädchen machen müssen«, murrte Janet, als sie das benutzte Laken vom Bett zog. »Wir dienen Lady Elen.«

»Ja«, antwortete Sheila und warf Deidre einen Seitenblick zu. »Aber auch Lady Dallis wird eine Zofe brauchen, wenn sie erst die Frau des Sohns des Lairds sein wird, oder nicht?«

Deidre schluckte schwer. Gileads Frau dienen zu müssen, wäre beinahe so schlimm wie Niall zu heiraten, aber nur beinahe. Ihr blieben weniger als 48 Stunden, um sich davonzustehlen. Aber sie hatte nicht vor, noch so lange zu warten. Sie würde noch heute fliehen. Bei all dem Aufhebens um Dallis' Ankunft würde niemand bemerken, wenn sie in den Ställen verschwand. Sie würde einige ihrer Münzen zurücklassen, um damit für Winger zu bezahlen. Es quälte sie nur, dass sie ihre Mission, den Stein zu finden, nicht erfüllen konnte, denn das Gefühl war – mit voller Kraft – zurückgekehrt. Der Stein musste *hier* sein.

»Diese Zofe werde jedenfalls nicht ich sein«, sagte sie.

Janet warf ihr einen säuerlichen Blick zu. »Ja. Du wirst auch eine Lady werden, nicht wahr? Mit eigenen Bediensteten und alldem.«

»Wenn sie die Schmerzen erträgt«, grinste Sheila boshaft. »Erinnerst du dich, was die Magd, die einmal mit Nialls Frau hier war, erzählt hat – wie er sich im Bett sein Vergnügen holt?«

Janets Gesicht hellte sich auf, aber Deidre blieb die Antwort erspart, denn auf dem Hof erklang das Geräusch von einfahrenden Wagen und Hufen. Sie rannte zum Fenster und sah hinaus.

»Bei allen Heiligen! Comgall ist schon hier! Und Lady Elen ist noch nicht einmal aufgestanden!« Sie warf die Tücher in einem Bündel auf den Boden. »Ich habe ihr gesagt, dass ich sie rechtzeitig wecken werde! Kann eine von Euch nach Una und heißem Wasser schicken?« Sie ließ ihnen keine Zeit für eine Antwort und rannte zur Tür.

Und wäre im hinteren Flur beinahe über Meara gestolpert.

Das Gesicht der Köchin glühte leuchtend rot, an einem Arm hatte sie ein Küchenmädchen, mit der anderen Hand zog sie einen Küchenjungen am Ohr hinter sich her. Der Anblick genügte Deidre, um selbst ihre Ohren bedecken zu wollen.

»Ein wunderbarer Morgen, um mit ihr deinen Spaß zu haben, Bürschchen! Der Laird und Lady Dallis sind hier, und wir haben nichts für ihr Morgenmahl vorbereitet! Wenn ich deine Hände heute nicht so dringend brauchen würde, würde ich dich windelweich prügeln. Und du …« Sie wandte sich an das eingeschüchterte Mädchen und schüttelte sie. »Ich lasse nicht zu, dass ihr in meiner Küche Kinder statt Brot macht! Wirst du deine Röcke unten behalten, oder muss ich dich auf die Straße setzen?«

Deidre presste sich an die Wand, als das Trio an ihr vorbeirauschte, Meara noch völlig mit ihrem Tobsuchtsanfall beschäftigt. Vielleicht war das nicht der beste Augenblick, um nach einem Frühstück für Elen zu fragen.

Sie machte sich auf den Weg zur Treppe und hielt dann vor der Tür kurz an, um zu Atem zu kommen und ihr Haar zu glätten, bevor sie an die Tür klopfte. Elen legte Wert darauf, dass sie einigermaßen ordentlich aussah.

Keine Antwort. Deidre drehte sanft am Knauf, und die Tür schwang quietschend auf. Man würde die Tür dringend ölen müssen.

Elen schlief noch immer, auf der Seite zusammengerollt, mit dem Rücken zur Tür. Deidre ging zum Bett und legte sanft eine Hand auf Elens Schulter.

»Es ist Zeit zum Aufstehen, Mylady. Die Gesellschaft ist schon früh angereist.«

Keine Antwort. Deidre schüttelte Elens Arm. »Bitte, Mylady.« Sie strich die blonden Locken aus Elens Gesicht. Ihre Haut war so kalt. Deidre fasste sie an die Schulter, um sie umzudrehen, und wich dann zurück, den Mund zu einem stummen Schrei aufgerissen.

Elen starrte mit blinden Augen leer zu ihr hinauf.

Sie war tot. Deidre klammerte sich an den Bettpfosten und schnappte nach Luft. Sie kämpfte gegen den Schwindel und die Übelkeit an, die wie eine Welle über sie hereinbrachen. Irgendwie, ohne sich daran erinnern zu können, fand sie ihre Stimme wieder und zerteilte die Luft mit einem markerschütternden, klagenden Schrei.

Kapitel 22

Die letzte Chance

Gileads Kopf schoss in die Höhe, als der haarsträubende Schrei aus dem Gemach seiner Mutter die Luft im Burghof zerriss. Er hatte gerade Dallis beim Aussteigen aus der Kutsche geholfen, aber jetzt reichte er ihre Hand schnell an Drustan weiter, der vor Übereifer, ihre Hand zu ergreifen, fast seine Harfe fallen ließ.

»Gib auf sie acht«, sagte Gilead und rannte zum Eingang. Er schoss die Treppe nach oben, zwei Stufen auf einmal nehmend, rannte um die Kurve zum Gemach seiner Mutter und blieb abrupt stehen – unfähig, das zu begreifen, was er sah.

Deidre war auf dem Boden neben dem Bett seiner Mutter zusammengesunken, Tränen strömten über ihr Gesicht. Seine Mutter starrte mit glasigen Augen ins Leere, ihr Gesicht zu einem schmerzvollen Ausdruck verzogen. Ihre Hände hatten sich wie die Krallen eines Vogels um die Decke verkrampft.

»Mein Gott«, sagte er leise, als er nach vorne taumelte, sich über das Bett lehnte und vorsichtig die leeren Augen seiner Mutter schloss. Er beugte sich nach unten und hob Deidre in seine Arme, die sich verzweifelt an ihn drängte.

»Was ist passiert?« Angus stürmte herein und erstarrte, als er Elen so auf dem Bett liegen sah. »Was … wer …?«

Hinter ihm konnte man hören, dass mehrere Menschen die Treppe hinaufrannten. Janet und Sheila fingen laut zu klagen an, als sie Elens Leiche entdeckten, und eine düster dreinblickende Una bahnte sich ihren Weg durch die Menge, die sich im Gang versammelt hatte. Sie bekreuzigte sich und hob die Decken, um nach Spuren zu suchen.

»Keine Abdrücke«, sagte sie zu Angus. »Keine Wunden. Nichts.«

Ihre Stimme brachte Bewegung in ihn. »Sucht die Wache von letzter Nacht«, donnerte er los. »Jeder, der letzte Nacht diesen Raum betreten und wieder verlassen hat, wird bei mir Rechenschaft ablegen.«

Die Wache erschien verschlafen und schob das Hemd in das Trews, als Elens Leiche gerade hinausgetragen wurde. Er riss die Augen auf, plötzlich hellwach. »Was ist geschehen, Mylord?«

Angus' Blick verdunkelte sich. »Das will ich von dir wissen. Warst du die ganze Nacht auf deinem Posten?«

Der Soldat wich etwas zurück, aber hielt dem Blick stand. »Ja, Sir.«

»Und warst du wach? Ein kleines Schläfchen gehalten?«

Angus' einschüchternder Sarkasmus zermalmte die meisten Männer, aber der Soldat straffte seine Schultern. »Nein, Sir.«

»Dann sag mir, wer das Zimmer betreten hat.«

Der Mann runzelte die Stirn. »Die Zofe von Mylady«, sagte er und deutete auf Deidre. »Brena, mit dem Trank für Mylady. Ihr selbst, Sir, und Königin Formorian …«

»Formorian?«, fragten Deidre und Gilead wie aus einem Mund.

»Ja. Sie sagte, sie würde nicht lange bleiben, und das hat sie auch nicht getan.«

Gilead blickte zu seinem Vater. »Weißt du, warum sie sich Zutritt zu Mutters Privatgemächern verschafft hat?«

»Ja.« Angus wandte sich an die Wache. »Such Brena und schick sie zu mir. Falls dir sonst noch jemand einfällt, dann komm noch mal zu mir.« Er wartete, bis die Schritte des Mannes im Gang verklungen waren und wandte sich dann wieder an Gilead.

»Nicht was du denkst. Mori wollte sich entschuldigen.«

»Warum? Sie hat sich noch nie für ihre Liebeständel geschämt.«

Angus' Augen begannen zu glühen, aber er hielt sich zurück. »Sie wollte deine Mutter nicht verletzen. Das war niemals unsere Absicht. Du weißt nicht, wie es …«

»Ich weiß, dass ihr den Schwur geleistet habt«, unterbrach ihn Gilead, »aber ich hätte gedacht, dass Formorian den Anstand besitzt, Mutter euer falsches Spiel nicht auch noch auf die Nase zu binden.«

Angus war mit zwei Schritten und geballten Fäusten bei Gilead. »Das war der Grund, *warum* sie sich entschuldigen wollte. Ich hatte ihr geraten, es besser sein zu lassen.«

»Aber würde sie Eure Frau vergiften?«, fragte Deidre.

Beide Männer drehten sich zu ihr um, ihre Wut für den Augenblick vergessend. »Was?«

»Es muss ein Trank gewesen sein«, sagte Deidre, »genau wie die anderen Male zuvor. Es gibt keine Wunden, oder Flecken, nur ihr schmerzverzerrtes Gesicht. Und so wie ihre Hände die Decke umklammert hielten, hatte sie sie vielleicht an den Bauch gepresst.«

Deidre ging hinüber zur Kommode, auf der neben dem Wasserkrug und der Schüssel ein Weinkelch stand. Ein paar Tropfen waren noch darin. Sie hob den Kelch und schnüffelte daran. Es roch leicht harzig. Sie wollte gerade einen Finger hineintauchen, als Angus ihr den Kelch aus der Hand riss.

»Bist du von Sinnen?«

Deidre hob den Kopf, nicht gewillt, sich einschüchtern zu lassen. »Fürchtet Ihr, dass es mir plötzlich schlechtgehen könnte, wenn ich koste, was in diesem Kelch ist?«

Angus' Augen verengten sich bei dieser Andeutung. »Ich würde niemals meine eigene Frau töten. Aber du … du bist fremd hier. Gilead sagt, du seist keine Spionin, aber ich bin mir da nicht so sicher. Ida hat dich schnell gefunden. Wollte er Informationen von dir?«

»Vater! Sie ist dort gefangengehalten worden«, warf Gilead ein.

»Vielleicht sollten wir das aber auch nur denken«, antwortete Angus, ohne Deidre aus den Augen zu lassen. »Mir scheint, dass du jedes Mal dabei warst, wenn etwas vorgefallen ist … beim ersten Mal, als Elen krank wurde, hast du von Gift gesprochen … eine sehr kluge Methode, darauf hinzuweisen, und so die Spur von dir wegzulenken.«

»Ich habe nicht …«

»Und auf der Treppe bist du direkt hinter Elen gegangen«, fuhr Angus fort. »Hast du sie gestoßen? Oder hast du nur den Teppich zerschnitten, als du nach dem Stein aus der Brosche gesucht hast?«

»Vater! Deidre hätte meiner Mutter niemals etwas zuleide tun können!«

»Nein?«, Angus sah Gilead an. »War es nicht Deidre, die Elen mit den Abdrücken am Hals gefunden hatte? Sonst wurde dort niemand gesehen.« Er drehte sich wieder zu Deidre. »Bevor du mich oder Mori anklagst, siehst du besser in den Spiegel und erblickst dein eigenes Gesicht.«

Deidre begann trotz ihrer ganzen Tapferkeit zu zittern. »Ich schwöre, dass ich nicht …«

Die Tür wurde aufgerissen, und die zerzauste Wache stürzte herein.

»Was ist?«, fragte Angus aufgebracht.

»Brena, Sir. Wir können sie nirgendwo finden.«

Angus fluchte. »Una soll ihr Zimmer durchsuchen, und nachsehen, was fehlt.« Als die Wache verschwunden war, wandte er sich wieder an Gilead. »Wenn du von Deidres Unschuld so überzeugt bist wie ich von Moris, dann bleibt nur noch Brena.«

»Ich bin mir bei Deidre sicher, Vater. Aber …« Er zögerte und sagte dann fast widerwillig. »Erinnerst du dich, dass Brena Formorians Heilerin war, bevor sie zu uns kam. Und dass sie selbst anbot zu bleiben, als unser eigener Heiler plötzlich starb?«

Angus sah ihn nachdenklich an. »Und weiter?«

»Nun, wenn Mutter vergiftet wurde, vielleicht hat unseren Heiler ja damals das gleiche Schicksal ereilt, so dass Brena anbieten konnte, hierzubleiben … und …«

Angus Augen verdüsterten sich. »Sag, was du sagen willst.«

Gilead blickte zu Deidre und dann wieder zu seinem Vater zurück. »Vielleicht hat sie nicht auf eigene Faust gehandelt. Vielleicht hat ihr jemand …«

»Mori, zum Beispiel?« Angus Stimme war völlig ruhig, ein sicheres Zeichen für seine maßlose Wut.

Gilead erkannte es und nahm einen tiefen Atemzug. »Wer sonst könnte Mutter …«

»Hör mir jetzt gut zu«, sagte Angus, sich seinem Sohn nähernd, dass sich ihre Gesichter fast berührten. »Es ist wahr, dass Mori und ich uns immer geliebt haben und heiraten wollten. Aber das Schicksal hat es nicht gut mit uns gemeint. Mori fügte sich. Und ich hätte deine Mutter nicht heiraten müssen. Ich hätte sie wegen ihres Betrugs mit beschmutzter Ehre sitzenlassen können. Das habe ich nicht getan. Aber das hier ist wichtig, und ich sage es nur ein einziges Mal. Als Mori und ich den Schwur ablegten, haben wir noch einen weiteren Pakt geschlossen. Wenn uns die Götter gnädig wären und wir zusammen sein durften, würde keiner von uns versuchen, die Ehe des anderen zu zerstören. Und daran haben wir uns beide immer gehalten.«

»Darf ich einen Vorschlag machen?«, frage Deidre.

Angus wandte seine Augen von seinem Sohn ab und sah sie an. »Was?«

»Könnten wir uns den Kräuterschrank ansehen, solange Una Brenas Gemach durchsucht? Vielleicht finden wir das Gift.«

Ohne zu antworten, machte Angus auf dem Absatz kehrt und ging hinaus. Deidre und Gilead folgten ihm stehenden Fußes. Der Wandschrank war verschlossen. Angus machte sich nicht die Mühe, nach Una und einem zweiten Schlüssel zu schicken. Er trat zurück, rammte seine Schulter hart gegen die Tür und der Rahmen zerbarst.

Penetrante Gerüche stiegen ihnen in die Nase: der modrige Geruch von Kräutern, die zum Trocknen an der Decke aufgehängt waren, die scharfe Brise von Eukalyptus aus einer Ecke der winzigen Kammer, der moschusartige Geruch von Sandelholz, das auf einer Arbeitsplatte lag. Deidre kramte durch kleine Päckchen mit Kräutern, roch an jedem einzelnen, fand aber nur gewöhnliche Gartenkräuter wie Rosmarin, Basilikum, Lorbeer und Fenchel. Von einem Regal nahm sie verschiedene Töpfe und öffnete die Deckel. Nichts Ungewöhnliches. Sogar der Löwenschwanz, den Brena für den Schlaftrank benutzte, und das Wanzenkraut gegen Magenbeschwerden waren sauber beschriftet. Deidre seufzte enttäuscht auf.

»Ich finde nichts, was einen so schnellen und schmerzhaften Tod verursachen könnte.«

Gileads Blick fiel auf ein Regal nahe der Decke, und er fragte sich, warum ein Regal so weit oben angebracht worden war, für das eine Frau, so klein wie Brena, einen Hocker brauchen würde. Zudem sah das Holz des Regals etwas neuer als, als das der anderen. Er streckte die Hand aus und fuhr darüber, stieß aber auf nichts als Staub, bis er das Ende erreichte. Er berührte etwas Glattes und Kaltes und förderte ein kleines Fläschchen zutage.

Er zog den Pfropfen heraus, und der Geruch von Harz erfüllte den Raum.

Deidres Augen wurden größer, als sie das Fläschchen in die Hände nahm. »Schierling!« Sie wandte sich an Angus. »Ich habe nicht sehr viel Erfahrung mit Kräutern, deshalb kam mir Schierling auch nicht gleich in den Sinn, aber ich weiß, dass es innerhalb einer Stunde einen qualvollen Tod verursachen kann. Man kann es auch«, sie runzelte die Stirn, als sie daran dachte, wie die Heilerin ihrer Mutter die jungen Priesterinnen unterrichtet hatte, »hin und wieder in kleinen Mengen verabreichen, um jemanden zu schwächen, so dass es wirkt, als würde die Person langsam verkümmern.«

»Genau, wie es Mutter ergangen ist!«, rief Gilead aus. »Und es begann, kurz nachdem Brena zu uns kam.«

Angus starrte beide an und rannte dann zur Tür hinaus, nach Adair und Calum rufend, als er in den Burghof einbog.

»Folgt Turius«, befahl er dem Anführer seiner Wache. »Finde heraus, ob sie mit ihnen entkommen ist.« Er wandte sich an Calum. »Reite zu Gabran. Berichte ihm von unserer Vermutung und dass Brena vielleicht versucht, über sein Land zu ihrem eigenen Klan zu fliehen. Sag ihm, er soll sie gefangennehmen, falls er sie findet.«

Als seine Männer davonstürmten, um seinen Befehlen zu folgen, legte Angus seine Hand auf Gileads Schulter. »Ich schwöre dir, mein Sohn, ich werde deine Mutter rächen. Das schulde ich ihr.« Er wandte sich an Deidre. »Du warst ihre liebste Zofe. Würdest du ihr die Ehre erweisen, bei ihr zu sein, wenn sie bereitgemacht wird?«

Deidre warf Gilead einen misstrauischen Blick zu, und er nickte leicht. »Mutter würde sich das wünschen«, sagte er.

Noch immer unter Schock, ging Gilead langsam zurück in den Saal. Comgall, Dallis und Drustan saßen an einem Tisch in der gegenüberliegenden Ecke, und er gesellte sich zu ihnen.

Comgall klopfte ihm auf die Schulter. »Unser Beileid«, sagte er unbeholfen.

»Es tut mir sehr leid«, sagte Dallis mit ihrer süßen Stimme und legte sanft eine Hand auf seinen Arm. »Drustan und ich haben versucht, einen Trauergesang für Lady Elen zu dichten.«

»Den wir zusammen singen könnten«, fügte Drustan hinzu. »Dallis hat eine schöne Stimme, und es wäre angemessen, wenn sie ihrer Schwiegermutter so die letzte Ehre erweisen könnte.«

Gilead nickte traurig und bemerkte aus den Augenwinkeln, dass Niall eingetreten war und auf sie zukam. Er wandte ihm den Rücken zu, in der Hoffnung, dieser Wüstling würde den Hinweis verstehen und wieder verschwinden.

»Wegen der Hochzeit …«, setzte er an. »Ich weiß nicht, wie ich jetzt heiraten könnte.«

»Sicherlich nicht«, stimmte Dallis fast zu schnell zu. »Du bist aufgebracht und brauchst Zeit, um dich zu erholen. Ich verstehe das sehr gut.«

Gilead sah sie dankbar an. Eine Ironie des Schicksals, dass er auf diese Weise seine Freiheit bekommen hatte. Der Tod seiner Mutter war ein grauenhafter Preis dafür, aber durch ihr Ableben hatte sie dazu beigetragen, einen Krieg zu verhindern. *Mutter, die Friedensstifterin, selbst noch im Tod.*

»Was soll das heißen?«, fragte Niall, als er sich unaufgefordert zu ihnen setzte. »Ich hoffe, ihr erwartet nicht, dass auch ich meine Hochzeit verschiebe.«

Gilead ballte unter dem Tisch die Fäuste, während Dallis hörbar den Atem einzog und Comgall und Drustan Niall bestürzt ansahen. Die Kaltschnäuzigkeit dieses Mannes kannte offenbar keine Grenzen. »Hier wird in nächster Zeit keine Hochzeitsfeier stattfinden«, sagte Gilead mit der gleichen ruhigen Stimme, die bei seinem Vater Gefahr erkennen ließ.

»Es ist wohl mir überlassen, wann ich heirate!«, fuhr ihn Niall unwirsch an. »Ich kann Deidre auf meinem eigenen Land heiraten. Sie soll morgen zur Abfahrt bereit sein.«

»Das ist kaum möglich, Sir«, antwortete Dallis sanft. »Sie wird sicher an der Trauerfeier teilnehmen wollen.«

»Ja«, fügte Comgall hinzu. »Und wenn Gilead bereit ist, seine Hochzeit zu verschieben, dann solltet auch Ihr das tun.« Er sah Gilead an. »Lugnasad ist schon morgen. Wie wäre es mit Mabon, wenn die Äpfel reif für den Cider sind? Dallis liebt diesen Trank, und es würde Euch Zeit für Eure Trauer lassen.« Als Gilead zögerte, verengte er seine Augen. »Außer Ihr wollt meine Tochter gar nicht heiraten?«

»Sicherlich will er!«, sagte Angus hinter Gilead.

Gilead schrak auf und fluchte leise vor sich hin. Er hatte seinen Vater nicht kommen hören; Angus beherrschte diese Kunst hervorragend, wenn er wollte. Das wäre die Gelegenheit gewesen, Comgall zu sagen, dass er noch nicht bereit war. Und dennoch, Niall hatte ein Funkeln in den Augen, das Gilead sagte, dass Niall, wenn er nicht zustimmte, die gemeinsamen Hochzeiten zu verschieben, seine Drohung wahr machen und Deidre einfach mitnehmen würde. Er seufzte. Er würde den richtigen Augenblick abwarten, und später mit Comgall sprechen.

»Ich überlege es mir mit Mabon.«

Zumindest hatte er Deidre etwas Zeit verschafft.

Laut fluchend sattelte Niall später am selben Tag sein Pferd, um Cenel Oengus zu verlassen. Elen hätte vor Turius' Aufbruch tot aufgefunden werden sollen. Er hatte darauf gesetzt, dass Formorian zurückbleiben würde und den Befehl über die halbe Zenturie von Soldaten hätte, die Turius zurückließ. Irgendetwas war hier schiefgelaufen. Trotzdem, wenn ihm dieses sture Weib Deidre gehorcht und nach Elen gesehen hätte, hätte er Formorian überreden können, hierzubleiben und sich um die Organisation des Haushaltes zu kümmern. Das war schließlich die Aufgabe einer Frau. Er zerrte besonders stark am Sattelgurt, und das Pferd legte seine Ohren flach an, aber das kümmerte ihn nicht. Diese kleine Hure würde bezahlen – schwer dafür bezahlen –, wenn sie erst einmal verheiratet waren.

Auf dieses Vergnügen warten zu müssen, machte ihn rasend. Weitere zwei Monate! Aber außer sie zu entführen – dieses verdammte Weib war immer umgeben von Menschen – blieb ihm kaum etwas zu tun. Er zog den Stöpsel aus dem Weinschlauch an seinem Sattel, nahm einen kräftigen Schluck und wischte sich mit dem Ärmel über den tropfenden Mund.

Ein Gedanke drängte sich immer deutlicher in sein Bewusstsein, als er noch einen Schluck nahm. Turius hatte viereinhalb Zenturien abgezogen, also blieben Angus nur fünfzig Briten und seine eigenen fünfhundert Krieger. Elens Tod belastete, wenn schon Angus selbst nicht allzu sehr, dann zumindest seinen ach so ehrenhaften Sohn und die Menschen, die sie gemocht hatten. Selbst Niall hatte nichts gegen sie, außer dass sie seiner Meinung nach schwächlich und wehleidig war.

Jetzt war es an der Zeit für Fergus Mor, seinen Vorstoß zu wagen. Und Niall würde ihm, während er vorgab, Angus zu helfen, vollen Rückhalt bieten.

Heute Nacht wollte er den Boten ausschicken.

Bei Adairs Rückkehr, eine Woche später, war Gilead nicht im Geringsten überrascht zu hören, dass Brena sich tatsächlich in einem von Turius' Wagen versteckt hatte. Die schlechten Nachrichten allerdings waren, dass sie den Trupp schon bald verlassen und sich nach Nordwesten aufgemacht hatte.

»Sie sagte Formorian, dass es ihrer Mutter schlechtginge, und sie zu ihr gehen müsse«, berichtete Adair. »Keine Sorge. Ich habe bereits einen weiteren Mann zu Gabran gesandt. Er wird sie dort erwarten.«

Gilead hatte das Gefühl, dass sie sich nicht so einfach fangen lassen würde. Sie war schlau. Zum tausendsten Mal seit der Beerdigung seiner Mutter warf er sich vor, dass er diese List nicht durchschaut hatte, ehe es zu spät war.

Zumindest war Comgall wieder in sein Land zurückgekehrt, und hatte Dallis mit sich genommen. Sie hatte nicht widersprochen, als Gilead ihr sagte, dass er wohl für eine ganze Weile keine sehr angenehme Gesellschaft abgeben würde. Tatsächlich hatte er kaum mit ihr gesprochen, und sich darauf verlassen, dass Drustan sich bei der Trauerfeier und dem anschließenden Mahl um sie kümmerte. Gott sei gedankt für Drus; diese Lösung erlaubte es ihm, sich ganz seiner Trauer hinzugeben, und besänftigte zugleich ihren Vater.

Deidre war die Einzige, die er in seiner Nähe ertragen konnte, aber Una beschäftigte sie den ganzen Tag und die meisten Abende. Janet und Sheila waren nach Elens Tod zu ihren Klans zurückgekehrt, und Una übertrug mit Angus' Einwilligung ihre Aufgaben an Deidre. Sie solle lernen, einen Haushalt zu führen, hatte Gileads Vater gesagt.

Gilead war also ohnehin schon in einer trübseligen, dunklen Stimmung, als ein paar Tage später ein Reiter von Comgall durch das Tor hereinsprengte, dessen Pferd fast unter ihm zusammenbrach.

Der Mann fiel halb von seinem Pferd, noch ehe es zum Stehen kam. »Fergus Mor«, brach es aus ihm heraus. »Er zieht durch das Vorland von Gunpars Gebiet. Ich bin ihm nur knapp einen Tag oder zwei voraus.«

Deidre beobachtete bestürzt die Betriebsamkeit der Männer, die sich für den Krieg vorbereiteten. Das Rasseln der Geschirre und das Ächzen des Leders vermischten sich mit dem Klicken von Metall, als Schwerter geschärft und Speerspitzen an Sättel gehängt wurden. Sie fürchtete, dass Gilead so bald nach Elens Tod noch nicht bereit war zu kämpfen, und sie sorgte sich um ihn. Angus dagegen war wie von Dämonen getrieben. Der Krieg schien seinem Leben einen Sinn zu geben. Er war überall gleichzeitig, kontrollierte Waffen, ermutigte die Jüngsten unter den Soldaten, sich in den Kampf zu wagen und klopfte den Veteranen wohlwollend auf die Schulter. Er entfachte ihre Leidenschaft, und sie begannen damit zu prahlen, wie viele Männer sie schon getötet hatten und wie schnell sie Fergus unterwerfen würden. Wie viele von ihnen würden nicht zurückkehren? Sie betete darum, dass Gilead nicht zu denen gehören würde, die auf dem Feld blieben.

Deidre seufzte und schlenderte in den ummauerten Kräutergarten. Sie und Meara hatten eine Art Frieden geschlossen, oder zumindest einen Waffenstillstand, und Deidre hatte begonnen, täglich Kräuter für das Abendmahl zu sammeln.

Ein Schatten fiel über den Pfad, als sie sich gerade über ein Beet mit süßem Basilikum beugte. Als sie aufblickte sah sie, dass Niall in dem schmalen Tor den Zugang versperrte. Sie richtete sich auf, nicht ohne ihn dabei im Auge zu behalten. Er war heute Morgen herübergeritten und hatte versichert, dass seine Truppen bereit wären, mit Angus zu reiten, aber sie hatte ihn erfolgreich ignoriert. Bis jetzt.

Er kam auf sie zu, wobei er darauf achtete, immer zwischen ihr und der Tür zu bleiben. Deidre machte einen Schritt rückwärts.

»So behandelt man seinen Verlobten nicht«, sagte Niall mit höhnischem Grinsen. »Hier bin ich nun, um in den Kampf zu ziehen, und will nichts weiter als einen kleinen Kuss.«

»Nein, bitte lass mich in Ruhe. Ich habe viel zu tun.«

»Ja, viel zu tun. Wie mich zu küssen«, sagte er und griff nach ihr, bekam ihre Arme zu fassen und zog sie an sich. Er rieb seine Brust an ihrem Busen und lachte. »Fühlt sich gut an. Ich kann kaum darauf warten, dich zu besteigen.«

Der Gestank seines ungewaschenen Körper überwältigte sie fast. Deidre drückte ihn von sich. »Lass mich los!«

»Nein! Nicht ohne einen Kuss. Einen richtigen!«

»Nein!« Deidre hob ihr Knie, aber er wich aus, und sie erwischte nur seine Hüfte. Doch sein Griff hatte sich kurz gelockert, und sie befreite ihren Arm, zerriss sich dabei aber den Ärmel ihres Kleides.

Er packte sie am Kleid, bekam das Mieder zu fassen und riss es ihr vorne herab. »Vielleicht nehme ich mir dann mehr als nur einen Kuss.«

Sie wehrte sich, wandte ihren Kopf ab, hielt die Lippen fest aufeinandergepresst und kämpfte mit aller Kraft dagegen an, dass er sie küsste. Bei all dem Lärm der Vorbereitungen im Burghof würde niemand ihre Schreie hören, aber abgesehen davon hatte sie ohnehin nicht vor, ihren Mund zu öffnen.

»Du lässt dir hier draußen ganz schön Zeit«, grollte Meara, als sie in den Garten trat, stehen blieb und dann den Mund aufriss.

Überrascht drehte Niall den Kopf, und Deidre löste sich aus seinem Griff und rannte zu Mearas sicheren Röcken und der Tür.

Die Köchin hielt das schmale, teuflisch scharfe Gemüsemesser in der Hand, mit dem sie für gewöhnlich die Kräuter schnitten. »Du hast das hier vergessen«, sagte sie zu Deidre, »aber mir scheint, du brauchst es dringender für andere Zwecke.« Sie sah Niall düster an, und er wich zurück. »Soll ich hier weitermachen?«

Niall funkelte die beiden finster an und ballte seine Hände zu Fäusten. Einen Augenblick lang glaubte Deidre wirklich, er würde versuchen sie zu schlagen, aber Meara ging in Position und hob die Klinge. Er stieß ein paar Flüche aus und drängte sich an ihnen vorbei zum Burghof.

»Vielen Dank«, sagte Deidre, als er verschwunden war.

Meara knurrte, und eine unkleidsame Röte breitete sich von ihrem Hals an aufwärts aus. »Kein Mann hat das Recht, dich zu zwingen.« Und sie wandte sich ohne ein weiteres Wort um und ging zurück in die Küche.

Deidre raffte die Teile ihres zerrissenen Mieders zusammen und schob die Strähnen, die sich aus ihrem Zopf gelöst hatten, zurück. Sie bog um die Ecke der Gartenmauer und hielt sich im Schatten der Great Hall, bis sie den Hintereingang erreichte. Erleichtert, dass niemand sie in diesem Zustand gesehen hatte, griff sie nach dem Türknauf, gerade als sich die Tür öffnete und Gilead heraustrat.

Er ließ seinen Blick über ihr zerrauftes Äußeres gleiten – der kaputte Ärmel und das zerrissene Kleid, das fast ihre ganze Brust entblößte – und schlang seine Arme um sie. Eine Hand glättete ihr Haar, die andere strich ihr sanft über den Rücken.

»Hat Niall das getan?«

Deidre nickte und vergrub ihr Gesicht an seiner Schulter; plötzlich bekam sie weiche Knie. Gileads Duft nach Seife und Kräutern, mit dem Leder seines Brustpanzers vermischt, stand in so deutlichem Kontrast zu Niall. Bei Gilead fühlte sie sich sicher und geborgen. Tränen strömten ihr aus den Augen, als sie sich jetzt an ihn klammerte und ihre Finger durch sein Haar gleiten ließ.

»Ich mache dem ein Ende«, sagte Gilead tröstend. »Ich fordere diesen Hurensohn heraus.«

»Das kannst du nicht.« Deidre schniefte, um ihre Tränen zu

zügeln, lehnte sich zurück und legte ihre Hand an seine Wange. »Du würdest Dallis damit beleidigen.«

»Das kümmert mich nicht«, antwortete Gilead. »Niall ist zu weit gegangen. Ich bringe dich ins Haus und dann suche ich ihn.«

»Nein, Gilead, bitte. Dein Vater hat oft genug gesagt, wie wichtig dieses Bündnis ist. Er braucht Comgall, um seine Flanke zu schützen und ihm den Rücken zu decken. Du kannst diesen Mann nicht beleidigen, indem du für mich eintrittst. Nicht jetzt.«

Gilead sah nicht überzeugt aus.

»Bitte«, sagte Deidre und stellte sich auf die Zehenspitzen, um ihn zu küssen. Er zog sie eng an sich und legte seinen Mund auf ihren. Die Leidenschaft entflammte, als sie ihre Lippen öffnete und ihm ihren ganzen Mund darbot. Ihre Zungen wanden sich umeinander, und Gilead vertiefte seinen Kuss, bis beide keuchten und nach Atem rangen.

Ihre eigene kleine Welt zerfiel bei dem Ton eines Horns. Gilead löste sich von Deidre mit einem langen, sinnlichen Kuss. »Das ist das Zeichen zum Aufbruch«, sagte er, ihren Hals küssend. »Ich muss gehen.«

Deidre hielt ihn einen letzten Kuss lang in ihren Armen und trat dann zurück. »Möge dich die Große Königin beschützen.«

Sie blickte ihm nach, bis er um die Ecke bog und sie ihn nicht mehr sehen konnte. Ihr zerrissenes Kleid umklammernd, betete sie im Stillen, dass er zurückkehren möge, und Niall nicht, wohl wissend, wie sündig dieser Wunsch war.

Auf ihrem Ritt nach Norden hielt Gilead die Augen nach Niall offen, aber er führte seine Truppen weit hinter Angus' Männern. Zunächst dachte Gilead, dass er einem Aufeinandertreffen aus dem Weg gehen wollte, aber am zweiten Tag befragte er seinen Vater, ob er meinte, dass Niall zu kämpfen gedachte oder nicht.

Sein Vater blickte über die Schulter zu der Staubwolke in der Ferne, als Gilead mit dieser Frage auf den Lippen zu ihm aufschloss. »Ja«, antwortete Angus, »er wird kämpfen, aber nicht anführen.«

»Feigling«, murmelte Gilead. »Hasenfüßiger Hurensohn.«

Angus sah ihn an. »Du scheinst ein klein wenig wütend auf ihn zu sein, wie mir scheint.«

»Er wollte Deidre im Kräutergarten vergewaltigen, kurz vor unserem Aufbruch.«

»Vergewaltigen? Du scherzt wohl. Wahrscheinlich hat er versucht sie zu küssen, und sie fühlte sich angegriffen.«

Gilead hob eine Augenbraue. »Er hat versucht, ihr die Kleider vom Leib zu reißen. Ich habe vor, ihn herauszufordern, sobald der Kampf vorüber ist.«

»Du weißt, dass du damit Dallis' Ehre verletzt und uns Comgall zum Feind machst.«

»Deidre hat es nicht verdient, jemandem wie Niall in die Hände zu fallen«, sagte Gilead trotzig.

Sie ritten weiter, und Angus schwieg eine Zeitlang. Dann seufzte er. »Auch ich vertraue Niall nicht. Wir werden sehen, wie sich die Schlacht entwickelt. Vielleicht zeigen sich dir die Götter gewogen, und Niall kehrt nicht nach Hause zurück.«

Gilead nahm einen tiefen Atemzug. »Soll das heißen, dass wir ihn töten?«

»Nein.« Angus sah ihn vorwurfsvoll an. »Das würde uns zu Feiglingen machen. Aber ich kann sein Heer an die Spitze stellen, und nicht hinter uns, wie er es wollte. Damit ist er mittendrin. Wer weiß schon, was den Alten Mächten gefällt.«

Es verbreitete sich, dass Gunpar den Durchgang durch sein Land blockiert hatte, aber Fergus sich nach Süden gewandt hatte und Gabrans Festung belagert hielt. Doch mittlerweile waren schon einige Wochen ins Land gezogen ohne Nachricht von Angus. Tagsüber hielt Una Deidre so beschäftigt, dass sie kaum Zeit hatte, sich Sorgen zu machen, aber in den Nächten lag sie wach und fürchtete, Gilead könnte verwundet sein oder Schlimmeres. Sie spazierte über die Festungsmauern, um sich abzulenken, aber Gavin, den Turius zurückgelassen hatte, um die fünfzig Mann zu befehligen, die zurückgeblieben waren, hatte alle zwölf Schritte Männer aufstellen lassen, so dass man auch hier oben nicht wirklich allein war.

So dankbar sie auch war, dass weder Niall noch Dallis hier waren, so wirkte die Great Hall abends doch sehr leer, Elens leerer Platz war besonders schmerzhaft. Deidre vermisste die spitzen Bemerkungen und schrägen Blicke, die Sheila und Janet so gern machten, überhaupt nicht, aber dennoch fehlte ihr jemand, mit dem sie sich unterhalten konnte. Drustan hatte sich in die dunkelsten Tiefen zurückgezogen, seine Musik wurde zunehmend wilder und trauriger, wie das Klagelied, das Meara und Una für Elen angestimmt hatten.

Seltsamerweise fehlte Deidre – sie war selbst verblüfft, als sie sich darüber bewusst wurde – Formorians Gesellschaft. Obwohl sie die Verstrickungen mit Angus, die Elen so viel Leid verursacht hatten, noch immer nicht gutheißen konnte, begann sie zu verstehen, wie es dazu kommen konnte, jetzt, da sie mit Gilead zusammen gewesen war. Kein anderer Mann würde ihm jemals das Wasser reichen können. Und wenn Formorian hier wäre, könnte sie mit ihr vielleicht sogar aus diesen beengenden Mauern der Festung hinausreiten.

Deidre seufzte, während sie frische Leintücher zusammenfaltete, die noch nach Sonnenschein dufteten, weil sie von der

Magd gerade von der Wäscheleine genommen worden waren. Sie hatte ein verzweifeltes Verlangen, den Steinkreis aufzusuchen und noch einmal diese Energie in sich aufzunehmen, die ihr bei ihrer Suche helfen konnte. Spürte sie nichts, würde sie die Suche nach dem Stein aufgeben und Richtung Dumbarton reiten, in der Hoffnung, ein Schiff nach Armorica zu finden.

An dem Tag, als sie schließlich Winger gesattelt hatte, wurde sie am Tor aufgehalten. Angus hatte Befehl erteilt, dass keine Frau ausreiten dürfe, bis er heimkehrte. Weder Wut noch Koketterie hatten Wirkung gezeigt. Gavin hatte unter Turius eine römische Ausbildung erfahren und blieb unerbittlich gegenüber jedem Versuch, ihn umstimmen zu wollen.

Beim Klang des Horns am Tor, der eine Ankunft verkündete, ließ sie das Tuch in ihren Händen fallen und eilte hinaus.

Enttäuscht ließ sie ihre Schultern sinken, als Dallis' Kutsche durch das Tor rollte. Deidre hatte völlig die Zeit vergessen. Marbon – die herbstliche Tagundnachtgleiche – war schon beinahe erreicht. Gileads Heiratstermin. Ihr eigener Heiratstermin, wenn ihr die Flucht nicht gelang.

Drustan eilte in den Burghof, um Dallis beim Aussteigen zu helfen. »Ihr seid so lieblich wie der Anblick der ersten Erikablüte nach dem Schnee des Winters«, sagte er mit einer Verbeugung.

Sie lächelte ihn mit ihrem Grübchenlächeln an und legte ihre kleine Hand auf seinen Arm. »Es ist schön, Euch zu sehen, Drustan. Mir hat Eure Musik gefehlt.«

Ha!, dachte Deidre, als sie widerwillig zu ihnen trat. Dallis würde wohl kaum gefallen, was Drustan in letzter Zeit gespielt hatte. Aber seine Stimmung schien sich deutlich gebessert zu haben.

»Ich werde heute Nacht etwas für Euch komponieren«, sagte er mit einer angedeuteten Verbeugung.

»Und ich bringe Euch zu Eurem Gemach«, verkündete Deidre.

»Natürlich«, antwortete Dallis höflich, »vielen Dank.«

»Hier entlang.« Als sie sich umwandten und die Great Hall betraten, fügte Deidre hinzu »Gilead und sein Vater sind noch nicht zurück.«

»Ich weiß«, antwortete Dallis und warf Drustan einen langen Blick zu. »Ich hielt es für besser, früh anzureisen und mich einzurichten. Mein Vater wünscht, dass ich hier sein soll, um meinen Verlobten willkommen zu heißen.«

Deidre versuchte, nicht darauf zu achten, dass sich ihr Magen zusammenzog. Gileads künftige Braut. Gemahlin. Eine beschlossene Sache. Das hier würde ihr Heim werden. Sie wollte auf keinen Fall hier sein und das miterleben müssen. Oder Niall heiraten.

Einige Tage später und nur zwei Tage vor den Hochzeiten, zog sich Deidre unter dem Vorwand, frische Kräuter für das Abendessen zu sammeln, in den Kräutergarten zurück. Eigentlich wollte sie Dallis aus dem Weg gehen. Die Anmut dieses Mädchens hinterließ in Deidres Mund einen säuerlichen Geschmack. Innerhalb dieser weinbewachsenen Mauern war es ruhig und herrlich friedlich.

Das Geräusch donnernder Hufe, die sich dem Tor näherten, weckte sie aus ihren Träumereien. Deidre rannte nach draußen, kletterte die Brüstungsmauer hinauf und spähte hinüber. Angus vertrautes Löwenbanner wehte über dem Kopf des Trägers der Standarte. Die Männer waren zurückgekehrt!

Sie rannte die Stufen hinab und stieß an der hinteren Ecke des Hauses mit Una zusammen. »Wo willst du so eilig hin?«, fragte sie.

»Um sie willkommen zu …« Noch während sie die Worte

sprach, sank ihr das Herz. Es war nicht an ihr, Gilead willkommen zu heißen. Diese Ehre gebührte Dallis. Deidre wollte nichts lieber, als sich in seine Arme werfen und seine warme, starke Umarmung spüren.

»Geh zurück in den Garten, Mädchen, und bringe deine Arbeit zu Ende.«

Also dauerte es bis zum großen Essen am Abend, bis Deidre Gilead endlich sehen konnte. Der Anblick, wie Dallis neben ihm am Ehrentisch auf Elens Stuhl saß, war kaum zu ertragen. Deidres einziger Trost war, dass Niall bei seinem eigenen Besitz haltgemacht und Angus nicht nach Hause begleitet hatte.

Als der Tanz begann und Gilead Dallis den Arm reichte, drohten die paar Bissen, die Deidre mit großer Mühe hatte essen können, wieder auf den Teller zu drängen. Sie stand eilig vom Tisch auf und prallte in Drustan.

Er fing sie auf. »Willst du tanzen?«

Das Letzte, was sie wollte, war tanzen. Der Anblick von Gileads Arm um Dallis' schlanke Taille konnte dazu führen, dass sie sich blamierte und sich vor jedermanns Augen übergab. »Ich glaube nicht …«, aber Drustan führte sie bereits zur Tanzfläche.

»Gilead hat mich gebeten, dich zu ihm zu führen. Er möchte mit dir sprechen«, flüsterte Drustan ihr zu.

Hoffnung erwachte in ihr zum Leben, wie eine Quelle, die in einer Felsspalte nach oben drängte.

Als sie sich in Gileads Nähe drehten, sagte Drustan mit großer Geste: »Wenn Ihr mich entschuldigt, darf ich um einen Tanz mit Eurer Verlobten bitten, bevor Ihr sie völlig in Anspruch nehmen könnt?«

Gilead machte eine kleine Verbeugung und übergab ihm Dallis. Dann drehte er sich um und streckte seine Arme aus. Deidre trat hinein und wurde sofort von seinem einzigartigen, männlichen Duft, der so sehr von Stärke sprach, umfangen.

Er achtete darauf, sie nicht zu nah an sich zu ziehen, denn Angus beobachtete sie von der Empore aus, aber sie fühlte, wie sich sein Griff bei den Drehungen verstärkte. »Ich habe versucht, meinen Vater zu überzeugen, dich gehen zu lassen.«

»Und er hat nein gesagt.« Es war eine Feststellung, keine Frage.

»Ja.« Er sah ihr in die Augen, seine eigene von Sorge verdunkelt. »Wir konnten Fergus zurückschlagen, aber es war nicht leicht. Alle Cenel zusammen konnten ihm kaum standhalten. Einmal dachte Vater sogar, Niall hätte die Seiten gewechselt.«

Deidre hob die Augenbrauen. »Warum?«

»Nialls Heer war so weit zurückgeblieben, dass wir sie aus den Augen verloren hatten, bis mein Vater einen Halt befahl, und wir warteten, bis sie uns wieder eingeholt hatten.« Gilead zog sie näher an sich, als sie sich im Kreis drehten. »Daraufhin befahl er, dass Nialls Truppen vor unseren marschieren sollten.«

Deidre runzelte leicht die Stirn. »Wäre das nicht eine viel gefährlichere Position für Niall?«

Gileads Mundwinkel zuckte. »Das war der Gedanke.«

Ihre Augen weiteten sich. »Dein Vater hat das absichtlich getan?«

Gilead nickte. »Aber es hat nicht funktioniert. Am nächsten Morgen, als wir unseren Marsch beginnen wollten, behauptete Niall, er habe verdorbenes Fleisch gegessen, und verbrachte den ganzen Tag im Versorgungswagen.«

Bei allen Heiligen! Wäre dieser Mann in der Schlacht gestorben, wäre er zum Held geworden, und sie wäre frei. »Was für ein wehleidiger Feigling!«, sagte sie entrüstet.

»Genau meine Rede.« Er strich ihr sanft mit den Fingerspitzen über die Wange und nahm dann wieder ihre Hand. »Aber lebendige Feiglinge wissen, dass sie schwach sind, und das macht sie gefährlich. Vater kann es sich nicht leisten, Niall aus allem auszuschließen.«

Deidres Beine fühlten sich plötzlich an, als wären sie aus Holz und auf dem Boden festgenagelt. Sie hörte auf zu tanzen und starrte Gilead an. »Was bedeutet, dass dein Vater Niall an sich binden muss, und um das zu tun, muss ich ihn heiraten.«

»Ja …«, sagte Gilead zögerlich, »aber ich …«

Deidre machte sich von ihm frei und rannte zu der Tür am Flur. Sie wollte keine weiteren Rechtfertigungen mehr hören.

Deidre weigerte sich am nächsten Tag – dem Tag vor der Hochzeit –, ihr Zimmer zu verlassen. Sie hatte keinerlei Verlangen danach, in Gileads Augen das Mitleid zu sehen, und hatte sicherlich keine Lust, irgendwie an Dallis' Vorbereitungen teilzuhaben.

Una war gekommen, um sie zu holen, aber hatte nur einen Blick auf ihre roten, geschwollenen Augen und auf ihr aufgedunsenes Gesicht geworfen, den Kopf geschüttelt und war wieder nach unten gegangen. Deidre hörte unterdrücktes Gebrüll – wahrscheinlich von Angus – als Reaktion auf ihre Weigerung, herauszukommen, aber er war nicht die Treppe hinaufgestürmt. Sie hatten ihr diesen Tag geschenkt. Ihr letzter Tag in Freiheit.

Deidre hatte die ganze Nacht über zu Isis gebetet, der Magdalena gedient hatte; zu der Schottin Brighid; und sogar zu Christus. In ihrer Verzweiflung hatte sie sogar versucht, den alten Zauberer anzurufen, der ihrer Mutter vor so vielen Jahren das Buch überlassen hatte. Er hatte ihrer Mutter gesagt, dass er schon ewig lebte. Deidre fühlte, wie in ihr die Hysterie hochstieg und sich über ihre eigene Dummheit in einem herzzerreißenden schreienden Lachen zu entladen drohte. Ein Unsterblicher? Zweifellos ein Maulheld. Das ganze Buch war eine einzige Lügengeschichte. Wenn jemals eine Jungfrau in Not geraten war, dann wohl sie selbst, aber hier war kein Ritter in schimmernder Rüstung. Sie existierten nicht.

Und dann, um ihrem schwindenden Glauben noch eins draufzusetzen, erschien Deidre, als sie endlich in eine Art Halbschlaf hinüberdämmerte, die rothaarige Frau aus dem Steinkreis, noch immer weiß gekleidet, und reichte ihr mit einem Schmunzeln einen Kelch, aus dem sie trinken sollte.

Deidre erwachte mit rasender Wut. Wahrscheinlich hatte man ihr im Traum Gift angeboten, aber sie hatte nicht vor, sich umzubringen. Sie hob ihr Nachtgewand und tastete nach der weichen, ledernen Messerscheide, die sie an ihr Bein gebunden hatte, und in der sich der Sgian Dubh befand, den Formorian sie zu benutzen gelehrt hatte.

Niemals würde sie Niall erlauben, ihr Bräutigam zu werden.

Niemals.

Kapitel 23

Der Kelch der Liebe

Deidre saß an ihrem Fenster und blickte auf den überfüllten Burghof hinab, der vor Betriebsamkeit nur so wimmelte. Die ledernen Brustpanzer der Krieger waren geölt worden, bis sie in der Sonne schimmerten, Frauen aller Schichten waren in Festkleidung erschienen, und die Mitglieder aus Gileads Klan trugen ihre festlichen blauen Kilts und Schärpen.

Es war Gileads Hochzeitstag. Deidre biss sich auf die Lippe, um die Tränen zurückzuhalten. Es war auch ihr Hochzeitstag, *verflucht sei er vor allen Heiligen!*

Vergangene Nacht hatte sie noch einen letzten Fluchtversuch unternommen, aber als sie weit nach Mitternacht die Tür öffnete, hielt der ernste Gavin Wache vor ihrer Tür. Sie spielte mit dem Gedanken, ihre Laken zusammenzuknüpfen und sich über die Wand abzuseilen, aber als sie sich aus dem Fenster beugte, um hinabzusehen, schaute Adair zu ihr hoch. Verzweifelt heulte sie sich in eine erschöpfte Benommenheit und wurde von Alpträumen heimgesucht, in denen ein teuflischer Niall keine Gnade kannte.

Ihre Nerven waren so angespannt, dass sie beinah vom Stuhl fiel, als sich der Türknauf drehte, und die Tür quietschend aufschwang. Bei allen Heiligen, sie fühlte sich, als würde sie aufs Schafott geführt.

Angus runzelte die Stirn, als er ihr Hochzeitskleid zerknittert auf dem Bett, und die Spitze mit dem hauchzarten Schleier auf dem Boden liegen sah.

»Ist Una nicht gekommen, um dir beim Ankleiden zu helfen?«

Deidre hob ihr Kinn. »Doch, aber ich habe es ausgezogen, sobald sie wieder verschwunden war.« Mit voller Absicht hatte sie ihr einfachstes Arbeitskleid gewählt, das schon bessere Tage gesehen hatte, grau und handgewebt.

Seine Augen wurden enger, als er durch den Raum ging und die feine Seide mit der irischen Spitze aufhob und sie ihr reichte. »Zieh es an. Jetzt.«

»Das werde ich nicht tun.«

»Du tust, was ich sage.«

»Nein.« Sie funkelte ihn an, so wütend, dass sie sich nicht einmal vor seinem kaum gezügelten Zorn fürchtete. »Schlagt mich, wenn ihr wollt. Am besten bewusstlos. Dann muss ich nicht …«

»Ruhe!«, brüllte er. »Ich habe noch nie eine Frau geschlagen, und du wirst nicht die erste sein.« Er atmete tief ein, und seine Augen wurden dunkler. »Aber ich habe Frauen ausgezogen und sie wieder angezogen.« Er trat einen Schritt auf sie zu. »Du hast die Wahl, Mädchen.«

»Das wagt Ihr nicht.«

Angus zog eine Augenbraue hoch. »Nicht?«

Und sie wusste, dass er es tun würde. Wenn er sie bis auf ihr Unterkleid auszog, würde er den kleinen Dolch an ihrem Bein sehen. Mit aller Verachtung, zu der sie fähig war, riss sie ihm das Kleid aus den Fingern, wobei sie es noch mehr zerknitterte, und trat hinter einen Paravent. Einen Augenblick spielte sie mit dem Gedanken, dass zarte Gebilde in Stücke zu reißen. Damit würde sie es ihm zeigen.

»Wenn ich nicht hören kann, dass du dich umziehst, komme ich zu dir nach hinten.«

Deidre zog sich schnell das Arbeitkleid über den Kopf und

kämpfte sich in das enger anliegende Kleid. Dummerweise waren die Schnüre um das Mieder geschlungen und hinten geknüpft.

»Trödle nicht herum. Ich will nicht, dass alle nur deinetwegen warten müssen«, warnte er sie.

Deidre trat mit vor der Brust verschränkten Armen, um das Kleid zu halten, hinter dem Schirm hervor. »Ich brauche Una.«

»Unsinn.« Angus durchmaß den Raum mit drei großen Schritten und drehte sie um. Seine Finger führten die Schnüre geschickt durch die Schlaufen, und er passte das Kleid mühelos an ihren Körper an. Seine Berührungen waren erstaunlich sanft, und Deidre biss sich auf die Lippen, um nicht wieder zu weinen. Würden heute Abend wohl auch die Hände seines Sohnes so sanft und geschickt Dallis' Kleid lösen?

»So.« Er trat zurück, und betrachtete ihr Haar, das sich an einigen Stellen gelöst hatte. »Dagegen kann ich nichts machen«, sagte er und strich ihr eine Strähne hinter das Ohr. »ich wünschte, Mori wäre hier.« Er seufzte, und seine Stimme wurde sanfter. »Sie würde dir begreiflich machen, wie wichtig die Bündnisse zwischen den Klans sind.«

»Ihr werft mich den Wölfen vor und wisst es.«

Er schwieg, als er sich bückte und den Schleier aufhob, »Hier.«

»Nein. Ich werde ihn *nicht* tragen.« Sie würde ihn sich vom Kopf reißen, wenn er versuchte, ihn ihr aufzusetzen. »Ich werde mich nicht zum Gespött machen.«

Ein Funke glomm in der Tiefe seiner Augen auf. Plötzlich warf er den Schleier auf das Bett. »Wie du willst. Los, wir gehen.« Er nahm ihren Ellbogen, um sie zu führen, aber Deidre wusste, sollte sie versuchen, sich ihm zu entziehen, würde dieser leichte Griff sich in eine eiserne Faust verwandeln.

Die Kutsche erwartete sie. Angus und sie schwiegen auf der kurzen Fahrt ins Dorf. Erst als sie den Friedhof betraten, zog Deidre unvermittelt hörbar die Luft ein. Ihr schlimmster Alptraum war plötzlich wahr geworden.

Hätte Angus sie nicht gestützt, wäre sie in sich zusammengesackt wie ein Glas Gelee, denn ihre Knie zitterten, und in ihren Beinen war keine Kraft mehr.

Im Inneren der vollen, steinernen Kirche wartete Gilead, bleich und ruhig am Altar. Das Licht von hundert flackernden Kerzen umspielte seine feinen Züge und ließ ihn wie einen römischen Gott aussehen. Neben ihm stand die ebenso fahle Dallis mit verkrampften Händen. Deidre bemerkte Niall kaum, der sie böse von der anderen Seite des Altars angrinste.

Der kleine Priester, den Elen so gemocht hatte, räusperte sich und bedeutete Gilead und Dallis vorzutreten. »Wir haben uns heute hier versammelt …«

Deidre wollte die Worte nicht hören. Sie wollte nicht hören, wie Gilead Dallis versprach, sie zu lieben und zu ehren bis der Tod sie trennte. Ihre Augen sandten Blitze zu Niall. Es war egal, dass sie in einer Kirche war. Wenn er so ein Narr wäre, und versuchte, sie zu vergewaltigen, war er noch heute Nacht tot. Die Göttin würde es verstehen.

»Willst du, Gilead, Dallis zu deiner rechtmäßig angetrauten Frau nehmen …«

Erst langsam dämmerte es Deidre, dass Gilead nicht antwortete. Sie vergaß ihre Mordgedanken.

»Ich kann es nicht, Dallis«, sagte er ruhig. »Bitte, verzeih mir. Ich hätte das schon viel früher beenden müssen.« Den rasenden Blick seines Vaters nicht beachtend, wandte er sich an Comgall. »Es muss deshalb keinen Krieg zwischen den Klans geben. Nehmt Eure Rache nur an mir selbst. Peitscht mich aus, wenn Ihr wollt. Ich werde Euch auch mein Land in Lothian über …«

»Nein«, unterbrach ihn Dallis, und Angus und Comgall hörten auf, Gilead anzustarren. »Das ist nicht Gileads Schuld. Zwischen uns gibt es keine Liebe.« Sie zögerte, senkte ihren Kopf. Als sie sprach, war ihre Stimme kaum zu vernehmen. »Nicht, wenn ich einen anderen liebe.«

Völlig verblüfft hob Gilead mit seinen Fingern ihr Kinn hoch. »Wen liebst du?«

Mit flammend rotem Gesicht deutete sie auf Drustan.

Er sprang von seiner Bank auf und wäre beinah über den verwirrten Priester gestolpert, als er jetzt zu ihnen stürmte. »Ich liebe dich, seit ich dich zum ersten Mal gesehen habe! Du bist die Sonne, der Mond, die Sterne, der Himmel …«

»Da sieh mal einer an«, begann Comgall schroff, blickte aber dann in das lächelnde Gesicht seiner Tochter. »War es das, was du die ganze Zeit wolltest, Liebes?«

Dallis nickte und wischte sich eine Träne aus den Augen.

Comgall wandte sich zu Angus und zuckte mit den Schultern. »Da hat man uns Väter wohl ausgebootet.«

Angus betrachtete schweigend Gilead und ließ seinen Blick dann zu Dallis und Drustan wandern. Schließlich nickte er. »Auch meinen Segen sollt ihr haben.«

Fast albern glücklich sah Dallis Drustan an, ihre Augen strahlten, als sie jetzt ihre kleine Hand in seine legte und ihren Schwur mit fester Stimme wiederholte.

Dann war Deidre an der Reihe.

Niall packte ihren Arm und zog sich zu sich.

»Nicht so schnell«, sagte Gilead.

»Geh mir aus dem Weg, du Flegel.«

»Nein.« Gilead zog seinen Handschuh aus und warf ihn Niall vor die Füße. »Es steht mir frei, dich um Deidres Hand zum Duell zu fordern. Hiermit fordere ich dich heraus.«

Nialls Augen verengten sich, und seine Hand wanderte zum

Griff seines Schwerts. »Du verdammter Hundesohn, ich töte dich an Ort und Stelle.«

Der Priester erbleichte und klammerte sich an den Rand des Altars. »Das ist ein Gotteshaus!«

»Hinaus«, sagte Gilead.

Niall grinste ihn höhnisch an und schob Deidre beiseite, als er den Mittelgang hinunter in den hellen Sonnenschein des Kirchenhofs schritt.

Die Gäste strömten aus der Kirche, und eine Menge versammelte sich um die beiden Männer, die jetzt ihre Schwerter zogen und begannen, sich wachsam zu umkreisen. Niall sprang plötzlich nach vorne, aber Gilead wich ihm seitlich aus, und Niall prallte ungebremst in einen der Zuschauer, der ihn zurück in den Kreis stieß. Einige Frauen kicherten.

Gilead wartete ab, bis er wieder seine Abwehrposition eingenommen hatte. Rasend vor Wut stieß Niall zu, tief nach unten. Gilead parierte und schickte einen schnellen Gegenschlag hinterher, der Niall zurückwarf. Die Menge teilte sich für sie. Niall stieß erneut zu und diesmal überkreuzten sie sich, die flachen Seiten der Schwerter gegeneinander gepresst, bis sich Gilead löste. Er täuschte links an und Niall sprang nach links, was Gilead die Möglichkeit ließ, vorzuspringen und den ersten Treffer zu landen. Die Menge jubelte.

Außer sich, brüllte Niall wie ein Stier und griff erneut an. Gilead fing die Schläge geschickt ab, und umkreiste den älteren Mann leichtfüßig. Niall begann schwer zu keuchen, seine Bewegungen wurden langsamer.

»Ergibst du dich?«, fragte Gilead, als er Niall seine Klinge aus der Hand schlug.

»Niemals! Du wirst in der Hölle schmoren, bevor ich mir diese Hure entgehen lasse!«

Buh-Rufe wurden laut, und einige von Nialls Männern schlichen sich langsam aus dem äußeren Kreis um den Kampf davon.

»Dann kämpf weiter«, sagte Gilead grimmig.

Niall täuschte an und als Gilead kontern wollte, verfing sich ein Fuß an einem losen Pflasterstein. Eine Sekunde lang geriet er aus dem Gleichgewicht.

Das genügte Niall. Er sprang auf Gilead zu und versenkte sein Schwert in seiner Leiste. Gilead fiel auf ein Knie, Blut strömte ihm über den Oberschenkel. Niall stieß ihn zu Boden und drückte absichtlich Dreck in die offene Wunde. Gilead keuchte vor Schmerz und verstummte. Niall lachte und erhob sich, sein blutiges Schwert in die Höhe reckend. »Jetzt gehört sie mir!«

Den Dolch, der aus Deidres Hand flog, bemerkte er nicht, bis er in seinem Herzen sein Ziel fand.

»Du musst erschöpft sein, Mädchen«, sagte Angus ruhig. »Ich bleibe eine Weile bei ihm.«

Deidre schüttelte stur den Kopf, fast zu müde, um ihn gerade auf den Schultern zu halten. Sie saß an Gileads Bett, der durch den Blutverlust ohnmächtig geworden war und wegen der entzündeten Wunde seit zwei Tagen in einem fiebrigen Halbkoma im Krankenzimmer lag. Der Medikus hatte gesagt, dass nur die Zeit zeigen könnte, ob er genügend Kraft aufbrachte, um sich wieder zu erholen. Das Schwert hatte Muskeln zerschnitten und beinah eine Arterie durchtrennt.

»Ich will die Erste sein, die er sieht, wenn er erwacht.«

»Wenn er sieht, dass du selbst halbtot bist, was soll ihm das dann nützen?«, fragte Angus, als er sie aus dem Stuhl hob.

»Tu … nicht …«, stöhnte Gilead.

Deidre beugte sich über ihn und streichelte seine Wange. »Du bist wach!«

»Ja«, er stöhnte wieder. »Mein Bein brennt wie die Hölle.«

»Du hast eine schlimme Wunde«, sagte Angus. »Ohne Heiler hat es sich entzündet.«

»Ich habe den Medikus gebeten, es mit Torfmoos zu verbinden, um die Entzündung herauszuziehen, aber er ließ es mich nicht selbst auflegen«, sagte Deidre und strich ihm das Haar aus der Stirn. Sie verschwieg ihm, dass der Medikus, als sie versucht hatte, ihn zu überzeugen und ihm gesagt hatte, dass sie den männlichen Körper bereits kenne, gemeint hatte, dass die Wunde kein schöner Anblick sei, und er nur hoffen konnte, dass Gilead seine Männlichkeit nicht verloren habe.

Gilead gelang ein schwaches Lächeln. »Irgendetwas ist da unten. Ich kann es fühlen.« Er versuchte sein Bein zu bewegen und zuckte unter Schmerzen zusammen.

»Bleib ruhig liegen«, sagte Deidre.

Gilead schloss die Augen und riss sie dann wieder auf. »Ich habe den Kampf verloren. Bist du … bist du mit Niall verheiratet?«

»Nein«, sagte Angus, »der Hurensohn hat nicht fair gekämpft. Du hattest recht. Ich hätte ihm niemals trauen sollen.«

Gilead sah erleichtert aus, aber gleich verdüsterte sich seine Miene wieder. »Wird es einen Krieg geben?«

Angus' Mundwinkel zuckten. »Nur, wenn er aus den Tiefen der Hölle zu uns aufsteigt.«

»Er ist tot?«, fragte Gilead. »Ich dachte nicht, dass ich ihn schlimm verwundet hätte.«

»Hast du nicht«, antwortete Angus und versuchte sich ein Grinsen zu verkneifen. »Dein feines Mädchen hat ihn mit einem Dolch durchbohrt, mitten ins Herz.«

Gilead riss die Augen auf, und er sah zu Deidre. Sie nahm seine Hand. »Ich dachte, er hätte dich getötet. Ich kann mich nicht wirklich daran erinnern, es getan zu haben … ich habe nur gesehen, wie ich den Dolch losgelassen habe.«

Angus nickte. »Der Blutrausch. Manche Männer erfasst er im Kampf und gibt ihnen die Kraft von zwölf Männern.« Er sah sie an, und in seinen Augen glomm, vielleicht sogar Bewunderung. »Formorian hatte also recht, als sie mir sagte, dass wir aus dir eine Kriegerin machen könnten.«

Deidre schauderte. »Nein danke. Ich will niemanden mehr töten müssen.« Sie hielt kurz inne und hob ihr Kinn. »Aber ich bin froh, dass er nicht mehr da ist.«

»Ja. Ihn wird wohl kaum jemand vermissen. Seine Männer haben mir bereits die Treue geschworen«, sagte Angus. »Der Priester hat seine Leiche mit nach Lugaid genommen, und wird erklären, was geschehen ist.«

Gilead nickte und sah Deidre an. Dann zögerte er.

»Was?«, fragte Deidre.

Er nahm einen tiefen Atemzug. »Ich weiß nicht, ob ich das Recht habe zu fragen, denn ich weiß nicht, ob ich mich wieder ganz erholen werde …« Er hob die Hand, als Deidre zum Sprechen ansetzte. »Der Medikus hat mir gesagt, das ich vielleicht … vielleicht nicht in der Lage bin …«

»Schhh«, beruhige ihn Deidre. »Was wolltest du fragen?«

»Willst du mich heiraten?«

Tränen schossen ihr in die Augen. »Ja! Tausendmal ja, auch wenn du dieses Bett nicht verlässt! Ich liebe dich, Gilead.«

Er zog ihren Kopf zu sich und gab ihr einen sanften Kuss, der schnell mit feuchten geöffneten Lippen und einer sanften Zunge erwidert wurde. Er vertiefte den Kuss zu einer leidenschaftlichen, beseelten Suche und schlang die Arme um sie, als er ihren Busen an seine Brust drückte.

Angus lachte in sich hinein und schloss die Tür leise hinter sich.

»Ich glaube, Ihr solltet wissen, wer ich bin.«

Angus drehte sich vom Sonnenfenster weg und betrachtete Deidre. Sie zwang sich, nicht unter seinem prüfenden Blick schwach zu werden. Sein Gesicht war ausdruckslos, und sie konnte sich nicht im Geringsten vorstellen, was er dachte. Er klang resigniert, als er schließlich sprach.

»Dann setz dich.«

Sie nahm auf einem Stuhl auf der andren Seite des Tisches Platz, und er goss Wein in einen Kelch. Er bot auch ihr Wein an, aber sie lehnte ab.

»Ich bin keine Sächsin«, setzte sie an und meinte einen flüchtigen Hauch von Erleichterung in seinen Augen zu sehen, bevor sich sein Gesicht wieder verschloss. Sie nahm einen tiefen Atemzug. Aus dem Frankenland zu stammen war wohl in seinen Augen nicht viel besser.

»Ich bin eine Cousine von König Childebert von Gaul.«

Angus zog eine Augenbraue hoch. »Und warum sollte der König von Gaul seine … Cousine … hierherschicken? Zudem alleine ohne Eskorte oder Geld?«

Sie schüttelte den Kopf und erzählte ihm von ihrer Mutter und dem Ritual zu Beltane, durch das Caw ihr Vater geworden war. Und wie Childebert sie nach dem Tod ihrer Mutter mehr oder weniger eingesperrt hielt, denn ihre Mitgift war groß, und er wollte sie nicht verlieren. Sie berichtete ihm sogar von ihrer erfolglosen Suche nach dem Stein und von ihrer etwas unzuverlässigen Gabe.

Angus erhob sich und begann im Raum auf und ab zu gehen, als sie geendet hatte. »Es wäre fast besser, wenn du eine Sächsin wärst. Ich habe gesehen, mit welcher Torheit Turius' Männer nach diesem verdammten Gral gesucht haben. Wenn dein Cousin glaubt, dass es dir mit deiner Gabe möglich ist, den Stein zu finden, wird er dich zurückhaben wollen.«

Sie starrte ihn an, ihr Herz pochte wild in ihrer Brust. »Werdet Ihr mich etwa zurückschicken? Weil Ihr einen Krieg mit den Franken vermeiden wollt?«

Angus stockte und setzte sich dann, die Ellbogen auf den Tisch gestützt und den Kopf in die Hände gelegt. Er schwieg so lange, dass Deidre kurz davor war, zu schreien.

Er blickte auf, und wieder sah sie die Resignation in seinem Gesicht. Ihr wurde bewusst, dass sie den Atem anhielt, und sie zwang sich auszuatmen.

»Nein. Ich werde dich nicht zurückschicken.« Er lächelte sie schief an, als er ihre Überraschung sah. »Ich werde nicht zulassen, dass Gilead den gleichen Fehler macht wie ich, und die Frau, die er wirklich liebt, wegschickt. Ich werde Childebert schreiben und ihm die Situation erklären. Da du den Stein noch immer nicht gefunden hast, ist er wohl kaum hier, und der König wird es auf sich beruhen lassen.«

»Und wenn nicht?«, Deidre mochte kaum fragen, aber sie wollte auch vermeiden, dass ihre ganze Hoffnung mit der Antwort des Boten zerschmettert wurden.

Angus hob den Kopf und straffte die Schultern. »Wenn er unbedingt Krieg will, soll er ihn bekommen. Hier geht es um etwas Wichtigeres, als die Klans aneinander zu binden. Sorge dich nicht, Deidre. Ich habe gesehen, wie Gilead dich ansieht. Es ist wie bei Mori und mir. Das werde ich ihm nicht nehmen.«

In diesem Augenblick verstand Deidre, was Angus aufgegeben hatte, und wie groß sein Mitgefühl tatsächlich war. Sie hätte ihn umarmen können. Nun ja, fast.

Gileads Wunden verheilten langsam. Er saß in der warmen Spätherbstsonne, sein Bein auf einer Bank an der Wand des Kräutergartens ausgestreckt. Deidre saß neben ihm und las einen Brief, der gerade von Gabrans Boten überbracht worden war.

»Er schreibt, sie haben Brena endlich gefunden.« Angus war sicher gewesen, dass sie auf direktem Weg zu ihrem Klan zurückkehren würde, aber dort hatte sie niemand gesehen, zumindest gab es niemand zu.

»Wo?«, fragte Gilead.

»Bei einem Felsen in den Highlands«, Deidre überflog den Brief. »Sie hat dort offenbar in jungen Jahren einem Laird das Leben gerettet, und sie boten ihr Unterschlupf. Erst als Gabran drohte, dass Mac Erca mit seinem ganzen Heer über das Meer segeln würde, um Elens Tod zu rächen, gab er sie frei. Gabran hat sie nach Irland zu Mac Erca geschickt, wo ihr Gerechtigkeit widerfahren wird. Brena hat angegeben, dass Niall ihr Komplize gewesen sei.«

Gileads Gesicht spannte sich an. »Zum Glück ist dieser Hurensohn tot.«

»Deine arme Mutter«, sagte Deidre sanft.

Gilead zog ihren Rücken so an sich, dass sie an ihm lehnte, und legte seinen Arm um ihre Hüfte. »Schreibt Gabran auch, warum sie es getan hat?«

»Hmmm, offenbar ist Brena die zweieiige Zwillingsschwester von Formorians fanatischer Amme. Sie glaubten an die Alten Sitten und an die Große Königin. Eine Kriegerkönigin hatte das Recht, sich ihren Partner auszuwählen. Und sie wussten, dass Formorian immer Angus geliebt hatte, also ersannen sie einen Plan, wie sie Elen aus dem Weg schaffen konnten.« Deidre ließ den Brief sinken und wandte sich mit Tränen in den Augen zu Gilead um. »Was für eine Beleidigung der Großen Königin, die nach Frieden in der Welt strebt anstatt Gewalt.«

Er richtete sich auf, wischte mit der Kuppe seines Daumens die Träne weg und lächelte sie an. »Wie dieser heilige Gral, von dem du mir erzähltest? Der, der Frieden bringen würde, sollten ihn Turius' Männer jemals finden?«

»Aber sie haben doch aufgehört, danach zu suchen, oder?«

»Ja. Er hat sich darauf besonnen, seine Reihen zu stärken und seinen Sohn wieder auf die rechte Bahn zu bringen.« Er knabberte an ihrem Hals. »Aber lass uns doch über schönere Dinge sprechen. Ich bin fast wieder gesund und bis Samhain sind es nur noch zwei Wochen. Der Anfang eines neuen Jahres und eines neuen Lebens mit dir als meiner Frau.«

Seine Frau. Ja, das würde ihr gefallen.

Zwei Tage vor Samhain traf unerwartet Formorian bei ihnen ein, völlig in trauerndes Schwarz gekleidet. »Maximilian hat ihn umgebracht«, erklärte sie dem geschockten Gilead und dem seltsam stillen Angus an dem sonnigen Nachmittag.

Deidre reichte Formorian einen Kelch mit Wein und schenkte auch Gilead und Angus ein. Die Hand der Königin zitterte leicht, und sie war etwas blasser als gewöhnlich, aber in ihren grünen Augen brannte das alte Feuer, als sie Angus anblickte. Ein ganz anderer Blick als bei dem kleinlauten Abschied, den sie vor drei Monaten nehmen mussten.

»Wann … wie …«, fragten Gilead und sein Vater zugleich.

»Bei einem kleinen Fluss kam es zu einer Schlacht. Maximilian ritt mit Aesc… Sie hätten verhandeln wollen, aber irgendetwas war geschehen.« Sie seufzte. »Ich habe es vor zwei Wochen erfahren. Der Bote brauchte fast eine Woche, bis er zu mir durchdrang.« Sie blickte zu Deidre. »Hast du Niall also doch nicht geheiratet?«

»Nein«, sagte Angus und berichtete ihr, was geschehen war. Sie nickte zufrieden. »Ich habe dir ja gesagt, es ist immer gut zu wissen, wie man einen Dolch wirft.« Sie warf einen Seitenblick auf Angus. »Es hält die Männer im Zaum.«

Er grinste sie an. »Ja. Wo willst du mich denn im Zaum halten?«

Ihr Blick ließ keine Zweifel.

Turius war beinah seit einem vollen Mond tot. Elen war dahingegangen. Jetzt konnte Angus und Formorian nichts mehr aufhalten. Deidre fragte sich, wie lange es dauern würde, bis sie miteinander im Bett landeten. Und dann lächelte sie. Sie hatten beide ihre Pflicht erfüllt. Vielleicht lächelte die Göttin jetzt endlich auf sie herab.

Deidres Lächeln wurde breiter. Morgen war ihr Hochzeitstag, und sie würde mit Gilead das Bett teilen. Die Vorfreude ließ sie leicht erschaudern und das Kribbeln in ihren vollen Brüsten fuhr ihr durch den Bauch und pulsierte leicht in ihrer Mitte. Sie konnte warten. Aber nicht mehr lange.

Die Hochzeit war ein ruhiges und dezentes Fest am Tag vor Samhain. Um Elens Wunsch zu beherzigen, ließen sie sich von dem Priester in der kleinen Dorfkirche trauen. So bald nach dem Tod seiner Mutter war weder Gilead noch Deidre nach ausgelassener Feierstimmung zumute. Sie würden warten und an Beltane ein großes Fest veranstalten, wenn genügend Zeit ins Land gegangen war. Gilead vertraute Deidre an, dass er hoffte, dann auch eine Schwangerschaft feiern zu können. Deidre aber war an diesem Tag vor allem wichtig, auch den Steinkreis aufzusuchen und den Schwur zu sprechen, der sie für alle Zeiten miteinander verband.

Gilead schloss in der Dämmerung die Tür zu ihren Gemächern und half ihr aus dem Seidenkleid, bei dem sie sich einst geweigert hatte, es anzulegen. Kleine Flammen prickelten auf ihrer Haut, wo seine heißen Hände sie berührten. Seine Finger streichelten ihre Schultern und Brüste, glitten an ihrem Rücken hinab und umfassten ihren Hintern, um sie an ihn zu ziehen.

»Wir haben fast drei Monate gewartet«, flüsterte Gilead, als er sie zum Bett schob. »Keinen Augenblick mehr länger.«

Deidre umfasste seinen Hals fester und drückte ihren Busen an seine Brust. »Ich will dich in mir spüren. Jetzt.«

Das war alles, was er hören musste. Er legte sie unter sich auf das Bett, spreizte mit seinen Schenkeln ihre Beine und ergründete ihren Mund mit seinem. Seine Zunge imitierte seine anderen Bewegungen, mit denen er in ihre heiße, feuchte Scheide drang, mit seinem Schwert bis zum Heft in sie fuhr, und mit langen, harten Stößen in ihr Innerstes drang.

Sie beugte ihren Rücken durch, um ihn noch weiter aufnehmen zu können und fühlte Sekunden später, wie das Pulsieren in ihrer Mitte schneller wurde, bis sich ihr Körper zu einem großen, endlosen Schauer streckte. Gilead knurrte, hob sie halb vom Bett und spritzte seinen Samen tief in sie.

Keuchend lagen sie eine Weile da, und Gilead drehte sie sanft zur Seite, damit er ihr Gesicht sehen konnte. »Es wird Zeit, dass wir es etwas langsamer angehen«, sagte er, als er sich mit seiner Zunge von ihrem Ohr zu ihrem Nacken vorarbeitet, und dabei leicht über die feuchte Haut glitt.

Deidre zitterte vor Vergnügen, als er mit der Zunge Kreise um ihre Brust beschrieb, die Brustwarzen mit seinem Atem reizte, sie aber noch nicht berührte. Sie stellten sich sofort zu frechen kleinen Knöpfen auf, und je mehr Zeit er sich ließ, über ihren Bauch zu lecken und dann wieder hinauf zu den Hügeln ihrer Brüste, umso mehr schwollen sie an und begannen zu schmerzen. Sanft drehte er eine harte Spitze zwischen Daumen und Zeigefinger und erweckte damit ein Verlangen, dass sie heiß durchfuhr. Deidre stöhnte auf, als die Spitze seiner Zunge über die andere glitt. Sie wimmerte hilflos, als er weiter in ihren feuchten Brüsten schwelgte und sie auf Arten erregte, die sie nicht für möglich gehalten hätte. Als er endlich richtig daran zu saugen begann, verkrampfte sich ihr ganzer Körper.

Gilead glitt an ihr herab, und seine Lippen umschlossen die

pochende Knospe in ihrem erregten Schoß und sandten neue Wellen der Leidenschaft durch ihren ganzen Körper. Diesmal drang er ganz langsam in sie ein, Millimeter um Millimeter, und ließ sie die dicke Fülle auskosten, bevor er in einen langsamen Rhythmus verfiel und der köstlichen Wärme erlaubte, sich zu verteilen und Flammen zu entfachen, die bald durch ihr Blut rauschten wie ein windgepeitschtes Feuer über trockenes Gehölz. Tief in ihr zogen sich Muskeln zusammen, als sich ihr Körper verkrampfte, und sie schrie auf im Glück ihrer Vereinigung.

Gilead hielt sie fest an sich gedrückt, seine Finger spielten mit ihren Haarsträhnen. »Ich habe mich auf diese Nacht gefreut, seit ich im Krankenzimmer aufgewacht bin.«

»Mmmm«, murmelte Deidre schläfrig. »Die ersten Male waren wundervoll, aber heute war es … phantastisch. Ich hatte keine Ahnung, dass ich so befriedigt sein könnte.«

»Nun, schlaf noch nicht ein, Fremde. Wir sind noch nicht fertig.« Er drehte sich auf den Rücken und zog sie auf sich. »Jetzt bist du dran, auf mir zu reiten, und mit mir zu machen, was dir gefällt.«

Zunächst noch schüchtern, streichelte sie mit ihren Händen über seine breiten, weiten Schultern und über seine Brust und zog sanft an seinen Brustwarzen, bis er stöhnte. »Gefällt dir das auch?«

»Ja … Es zieht durch mich hindurch, direkt bis in meinen Speer.« Er wackelte unter ihr mit den Hüften und grinste. »Spürst du es?« Ihre Augen wurden größer, als sein gerade noch schlaffes Glied wieder wuchs. Sie bewegte selbst ihre Hüften und verteilte ihre Säfte über ihn. Gehorsam stellte sich seine Männlichkeit auf und stupste sie an.

»Ah, Dee, was machst du mit mir«, stöhnte er, als sie sich auf seinen jetzt steinharten Speer setzte und er die heiße, enge Umklammerung ihrer Muskeln spürte. Er wiegte sich nach oben und drang tiefer in sie ein. Zu ihrer Überraschung stellte sie fest, dass sie ihre Bewegungen mit seinen abstimmen konnte. Sie probierte vorsichtig verschiedene Dinge aus, schob sich nach vorne, wiegte sich zurück und hob und senkte sich dann langsam immer wieder auf seinen Speer. Er stöhnte, als sie sich auf ihm niederließ und begann, mit ihren Hüften zu kreisen, bis er sich unter ihr aufbäumte. Ihre Erregung schwoll zu glühender Ekstase an, und sie explodierten gleichzeitig. Deidre ließ sich auf ihn fallen, keuchend und mit wild klopfendem Herzen. So blieben sie liegen, unwillig, voneinander zu lassen.

Völlig zufrieden kuschelte sich Deidre an Gileads warme Armbeuge und legte ihren Kopf auf seine Schulter. »Wir sollten uns wohl bald zum Steinkreis aufmachen«, sagte sie, »aber ich weiß nicht, ob ich mich bewegen kann.«

Seine Hände strichen seitlich über ihre runde Brust, und er küsste sie auf ihr Haar. »Was, Fremde? Bist du etwa schon erschöpft?«

Neckisch klopfte sie auf seine Brust. »Wenn ich gewusst hätte, dass du so viel Standvermögen hast, hätte ich darauf bestanden, dass wir vorher ein paar Nächte üben.«

Gilead lachte. »Das ist genau der Grund, warum ich warten wollte. Ich wollte deinen Körper erobern, dein Herz und deine Seele, genau wie es im Schwur heißt.« Vorsichtig zog er seine Arme unter ihr hervor und setzte sich auf. »Und wenn wir vor der Dämmerung zu Samhain dort sein wollen, sollten wir uns wohl besser auf den Weg machen.«

In seiner prächtigen Nacktheit ging er zu der Kommode, und Deidre musste bei dem Anblick lächeln, wie sich sein knackiger Hintern bei jedem Schritt spannte. Auch in fünfzig Jahren würde sie es nicht müde werden, diesem Mann hinterherzusehen.

Er griff in die Schublade, in dem sein zweitbester Kilt lag

und hielt mit einem überraschten Ausdruck auf seinem Gesicht inne. »Bei Dagda! Das hatte ich ganz vergessen!«

Deidre beobachtete, wie er einen steinernen Kelch mit seltsamem grünem Schmelz hochhielt. Der Rand aus Bronze reflektierte das Feuer von den leise glühenden Kohlen in der Kohlenpfanne. Als er näher kam, konnte Deidre erkennen, dass er aus Marmor war.

»Der ist für dich«, sagte Gilead, als er ihn ihr reichte. »Ich habe ihn bei den Schätzen meines Großvaters gefunden. Es war das einzige Stück dieser Art.«

Überrascht stellte sie fest, dass der Marmor sich überhaupt nicht kalt anfühlte, wie es sonst bei Stein der Fall war. Tatsächlich schien er eher leicht und warm in ihren Händen zu vibrieren. Deidre strich mit den Fingerspitzen über den Rand, zog die Finger aber schnell zurück. Das Metall war fast heiß, als wäre es über Flammen gehalten worden. Sie blinzelte und hielt den Kelch über das Licht des Feuers, um sich den Rand anzusehen. Eine Reihe von Runen befand sich über einer feinen eingravierten Linie. Ein zweites, identisches Paar von Runen zog sich unterhalb der Linie entlang. Zwei Kreise, von einem Quadrat durchschnitten, das Quadrat in zwei Dreiecke zerteilt – das wiederholte sich rund um den Rand. Kein Anfang und kein Ende.

Die Handgriffe zeigten ein Labyrinth von verschlungenen Reben, die in Rosen eingebettet waren. Deidre stockte. Reben und Rosen, in einem ganz ähnlichen Muster, wie sie es auf dem Tischläufer in Irland gesehen hatte. Die Reben standen für die Blutlinie von Jesus und die Rose für die von Magdalena – so verband sich die alte Religion mit der neuen. Deidres Finger begannen zu kribbeln, und sie sah genauer hin. Winzige Rosenknospen vermengten sich mit großen, geöffneten Blüten. Unschuld und Kindheit verbunden mit Reife und Wissen.

Wissen. Weisheit. Deidre spürte, wie sich die vertraute Benommenheit ausbreitete und versuchte angestrengt, durch den nebligen Schleier vor ihren Augen zu sehen. Die Runen … jede Form war ein Symbol der heiligen Geometrie, die Darstellung der Kraft des Lebens, getrennt durch eine Linie. »Wie oben so unten.« Die Summe allen Wissens, für alle mit Augen, um zu erkennen.

Das Bild der rothaarigen Frau aus ihrer Vision erschien vor ihren Augen, der Kelch, den die Maid ihr reichte, schob sich über den Kelch, den Deidre in Händen hielt.

Sie starrte ihn an, versuchte die grauen Schatten vor ihren Augen zu vertreiben. Langsam begann der Kelch zu glühen und wurde in ihren Händen warm. Sie lehnte sich an den Bettpfosten.

»Geht es dir gut?«, Gilead hatte ihren Arm ergriffen und sah sie besorgt an.

Sie blickte zu ihm auf. »Mehr als gut. Du hast ihn gefunden.«

»Was?«, fragte er mit besorgter Stimme.

»Den Kelch«, sagte sie und hob ihn hoch. »Das ist Gar-al … der Kelch aus Stein. Oder genauer gesagt«, fügte sie hinzu und sah ihn voller Ehrfurcht an, »der Stein der Weisen.«

Sie näherten sich dem Steinkreis kurz vor Einsetzen der Morgendämmerung. Die Nacht war mild gewesen, und feiner Nebel hing über dem Gras, der hier und dort in Schwaden aufstieg. Deidre hatte den Kelch vorsichtig in eine Satteltasche gepackt. Was ein wundersamer Abschluss ihrer ehelichen Vereinigung hätte werden sollen, hatte nun eine bittersüße Wendung erfahren.

»Ich werde, sobald ein Schiff zur Verfügung steht, nach Languedoc reisen müssen«, sagte Deidre, als ihr Gilead beim Absteigen half und sie den Kelch auspackten. »Er muss zurückgebracht werden.«

»Ich weiß«, sagte er, »und du hast mir auch gesagt, dass du alleine reisen musst, damit dich Childeberts Truppen nicht aufspüren, aber das gefällt mir nicht. Die Antwort deines Cousins auf den Brief meines Vaters klang nicht gerade glücklich. Solltest du gefangen werden, wird er dich als Geisel behalten. Lass mich und unsere Männer zumindest bis nach Béziers mit dir reisen.«

»Wir haben schon darüber gesprochen«, sagte Deidre geduldig. Denn auf dem langen Ritt hatten sie kaum über etwas anderes gesprochen. »Falls – und das werden sie – Childeberts Männer eine schottische, bewaffnete Galeere entdecken, werden sie denken, dass du kommst, um das Land zurückzufordern, das ich als Teil dieser Abmachung aufgegeben habe. Und dann gäbe es Krieg. Nein.«, fuhr sie fort, ohne Gilead zu Wort kommen zu lassen, »es ist besser, wenn ich auf einem Frachtschiff reise. Schhh«, sagte sie, als er wieder zum Sprechen ansetzte. »Lass uns unser Glück nicht mit einem Streit trüben. Ich möchte den heiligen Schwur sprechen.«

Gilead legte einen Arm um ihre Hüfte, seine warmen, starken Finger waren sehr beruhigend. Deidre hielt den Kelch von sich. Hellorange und rote Strahlen brachen durch die Lücken zwischen den Steinen, als der Rand der Sonne sich über den Horizont schob und den Kreis in ein unheimliches Licht tauchte. Deidre lächelte ihn an, als sie durch die Steine traten.

»Hier seid ihr endlich.«

Erschrocken fuhren sie herum. Der Kreis war leer, aber die Stimme hatte voll und melodisch getönt. Langsam stieg Nebel vom Boden auf und schloss sie in anmutig wirbelnde Spiralen ein, die so dicht wurden, dass sie die Steine nicht mehr erkennen konnten und sie von einer weichen Wolke grauen Dunstes umschlossen waren. Die ätherische Musik, die Deidre beim letzten Mal gehört hatte, strömte wieder aus den Steinen, sanfter und melodiöser als Drustans Harfe.

Die Gestalt der Maid erschien, das rot-goldene Haar strömte aus ihrem Kopf, ihr hauchzartes weißes Gewand umschwebte sie sanft. Sie lächelte sie an und streckte ihre Hände aus. »Ich werde den Kelch nehmen.«

Deidre reichte ihn ihr. »Ich dachte, ich müsste ihn zurück in die Grotte in der Languedoc bringen, damit Frauen wieder an die Macht kommen.«

»Die Zeit ist noch nicht reif dafür«, antwortete die Gestalt, und die Musik hörte plötzlich auf. Völlige Stille umgab sie. »Eine große Dunkelheit naht. In den falschen Händen bringt die Macht und das Wissen dieses Kelches grauenhafte Zerstörung. Es ist besser, er bleibt sicher verborgen, bis die Menschheit sich wieder zum Licht erhebt.« Die Gestalt lächelte, und die Musik erklang wieder. »Dann werden Frauen mit äußerster Höflichkeit und Respekt behandelt werden. Die Weisheit der Göttin darf wieder scheinen. Aber ich glaube«, sagte sie etwas schelmisch, als sich ihre Gestalt aufzulösen begann, »Ihr seid wegen etwas anderem hier. Ich will Euch nicht aufhalten.«

Der Nebel löste sich so schnell auf, wie er erschienen war, und sie fanden sich mitten in einem sonnendurchfluteten Steinkreis wieder unter einem leuchtend blauen Himmel.

Gilead schlang seine Arme um Deidres Hüfte und zog sie an sich. »Der Schwur besteht aus zwei Teilen«, sagte er. »Als wir uns vorhin liebten, verbanden sich beim ersten Mal unsere Körper. Beim zweiten Mal, unsere Herzen, und beim dritten Mal öffnete sich unser Geist dem anderen. Und das hier«, sagte er, als er seinen Dolch aus der Scheide zog und aus seiner Tasche einen sauberen Streifen Leintuch zog, »wird unsere Seelen verbinden.«

Vorsichtig machte er einen kleinen Schnitt an Deidres Handgelenk und dann an seinem eigenen. Er presste die kleinen Wunden zusammen und wand das Tuch darum. »Wie dieses Tuch unsere Körper miteinander verbindet, so verbindet der

Austausch unseres Blutes unsere Seelen. Blut zu Blut, Seele zu Seele, du bist mein, und ich bin dein in alle Ewigkeit.«

Er bückte sich, um sie zu küssen, und die Zeit, die sich ins Unendliche dehnte, stand endlich still.

Epilog

Beltane

Deidre überblickte die Vorbereitungen in der Great Hall für das Fest, das am Abend stattfinden würde. Ihr schwangerer Bauch war ihr noch nicht im Weg, als sie jetzt die Anordnung des Zinngeschirrs unter der Empore überprüfte. Elens Tischläufer aus Spitze zierte den Ehrentisch. Mac Erca hatte ihn geschickt, denn, wie er sagte, diese Liebe war echt. Deidre lächelte, als sie eine Hand auf ihren Bauch legte, und spürte, wie sich das Baby bewegte.

»Mylady«, sagte Una, als sie etwas außer Atem zu ihr trat. Sie versuchte ständig, an drei Orten gleichzeitig zu sein. »Am Tor ist ein Druide, der darum bittet, dass Ihr ihn empfangt.«

»Ein Druide?«, fragte Deidre. Von ihnen gab es nur noch wenige, seit das Christentum Einzug gehalten hatte, und diese wenigen blieben für gewöhnlich auf der heiligen Insel Mona, tief im Süden. Aber schließlich war heute Beltane, und der Anlass dieser Feierlichkeiten hier hatte sich weit herumgesprochen.

»Führe ihn in das Sonnenzimmer«, sagte Deidre und versuchte ihren Rock zu glätten und lose Strähnen festzustecken, als sie in die Küche eilte, um Wein für ihn zu bestellen.

Es dauerte etwas, bis sie sich unter dem ganzen Rummel bei Meara bemerkbar machen konnte. Auch wenn Deidre jetzt die Lady des Besitzes war – im Land herrschte Frieden, seit der Kelch zurückgegeben worden war, und Angus verbrachte immer mehr Zeit in Luguvalium mit Formorian –, war es noch immer klüger, Meara nicht zu reizen.

Der Druide stand mit dem Rücken zu Tür neben dem Kamin, als sie mit dem warmen Weinschlauch und den beiden Silberkelchen auf einem Tablett eintrat. Sein langes weißes Haar ging über in seine weiße Robe, die mit einem goldenen Seil gebunden war, die seinen Status als Hoch-Druide auswies, woher er auch kommen mochte. Er drehte sich um, und seine unheimlichen goldenen Augen durchbohrten sie. Sie blieb wie angewurzelt stehen. »Du!«, sagte sie und ließ beinahe das Tablett fallen.

Er war überraschend beweglich für einen alten Mann und stützte das Tablett ab. »Ich wollte dich nicht erschrecken, Kind. Ich komme wegen des Buches.«

Deidre versuchte ihre Hand ruhig zu halten, als sie ihm Wein einschenkte. Das war der Mann, der den Stein aus seinem Versteck tief in der heiligen Grotte gestohlen hatte, und an seiner Stelle *Locus Vocare Camulodunum* zurückgelassen hatte. Einen Zauberer hatten ihn die meisten genannt, denn obwohl er und all sein Gut durchsucht worden war, fand niemand auch nur eine Spur des Steins, und man musste ihn gehen lassen. Damals hatte er eine blaue Robe getragen.

Sie war sich nicht sicher, ob sie ihm trauen konnte. »Weshalb denkt Ihr, dass das Buch bei mir ist?«

Er zog eine struppige weiße Augenbraue hoch, aber der adlergleiche Blick flackerte nicht. »Ich bin nur gekommen, um das zu holen, was mir gehört. Der Stein wurde zurückgegeben, nicht wahr?«

»Woher wisst Ihr das?«, fragte sie überrascht.

Er sah sie leicht amüsiert an. »Es gehört zu meiner Art … Dinge zu wissen.«

Etwas in seinem Blick hielt sie gefesselt. Ohne es willentlich zu tun, trat sie zu dem kleinen Wandschrank, schloss ihn auf und übergab ihm das Buch.

Er strich über das glatte Leder, wie ein Liebender. »In etwa achthundert Jahren wird ein junger Mann namens Thomas Mallory das hier brauchen.«

Deidre sah ihn argwöhnisch an, auf ihren Armen breitete sich eine Gänsehaut aus. »Woher wisst Ihr das? Seid Ihr ein Zauberer?«

»Manche haben mich so genannt.«

»Ist das die Zeit, wenn …« Trotz der glühenden Kohlen in der Pfanne lief ihr ein kalter Schauer über den Rücken. »Wird dann all das geschehen?«

»O nein, Kind. Es ist schon geschehen. Mallory wird nur darüber schreiben.«

»Nichts in diesem Buch ist wahr«, sagte sie. »Nichts. Es gab keinen König Artus oder Camelot. Das Verhalten der Männer, auf die ich gestoßen bin, war alles andere als ritterlich.«

Der Magier lächelte. »Abgesehen von Gilead, nehme ich an.« Er schien tief in Gedanken versunken zu sein, dann nickte er, mehr zu sich selbst. »Mallory wird die Geschichte ausschmücken, das ist sicher, aber erst eine Frau wird einige Jahrhunderte später die Verbindung herstellen.«

Deidre begann sich zu fragen, ob der alte Mann einfach nur verrückt war. Er hatte sich schon seltsam benommen, als er sich vor so vielen Jahren beim Schrein angesiedelt hat. Dieses Gerede über die Zukunft – das waren alles Dinge, die er unmöglich wissen konnte. Trotzdem siegte wieder ihre Neugier. Eine Frau … konnte das die Trägerin der Weisheit sein, von der die Fee gesprochen hatte?

Diesmal lachte der Druide. »Nein, die Frau ist nicht die Göttin, für die du sie hältst«, sagte er, obwohl sie ihre Gedanken nicht ausgesprochen hatte, »trotzdem aber eine sehr kluge Frau.«

Trotz des benommenen Nebels, der sich in ihrem Kopf zusammenbraute, fragte Deidre weiter. »Ihr wolltet, dass ich das Buch lese – warum? Sagt mir, was Ihr wisst.«

Er stellte seinen Wein ab und begann mit kräftigen Schritten und sehr geradem Rücken für jemanden seines Alters, auf und ab zu gehen. »Wie ich gesagt habe«, hob er an, »die Geschichten in dem Buch sind wahr, aber vielleicht nicht dort, wo sie die Geschichte angesiedelt hat. Eine Frau namens Norma Goodrich wird viel später entschlüsseln, dass Lancelot eigentlich eine ungenaue Übersetzung aus dem Lateinischen ins Altfranzösische ist. Es hätte ›l'Ancelot‹ lauten müssen. Ein schändlicher Fehler, wie sich herausgestellt hat.«

Deidre runzelte die Stirn. »Also ist sein Name falsch geschrieben. Aber gibt es keinen Lancelot – oder l'Ancelot – hier.«

»Bist du dir so sicher?« Der alte Mann hielt inne. »Der lateinische Name war Anguselus.«

»Anguselus?«, fragte Deidre und schnappte nach Luft. »Angus?« Angus ist Lancelot?« Als er nickte, legte sich ihre Stirn erneut in Falten. »Aber was ist mit Gwenhwyfar? Niemand mit diesem Namen …«

»Ah. ›Gwenhwyfar‹ bedeutet im Westen dieser Insel ›weißer Schatten‹«, sagte der Druide und faltete seine Hände hinter dem Rücken. »Hier im Norden, würde sie ›Findabair‹ heißen, oder ›weißes Phantom‹.« Er musterte Deidre. »Du kennst sie als ›Formorian‹.«

Deidre fühlte, wie ihre Knie schwach wurden und sie sank in einen Stuhl. Das erklärte die unwiderstehliche und übermächtige Anziehungskraft, die sie füreinander fühlten. »Und Artus? War es Turius?«, fragte sie schwach.

Der Magier nickte mit traurigem Blick. »Arturius hat uns eine große Aufgabe hinterlassen«, sagte er sanft. »Wenn er nur auf mich gehört hätte …« Sein Kopf fuhr nach oben, seine Augen glänzten verdächtig. »Aber kümmere dich nicht um mich, Kind. Ich bin nur ein alter Mann. Ich werde dich nun verlassen.« Er nahm das Buch und ging zur Tür.

»Warte!«, rief Deidre, als er schon an der Tür stand. »Ihr seid Merlin, nicht wahr?«

Einen Augenblick lang glühten seine Augen so gelb wie die eines Habichts, dann lächelte er. »Das ist einer der Namen, auf die ich höre.« Und noch bevor sie weitere Fragen stellen konnte, war er verschwunden.

Sie saß still, mit flatterigen Händen da, und versuchte, nicht zu zittern. Also war alles wahr, auch wenn sich die Geschichte nicht so entwickelt hatte, wie sie es erwartet hatte.

Oder vielleicht doch. In dem Buch war Lancelot gezwungen, Elaine zu heiraten, die Tochter des verwundeten Königs der Fischer. Gileads Großvater war ein Schwertstich zugefügt worden, der nicht verheilte. Die Legende zeigte zwar deutlich, dass Lancelot Elaine nicht liebte, dennoch hatte sie ihm einen Sohn namens Galahad geschenkt. Elaine. Elen. Die Frau, deren Rose auf dem Tischläufer zeigte, dass sie der Heiligen Blutlinie angehörte.

Galahad. Gilead. Deidre hatte endlich ihren wahren Ritter gefunden. Der einzige Mann, der reinen Herzens war, um ihr dabei zu helfen, den Stein der Weisen zu finden.

Vielleicht war es aber doch Galahad, der den heiligen Gral gefunden hatte.

Lancelots Herkunft war immer unklar geblieben. War er der sagenumwobene französische Ritter, der von der heiligen Blutlinie von Vivian II, der Herrin des Sees, abstammte; oder war er tatsächlich ein irischer König, der Artus glich?

Dr. Norma Lorre Goodrich (*King Arthur*, Harper & Row, 1989) behauptet letzteres. Die Geschichte beweist, dass es einen irischen Angus gab, der im sechsten Jahrhundert regierte. Dr. Goodrich erklärt, dass der lateinische Name von Geoffrey of Monmouth (*History of the Kings of Britain*, Penguin Classics, 1977) für Angus »Anguselus« war. Als Chrétien de Troys den Text ins Altfranzösische übersetzte, entfiel die zweite Silbe, es blieb also An+sel+o oder Anselot. De Troys sprach von ihm als »l'Ancelot« (»der« Angus), und deutete an, dass er Anführer eines Klans in Schottland war. Sie glaubt, dass durch einen Schreibfehler bei der Transkription der bestimmte Artikel »der« an den eigentlichen Namen »Ancelot« angehängt wurde und so »Lancelot« daraus wurde.

Gwenhwyfars Ursprünge bilden ein weiteres Geheimnis. Manche Historiker behaupten, sie sei eine Waliserin, andere, dass sie von den Römern abstammte, und wieder andere, dass auch sie irisch/schottisch war. In P.F.J. Turners *The Real King Arthur* (Quality Books, Inc., 1993) stellt er fest, dass der Name »Guinevere« keltischen Ursprungs sei, und von dem irisch »Findabair« abgeleitet wurde, was so viel bedeutete wie »weißes Phantom«, wahrscheinlich weil sie blasse Haut hatte und blond war. *In Celtic Myth & Magick* (Llewellyn Publications, 1995) behauptet Edain McCoy, dass »Findabair« auf die gleichen Wurzeln in der giodelischen Sprache zurückzuführen ist, wie Guinevere in der britannischen. Findabar war die Tochter der mächtigen Königin Maeve, die dabei half einen Wasserdämon zu töten, ein Symbol der Schlacht mit den Formorianern.

Er war ein furchtloser Krieger –
doch sie ließ seine Liebe erglühen

Catherine Kean

Flammendes Begehren

Roman

England 1174: Lady Elizabeth Brackendale wird von ihrem Vater zur Ehe mit einem alten, reichen Baron gezwungen. Doch am Tag ihrer Hochzeit wird Elizabeth von einem mächtigen Krieger entführt. Vom ersten Moment an fühlt sie sich zu ihm hingezogen, und auch ihr Entführer ist machtlos gegen den Zauber der Liebe …

Knaur Taschenbuch Verlag

Sie war einem anderen versprochen –
doch er entflammte ihre Leidenschaft

Karen Ranney

Gebieter meines Herzens

Roman

Edinburgh 1778: Riona McKinsey ist zutiefst verzweifelt. Ihr Vater hat sie einem reichen und skrupellosen Geschäftsmann versprochen, für den sie nur Abscheu übrig hat. Doch als pflichtbewusste Tochter will Riona ihrer Familie Ehre machen und sich in ihr Schicksal fügen. Bis sie dem geheimnisvollen James MacRae begegnet, der ihr Herz im Sturm erobert …

Knaur Taschenbuch Verlag